NORA ROBERTS
Palabras en el alma

Editado por HARLEQUIN IBÉRICA, S.A.
Núñez de Balboa, 56
28001 Madrid

© 1989 Nora Roberts. Todos los derechos reservados.
EL HOMBRE DE SUS SUEÑOS, N° 132 - 1.4.12
Título original: Loving Jack
Publicada originalmente por Silhouette® Books

© 1989 Nora Roberts. Todos los derechos reservados.
CONSTRUYENDO UN AMOR, N° 132 - 1.4.12
Título original: Best Laid Plans
Publicada originalmente por Silhouette® Books

© 1989 Nora Roberts. Todos los derechos reservados.
SIN LEY, N° 132 - 1.4.12
Título original: Lawless
Publicada originalmente por Harlequin Enterprises, Ltd.
Estos títulos fueron publicados en español en 2004 y 1994

Editor responsable: Luis Pugni

Todos los derechos están reservados incluidos los de reproducción, total o parcial. Esta edición ha sido publicada con permiso de Harlequin Enterprises II BV.
Todos los personajes de este libro son ficticios. Cualquier parecido con alguna persona, viva o muerta, es pura coincidencia.
™ TOP NOVEL es marca registrada por Harlequin Enterprises Ltd.
® y ™ son marcas registradas por Harlequin Enterprises Limited y sus filiales, utilizadas con licencia. Las marcas que lleven ® están registradas en la Oficina Española de Patentes y Marcas y en otros países.

I.S.B.N.: 978-84-9010-961-8
Depósito legal: B-5394-2012
Impresión: LIBERDÚPLEX
08791 Sant Llorenç d'Hortons (Barcelona)

Distribuidor para España: SGEL

PALABRAS EN EL ALMA

El hombre de sus sueños 7

Construyendo un amor 199

Sin ley 399

EL HOMBRE DE SUS SUEÑOS

CAPÍTULO 1

Jackie supo que estaba enamorada en cuanto vio la casa. Reconocía que se enamoraba fácilmente, no porque resultara fácil impresionarla, sino porque se abría de par en par a los sentimientos propios y a los ajenos.

Sentía que aquella casa atesoraba muchos sentimientos en su interior, aunque no todos ellos eran serenos. Eso era bueno. La completa serenidad habría estado muy bien para un día o dos, pero el aburrimiento habría terminado por ahogarla. Prefería los contrastes, los ángulos fuertes y los abultamientos arrogantes de los rincones, suavizados ocasionalmente por ventanas en curva y arcos inesperados y encantadores.

Las paredes pintadas de blanco brillaban a la luz del sol y contrastaban con un adorno de ébano. Aunque no creyera que el mundo era en blanco y negro, la casa parecía afirmar que aquellas dos fuerzas opuestas podían vivir juntas en armonía.

Las ventanas eran anchas y le daban la bienvenida a vistas del este y del oeste, mientras que las claraboyas dejaban entrar generosas porciones de sol. Las flores crecían abundantemente en el jardín lateral y en las macetas de terracota que había en los balcones. Jackie disfrutaba con el contrapunto de color que añadían, con su nota exótica y exuberante. Tendría que ocuparse de ellas, por supuesto, y muy continuamente si el calor se mantenía y seguía sin llover. No obstante, no le importaba ensuciarse, especialmente si había una recompensa al final.

A través de las puertas de cristal observó las aguas cristalinas de la piscina. También tendría que ocuparse de ella, pero, al igual que las macetas, ofrecía también sus recompensas. Ya se imaginaba sentada a su lado, observando la puesta de sol rodeada por todas partes del aroma de las flores. Sola. Eso suponía un pequeño revés, pero estaba dispuesta a aceptarlo.

Más allá de la piscina y del césped en pendiente estaba el canal de la costa atlántica. Sus aguas eran oscuras y misteriosas. En aquellos momentos, una lancha motora pasaba por allí. Jackie descubrió que le gustaba el sonido que hacía, ya que significaba que había personas lo suficientemente cerca como para poder tener contacto humano, aunque no tanto como para interferir.

Los canales le recordaban a Venecia y a un mes especialmente agradable que pasó allí durante su adolescencia. Se había montado en góndolas y había flirteado con hombres de ojos oscuros. Florida en la primavera no era tan romántica como Italia, pero le agradaba.

—Me encanta.

Se dio la vuelta para observar la soleada y amplia sala. Había unos sofás de color tostado colocados sobre una alfombra azul acero. El resto de los muebles eran de elegante ébano y se inclinaban más hacia lo masculino. Jackie aprobó su fuerza y estilo. Casi nunca desperdiciaba el tiempo buscando defectos y estaba dispuesta a aceptarlos cuando los encontraba. Sin embargo, aquella casa y todo lo relacionado con ella rayaba en la perfección.

Sonrió al hombre que estaba apoyado con actitud relajada sobre la chimenea de mármol blanco, que habían limpiado y que, en aquellos momentos, albergaba un helecho en maceta. Los pantalones y la camisa de aspecto tropical del hombre parecían haberse elegido precisamente para posar de aquella manera. Conociendo a Frederick Q. MacNamara como lo conocía, estaba segura de que había sido así.

—¿Cuándo puedo mudarme?

La sonrisa de Fred le iluminó un rostro redondo y juvenil.

—Esa es mi Jack, siempre dejándose llevar por los impulsos.

Tenía el cuerpo también redondeado, aunque no obeso, sino bastante firme. El ejercicio favorito de Fred era levantar la mano, bien para llamar a un taxi o a un camarero. Se acercó a Jackie con una elegancia lánguida que antes había fingido, pero que había pasado a formar parte intrínseca de su personalidad.

—Ni siquiera has visto la planta de arriba.

—Ya la veré cuando deshaga las maletas.

—Jack, quiero que estés segura —dijo Fred, golpeándole suavemente la mejilla, como primo más maduro y experimentado hacia la joven bala perdida. Ella no se ofendió—. No me gustaría que te arrepintieras dentro de un par de días. Después de todo, se trata de que vivas sola en esta casa durante tres meses.

—Tengo que vivir en alguna parte —repuso ella, gesticulando con la palma extendida de una mano tan esbelta y delicada como ella. El oro y las piedras coloreadas relucían en cuatro dedos, señal de su gusto por lo hermoso—. Si voy a ponerme a escribir en serio, debo estar sola. Dado que no creo que quisiera una buhardilla, ¿por qué no voy a quedarme a vivir aquí?

Se detuvo por un instante. Nunca servía de nada mostrarse demasiado informal con Fred, a pesar de que era su primo. No es que no experimentara una profunda simpatía por él. Jackie siempre había sentido debilidad por Fred, aunque sabía que tenía por costumbre no ser especialmente honrado en sus tratos.

—¿Estás seguro de que puedes subarrendármela?

—Por supuesto —respondió él, con voz tan suave como su rostro. Todas las arrugas que Fred pudiera tener estaban cuidadosamente camufladas—. El dueño solo la utiliza durante el invierno y muy esporádicamente. Prefiere tener a alguien viviendo en la casa, que esté vacía. Le dije a Nathan que me la quedaría hasta noviembre, pero luego me surgió ese asunto en San Diego y no puedo posponerlo. Ya sabes cómo son las cosas, cielo.

Claro que lo sabía. Con Fred, la expresión «un asunto repentino» normalmente significaba que estaba tratando de evitar a un marido celoso o a la justicia. A pesar de un aspecto no demasiado atractivo, siempre tenía problemas con lo primero y ni siquiera un apellido influyente podía protegerlo siempre de la segunda.

Jackie debería haberse mostrado más cautelosa, pero nunca lo era. Además, el aspecto y el ambiente de la casa la habían cegado por completo.

—Si el dueño quiere que la casa esté ocupada, yo estoy encantada de ayudarlo a cumplir sus deseos. Vamos a firmar el contrato, Fred. Quiero deshacer las maletas y pasarme un par de horas en la piscina.

—Si estás segura —replicó Fred, a pesar de que ya estaba sacándose un papel del bolsillo—. Después no quiero una escena, como la vez que me compraste el Porsche.

—Se te olvidó decirme que la transmisión estaba pegada con pegamento.

—Hay que dejar que el comprador tome sus precauciones —comentó Fred mientras le entregaba un bolígrafo plateado.

Jackie sintió una repentina trepidación. Después de todo, aquel era su primo Fred. Fred, el de los tratos fáciles y el de las inversiones que no pueden fallar. En aquel momento, un pájaro llegó volando al jardín y comenzó a cantar. Jackie lo tomó como una premonición y firmó el contrato con una rúbrica firme y fluida antes de sacar la chequera.

—¿Mil dólares al mes durante tres meses?
—Más quinientos de fianza —añadió Fred.
—Bien —dijo Jackie. Suponía que era una suerte que su querido primo Fred no le cobrara también una comisión—. ¿Me vas a dejar el número de teléfono, la dirección o algo para que me pueda poner en contacto con el dueño si es necesario?

Fred se quedó perplejo durante un instante. Entonces, esbozó una sonrisa, la típica sonrisa de los MacNamara, encantadora e inocente.

—Ya le he hablado del cambio. No te preocupes de nada, cielo. Él se pondrá en contacto contigo.

—Bien —repuso Jackie. No quería preocuparse por los detalles. Era primavera y tenía una nueva casa y un nuevo proyecto. Los comienzos eran lo mejor del mundo—. Me ocuparé de todo —añadió, mientras acariciaba suavemente una gran urna china. Decidió que empezaría poniendo flores en ella—. ¿Te vas a quedar esta noche, Fred?

Ya tenía el cheque en el bolsillo. Resistió el impulso de golpeárselo suave y cariñosamente.

—Me encantaría quedarme para que me contaras algún chisme de la familia, pero, dado que ya tenemos todo cuadrado, creo que sería mejor que tomara el primer vuelo para marcharme a San Diego. Además, tú tendrás que ir al mercado enseguida, Jack. En la cocina tienes algunas cosas, pero no demasiado —comentó. Mientras hablaba, se dirigía hacia un montón de maletas—. Tienes las llaves encima de la mesa. Que te diviertas.

—Lo haré —respondió Jackie. Cuando Fred tomó sus maletas, se acercó a la puerta para abrírsela. Había sido sincera al invitarlo a pasar la noche, aunque también lo era cuando se alegraba de que Fred la hubiera rechazado—. Gracias, Fred. Te lo agradezco mucho.

—El placer es mío, cielo —dijo, al tiempo que le daba un beso—. Dale recuerdos a la familia cuando hables con ellos.

—Lo haré. Que tengas buen viaje, Fred.

Observó que su primo se dirigía a un largo y estiloso descapotable. Era blanco, como el traje que Fred llevaba. Después de guardar las maletas, se colocó tras el volante y saludó con la mano. Se marchó inmediatamente.

Jackie volvió a entrar en la casa y se abrazó a sí misma. Estaba sola, completamente sola. Por supuesto, no era la primera vez. Tenía veinticinco años y había hecho viajes y se había tomado vacaciones en solitario, tenía su apartamento y su propia vida. Sin embargo, cada vez que empezaba con algo nuevo, era una nueva aventura para ella.

Desde aquel día... Por cierto, ¿qué día era? ¿Veinticinco o veintiséis de marzo? Sacudió la cabeza. No importaba. Desde aquel día, comenzaba una nueva carrera. Jacqueline R. MacNamara, novelista.

Le pareció que sonaba muy bien. Lo primero que iba a hacer era desempaquetar su ordenador portátil y comenzar el primer capítulo. Con una carcajada, tomó la bolsa del ordenador y la más pesada de las maletas y comenzó a subir la escalera.

No le llevó mucho tiempo acostumbrarse al sur, a la casa y a su nueva rutina. Se levantaba temprano y disfrutaba de la tranquilidad de la mañana con un zumo y una tostada. Su velocidad a la hora de escribir en su ordenador mejoró con la práctica y, después del tercer día, el teclado echaba chispas. Se tomaba una pausa a media mañana para darse un chapuzón en la piscina, tumbarse al sol y pensar en la siguiente escena o giro argumental.

Se bronceaba rápida y fácilmente. Era un don que Jackie siempre había atribuido a su bisabuela italiana, que había supuesto la nota exótica en la sangre irlandesa de los MacNamara. El color de su piel le agradaba. Casi siempre se acordaba de aplicarse cremas faciales e hidratantes, tal y como su madre le había aconsejado. «Una piel bonita y una buena estructura ósea constituyen la belleza, Jacqueline. No se trata del estilo, de la moda ni de un buen maquillaje», le decía con frecuencia su progenitora.

Jackie tenía una piel hermosa y una buena estructura ósea, aunque hasta su madre tenía que reconocer que jamás sería una verdadera belleza. Era bonita, de un modo fresco y saludable. Sin embargo, tenía el rostro triangular en vez de ovalado y la boca grande y no de pitiminí. Sus ojos eran también demasiado grandes y eran de color castaño, de nuevo por su herencia italiana. No había heredado los tonos verdes o azules que dominaban en los ojos del resto de la familia. También tenía el cabello castaño. Durante su adolescencia, había experimentado con baños de color y mechas, a menudo avergonzando así a su madre, pero finalmente se había contentado con lo que Dios le había dado. Incluso le había empezado a gustar.

El hecho de que se rizara solo significaba que no tenía que pasar mucho tiempo en salones de belleza. Lo llevaba corto, de modo que su volumen y rizos naturales le daban la apariencia de un halo alrededor de su rostro.

Le gustaba la longitud que tenía su cabello por los baños que se daba en la piscina por la tarde. Solo le hacía falta sacudírselo un poco y peinárselo con los dedos para hacerlo recuperar su estilo casual.

Se tomaba cada mañana tal y como venía, tirándose de cabeza a la piscina nada más levantarse y luego también por la tarde. Después de tomarse un almuerzo rápido, regresaba al ordenador y trabajaba hasta última hora de la tarde. A continuación, unas veces jugaba en el jardín o se sentaba en la terraza para leer o ver pasar los barcos. Si el día había sido particularmente productivo, se daba el capricho de meterse en el jacuzzi y dejaba que el agua burbujeante y el agradable calor del cubículo de cristal le produjeran un agradable sopor.

15

Cerraba con llave la casa más por el dueño que por su propia seguridad. Se metía en la cama todas las noches con una mezcla de perfecta tranquilidad y de excitación por lo que pudiera depararle el día siguiente.

Cuando pensaba en Fred, sonreía. Después de todo, tal vez su familia se equivocaba sobre él. Era cierto que en más de una ocasión había engañado a un pariente demasiado ingenuo para terminar dejándolo en la estacada. Sin embargo, a ella le había hecho un gran favor cuando le sugirió la casa de Florida. En la noche del tercer día, cuando Jackie se introducía entre los remolinos del jacuzzi, pensó en enviarle a su primo Fred unas flores. Le debía una.

Estaba agotado y muy contento de haber llegado por fin a casa. La última etapa del viaje le había parecido interminable. Volver a estar sobre suelo norteamericano después de seis meses no había sido suficiente. Cuando Nathan aterrizó en Nueva York, había sentido el primer aguijonazo de la impaciencia. Estaba en casa, aunque no del todo. Por primera vez en muchos meses, se permitió pensar en su propia casa, en su cama. En su santuario privado.

A continuación, había tenido que sufrir una hora de retraso que lo había dejado vagabundeando por el aeropuerto y apretando los dientes. Ni siquiera cuando por fin estuvo en el avión había podido dejar de mirar el reloj para ver lo que le faltaba para llegar a casa.

El aeropuerto de Fort Lauderdale aún no era su hogar. Se había pasado un largo y duro invierno en Alemania y estaba más que harto del encanto de la nieve y de los carámbanos. El cálido y húmedo aire y las palmeras solo consiguieron enojarlo un poco más. Aún no había llegado.

Había hecho que le llevaran su coche al aeropuerto. Cuando por fin se deslizó en su interior, volvió a sentirse él mismo. El largo vuelo de Francfort a Nueva York ya no importaba. Los retrasos y la impaciencia habían quedado olvidados. Estaba detrás del volante de su vehículo y veinte minutos más tarde estaría aparcando frente a su casa. Cuando se fuera a la cama aquella noche, lo haría entre sus propias sábanas, recién lavadas y colocadas sobre la cama por la señora Grange. Fred MacNamara le había asegurado que la mujer tendría la casa lista para su llegada.

Nathan sintió remordimientos por la actitud que había tenido hacia Fred. Sabía que lo había apremiado demasiado para que se marchara de la casa antes de su llegada, pero, después de seis meses de intenso trabajo en Alemania, no estaba de humor para tener un invitado en la casa. Tendría que asegurarse de que se ponía en contacto con él para darle las gracias por cuidar de su hogar. Así había resuelto multitud de problemas con una mínima cantidad de esfuerzo. En lo que se refería a Nathan, cuantos menos contratiempos, mejor. Por eso, le debía mucho a Fred MacNamara.

Mientras metía la llave en la cerradura, decidió que se pondría en contacto con él dentro de unos días. Después de haber dormido durante veinticuatro horas y de haberse abandonado a la pereza.

Abrió la puerta y encendió las luces. Se limitó a mirar a su alrededor. Su casa. Resultaba tan agradable estar en su hogar, en la casa que había diseñado y construido, entre los objetos que había escogido a su gusto y para su propia comodidad.

Su casa. Estaba exactamente tal y como... No. Rápidamente se dio cuenta de que no estaba tal y como él la había dejado. Se frotó los ojos y volvió a examinar el salón. Su salón.

¿Quién había colocado el Ming junto a la ventana y había puesto dentro unos iris? ¿Por qué estaba el bol Meissen en la mesa y no en la estantería? Frunció el ceño. Era un hombre muy meticuloso y veía al menos una docena de objetos que no estaban en su sitio.

Tendría que hablar con la señora Grange al respecto, aunque no iba a permitir que aquello estropeara el placer que le producía estar en casa.

Resultaba muy tentador dirigirse a la cocina y servirse una bebida tonificante y fría, pero Nathan creía en lo de hacer las cosas por su orden. Tomó sus maletas y se dirigió a la planta superior, gozando con cada momento de tranquilidad y soledad.

Cuando encendió las luces de su dormitorio, se detuvo en seco. Muy lentamente, dejó las maletas sobre el suelo y se dirigió a la cama. No estaba preparada para que él se acostara, sino que parecía haber sido hecha de mala manera. La cómoda, la Chippendale que había adquirido en Sotheby's hacía cinco años, estaba llena de frascos y botellas. Un ligero olor flotaba en el aire, no solo procedente de las rosas que estaban colocadas en el Waterford, que a su vez debía estar en el armario del comedor. Era un aroma a mujer. Polvos, loción y aceite de baño. No era fuerte ni abrumador, sino más bien ligero e impertinente. Entornó los ojos cuando vio un retazo de color sobre la colcha de la cama. Cuando lo tomó entre los dedos, se dio cuenta de que eran unas braguitas casi microscópicas.

¿Serían de la señora Grange? La idea resultaba completamente irrisoria. La corpulenta señora Grange no podría meter ni una pierna en aquella minúscula prenda. Si Fred había tenido una invitada... Nathan examinó las braguitas a la luz. Suponía que podía tolerar que Fred hubiera tenido compañía, pero no en su dormitorio. Además, ¿por qué diablos no había recogido sus cosas antes de marcharse?

De repente, se lo imaginó todo. Tal vez fue el arquitecto que había en él lo que le permitió llegar a aquel espacio en blanco. Se imaginó a una mujer alta, esbelta, sensual, algo ruidosa y atrevida. Probablemente sería pelirroja, con la boca muy grande y muchas ganas de fiesta. Se alegraba por Fred, pero se había acordado de que la casa tenía que estar vacía y en orden para cuando Nathan regresara.

Echó un último vistazo a los frascos que había encima de la cómoda. Haría que la señora Grange se deshiciera de ellos. Sin pensar, se metió el minúsculo trozo de nailon en el bolsillo y salió del dormitorio para ver qué más estaba como no debería estar.

Jackie, con los ojos cerrados y la cabeza reposando sobre el borde del jacuzzi, estaba canturreando en voz baja. Había sido un día particularmente bueno. El hilo argumental de la novela se plasmaba en la pantalla del ordenador con tanta facilidad que resultaba casi aterrador. Se alegraba de haber escogido el Oeste como el lugar en el que se desarrollaban los hechos, en la vieja Arizona, desolada y polvorienta. Era el trasfondo adecuado para el obstinado protagonista y la ingenua y timorata heroína. Ya se encontraban caminando por la ardua carretera del romance, aunque no creía que lo supieran todavía.

Le encantaba la idea de haber situado la novela en el siglo XIX. Por supuesto, el argumento estaba cuajado de peligro y aventura a cada paso. La protagonista, que se había criado en un convento, estaba pasando por un momento muy difícil, aunque estaba saliendo adelante. Era fuerte. Jackie no podría haber escrito jamás sobre una mujer débil aunque hubiera tenido que hacerlo.

En cuanto al protagonista... solo pensar en él la hacía sonreír. Lo veía perfectamente, como si hubiera saltado de su imaginación para meterse en la bañera con ella. Aquel cabello oscuro y espeso, que relucía al sol cuando se quitaba el sombrero, lo suficientemente largo como para que una mujer pudiera agarrar un puñado. El cuerpo esbelto y firme de montar a caballo, tostado por el sol y cubierto de cicatrices causadas por los problemas de los que jamás lograba alejarse.

Se le veía en el rostro, esbelto y anguloso, que a menudo se veía ensombrecido por la barba que no se molestaba en afeitarse. Tenía una boca que sabía sonreír y acelerar los latidos del corazón de una mujer. Sin embargo, si se tensaba podía hacer temblar de miedo a un hombre. Sus ojos... Sus ojos eran una maravilla. Grises y enmarcados por largas y oscuras pestañas, algo arrugados en el ángulo externo de entrecerrarlos bajo el sol de Arizona. Firme y duro cuando apretaba el gatillo, ardiente y apasionado cuando poseía a una mujer.

Todas las féminas de Arizona estaban enamoradas de Jake Redman. Jackie se alegraba de estar también algo enamorada de él. ¿Acaso no lo convertía en un ser más real aquel detalle? Si ella podía verlo tan claramente y experimentar hacia él unos sentimientos tan intensos, ¿no significaba que estaba haciendo bien su trabajo? Jake no era un buen hombre, al menos no del todo. La protagonista femenina tendría que pulir aquel diamante en bruto, al tiempo que debería aceptar los escollos con los que se encontrara por el camino. Él compensaría a Sarah Conway por todos sus esfuerzos. Jackie se moría de ganas de volver a sentarse con ellos para poder mostrarles lo que iba a ocurrir a continuación. Si se concentraba lo suficiente, casi podía oír la voz de Jake...

—¿Qué diablos está haciendo aquí?

Aún presa de su ensoñación, Jackie abrió los ojos y contempló el rostro de su imaginación. ¿Jake? Se preguntó si el agua cálida del jacuzzi le habría reblandecido el cerebro. Jake no llevaba trajes ni corbatas, pero reconocía perfectamente aquella mirada de enojo. Se quedó boquiabierta y lo miró fijamente.

Tenía el cabello más corto, pero no mucho. Además, la sombra de la barba estaba presente en su rostro. Se frotó los ojos con los dedos y se los llenó de agua, por lo que tuvo que parpadear. Él seguía allí, un poco más cerca.

—¿Estoy soñando?

Nathan entornó los ojos. No era la rebelde pelirroja que se había imaginado, sino una morena muy mona y de ojos muy dulces. Fuera lo que fuera, no debía estar en aquella casa.

—Está usted cometiendo allanamiento de morada. ¿Quién diablos es usted?

La voz... Incluso la voz era la adecuada. Jackie sacudió la cabeza y trató de serenarse. Estaban en el siglo XXI y, por muy reales que parecieran sus personajes sobre el papel, no cobraban vida ataviados con trajes de quinientos dólares. Lo que estaba ocurriendo en realidad era que estaba a solas con un desconocido y en una situación muy delicada. Se preguntó cuánto sería capaz de recordar de su curso de kárate. Entonces, cuando miró los anchos hombros de aquel hombre, decidió que no iba a ser suficiente.

—¿Quién es usted? —preguntó. El miedo le dio a su voz un cierto tono altivo del que su madre habría estado muy orgullosa.

—Es usted la que tiene que responder las preguntas —replicó él—, pero mi nombre es Nathan Powell.

—¿El arquitecto? Oh, admiro tanto su trabajo... He visto el Ridgeway Center en Chicago y... —dijo Jackie. Empezó a levantarse, pero, al recordar que no se había molestado en ponerse un traje de baño, se volvió a sentar otra vez—. Tiene usted un maravilloso gusto para combinar el sentido estético con el práctico.

—Gracias. Ahora...

—¿Qué está usted haciendo aquí?

Él volvió a entornar los ojos. Por segunda vez, Jackie vio algo de su pistolero reflejado en ellos.

—Esa pregunta debería hacerla yo. Esta es mi casa.

—¿Su casa? Entonces, ¿usted es el Nathan de Fred? —preguntó. Aliviada, sonrió—. Bueno, eso lo explica todo.

Cuando sonrió, le apareció un hoyuelo en la comisura de los labios. Nathan lo notó y decidió no prestarle atención. Él era un hombre muy metódico y los hombres metódicos no regresaban a casa y se encontraban a una desconocida en su jacuzzi.

—Para mí no. Voy a repetirle la pregunta. ¿Quién diablos es usted?

—Oh, lo siento. Soy Jack —respondió ella. Al ver que Nathan levantaba una ceja, sonrió y le tendió la mano—. Jackie... Jacqueline MacNamara. La prima de Fred.

Nathan observó la mano y el brillo de las joyas que llevaba en los dedos, pero no se la estrechó. Tenía miedo de que, si lo hacía, podría tirar de ella hasta hacerla salir del jacuzzi.

—¿Por qué está usted bañándose en mi jacuzzi y durmiendo en mi cama, señorita MacNamara?

—¿Es esa su habitación? Lo siento. Fred no me dijo cuál podía utilizar, así que me instalé en la que más me gustó. Él está en San Diego, ¿sabe?

—Me importa un bledo dónde esté —dijo Nathan. Siempre había sido un hombre muy paciente. Al menos, eso era lo que siempre había creído. Sin embargo, en aquellos momentos se estaba dando cuenta de que no tenía paciencia ninguna—. Lo que quiero saber es por qué está usted en mi casa.

—Bueno, se la subarrendé a Fred. ¿Es que no se lo dijo?

—¿Que usted qué?

—Mire, resulta algo difícil hablar con el ruido de este motor. Espere —le pidió Jackie. A continuación, extendió la mano, pero no llegó a apretar el botón que desconectaba el mecanismo de la bañera—. Yo... Bueno, no estaba esperando a nadie, así que no estoy vestida para recibir. ¿Le importaría...?

Nathan miró automáticamente los remolinos del agua y vislumbró la suave curva del pecho de la joven.

—Estaré en la cocina. Dese prisa.

Cuando se encontró a solas, Jackie lanzó un suspiro.

—Creo que Fred me la ha vuelto a jugar —murmuró, mientras salía de la bañera y se secaba.

Mientras esperaba, Nathan se preparó un gin-tonic. En lo que se refería a las bienvenidas a casa, aquella dejaba mucho que desear. Tal vez habría hombres que se hubieran llevado una agradable sorpresa al regresar a casa después de un proyecto agotador y encontrarse a una mujer desnuda. Desgraciadamente, él no era uno de ellos. Tomó un trago de su bebida y se reclinó contra la encimera. Suponía que era cuestión de ir paso a paso. El primero sería deshacerse de Jacqueline Mac-Namara.

—¿Señor Powell?

Se dio la vuelta y la vio entrar en la cocina. Aún estaba algo mojada. Notó que tenía las piernas largas, muy largas, y ligeramente bronceadas. Un albornoz la cubría hasta los muslos. El cabello se le rizaba en torno al rostro como si se tratara de un halo. Los rizos húmedos acentuaban unos ojos oscuros y grandes. Estaba sonriendo y el hoyuelo había vuelto a hacer acto de presencia. Nathan no estaba seguro de que le gustara. Cuando aquella mujer sonreía, parecía capaz de venderle a un hombre una parcela en las tierras pantanosas de Florida.

—Parece que vamos a tener que hablar con su primo.

—Fred —dijo Jackie, asintiendo sin dejar de sonreír. Entonces, tomó asiento sobre uno de los taburetes que flanqueaban la barra de desayuno. Había decidido permanecer totalmente tranquila y relajada. Si aquel hombre pensaba que ella estaba nerviosa o insegura de su posición... No estaba segura, pero le parecía que se encontraría muy pronto en el exterior de la casa, con su equipaje en la mano—. Es un personaje, ¿verdad? ¿Cómo lo conoció?

—A través de una amiga mutua —respondió él—. Yo tenía un proyecto en Alemania que me iba a mantener alejado del país durante varios meses. Necesitaba que alguien cuidara de la casa y me lo recomendaron. Como yo conocía a su tía...

—Patricia, Patricia MacNamara. Es mi madre.

—No. Adele Lindstrom.

—Oh, la tía Adele... Es la hermana de mi madre. Es una mujer encantadora.

—Yo trabajé con Adele brevemente en el proyecto de revitalización de Chicago. Por el vínculo y la recomendación, decidí que Fred se ocupara de la casa mientras yo estaba fuera.

Jackie se mordió el labio inferior. Fue la primera vez que demostró que estaba nerviosa, aunque ella misma no se percató.

—¿No se la estaba alquilando?

—¿Alquilándomela? Por supuesto que no.

Nathan vio que la joven había empezado a hacerse girar los anillos en los dedos. Se advirtió que no debía implicarse. Tenía que decirle que recogiera sus cosas y se marchara de allí. No quería explicaciones ni disculpas. Así, podría acostarse en cuestión de minutos.

—¿Es eso lo que le dijo?

—Supongo que es mejor que le cuente toda la historia. ¿Podría tomar uno de esos?

Cuando ella le indicó el vaso, estuvo a punto de disculparse. Se le habían inculcado los buenos modales y se sintió muy molesto por haber pasado aquel detalle por alto, aunque ella no fuera una invitada. Sin responder, preparó otra bebida y tomó asiento enfrente de ella.

—Le agradecería que pudiera condensar toda la historia para que pudiera contarme solo lo más importante.

—Está bien —dijo ella. Tomó un sorbo de la copa, como para darse fuerzas—. Fred me llamó la semana pasada. Se había enterado por mi familia de que yo estaba buscando un lugar en el que alojarme durante unos meses, una casa tranquila donde pudiera trabajar. Yo soy escritora —explicó, con el orgullo audaz de quien se lo cree realmente. Al ver que aquel comentario no provocaba respuesta alguna, tomó otro sorbo de la copa—. Bueno, Fred me dijo que tenía una casa que podría gustarme. Me dijo que la tenía alquilada y me contó cómo era. Yo me moría de ganas de verla. Es un lugar muy hermoso, tan bien diseñado... Ahora que sé quién es usted, veo por qué... La fuerza y el encanto de la estructura, la amplitud de los espacios... Si no hubiera estado tan centrada en lo que estaba haciendo, habría reconocido su estilo inmediatamente. Estudié arquitectura durante un par de semestres en Columbia con LaFont.

—Todo eso resulta fascinante. Estoy seguro de que... ¿Ha dicho LaFont?

—Sí. Es maravilloso, ¿verdad? Tan pomposo y tan seguro de su propia valía.

Nathan frunció el ceño. Él había estudiado con LaFont hacía una eternidad, o por lo menos eso le parecía. Sabía muy bien que el famoso arquitecto solo aceptaba a los estudiantes más prometedores. Abrió la boca y la volvió a cerrar. No iba a consentir que ella lo desviara del tema principal.

—Regresemos a su primo, señorita MacNamara.

—Jackie —dijo ella, con una deslumbrante sonrisa—. Bueno, si no hubiera tenido tantas ganas de instalarme, probablemente le habría dicho que no, pero, en cuanto la vi, comprendí que esta era la casa que estaba buscando. Él me dijo que tenía que marcharse a San Diego inmediatamente por un asunto de negocios y que el propietario, es decir, usted, no quería que la casa estuviera vacía en su ausencia. Supongo que no la utiliza solo en invierno y muy esporádicamente, ¿verdad?

—No —respondió Nathan. Se sacó un cigarrillo del bolsillo. Había conseguido fumar solo diez al día, pero las circunstancias mandaban—. Vivo aquí todo el año, a excepción de cuando debo marcharme por un proyecto. Le pedí a Fred que viviera aquí durante mi ausencia, pero lo llamé hace dos semanas para decirle cuándo iba a llegar. Tenía que ponerse en contacto con la señora Grange y dejarle a ella su nueva dirección.

—¿La señora Grange?

—El ama de llaves.

—No mencionó a ninguna ama de llaves.

—¿Por qué no me sorprende eso? —murmuró Nathan. Se

terminó su bebida de un trago—. Eso nos lleva al por qué está usted aquí.

—Firmé un contrato por tres meses y le extendí a Fred un cheque para pagarle el alquiler por adelantado, además de una fianza.

—Es una pena que no firmara ese contrato con el dueño —repuso él. No se apiadaría de ella. Ni hablar.

—Lo hice con su representante. Al menos, con quien yo creía que era su representante —se corrigió—. Mi primo Fred puede ser muy astuto... Mire, señor Powell, Nathan, resulta evidente que Fred nos ha engañado a los dos, pero debe de haber algún modo de solucionar este asunto. En cuanto a los tres mil quinientos dólares...

—¿Tres mil quinientos? —preguntó Nathan—. ¿Le ha pagado tres mil quinientos dólares?

—Me pareció razonable —susurró ella—. Esta casa es muy hermosa. Además, tiene piscina, solárium... Bueno, supongo que con la ayuda de mi familia lograré recuperar al menos una parte. Tarde o temprano... Sin embargo, el verdadero problema es cómo solucionar esta situación.

—¿A qué situación se refiere?

—Al hecho de que tú estés aquí y yo esté aquí.

—Eso no es ningún problema —replicó él, tras apagar el cigarrillo. No había razón alguna por la que tuviera que sentirse culpable de que ella hubiera perdido su dinero—. Le puedo recomendar un par de excelentes hoteles.

Jackie volvió a sonreír. Estaba segura de que Nathan podría recomendárselos, pero aquello no significaba que ella tuviera intención de marcharse a uno de ellos. El hoyuelo seguía presente, pero, si Nathan se fijara un poco más, se habría dado cuenta de que los ojos pardos de la joven se habían endurecido.

—Eso resolvería tu parte del problema, pero no la mía. Yo he alquilado esta casa.

—El contrato que tiene es un trozo de papel inútil.
—Posiblemente. ¿Has estudiado alguna vez Derecho? Cuando estuve en Harvard...
—¿En Harvard?
—Muy brevemente —contestó ella, como si no tuviera importancia—. No me gustó mucho, pero creo que resultaría algo difícil, peor aún, latoso, sacarme de esta casa. Por supuesto, si quieres obtener una orden y llevarme ante los tribunales, y meter a la vez al primo Fred en este asunto, terminarías ganando el caso. De eso estoy segura. Sin embargo, estoy segura de que podemos encontrar una solución mucho más adecuada para todo el mundo. Debes de estar agotado —añadió, con voz mucho más suave—. ¿Por qué no te vas a la cama y descansas? Después de que hayas descansado, todo parecerá mucho más claro, ¿no te parece? Ya solucionaremos todo esto mañana.

—No se trata de solucionar nada, señorita MacNamara, sino de que usted haga las maletas y se marche de aquí —le espetó Nathan. Se metió la mano en el bolsillo y rozó suavemente la prenda interior que se había metido en él. Apretó los dientes y la sacó—. ¿Es esto suyo?

—Sí, gracias —contestó ella. Sin sonrojarse, aceptó su ropa interior—. Creo que es un poco tarde para llamar a la policía y explicarles todo esto. Me imagino que podrías ponerme directamente de patitas en la calle, pero que después te odiarías por ello.

En eso tenía razón. Nathan empezó a pensar que tenía mucho más en común con su primo que un simple apellido. Miró el reloj y lanzó una maldición. Era más de medianoche y, verdaderamente, no tenía corazón para ponerla en la calle. Lo peor de todo era que estaba tan cansado que estaba empezando a ver doble y que no se le ocurría modo alguno de rebatir lo que ella le había dicho. Decidió dejarlo estar... por el momento.

—Le daré veinticuatro horas, señorita MacNamara. Eso me parece lo mejor para ambos.

—Ya sabía yo que serías un hombre razonable —comentó ella, sin dejar de sonreír—. ¿Por qué no te vas a dormir? Yo cerraré todo.

—Usted está en mi cama.

—¿Cómo dices?

—Sus cosas están en mi dormitorio.

—Oh... Bueno, supongo que si fuera realmente importante para ti, podría sacarlo todo esta misma noche.

—No importa —dijo él. Tal vez todo era una pesadilla, una alucinación. Se despertaría por la mañana y descubriría que todo estaba como debería estar—. Me acostaré en uno de los dormitorios de invitados.

—Esa idea me parece mucho mejor. Efectivamente, tienes un aspecto muy cansado. Que duermas bien.

Nathan la miró fijamente durante casi un minuto. Cuando se marchó, Jackie apoyó la cabeza en la encimera y se echó a reír. Haría que Fred pagara por lo que le había hecho, de eso no tenía ninguna duda. Sin embargo, en aquellos momentos, le parecía lo más divertido que le había ocurrido en meses.

CAPÍTULO 2

Cuando Nathan se despertó, eran más de las diez, pero la pesadilla no parecía haber terminado. Lo comprendió en cuanto vio el papel pintado que decoraba una de las habitaciones de invitados. Estaba en su propia casa, pero, de algún modo, se había visto relegado a la posición de invitado.

Sus maletas, abiertas pero aún sin deshacer, estaban debajo de la ventana. Como no había corrido las cortinas, el sol entraba a raudales y caía sobre las bien dobladas camisas. Deliberadamente, se dio la vuelta. No iba a deshacer sus maletas hasta que no pudiera hacerlo en la intimidad de su dormitorio.

Jacqueline MacNamara había estado en lo cierto en una cosa. Se sentía mucho mejor después de dormir toda la noche. Tenía la mente más clara. Sin embargo, se dio cuenta de que se había equivocado por no haberla echado la noche anterior, aunque ese detalle aún podía rectificarse. Cuanto antes lo hiciera, mejor.

Se duchó y se afeitó, pero guardó todos sus objetos de aseo cuando hubo terminado. No iba a sacar nada del neceser hasta que no pudiera colocarlo en sus armarios y cajones. A continuación, se vistió con unos pantalones y una camisa de algodón y se sintió de nuevo al mando. Si no podía enfrentarse a la insignificante morena que estaría acurrucada en su cama, era que estaba perdiendo los papeles. No obstante, decidió que no le haría ningún daño tomarse primero una taza de café. Estaba a mitad de camino por las escaleras cuando lo olió. Café recién hecho. El aroma resultaba tan agradable que estuvo a punto de sonreír. Entonces, recordó quién lo habría preparado. Afirmó su resolución y siguió bajando. Otro agradable olor lo asaltó. Beicon. Sí, era beicon. Evidentemente, aquella mujer se sentía como en su casa. También oyó la música. Rock o algo parecido, lo suficientemente fuerte como para oírse desde allí.

No. La pesadilla no había terminado, pero iba a hacerlo muy pronto. Así de resuelto, entró en la cocina.

—Buenos días —le dijo Jackie, con una sonrisa que competía con los rayos del sol. Bajó el volumen de la radio, aunque no la apagó por completo—. No estaba segura de hasta cuándo estarías dormido, pero no me pareció que fueras la clase de hombre que duerme hasta muy avanzada la mañana. Por eso, he empezado a preparar el desayuno. Espero que te gusten las tortitas de arándanos. Me levanté temprano para ir a comprarlos. Son frescos. Siéntate —añadió, antes de que él pudiera decir nada—. Te pondré un café.

—Señorita MacNamara...

—Jackie, por favor. ¿Con leche?

—Solo. Anoche la situación quedó un poco en el aire, pero tenemos que solucionar este asunto inmediatamente.

—Por supuesto. Espero que te guste el beicon crujiente —dijo. Puso un plato sobre la barra de desayuno. Notó que él se había afeitado. Así, no se parecía tanto a su Jake... excepto en los ojos. Decidió que no estaría bien subestimarlo—. Lo he pensado mucho, Nathan, y creo que he encontrado la solución ideal. ¿Has dormido bien? —preguntó, mientras vertía la mezcla de las tortitas en la sartén.

—Sí —respondió. Al menos eso le había parecido cuando se despertó. Agarró la taza de café casi a la defensiva. Aquella mujer era como un rayo de sol que se había entrometido cuando lo único que él deseaba hacer era echar las cortinas y dormir.

—Mi madre siempre dice que uno duerme mejor en su casa, pero a mí nunca me ha importado. Yo puedo dormir en cualquier parte. ¿Te gustaría leer el periódico?

—No —contestó él. Tomó un sorbo de café, lo miró fijamente y volvió a probarlo. Tal vez era su imaginación, pero aquella le parecía la mejor taza de café que había saboreado nunca.

—Compro los granos en una pequeña tienda de la ciudad —dijo ella, respondiendo así a la pregunta que él nunca le había hecho mientras les daba la vuelta a las tortitas con mano experta—. Yo no lo tomo con frecuencia, por eso precisamente creo que es necesario que el café sea muy bueno. ¿Te sirvo ya las tortitas? —preguntó. Antes de que Nathan tuviera tiempo de responder, le tomó el plato y se lo llenó de tortitas—. Desde aquí hay una vista magnífica. Hace que comer sea algo muy especial.

Sin poder evitarlo, Nathan tomó el sirope. No haría daño alguno comer primero. Ya la echaría más tarde.

—¿Cuánto tiempo llevas aquí?

—Solo unos días. Fred siempre ha tenido un excelente sentido de la oportunidad. ¿Cómo están las tortitas?

—Maravillosas —concedió—. ¿Tú no comes?

—Más o menos las he ido probando mientras las hacía —contestó, antes de tomarse otra tira de beicon—. ¿Sabes cocinar?

—Solo si el paquete trae las instrucciones.

—Yo soy muy buena cocinera —afirmó Jackie, con cierta sensación de victoria.

—Me imagino que estudiarías en el Cordon Bleu.

—Solo durante seis meses —dijo ella, con una sonrisa—. Aprendí lo básico. A partir de ahí, decidí ir a mi aire, experimentar. Creo que la cocina debería ser, como todo lo demás, una aventura.

Para Nathan, la cocina era solo una tarea aburrida que normalmente terminaba en un fracaso. Se limitó a asentir con un gruñido.

—¿Tu señora Grange viene todos los días para limpiar y prepararte la comida? —quiso saber ella.

—Una vez a la semana —respondió. Las tortitas eran deliciosas. Se había acostumbrado a la comida de hotel y, por muy buena que esta fuera, no podía competir con aquella. Comenzó a relajarse mientras observaba las vistas. Ella tenía razón. Eran maravillosas. No recordaba haber disfrutado tanto de un desayuno—. Limpia, hace la compra semanal y me prepara algo de comer. ¿Por qué?

—Todo tiene que ver con nuestro dilema.

—Tu dilema.

—Lo que sea. Me pregunto si eres un hombre justo, Nathan. Tus edificios muestran un cierto sentido de estilo y orden, pero no sé si eres justo —dijo, levantando la cafetera—. Permíteme que te llene la taza.

—¿Adónde quieres ir a parar? —preguntó él. Estaba perdiendo el apetito por momentos.

—A mí me faltan tres mil quinientos dólares. No te voy a hacer creer que esa pérdida vaya a provocar que tenga que ponerme a vender lápices en la calle. En realidad, no se trata de la cantidad, sino del principio. Tú crees en los principios, ¿verdad?

Con cautela, Nathan se encogió de hombros.

—Yo pagué, de buena fe, por tener un lugar en el que vivir y trabajar durante tres meses.

—Estoy seguro de que tu familia cuenta con excelentes abogados. ¿Por qué no demandas a tu primo?

—Los MacNamara no resuelven así sus problemas. Por supuesto que me vengaré de él... pero cuando menos lo espere.

—En ese caso, te deseo muy buena suerte. Sin embargo, a mí no me incumben los problemas de tu familia.

—Yo creo que sí, cuando es tu casa la que anda por medio. ¿Deseas tomar algo más?

—No, gracias. Mira, Jackie, voy a ser completamente sincero contigo —afirmó, tras reclinarse en el respaldo del asiento—. Mi trabajo en Alemania resultó cansado y difícil. Tengo un par de meses libres, que tengo la intención de pasar aquí, solo, haciendo lo mínimo posible.

—¿Qué estabas construyendo?

—¿Cómo dices?

—Te preguntaba qué estuviste construyendo en Alemania.

—Un complejo de ocio, pero no creo que eso tenga relevancia alguna. Siento parecerte insensible, pero no me siento responsable por tu situación.

—No es insensible en absoluto —repuso Jackie, golpeándole suavemente la mano. A continuación, le sirvió más café—. ¿Por qué ibas a sentirte responsable? Vaya... un complejo de ocio. Suena fascinante. Me encantaría que me lo contaras más tarde, pero lo que ocurre es que yo, más o menos, nos veo a los dos en el mismo barco, Nathan. Los dos esperábamos pasar a solas los dos próximos meses, cada uno con nuestro proyecto, y Fred nos ha fastidiado a los dos. ¿Te gusta la comida oriental?

Estaba perdiendo terreno. Nathan no sabía por qué ni cuándo la arena había empezado a deslizársele de debajo de los pies, pero así estaban las cosas. Apoyó los codos en la barra y se sujetó la cabeza con las manos.

—¿Qué diablos tiene eso que ver con lo que estamos hablando?

—Tiene que ver con mi idea y quería saber qué clase de comida te gustaba o no te gustaba. Por mi parte, yo como cualquier cosa, pero la mayoría de la gente tiene preferencias muy concretas.

Jackie tomó su taza entre las manos y cruzó las piernas sobre el taburete. Aquel día llevaba unos pantalones cortos de un azul muy vivo.

—¿Por qué no me dices cuál es tu idea mientras aún me quede un poco de cordura?

—El objetivo es que los dos tengamos lo que deseamos... más o menos. Es una casa muy grande. Yo soy una excelente compañera de piso. Te podría dar referencias de varias personas. He estudiado en varios lugares, por lo que he vivido con una amplia variedad de personas. Soy ordenada, silenciosa y no me meto en las cosas de nadie.

—Me resulta difícil creerlo.

—No, en realidad, especialmente cuando estoy inmersa en un proyecto como lo estoy ahora. Me paso casi todo el día escribiendo. En estos momentos, esta novela es lo más importante de mi vida. Te daría más detalles, pero creo que es mejor que lo dejemos.

—Te lo agradecería.

—Tienes un maravilloso sentido del humor, Nathan. No lo pierdas nunca. En cualquier caso, creo firmemente en el ambiente. Seguro que tú también, dado que eres arquitecto.

—De nuevo estás haciendo que me pierda.

—Te estoy hablando de la casa —dijo Jackie, muy pacientemente.

Nathan decidió que el problema eran los ojos de aquella mujer. Había algo en ellos que obligaba a un hombre a mirarlos y a escuchar cuando lo que realmente quería hacer era taparse las orejas y echar a correr.

—¿Qué ocurre con la casa?

—Tiene algo. En el momento en el que puse el pie en su interior, todo empezó a fluir fácilmente con mi novela. Si me mudara... Bueno, ¿no crees que podría ser que las palabras dejaran de fluir igual de rápidamente? No quiero correr ese riesgo. Por eso, estoy dispuesta a alcanzar un compromiso...

—Que tú estás dispuesta a alcanzar un compromiso —repitió él, muy lentamente—. Fascinante. Estás viviendo en mi casa, sin mi consentimiento, pero estás dispuesta a alcanzar un compromiso.

—Es lo justo —repuso ella, con una resplandeciente sonrisa—. Tú no sabes cocinar. Yo sí. Yo prepararé todas tus comidas, corriendo con los gastos, mientras esté aquí.

Parecía razonable. ¿Por qué diablos le parecía tan razonable cuando ella lo decía?

—Es muy generoso por tu parte, pero yo no deseo una cocinera ni una compañera de piso.

—¿Cómo lo sabes? Nunca has tenido una.

—Lo que deseo —prosiguió él, casi como si ella no hubiera hablado— es intimidad.

—Por supuesto. Por eso, vamos a realizar un pacto ahora mismo. Yo respetaré tu intimidad y tú respetarás la mía, Nathan. Sé que no tienes razón alguna para hacerme ningún favor, pero estoy realmente comprometida con este libro. Por razones propias, tengo una gran necesidad de terminarlo y estoy segura de que podré hacerlo aquí.

—Si estás tratando de conseguir que me sienta culpable porque estaría poniendo en peligro la gran novela norteamericana de todos los tiempos...

—No, no se trata de eso. Solo estoy pidiéndote que me des una oportunidad. Un par de semanas. Si te vuelvo loco, me marcharé.

—Jacqueline, te conozco desde hace doce horas y ya me estás volviendo loco.

Ella estaba ganando. No era más que un cierto tono en la voz de Nathan, pero ella lo captó enseguida y se negó a dejarlo escapar.

—Pues te has comido todas las tortitas.

Nathan miró el plato, casi sintiéndose culpable.

—No había tomado nada más que comida de avión durante veinticuatro horas.

—Espera hasta que hayas probado mis crepes. Y mis buñuelos. Nathan, solo te pido que lo pienses. Te garantizo que mientras yo esté aquí no tendrás que abrir ni una sola lata.

—Comeré fuera —replicó él.

—Pues vaya intimidad de la que ibas a disfrutar en un restaurante lleno de gente, en el que tendrías que competir por llamar la atención del camarero. Con mi solución, no tendrás que hacer nada más que relajarte.

Nathan odiaba los restaurantes. Dios sabía que había tenido que ir a muchos durante el último año. En realidad, aquella sugerencia tenía mucho sentido, al menos mientras estaba lleno de tortitas de arándanos.

—Quiero que me devuelvas mi dormitorio.

—Eso no hacía falta ni que lo mencionaras.

—No me gusta hablar solo por hablar por las mañanas.

—Es algo poco civilizado. A mí me gustaría poder utilizar la piscina.

—Si me tropiezo con una de tus cosas una sola vez, tendrás que marcharte.

—De acuerdo —dijo Jackie. Extendió la mano, sintiendo que Nathan era la clase de hombre a la que le gustaba sellar sus pactos con un apretón de manos. Se sintió aún más segura de ello cuando lo vio dudar. Por eso, decidió mencionar lo que esperaba que fuera el golpe de gracia.

—¿Sabes una cosa? Estoy segura de que, si me echaras, te odiarías por ello.

Nathan frunció el ceño, pero le dio la mano. Jackie tenía una mano muy pequeña, muy suave, pero se la dio con firmeza. Si se arrepentía de aquel acuerdo temporal, tendría algo más de lo que pedirle cuentas a Fred.

—Voy a darme un baño en el jacuzzi.

—Buena idea. Relaja esos músculos tan tensos que tienes. Por cierto, ¿qué te apetece tomar para almorzar?

—Sorpréndeme —dijo Nathan, tras levantarse. No se volvió para mirarla.

Jackie recogió el plato y realizó un rápido baile por la cocina.

Locura temporal. Nathan pensó en si debería echar mano de aquella explicación ante sus asociados, su familia y los tribunales. Tenía una inquilina que, además, no le pagaba. Nathan Powell, un conservador y notable miembro de la sociedad, el prodigio de la arquitectura de treinta y dos años, tenía a una mujer extraña en su casa.

No se refería a extraña en el sentido de desconocida. Jackie MacNamara era muy rara. Había llegado a aquella conclusión cuando la vio meditando al lado de la piscina después de almorzar. Estaba sentada sobre las losetas, con la cabeza echada hacia atrás, los ojos cerrados y las manos apoyadas sobre las rodillas con las palmas hacia arriba. Se temía que estaba recitando un mantra. ¿Aún se hacían ese tipo de cosas?

Debía de estar loco para haber accedido a tenerla en su casa por un plato de tortitas de arándanos y una sonrisa. Mientras se servía otro vaso de té helado, que Jackie había preparado para acompañar una exquisita ensalada de espinacas, decidió que había sido por el jet lag. Efectivamente. Hasta un hombre competente e inteligente podía caer víctima de las debilidades corporales después de un vuelo transatlántico.

«Dos semanas», se recordó. Técnicamente, solo había accedido a tenerla en su casa durante dos semanas. Cuando hubiera transcurrido ese tiempo, podría pedirle firme pero suavemente que se marchara. Mientras tanto, haría lo que debería haber hecho hacía horas: asegurarse de que no tenía a una maníaca en su casa.

Al lado del teléfono de la cocina, había una agenda de cuero, tal y como ocurría al lado de todos los teléfonos que había en la casa. Buscó en la «L». Jackie estaba arriba, trabajando en su libro... si es que existía tal libro. Realizaría la llamada, averiguaría algunos detalles pertinentes y decidiría cómo proceder en lo sucesivo.

—Residencia Lindstrom.

—¿Podría hablar con Adele Lindstrom, por favor? La llama Nathan Powell.

—Un momento, señor Powell.

Mientras esperaba, Nathan tomó otro sorbo de té. Un hombre podría acostumbrarse muy fácilmente a tomarlo recién hecho en vez de beber los productos químicos de una lata. Con gesto ausente, sacó un cigarrillo y golpeó el filtro contra la encimera.

—Nathan, querido, ¿cómo estás?

—Estoy muy bien, Adele. ¿Y tú?

—No podría estar mejor. ¿Qué puedo hacer por ti, querido? ¿Estás en Chicago?

—No, en realidad acabo de llegar a casa. Tu sobrino Fred estaba... estaba cuidándome la casa.

—Por supuesto, ya me acuerdo... Fred no habrá hecho nada malo, ¿verdad? —añadió, tras una pausa.

—En realidad, tenemos un pequeño lío. Tu sobrina está aquí.

—¿Mi sobrina? ¿Cuál de ellas? ¿Jacqueline? Por supuesto, tiene que ser Jacqueline. Ahora me acuerdo que Honoria, la madre de Fred, me dijo que Jack se marchaba al sur. Pobre Nathan. Tienes la casa llena de MacNamaras.

—En realidad, Fred está en San Diego.

—¿En San Diego? ¿Y qué estáis haciendo todos en San Diego?

—No, es Fred el que está en San Diego, al menos eso creo. Yo estoy en Florida, con tu sobrina.

—Oh... ¡Oh! —exclamó. La segunda vez, la interjección tuvo un cierto tono de alegría que puso a Nathan en guardía—. ¡Vaya! ¡Qué sorpresa! Siempre he dicho que lo que necesitaba nuestra Jacqueline era un hombre agradable y estable. Por supuesto, le gusta mucho mariposear, pero es una muchacha brillante y de muy buen corazón.

—Estoy seguro de ello, pero solo está conmigo a causa de un error. Parece que Fred... no comprendió que yo iba a regresar y... y le ofreció mi casa a Jackie.

—Entiendo —dijo Adele, en un tono de voz mucho más sobrio—. ¡Qué trastorno para ti! Espero que Jacqueline y tú hayáis encontrado una solución.

—Más o menos. ¿Tú eres la hermana de su madre?

—Así es, Jackie es mucho más guapa que Patricia. Tiene un aspecto tan atractivo... De niña, yo siempre me sentía celosa. En realidad, nunca hemos estado del todo seguras de a quién se parece la pequeña Jackie. ¿Qué es lo que está haciendo ahora? ¿Pintando? No. Escribiendo. Ahora Jackie ha decidido que quiere ser novelista.

—Eso dice.

—Estoy segura de que será una historia deliciosa. Siempre ha estado repleta de buenos argumentos.

—De eso estoy más que convencido.

—Bueno, querido, sé que los dos os llevaréis muy bien. Nuestra pequeña Jack se las arregla para llevarse bien con casi todo el mundo. Tiene ese talento. No te voy a decir que Patricia y yo no esperábamos que ya hubiera sentado la cabeza y se hubiera casado para que pusiera parte de esa energía que tiene en criar una buena familia. Es una muchacha muy dulce, algo frívola, pero muy encantadora al fin y al cabo. Tú sigues soltero, ¿verdad, Nathan?

Él levantó la cabeza hacia el techo y la sacudió.

—Sí. Bueno, me ha resultado muy agradable hablar contigo, Adele. Le diré a tu sobrina que se ponga en contacto contigo cuando tenga una nueva dirección.

—Eso sería muy amable por tu parte. Siempre resulta un

39

placer tener noticias de Jack. Y de ti también, Nathan. No dejes de ponerte en contacto conmigo si regresas a Chicago.
—Lo haré. Cuídate mucho, Adele.
Nathan colgó el teléfono. Aún tenía el ceño fruncido. No había duda de que su inquilina era exactamente quien había dicho que era. Sin embargo, no había conseguido nada. Podía volver a hablar con ella, pero, cuando había tratado de hacerlo durante el almuerzo, solo había conseguido un dolor de cabeza. Tal vez era la salida de los cobardes, pero, durante el resto del día, iba a fingir que Jacqueline MacNamara, con sus largas piernas y su deslumbrante sonrisa, no existía.

Arriba, delante de su ordenador, Jackie no estaba pensando en absoluto en Nathan, o, si lo hacía, lo relacionaba tan íntimamente con su heroico Jake que no era capaz de notar la diferencia.

Estaba funcionando. Algunas veces, cuando la velocidad con la que tecleaban sus dedos disminuía un poco y su mente volvía al presente, no hacía más que pensar lo maravilloso que era que estuviera escribiendo. No estaba jugando, tal y como había hecho con muchas otras cosas.

Sabía que su familia desaprobaba su actitud. Tanto cerebro y tanta buena educación para que Jackie nunca pareciera decidir qué hacer con ellos. Por eso, se sentía muy feliz de poder anunciar que aquella vez había encontrado algo que la llenaba plenamente.

Se reclinó sobre el asiento y, con la lengua entre los dientes, releyó la última escena. Era buena, de eso estaba segura. Sin embargo, sabía que en Newport había personas que sacudirían la cabeza y que sonreirían con indulgencia. ¿Y qué si la escena era buena o si incluso algunos de los capítulos eran buenos? La pequeña Jack nunca terminaba nada.

Cuando le dio por la decoración, se compró una enorme

ratonera de casa y se pasó un tiempo raspando, pintando y empapelando. Lo aprendió todo sobre electricidad y fontanería, sobre ferreterías y tiendas de maderas. La planta baja le quedó estupenda. Era creativa y competente. El problema había sido, como siempre, que, cuando la excitación se había terminado, había habido algo más que le había capturado su interés. La casa había perdido todo el encanto. Cierto que la vendió obteniendo un gran beneficio, pero nunca llegó a tocar las dos plantas superiores.

La literatura era diferente.

Jackie se agarró la barbilla con una mano. ¿Cuántas veces había dicho eso antes? El estudio de fotografía, las clases de danza, el torno de ceramista... Sin embargo, estaba segura de que la literatura era diferente. Solo esperaba que la razón de tantos comienzos en falso hubiera sido indicarle el camino hacia lo que de verdad deseaba ser.

Estaba en lo cierto sobre la novela. Aquella vez, iba a llevarla de principio a fin. Ninguna de las cosas que había probado le había parecido nunca tan importante ni tan apropiada. No importaba que su familia y amigos consideraran que era excéntrica y voluble. Lo era. No obstante, tenía que haber algo lo suficientemente fuerte como para que significara algo en su vida. No podía seguir jugando a ser adulta toda la eternidad.

«La gran novela norteamericana de todos los tiempos...». Las palabras de Nathan la hicieron sonreír. No. No sería nada de eso. De hecho, a Jackie no se le ocurría nada más aburrido que tratar de escribir la gran novela norteamericana de todos los tiempos. Sin embargo, podría ser un buen libro, un relato que gustara a la gente y que los hiciera disfrutar, con el que se pudieran entretener todas las tardes. Eso sería más que suficiente. No se había dado cuenta de eso antes, pero estaba segura de que eso sería más que suficiente.

Todo estaba ocurriendo tan rápido, casi mucho más de lo que ella misma podía soportar. La habitación estaba llena de libros de consulta y de manuales. Los había leído todos. Investigar su tema había sido una disciplina que Jackie siempre había seguido muy estrictamente. Lo más extraño era que, en aquellos momentos que estaba tan metida en la historia, nada de eso importaba. Se dejaba llevar por el instinto para escribir. Por lo que recordaba, y tenía una buena memoria, nunca se había divertido tanto.

Cerró los ojos para pensar en Jake. Instantáneamente, comenzó a hacerlo en Nathan. ¿No era extraño que se pareciera tanto a la imagen del protagonista de su historia? Eso era lo que provocaba más aún que todo pareciera cosa del destino, un tema que Jackie respetaba mucho después de sus estudios sobre astrología.

Nathan no era en absoluto un pistolero. En realidad, resultaba un hombre bastante conservador, un hombre que se tenía por organizado y práctico. Dudaba seriamente que se considerara un artista, aunque desde luego lo era, y de mucho talento. También era la clase de persona que elaboraba listas y seguía un plan. Jackie respetaba aquella actitud, pero ella nunca había podido seguir una lista en toda su vida. Lo que en realidad admiraba en él era que Nathan Powell era un hombre que sabía lo que quería y lo había conseguido.

También resultaba muy agradable mirarlo, especialmente cuando sonreía. Normalmente le costaba hacerlo, lo que convertía el gesto en algo mucho más especial. Había decidido que era su deber hacerlo sonreír tan a menudo como fuera posible.

No debería resultar muy difícil. Evidentemente, tenía un buen corazón. Si no, no la habría dejado permanecer allí la primera noche. Precisamente por eso, Jackie estaba decidida a hacer que su convivencia le resultara a él lo menos dolorosa posible.

No dudaba que podrían estar muy bien el uno junto al otro durante unos meses. En realidad, Jackie prefería la compañía, aunque fuera tan a regañadientes como la de Nathan, más que la soledad.

Le gustaba la sutileza de él, su sarcasmo. Incluso alguien mucho menos sensible que ella habría reconocido el hecho de que nada podría hacer a Nathan más feliz que librarse de ella. Era una pena que no pudiera concederle aquel deseo. Estaba completamente decidida a acabar su libro, a terminarlo exactamente donde lo había empezado.

Mientras lo hacía, se mantendría tan alejada de él como le fuera posible, al tiempo que le preparaba las mejores comidas que hubiera probado en toda su vida.

Eso le hizo consultar el reloj. Lanzó una maldición y apagó inmediatamente el ordenador. Era muy molesto tener que pensar en la cena cuando Jake estaba atado con una cinta de cuero a la muñeca de un bravo guerrero apache. La pelea con navajas estaba empezando... Sin embargo, un trato era un trato.

Canturreando, bajó a la cocina.

Una vez más, fue el aroma lo que lo atrajo. Nathan había estado encantado poniéndose al día con los ejemplares atrasados del *Architectural Digest*, encerrado en su despacho. Aquel era su refugio, en el que flotaba el sutil aroma del cuero con el que estaban encuadernados los libros y con la potente luz del sol entrando a raudales a través de las ventanas. Si un hombre no podía estar a solas en su despacho, no podía hacerlo en ninguna parte.

Había estado a punto de borrarse a Jackie MacNamara y a su astuto primo del pensamiento. La había oído canturreando, pero no le había prestado atención. Aquello le había agradado. Una criada. Pensaría en ella como en una criada. Nada más.

Fue entonces cuando los aromas que emanaban de la cocina empezaron a turbarlo. Olores calientes y picantes. Volvía a tener la radio puesta. Muy alta. Nathan decidió que iba a tener que hablar con ella al respecto. Se rebulló en la butaca y trató de concentrarse.

Sin poder evitarlo, se preguntó si estaría preparando pollo y perdió el hilo del artículo que estaba leyendo sobre las casas de adobe. Pensó en cerrar la puerta, dio la vuelta a la página y se encontró con que la canción que Jackie estaba escuchando se le había metido en la cabeza. Mientras se decía que ella necesitaba una charla sobre cómo apreciar la música, dejó la revista a un lado y se dirigió a la cocina.

Tuvo que hablarle dos veces antes de que ella se percatara de su presencia. Tenía una mano sobre el mango de la sartén y la sacudía ligeramente.

—Estará listo dentro de unos pocos minutos —dijo, casi gritando—. ¿Te apetece una copa de vino?

—No. Lo que me apetece es que apagues eso.

—¿El qué?

—Que apagues la... —contestó Nathan. Tras lanzar un murmullo de disgusto, se acercó a la radio y la apagó—. ¿No has oído hablar de los daños en el tímpano?

—Siempre pongo la música muy alta cuando estoy cocinando. Me inspira.

—Pues cómprate unos cascos.

Jackie se encogió de hombros y levantó la tapa del arroz para menearlo rápidamente con un tenedor.

—Lo siento. Me imaginé que, dado que tenías altavoces en todas las habitaciones, te gustaba la música. ¿Cómo te ha ido el día? ¿Has descansado lo suficiente?

Algo en el tono de la voz de Jackie hizo que Nathan se sintiera como un abuelo gruñón.

—Estoy bien —murmuró entre dientes.

—Bien. Espero que te guste la comida china. Tengo un amigo que tiene un restaurante oriental maravilloso en San Francisco. Convencí a su chef para que compartiera algunas de sus recetas conmigo —comentó ella, mientras le servía a Nathan una copa de vino—. No he tenido tiempo para preparar las galletitas de la suerte —añadió, mientras servía una porción de pollo agridulce en un plato. Rápidamente, se lo entregó a Nathan antes de empezar a servirse otro para ella—. No dejes que se enfríe.

Con cierta cautela, Nathan tomó asiento. Después de todo, un hombre tenía que comer. La observó mientras pinchaba un trozo de pollo. Nada parecía capaz de romper su ritmo ni la seguridad que mostraba en sí misma. Mientras esperaba a que ella tomara asiento, pensó que ya se encargaría él de eso.

—Hoy he hablado con tu tía.

—¿De verdad? ¿Con la tía Adele? ¿Te ha dado buenas referencias de mí?

—Más o menos.

—Te lo has provocado tú mismo —dijo ella, mientras empezaba a comer con el entusiasmo de alguien que disfrutaba con la comida.

—¿Cómo dices?

—La noticia se va a extender como un río de pólvora entre los Lindstrom y los MacNamara. Me imagino que también alcanzará a los O'Brian. Ese es el apellido de casada de la hermana de mi padre. Yo no puedo aceptar la responsabilidad —añadió, mientras probaba un brote de bambú y un poco de arroz al azafrán.

—No sé de qué estás hablando.

—De la boda.

—¿De qué boda?

—De la nuestra —respondió ella. Tomó su copa y le dedicó una sonrisa por encima del borde de cristal—. ¿Qué te parece el vino?

—Repíteme eso. ¿Qué quieres decir con eso de nuestra boda?

—Bueno, no quiero decir nada, pero la tía Adele sí. Veinte minutos después de que hablaras con ella, seguro que empezó

45

a relatarle la historia de nuestro romance a todo el que haya querido escucharla. La gente escucha a la tía Adele, aunque parezca imposible. Nunca he comprendido por qué. Se te está enfriando el pollo, Nathan.

Él dejó el tenedor sobre el plato y trató de mantener la voz tranquila y la mirada firme.

—Yo nunca le di razón alguna para que pudiera pensar que estábamos comprometidos.

—Claro que no.

En aquel momento, el reloj del horno empezó a sonar, por lo que Jackie se levantó para sacar el pastel. Nathan esperó hasta que ella lo hubo dejado sobre la encimera y se hubo sentado para seguir hablando.

—Le expliqué que había habido un malentendido.

—Mi tía tiene una memoria muy selectiva. No te preocupes. Yo no te haré cumplir con tu deber. ¿Crees que esto tiene suficiente jengibre?

—Yo no tengo deber alguno para contigo.

—Por supuesto que no. No dejes que eso arruine tu apetito. Yo me ocuparé de mi familia. Por cierto, ¿te puedo hacer una pregunta personal?

Nathan volvió a tomar el tenedor.

—¿Por qué no?

—¿Estás relacionado sentimentalmente con alguien? No tiene por qué ser particularmente serio.

—No.

—Es una pena. Nos habría ayudado si hubiera sido así, pero ya me inventaré yo algo. ¿Te importaría si te relacionara, por ejemplo, con una bióloga marina?

Nathan se echó a reír. No sabía por qué, pero, cuando tomó la copa de vino, aún seguía riendo.

—En absoluto.

Jackie no había contado con que la risa de Nathan resultara tan atractiva. Sintió una extraña sensación en el estómago, que reconoció, saboreó y dejó rápidamente a un lado. No podía ser. No podía ser en absoluto.

—Eres un buen tipo, Nathan. No todo el mundo lo pensaría, pero no te conocen como te conozco yo. Déjame que te sirva un poco más de pollo.

—No, iré yo.

Fue un pequeño error, la clase de equivocación que cometen cientos de personas todos los días cuando se cruzan en el umbral de una puerta o en un ascensor al mismo tiempo. La clase de error que se admite en rara ocasión y que se olvida con facilidad.

Se levantaron simultáneamente y los dos agarraron el plato de Nathan. Las manos de ambos se rozaron. Sus cuerpos se sobresaltaron. Él extendió una mano para sujetar a Jackie. La habitual sonrisa y la disculpa automática no se produjeron.

Jackie sintió que le faltaba el aliento y que se le aceleraba el corazón. Aquella sensación no la sorprendió. Conocía demasiado bien sus emociones como para sorprenderse. Lo que la dejó atónita fue la profundidad de lo que experimentó. Había sido un contacto casual, más divertido que romántico, pero se sintió como si hubiera estado esperándolo toda la vida.

Recordaría durante mucho tiempo el tacto de la mano de Nathan, el de la porcelana, el calor del cuerpo de él. Recordaría la mirada de sorprendida sospecha de sus ojos, el aroma de las especias y del vino. Recordaría el silencio, el repentino y absoluto silencio, como si el mundo hubiera dejado de respirar durante un instante.

¿Qué era aquello? Aquello fue el primer pensamiento coherente que tuvo Nathan. La estaba agarrando con más fuerza de la que debería, como si estuviera... Era absurdo. Sin embargo, por muy absurdo que fuera, no podía desprenderse de aquella sensación. Tenía unos ojos tan grandes, tan dulces... ¿Sería una locura pensar que veía en ellos una absoluta sinceridad? El aroma, el aroma de Jackie, estaba presente, el que había descubierto por primera vez en su dormitorio, el que seguía notando aun después de que ella se hubiera mudado a una de las habitaciones de invitados. Notó que ella contenía el aliento y que lo dejaba escapar poco a poco. Tal vez había sido él.

La deseaba, tan clara y lógicamente como nunca había deseado otra cosa. Duró solo un momento, pero el deseo que experimentó fue arrebatador.

Se separaron a la vez, con la clase de movimiento rápido y espasmódico con el que uno se aleja de una llama inesperada. Jackie se aclaró la garganta. Nathan dejó escapar un largo y silencioso suspiro.

—No te molestes —dijo ella.

—Gracias.

Jackie se acercó a la cazuela para servir el pollo y el arroz. Mientras lo hacía, se preguntó si aquella sería una aventura que debería haber dejado pasar de largo.

CAPÍTULO 3

Cuando él la miró, algo ocurrió, algo frenético, algo que Sarah no había experimentado antes. El corazón le latía demasiado deprisa y tenía las manos cubiertas de humedad. Una mirada había sido lo único necesario. Los ojos de él eran tan oscuros, tan penetrantes... Cuando la miraba, era como si pudiera ver todo lo que ella era o lo que podía o quería ser.

Aquello era absurdo. Él era un hombre que vivía de su revólver, que tomaba lo que quería sin sentir remordimientos. A ella le habían enseñado durante toda su vida que la línea entre el bien y el mal era algo muy definido y que no debía cruzarse nunca.

Matar era el pecado más grave, el más imperdonable. Sin embargo, él había matado y volvería a matar de nuevo. Sabiéndolo, no podía consentir que le importara; pero le importaba, lo deseaba y lo necesitaba.

Tras recostarse en el asiento, Jackie repasó los confusos y encontrados sentimientos que Sarah sentía hacia Jake. ¿Cómo podía una mujer de solo dieciocho años, que había estado tan protegida hasta entonces, responder a un hombre que había vivido toda su vida con unas reglas que ella no podía ni entender ni aprobar? ¿Cómo era posible que un hombre que había visto y hecho todo lo que Jake Redman había visto y hecho reaccionara de aquella manera hacia una mujer inocente que se había criado en un convento?

No había modo alguno de que el trato que el uno tenía con el otro fuera fácil. Su unión no era imposible, pero tenía que ser difícil. Representaban dos mundos diferentes, dos tipos de ambición y valores completamente opuestos. Resultaría muy difícil superar aquellos conflictos. A eso, había que añadir los tiroteos, la traición, el secuestro y la venganza, solo para mantenerlo interesante. Sin embargo, a pesar de toda la acción y la aventura, Jackie estaba segura de que la historia de amor era el corazón de su novela, cómo aquellas dos personas iban a complementarse la una a la otra, a comprometerse, a ajustarse y a mantenerse firmes.

No creía que Sarah ni Jake comprendieran lo que significa el compromiso emocional o las relaciones en las que los dos miembros se apoyan mutuamente. Estos eran conceptos del siglo XXI. El curso de psicología que Jackie había realizado le había dado un montón de conceptos. Podría ser que las palabras cambiaran, pero el amor era amor. En lo que a ella se refería, Sarah y Jake tenían una buena oportunidad. Aquello era mucho más de lo que podían decir la mayoría de las personas.

Se le ocurrió que aquello era precisamente lo que deseaba para sí misma. Una buena oportunidad. Alguien que la amara y al que ella correspondiera, con el que hacer planes de futuro. ¿Acaso no resultaba extraño que, desde que había empezado a escribir sobre una relación, hubiera empezado también a fantasear sobre una para sí misma?

No pediría la perfección, no solo porque resultaría aburrido, sino porque ella misma jamás lograría alcanzar la perfección. No sería necesario, ni siquiera atractivo, sentar la cabeza con un hombre que estuviera de acuerdo con ella en todo.

¿Le gustaría alguien efímero? Probablemente. Podría ser divertido tener a alguien que entrara y saliera de su vida tras dejar unas cuantas rosas cubiertas de rocío y una botella de champán. Sería un interludio agradable, pero Jackie estaba completamente segura de que no podría vivir con ello. Lo efímero jamás podría sacar la basura o desatascar una tubería.

Sensible. Jackie pensó en aquella palabra y se le ocurrió la imagen de un hombre dulce y cariñoso que escribía mala poesía. Tendría gafas y una voz suave. Los hombres sensibles siempre comprendían las necesidades y los estados de ánimo de una mujer. Le gustaría mucho alguien sensible... hasta que tanta sensibilidad comenzara a volverla loca.

Alguien apasionado también estaría bien. Un hombre que se la echara al hombro y le hiciera el amor sobre campos inundados de sol. Sin embargo, podría resultar algo difícil hacer ese tipo de cosas cuando cumplieran los ochenta.

Divertido, inteligente, algo irreflexivo y responsable.

Suponía que aquel era precisamente el problema. Se le ocurrían una docena de cualidades que le gustaban en un hombre, pero no una combinación que pudiera servirle para mucho tiempo. Con un suspiro, se agarró la barbilla y miró a través de la ventana. Tal vez no estaba lista para pensar en alianzas de boda y en casitas con jardín. Tal vez nunca estaría lista.

No resultaba difícil de aceptar, pero era cierto que podía verse viviendo en una pintoresca casita cerca del mar y escribiendo sobre las historias de amor de otras personas. Se podía pasar los días creando personajes y lugares, enredando en el jardín y ejerciendo de tía con los pequeños MacNamara. No sería tan difícil.

Por supuesto, no sería una ermitaña. Además, no era que no apreciara la compañía de un hombre. Cualquier hombre con el que había estado poseía al menos una de las cualidades que admiraba. Había sentido aprecio por ellos e incluso los había amado un poco. Amar le resultaba muy fácil, como enamorarse y desenamorarse sin sufrir hematomas o cicatrices. Mientras repasaba las palabras que había escrito, llegó a la conclusión de que aquello no era el verdadero romance. Una verdadera historia de amor le araña a uno la piel. Así tenía que ser si el amor tenía que florecer de las heridas y hacerlas curar.

Dios, desde que había empezado a escribir se estaba poniendo filosófica. Tal vez aquello explicaba la reacción que había tenido hacia Nathan. El problema era que, aunque se le daban muy bien las palabras, no podía encontrar las que describieran correctamente aquel breve contacto que habían compartido. Intenso, confuso, esclarecedor y aterrador. Había sido todo aquello, aunque no estaba segura de que la suma de todos aquellos factores diera la fórmula que lo definiera correctamente.

Atracción, por supuesto. Sin embargo, ella lo había encontrado atractivo aun cuando había pensado que estaba alucinando. La mayoría de las mujeres encuentran atractivos a los hombres morenos y misteriosos. Solo Dios sabía por qué. No obstante, aquel breve instante, aquel roce, había sido mucho más que una simple atracción. El hecho era que no había sido cualquier cosa. Lo había deseado del modo fuerte y vital que normalmente solo llegaba con la comprensión y el tiempo. Algo dentro de ella parecía haber dicho «te conozco y te he estado esperando».

Nathan también había sentido algo, de eso estaba segura. Tal vez había sido lo mismo que lo que había sentido ella, pero, fuera lo que fuera, no le había agradado. Había tenido mucho cuidado en evitarla durante la mayor parte de dos días, lo que no resultaba fácil dado que estaban viviendo en la misma casa. A pesar de todo, a Jackie le había resultado algo grosero que él se marchara en su barco un día entero sin invitarla a acompañarlo.

Tal vez tenía que pensarlo. Jackie lo había etiquetado como la clase de hombre que analizaba y razonaba cada faceta de su vida, incluso sus sentimientos. Decidió que él no tendría que preocuparse por ella. No estaba interesada en iniciar una relación y mucho menos con alguien tan encorsetado como Nathan Powell. Era una mujer muy tenaz cuando tomaba una decisión, pero, por suerte para él, tal vez incluso para ambos, estaba demasiado implicada con su novela como para dedicarle algo más que un pensamiento efímero.

Miró el reloj y se dio cuenta de que ya casi era la hora de cenar. Nathan aún no había regresado. Peor para él. Jackie se había comprometido a cocinar, pero no a atenderlo. Cuando regresara a casa, podría prepararse un bocadillo. A ella no le importaba.

Cuando oyó el sonido de un barco, se asomó por la ventana. Al ver que pasaba de largo, volvió a tomar asiento con un suave suspiro.

Se aseguró que en realidad no estaba pensando en él. Solo estaba... pasando el tiempo. No deseaba que él le hubiera pedido que lo acompañara para poder pasar un tiempo a solas y así poder conocerse mejor. En realidad no se estaba preguntando qué clase de hombre era... a excepción de en los términos más intelectuales. ¿Qué importaba que le gustara tanto el modo en el que se reía cuando bajaba la guardia? Carecía completamente de importancia que sus ojos fueran oscuros y peligrosos un minuto para reflejar sensibilidad al siguiente. Era solo un hombre, atado por su trabajo y por la imagen que tenía de sí mismo igual que ella estaba inmersa en su trabajo y su futuro. No era asunto suyo que él pareciera más tenso y más solitario de lo que debería ser. No era su finalidad en la vida hacerlo salir de su cascarón y animarlo a relajarse y a disfrutar.

Se recordó que su objetivo en la vida era terminar su novela, venderla y recolectar los beneficios de ser una escritora cuyo trabajo ha sido publicado. Se irguió en el asiento, apartó a Nathan Powell a un rincón de sus pensamientos y se puso de nuevo a trabajar.

Mientras navegaba por uno de los estrechos y solitarios canales, Nathan se recordó que para eso precisamente había regresado a casa. Para disfrutar de la paz y de la tranquilidad. No había fechas límite, ni contratos de los que preocuparse. Solo agua y sol. No quería pensar más allá.

Estaba empezando a sentir que se había recuperado a sí mismo. Resultaba extraño que no se le hubiera ocurrido antes sacar el barco y desaparecer durante todo el día. Tal vez había accedido a tener una inquilina durante un par de semanas, pero aquello no significaba que tuviera que encadenarse a la casa. Ni a ella.

No podía decir que resultara completamente desagradable tenerla allí. Estaba cumpliendo su parte del trato. La mayoría de los días solo la veía en la cocina. De algún modo, se había acostumbrado a escuchar cómo ella tecleaba en su dormitorio durante horas. Por lo que él sabía, podía estar escribiendo canciones infantiles, pero no podía decir que no hubiera cumplido lo que había prometido.

En realidad, había muchas cosas que no podía decir sobre ella. El problema empezaba con las cosas que sí podía decir.

Jackie hablaba demasiado deprisa. Tal vez podría parecer una queja algo extraña, pero no lo era para un hombre que prefería las conversaciones tranquilas y estructuradas. Si hablaban sobre el tiempo, ella mencionaba su breve carrera como meteoróloga y terminaba diciendo que le gustaba la lluvia porque olía bien. ¿Quién podía soportar aquella manera de hablar?

Siempre se anticipaba a lo que él deseaba. A veces solo había empezado a pensar que le apetecía una bebida fría y la encontraba en la cocina preparando té helado o sirviéndole una cerveza. Aunque ella aún no había dicho que hubiera estudiado el poder de la mente, Nathan lo encontraba desconcertante.

Siempre parecía tranquila. Resultaba algo difícil de lo que culparla, pero él se ponía más tenso cuanto más relajada estaba ella. Invariablemente, iba vestida con pantalones cortos y una camiseta ligera, sin maquillar y con el cabello rizándosele a su propio albedrío. Su aspecto resultaba casi desaliñado, por lo que Nathan no debería haberlo encontrado atractivo. Prefería las mujeres bien arregladas, con estilo y brillo propios. Entonces, ¿por qué no podía apartar el pensamiento de una potrilla sin arreglar que no hacía nada para atraerlo mas que lavarse la cara y sonreír?

¿Tal vez porque era diferente? Nathan pudo rechazar aquel pensamiento con facilidad. Como hombre, prefería lo que le resultaba cómodo y lo cómodo solía relacionarse con lo familiar. No había nada ni remotamente familiar en Jackie. Algunos podrían acusarlo de haber caído en la rutina, pero a él le parecía que tenía derecho. Cuando la carrera de un hombre lo lleva a diferentes países y ciudades y lo hace relacionarse con personas y problemas distintos con regularidad, se merece una agradable y cómoda rutina en su vida personal.

Soledad, tranquilidad, un buen libro, una compañía ocasional para tomar una copa o salir a cenar... No le parecía pedir mucho. Jacqueline MacNamara había perturbado sus costumbres.

No le gustaba admitirlo, pero se estaba haciendo a ella. Después de solo unos pocos días, estaba acostumbrado a su compañía. Solo eso, para un solitario empedernido, resultaba un descubrimiento desconcertante.

Aumentó la velocidad de su barco. Tal vez se habría sentido mucho más cómodo si ella hubiera sido aburrida. Para salir, prefería a las mujeres refinadas y compuestas, pero para compañera de casa, inquilina en realidad, hubiera preferido que fuera aburrida.

El problema era que, por muy silenciosa y poco entrometida que ella resultara durante gran parte del día, resultaba imposible ignorarla debido a sus ágiles respuestas en las conversaciones, sus deslumbrantes sonrisas y sus llamativas ropas, especialmente dado que estas no parecían cubrir más de un diez por ciento de su cuerpo. Tal vez en aquellos momentos, cuando estaba solo, con el viento alborotándole el cabello, podía admitir que resultaba enojoso e inconveniente que su santuario hubiera sido invadido por una mujer divertida.

En los últimos años no se había permitido mucha diversión. El trabajo había sido y seguía siendo su prioridad. Absorbía por completo su tiempo. Nunca se había arrepentido de sus responsabilidades. Si alguien le hubiera preguntado si disfrutaba de su trabajo, Nathan se habría sorprendido de la pregunta y habría respondido que por supuesto. ¿Por qué si no iba a hacerlo?

Habría aceptado el término «dedicado», aunque habría fruncido el ceño ante el de «obsesionado», aunque esa era la mejor manera de describirlo. Era capaz de diseñar mentalmente un edificio hasta el menor de los detalles, pero no se consideraba un artista cuando dibujaba los planos. Era un profesional, cualificado y bien preparado. Ni más ni menos.

Le encantaba su trabajo y se consideraba afortunado por haber encontrado una profesión que le gustaba y para la que tenía dotes. Nada le había dado la misma sensación de plenitud que ver uno de sus edificios finalizado. Si se sumergía tanto en su trabajo no era porque su vida resultara carente en otras áreas, sino simplemente que ninguna otra cosa poseía tal atractivo para él. Disfrutaba de la compañía de las mujeres, pero nunca había conocido a una que lo mantuviera despierto por las noches del modo en el que lo hacía un problema de ingeniería de un edificio. A menos, por supuesto, que contara a Jackie. No deseaba hacerlo.

Entrecerró los ojos para mirar al sol e hizo girar al barco para sentir su calor sobre la espalda. Sin embargo, no por eso dejó de fruncir el ceño. Las conversaciones de Jackie eran enigmas que aún tenía que desentrañar. Nadie lo había hecho pensar tanto desde hacía años. La alegría constante de la joven era contagiosa. Sería una estupidez negar el hecho de que no había comido tan bien desde su infancia, y no estaba seguro de que así hubiera sido entonces.

Tenía que reconocer que ella tenía una maravillosa sonrisa. Sus ojos, tan grandes y oscuros, se le iluminaban cuando sonreía. Su boca era tan amplia, tan generosa, siempre lista para curvarse...

Nathan se detuvo en seco. Los atributos físicos de Jackie no importaban. No deberían importar.

Aquel breve momento de contacto había sido una casualidad, cuya profundidad estaba sin duda exagerando. Podría haber existido una atracción pasajera, lo que era completamente natural, pero no había habido la afinidad que él imaginaba. El amor a primera vista era un recurso utilizado por los novelistas, normalmente los malos. El deseo instantáneo solo era un modo más bonito de denominar a la lujuria.

Fuera lo que fuera lo que había sentido, si es que había sentido algo, solo había sido algo vago y temporal, puramente físico y que no le resultaría difícil someter.

Sin embargo, le parecía que casi podía oírla reír, a pesar de que estaba solo en el barco y de que no había nadie en el canal. Tristemente, se dirigió a casa.

Estaba atardeciendo cuando Jackie oyó el barco de Nathan. Estaba segura de que era él. Llevaba dos horas tratando de escuchar su llegada. Primero sintió alivio por que él no hubiera tenido ninguno de los accidentes que, mentalmente, se había imaginado. Tampoco lo habían secuestrado. Había regresado sano y salvo. Le apetecía darle un puñetazo en la boca.

«Doce horas», pensó, mientras se zambullía limpiamente en la piscina. Había estado fuera casi doce horas. Evidentemente, no tenía consideración alguna.

Naturalmente, no se había preocupado. Había estado demasiado ocupada con sus propios asuntos como para dedicarle poco más que un pensamiento pasajero... cada cinco minutos durante las dos últimas horas.

Empezó a hacerse unos largos para deshacerse de tanta energía contenida. No estaba enfadada. De hecho, ni siquiera estaba ligeramente enojada. La vida de Nathan era exclusivamente cosa suya y podía hacer con ella lo que le viniera en gana. No diría ni una palabra al respecto. Ni una palabra.

Realizó veinte largos antes de echarse el pelo hacia atrás y descansar los codos sobre el borde de la piscina.

—¿Estás entrenando para los Juegos Olímpicos? —le preguntó Nathan. Estaba a pocos metros de ella, con un vaso de algo frío y burbujeante en la mano.

Jackie parpadeó para sacarse el agua de los ojos y lo miró con el ceño fruncido. Llevaba puestos unos pantalones cortos y un polo de manga corta. Ambas prendas estaban tan bien planchadas que parecían haber salido directamente de la tienda. Así era como Nathan Powell se vestía informalmente.

—No me había dado cuenta de que habías regresado —mintió, mientras le miraba los pies. Nunca había podido mentir a nadie mirándolo a los ojos.

—No llevo en casa mucho tiempo —replicó él. Se sentía molesta, lo que le satisfizo enormemente—. ¿Cómo te ha ido el día?

—He estado muy ocupada. ¿Y el tuyo?

—Muy relajante —dijo Nathan. Sentía el impulso de deslizarse en la piscina con ella. Tal vez se debía a que estaba acalorado al haber pasado todo el día al sol.

—¿Quieres una tortilla?

—¿Cómo dices? —preguntó él. Jackie llevaba puesta una minúscula excusa de traje de baño. El sol le relucía sobre la piel... mucha piel.

—Si tienes hambre, te podría preparar una tortilla —repitió ella.

—No, gracias.

Tomó un trago de su bebida y dejó el vaso sobre una mesa. De repente, tenía la garganta muy seca. Observó cómo, tras escurrirse el cabello, Jackie salía de la piscina. Estaba muy delgada. No había razón alguna para que una mujer tan delgada se moviera tan atléticamente. Bajo los tenues rayos del sol, las gotas de agua le cubrían la piel como una decoración primitiva.

—Se me ha olvidado la toalla —dijo Jackie.

Se encogió de hombros y se sacudió. Nathan tragó saliva y miró hacia otra parte. No resultaba fácil observarla cuando había empezado a imaginarse lo fácil que sería despojarla de aquellos dos pequeños trozos de tela y meterse en el agua con ella.

—Creo que es mejor que entre —consiguió decir, después de un instante—. Tengo muchas lecturas con las que ponerme al día.

—Yo también. Estoy leyendo montones de novelas del Oeste. ¿Has leído alguna vez algo de Zane Grey o de Louis L'Amour? —preguntó mientras se dirigía hacia él. Nathan no podía evitar observar fascinado cómo el agua le oscurecía aún más el cabello y las pestañas—. Son estupendos. Yo te llevo esto.

Por segunda vez, los dos trataron de agarrar el mismo objeto. Por segunda vez, sus dedos se rozaron. Nathan sintió cómo los de Jackie se tensaban en torno al cristal. Ella también lo había sentido. Rápidamente, él dio un paso atrás. Por idéntica razón, Jackie ejecutó el mismo movimiento. El vaso se tambaleó sobre la mesa y estuvo a punto de caerse. Los dos se lanzaron simultáneamente por él, lo atraparon y luego permanecieron de pie sujetando el vaso entre ambos.

Jackie pensó que debería haber resultado divertido, pero solo consiguió lanzar una nerviosa carcajada. En los ojos de Nathan vio exactamente lo que ella sentía. Deseo, ardiente y peligroso.

—Parece que necesitamos un coreógrafo.

—Dámelo a mí.

Después de entregarle el vaso, Jackie dejó escapar un breve

suspiro. Había tomado la decisión muy rápidamente, como creía que debían tomarse las decisiones.
—Creo que sería mejor que nos lo diéramos.
—¿Que nos diéramos qué?
—El beso. En realidad, es muy sencillo. Yo me pregunto cómo sería, igual que te lo preguntas tú. ¿No te parece que sería mucho más cómodo que dejáramos de interrogarnos? —le preguntó, tras humedecerse suavemente los labios.

Nathan volvió a dejar el vaso sobre la mesa y la estudió atentamente. No era una proposición muy romántica, sino completamente lógica. Eso le gustaba.

—Es un modo muy pragmático de considerar el asunto.

—Ocasionalmente puedo ser una mujer muy práctica —dijo ella, temblando un poco por el aire que iba refrescándose poco a poco—. Mira, lo más probable sea que no nos parezca tan importante después. La imaginación magnifica las cosas, al menos la mía. De hecho, tú no eres mi tipo. No te ofendas. Y dudo que yo sea el tuyo.

—No, no lo eres —respondió él. Las palabras de Jackie lo habían escocido un poco.

—Entonces, ¿qué te parece? ¿Nos quitamos este asunto del beso de en medio y volvemos a la normalidad?

Nathan no sabía si ella lo había hecho a propósito. De hecho, estaba seguro de que no había sido así, pero le había dado un golpe bajo a su orgullo masculino. Se mostraba tan casual, tan relajada al respecto, tan segura de que besarlo no la iba a afectar en absoluto, sino que sería más bien como apartar a una mosca molesta. Ya se encargaría él de que no fuera así.

La mirada que vio en los ojos de Nathan tendría que haberla prevenido. Tal vez así fue, pero lo comprendió demasiado tarde.

Con una mano, él le rodeó el cuello y enredó los dedos entre los húmedos rizos. Aquel contacto fue en sí mismo una sorpresa. Resultó demasiado íntimo. Sintió un repentino deseo de dar un paso atrás, pero se contuvo. Al contrario, dio un paso al frente y levantó el rostro. Esperaba algo agradable, cálido, incluso corriente. No era la primera vez en su vida que había recibido mucho más de lo que esperaba.

Cohetes. Aquella fue la primera imagen que vio cuando los labios de Nathan se unieron a los suyos. Cohetes con un halo de color y una rápida y mortal explosión. Siempre había sido la explosión lo que más le había gustado. El pequeño murmullo que emitió no fue de protesta, sino de sorpresa y placer. Se inclinó sobre él y lo absorbió todo lo que pudo.

Podía oler el agua sobre la piel de Nathan, no el de la piscina, sino las aguas más oscuras y excitantes del mar. El aire se iba refrescando rápidamente a medida que caía la noche, pero la piel se le caldeaba si se acercaba a él.

De repente, tuvo que reconocer que había estado esperando años y años a tener una sensación como aquella.

Al contrario que Jackie, Nathan había dejado de pensar casi instantáneamente. Ella tenía un sabor tan... exótico. No había visto indicación alguna en su bonito aspecto y esbelto cuerpo, ninguna indicación de que la leche y la miel pudieran estar aderezadas con especias. Sabía al desierto, a algo que un moribundo podría beber ávidamente en su oasis mental.

No había tenido intención de tomarla entre sus brazos, ni de acariciarle el cuerpo, al menos no tan libremente. De algún modo, parecía haber perdido completamente el control sobre las manos. Con cada roce y caricia sobre la piel húmeda de Jackie lo perdía un poco más.

Tenía la espalda larga, esbelta y húmeda. Se la acarició suavemente y sintió que ella se echaba a temblar. El deseo saltó de nuevo y Nathan volvió a apoderarse de sus labios, con más pasión de la que había tenido en mente en un principio. Él saqueó. Ella aceptó. Cuando el suspiro que Jackie emitió le rozó con suavidad la lengua, el latido del corazón de Nathan se aceleró.

Se apretó de nuevo contra él, con la boca abierta y dispuesta, con el cuerpo suave, pero no completamente sometido. La generosidad de Jackie lo consumía todo, como ocurría con la tentación que Nathan le proporcionaba.

Estaba segura de que jamás olvidaría aquel momento. El aroma de las flores, el zumbido de los insectos, el murmullo del agua... Nunca olvidaría aquel primer beso, que había comenzado al atardecer para prolongarse en la noche.

Le enredó las manos en el cabello. Una sonrisa se le formó en los labios cuando se separaron por fin. Sin sentir vergüenza por cómo había reaccionado, Jackie dejó escapar un profundo suspiro de satisfacción.

—Me encantan las sorpresas —murmuró.

A él no. Nathan se lo recordó y se apartó de ella antes de que pudiera acariciarle el cabello una vez más. Lo sorprendía y lo enfurecía ver que no tenía la mano firme. Deseaba insoportablemente lo que no tenía intención de tomar.

—Ahora que hemos satisfecho nuestra curiosidad, no deberíamos tener más problemas.

Esperaba ira. Eso fue lo primero que se reflejó en los hermosos ojos de Jackie. Entonces, rápidamente, la ira se vio reemplazada por una expresión divertida.

—Yo no estaría tan seguro, Nathan —replicó, mientras le golpeaba suavemente la mejilla con la mano, a pesar de que le hubiera gustado hacerlo con el puño. A continuación, desapareció en el interior de la casa.

Cuando la puerta se cerró a sus espaldas, Jackie decidió que iba a darle problemas. Sería un placer para ella.

CAPÍTULO 4

Le envenenaría los huevos escalfados. Jackie veía cierta justicia en aquel gesto. Nathan bajaría a desayunar muy satisfecho de sí mismo. Ella hasta podía imaginarse lo que llevaría puesto: pantalones beige de algodón y una camisa azul marino, sin una sola arruga en ninguna de las dos prendas.

Ella, sin darle razón para que sospechara, le serviría un delicioso plato de beicon crujiente y huevos escalfados sobre una tostada. Con un ligero toque de cianuro.

Se tomaría el café. Nathan siempre iba primero a por el café. Entonces, cortaría el beicon. Jackie también se prepararía un plato para que todo pareciera perfectamente normal. Hablarían del tiempo. «Algo húmedo hoy, ¿verdad? Tal vez vaya a llover...».

Cuando él tomara la primera porción de los huevos, el sudor empezaría a cubrir la frente de Jackie mientras esperaba... y esperaba.

A los pocos instantes, él empezaría a retorcerse en el suelo, tratando desesperadamente de tomar aire y agarrándose la garganta. Tendría los ojos muy abiertos y atónitos. Entonces, cuando la viera a ella de pie a su lado, triunfante y sonriente, lo comprendería todo. Con su último aliento, le suplicaría que lo perdonara.

Sin embargo, aquello no era lo suficientemente sutil. Jackie creía firmemente en la venganza. Las personas que perdonaban y olvidaban con una piadosa sonrisa se merecían que las pisotearan. No era que ella no pudiera perdonar pequeños deslices o errores inconscientes, pero los más importantes, los deliberados, requerían, más bien demandaban, un castigo Y ella le iba a dar a Nathan Powell el castigo que se merecía.

Se dijo que era un ser insensible, un gusano sin sentimientos, una figura de cartón, pero no terminó de creérselo. Desgraciadamente para ella, había visto en él amabilidad y cierto sentido del honor. Tal vez resultaba algo envarado, pero no era frío.

Tal vez, solo tal vez, había leído demasiado en aquel beso. Tal vez sus sentimientos estaban más cercanos a la superficie que los de la mayoría de la gente. Existía la posibilidad de que Nathan no hubiera notado la explosión. Sin embargo, sí que había sentido algo. Un hombre no abraza a una mujer como si se estuviera despeñando por un acantilado si solo sentía que se había resbalado del bordillo de la acera. Por supuesto que había sentido algo. Jackie decidió que iba a encargarse de que sintiera aquello y mucho más. Y de que sufriera miserablemente.

Mientras molía los granos de café, se dijo que podía aceptar el rechazo. Romper algo en pedazos le daba una enorme satisfacción. El rechazo era una parte de la vida que endurecía a una persona y la hacía más fuerte para que se esforzara un poco más la siguiente vez. Efectivamente, ella no había tenido que enfrentarse al rechazo con mucha frecuencia, pero se tenía por una mujer lo suficientemente justa como para aceptarlo cuando le ocurría.

Frunció el ceño y observó cómo el hervidor empezaba a alcanzar su punto de ebullición. No era que esperara que todos los hombres cayeran de rodillas a sus pies, aunque le gustaba que ocurriera de vez en cuando. Tampoco deseaba promesas de amor y de fidelidad eternas después de un abrazo, por muy tórrido que este hubiera sido, pero... había habido algo especial entre ellos, algo raro y cercano a lo maravilloso. Nathan no tenía derecho alguno a apagarlo encogiéndose de hombros.

Pagaría. Pagaría por haberse encogido de hombros, por fingir desinterés y, aún más, pagaría por la noche que Jackie se había pasado dando vueltas en la cama, recordando cada segundo que había estado entre sus brazos.

Mientras calentaba una sartén, decidió que era una pena que no fuera una belleza de marcados pómulos y escultural figura. Frunció el ceño y trató de mirarse en la superficie brillante de la vitrocerámica. Lo que vio fue una imagen oscura y algo distorsionada. A modo de experimento, se mordió el interior de las mejillas para soltárselas inmediatamente.

Dado que su aspecto era algo que no podía cambiar, tendría que sacar el mayor partido posible a lo que tenía. Nathan Powell, hombre de acero y piedra, estaría comiendo de su mano dentro de poco.

Oyó que él entraba en la cocina, pero se tomó su tiempo antes de darse la vuelta. La minúscula camiseta que llevaba anudada atrás le daba un aspecto muy atractivo a su bronceada espalda. Por primera vez desde hacía días, había atacado la bolsa de maquillaje. Nada llamativo. Tan solo un poco de colorete y brillo labial y un maquillaje un poco más intenso para acentuar sus ojos.

Cuando por fin se giró, esbozó una de sus mejores sonrisas. Entonces, tuvo que contener la risa. Nathan tenía un aspecto terrible. ¿No era una pena?

Se sentía peor que ella. Mientras Jackie había estado dando vueltas en la cama, Nathan había estado lanzando maldiciones y dando vueltas en su propia cama. Aquella alegre sonrisa provocó que le apeteciera sacar los dientes y lanzar un gruñido.

¿Un beso y regresarían a la normalidad? Se había equivocado por completo. La vida de Nathan no había sido normal desde que Jackie había entrado en ella. Por lo que recordaba, el cuerpo no le había dolido de aquella manera desde que era un adolescente, cuando, afortunadamente, su imaginación había superado a la experiencia. Años después había descubierto lo que se podía sufrir y se había pasado la mayor parte de la noche pensando en ello.

—Buenos días, Nate. ¿Quieres café?

¿Nate? ¿Nate? Como estaba seguro de que le dolería demasiado replicarle, se limitó a asentir.

—Está recién hecho y muy caliente, tal y como te gusta —añadió ella, con voz dulce—. Tenemos beicon y huevos en el menú de esta mañana. Estarán listos dentro de cinco minutos.

Nathan se tomó la primera taza. La dejó sobre la encimera y ella se la volvió a llenar. Se había perfumado mucho más liberalmente. A pesar de todo, el aroma no era fuerte o abrumador, aunque aquella mañana parecía más poderoso que de costumbre, como si quisiera que recordara. La miró con mucha cautela.

¿Estaba mucho más guapa o era solo su imaginación? ¿Cómo conseguía que su piel tuviera un aspecto tan lozano, tan suave? No era justo que su cabello pudiera estar tan alborotado y, a la vez, que tuviera un aspecto tan atractivo. Habría jurado que jamás había visto a nadie tan vivo por las mañanas. Lo enfurecía que ella pudiera tener un aspecto tan fresco cuando él se sentía como si hubiera pasado la noche siendo golpeado por martillos mecánicos.

A pesar de sus mejores intenciones, no pudo evitar mirarle la boca. Se había aplicado algo, algo que le daba un aspecto húmedo y cálido. Recordó cómo sabía...

—La señora Grange va a venir hoy.

—¿Sí? —preguntó Jackie, con una sonrisa, mientras le daba la vuelta al beicon—. ¡Qué bien! Las cosas están volviendo a la normalidad, ¿verdad? —añadió, al tiempo que empezaba a escalfar los huevos—. ¿Vas a estar aquí a la hora de almorzar?

—Estaré en casa todo el día. Tengo que hacer muchas llamadas.

—Bien. En ese caso me aseguraré de preparar algo especial. ¿Sabes una cosa, Nathan? Tienes mal aspecto esta mañana. ¿Has dormido mal?

—No —replicó él—. Tenía que ocuparme de unos papeles...

—Vaya —dijo Jackie. Chascó la lengua y empezó a servir el desayuno—. Trabajas demasiado. Te pone muy tenso. Deberías probar el yoga. No hay nada como un poco de meditación y ejercicio adecuado para relajar el cuerpo y la mente.

—El trabajo me relaja.

—Ese es un concepto equivocado —afirmó ella. Le colocó el plato sobre la encimera y dio la vuelta a la barra—. Efectivamente, el trabajo te ocupa la mente y te ayuda a olvidarte de otros problemas, pero no los hace desaparecer. Date un buen masaje.

Jackie empezó a frotarle el cuello y los hombros mientras hablaba. Le agradó ver que al primer roce, él se sobresaltaba.

—Un buen masaje —prosiguió ella— alivia la mente y el cuerpo y los libera de tensión. Un poco de aceite, música relajante y dormirás como un bebé. Oh, tienes un nudo muy grande aquí, en la base del cuello.

—Estoy bien —replicó Nathan. Si seguía tocándolo, él iba a terminar por partir el tenedor en dos. Jackie parecía tener magia en las manos. Magia negra—. Yo nunca estoy tenso.

—Digamos que una cosa es creer que se está relajado y otra es estarlo. Después de un buen masaje, yo tengo los músculos como si fueran de mantequilla. Casi me deslizo de la mesa. Tengo un aceite maravilloso. Hans jura y perjura que es excelente.

—¿Hans? —preguntó Nathan, sin poder contenerse.

—Es mi masajista. Es de Noruega y tiene las manos de un artista. Me ha enseñado esta técnica.

—Estoy seguro de ello —musitó Nathan. A sus espaldas, Jackie esbozó una sonrisa.

¿Quién habría sospechado que tenía aquellos músculos? Nathan dibujaba planos y discutía con los ingenieros. Jackie jamás habría creído que, bajo aquellas conservadoras camisas, se escondían unos músculos tan poderosos. La noche anterior, cuando la había tomado entre sus brazos, se había sentido demasiado deslumbrada como para notar lo bien que estaba constituido. Deslizó las manos sobre los hombros una vez más.

—Tienes un buen físico —dijo—. Yo tengo unos deltoides terribles. Cuando me dio por el culturismo, no conseguí más que sudar.

«Ya es suficiente. Más que suficiente», pensó Nathan. Si le apretaba una vez más con aquellos dedos tan largos, haría algo que resultaría vergonzante, como lanzar un gemido. Por eso, se dio la vuelta sobre el taburete y le atrapó las manos con las suyas.

A Jackie no le importó que le diera un vuelco el corazón. De hecho, fue una sensación deliciosa. Sin embargo, se recordó que la venganza era lo primero que deseaba.

—¿Qué diablos estás tratando de hacer?

—Solo estaba intentando que te relajaras un poco, Nate. La tensión es mala para la digestión.

—Yo no estoy tenso. Y no me llames Nate.

—Lo siento. Te va muy bien cuando tienes esa mirada en los ojos. Esa mirada que parece decir que primero debes disparar y después hacer preguntas.

—Ten mucho cuidado, Jack. Recuerda que estás aquí en periodo de prueba. Harías bien en dejar de jugar a lo que estás jugando ahora.

—¿Jugar? No sé de qué estás hablando.

—¿Qué es eso que te has puesto en la boca?

—¿Esto? —replicó ella. Deliberadamente, se pasó la lengua por el labio superior y luego por el inferior—. Una mujer tiene derecho a ponerse un poco de lápiz de labios de vez en cuando. ¿No te gusta?

—También te has puesto algo en los ojos.

—¿Acaso van los cosméticos en contra de las leyes de este

estado? Venga ya, Nate... Lo siento, Nathan. Estás comportándote como un tonto. No creerás que estoy tratando de seducirte, ¿verdad? Yo diría que un hombre fuerte y grande como tú es capaz de cuidar de sí mismo —añadió, con una sonrisa—. Sin embargo, si te molesta, tendré cuidado de no ponerme nada en los labios de ahora en adelante. ¿Te parece bien?

—Te advierto que las personas que juegan sucio son las primeras que acaban tiradas en el barro.

—Eso he oído, pero yo sé cuidar muy bien de mí misma.

En aquel momento, Jackie comprendió que lo había subestimado. Tal vez no demasiado, pero un error de cálculo podía ser fatal. La mirada que se le había reflejado en los ojos resultó tan fría, tan peligrosa, que el corazón de la joven se detuvo en seco. Jake había vuelto a encarnarse en Nathan y había desenfundado sus pistolas.

Sería mucho más que un beso, tanto si lo deseaba como si no. Sería exactamente lo que él quisiera, cuando lo quisiera y como lo quisiera...

Cuando sonó el timbre, los dos permanecieron inmóviles. Con una dolorosa sacudida, el corazón de Jackie comenzó a latir de nuevo. Salvada por la campana.

—Esa debe de ser la señora Grange —dijo, alegremente—. Si me sueltas las manos, Nathan, estaré encantada de ir a abrir la puerta mientras tú terminas tu desayuno.

Él la soltó, pero solo después de hacerle sufrir los cinco segundos más largos de toda su vida. Sin decir nada, la soltó y se dio la vuelta. La pena era que ya no quería café, sino una bebida alcohólica, fría y sin mezclar.

Jackie salió de la cocina. Esperaba que los huevos que le había preparado se hubieran quedado fríos como el hielo.

Adoraba a la señora Grange. Cuando Jackie le abrió la puerta, no estaba segura de qué pensar de la corpulenta mujer ataviada con un vestido de flores y zapatillas deportivas. La señora Grange miró a Jackie muy sorprendida y luego dijo:

—Vaya, vaya, vaya...

Al comprender las implicaciones de aquel comentario, Jackie sonrió y extendió la mano.

—Buenos días. Usted debe de ser la señora Grange. Yo soy Jack MacNamara. Nathan va a tener que soportarme durante unas semanas porque no puede echarme de su casa. ¿Ha desayunado usted?

—Hace una hora —respondió la mujer mientras entraba en la casa—. MacNamara. Debe de estar emparentada con ese inútil.

—Culpable. Somos primos, pero él se ha ido.

—Pues menos mal. Le diré lo mismo que le dije a él. No limpio lo que dejan los cerdos.

—¿Y quién podría culparla? —replicó Jackie, con una sonrisa—. Yo estoy utilizando una de las habitaciones de invitados, la que es azul y blanca. También trabajo allí, así que si me dice cuándo quiere limpiar esa habitación, me aseguraré de no estar allí para estorbar. Pienso preparar el almuerzo sobre las doce y media, si le apetece.

—Yo me he traído unos bocadillos —repuso la mujer, muy asombrada.

—Por supuesto, si lo prefiere, aunque yo esperaba que almorzara con nosotros. Bueno, estaré arriba si necesita algo. Nathan está en la cocina y el café está recién hecho.

Con una sonrisa, se dio la vuelta y empezó a subir las escaleras. A lo largo de la mañana, Jackie escuchó los sonidos propios de la limpieza, con la aspiradora y los pasos de la señora Grange por toda la casa. Le agradaba ver que el ruido y la actividad de la casa no interferían en su concentración. En su opinión, una verdadera escritora debía tener concentración suficiente como para superar cualquier interferencia. A mediodía, bajó a preparar el almuerzo.

Se decidió por una ensalada de trigo y perejil. Con la radio encendida, empezó a cortar los ingredientes sin dejar de canturrear. Cuando vio que Nathan entraba en la cocina, bajó la radio y colocó un enorme bol sobre la encimera.

—¿Te apetece café helado?

—Sí —dijo él. La respuesta fue casual, pero Jackie notó que la observaba muy atentamente.

—Me gustaría utilizar el teléfono más tarde, si no te importa. Las llamadas a larga distancia las cargaré en mi tarjeta de crédito.

—Muy bien.

—Gracias. Creo que ha llegado la hora de empezar a plantar las semillas del desplome de Fred.

—¿De qué clase de semillas estás hablando? —preguntó Nathan, cuando estaba a punto de meterse el tenedor en la boca.

—Es mejor que no lo sepas. ¡Ah, hola, señora Grange!

Enojado por la interrupción, Nathan se volvió a mirar a la recién llegada.

—Señora Grange...

—Siéntese aquí —dijo Jackie, antes de que Nathan pudiera continuar la frase—. Espero que le guste. Se llama tabule. Es muy popular en Siria.

La señora Grange tomó asiento en un taburete y miró el bol con ciertas dudas.

—No tiene nada raro, ¿verdad?

—Por supuesto que no —respondió Jackie, al tiempo que le colocaba un vaso de café helado al lado del bol—. Si le gusta, le daré la receta para su familia. ¿Tiene usted familia, señora Grange?

—Los chicos ya son mayores —contestó la mujer. Con mucha cautela, tomó el tenedor y pinchó un poco de ensalada.

—¿Tiene usted hijos?

—Cuatro. Dos ya están casados. Tengo tres nietos.
—Tres nietos... Eso es maravilloso, ¿verdad, Nathan? ¿Tiene usted fotografías?
—Sí, tengo algunas en el bolso —respondió la señora Grange. Tomó otro poco de la ensalada. Estaba deliciosa.
—Me encantaría verlas —dijo Jackie. Tomó asiento, de modo que la señora Grange quedara entre Nathan y ella. Él comía en silencio, como si estuviera almorzando en un restaurante junto a dos desconocidas—. Cuatro hijos. Debe de estar usted muy orgullosa.
—Son buenos chicos. El más joven está en la universidad. Va a ser profesor. Es muy inteligente. Nunca me ha dado ningún problema. Los otros... Bueno, así es lo de tener hijos. Esta ensalada está muy buena, señorita MacNamara.
—Llámame Jack. Me alegro de que te guste. ¿Te apetece un poco más de café?
—No. Es mejor que regrese al trabajo. ¿Quiere que lleve esas camisas a la tintorería, señor Powell?
—Se lo agradecería mucho.
—Si no va a utilizarlo ahora, limpiaré su despacho.
—Muy bien.
La mujer se volvió a Jackie y la miró con simpatía en los ojos.
—No te preocupes por lo de tener que quitarse de en medio cuando limpie tu cuarto. Puedo hacerlo contigo dentro.
—Gracias. No te preocupes por esto —dijo, indicando los boles—. Yo lo recogeré.
Comenzó a recoger los boles del almuerzo mientras la señora Grange salía de la cocina. Nathan la observaba con el ceño fruncido por encima del borde del vaso.
—¿A qué ha venido todo esto?
—¿Cómo dices?
—Lo de la señora Grange. ¿Qué estabas haciendo?

—Almorzando. ¿Te importaría que le diera lo que ha sobrado de ensalada para que se lo lleve?
—No —contestó él. Sacó un cigarrillo y lo encendió—. ¿Sueles almorzar con el servicio?
—¿Y por qué no?
Las respuestas que se le ocurrieron le parecieron ridículas y remilgadas. Se limitó a concentrarse en su cigarrillo. Como Jackie se dio cuenta de que él se sentía avergonzado, lo dejó pasar.
—¿La señora Grange es viuda o está divorciada?
—¿Y yo qué sé? —replicó él—. ¿Cómo sabes tú que es una de las dos cosas?
—Porque ha hablado de sus hijos y de sus nietos, pero no ha mencionado un marido. Por lo tanto, es elemental, mi querido Nathan, que no lo tiene. Yo creo que está divorciada, porque las viudas normalmente llevan la alianza de casada y me he dado cuenta de que ella no la lleva. ¿No se lo has preguntado nunca?
—No. No formaba parte de la información de la que dispuse para contratarla y no quise husmear —dijo Nathan. No quería confesar que la señora Grange llevaba seis años trabajando para él y que no había sabido hasta hacía cinco minutos que tenía hijos y nietos.
—Eso es una tontería. A todo el mundo le gusta hablar de sus familias. Me pregunto cuánto tiempo lleva divorciada —comentó, mientras empezaba a recoger la cocina—. No se me ocurre nada más duro que tener que criar sola a los hijos. ¿Te has parado alguna vez a pensarlo?
—¿A pensar qué?
—En tener una familia. Pensar en los niños siempre hace que me sienta muy tradicional. Una valla blanca alrededor de la casa, un garaje para dos coches, un monovolumen y todo eso. Me sorprende que tú, siendo un hombre tan tradicional, no estés casado, Nathan.
—Reconozco perfectamente cuando me están insultando.
—Por supuesto que sí, pero ser tradicional no tiene nada

de malo. En realidad, te admiro, Nathan. De verdad. Un hombre que sepa siempre dónde tiene los calcetines resulta muy tierno. Cuando llegue la mujer adecuada, se va a llevar un verdadero premio.

Nathan la agarró por la muñeca antes de que ella pudiera apartarse.

—¿Te han roto alguna vez la nariz?

Encantada, ella le dedicó una sonrisa.

—Hasta ahora no. ¿Acaso quieres pelea?

—Probemos mejor con esto.

Jackie se encontró medio tumbada sobre Nathan a pesar de que él seguía sentado en el taburete. La había pillado desprevenida, por lo que, ante el repentino movimiento, ella se había tenido que agarrar a él por los hombros para evitar caerse. Antes de que pudiera decidir qué hacer a continuación, sintió la boca de Nathan sobre la suya. Las sensaciones fueron abrumadoras.

Él no sabía por qué lo había hecho. Lo que en realidad le apetecía hacer era pegarle. Por supuesto, un hombre no debía pegar a una mujer, por lo que no le había quedado elección. No comprendía por qué un beso supondría una venganza, sobre todo después de que había comenzado. Jackie no se opuso, aunque sabía por el modo en el que ella había reaccionado que, al menos, la había sorprendido. Sin embargo, no podía estar mucho más sorprendida que él.

Se dijo que no la deseaba. De hecho, ni siquiera le gustaba. Tan solo se sentía fascinado por ella. Pensaba que estaba loca y estaba empezando a creer que él también lo estaba. Siempre había creído que había un patrón, una estructura para todo. Hasta que Jackie irrumpió en su vida.

Le mordisqueó el labio inferior con los dientes y escuchó que ella lanzaba un silencioso gemido. Aparentemente, la vida no era siempre geométrica.

Jackie se dijo que ella se lo había buscado y, afortunadamente, lo había conseguido. Los pensamientos de venganza, en los que la hacía sufrir y sudar, se le olvidaron inmediatamente en cuanto se sumergió en aquel beso. Fue maravilloso, dulce, ácido, apasionado, tembloroso... El modo en el que siempre había imaginado y esperado que debía ser un beso.

Se lanzó completamente con su corazón. Nathan era un hombre que podía amarla, aceptarla. No era una estúpida ni una ingenua. Sentía que aquello era algo especial, único, la clase de amor que se reflejaba en los poemas y por el que se habían librado algunas guerras. Algunas personas esperaban toda una vida para encontrarlo y no todos eran tan afortunados. Lo sabía y por eso lo rodeó con sus brazos, lista para darle todo lo que era, sin preguntas y sin dudas.

Algo estaba ocurriendo. Nathan podía sentirlo, más allá del deseo y de la pasión. Se había producido un cambio en él. Cuando sentía la boca de Jackie sobre la suya, el cuerpo de ella derritiéndosele entre los brazos, no era capaz de pensar más allá del momento. Era una locura. Nunca había pensado en el presente sin tener en cuenta el futuro. Sin embargo, en aquellos momentos, solo podía pensar en tenerla entre sus brazos, en saborearla un poco más muy lentamente, en explorarla, en descubrirla. No podía pensar en nada más que en Jackie.

Era una locura. Lo sabía y se lo temía, pero no podía evitar estrecharla con más fuerza entre los brazos. Sentir que estaba perdiendo el control era una sensación extrañamente erótica que debía detener antes de que lo que estaba creciendo dentro de él fuera demasiado grande como para poder ser controlado.

La apartó de él, tratando de mostrarse firme, planeando llegar incluso a la crueldad. Si Jackie sonreía, sabía que lo pondría de rodillas. Sabía que debía decirle que todo se había terminado, que recogiera sus cosas y se marchara, pero no podía hacerlo. Por mucho que se asegurara que la quería fuera de su vida, no podía pedirle que se marchara.

—Nathan —susurró ella, excitada, ya enamorada, mientras

le acariciaba suavemente la mejilla—. Dale el día libre a la señora Grange. Quiero estar contigo.

Él sintió que se le enredaban las palabras en la garganta, atrapadas entre el deseo. Nunca había conocido a una mujer que fuera tan abierta con sus sentimientos, tan sincera con sus necesidades. Aquello lo asustaba. Permaneció en silencio durante un instante. No podía permitir que le fallara la voz o que ella pudiera ver lo flexible que era su resolución.

—Te estás adelantando —dijo, por fin—. No creo que tener una aventura te interese a ti. Ni siquiera me interesa a mí, considerando el acuerdo que tenemos en estos momentos, pero gracias.

Jackie palideció. Nathan comprendió que se había excedido a la hora de reclamar su instinto de protección.

—Jackie, no quería que sonara tal y como lo ha hecho —añadió.

—¿No? Bueno, lo que sea —susurró ella. Se sentía abrumada por lo mucho que le habían dolido aquellas palabras.

—Jack, escucha...

—No, preferiría no hacerlo. No hace falta que me des explicaciones, Nathan. Solo era una sugerencia. Lamento haber sido tan directa.

—Maldita sea, no quiero una disculpa.

—¿No? Pues me alegro, porque creo que se me atragantaría. Ahora, debería volver a mi trabajo, pero, antes de que me vaya, solo una cosa —dijo. Con gran tranquilidad, Jackie tomó su vaso de café helado y se lo derramó a Nathan sobre el regazo—. Hasta la hora de cenar.

Trabajó como una posesa, casi sin percatarse de la presencia de la señora Grange cuando ella entró para cambiar las sábanas y limpiar. Se sentía atónita y furiosa por lo cerca que había estado de las lágrimas. No era que le importara llorar, pero no deseaba hacerlo en aquella ocasión. ¿Cómo podría Nathan haber sido tan insensible como para pensar que lo que ella deseaba era solo sexo? ¿Cómo podía haber sido ella tan estúpida como para creer que se había enamorado?

El amor reclamaba dos personas. Lo sabía. ¿Acaso no estaba ella misma vertiendo su corazón en una historia que implicaba los sentimientos y las necesidades de dos personas?

«Soy la misma de siempre», pensó. Seguía creyendo que todo en la vida resultaba muy sencillo. Se había merecido que le dieran una buena patada y aquello era lo que se había llevado. Sin embargo, tanto si se la merecía como si no, no por ello resultaba menos humillante que Nathan hubiera sido el encargado de proporcionársela.

La señora Grange se aclaró la garganta por tercera vez mientras ahuecaba las almohadas. En el momento en el que ella dejó de teclear, tomó la palabra.

—Es muy rápida manejando ese teclado —dijo—. ¿Trabaja como secretaria?

—No. En realidad, estoy escribiendo un libro —respondió ella, con una débil sonrisa.

—¿De verdad? A mí me gustan mucho las buenas historias.

—¿Tiene mucha oportunidad de leer? —le preguntó ella, haciendo que la silla girara para poder contemplar a la señora Grange.

—No hay nada que me guste más después de pasarme todo el día de pie que poder sentarme con un buen libro durante un par de horas —comentó la mujer, mientras limpiaba el polvo de la lámpara—. ¿Qué clase de libro está escribiendo?

—Una novela histórica y romántica.

—¿En serio? Me encantan las historias de amor. ¿Lleva mucho tiempo escribiendo?

—En realidad, es la primera vez que lo intento. Me pasé más de un mes investigando y recopilando información. A continuación, me puse a escribir.

—Supongo que es como pintar —comentó la señora Grange, mirando con curiosidad el ordenador—. No querrá que nadie lo vea hasta que esté terminado.

—¿Habla en serio? —preguntó ella, encantada—. Me muero de ganas por que alguien lea lo que he estado escribiendo. ¿Quiere leer la primera página?

—De acuerdo —respondió la mujer.

Se acercó al ordenador y esperó hasta que Jackie llevó el documento a la primera página. La leyó a cierta distancia, con los labios fruncidos y los ojos entrecerrados. Después de un momento, se echó a reír. Nada podría haber agradado más a Jackie.

—Veo que ha empezado fuerte, ¿eh? —dijo la señora Grange, con una mezcla de aprobación y de admiración—. No hay nada como una pelea con pistolas para levantar el interés del lector.

—Eso era lo que yo esperaba. Por supuesto, se trata solo de un borrador, pero voy muy rápido. Espero tener suficiente para enviarlo a una editorial dentro de un par de semanas.

—Yo estaré encantada de leerla entera cuando haya terminado.

—Yo también —comentó Jackie, riendo—. Cuando veo las páginas que he escrito hasta ahora, me resulta increíble. En realidad, no sé lo que voy a hacer cuando esté todo terminado.

—Bueno, supongo que tendrá que escribir otra, ¿no le parece?

La señora Grange recogió sus cosas y se marchó. Jackie comprendió que tenía razón. Aunque se ganara o se perdiera, la vida no empezaba ni terminaba al primer intento. No había nadie que lo supiera mejor que ella misma. Si algo funcionaba, había que seguir con ello. Si algo no funcionaba, y una deseaba que así fuera, también había que seguir insistiendo.

Se dio la vuelta y miró la pantalla del ordenador. Esbozó una sonrisa. Le pareció que muy bien podía aplicar aquella filosofía a su trabajo literario, y mientras estaba en ello, también a Nathan.

CAPÍTULO 5

Nathan se sentía furioso consigo mismo. A pesar de todo, resultaba mucho más fácil, y más cómodo, hacer que Jackie fuera el blanco de su ira. No había deseado besarla. Ella lo había tentado para que lo hiciera. Tampoco había querido hacerle daño. Ella lo había obligado a hacerlo. En cuestión de días, Jackie lo había convertido en un villano con mal genio y una libido hiperactiva.

Estaba seguro de que era una buena persona. Sabía que era duro, impaciente y perfeccionista, sobre todo en el trabajo. En su vida personal, nunca le había dado a nadie razones para que sintiera antipatía por él.

Cuando salía con una mujer, siempre se preocupaba de que existieran reglas entre ambos. Si la relación se profundizaba, los dos eran conscientes de sus posibilidades y de sus limitaciones. Nadie había podido decir nunca que fuera un seductor.

Aquello no significaba que no tuviera un cierto número de... amigas. Sería imposible para un hombre adulto y saludable vivir sin algo de compañía y afecto. Sin embargo, era él quien se insinuaba. Cuando un hombre y una mujer decidían ir más allá de la amistad, lo hacían responsablemente, con tanta cautela como afecto. Cuando lo hacían, si lo hacían, se desarrollaba un cierto entendimiento entre ellos...

Manosearse en la cocina después de almorzar no era la idea que Nathan tenía de una relación adulta y sensata. Si aquel concepto estaba pasado de moda, entonces él también lo estaba.

El problema era que el beso que había compartido con Jackie en la cocina había significado mucho más para él que ninguna de las relaciones maduras y cuidadosamente planeadas que había tenido a lo largo de su existencia. Aquel no era el modo en el que deseaba conducir su vida.

Aparte de anudarse correctamente la corbata, no había aprendido mucho de su padre, pero sí había comprendido que debía tratar a una mujer con respeto, admiración y cuidado. Era, y siempre lo había sido, un caballero. Sabía cómo debía tratar a una mujer, cómo disfrutar de una relación y cómo terminarla sin escenas o recriminaciones. Si era muy cuidadoso a la hora de impedir que alguien se le acercara demasiado, tenía una buena razón. Algo que también había aprendido de su padre era a no hacer promesas que no pudiera cumplir ni a establecer vínculos que, con toda seguridad, terminaría rompiendo. Siempre se había enorgullecido de que, cuando rompía con una mujer, esta y él siempre se habían separado como amigos.

¿Cómo podría ocurrir lo mismo con Jackie cuando ni siquiera habían tenido tiempo de entablar amistad? En cualquier caso, Nathan se consideraba lo suficientemente inteligente como para saber que una relación con una mujer como Jackie no terminaría sin recriminaciones. El final sería tan ilógico y explosivo como el principio.

Lo que necesitaba era volver a poner su vida en orden, empezar los preliminares de su siguiente proyecto y volver a retomar su vida social. Después de los problemas que había tenido en Alemania, no había tenido ni un momento de paz al llegar a casa.

Era culpa suya. Nathan estaba dispuesto a aceptar la responsabilidad. Su inesperada invitada tenía aún otra semana. Entonces se marcharía y él podría olvidarla para siempre. Bueno, al menos ella se marcharía.

Se dirigió arriba con la intención de cambiarse para bañarse en la piscina. Entonces, la oyó reír. Suponía que era mala suerte que tuviera una risa tan atractiva. Se dio cuenta de que Jackie tenía abierta la puerta de su dormitorio. Se aseguró que no podía evitar escuchar lo que decía. Después de todo, era su casa.

—Tía Honoria, ¿qué diablos te ha hecho pensar eso? —decía. Jackie estaba reclinada en una silla y se estaba pintando las uñas de los pies mientras sujetaba el teléfono entre el hombro y la barbilla—. Por supuesto que no estoy enojada con Fred. ¿Por qué iba a estarlo? Me ha hecho un favor maravilloso. La casa es perfecta. Exactamente lo que estaba buscando y Nathan, el dueño, es adorable.

Extendió el pie para admirar su trabajo. Entre la novela y la cocina, no había tenido tiempo para hacerse la pedicura desde hacía semanas.

—No, tía —prosiguió—. Lo hemos solucionado todo muy bien. Él es un poco ermitaño, así que nos mantenemos alejados. Yo le preparo las comidas. Creo que le está saliendo un poco de tripa.

Al otro lado de la puerta, Nathan se tocó automáticamente el vientre.

—No, no podía ser más majo. Nos llevamos muy bien. Podría ser uno de mis tíos. De hecho, se le está cayendo el pelo como al tío Bob.

Aquella vez, Nathan se tocó el cabello.

—Me alegro de haberte tranquilizado, tía. No, asegúrate de que Fred sepa que las cosas no podrían ir mejor. Me pondría en contacto con él, pero no estoy segura de dónde está.

Se produjo una pausa. Por alguna razón, a Nathan le pareció que esta era particularmente fría.

—Por supuesto, tía. Sé exactamente cómo es Fred.

Desde el pasillo, Nathan escuchó algunos murmullos de afirmación y unas risas. Estaba a punto de seguir con su camino cuando Jackie volvió a tomar la palabra.

—Oh, tía Honoria, casi se me había olvidado. ¿Cómo se llama ese maravilloso agente inmobiliario que utilizaste para la finca de los Hawkins?

Jackie se cambió de pie y decidió entrar a matar.

—Bueno, es algo bastante confidencial, pero sé que puedo confiar en ti. Parece que hay un terreno de unas diez hectáreas de superficie al sur de aquí, en un lugar llamado Shutter's Creek... No se lo dirás a nadie, ¿verdad?

Jackie sonrió y siguió pintándose las uñas mientras su tía Honoria le aseguraba confidencialidad al otro lado de la línea. Sabía que las promesas de su tía volaban fácilmente con el viento.

—Ya lo sabía, tía. Bueno, se vende a muy buen precio. En realidad, a mí no me habría interesado, como a cualquiera, ya que no es más que una zona pantanosa en estos momentos. Sin embargo, lo importante es que Allegheny Enterprises, ya sabes, la promotora que levantó todos esos centros turísticos tan maravillosos... Sí, la misma. Están pensando adquirirla. Quieren drenarla y levantar unos de esos lugares tan de moda, como los que hicieron en Arizona. Sí, es maravilloso lo que fueron capaces de hacer con unos pocos metros de desierto, ¿verdad?

Jackie escuchó durante unos minutos, sabiendo que debía esperar para tensar el cabo hasta que su tía hubiera mordido bien el cebo.

—Me lo ha dicho una amiga mía. Quiero aprovechar la oportunidad para así poder vendérselo después a Allegheny. Mi amiga me ha dicho que pagarán el triple de lo que se está pidiendo en estos momentos. Sí, ya sé que suena demasiado bueno como para ser verdad. No se lo digas a nadie, tía. Quiero ver si el agente inmobiliario puede conseguirme un acuerdo antes de que se destape todo esto.

Guardó silencio durante un momento.

—Sí, podría ser muy emocionante, pero todo debe mantenerse en secreto. Por eso no quería hablar con ningún agente inmobiliario de Florida. No, todavía no les he dicho nada a mis padres. Ya sabes cómo les gustan las sorpresas. Lo siento, tía. Hay alguien llamando a la puerta. Debo ir a abrir. Dale recuerdos a todo el mundo. Sí, me mantendré en contacto. *Ciao*.

Encantada consigo misma, Jackie colgó el teléfono e hizo que la silla empezara a girar sobre sí misma.

—Vaya, hola, Nathan.

—No sé dónde consigues tu información —dijo él—, pero a menos que quieras perder aún más dinero, yo buscaría en otro lugar que no fuera Shutter's Creek. Esa zona son solo diez hectáreas de fango y mosquitos.

—Ya lo sé y, a menos que me equivoque, mi querido Fred será el dueño de todos esos encantadores mosquitos dentro de cuarenta y ocho horas. Siempre he creído que cuando una se venga, debe hacerlo donde más duele. En el caso de Fred, es su cartera.

Impresionado, Nathan abrió del todo la puerta y entró en la habitación.

—¿Esas son las semillas que has plantado para su caída?

—Exactamente. Y van a crecer esta misma noche.

Nathan lo pensó detenidamente. Era una broma muy pesada. En realidad, solo lo molestaba que no se le hubiera ocurrido a él.

—¿Cómo sabes que caerá en la trampa?

—¿Quieres que nos apostemos algo? —replicó Jackie, con una sonrisa.

—No. Creo que no. ¿Cuánto piden por cada hectárea?

—Oh, solo cinco mil dólares. Estoy segura de que Fred será capaz de suplicar, tomar prestado o robar cincuenta mil sin mucho problema. Yo siempre pago mis deudas, Nathan —añadió, mientras cerraba el frasco de la laca de uñas—. Sin excepción.

—Si te sirve de consuelo —dijo él, al percatarse de que se trataba de una advertencia—, dudo que vuelva a tomar café helado.

—Supongo que ya es algo.

—Por cierto, no se me está cayendo el cabello.

—Probablemente no —repuso Jackie, tras recordar lo fuerte y espeso que lo había notado entre los dedos.

—Ni tengo tripa.

—Bueno, todavía no —admitió ella. Efectivamente, el vientre de Nathan era firme y liso.

—Ni soy majo.

—Bueno, dejémoslo en mono. De un modo muy masculino, por supuesto.

Nathan abrió la boca para protestar, pero decidió que era mejor rendirse.

—Lo siento —dijo, sin poder contenerse.

La mirada de Jackie se suavizó. Rápidamente, apareció una sonrisa. La venganza siempre podría posponerse por una disculpa.

—Sí, creo que sí. ¿Quieres que volvamos a empezar, Nathan?

—Me parece que sería lo mejor —respondió él. Jamás se hubiera imaginado que podría resultarle tan fácil.

—En ese caso, de acuerdo. ¿Amigos? —preguntó ella. Después de ponerse de pie, extendió la mano.

—Sí —contestó él. Se la estrechó—. ¿Te apetece nadar un rato?

—Sí —dijo ella. Podría haberlo besado. Deseaba tanto hacerlo... En vez de eso, sonrió—. Dame cinco minutos para cambiarme.

Tardó mucho menos que eso. Cuando llegó a la piscina,

Nathan estaba saliendo a la superficie después de zambullirse. Antes de que tuviera oportunidad de retirarse el agua de los ojos, ella se lanzó a su interior. Reapareció limpiamente, con el cabello pegado a la cabeza por efecto del agua.

—Hola.

—Eres muy rápida.

—Casi siempre. Me encanta tu piscina. Fue lo que me convenció de tu casa, ¿sabes? Crecí con una piscina, así que no me habría gustado tener que pasarme tres meses sin una.

—Me alegro de haberte complacido. Supongo que eso significa que nadas con frecuencia.

—No tanto como solía. Cuando era una adolescente, formé parte de un equipo de natación durante un par de años. Consideré muy seriamente ir a las Olimpiadas.

—No me sorprende.

—Entonces, me enamoré de mi entrenador. Se llamaba Hank —suspiró, mientras cerraba los ojos—. Después de eso, no pude concentrarme en nada. Yo tenía quince años y Hank veinticinco. Yo ya nos imaginaba casados y criando un equipo completo de relevos. A él solo le interesaba mi estilo para nadar de espaldas. Hank era muy alto, con unos hombros muy anchos... Siempre he sentido debilidad por los hombros anchos —añadió. Abrió los ojos y miró el cuerpo de Nathan. Sin camisa, su cuerpo parecía mucho más fuerte y disciplinado de lo que hubiera esperado—. Los tuyos están muy bien.

—Gracias...

—Hank también tenía unos fantásticos ojos azules. Me imaginé muchas fantasías con esos ojos...

Irracionalmente, Nathan comenzó a detestar a Hank.

—Sin embargo, a él solo le interesaba cómo nadabas de espaldas.

—Exactamente. Para conseguir que se fijara en mí, fingí que me estaba ahogando. Me imaginé que él me sacaría de la piscina y que me haría el boca a boca. Entonces, se daría cuenta de que estaba locamente enamorado de mí y que no podía vivir sin mi compañía. ¿Cómo iba yo a suponer que mi padre había escogido precisamente ese día para ir a ver el entrenamiento?

—Claro que no.

—Sabía que tú me comprenderías. Fue mi padre el que saltó a la piscina vestido con un traje de tres piezas y un reloj suizo. Ninguna de las cuatro cosas volvió a recuperar su estado anterior. Cuando me sacó de la piscina, estaba histérico. Algunas de mis compañeras creyeron que había sido por el shock, pero mi padre me conocía demasiado bien. Antes de que yo pudiera parpadear siquiera, me sacó del equipo de natación y me puso a jugar al tenis. Con una entrenadora.

—Tu padre parece un hombre muy sabio.

—Sí. J. D. MacNamara lo es. No he podido engañarlo durante mucho tiempo y Dios sabe que lo he intentado. Se enfurecerá cuando le diga lo que le he hecho a Fred.

—¿Tienes una relación estrecha con tu familia?

—Sí, a veces casi demasiado, lo que podría ser la razón de que siempre me vaya lejos de ellos para probar algo nuevo. Si mi padre se saliera con la suya, yo estaría a salvo en Newport, con el hombre que él eligiera para mí, cuidando de sus nietos y sin meterme en líos. ¿Tienes tú familia aquí en Florida?

—No.

Aquella vez no le quedó ninguna duda. El tema era definitivamente un terreno vedado. Como no quería irritarlo tan pronto, Jackie lo pasó por alto.

—¿Quieres que echemos una carrera?

—¿Adónde?

—Hasta el final de la piscina y de vuelta aquí. Te daré tres brazadas de ventaja.

Nathan la miró atentamente y comprendió que aquello sería mucho mejor que volver a besarla, que era precisamente lo que le apetecía en aquellos momentos.

—Muy bien.
Dio tres brazadas y entonces vio que una bala pasaba a su lado. Divertido por el desafío, se esforzó plenamente en la apuesta. Comprendió que, a pesar de los años que habían pasado desde que Jackie formó parte de un equipo de natación, aún seguía reteniendo el espíritu competitivo. Con la mayoría de las mujeres, Nathan había sentido la tentación de dejarlas ganar, sabiendo que la mujer habría comprendido que lo había hecho a propósito. Con Jackie, no tenía deseo alguno de perder.
Cuando dieron la vuelta tras hacer el primer largo, iban emparejados. No podía adelantarla. Poco a poco, con gran esfuerzo, consiguió robarle unos centímetros. Cuando por fin llegaron a la meta, Nathan solo lo hizo medio cuerpo delante de ella.
—Debo de estar perdiendo el ritmo —dijo Jackie, casi sin aliento—. Estás en muy buena forma, Nathan.
—Tú también —repuso, tan agotado como ella.
—La próxima vez no te daré ventaja.
—A pesar de todo, te volveré a ganar —afirmó Nathan, con una sonrisa.
—Tal vez. ¿Qué tal se te da jugar al tenis?
—Bastante bien.
—Bueno, esa es una posibilidad. ¿Y el latín? —preguntó Jackie mientras salía de un rápido movimiento de la piscina y se sentaba en el borde.
—¿Qué quieres decir con eso del latín?
—Podríamos tener un concurso de latín.
—No sé nada de latín —contestó él, después de salir también de la piscina y sentarse al lado de Jackie.
—Todo el mundo sabe algo de latín. Corpus delicti o magna cum laude. Nunca he entendido por qué dicen que es una lengua muerta cuando se utiliza todos los días.
—Sí, eso da mucho que pensar...

Jackie se echó a reír. No pudo evitarlo. Nathan tenía un modo muy sutil de decirle que creía que estaba loca. Cuando tenía una mirada simpática y divertida en los ojos y sonreía, le parecía alguien que llevara toda la vida conociendo... o al menos eso hubiera querido.

—Me gustas mucho, Nathan. De verdad.

—A mí también me gustas tú. Creo...

Antes de que se diera cuenta de lo que estaba haciendo, él extendió una mano y le colocó un rizo detrás de la oreja. Aquello no era propio de él. No tocaba a nadie así porque sí. En el momento en el que sus dedos rozaron la mejilla de Jackie, supo que había cometido un error. Justo cuando empezaba a apartar la mano, ella se la tomó entre las suyas. Se llevó los dedos a los labios en un gesto que dejó atónito a Nathan por su naturalidad.

—Nathan, ¿existe alguna mujer por la que yo debiera preocuparme?

—¿Qué quieres decir con eso? —preguntó él, sin apartar la mano.

—Me dijiste que no estabas con nadie, pero yo me he estado preguntando si me habrías dicho la verdad. No me importa competir, pero quiero saber si tengo que hacerlo.

—Jack, creo que estás empezando a ir mucho más rápido que yo.

—¿De verdad? —susurró ella. Con un solo movimiento, rozó los labios de Nathan con los suyos. No fue más allá. Le satisfizo aquel breve contacto—. ¿Cuánto tiempo crees que tardarás en alcanzarme?

Nathan no recordaba haberse movido, pero, de algún modo, sus manos habían empezado a enmarcar el rostro de Jackie. Debería haberle resultado fácil, sin complicaciones. Ella estaba dispuesta y él lo deseaba. Eran dos adultos que comprendían perfectamente las reglas y los riesgos. No había promesas entre ellos. Sin embargo, cuando sintió que ella separaba los labios e incluso cuando tomaba lo que ella le ofrecía, supo que no sería sencillo.

—No creo estar listo para ti...

—En ese caso, no pienses...

Jackie lo tomó entre sus brazos. No podía explicarle que llevaba toda su vida esperándolo. Resultaba tan fácil, tan natural, dejarse llevar por el deseo... Incluso de niña, había sabido que solo habría un hombre para ella. No sabía ni cuándo ni dónde lo encontraría, ni siquiera si lo hallaría. Sin él, habría podido vivir sola, satisfecha con el amor de familia y amigos. Jackie nunca había creído en conformarse con segundos platos.

En aquellos momentos lo tenía delante, boca contra boca, cuerpo contra cuerpo. No tenía que pensar en el mañana. Lo único que deseaba era el presente...

Jackie no era como el resto de las mujeres. ¿Por qué? Nathan había deseado a muchas, pero nunca de aquel modo. No podía pensar cuando estaba cerca de ella, tan solo sentir. Era como si su intelecto se desconectara para dejar paso a los sentimientos en estado puro. ¿Podría ser porque ella era la fantasía de cualquier hombre? Una mujer generosa, dispuesta, con necesidades y demandas que igualaban las de un hombre, una mujer sin inhibiciones ni fingimientos. Deseaba que solo fuera eso. Quería creer que solo era eso, pero sabía que no era así. Era mucho más. Poco a poco, estaba perdiendo terreno. Tenía que detenerse inmediatamente, mientras le quedara elección o, al menos, mientras pudiera fingir que aún podía elegir.

Lentamente y con mucha más dificultad de lo que había imaginado, se apartó de ella.

—Creo que es mejor que entremos.

Jackie comprendió lo que él quería decir. No estaba sugiriendo que entraran en la casa para continuar lo que habían comenzado, sino para darlo por terminado. Cerró los ojos y aceptó su dolor.

—Entra tú. Creo que me quedaré tomando un poco el sol.
—Jack... No me gusta empezar nada hasta que no sé cómo va a terminar.
—Es una pena, Nathan. Creo que así te pierdes muchas cosas.
—También cometo menos errores.
—¿Es eso lo que soy yo?
—Sí —repuso Nathan—. Has sido una equivocación desde el principio. Sabes que sería mucho mejor que no estuvieras aquí.
—¿Significa eso que me estás echando?
—No. Debería hacerlo, pero parece que no soy capaz.
—Me deseas, Nathan. ¿Acaso resulta eso tan terrible?
—No tomo todo lo que deseo.
—No, claro que no —replicó ella, después de un instante—. Es una de las cosas que más me gustan sobre ti, pero al final terminarás tomándome, Nathan. Hay algo especial entre nosotros y los dos lo sabemos.
—No me acuesto con todas las mujeres por las que me siento atraído.
—Me alegro de saberlo. Dejarse llevar por el placer de esa manera es muy peligroso. ¿Acaso crees que yo me acuesto con todos los hombres que hacen que me suba la tensión?
—No te conozco ni sé cuál es tu estilo de vida —dijo Nathan. Se sentía bastante inquieto e incómodo.
—Me parece bien. Veo que quieres dejar a un lado el tema del sexo. Apaga un poco la faceta romántica de una relación, pero es lo más sensato. Tengo veinticinco años y me he enamorado y desenamorado en incontables ocasiones. Me gusta más enamorarme, pero nunca he podido quedarme con nadie. Tal vez te resulte difícil aceptar esto, Nathan, pero no soy virgen. Sí, lo confieso —añadió, al ver que él bajaba la cabeza—. He estado con un hombre. Bueno, en realidad con dos. La primera vez fue el día en el que cumplí veintiún años.
—Jack...

—Sé que es un poco tarde para los tiempos que corren, pero no me gusta dejarme llevar por lo que hacen los demás. Estaba loca por él. Era capaz de citar a Yeats.

—Eso lo explica todo...

—Sabía que lo comprenderías. Hace pocos años, me empezó a atraer mucho la fotografía, sobre todo en blanco y negro. Conocí a un hombre. Chaqueta de cuero negro, aspecto atractivo y misterioso... Se vino a vivir conmigo y posó para mí. Solo tardé dos semanas en darme cuenta de que no me gustaba estar deprimida, pero conseguí unas fotografías fantásticas. Desde entonces, no me he sentido atraída por nadie. Hasta que te conocí a ti.

—Todavía no sé si es que no tienes picardía alguna o tienes más que ninguna de las personas a las que he conocido.

—¿No te parece agradable tener algo sobre lo que uno pueda preguntarse? Supongo que por eso deseo escribir. Así me puedo hacer preguntas de principio a fin... Estoy enamorada de ti, Nathan —confesó, tras una breve pausa. A continuación se levantó. Sentía que aquello sería lo mejor para ambos—. No quiero que te preocupes al respecto, pero es que no me gusta fingir. Creo que, después de todo, voy a entrar para cambiarme antes de empezar la cena.

Lo dejó a solas, preguntándose si alguien podía hacer una revelación de tal magnitud de una manera tan casual. Le había dicho que estaba enamorada de él... Era absurdo. Entonces, ¿por qué no lo sorprendía? Decidió que todo tenía que ver con la clase de persona que era Jackie. Mientras él nunca utilizaría despreocupadamente palabras como «enamorarse», ella parecía mucho más libre con el modo en el que se expresaba y con sus sentimientos. Ni siquiera sabía lo que significaba el amor para ella. Una atracción, un afecto, una chispa... Aquello sería mucho más que suficiente para muchas personas. Jackie era una mujer impetuosa. ¿Acaso no le había dicho que se había enamorado y desenamorado cientos de veces? Aquello solo era una aventura más para ella.

Si eso era lo que prefería creer, ¿por qué el pensamiento le provocaba una sensación de ira y de vacío? No quería ser otra aventura más, al menos para ella. No quería que Jackie se enamorara de él, pero si lo estaba, quería que fuera de verdad.

Se puso de pie y se acercó al muro desde el que se divisaba el canal. Hasta entonces, su vida había avanzado tan plácidamente como aquellas aguas. Eso era lo único que quería. No tenía tiempo para estar con mujeres impulsivas que hablaban despreocupadamente del amor. Ya tendría tiempo para el amor en el futuro y con la mujer adecuada, alguien sensible y refinada.

De repente, se preguntó por qué aquella descripción le parecía más bien de un mueble que de una esposa. Decidió que todo era por culpa de Jackie y le dolió. Ella no tenía derecho alguno a decirle que estaba enamorada de él, hacerle pensar que tal vez lo que él sentía era...

No. Era ridículo pensar que estaba enamorado de ella. Apenas la conocía y, hasta entonces, casi lo único que había hecho era molestarlo. Si se sentía atraído por ella se debía simplemente a que era atractiva. Había estado tan ocupado en Alemania que no había tenido tiempo para ciertas cosas que un hombre también necesitaba...

Era una mentira. Sentía algo por ella. No estaba seguro de lo que era ni por qué, pero sentía algo. Deseaba algo más que meterse en la cama con ella y satisfacer una necesidad. Quería estar a su lado, tomarla entre sus brazos...

Se aseguró que aquello no era amor. Tal vez solo era cariño. Eso sí resultaba aceptable. Un hombre podía sentir cariño por una mujer sin implicarse demasiado con ella.

Sin embargo, aquello no era posible con una mujer como Jackie.

Se pasó la mano por el cabello y se dirigió hacia la casa. No iban a volver a hablar del tema, ni en aquel momento ni nunca más. Por mucho que le costara, iba a regresar a la normalidad.

CAPÍTULO 6

Jackie no se avergonzaba de haberle dicho a Nathan lo que sentía. Creía firmemente en que era inútil arrepentirse de una acción una vez que esta se había llevado a cabo. En cualquier caso, lamentarse o arrepentirse de lo que había dicho no cambiaría el hecho de que sus palabras habían sido sinceras. No había tenido intención de enamorarse de él, lo que hacía que todo resultara mucho más dulce y especial. En otras ocasiones, habría decidido que un hombre podría ser el que había estado buscando y hubiera decidido enamorarse. En el caso de Nathan, todo había ocurrido inesperadamente, como siempre había esperado que fuera. En el fondo de su corazón, siempre había sabido que el amor no se podía planear, por lo que había empezado a creer que jamás lo encontraría.

Nathan no era la pareja perfecta para ella, al menos del modo en el que había imaginado. Ni siquiera podía estar segura de que él tuviera todas las cualidades que había deseado siempre en un hombre. Nada de eso importaba, porque lo amaba.

Estaba dispuesta a darle tiempo. Unos cuantos días e incluso una semana. Por lo que a ella se refería no había dudas. Estaba enamorada de él. El destino se había personificado en su primo Fred para unirlos. Tal vez Nathan aún no lo sabía. Mientras batía unos huevos para un soufflé sonrió. De hecho, estaba segura de que Nathan aún no lo sabía, pero ella era exactamente lo que él necesitaba.

Cuando un hombre era lógico, conservador y, sí, algo envarado, necesitaba el amor y la comprensión de una mujer que no fuera ninguna de esas cosas al tiempo que lo amara a él por todo lo que era. Podía imaginarse el modo en el que transcurriría su relación a lo largo de los años. Se comprenderían cada vez más hasta el punto de saber perfectamente lo que el otro estaba pensando. No siempre estarían de acuerdo, pero se comprenderían. Cuando el trabajo lo apartara de su hogar, ella lo acompañaría, apoyándolo en su profesión igual que él la apoyaba en la suya.

Eso sería hasta que llegaran los niños. Entonces, durante unos pocos años, los dos permanecerían cerca de casa mientras criaban a sus hijos. Estaba segura de que Nathan se desharía por sus hijos.

Ella estaría siempre a su lado, para aliviarle la tensión cuando esta le atenazara los hombros. Con ella a su lado, estaba segura de que sonreiría mucho más. Con él, ella sería más estable. Cuando consiguiera ganar un premio literario, se beberían una botella entera de champán y harían el amor durante toda la noche.

En realidad, todo era muy sencillo. Lo único que tenía que hacer era esperar a que él comprendiera lo fácil que era.

El teléfono empezó a sonar. Jackie se colocó el bol con la mezcla para el soufflé debajo del brazo y fue a contestar.

—¿Sí?

—Hola. ¿Es la residencia del señor Powell?

—Así es. ¿En qué puedo ayudarla?

—Me gustaría hablar con Nathan, por favor. Soy Justine Chesterfield.

El nombre le resultaba familiar. No era de extrañar. Justine Chesterfield era una alegre divorciada que aparecía constantemente en las páginas de sociedad. Jackie creía firmemente en las premoniciones y no le gustaba la que estaba teniendo en aquellos momentos. Sentía la tentación de colgar, pero no creía que aquello ayudara a resolver nada.

—Por supuesto —dijo—. Voy a ver si puede ponerse, señora Chesterfield.

Resultaba difícil sentir celos de una voz al otro lado de la línea telefónica. Además, Jackie no era una mujer celosa. A pesar de todo, sintió una enorme satisfacción cuando le sacó la lengua al auricular antes de ir a buscar a Nathan.

No tuvo que buscar mucho. En aquellos momentos, él bajaba por la escalera.

—Tienes una llamada de teléfono. Justine Chesterfield.

—Oh —susurró él. Sin poder evitarlo, se sintió algo culpable. ¿Por qué debía sentirse así por la llamada de una vieja amiga?—. Gracias. La atenderé en mi despacho.

Jackie no se quedó a propósito en el vestíbulo. ¿Qué culpa tenía ella de que, de repente, sintiera un picor terrible en la rodilla? Se quedó allí, rascándose, mientras Nathan entraba en su despacho y tomaba el teléfono.

—Hola, Justine. Hace unos días. ¿Una nueva ama de llaves? No. Era... En realidad, iba a llamarte. Sí, sobre Fred MacNamara.

Cuando decidió que se había rascado más de lo suficiente, Jackie regresó a la cocina. Allí, miró fijamente el teléfono. Resultaría tan fácil levantar el auricular con mucho cuidado... Estuvo a punto de hacerlo. Al final, lanzó una maldición y lo colocó sobre el teléfono. No le interesaba nada de lo que Nathan pudiera decirle a esa mujer. Dejaría que él le explicara por qué había otra mujer viviendo con él. Como la idea la divertía, subió el volumen de la radio y empezó a canturrear mientras seguía preparando el soufflé. Después de todo, había una docena de razones perfectamente lógicas por las que Justine Chesterfield había llamado a Nathan.

—Jackie —dijo él, al cabo de unos minutos.
Ella se dio la vuelta con una cuidadosa sonrisa en los labios.
—¿Has terminado ya? ¿Has tenido una agradable conversación con Justine?
—Quería decirte que voy a salir, así que no te preocupes por la cena.
—Vaya... —murmuró ella, mientras colocaba un pepino sobre la tabla de cortar y empezaba a hacerlo rodajas—. Me pregunto una cosa. ¿Ha conseguido ya Justine su segundo divorcio? ¿O acaso es el tercero?
—Por lo que yo sé, sí —respondió él.
Observó cómo Jackie manejaba el cuchillo con una exactitud mortal. Reconoció los celos inmediatamente. Abrió la boca para hablar, pero la cerró de nuevo. No tenía nada que explicarle. Era absurdo, tal vez era lo mejor para todos que ella pensara que Justine y él estaban teniendo una relación.
—Hasta luego.
—Que te diviertas —le deseó mientras dejaba caer el cuchillo sobre la tabla con un golpe muy satisfactorio.
No dejó de cortar en rodajas el pepino hasta que oyó que se cerraba la puerta principal. Se sopló el cabello que le caía por los ojos y vertió la mezcla del soufflé por el fregadero. Se tomaría un perrito caliente.

La ayudó volver al trabajo y escuchar el reconfortante sonido de los dedos sobre el teclado del ordenador. Lo que más la ayudó fue el desarrollo de un nuevo personaje. Carlotta, o Justine, era la desaliñada, calculadora y superdotada madame del burdel local. Era la clase de mujer que siempre utilizaba a los hombres.
Jake, por supuesto, se sentía completamente influido por ella. Sin embargo, con la clarividencia de los ojos de una mujer, era capaz de ver perfectamente quién era.

Como sentía miedo de los sentimientos que estaba empezando a albergar por Sarah, Jake se volcó en Carlotta. Al final, ella lo traicionaría y esa traición casi le costaría la vida a Sarah. Sin embargo, por el momento Sarah tendría que enfrentarse al hecho de que el hombre del que estaba enamorada se volcara en otra mujer para liberar su pasión.

Carlotta, por supuesto, era una mujer muy atractiva. Jackie había visto las fotografías de Justine con la suficiente frecuencia como para poder describirla a la perfección. Pálida y juncal, con ojos azules, cabello rubio y pómulos muy acentuados. Se permitió la licencia poética de añadir a su rostro las huellas que la disipación y la bebida le habían causado.

Cuando por fin se quedó sin fuelle para seguir escribiendo, era casi medianoche. Se dijo que no era por esperar a Nathan levantada, pero se aplicó una mascarilla que se ponía de vez en cuando, se limó las uñas y estuvo hojeando unas revistas.

A la una, apagó por fin la luz de la mesilla y se quedó mirando al techo. Tal vez todos tenían razón. Tal vez estaba loca. Una mujer que se enamoraba de un hombre que no sentía ningún interés por ella tenía que estar fuera de sus cabales. Sin embargo, lo amaba con toda la energía y devoción de las que era capaz. Nunca había sentido una excitación similar.

Era parecido a lo que le ocurría con su novela. De repente, se incorporó en la cama. El paralelismo era tan claro... Con todos sus otros proyectos, siempre había sentido una fuerte descarga de energía al principio, que, poco a poco, había ido dejando paso al desencanto. Sin embargo, con la literatura había sentido que encontraba su proyecto vital.

Enamorarse de Nathan era exactamente igual. Se había enamorado de otros hombres, pero sentía que eran como trampolines que la habían preparado para el único hombre que desearía el resto de su vida. Si alguien se hubiera interpuesto entre la literatura y ella, ¿lo habría tolerado? Ni hablar. De igual modo, nadie iba a interponerse entre su hombre y ella. Iba a presentarle batalla a Justine Chesterfield.

Había llegado a casa hacía casi una hora, pero Nathan permaneció en el coche, fumando un cigarrillo. Resultaba extraño mostrarse reacio a entrar en su propia casa, pero así era. Ella estaba dentro. En el dormitorio, que se había convertido ya en el suyo. Nunca volvería a ser una habitación de invitados.

Había visto que tenía la luz encendida y que, a continuación, la había apagado. Tal vez estaba durmiendo. Nathan, por su parte, no estaba seguro de poder volver a disfrutar de una noche entera durmiendo.

Deseaba tanto entrar, subir las escaleras, entrar en su dormitorio y perderse entre sus brazos... No entendía lo que sentía. No podía analizarlo. Una y otra vez, recordaba el modo en el que lo había mirado cuando le confesó al lado de la piscina lo que sentía por él.

«Estoy enamorada de ti».

¿Cómo podía resultarle tan fácil? Estaba empezando a comprenderla. Estaba seguro de que enamorarse y declarar su amor era tan natural para Jackie como respirar. Sin embargo, aquella vez estaba enamorada de él.

Podría aprovecharse de ello. Ella ni siquiera lo culparía por hacerlo. Podría hacer exactamente lo que deseaba y entrar en el dormitorio para terminar lo que habían empezado aquella tarde. No podía hacerlo. Si realmente estaba enamorada de él, le haría mucho daño al tomar sin pensar lo que el amor la animara a entregarle.

¿Cómo podía tratarla? Creía haber encontrado la solución aquella tarde. Salir con Justine había sido un gesto calculado para distanciarse de Jackie y demostrarle a ella y a sí mismo lo imposible que era una relación entre ambos. Desgraciadamente, mientras estaba en el elegante piso de Justine, solo había podido pensar en Jackie.

Justine era una vieja amiga a la que valoraba mucho, una mujer con la que se sentía plenamente a gusto. Eran completamente compatibles. La conocía desde hacía diez años, pero nunca habían sido amantes. Los matrimonios de Justine y los viajes de Nathan lo habían evitado, aunque siempre había habido una ligera atracción entre ellos.

Eso podía cambiar, y los dos lo sabían. Justine volvía a estar soltera y él estaba en casa. Probablemente, nunca conocería mejor a otra mujer ni ninguna se acoplaría mejor a sus gustos que Justine. Sin embargo, mientras estaba a su lado cómodamente, no había hecho más que desear poder estar en la cocina de su casa viendo cómo Jackie preparaba un delicioso plato. Aunque tuviera la radio a todo volumen.

Era completamente posible que estuviera volviéndose loco.

Decidió dejar de razonar lo que sentía y salió del coche. Mientras entraba en la casa, pensó que un baño en el jacuzzi podría relajarlo lo suficiente como para permitirle dormir.

Al mismo tiempo, Jackie oyó ruidos en la planta inferior de la casa y volvió a incorporarse en la cama. ¿Nathan? No había escuchado el motor de ningún coche, a pesar de que llevaba más de media hora tratando de escuchar algo que anunciara su llegada. Se sentó a los pies de la cama y aguzó el oído.

Silencio.

Si era Nathan, ¿por qué no subía a su dormitorio? Con el corazón latiéndole a toda velocidad, se levantó y se acercó a la puerta para mirar al exterior.

Si era Nathan, ¿por qué andaba a oscuras por la casa? Decidió que no era él, sino un ladrón que probablemente llevaba semanas acechando la casa, aprendiéndose su rutina y esperando su oportunidad. Sabía que ella estaba a solas en la casa y, suponiéndola dormida, había decidido entrar para robar. Miró de nuevo hacia la cama. Podía llamar a la policía y luego esconderse. Le pareció una idea maravillosa. No obstante, cuando dio el primer paso, se arrepintió.

¿Y si se lo estaba imaginando todo? Si Nathan no estaba ya bastante harto de ella, lo estaría si llegaba a casa después de estar con Justine y la encontraba llena de policías solo porque ella se había precipitado.

Tras respirar profundamente, decidió que lo mejor era bajar y asegurarse de que había motivos para caer presa del pánico.

Descendió muy lentamente. Seguía sin escucharse nada. La casa seguía sumida en un absoluto silencio y estaba completamente a oscuras. Hasta un ladrón haría algo de ruido...

«Probablemente ha sido solo tu imaginación», se dijo. Más tranquila, decidió recorrer la casa para asegurarse de todos modos, sabiendo que podría volver a caer en el mismo error si regresaba a la cama sin satisfacer su curiosidad.

Había recorrido con éxito y sin novedad todas las habitaciones de la casa cuando, al ir a encender la luz de la cocina, se le heló la sangre. Acababa de escuchar pasos en el solárium que, aparentemente, se dirigían hacia la cocina. Presa de la desesperación, agarró el arma que tenía más a mano, un cazo, y se preparó para defenderse.

Cuando Nathan entró en la cocina, vestido solo con unos calzoncillos, resultó difícil decidir quién de los dos se sorprendió más por lo que vio. Nathan se sobresaltó. Jackie, por su parte, lanzó un grito y dejó caer el cazo. Se estrelló contra el suelo en medio de un estruendo justo antes de que ella empezara a reírse de un modo completamente histérico.

—¿Qué diablos estás haciendo? —preguntó Nathan, completamente atónito.

Jackie se cubrió la boca con las dos manos y trató de controlarse.

—Pensé que había un ladrón en la casa.

—Así que, como es natural, bajaste a la cocina para enfrentarte a él con un cazo.

—No exactamente... —dijo ella, sin dejar de reír—. Lo siento. Cuando tengo miedo, no puedo evitar reírme.

—Claro, como todo el mundo —repuso Nathan, con cierta ironía. —Primero creí que había un ladrón en la casa, luego me convencí de que me había equivocado y por último... —susurró. Le dio hipo—. Necesito un poco de agua. ¿Y tú, qué hacías merodeando por la casa vestido solo con tu ropa interior?

—Es mi casa.

—En eso tienes razón. Por cierto, la ropa interior que llevas puesta es muy bonita. Siento haberte asustado.

—No me has asustado —replicó él. Se inclinó para recoger el cazo—. Estaba a punto de bañarme en el jacuzzi cuando decidí que me apetecía beber algo.

—Ah, bueno, eso lo explica todo. ¿Te lo has pasado bien?

—¿Cómo? Sí, muy bien —contestó. No podía apartar los ojos de la enorme camiseta que ella llevaba puesta. Al fin, con mucho esfuerzo, consiguió mirarle el rostro, pero no lo ayudó demasiado—. No quiero tenerte levantada.

—No te preocupes. Te prepararé algo de beber.

—Puedo hacerlo yo —le espetó, impidiendo que ella abriera el armario en el que se guardaban las bebidas

—No hay necesidad de mostrarse tan brusco. Ya te he dicho que lo siento.

—No me estoy mostrando brusco. Vete a la cama, Jack.

—Te estoy molestando, ¿no?

—Sí, me estás molestando. He dicho que te vayas a la cama.

—¿Quieres venirte conmigo? —murmuró ella.

—Te estás pasando...

—Era solo una sugerencia. Nathan, ¿tan difícil te resulta entender que te amo y que deseo hacer el amor contigo?

—Lo que me resulta imposible comprender y muy difícil de creer es que alguien pueda considerarse enamorado tan solo después de unos días. Las cosas no resultan tan fáciles, Jack.

—Algunas veces sí. Mira a Romeo y Julieta. No, ese es un mal ejemplo cuando una piensa en cómo les salieron las cosas... Lo siento —dijo, tras una breve pausa—. Creo que no se me ocurre ningún buen ejemplo en estos momentos porque no hago más que pensar en ti.

—Si estás tratando de ponerme las cosas difíciles, lo estás consiguiendo —replicó Nathan. Sentía un fuerte nudo en el estómago.

—Mi intención era más bien ponértelas imposibles, pero me conformaré con lo de difíciles —susurró ella. Se acercó un poco más a él hasta que consiguió que sus muslos se rozaran y entornó los párpados—. Bésame, Nathan. Hasta la imaginación me falla para describir lo que siento cuando lo haces.

Él lanzó una maldición o, al menos, trató de hacerlo porque rápidamente tomó la boca de Jackie bajo la suya. Cada vez resultaba más dulce, más difícil de olvidar. Estaba perdiendo la batalla y lo sabía. Cuando cediera a sus propias necesidades, no creía que pudiera echarse atrás. Jackie era como una droga para él y, además, estaba completamente desnuda debajo de aquella camiseta. Suave y desnuda, preparada para él... Sin poder evitarlo, empezó a tocar, a probar a pesar de que las alarmas empezaron a sonarle en la cabeza.

Siempre había sido un hombre capaz de calcular los riesgos antes de dar el primer paso. En el caso de Jackie, no había manera de calcularlo. El cuerpo de ella parecía haber sido moldeado para sus propias manos, para darle placer, para cubrir sus necesidades. No podía calcular lo que ocurría entre ellos ni lo que pasaba cada vez que se tocaban.

Resultaba tan fácil dar el siguiente paso... Jackie murmuraba su nombre mientras él le acariciaba la espalda y las caderas. Sentía cada curva y cada ángulo de su cuerpo bajo el fino algodón. Deseaba tomarla en brazos y perderse en ella. Habría resultado tan fácil... El cuerpo de ella estaba listo, esperando...

La pasión que ya había empezado a reconocer y a esperar le aturdía el cerebro. No había nada ni nadie que hubiera deseado más.

De repente, en un intento desesperado por defenderse, la apartó de sí.

—Espera...

—¿Umm? —murmuró ella, con los ojos medio cerrados.

Si Jackie seguía mirándolo de aquella manera, iba a desmoronarse... o a desgarrar aquella patética excusa de camisón que ella llevaba puesta.

—Mira, no sé por qué está ocurriendo esto, pero tiene que parar. No soy lo suficientemente hipócrita como para decirte que no te deseo, pero no estoy lo suficientemente loco como para empezar algo que va a provocar que los dos seamos muy desgraciados.

—¿Por qué iba a convertirnos en unos desgraciados hacer el amor?

—Porque nunca podría ir más allá de eso. No tengo sitio para ti, ni para nadie más, en mi vida, Jack. Ni deseo tenerlo. No creo que lo comprendas.

—No, no lo comprendo. Si lo comprendiera, creo que sería muy triste —susurró ella, mientras le rozaba la barbilla con los labios.

—Pues debes comprenderlo. Mi trabajo es lo más importante en mi vida. Se lleva todo mi tiempo, mi energía y mi concentración y así es precisamente como yo lo deseo. Un apasionado romance contigo tiene su atractivo, pero... por alguna razón, siento cariño por ti, aunque no creo que sea lo que tú deseas o necesitas.

—Tu trabajo no tiene por qué serlo todo.

—Pero así es y es algo en lo que debes pensar. Dentro de seis semanas me marcho a Denver. Cuando haya terminado allí, me iré a Sidney. Después de eso, no sé dónde estaré ni durante cuánto tiempo. Yo siempre viajo con poco equipaje y eso no incluye una amante ni la preocupación de que haya alguien esperándome en casa.

Jackie sacudió la cabeza y dio un paso atrás.

—Me pregunto qué te ocurrió para hacer que te muestres tan poco dispuesto para compartirte, tan decidido a seguir un camino tan estrecho y recto, sin curvas ni posibles desvíos —dijo ella, mirándolo muy atentamente. No había ira en sus ojos, sino tan solo una compasión que Nathan no deseaba—. Es más que triste. En realidad, resulta pecaminoso apartarse de alguien que te ama solo porque no quieres estropear tu rutina.

—Tal vez sea así, pero es el modo en el que vivo. La manera en la que he elegido vivir. Te aseguro que si tú fueras otra mujer sería mucho más fácil apartarme de ti. No deseo sentir lo que estoy sintiendo, ¿me comprendes?

—Sí, aunque me gustaría no comprenderte —musitó ella. Miró brevemente al suelo y, cuando levantó los ojos, el dolor seguía presente en ellos, aunque se le había unido algo mucho más fuerte—. Lo que tú no comprendes es que no deseo rendirme. Échale la culpa a la vena irlandesa que tengo en mí. Somos una raza muy testaruda. Te deseo, Nathan y, por muy rápido o muy lejos que salgas huyendo, te alcanzaré. Cuando lo haga, todos tus ordenados planes se van a desmoronar como una fila de fichas de dominó —añadió. Tomó el rostro de él entre las manos y lo besó con fuerza—. Entonces, me darás las gracias porque nadie va a amarte del modo en el que lo haré yo.

Volvió a besarlo, aquella vez más suavemente, y se apartó de él.

—Hice una jarra de limonada, si aún te apetece algo de beber. Buenas noches.

Nathan observó cómo Jackie se marchaba con la ominosa sensación de que ya escuchaba el ruido que hacían las fichas de dominó al desmoronarse.

CAPÍTULO 7

Debería odiarlo. Sarah deseaba hacerlo, quería que las emociones destructivas se apoderaran de ella y que consiguieran bloquear todo lo demás. Con el odio, habría sentido que controlaba la situación, algo que necesitaba desesperadamente. Sin embargo, no lo odiaba. *Le resultaba imposible hacerlo.*

Aun sabiendo que Jake había pasado la noche con otra mujer, besando los labios de otra mujer, tocando la piel de otra mujer, no podía odiarlo, aunque podía lamentarse por la muerte de algo muy hermoso que ni siquiera había tenido la oportunidad de florecer adecuadamente.

Había llegado a comprender lo que podrían tener juntos. Había estado a punto de aceptar que debían estar el uno al lado del otro, fueran cuales fueran sus diferencias y los riesgos. Él siempre viviría bajo el dictado de la pistola y de sus propias reglas, pero, a su lado, tal vez brevemente y de mala gana, había demostrado tanta delicada, tanta ternura...

Tenía un lugar para Sarah en su corazón. Ella lo sabía. Bajo el rudo exterior había un hombre que creía en la justicia, que era capaz de proporcionar ternura. Le había mostrado aquella parte de él, una parte que Sarah sabía que había compartido con pocas otras.

Entonces, ¿por qué, justo en el momento en el que ella había em-

pezado a suavizar su actitud con respecto a él, a aceptarlo por lo que era, él había decidido refugiarse en otra mujer, en una mujer de dudosa virtud?

¿Una mujer de dudosa virtud?, Jackie repitió mentalmente las palabras e hizo un gesto de desaprobación con los ojos. Si aquello era lo mejor que se le ocurría, era mejor que lo dejara inmediatamente.

No había sido uno de sus mejores días. Nathan se había levantado y se había marchado antes de que ella empezara a preparar el desayuno. Le había dejado una nota en la que le decía que estaría fuera la mayor parte del día.

Mientras se tomaba una barra de chocolate y se bebía lo último que quedaba del ginger-ale, meditó sobre la situación. Llegó a la conclusión de que apestaba.

Estaba enamorada de un hombre decidido a mantenerla a raya a ella y a sus propios sentimientos, un hombre que insistía en racionalizar lo que sentía, no porque estuviera comprometido con otra mujer o porque sufriera una enfermedad terminal o tuviera un pasado de delincuencia, sino porque resultaban inconvenientes. Era demasiado honrado para aprovecharse de la situación y demasiado testarudo para admitir que Jackie y él debían estar juntos.

¿Que no tenía sitio en su vida para ella? Jackie se apartó del ordenador y empezó a pasear por la habitación. ¿De verdad creía que ella aceptaría una afirmación tan ridícula como esa y se apartaría de él? Por supuesto que no, pero lo que más la molestaba era que a Nathan se le hubiera ocurrido realizar una afirmación como esa en primer lugar.

¿Qué lo empujaba a rechazar el amor que le daba, a no reconocer sus propios sentimientos? Gracias al amor que le había dado siempre su familia, ella había crecido sin temer en absoluto lo que sentía. Creía firmemente que si no se sentía, no se estaba vivo. Sabía que Nathan sentía algo muy profundo, pero cuando la razón se hacía cargo de sus sentimientos, daba un paso atrás y levantaba las barreras.

Estaba segura de que la amaba, pero iba a resistirse todo lo que pudiera y más. Por lo tanto, ella tendría que ocuparse de solucionar aquella situación. No era que la molestara entablar batalla, pero aquella la afectaba demasiado directamente. Cada vez que él se apartaba, cada vez que negaba lo que había entre ellos, le dolía más y más.

Se había sincerado con él y no había servido de nada. Se había mostrado deliberadamente provocativa y eso tampoco la había ayudado. Ya no sabía qué le quedaba por hacer.

Se tumbó sobre la cama y pensó en echarse una siesta. Había estado trabajando sin parar desde el desayuno y no le apetecía en absoluto bañarse en la piscina. Tal vez si se dormía pensando en Nathan, conseguiría encontrar una solución. Decidió confiar en el destino y cerró los ojos. Estaba casi dormida cuando sonó el timbre de la puerta.

Decidió que sería alguien vendiendo enciclopedias y repartiendo alguna clase de publicidad. Con un bostezo, se acurrucó contra la almohada. Había conseguido olvidarse del timbre cuando un pensamiento alarmante le asaltó la mente. Podía ser un telegrama que habían enviado desde su casa para informarla de que alguien había sufrido un terrible accidente.

Se levantó rápidamente de la cama y bajó a toda velocidad por las escaleras.

—¡Sí, ya voy! —exclamó. Abrió la puerta de par en par.

No era ningún telegrama ni ningún vendedor. Era Justine Chesterfield. Jackie decidió que, en efecto, aquel no era uno de sus mejores días. Se apoyó sobre el marco de la puerta y esbozó una fría sonrisa.

—Hola.

—Hola. ¿Está Nathan en casa?

—Lo siento, ha salido —respondió. Se moría por darle con la puerta en las narices, pero su buena educación se lo impidió—. No dijo adónde iba ni cuándo regresaría, pero puede esperarlo si quiere.

—Gracias.

Las dos mujeres se miraron mutuamente mientras Justine cruzaba el umbral. Justine iba vestida como si acabara de descender de un yate en un puerto muy elegante. El cuerpo alto y esbelto de Justine quedaba resaltado por unos pantalones blancos y una camiseta de color burdeos. Había añadido un discreto y elegante collar de oro y unos pendientes a juego. Llevaba el cabello rubio sobre los hombros, recogido en las sienes por dos peinetas de madreperla. Era perfecta. Encantadora, elegante, de impecables modales. Jackie se alegraba de poder odiarla.

—Espero no molestar... —dijo Justine.

—En absoluto —repuso Jackie mientras le indicaba el camino al salón—. Siéntase como en su casa.

—Gracias —replicó Justine. Dejó el bolso sobre una mesa y se giró para observar a Jackie—. Usted debe de ser Jacqueline, la prima de Fred.

—Así es.

—Yo soy Justine Chesterfield, una vieja amiga de Nathan.

—Reconocí su voz —afirmó Jackie. Las dos mujeres se dieron la mano.

—Y yo la suya. Según Nathan, Fred resulta tan taimado como encantador.

—Mucho más, créame. ¿Le apetece tomar algo? ¿Una bebida fría? ¿Un café?

—Me encantaría tomar algo frío, si no le importa.

—Muy bien. Siéntese. Solo tardaré un minuto.

Jackie no dejó de murmurar todo el tiempo mientras servía la limonada y preparaba unas galletas sobre una bandeja de cristal. Casi nunca pensaba en el aspecto que tenía cuando estaba en casa, pero aquel día precisamente había escogido los pantalones vaqueros recortados más desastrosos y una amplia camiseta de estilo deportivo con rayas verdes y amarillas. Llevaba una pequeña fortuna en oro y gemas en los dedos, pero iba descalza. La laca de uñas que se había aplicado había empezado a cuartearse.

«Y a mí qué», pensó mientras se peinaba el cabello con los dedos. Decidió permitir que la señorita Elegancia dijera lo que tuviera que decir. Estaba segura de que Sarah se habría mostrado tan cortés con Carlotta como lo había hecho ella, aunque le daba la sensación de que Sarah era mucho mejor persona que Jacqueline R. MacNamara. Decidida a no darle a Nathan ningún motivo de queja, tomó la bandeja y regresó al salón.

—Es muy amable de tu parte —dijo Justine, al verla—. En realidad, esperaba tener la oportunidad de hablar contigo. ¿Estás muy ocupada? Nathan me dijo que estabas trabajando en un libro.

—¿De verdad? —preguntó, muy sorprendida, mientras tomaba asiento.

—Sí. Me dijo que estabas escribiendo una novela y que eres muy disciplinada con tu trabajo. Nathan cree firmemente en la disciplina.

—Ya lo he notado —comentó Jackie, después de tomar un sorbo de limonada—. En realidad, me estaba tomando un descanso cuando llamaste al timbre.

—Es una suerte —dijo Justine. Tomó una galleta y la mordisqueó delicadamente. Llevaba un perfume muy sofisticado, aunque elegante y femenino. Tenía las uñas largas y redondeadas, pintadas con una laca rosada y solo llevaba un anillo en el dedo, un ópalo maravilloso rodeado de diamantes—. Supongo que debería disculparme primero.

—¿Disculparte?

—Por la confusión que se produjo entre Nathan y tú. Fui yo la que convenció a Nathan para que dejara que Fred se mudara a esta casa mientras él estaba en Europa. En aquel momento, me pareció una solución perfecta, dado que a Nathan lo preocupaba dejar la casa vacía durante un periodo tan largo de tiempo y Fred parecía estar algo perdido.

—Fred siempre está algo perdido. También tiene la habilidad de hacerle creer a cualquiera que es capaz de convertir la paja en oro... mientras sea el otro el que pague la paja.

—Por eso, me siento algo culpable de que Fred se llevara tu dinero con falsas afirmaciones.

—No tienes por qué. Conozco a Fred de toda la vida. Si hay alguien que hubiera debido imaginar lo que estaba tramando, debería haber sido yo. En cualquier caso —añadió, con una fría sonrisa—, Nathan y yo hemos alcanzado un acuerdo muy satisfactorio.

—Eso me dijo. Aparentemente, eres una cocinera de primera clase.

—Así es —afirmó Jackie, sin pudor alguno.

—Yo nunca he sido capaz de mezclar dos ingredientes y que me salga algo reconocible. ¿De verdad estudiaste en París?

—¿En qué ocasión? —bromeó Jackie. Muy a su pesar, sonrió más afectuosamente aquella vez. No quería sentir simpatía por Justine. Era cierto que la mujer era fría y elegante, pero tenía algo amable en la mirada y la amabilidad, fuera cual fuera el envoltorio, siempre la atraía.

Justine sonrió también. Pareció que la tensión entre ambas se rebajó algunos grados.

—Jacqueline, ¿puedo ser franca contigo?

—Normalmente se consigue más de esa manera.

—Tú no eres lo que esperaba.

—¿Y qué era lo que esperabas? —preguntó Jackie, muy sorprendida.

—Siempre pensé que cuando Nathan se enamorara, lo haría de una mujer muy elegante y contenida. Posiblemente aburrida.

Jackie había elegido aquel momento para tomar otro sorbo de limonada. Estuvo a punto de atragantarse.

—Un momento. ¿Has querido decir que Nathan está enamorado?
—Sí. ¿Acaso no lo sabías?
—Lo oculta muy bien.
—A mí me resultó perfectamente evidente anoche —afirmó Justine—. Por cierto, nosotros nunca hemos sido nada más que amigos. Si yo estuviera en tu lugar, agradecería mucho que se me aclarara ese punto.
—Sí, te lo agradezco, pero ¿te importaría que te preguntara por qué?
—Yo también me lo he preguntado. Supongo que nunca hemos disfrutado del momento adecuado. Yo no soy una mujer independiente. Me gusta estar casada, formar parte de una pareja, así que suelo hacerlo con frecuencia. Cuando conocí a Nathan, estaba casada. Después, tras mi primer divorcio, estábamos en partes diferentes del país. Ha ocurrido lo mismo durante más de una década. En cualquier caso, basta con decir que yo siempre estaba con otro hombre y que Nathan estaba siempre con su trabajo. Por sus propias razones, él lo prefiere así.

Jackie se moría por preguntar el porqué, dado que sospechaba que Justine podría darle algunas respuestas. Sin embargo, no podía ir tan lejos. Si lo que había entre Nathan y ella terminaba funcionando, debería ser él quien le diera las explicaciones.

—Te agradezco mucho que me lo digas, aunque supongo que debería decirte que tú tampoco eres lo que me había imaginado.

—¿Qué era lo que te habías imaginado?

—A una calculadora aventurera con el corazón frío como el hielo y planes para mi hombre. Me he pasado la mayor parte de la noche detestándote —dijo Jackie con sinceridad, para estupor de Justine.

—Entonces, ¿no me había equivocado al pensar que sientes algo por Nathan?

—Estoy enamorada de él.
—Necesita a alguien —dijo Justine, con una sonrisa en los labios—. Él no lo cree, pero es así.
—Lo sé. Voy a ser yo.
—En ese caso, te deseo buena suerte, aunque no tenía la intención de hacerlo cuando vine.
—¿Qué te hizo cambiar de opinión?
—Me invitaste a entrar y me ofreciste algo de beber cuando, posiblemente, deseabas que me marchara al infierno.
—Vaya... —observó Jackie con una sonrisa—. Y yo que creía que era discreta...
—No, no lo eres, Jack. Así es como te llama Nathan, ¿verdad?
—Sí.
—Mira, Jack, no se puede decir que yo haya tenido mucha suerte en mis relaciones, pero me gustaría darte un consejo.
—Tú dirás.
—Algunos hombres necesitan un empujón mayor que otros. Con Nathan tendrás que utilizar las dos manos.
—Eso es lo que pienso hacer —admitió Jackie—. ¿Sabes una cosa, Justine? Tengo un primo segundo por parte de mi padre. No es Fred —añadió rápidamente—. Es profesor en la Universidad de Michigan. ¿Te gustan los intelectuales?
Justine dejó el vaso sobre la bandeja y se echó a reír.
—Pregúntamelo de nuevo dentro de seis meses. De momento, estoy en periodo sabático.

Cuando Nathan llegó a casa unas horas después, no sabía nada de la visita de Justine ni de las conclusiones a las que se había llegado en su salón. Tal vez eso era lo mejor.
Se alegraba de haber vuelto a casa, aunque sus razones eran muy diferentes de las que lo habían empujado a regresar tras el viaje a Alemania. Entonces, solo buscaba paz y tranquilidad.

En aquel momento, a pesar de que no quería admitirlo, quería estar con Jackie. Le gustaba saber que ella estaría allí y que podría charlar con ella, relajarse a su lado. Su compañía añadía una dimensión a una velada en casa. Hacía tiempo que había dejado de lamentarse de que ella invadiera su intimidad.

Oyó la música en el momento en el que abrió la puerta. No era el rock al que se había acostumbrado a oír en la cocina, sino uno de los valses más sensuales y encantadores de Strauss. Aunque no estaba seguro de si el cambio era razón para preocuparse, se dirigió con mucha cautela a su despacho para dejar su maletín y los tubos en los que llevaba los planos del proyecto de Denver.

Se aflojó la corbata y se dirigió a la cocina. Como siempre, algo olía maravillosamente.

Jackie no iba vestida con sus habituales pantalones cortos. En vez de eso, llevaba un mono de color crema, realizado en una tela suave y sedosa. No se le ceñía al cuerpo, pero le ofrecía muchas pistas. Iba descalza y llevaba un pendiente de madera. En aquellos momentos, estaba cortando rebanadas de pan. De repente, Nathan sintió que debía darse la vuelta y salir corriendo tan rápido como pudiera. Sin embargo, cruzó el umbral.

—Hola, Jack.

—Hola —dijo ella. Sabía que Nathan la había estado observando, pero consiguió mostrarse ligeramente sorprendida cuando se dio la vuelta. Estaba tan guapo con aquel traje y la corbata aflojada en torno al cuello... Sin poder evitarlo, se acercó a él y le dio un beso en la mejilla—. ¿Cómo te ha ido el día?

Nathan no sabía cómo interpretar lo que estaba ocurriendo. Lo que sí sabía era que aquel beso era exactamente lo que necesitaba. Eso lo preocupaba.

—Muy ajetreado —respondió.

—Bueno, quiero que me lo cuentes, pero primero tómate

113

un poco de vino —afirmó ella. Rápidamente, empezó a servir dos copas—. Espero que tengas apetito. La cena estará lista dentro de un par de minutos.

—¿Has avanzado mucho en tu trabajo? —le preguntó, tras aceptar la copa.

—Bastante —contestó ella mientras colocaba el pan en una cesta—. Esta tarde me eché una pequeña siesta, pero luego me cundió mucho. He decidido concentrarme en las primeras cien páginas durante la próxima semana más o menos, hasta que estén listas para enviárselas a un agente que conozco en Nueva York.

—Estupendo —dijo él. Se preguntó por qué aquella idea le provocaba pánico. Quería que avanzara, ¿no? Cuanto más lo hiciera, menos culpable se sentiría él de que se acercara el momento de su marcha. La lógica no conseguía borrar el miedo de que ella le dijera que ya no necesitaba la casa y que se marchara—. Debe de ir muy bien.

—Mejor de lo que esperaba, y eso que yo siempre soy muy optimista —afirmó ella. En aquel momento sonó el reloj del horno. Afortunadamente, así pudo ocultar una sonrisa—. Se me ha ocurrido que podríamos cenar en el jardín. Hace una noche tan agradable...

Las alarmas volvieron a sonar en los oídos de Nathan, pero no con tanta fuerza ni con tanta urgencia.

—Va a llover.

—Al menos no lo hará durante un par de horas —replicó Jackie. Se puso unos guantes y sacó el guisado del horno—. Espero que te guste esto. Se llama *schinkenfleckerln*.

—Tiene un aspecto magnífico —comentó Nathan, tras observar la fuente de fideos y jamón en una burbujeante salsa.

—Es una receta austríaca muy sencilla. Toma la cesta del pan. Ya he puesto la mesa fuera.

Efectivamente, la mesa redonda del jardín estaba puesta para dos. Informalmente. No había nada marcadamente romántico. Tomó asiento mientras Jackie comenzaba a servir.

—No te he dado las gracias por todas las comidas que has preparado.

—Ese era el trato —afirmó ella, mientras se sentaba.

—Lo sé, pero te has tomado muchas molestias. Te lo agradezco mucho.

—Me alegro. Me gusta mucho cocinar cuando hay alguien con quien compartirlo. No hay nada más deprimente que cocinar para uno.

—Jack... Yo... Dado que, por así decirlo, somos los dos víctimas, me gustaría pedir una tregua.

—Creía que ya la teníamos.

—Una oficial.

—Muy bien —dijo ella. Tomó su copa y la golpeó suavemente con la de él—. Larga vida y prosperidad.

—¿Cómo dices?

Jackie se echó a reír.

—Tendría que haberme imaginado que tú no serías fan de *Star Trek*. Es el saludo vulcánico, Nathan. Significa que te deseo todo lo mejor.

—Gracias —repuso él. Inconscientemente, se aflojó un poco más la corbata—. ¿Por qué no me hablas sobre tu libro?

—¿De verdad deseas que lo haga? —preguntó Jackie, muy sorprendida.

—Sí. Me gustaría saber de qué va. ¿Es que no quieres hablar al respecto?

—Bueno, sí, pero nunca creí que tú estarías interesado. Nunca me has preguntado nada. Como yo suelo molestar demasiado a la gente con lo que hago porque me implico mucho y pierdo la perspectiva, pensé que sería mejor no hablarte del libro dado que ya te estaba volviendo loco. Me figuré que, dadas las circunstancias, Fred y los seis meses en Francfort, de todos modos no te gustaría.

—Lo comprendo, pero me gustaría que me hablaras de tu libro de todos modos.

—Muy bien. Lo he situado en lo que en la actualidad es Arizona entre 1870 y 1880, más o menos una década después de la guerra de México, cuando fue cedido a Estados Unidos como parte de Nuevo México. Pensé en ambientarlo en el siglo XVIII, cuando aún era un asentamiento europeo, pero decidí que quería meterme en harina inmediatamente.

—¿Y es que no había harina en el siglo XVIII?

—Kilos y kilos, pero Jake y Sarah no habían nacido entonces. Ellos son mis protagonistas. En realidad, es su historia. Él es un pistolero y ella se ha criado en un convento. Me agradaba la idea de colocarlos en Arizona que representa el verdadero Oeste de Estados Unidos. Los Earp, los Clayton, Tombstone, Tucson, los apaches... Así le da el ambiente de la sangrienta frontera.

—Duelos con pistola, cazadores de recompensas y ataques indios, ¿no?

—Esa es la idea. El argumento es que Sarah decide ir al oeste cuando muere su padre. El padre de Sarah le hizo creer que era un próspero minero. Ella ha crecido en el este, aprendiendo todo lo que se supone que las señoritas de buena familia deben saber. Tras la muerte de su padre, va al territorio de Arizona y descubre que, durante muchos años, ella ha vivido rodeada de un moderado lujo en el este mientras su padre casi no había podido sobrevivir con lo que le daba su acabada mina de oro porque se gastaba cada centavo en la educación de Sarah.

—Por lo tanto, ella se encuentra sin dinero, huérfana y fuera de su elemento.

—Exactamente. Supongo que eso la convierte inmediatamente en un ser muy vulnerable y la pone en peligro. Ella no tarda en descubrir que su padre no murió por un derrumbe accidental, sino que fue asesinado. En este momento, ya se ha encontrado en varias ocasiones con Jake Redman, un pistolero renegado que representa todo lo que ella ha detestado siempre. Jake le salvó la vida a Sarah durante un ataque de los apaches.

—Entonces, no es tan malo.

—Es un diamante en bruto. En este periodo, hay muchos mineros y aventureros en el territorio, pero la guerra entre los estados y el reclutamiento de tropas están retrasando el asentamiento. Por eso, los apaches siguen dominándolo. Eso lo convirtió en un lugar muy salvaje y peligroso para una joven como Sarah.

—Sin embargo, ella decide quedarse.

—Sí. Siente la obligación de descubrir quién mató a su padre y por qué. Además, está el hecho de que, contra su voluntad, se siente muy atraída por Jake Redman.

—¿Se siente él atraído por ella?

—Sí. Jake, como muchos otros hombres, y también mujeres, no cree necesitar a nadie y mucho menos a alguien que podría interferir en su estilo de vida y convencerlo para que siente la cabeza. Es un solitario, siempre lo ha sido, y tiene la intención de seguir siéndolo.

—Muy agudo —dijo él. Tomó un sorbo de vino.

Al comprender que tal vez había visto el paralelismo, Jackie sonrió.

—Eso me había parecido a mí. Sin embargo, Sarah es una mujer muy decidida. Cuando descubre que está enamorada de él, que su vida nunca se verá completa sin él, consigue limar su reticencia. Por supuesto, está Carlotta para poner el contrapunto.

—¿Carlotta?

—Es la mujer de mala reputación más conocida de la ciudad. No es que desee a Jake, aunque por supuesto es así. Todas las mujeres lo desean. Lo importante es que odia a Sarah y todo lo que ella representa. Además, sabe que el padre de Sarah fue asesinado porque, después de cinco años, él había encontrado la veta madre. La mina que Sarah reclama vale una fortuna. Hasta ahí he llegado.

—¿Cómo termina?

—No lo sé.

—¿Qué quieres decir con que no lo sabes? Tú lo estás escribiendo. Tienes que saberlo.

—No, no lo sé. De hecho, estoy segura de que si lo supiera, no me resultaría tan divertido sentarme a escribir todos los días. También es una historia para mí, y estoy a punto de terminarla, pero no es como un plano, Nathan —dijo. Como vio que no lo comprendía, se dispuso a explicárselo—. Te diré por qué creo que jamás habría sido un buen arquitecto, a pesar de que el proceso me resulta fascinante y la idea de crear un edificio de la nada completamente increíble. Se tienen que saber todos los detalles, de principio a fin. Antes de sacar la primera palada de tierra, hay que saber cómo va a terminarse el proyecto. Cuando se construye un edificio, el arquitecto no solo es responsable de la creación de un trabajo funcional y atractivo, sino también de las vidas de las personas que trabajarán o residirán allí. No se puede dejar nada al azar y la imaginación tiene que amoldarse a la seguridad y a la funcionalidad.

—Creo que te equivocas —afirmó Nathan, después de un instante. Lo que Jackie había dicho y cómo lo había expresado encajaba perfectamente con sus sentimientos—. Habrías sido un arquitecto excelente.

—No. Solo porque lo comprenda no significa que lo hubiera sido. Créeme. Tú sí lo eres, no solo porque lo comprendes, sino porque eres capaz de combinar el arte con la funcionalidad, la creatividad con la realidad.

—¿Es eso lo que estás tratando de hacer con tu novela?

—Eso espero. Toda mi vida he andado a salto de mata, buscando un modo de expresar mi creatividad. Música, pintura, baile... Compuse mi primera sonata cuando tenía diez años. Era muy precoz. En realidad, la sonata no era muy buena, pero siempre supe que tenía que encontrar el modo de hacer algo que sí lo fuera. Mis padres se mostraron muy pacientes, una paciencia que yo no siempre me merecía. Esta vez... Sé que, a mi edad, parece una tontería, pero esta vez deseo que estén orgullosos de mí.

—A mí no me parece ninguna tontería. Uno nunca cesa de buscar la aprobación de los padres.

—¿Tienes tú la de los tuyos, Nathan?

—Sí —dijo, muy secamente—. Los dos están muy contentos con la trayectoria profesional que he elegido.

—Tu padre no es arquitecto, ¿verdad?

—No. Trabaja en el mundo de las finanzas...

—Ah. ¡Qué raro! Cuando me paro a pensarlo, me imagino que nuestros padres habrán estado más de una vez juntos en un cóctel. Los intereses de J. D. se basan principalmente en el mundo de las finanzas.

—¿Llamas J. D. a tu padre?

—Solo cuando pienso en él como hombre de negocios. Siempre le gustó mucho que yo fuera a su despacho, me sentara en su escritorio y le dijera: «Muy bien, J. D., ¿compramos o vendemos?».

—Se ve que lo quieres mucho.

—Sí. A mi madre también, incluso cuando me regaña. Siempre me dice que debería ir a París para que me refinaran un poco. Está segura de que los franceses encontrarían el modo de convertirme en una mujer elegante y recatada.

—A mí me gustas tal y como eres.

—Vaya —susurró ella, atónita—. Eso es lo más bonito que me has dicho.

Mientras la miraba a los ojos, Nathan creyó escuchar el rugido de los primeros truenos.

—Creo que es mejor que metamos todo esto dentro. Va a empezar a llover.

—Muy bien.

Jackie se levantó inmediatamente y ayudó a recoger la mesa. Era una estupidez emocionarse por una frase tan simple. Nathan no le había dicho que fuera hermosa o brillante, ni que estuviera locamente enamorado de ella. Simplemente le había dicho que le gustaba tal y como era. No obstante, ninguna otra frase podría haber significado más para una mujer como Jackie.

En el interior de la cocina, trabajaron unos minutos en acogedor silencio.

—Supongo —dijo ella, por fin—, que, dado que estás vestido así, no te has pasado todo el día en la playa.

—No. Tuve varias reuniones con mis clientes de Denver.

—Nunca has mencionado lo que vas a construir.

—S&S Industries va a construir una planta en Denver. Necesitan un edificio de oficinas.

—Diseñaste otro para ellos en Dallas hace unos años.

—Así es —dijo Nathan, muy sorprendido.

—¿Va a tener el nuevo una línea parecida?

—No. En Dallas me incliné más bien por lo elegante y lo futurista. Mucho acero y cristal para darle un aspecto diáfano. Para el nuevo quiero una línea más clásica, de líneas más suaves y distinguidas.

—¿Puedo ver los planos?

—Si quieres, no veo por qué no.

—Me encantaría —afirmó Jackie. Se secó las manos con un paño y le entregó una copa a medio llenar—. ¿Puedes mostrármelos ahora?

—Muy bien.

A Nathan lo sorprendió también el hecho de que él mismo quisiera enseñárselos, de que la opinión de Jackie le importara. Ambos eran conceptos nuevos para él, algo en lo que podría pensar más tarde.

Juntos, se dirigieron hacia el despacho de Nathan. Allí, él sacó los planos del tubo y los extendió sobre la mesa. Muy interesada, Jackie se inclinó sobre ellos y los observó atentamente.

—El exterior es de ladrillo marrón —explicó él, tratando

de no prestarle atención al modo en el que el cabello de Jackie le rozaba suavemente la mejilla—. Voy a utilizar líneas curvas en vez de rectas.

—Tiene un aspecto decó.

—Exactamente —dijo él. ¿Por qué no había notado antes el aroma que emanaba de la piel de Jackie? ¿Sería porque se estaba acostumbrando o porque ella estaba tan cerca, tanto que podría tocarla o saborearla con un mínimo esfuerzo?—. He arqueado las ventanas y...

Cuando Nathan no pudo completar la frase, ella levantó el rostro y sonrió. Rápidamente, Nathan volvió a centrarse sobre los planos que tenía encima de la mesa.

—Cada despacho tendrá al menos una ventana. Siempre he creído que el hecho de no sentirse enjaulado hace que aumente la productividad.

—Tienes razón... Es un edificio muy hermoso, fuerte sin resultar agobiante, clásico sin resultar pasado de moda.

Nathan se fijó en la boca de Jackie. Era de un color rosado, muy suave. Sin poder evitarlo, giró la cabeza justo lo suficiente para saborearlo. Aquella vez, cuando se volvieron a escuchar los truenos, estaban mucho más cerca.

Aturdido, Nathan se apartó de ella. Sin decir nada, empezó a enrollar los planos.

—Me gustaría ver los diseños que has hecho para el interior.

—Jack...

—No me parece justo dejar las cosas a medio hacer.

Nathan asintió y desenrolló el siguiente juego de planos. Jackie tenía razón. Suponía que lo había sabido desde siempre. Un principio necesitaba obligatoriamente un final.

CAPÍTULO 8

Jackie lanzó un suspiro. Se sentía como una submarinista que acabara de saltar del barco. Ya no había vuelta atrás.

Al inicio de la velada, jamás se habría imaginado que él le permitiría acercarse tanto. Nathan había bajado sus defensas y la distancia que insistía en mantener con ella se estaba estrechando. Resultaba difícil aceptar que la única razón para ello fuera el propio deseo que él sentía, pero si eso era lo único que podía experimentar hacia ella por el momento, eso sería lo único que Jackie le pediría. El deseo, al menos, era sincero.

Al principio habría creído que no podía amarlo más de lo que ya lo amaba. Se había equivocado. Con cada instante que pasaba a su lado, el corazón se le henchía cada vez más.

Con paciencia, escuchó las explicaciones que él le iba dando sobre los planos. Era un trabajo excelente, igual que él. Tenía unas manos anchas y fuertes, con largos dedos, y muy bronceadas por las horas que pasaba al aire libre observando el desarrollo de sus proyectos. Su voz era fuerte y masculina, aunque sin resultar ronca, cultivada sin caer en la afectación.

Jackie murmuró su aprobación y le colocó una mano en el brazo para señalar una faceta del edificio. Sintió unos músculos fuertes bajo la impoluta tela del traje. Notó que la voz le temblaba al notar el contacto. Ella también escuchó los truenos.

—Aquí, en los despachos ejecutivos, habrá un atrio. Vamos a utilizar cerámica en vez de moqueta para que tenga un aspecto más fresco y limpio. Aquí...

La boca se le estaba secando. Los músculos se le tensaban por el casual contacto al que le estaba sometiendo Jackie. Tuvo que sentarse.

—¿Es la sala de reuniones?

—¿Cómo? Sí. Seguiremos con los arcos, pero a mayor escala. Las paredes...

Jackie le había colocado la mano sobre el hombro, masajeando una tensión que Nathan no había sabido que existiera.

—¿Qué pasa con las paredes?

—Sí —respondió él, tratando de volver a centrarse en los planos—. Vamos a decorarlas con madera de caoba de Honduras.

—Serán preciosas, ahora y dentro de cien años. ¿Vas a utilizar luz indirecta?

—Sí —contestó. La miró y vio que ella estaba sonriendo, con el rostro a pocos centímetros del de él—. Jack, esto no puede seguir así...

—Estoy completamente de acuerdo —repuso ella. Con un rápido movimiento, se le sentó en el regazo.

—¿Qué estás haciendo?

—Tienes razón. Esto no puede seguir así. Estoy segura de que tú te estás volviendo tan loco como yo y no lo podemos consentir, ¿no te parece?

—Supongo que no.

—No. Por eso, yo le voy a poner fin a todo esto.

—¿A qué?

—A la incertidumbre, a las dudas —contestó Jackie. Empezó a desabrocharle la camisa—. Es una tela muy bonita... —añadió, con voz distraída—. Yo acepto toda la responsabilidad, Nathan. Tú no tienes nada que decir en el asunto.

—¿De qué estás hablando, Jack? —preguntó Nathan mientras ella le quitaba la chaqueta—. ¿Qué diablos te crees que estás haciendo?

—Voy a hacer contigo todo lo que desee. No sirve de nada resistirte, Nathan. Soy una mujer muy decidida —afirmó Jackie. Acababa de sacarle la camisa de debajo del pantalón.

—Maldita sea, Jack... Creo que deberíamos hablar sobre esto.

—No vamos a hablar —susurró, mordisqueándole al mismo tiempo la clavícula—. No me hagas hacerte daño...

Aquella afirmación hizo que Nathan se echara a reír.

—Jack, peso treinta y cinco kilos más que tú.

—Cuanto más grandes...

Le desabrochó los pantalones. Con un gesto automático, Nathan le cubrió las manos con las suyas.

—Vas en serio.

—Por supuesto. No vas a salir de aquí hasta que no haya terminado contigo, Nathan. Coopera conmigo y me portaré bien. Si no...

Sin dejar de mirarlo, se bajó la cremallera del mono. Entonces, se encogió de hombros y este se deslizó sugerentemente por los brazos.

Era demasiado tarde para que Nathan pudiera fingir que no deseaba estar con ella.

—Te deseo —susurró—. Vamos arriba...

Le había rozado la mejilla con una mano mientras hablaba. Entonces, Jackie giró la cabeza y apretó los labios contra la palma de la mano de Nathan. Fue un gesto de infinita ternura, un gesto que bordeaba la sumisión. Sin embargo, cuando volvió a mirarlo a los ojos, negó con la cabeza.

—Aquí y ahora.

Apretó la boca abierta contra la de él. No le dejó elección alguna. Lo torturó y lo embriagó. Enredó el cuerpo alrededor del de él. Sus labios eran rápidos y urgentes. Se detuvieron brevemente sobre los de él, absorbiéndoselos, para luego marcharse rápidamente y trazar los ángulos de su rostro. La sangre palpitaba a toda velocidad en las venas de Nathan. Lo sentía por todas partes. Las manos de Jackie eran crueles y maravillosas a la vez mientras lo acariciaban por todo el cuerpo.

Ella no parecía conocer el significado de la palabra «duda». Al igual que la tormenta que azotaba las ventanas, era fuerza y fuego. Un hombre podía quemarse con ella y, sin embargo, soportar con gusto las heridas. Lo estaba conduciendo más allá de los límites que Nathan se había marcado siempre, lejos de la razón, de todo lo civilizado...

Era su aliento el que oía, rápido e irregular. Era su piel la que se mostraba húmeda y cálida, producto de un deseo que se había convertido en titánico en cuestión de momentos. Estaba apartándole la tela del mono por la imperiosa necesidad de sentir la piel de Jackie contra la suya. La tomó con insaciable avaricia.

—Jack... —susurró, sin dejar de saborearle la garganta, de devorársela. No se veía saciado. Lo había absorbido por completo, sin que él mismo supiera cómo—. Jack, dame un minuto, ¿quieres?

La boca de ella se mostró igual de insaciable cuando encontró la de él. Se limitó a echarse a reír. Nathan lanzó una maldición, pero hasta esta se le quedó en la garganta. Mientras se deslizaban sobre el suelo, le rasgó el mono.

Jackie no era capaz de conseguir que los dedos le funcionaran con la rapidez que deseaba. Tiraba para despojarlo de las últimas barreras que la ropa suponía entre ellos. Quería sentirlo contra su piel. Mientras rodaban por la alfombra, sintió que la piel le ardía por la fricción entre carne y carne.

Había pensado que ella sería quien lo seduciría a él. Se había equivocado. Había perdido el control, pero inmediatamente comprendió que Nathan estaba tan perdido como ella. Era el deseo el que los controlaba, acicateado por el amor que solo uno de ellos era capaz de admitir. Sin embargo, el deseo era más que suficiente.

Envueltos el uno en el otro, buscando para encontrar más, fueron despojándose de la ropa hasta que por fin la descartaron por completo con las piernas desnudas. La lluvia golpeaba con fuerza los cristales de las ventanas, como si fueran balas. Ellos no le prestaron atención alguna. Algo cayó al suelo cuando golpearon el escritorio. Ninguno de los dos se percató. No murmuraron promesa alguna. Solo se escucharon suspiros y jadeos. No había tiernas caricias ni dulces besos. Solo deseo y determinación.

Con la respiración entrecortada, Nathan se colocó encima de ella. Los relámpagos seguían iluminando el cielo esporádicamente, iluminando así el rostro y el cabello de Jackie. Ella echó la cabeza hacia atrás, con los ojos abiertos de par en par, cuando él la poseyó.

«Perfecto». Saciada, húmeda y desnuda, Jackie se acurrucó al lado de Nathan. Se repetía aquella palabra una y otra vez. No había experimentado nunca nada tan perfecto. El corazón de Nathan seguía latiendo a toda velocidad contra el suyo. Su aliento aún le caldeaba la mejilla. La tormenta había empezado a amainar y los truenos eran ya tan solo un murmullo en la distancia. Las tormentas pasaban, al menos algunas de ellas.

No había tenido necesidad de confirmar físicamente lo que sentía por Nathan. El acto sexual era tan solo una extensión del hecho de estar enamorada, pero, aun con su vívida imaginación, jamás habría imaginado que sería así. Nathan la había vaciado y la había vuelto a llenar. Por muchas veces que compartieran juntos el orgasmo, por muchos años que convivieran, no volvería a haber una primera vez. Cerró los ojos y lo abrazó con fuerza, saboreando el momento.

Nathan no sabía qué decirle. Ni siquiera sabía si era capaz de hablar. Había pensado que se conocía y que era el hombre que había elegido ser. El Nathan Powell que había conocido hasta entonces no se dejaba llevar tan fácilmente por la pasión. Había perdido el sentido del tiempo, del lugar y se había abandonado entre los brazos de Jackie como nunca lo había hecho antes. Como nunca volvería a hacerlo, a menos que fuese con ella.

Debería haberla poseído con más cuidado y más consideración, pero, después de empezar, había perdido la capacidad de razonar y se había lanzado al abismo acompañado de ella. Aquello había sido lo que Jackie había deseado, lo que él había deseado, pero... ¿significaba eso que estaba bien? Ni siquiera había pensado en sus responsabilidades ni en protegerla adecuadamente. Aquello le hizo esbozar un gesto de arrepentimiento mientras le acariciaba el cabello.

Tendrían que hablar al respecto, y muy pronto, porque él iba a tener que admitir que lo que había pasado entre ellos iba a volver a ocurrir. Sin embargo, se aseguró de que aquello no significara que fuera a ser algo permanente.

—Jack...

Cuando ella giró la cabeza para mirarlo, experimentó una oleada de ternura que lo dejó sin palabras. Jackie curvó los labios y los apretó contra los de él. No hizo falta más para volver a prender las brasas del deseo. Los dedos que hasta entonces le habían estado acariciando el cabello se tensaron y la abrazaron con más fuerza. Sin dudarlo, Jackie se colocó encima de él.

—Te amo, Nathan. No, no digas nada —susurró mientras le mordisqueaba los labios, más en un intento de tranquilizarlo que de excitarlo—. No tienes que decir nada. Solo necesito decírtelo... y deseo hacer el amor contigo una y otra vez.

Sus manos ya se lo habían dicho. En aquellos momentos, Jackie iba bajando poco a poco la boca, mordisqueándolo y deslizándosele por el cuello. La respuesta de Nathan fue tan inmediata que lo dejó atónito.

—Jack, espera un momento...

—No te quejes más —murmuró—. Te he devorado una vez y puedo volver a hacerlo.

—Sí, pero espera —insistió él, con más firmeza—. Tenemos que hablar...

—Ya podremos hablar cuando seamos viejos... aunque sí me gustaría mencionar que me vuelve loca esta alfombra.

—A mí también me gusta bastante, pero ahora espera —dijo, cuando ella trató de seguir con lo que estaba haciendo—. Jack, hablo en serio.

—¿Tienes que hacerlo?

—Sí.

—En ese caso, está bien. Tú dirás —añadió, tras ponerse más cómoda.

—Mira, las cosas han pasado tan rápidamente que no me paré a preguntar si estaba bien.

—Claro que estaba bien —comentó ella, entre risas—. Oh... De verdad eres un hombre bueno, ¿no? —añadió, antes de volver a besarlo—. Sí, claro que está bien. Sé que parezco muy atolondrada, pero no es así. Bueno, al menos soy una persona atolondrada muy responsable.

—Tú no eres ninguna atolondrada. Tal vez te comportes como si lo fueras, pero lo que eres es muy hermosa.

—Ahora sé que te estoy afectando —susurró. Trató de decirlo en un tono ligero, pero empezaron a brillarle los ojos—. Me gusta que pienses que soy hermosa. Siempre lo he querido ser.

—La primera vez que te vi, cuando estaba cansado y enojado y tú estabas en mi jacuzzi, me pareció que eras muy hermosa.

—Y yo pensé que tú eras Jake.

—¿Cómo dices?

—Había estado pensando en mi historia y en Jake, en su aspecto. De repente, abrí los ojos y te vi. Sin poder evitarlo, pensé... que allí estaba. Mi héroe —musitó. Apoyó la barbilla contra el pecho de Nathan.

—Yo no soy ningún héroe, Jack —afirmó él. Turbado, la tomó entre sus brazos.

—Para mí sí lo eres —repuso—. Nathan, se me ha olvidado el strudel.

—¿Qué strudel?

—El strudel de manzana que había preparado para el postre. ¿Qué te parece si lo sirvo y nos lo vamos a comer a la cama?

—Me parece muy bien —dijo Nathan. Ya pensaría más tarde en la idea que Jackie tenía del amor y de los héroes.

—Estupendo —observó ella. Lo besó en la punta de la nariz y sonrió—. ¿En tu cama o en la mía?

—En la mía —murmuró él, como si hubiera estado mucho tiempo esperando para pronunciar aquella palabra—. Te quiero en la mía...

La pereza era su propia recompensa. A Jackie se le ocurrió aquella idea mientras se estiraba en la cama. Nada le parecía más glorioso en aquel momento que poder dormir después de levantarse temprano e ir directamente al ordenador.

Se acurrucó, medio dormida, fingiendo que tenía doce años y que era sábado. Nada le había gustado más a los doce años que los sábados. Sin embargo, cuando rozó la pierna de Nathan con la suya, solo tardó un momento en alegrarse de no tener ya doce años.

—¿Estás despierto? —le preguntó, sin abrir los ojos.

—No —respondió él. La rodeó posesivamente con el brazo y no la soltó.

Aún medio dormida, Jackie sonrió.

—¿Te gustaría estarlo?

—Depende. ¿Hemos sacado ya todo el strudel de la cama?

—No estoy segura. ¿Quieres que mire?

Con eso, Jackie lanzó la sábana por encima de las cabezas de ambos y lo atacó.

Más tarde, cuando estaba tumbada encima de él, Nathan pensó que ella tenía más energía de la que debía.

La sábana estaba enredada sobre sí misma a los pies de la cama. Con los ojos medio cerrados, la miró. Era alta y esbelta, con sutiles curvas. Tenía la piel dorada, a excepción de una delgada línea sobre las caderas, que había quedado oculta al sol por el biquini. Alborotado por la almohada y por las manos de él, el cabello había tomado la apariencia de un halo.

Siempre le había gustado el cabello largo en una mujer, pero con el de Jackie podía acariciarle libremente la nuca, tal y como estaba haciendo en aquellos instantes. Ella empezó a ronronear como una gata.

¿Qué iba a hacer con ella?

La idea de dejarla de lado ya no era ni una posibilidad remota. Quería que Jackie estuviera a su lado. La necesitaba. Siempre había tenido mucho cuidado de evitar aquella palabra, «necesitar». En aquellos momentos, cuando ya no le resultaba posible, no sabía qué hacer al respecto.

Trató de pensar en lo que haría al día siguiente, dentro de una semana o incluso dentro de un mes, sin ella. La mente permaneció en blanco. No era propio de él. De hecho, no había sido él desde que Jackie había entrado en su vida.

¿Qué era lo que ella quería de él? Lo sabía perfectamente. Estaba enamorada, al menos por el momento. En cuanto a él... él sentía cariño por ella. El amor era una palabra de cuatro letras que no se permitía pronunciar. El amor significaba promesas, y él nunca prometía nada a menos que estuviera seguro de que podía cumplir con lo prometido. Una promesa rota era peor que una mentira.

Deseó que todo pudiera ser tan sencillo como Jackie quería. Amor, matrimonio, familia... Él sabía demasiado bien que el amor no garantizaba el éxito de un matrimonio, al igual que el matrimonio no significaba una familia.

Sus padres tenían un matrimonio en el que el amor no contaba. Nadie hubiera podido decir nunca que ellos tres eran una familia.

Sabía que no era su padre. De hecho, se aseguraría de que nunca sería como su padre, pero comprendía el orgullo del éxito y el empuje por llegar más allá, tal y como le ocurría a su padre.

Sacudió la cabeza. No había pensado tanto en su padre ni en su falta de vida familiar en una década como lo había hecho desde que conoció a Jackie. Ella también producía aquel efecto en él. Le hacía considerar las posibilidades que había rechazado hacía mucho tiempo con lógica y sentido común. Le hacía desear y lamentarse lo que nunca había deseado ni lamentado antes.

No podía permitirse amarla, porque entonces rompería promesas. Cuando lo hiciera, se odiaría a sí mismo. Jackie se merecía algo mejor de lo que él podía darle o, más exactamente, de lo que no podía darle.

—Nathan...
—¿Sí?
—¿En qué estás pensando?
—En ti.

Cuando Jackie levantó la cabeza, tenía una mirada muy solemne en los ojos.

—Espero que no.
—¿Por qué? —preguntó él, atónito.
—Porque te estás volviendo a tensar —dijo, con una expresión triste en el rostro—. No lo lamentes. No creo que pudiera soportarlo.
—No, no lo lamento —dijo él, tomándola entre sus brazos—. ¿Cómo iba a hacerlo?

Jackie ocultó el rostro contra la garganta de Nathan. Él no sabía que estaba esforzándose por controlar las lágrimas, unas lágrimas que no le podría haber explicado a él.

—Te amo, Nathan, y no quiero que lo lamentes ni que te preocupes por ello. Solo quiero que dejes que las cosas ocurran como tienen que ocurrir.

Nathan le hizo levantar el rostro colocándole un dedo por debajo de la barbilla. Por suerte, ella ya tenía los ojos completamente secos. Sin embargo, los de él tenían una mirada intensa.

—¿Y eso te basta?
—Por hoy es suficiente —respondió ella, con una sonrisa.
Ni siquiera él notó el esfuerzo que le costó—. Yo nunca sé lo que me va a resultar suficiente para el día siguiente. ¿Te apetece tomar un brunch? Todavía no has tomado mis crêpes. Me salen estupendamente, pero no recuerdo si tenemos nata. Siempre podemos preparar unas tortillas, por supuesto... si los champiñones no se han secado. O nos podemos conformar con el strudel que ha sobrado. Tal vez deberíamos ir a nadar un poco primero y entonces...
—Jack...
—¿Sí?
—Cállate.
—¿Ahora mismo?
—Sí.
—Muy bien.

Ella empezó a reírse, pero los labios de Nathan cubrieron los suyos con una ternura tan frágil que las carcajadas se convirtieron en un gemido ahogado. Los ojos de Jackie, repletos antes de alegría, se cerraron con fuerza al escuchar aquel sonido. Era una mujer fuerte, a menudo incluso valiente, pero carecía de defensa alguna contra la ternura.

Todo había sido igual de inesperado para él. No había habido fuego ni rugido de truenos, solo una calidez, una lánguida y embriagadora calidez que se le había metido por debajo de la piel para aturdirle el cerebro y el corazón. Con un beso, Jackie lo llenaba plenamente.

Nunca la había considerado una mujer delicada, pero lo era. Sus huesos parecían disolvérsele entre las manos, empequeñeciéndola, haciéndola más suave. Era una mujer muy vulnerable.

Mientras se besaban, le colocó una mano sobre la mejilla, como si deseara retenerla, convertirla en su cautiva.

Paciencia. Jackie siempre había sabido que Nathan era un hombre paciente, pero hasta entonces nunca se lo había demostrado. También había sentido la compasión en él, pero experimentarla en aquellos momentos era para ella un regalo más valioso que los mismos diamantes. Sintió que se perdía en él.

Nathan acariciaba suavemente la piel que había poseído con avaricia. El cuerpo de Jackie era como de raso y temblaba bajo su tacto. Se deleitaba realizando descubrimientos en un terreno que ya había conquistado. Era la misma mujer, pero le parecía diferente. Su generosidad seguía presente, pero se mezclaba con una vulnerabilidad que lo hacía sentirse muy humilde. Le parecía que el sabor de su piel era mucho más dulce. Cuando apretaba los labios contra su seno, sentía los latidos de su corazón.

Le tocó suavemente la cara interna de la muñeca, sintiendo cómo el pulso latía allí también. Latía por él. Enredó los dedos con los de ella y se los llevó a los labios para besarlos y acariciarlos uno a uno.

Jackie sintió que su mundo perdía el fondo. Las caricias de Nathan la hacían hundirse más y más en él. Podría haberle pedido cualquier cosa. En aquel momento, el amor que sentía por él era tan poderoso que le habría concedido cualquier deseo sin pensar en ella. Aunque Nathan no lo sabía, seguiría siendo su esclava mientras él quisiera tenerla a su lado.

Nathan solo sabía que algo había vuelto a cambiar. Se había convertido en protector al igual que amante, en dador al igual que en tomador. Este conocimiento le provocó una sensación de miedo que trató de ignorar. No podía pensar en el mañana ni en sus consecuencias cuando la deseaba más que antes. Jackie no pondría objeción alguna si la poseía con rapidez, si los llevaba a ambos a alcanzar el orgasmo sin preámbulo o delicadezas previas. Tal vez precisamente porque sabía que ella lo aceptaría sin condiciones necesitaba darle todo lo que podía. Sin embargo, solo se sentía a sí mismo.

Era suficiente. Era más que suficiente para ella. Jackie se lo demostraba en el modo en el que separaba los labios, en cómo lo abrazaba. Ningún sueño que ella hubiera podido tener se comparaba con la realidad de poder estar al lado de Nathan.

Las manos de él eran tan frescas, estaban tan tranquilas sobre su piel... Con cada caricia, se sentía florecer. Tan suavemente como Nathan lo estaba haciendo, se abrazó a él para ofrecerle el placer y la tentación del amor incondicional. Cuando ella temblaba, él murmuraba. Jackie, que jamás había necesitado que un hombre se ocupara de ella, comprendía que se convertiría en polvo sin él.

Lo que la joven ofrecía era una generosidad sin límites, algo que ya no sorprendía a Nathan. Sin embargo, descubrir que él podía darle lo mismo, descubrir que se sentía obligado a darle lo mismo que ella le daba, era algo completamente nuevo para él.

Se deslizó dentro de ella. La ternura permaneció. Movimientos lentos y armoniosos. Como un vals vienés, su baile era ligero y elegante. Cuando el ritmo se incrementó, se dejaron llevar por la música, dando vueltas, girando, sin dejar de mirarse el uno al otro.

El baile terminó tan suavemente como había comenzado.

El sol estaba mucho más alto en el cielo. Jackie observó cómo las cortinas se movían con la suave brisa. Si se concentraba lo suficiente, podía incluso oler el aroma de las flores del jardín, nada identificable, sino una mezcla de olores que prometían la primavera y la nueva vida.

Había atesorado todos y cada uno de los momentos que habían pasado juntos. Sabía que los recordaría con frecuencia y que los disfrutaría una y otra vez.

—¿Sabes lo que me gustaría? —le preguntó.
—No —susurró Nathan. Si no hubiera estado tan adormilado, se habría sorprendido por el hecho de que estuviera aún en la cama tan cerca del mediodía.
—Quedarme aquí, en la cama, todo el día.
—Hemos empezado muy bien.
—¿Por qué no...? —empezó a preguntarle. Se interrumpió bruscamente cuando el teléfono empezó a sonar y lanzó una maldición—. Seguro que se han equivocado —añadió, justo cuando él se disponía a contestar la llamada.
—¿Y si no es así?
—Estoy segura de que sí —insistió ella. Nathan le colocó una mano sobre el rostro y la empujó contra las almohadas.
—¿Sí?
—Te lo advertí —murmuró Jackie. Aquella vez, Nathan le colocó una almohada sobre el rostro.
—¿Carla?
—¿Carla? —preguntó Jackie. Apartó la almohada y se lanzó para morderle el hombro a Nathan.
—¡Ay! ¡Maldita sea! No, Carla, yo... ¿Qué ocurre? —preguntó, mientras inmovilizaba a Jackie con un brazo—. Sí, ya me lo imaginaba. Muy bien. Adelantaremos fechas si es necesario. Convócala para mañana a las nueve. Bueno, entonces a las diez —añadió—. Ponte en contacto con Cody. Quiero que esté presente. Muy bien, Carla. Sí, he disfrutado mucho teniendo unos cuantos días de relax. Hasta mañana.
Justo cuando colgó el teléfono, Jackie consiguió zafarse de él. Le golpeó la cabeza con la almohada.
—Ya entiendo —dijo—. Has decidido asfixiarme para que puedas huir con la condesa italiana y dejarte llevar por una pasión ilícita en el Holiday Inn. No trates de negarlo. Reconozco los indicios y son muy claros.
—Muy bien. ¿De qué condesa italiana estás hablando?
—De Carla —respondió ella, mientras volvía a golpearlo

con la almohada. Él se echó a reír y la agarró con fuerza por la cintura—. No, no trates de engañarme, Nathan. Es demasiado tarde. Ya he decidido asesinaros a ti y a esa condesa. Os electrocutaré cuando os estéis dando un baño de espuma. Ningún jurado me encontrará culpable.

—Si te hacen primero un perfil psiquiátrico, desde luego que no.

Aquella vez, ella trató de agarrarle una zona mucho más vulnerable. Nathan lo evitó haciéndola caer de espaldas sobre la cama y utilizando su propio cuerpo para protegerse. Estaba empezando a disfrutar con aquel juego cuando ambos cayeron al suelo. Sin aliento y frotándose un hombro, entornó los ojos.

—Estás loca.

Jackie se sentó a horcajadas encima de él y le colocó las manos a ambos lados de la cabeza.

—Muy bien, Powell, si tienes tu vida en alguna estima, confiesa. ¿Quién es Carla?

Él la miró durante un instante. Jackie tenía los ojos brillantes y las mejillas arreboladas. Una sonrisa le curvaba los labios. Con un gesto casual, Nathan le agarró las caderas.

—¿Quieres saber la verdad?

—Y nada más que la verdad.

—La condesa Carla Mandolini y yo tenemos desde hace años una tórrida relación adúltera. Engaña a su marido, un anciano e impotente conde, y se hace pasar por mi secretaria. El muy estúpido cree que los gemelos son suyos.

Mientras se inclinaba sobre él, Jackie decidió que era completamente adorable.

—Sí, una historia muy probable —susurró, un segundo antes de cubrirle la boca con la suya.

CAPÍTULO 9

—Muy bien, Nathan, considérate secuestrado. Es mejor que te rindas sin oponer resistencia.

Mientras se rodeaba la cintura con una toalla, Nathan levantó la mirada. Sin molestarse en llamar, Jackie abrió de par en par la puerta del cuarto de baño y entró. Él pensó que ya debería estar acostumbrado. Jackie aparecía en cualquier momento y en cualquier lugar.

—¿Te importa que me ponga los zapatos?

—Tienes diez minutos.

Antes de que ella pudiera marcharse, él la agarró por el brazo.

—¿Dónde has estado?

Estaba empezando a sentir demasiado apego por ella. Cuando se despertó solo aquella mañana había tenido que controlarse para no recorrer toda la casa de punta a punta buscándola. Llevaban tres días siendo amantes, pero se sentía a la deriva si Jackie no estaba a su lado cuando abría los ojos por la mañana.

—Algunos tenemos que trabajar, incluso los sábados. Te espero abajo dentro de diez minutos o te haré sufrir.

—¿Qué es lo que ocurre, Jack?

—No estás en condiciones de hacer preguntas —replicó ella. Tras dedicarle una sonrisa, lo dejó a solas. Nathan oyó que bajaba alegremente las escaleras.

¿Qué le tenía preparado? Con Jackie nunca había garantías ni razón aparente. Mientras se afeitaba, pensó que aquella actitud debería molestarlo. De hecho, tendría que molestarlo. Él ya había planeado su día.

Unas cuantas horas en su despacho para poder ocuparse de los proyectos de Sidney y Denver se llevarían la mañana. Después de eso, había pensado que resultaría muy agradable almorzar y jugar al tenis con Jackie en el club de campo. Convertirse en un rehén no había formado parte de sus planes. Sin embargo, no lo molestaba. ¿Qué era lo que había cambiado?

Seguía siendo Nathan Powell, un hombre con ciertas responsabilidades y prioridades. El reflejo que veía en el espejo mientras se afeitaba no era el de un desconocido, sino el de un hombre que conocía muy bien. Si tenía el mismo aspecto, ¿por qué no se sentía igual? Aún más, ¿por qué, conociéndose tan bien, no era capaz de comprender lo que sentía?

Apartó sus pensamientos y se enjuagó el rostro. Era absurdo. Era exactamente el mismo hombre que había sido siempre. El único cambio que había habido en su vida era Jackie. ¿Qué diablos iba a hacer al respecto?

No era una cuestión que pudiera seguir evitando durante mucho tiempo. Cuanto más implicado estaba con ella, más seguro estaba de que terminaría haciéndole daño, algo que lamentaría el resto de su vida. En cuestión de semanas, tendría que dejarla para marcharse a Denver. No podía prometerle ni jurarle nada, como tampoco podía esperar que Jackie se quedara cuando no podía decirle lo que ella necesitaba escuchar.

Quería creer que ella no era más que unas pocas páginas a todo color en el austero libro de su vida, pero estaba seguro de que, a medida que avanzara su vida, no haría más que regresar a aquellas páginas para volverlas a ver una y otra vez.

Deberían hablar. Tenía que procurar que así fuera y tan pronto como fuera posible.

—Se te está acabando el tiempo, Nathan.

La voz de Jackie subió por las escaleras y lo sacó de sus pensamientos. Aquel ensimismamiento también era nuevo en él. Tras lanzar una maldición contra sí mismo, arrojó la toalla y empezó a vestirse.

La encontró en la cocina, cerrando una nevera portátil. En la radio resonaba una canción romántica de los cincuenta.

—Tienes suerte de que haya decidido ser generosa contigo y darte otros cinco minutos —dijo, mientras lo miraba de arriba abajo. Él llevaba unos pantalones negros y una camisa blanca. Aún tenía el cabello mojado—. Veo que ha merecido la pena.

—¿Qué es lo que pasa, Jack?

—Ya te lo he dicho. Te he secuestrado —reiteró, tras acercarse a él y rodearle la cintura con los brazos—. Si intentas escapar, me pondré dura contigo... Por cierto, me encanta tu aftershave.

—¿Qué es lo que hay en la nevera?

—Una sorpresa. Siéntate y desayuna si quieres. Es mejor que te empieces a considerar mi rehén durante el día de hoy y me facilites las cosas.

—¿Que te facilite qué cosas?

—Los dos hemos estado trabajando mucho durante los últimos días, bueno, a excepción de algún día memorable, que, por cierto, resultó agotador en sí mismo. Por eso, te llevo de excursión.

—Entiendo —dijo Nathan, mientras se servía un bol de cereales—. ¿A algún sitio en particular?

—No, a cualquier sitio. Tú desayuna mientras yo voy a poner esto en el barco.

—¿En mi barco?

—Claro —respondió ella, con una sonrisa—. Por mucho que te ame, Nathan, sé que ni siquiera tú eres capaz de andar sobre el agua. Por cierto, el café está caliente, pero date prisa, ¿de acuerdo?

Nathan hizo lo que ella le había pedido, sobre todo porque estaba más interesado en lo que ella le tenía reservado que en los cereales. Después de recoger la cocina, apagó la radio y salió de la casa.

La encontró colocando los suministros en la escotilla. Llevaba una visera de color naranja que hacía juego con los pantalones cortos y la montura de las gafas de sol.

—¿Todo preparado? —le preguntó ella—. Suelta las amarras, ¿quieres?

—¿Vas a conducir tú?

—Claro. Prácticamente nací en un barco —respondió, mientras se colocaba tras el volante—. Confía en mí. He consultado un mapa.

—Muy bien —dijo Nathan mientras soltaba las cuerdas. Rápidamente saltó encima del barco.

—Ponte un poco de crema protectora —le recomendó, entregándole un tubo—. ¿Qué te parece St. Thomas?

—Jack...

—Solo estaba bromeando. He estado pensando lo maravilloso que sería viajar a lo largo de todo el canal costero durante todo el verano.

Nathan también lo había pensado. Tal vez algún día encontraría tiempo para hacerlo, podría ser cuando se jubilara. Cuando Jackie lo decía, parecía posible que pudiera ser al día siguiente, lo que a Nathan le gustaría mucho.

Observó cómo manejaba el barco. Tendría que haberse imaginado que lo haría bien. Le parecía que tenía una habilidad innata para todo lo que hacía.

—Veo que has escogido un buen día para secuestrarme.

—Eso me había parecido.

El barco avanzaba como un sueño. Por supuesto debería haber sabido que Nathan lo tendría en perfecto estado. Nunca descuidaba lo que le pertenecía. Se enorgullecía de lo que poseía y comprendía las responsabilidades que eso conllevaba.

Ella le pertenecía en aquellos momentos. Esperaba que empezara a cuidar de ella con la misma devoción... Se advirtió que estaba avanzando demasiado deprisa. Suponía que, por el momento, tendría que conformarse con el hecho de que él no se alarmara cada vez que le decía que lo quería. El hecho de que estuviera empezando a aceptarlo era un paso de gigante. Al final, terminaría aceptando que él también la amaba. Al menos, eso era lo que Jackie esperaba.

Tomaron un canal más pequeño, que los condujo hacia una zona en la que la vegetación era más frondosa y verde. En el canal casi no había espacio para que pasaran dos barcos a la vez. Cerca de las orillas, los troncos muertos emergían como brazos retorcidos. El agua allí parecía más oscura, más misteriosa, aunque el sol relucía con fuerza por encima de sus cabezas. El ruido del motor provocó que una bandada de pájaros echara a volar por encima de sus cabezas.

—¿Has estado alguna vez en el Amazonas?

—No —respondió Nathan—. ¿Y tú?

—Todavía no. Creo que podría ser algo parecido a esto. Aguas marrones, espesa vegetación... ¿Son cocodrilos o caimanes lo que hay aquí?

—No lo sé.

—Tendré que mirarlo —dijo ella. De repente, apagó el motor—. Esto es maravilloso...

—¿Qué estás haciendo?

—Escuchar.

En pocos segundos, los pájaros empezaron a cantar, acompañados de los insectos. Algo cayó en el agua. Era una rana, que había cazado un insecto para almorzar. Hasta el agua tenía su propio sonido, que, como una voz melodiosa, invitaba a la relajación. Desde lejos, se escuchó el motor de otro barco.

—Me encantaba salir a acampar —recordó Jackie—. Solía llevarme a uno de mis hermanos y...

—No sabía que tenías hermanos.

—Dos. Afortunadamente para mí, los dos se han interesado ávidamente por los imperios de mi padre y me han dejado a mí libre para hacer lo que quiero.

—¿Nunca te ha interesado sumergirte en el mundo empresarial?

—No. Bueno, en realidad, pensé en convertirme en presidente de consejo cuando tenía seis años. Entonces, decidí que prefería ser neurocirujano; por eso me alegré mucho de que Brandon y Ryan me libraran de responsabilidades. Siempre me ha parecido que sería muy difícil ser el hijo de un padre exigente y no querer seguir sus pasos.

Fue un comentario casual, pero Nathan se quedó tan callado que ella comprendió que había dado en el clavo. Abrió la boca para preguntarle, pero volvió a cerrarla. «A su tiempo», se dijo.

—En realidad, algunas veces tenía que recurrir al chantaje para que uno de mis hermanos me acompañara —prosiguió—. Me encantaba sentarme al lado del fuego y escuchar.

—¿Adónde ibais?

—A muchos sitios. Arizona era el mejor. Hay algo indescriptible en las sensaciones que produce el estar sentado en el desierto al lado de una tienda. Por supuesto, una suite presidencial y el servicio de habitaciones también tienen su encanto. Depende del estado de ánimo. ¿Quieres conducir tú ahora?

—No, tú lo estabas haciendo muy bien.

Jackie sonrió y volvió a arrancar el motor.

—Odio tener que decírtelo, pero aún no has visto nada.

Recorrieron los canales, observando con atención las orillas y disfrutando del aroma de las flores y de la naturaleza. De vez en cuando se distinguía alguna casa o se cruzaban con otro barco, pero Jackie prefería apartarse de las rutas más concurridas y fingir que estaban perdidos. Por fin, volvió a apagar el motor junto a la sombra de unas palmeras y unos cipreses que representaba su idea del lugar perfecto para un picnic.

Tomaron un delicioso vino en vasos de papel y devoraron unos exquisitos cangrejos con tenedores de plástico, acompañados de unos merengues suizos, muy blancos y brillantes. Después de que hubiera convencido a Nathan para que se quitara la camisa, le aplicó crema protectora. Mientras lo hacía, notó lo relajado que él estaba. No tenía tensión alguna en los hombros ni en el cuello. Aquello fue precisamente lo que Nathan notó en el cuerpo de Jackie cuando le tocó a él aplicarle la crema.

Cuando terminaron, Jackie volvió a ponerse detrás del volante. La pereza de la mañana había terminado. Hizo que el barco diera la vuelta y lo sacó del recoleto canal.

Se dirigió a Port Everglades para unirse a los barcos más grandes y a los cruceros de placer. Allí, las aguas eran más amplias y abiertas y el aire estaba repleto de sonidos.

—¿Vienes alguna vez aquí? —le gritó ella.

—No muy a menudo.

—¡Me encanta! Piensa en todos los lugares en los que estos barcos habrán estado antes de venir aquí y adónde irán cuando se marchen. Cientos, miles de personas, pasan por aquí de camino a... No sé... México, Cuba...

—¿Al Amazonas?

—Sí. Hay tantos lugares que visitar... La vida no es lo suficientemente larga para que uno pueda hacer todo lo que debería. Por eso, pienso regresar.

—¿A Florida?

—No. A la vida.

Nathan observó cómo ella se reía y llegó a la conclusión de que, si alguien podía hacerlo, esa era Jackie.

A mediodía, se acercó a un muelle y le pidió a Nathan que asegurara los amarres. Mientras él hacía lo que ella le había pedido, Jackie sacó el bolso de la escotilla.

—¿Adónde vamos ahora?

—De compras.

—¿Qué es lo que quieres comprar? —preguntó Nathan mientras la ayudaba a saltar al muelle.
—Lo que sea, tal vez nada. Vayamos a curiosear como si fuéramos turistas. Compremos recuerdos y camisetas con frases vulgares. Regateemos por un cenicero cubierto de caracolas.
—No sabes lo mucho que te agradezco que pienses en mí.
—No hay de qué, cariño —dijo ella, antes de darle un beso en la mejilla—. Escucha, a menos que me equivoque, esto es algo que nunca haces.
—En eso tienes razón.
—Pues ya va siendo hora. Muy sensatamente, te mudaste al sur y elegiste Fort Lauderdale por su crecimiento, pero no paseas demasiado por la playa.
—Creía que íbamos de compras.
—Es lo mismo —afirmó Jackie. Le rodeó la cintura con un brazo—. ¿Sabes una cosa, Nathan? Por lo que he visto, no tienes ni una sola camiseta con el logotipo de una cerveza, el nombre de un grupo de rock o una frase obscena.
—No, es una pena.
—Lo sé. Por eso quiero ayudarte.
—Jack, por favor, no —susurró tras detenerse en seco y sujetarla suavemente por los hombros.
—Te aseguro que terminarás dándome las gracias.
—Lleguemos a un acuerdo. Me compraré una corbata.
—Solo si tiene el dibujo de una sirena desnuda.
Jackie encontró precisamente lo que estaba buscando en Las Olas Boulevard. Había un laberinto de pequeñas callejuelas, a rebosar de tiendas en las que se vendía cualquier cosa desde gafas y tubos de buceo hasta zafiros. Tras asegurarle que era por su propio bien, Jackie lo hizo entrar en un pequeño bazar cuya puerta estaba flanqueada por dos llamativos flamencos rojos.
—Se están poniendo muy de moda —le dijo a Nathan, refiriéndose a los flamencos—. Es una pena que me gusten tanto.

Oh, mira. Esto es lo que siempre he querido tener. Una caja de música hecha de caracolas. ¿Qué es lo que crees que toca?

Jackie le dio cuerda a lo que Nathan consideró como una de las cosas más espantosas que había visto nunca. La melodía era *Moon River*.

—No —afirmó Jackie, al escuchar la canción—. Puedo prescindir de ella.

—Gracias a Dios.

Al oír el comentario, Jackie se echó a reír.

—Mira, Nathan. Comprendo que tú tengas ojo para lo hermoso y estético, pero lo feo y lo inútil tienen mucho que decir.

—Sí, aunque en realidad no puedo hacerlo aquí. Hay demasiados niños presentes.

—Ahora, toma esto.

—No —dijo Nathan, al ver que Jackie le entregaba un pelícano fabricado de caracolas—. No sé cómo darte las gracias, pero no.

—Venga, tiene un cierto encanto —comentó ella, entre risas, ante la incredulidad de Nathan—. En serio, piénsalo. Una pareja viene aquí de luna de miel y quieren comprar algo muy personal para recordar este día. Necesitan algo que puedan mirar diez años después y les recuerde aquellos maravillosos e íntimos momentos que pasaron aquí antes de que llegaran los pagos del seguro y los pañales sucios. *Voilà* —añadió, indicando el ave.

—*Voilà*? Uno no hace *voilà* con un pelícano, especialmente si está hecho de caracolas.

—Necesitas más imaginación —suspiró ella—. Es lo único que hace falta.

Con lo que pareció una verdadera pena, volvió a dejar el pelícano sobre la estantería. Justo cuando Nathan pensaba que ya estaba a salvo, ella lo llevó a un perchero lleno de camisetas. Pareció gustarle mucho una que tenía un caimán relajándose en una hamaca y bebiendo una copa de vino. También sacó otra en la que se veía a un sonriente tiburón con gafas de sol.

—Esta te sentaría muy bien —dijo.

—¿De verdad?

—Por supuesto. No es que con esto quiera decir que eres un depredador, pero los tiburones son animales muy solitarios. Además, las gafas de sol son un símbolo de la necesidad de intimidad.

Nathan la observó atentamente y frunció el ceño.

—¿Sabes una cosa? —repuso por fin—. Nunca he conocido a nadie que pueda mostrarse tan filosófico por una camiseta.

—El hábito hace al monje, Nathan —replicó ella. Se la colgó en el brazo y siguió mirando. Cuando encontró una percha llena de corbatas con dibujos de peces, él se negó en redondo.

—No, Jack. Esto ni siquiera es para ti.

Tras lanzar un suspiro por la falta de visión de Nathan, Jackie se decidió por la camiseta.

Le hizo visitar una docena de tiendas. Compró objetos sin pensar en el estilo ni en la utilidad. De repente, se decidió por un enorme loro de papel maché para su padre.

—Estoy segura de que mi madre lo obligará a llevárselo a uno de sus despachos, pero a él le encantará. Mi padre tiene un maravilloso sentido del ridículo.

—¿Es de ahí de donde te viene a ti?

—Supongo que sí. Bueno, ahora que tengo algo para mi padre, supongo que debería ir a esa pequeña joyería para comprar algo apropiado para mi madre. ¿Qué te parece?

—Si quieres ir...

—Eres muy amable —replicó ella, inclinándose sobre él entre los paquetes para darle un beso—. ¿Qué te parece que te invite a un helado?

—No estaría nada mal.

—Hecho, aunque tendrás que esperar a que haya comprado algo adecuado para mi madre —prometió.

Quince minutos más tarde, había elegido un alfiler de ébano incrustado de perlas. Era una pieza muy elegante. Aquella compra demostró a Nathan dos cosas. La primera, que no le importaba el precio de lo que compraba. Cuando había decidido que un objeto era el adecuado, no miraba el precio. La segunda, que el alfiler distaba mucho del loro que había elegido para su padre. Mientras examinaban el resto de las piezas que había en la tienda, se preguntó si sus padres serían tan diferentes como la visión que tenía de ellos.

Minutos después, cuando salieron a la calle, fue otra preocupación la que ocupó su pensamiento. Jackie estaba decidida a alquilar un tándem.

—Jack, no creo que...

—¿Por qué no pones los paquetes en la cesta, Nathan? —le sugirió, antes de pagar al vendedor.

—Escucha, no me he montado en bicicleta desde que era un adolescente.

—Lo recordarás enseguida. Yo me montaré delante si es eso lo que te preocupa.

Tal vez no había tenido la intención de provocarlo, pero lo había conseguido. Rápidamente, Nathan se acomodó en el sillín delantero.

—Vamos —dijo—. Y recuerda que lo has pedido tú misma.

—Me encantan los hombres autoritarios.

Nathan no le prestó atención. Cuando ella se hubo montado, empezaron a pedalear. Jackie tenía razón. Recordó cómo pedalear inmediatamente.

Avanzaban lenta y relajadamente. Jackie se alegraba de haber permitido que él tomara el asiento delantero. Así, ella podía mirar a su alrededor y soñar.

Adaptó el ritmo al de él y observó sus anchos hombros. Fuerte y responsable. Resultaba extraño, pero jamás se hubiera imaginado que el hecho de que una persona fuera responsable le pareciera una cualidad atractiva. Hasta que encontró a Nathan. En aquel momento, deseó que no hubiera tanto espacio entre ellos para poder abrazarlo.

Por su parte, Nathan nunca se había imaginado pedaleando a lo largo de la playa y mucho menos disfrutar con aquella actividad. En realidad, él casi nunca iba a aquella parte de la ciudad. Era para turistas y adolescentes. Estando con Jackie se sentía las dos cosas. Ella le estaba enseñando cosas nuevas sobre la ciudad en la que había vivido casi una década y también sobre la vida.

Todo en ella resultaba inesperado. ¿Cómo iba a saber él que lo inesperado podría resultar también muy refrescante? Durante unas horas no había pensado en Denver ni en las responsabilidades del mañana. En realidad, no había pensado en absoluto en el mañana.

Solo lo preocupaba el momento actual. En aquellos momentos, el sol brillaba y el azul del agua destacaba sobre la dorada arena. Los niños gritaban mientras jugaban a la orilla del mar y la gente tomaba el sol. Un hombre paseaba a un perro y otro vendía nachos en un puesto.

En el aire flotaba el olor de los perritos calientes. Los niños compraban un polo coloreado, que se les derretía rápidamente en la mano mientras lo chupaban. De repente, le apeteció probarlo.

Cuando levantó la mirada al cielo, vio una cometa multicolor, con la forma de una avispa. Un avión ligero volaba mucho más alto, arrastrando el panel en el que se anunciaba un restaurante cercano.

Sin poder evitarlo, se preguntó por qué había pensado que la playa no le gustaba en absoluto. Tal vez había pensado así cuando estaba solo.

Siguiendo un impulso, paró la bicicleta.

—Me debes un helado —dijo.

—Es verdad.

Jackie se desmontó con agilidad del tándem, lo besó, y se

dirigió rápidamente al puesto de helados. Después de pensarlo durante más tiempo del que había empleado para elegir el alfiler para su madre, se decantó por dos helados de vainilla cubiertos de chocolate y almendras.

Cuando se dio la vuelta, vio que Nathan tenía un enorme globo naranja en la mano.

—Va muy bien con tu ropa —le dijo. Entonces, con mucha suavidad, se lo ató a la muñeca.

Jackie sintió que se le llenaban los ojos de lágrimas. Solo era un globo, pero, en lo que se refería a los símbolos, era lo mejor. Cuando se hubiera desinflado, podría doblarlo con cuidado y colocarlo entre las páginas de un libro, como habría hecho con una rosa.

—Gracias —consiguió decir a duras penas. Entonces, le entregó el helado y le dio un fuerte abrazo.

Nathan la estrechó contra su cuerpo, tratando de no demostrar el aturdimiento que sentía. ¿Qué hacía un hombre con una mujer que lloraba por un globo? Había esperado que se echara a reír. Le besó la sien y recordó entonces que ella casi nunca hacía lo que él esperaba.

—De nada.

—Te amo, Nathan.

—Ya veo que sí —murmuró. La idea lo dejó lleno de gozo y de aturdimiento a la vez. ¿Qué iba a hacer con ella?

Cuando levantó la mirada, Jackie vio la preocupación y las dudas que se reflejaban en el rostro de Nathan. Ahogó un suspiro y le tocó suavemente el rostro. Se aseguró que había tiempo. Aún había mucho tiempo...

—El helado se está derritiendo —dijo Jackie, mientras le rozaba los labios con los suyos—. ¿Por qué no nos sentamos sobre ese muro para comérnoslos? Así, te podrás poner también tu nueva camiseta.

Él le agarró la barbilla y le robó otro beso. No sabía que Justine había utilizado la palabra «enamorado» para describir los sentimientos que tenía hacia Jackie, pero así era precisamente como se sentía.

—No pienso cambiarme de camiseta en la calle.

Ella sonrió y le tomó la mano.

Cuando la hora de alquiler estaba a punto de terminar, regresaron hacia el puesto de bicicletas. Nathan llevaba puesta su camiseta de tiburón.

CAPÍTULO 10

Desde la puerta, Jackie observó cómo Nathan se marchaba en su coche. Durante un momento, le pareció que el único sonido que se escuchaba era el del motor de su coche rompiendo el silencio de la mañana. Entonces, comenzó a escuchar los sonidos que hacían los niños al meterse en los coches para ir al colegio, el de las puertas que se cerraban, los adioses y las indicaciones de última hora. Eran sonidos muy agradables, sonidos de todos los días que se repetirían día tras día.

Se preguntó si era así como se sentían las esposas al despedirse de sus esposos por las mañanas, tras compartir una última taza de café. Debían de sentir una extraña mezcla de sentimientos, el placer de ver cómo se marchaba su hombre y la pena de saber que tardaría horas en regresar.

Sin embargo, ella no era una esposa. No servía de nada imaginarse que lo era y mucho menos lamentarse sabiendo que Nathan estaba todavía muy lejos de estar preparado para los compromisos y las alianzas de boda.

No debería ser tan importante.

Mientras se mordía el labio inferior, regresó a su habitación. La señora Grange ya estaba limpiando la cocina y ella misma tenía trabajo más que suficiente para mantenerse ocupada todo el día. Cuando Nathan regresara a casa, se alegraría de verla y compartirían la charla casual de todas las parejas.

No podía ser tan importante.

Después de todo, ella era muy feliz con Nathan, mucho más de lo que lo había sido antes o de lo que podía imaginarse sin él. Dado que no había habido tragedias importantes en su vida, aquello era decir mucho. Él sentía cariño por ella y si aún se imponía restricciones sobre lo mucho que se permitía sentir, lo que había entre ellos en aquellos momentos era más de lo que muchas personas tenían en toda su vida.

Nathan se reía más frecuentemente. Resultaba muy gratificante saber que ella era la responsable de aquel cambio. Cuando lo tomaba entre sus brazos, ya no lo encontraba tenso. Se preguntó si él sabría que la abrazaba en sueños. Creía que no. El subconsciente de Nathan ya había aceptado que formaban una pareja, que estaban juntos. Tardaría un poco más en aceptarlo conscientemente.

Por lo tanto, tendría que tener paciencia. Hasta que conoció a Nathan, Jackie no se había imaginado que podría ser tan paciente. Le agradaba haber encontrado una virtud en sí misma.

Por supuesto, Nathan también la había cambiado a ella. Se sentó delante del ordenador, pensando que probablemente él tampoco era consciente de ello. Ella misma no lo había comprendido hasta que había ocurrido. Pensaba más en el futuro, sin la necesidad de hacerlo a través de cristales de color de rosa. Había empezado a apreciar la planificación y el hecho de que la felicidad y los buenos tiempos no siempre se basaban en los impulsos.

De hecho, Jackie había empezado a mirar la vida de un modo diferente. Había comprendido que un cierto sentido de la responsabilidad no siempre era una carga. También podía proporcionarle satisfacciones. Todo eso se lo había demostrado Nathan.

No estaba segura de que pudiera explicárselo a él para que

lo comprendiera o incluso la creyera. Después de todo, Jackie nunca le había dado a nadie motivos para creer que pudiera ser sensata, fiable y tenaz. Las cosas habían cambiado.

Bajó la mirada y contempló el sobre que había al lado de las páginas impresas de su novela. Por primera vez en su vida, estaba dispuesta a correr riesgos, a demostrar su valía. Primero, se lo demostraría a sí misma, a continuación lo haría con Nathan y por último con su familia.

No había garantía alguna de que el agente aceptara su novela, aunque había parecido bastante interesado. No obstante, los riesgos no la acobardaban, pero, a pesar de todo, le resultaba difícil dar el paso de meter las páginas en el sobre. Su futuro pendía de un hilo. Si fracasaba, no podría culpar a nadie más que a sí misma.

Como le había ocurrido con otros proyectos, no podía afirmar que había descubierto algo que le interesara más. La literatura lo era todo para ella y, aunque pudiera parecer una tontería, el éxito o el fracaso de su trabajo parecía estar inevitablemente ligado al éxito o el fracaso de su relación con Nathan.

Cruzó los dedos, cerró los ojos y rezó la primera oración que se le vino a la cabeza. A continuación, metió las páginas en el sobre y, tras aferrarlo un instante contra el pecho, salió corriendo escaleras abajo.

—Señora Grange, tengo que salir durante unos minutos. No tardaré.

—Tómate tu tiempo —le dijo la mujer, casi sin levantar la vista de lo que estaba limpiando.

Terminó en quince minutos. Delante de la oficina de correos, pensó que acababa de cometer el mayor error de su vida. Debería haber repasado de nuevo el primer capítulo. Se le ocurrieron docenas y docenas de errores, unos errores que parecían tan evidentes que la sorprendía no haberse acordado antes. Se le ocurrieron docenas de ángulos que podrían haber dado más profundidad a los personajes...

Dio un paso atrás. Aquel comportamiento era ridículo. Se sentó sobre el bordillo de la acera y se tapó la cara con las manos. Fuera como fuera, su manuscrito iba camino de Nueva York. La sorprendió recordar que siempre había creído que celebraría aquel día tomando champán. Sin embargo, no le apetecía celebración alguna, sino regresar a casa y taparse con la colcha de la cama.

¿Y si se había equivocado? ¿Por qué nunca había considerado el hecho de que podría haberse equivocado completamente con el libro, con Nathan, consigo misma? Se había volcado en aquella historia y se la había enviado a un extraño que le daría el visto bueno o la rechazaría sin preocuparse en nada de ella como persona. Era su negocio.

Igualmente, le había entregado el corazón a Nathan. De hecho, más bien lo había obligado a aceptarlo. Si él trataba de devolvérselo, por muy delicadamente que lo hiciera, se le rompería en pedazos.

Las lágrimas empezaron a caerle por las mejillas. Al sentirlas, lanzó un gruñido de desaprobación y se las secó con el dorso de la mano. Debía de resultar una visión patética. Una mujer hecha y derecha sentada en el bordillo de la acera, llorando porque las cosas podrían no salir tal y como ella deseaba. Sorbió por la nariz y se puso de pie. Si no funcionaban, tendría que enfrentarse a ello. Mientras tanto, iba a hacer todo lo posible por ganar.

A mediodía, Jackie estaba sentada en la cocina, apoyada sobre la barra de desayuno mirando las últimas fotografías de los nietos de la señora Grange mientras las dos mujeres compartían una ensalada de pasta.

—Son estupendas. Este de aquí es Lawrence, ¿verdad?
—Sí. Tiene tres años. Es un torbellino.
—A mí me parece que va a romper muchos corazones —

dijo Jackie, tras observar el dulce rostro del pequeño—. ¿Consigues pasar mucho tiempo con ellos?

—Bueno, de vez en cuando, aunque a mí no me parece suficiente. Los nietos parecen crecer más rápidamente que los propios hijos. Esta, Anne Marie, se parece mucho a mí —comentó—. Ahora resulta difícil de creer, pero hace unos cuantos años y con unos cuantos kilos de menos yo era una mujer bastante guapa.

—Aún lo sigues siendo. Y tienes una familia estupenda.

—Gracias. Las familias son muy importantes. Yo tenía dieciocho años cuando me escapé para casarme con Clint. Si quieres que te diga la verdad, era digno de ver. Era delgado como una serpiente y dos veces peor —observó, riéndose del modo en el que solo una mujer podía hacerlo sobre una vieja equivocación—. Podríamos decir que me robó el corazón. A esa edad las chicas no tienen sentido común y yo no era menos. Me casé precipitadamente, pero no quise escuchar a nadie de los que me aconsejaron que no lo hiciera.

—La gente que dice eso probablemente no ha sido tan afortunada como para encontrar a una persona que le robe el corazón.

—Puede que eso sea cierto —dijo la señora Grange, con una sonrisa—. Yo no puedo decir que me arrepienta, aunque a los veinticuatro años me encontré sola en un pequeño apartamento sin marido, sin dinero y con cuatro hijos que querían cenar. Clinton nos había abandonado sin mirar atrás.

—Lo siento. Debió de ser horrible para ti.

—He tenido mejores momentos. Algunas veces, nos llevamos lo que nos merecemos, Jack, y yo había pedido tener a Clint Grange, a pesar de que era una serpiente sin valía alguna.

—¿Qué hiciste cuando se marchó?

—Lloré. Me pasé la noche y gran parte del día llorando. Esa autocompasión me hizo sentirme mucho mejor, pero mis hijos necesitaban una madre, no una mujer llorosa sufriendo por la ausencia de su esposo. Por eso, miré a mi alrededor, decidí que ya había estropeado lo suficiente las cosas y decidí arreglar todo lo que pudiera. Entonces empecé a limpiar casas. Veintiocho años más tarde, sigo limpiándolas. Mis hijos han crecido y dos de ellos tienen familias propias. Supongo que podríamos decir que Clint me hizo un favor, pero creo que no le daría las gracias si me lo encontrara en el supermercado.

—¿Por qué crees que te hizo un favor?

—Si se hubiera quedado conmigo, yo jamás habría sido el mismo tipo de madre ni de persona. Supongo que se puede decir que algunas personas te cambian la vida cuando se cruzan en tu camino, pero otras la cambian apartándose de tu lado —explicó la señora Grange, con una sonrisa—. Por supuesto, no creo que hubiera derramado ninguna lágrima si me hubieran dicho que Clinton estaba sentado en la calle en alguna parte, suplicando a la gente que le diera una moneda.

—Me gustas mucho, señora Grange.

—A mí también me gustas mucho, Jack. Espero que encuentres lo que estás buscando con el señor Powell. Eres una de esas personas que cambia la vida de los demás al cruzarse en su camino. Has hecho algo muy bueno por el señor Powell.

—Eso espero. Lo quiero mucho —suspiró. Al ver que la señora Grange se ponía de pie, empezó a recoger las fotografías—. Sin embargo, eso no es siempre suficiente, ¿verdad?

—Es mucho mejor que nada...

Con sus bruscos modales, la señora Grange le dio una palmada a Jackie en el hombro. Entonces, se dispuso a seguir con sus tareas.

Jackie pensó en lo que le había dicho y asintió. A continuación, subió a su dormitorio para seguir trabajando como una posesa.

Mucho después de que la señora Grange se hubiera marchado a casa y de que la sobremesa se convirtiera en tarde, Nathan la encontró en su dormitorio. Estaba inclinaba sobre su ordenador, con el cabello revuelto y las piernas enredadas en las patas de la silla.

La estuvo observando unos instantes, mucho más que intrigado. Nunca antes la había visto enfrascada en su trabajo. Cuando se acercaba, ella parecía sentir su presencia y se daba la vuelta en la silla en el momento en el que él entraba en la habitación.

En aquellos momentos, sus dedos no dejaban de golpear rítmicamente el teclado. Después, se detenían, volvían a reanudar su actividad y volvían a pararse mientras ella miraba por la ventana, como presa de un trance. A continuación, volvía a teclear de nuevo, sonriendo y musitando consigo misma.

Miró las páginas que tenía a su derecha y dedujo que eran reproducciones de las que había enviado aquella mañana. Le daba la sensación de que estaba a punto de terminar. Inmediatamente, se maldijo por ser tan egoísta. Lo que ella estaba haciendo era muy importante. Lo había comprendido la noche en la que ella le había relatado el argumento de su novela. No estaba bien que él deseara que no avanzara con tanta rapidez ni tan bien como aparentaba, pero había empezado a asociar el final de la novela con el final de su relación. No obstante, sabía muy bien que sería él quien la terminaría. Y muy pronto.

Había transcurrido un mes. Solo un mes. ¿Cómo había conseguido Jackie poner su vida patas arriba en cuestión de semanas? A pesar de todos sus esfuerzos, de todos sus planes para todo lo contrario, se había enamorado de ella. Aquello solo empeoraba las cosas. Como la amaba, quería hacerle promesas hermosas y poco realistas. Matrimonio, una familia, una vida juntos. Años de noches y días compartidos. Sin embargo, lo único que podía darle era desilusión.

Era una bendición que solo faltaran dos semanas para ir a Denver. Dentro de doce días, se montaría en un avión y se alejaría de ella. Nathan había empezado a comprender que, si no la amara, si solo la deseara, podría sentir la tentación de prometerle todo lo que ella deseaba escuchar para que lo estuviera esperando a su vuelta. Sin embargo, ella se merecía algo mucho mejor. Por mucho que le doliera, iba a asegurarse de que ella no se conformara con menos.

Se acercó lentamente hacia ella. Cuando Jackie dejó de teclear, le colocó las manos sobre los hombros. Ella se sobresaltó y lanzó un grito.

—Lo siento —dijo él, aunque se echó a reír—. No quería asustarte.

—No lo has hecho. Me has dado un susto de muerte —replicó ella, tras colocarse una mano en el corazón—. ¿Qué haces en casa tan temprano?

—No es temprano. Ya son más de las seis.

—Oh... No me extraña que me duela la espalda como si fuera una levantadora de peso de ochenta años.

Nathan comenzó a darle un masaje en los hombros. Aquello era también algo que ella le había enseñado.

—¿Cuánto tiempo llevas trabajando?

—No lo sé. He perdido la noción del tiempo. Sí, ahí, por favor... Umm... Iba a poner el despertador o algo así para después de que se marchara la señora Grange, pero Burt Donley llegó a la ciudad y se me olvidó.

—¿Burt Donley?

—Sí. El cruel jornalero de Samuel Carlson.

—Ah, claro. Burt.

Jackie se echó a reír y miró por encima del hombro.

—Burt asesinó al padre de Sarah por orden de Carlson. Jake y él todavía tienen cuentas pendientes de Laramie. Fue entonces cuando Burt mató a tiros al mejor amigo de Jake... por la espalda, por supuesto.

—Por supuesto.

—¿Cómo te ha ido a ti el día?

—No ha sido tan emocionante. No ha habido tiroteos de

importancia ni encuentros con mujeres de dudosa reputación.

—Por suerte para ti, mi reputación es muy dudosa —susurró ella. Se puso de pie y se deslizó sobre el cuerpo de Nathan hasta poder rodearle el cuello con los brazos—. ¿Qué te parece si voy a ver qué puedo preparar para cenar? Entonces, hablaremos de eso.

—Jack, no tienes que cocinar para mí todas las noches.

—Hicimos un trato.

Nathan le impidió que siguiera hablando con un beso, más largo y más intenso de lo que había deseado en un principio. Cuando se apartó de ella, vio que Jackie tenía en los ojos la mirada desenfocada y soñadora que tanto adoraba.

—Yo diría que ese contrato ya no existe, ¿no te parece?

—No me importa cocinar para ti, Nathan.

—Lo sé, pero creo que, de los dos, tú has tenido el día más duro —afirmó. La estrechó contra su cuerpo con la intención de olerle el cabello, de rozarle la sien con los labios. Casi no se dio cuenta de que había deslizado las manos por debajo de la camisa que Jackie llevaba puesta, justo lo suficiente para empezar a acariciarle la espalda—. Yo me ofrecería a preparar algo, pero dudo que pudieras comerlo. En las últimas semanas, he descubierto que mis habilidades culinarias no son solo malas, sino vergonzantes.

—Podríamos pedir una pizza.

—Una idea excelente —repuso él—. Dentro de una hora.

—Una idea incluso mejor —murmuró Jackie, fundiéndose con él.

Tarde, mucho más tarde, después de que el sol se hubiera ocultado en el horizonte y de que las cigarras hubieran comenzado su serenata, se sentaron en el jardín con una caja vacía entre ambos y dos copas de vino. El silencio que los acompañaba resultaba muy agradable. El sexo y la comida los había dejado plenamente satisfechos. Entre ellos existía ya una complicidad que solo se producía después de años de amistad o a causa de un completo entendimiento.

La luna llena enviaba generosamente su luz. Jackie la observaba con las piernas extendidas, mientras pensaba que podría estar así durante horas. De hecho, podría estar así durante el resto de su vida.

—Nathan, he estado pensando...

—¿Umm? —susurró él. Se giró lo suficiente para mirarla. A pesar de que la recordaría principalmente bajo la luz del sol, habría ocasiones en las que necesitaría un recuerdo como aquel de Jackie, con aspecto etéreo bajo la luz de la luna.

—¿Me estás escuchando?

—No, te estoy mirando. Hay veces en las que resultas increíblemente encantadora.

—Sigue así y no podré volver a pensar —susurró ella. Extendió la mano para tomar una de las de él.

—¿Es eso lo único que hace falta?

—¿Quieres escuchar lo que te tengo que decir o no?

—Nunca estoy seguro de si deseo escuchar tus ideas.

—Esta es muy buena. Creo que deberíamos celebrar una fiesta.

—¿Una fiesta?

—Sí. Hace semanas que regresaste de Europa y aún no has visto a ninguno de tus amigos. Tienes amigos, ¿verdad?

—Uno o dos.

—Muy bien. En ese caso, como hombre de negocios y pilar de esta comunidad, porque estoy segura de que eres un pilar de la comunidad, prácticamente es tu obligación celebrar fiestas.

—Yo no soy ningún pilar, Jackie.

—En eso te equivocas. Cualquier persona que lleve un traje

del modo en el que lo llevas tú es un pilar. Un hombre de distinción. Eso es lo que eres tú, cariño. Una torre de fuerza y de conservadurismo. Un republicano de pura cepa.
—¿Cómo sabes que soy republicano?
—Por favor, Nathan, no hablemos de lo evidente —dijo ella, con una sonrisa—. ¿Has tenido alguna vez un coche de marca extranjera?
—No veo qué tiene que ver eso.
—No importa. Tus inclinaciones políticas son asunto exclusivamente tuyo. Yo, por mi parte, en el terreno de la política soy agnóstica. No estoy del todo convencida de que los políticos existan, pero nos estamos apartando del tema. Hablemos de esa fiesta, Nathan. Tienes unas agendas muy gruesas al lado de todos los teléfonos que hay en la casa. Estoy segura de que podrías encontrar en ellas los nombres suficientes como para poder celebrar una fiesta. No tiene por qué ser nada complicado. Una docena de personas, unos buenos canapés y un buen ambiente. Podría ser una mezcla de «bienvenido a casa» y de «buen viaje» para ti.
Al escuchar aquellas palabras, Nathan la miró atentamente. Jackie tenía una mirada firme, mucho más seria de lo que parecían ser sus palabras. Entonces, ella también estaba pensando en Denver. Era muy propio de ella no haberlo mencionado directamente ni haber hecho preguntas. Los dedos de Nathan se tensaron sobre los de ella.
—¿Cuándo habías pensado que podía ser esa fiesta?
Jackie podía volver a sonreír. Después de que se hubiera hablado y reconocido la marcha de Nathan, podría olvidarse de ella por el momento.
—¿Qué te parece la próxima semana?
—Muy bien. Tengo una agencia a la que podemos llamar.
—No, una fiesta es algo muy personal.
—Y supone mucho trabajo.
—No te preocupes por eso, Nathan. Si hay algo que sé

cómo hacer es organizar una fiesta. Tú ocúpate de ponerte en contacto con tus amigos. Yo me encargaré del resto.

—Si es eso lo que deseas...

—Mucho. Ahora que ya está todo decidido, ¿qué te parece si nadamos un poco en la piscina?

—Ve tú —replicó Nathan—. La idea de ponerme el traje de baño me parece demasiado complicada.

—¿Y quién necesita traje de baño? —repuso ella. Para demostrar su teoría, se puso de pie y se quitó los pantalones cortos.

—Jack...

—Nathan —dijo ella, imitando su tono de voz—, uno de los diez grandes placeres de la vida es bañarse desnudo a la luz de la luna —comentó. Las braguitas que llevaba puestas siguieron muy pronto el mismo camino de los pantalones cortos. La amplia camiseta que llevaba puesta le rozaba los muslos—. Tienes una piscina para ti solo. Tus vecinos necesitarían una escalera y unos prismáticos para poder vernos —añadió. A continuación, se sacó la camiseta que llevaba puesta y se quedó ante él completamente desnuda—. Si están dispuestos a tomarse tantas molestias, es mejor que los complazcamos.

Nathan sintió que la boca se le quedaba seca. Era algo que debería haber superado hacía tiempo. En las últimas semanas, había visto, tocado y saboreado cada centímetro del cuerpo de Jackie. Sin embargo, verla de pie, completamente desnuda, con el cuerpo reluciendo a la luz de la luna provocó que el corazón le latiera tan rápidamente como a un adolescente en su primera cita.

Jackie se acercó a la piscina, se puso de puntillas y se zambulló limpiamente en el agua. Cuando salió a la superficie, empezó a reír.

—Dios, lo he echado tanto de menos... Solía levantarme a la una de la mañana para hacer algo como esto. A mi madre la habría horrorizado, a pesar de que había un muro de casi dos metros rodeando el jardín y de que la piscina estaba rodeada de árboles. Me parecía que había algo maravillosamente decadente en lo de bañarme desnuda a la una de la mañana. ¿No vas a venir?

A Nathan ya le estaba costando trabajo respirar, por lo que se limitó a negar con la cabeza. Si entraba, sabía que no iba a nadar demasiado.

—Y tú que has dicho que no eres un pilar de la comunidad —comentó ella, riendo—. Muy bien. Supongo que me tendré que poner dura, pero si es por tu propio bien... —añadió. Sacó una mano de la piscina y, como una niña jugando a los vaqueros, lo apuntó con un dedo, como si estuviera sujetando una pistola—. Muy bien, Nathan. Levántate muy despacio. No hagas movimientos bruscos.

—Venga, Jack, déjame en paz...

—Te estoy apuntando —le advirtió—. Levántate y mantén las manos donde yo pueda verlas.

Nathan no supo por qué lo hizo. Tal vez era la luna llena. Se levantó para disfrutar de una vista mucho más interesante.

—Muy bien. Desnúdate —le ordenó—. Lentamente...

—Estás completamente loca.

—No me supliques, Nathan. Es patético —dijo, moviendo el dedo como si estuviera amartillando—. ¿Sabes lo que un calibre 38 le puede hacer al cuerpo humano? Créeme si te digo que el resultado no es muy bonito.

Nathan se encogió de hombros y se quitó la camisa. No le haría ningún daño quedarse en pantalones cortos.

—No tienes agallas para utilizarlo.

—No me tientes —repuso ella, con una sonrisa—. Acércate un poco más con los pantalones puestos y te volaré una rótula. Eso te hará comprender un nuevo significado de la palabra «dolor».

Jackie estaba loca, de eso no había la menor duda, pero, aparentemente, a él se le había pegado algo. Iba a sorprenderse mucho cuando se metiera en el agua con ella.

—Muy bien —dijo Jackie, tomándose su tiempo para mirarlo de la cabeza a los pies—. Ahora el resto.

Sin dejar de mirarla a los ojos, Nathan se despojó de los calzoncillos.

—No tienes vergüenza.

—En absoluto. ¿No te parece que eres muy afortunado? —le preguntó, riendo. Entonces, le hizo un gesto con su imaginaria pistola—. Ahora, métete en la piscina, Nathan. Enfréntate a tu destino.

Nathan se zambulló a pocos metros de ella. Cuando salió a la superficie, Jackie se estaba acercando a él con una sonrisa en los labios.

—Has tirado la pistola.

—Así es —replicó ella, tras mirarse la mano como si estuviera sorprendida.

—Veamos lo dura que eres desarmada.

Se abalanzó sobre ella, pero Jackie fue más rápida. Se sumergió muy profundamente y logró zafarse. Cuando volvió a salir a la superficie, estaba a varios metros de él.

—Has fallado —dijo, esperando el siguiente movimiento de Nathan.

Empezaron a moverse en círculos, sin dejar de mirarse. Jackie se mordió el labio inferior, sabiendo que si se echaba a reír, se hundiría de varias maneras. Nathan era tan buen nadador como ella, pero Jackie se basaba en la agilidad y en la velocidad para salirse con la suya. Hasta que estuviera lista para perder.

Él avanzaba y ella lo evadía. Él maniobraba y ella se zafaba. Estuvieron así algunos instantes. Al final, Nathan, en un momento de inspiración, sacó una mano del agua y fingió tener en ella una pistola.

—Mira lo que he encontrado.

Aquello fue lo único que le hizo falta para que ella se echara a reír. La atrapó enseguida.

—Me has engañado, Nathan. Aún queda esperanza para ti.

Soltó una carcajada y extendió los brazos para agarrarse a él. Entonces, la mano de Nathan la agarró con fuerza del cabello. Aquella violencia era tan poco característica de él que Jackie lo miró rápidamente a los ojos. Lo que vio en ellos le arrebató el aliento.

—Nathan... —susurró, antes de que él le aprisionara los labios con los suyos.

El deseo era más fiero, más frenético de lo que nunca había sido antes. Nathan se sentía como si su cuerpo estuviera lleno de muelles que se habían apretado demasiado. Profundizó el beso, tomando, saboreando, devorándolo todo. Le mordisqueaba los labios suavemente, para dejar que a continuación la lengua invadiera nuevos territorios, embriagada por los gemidos que Jackie emitía. El cuerpo de ella, que al principio estaba tenso contra el de él, se volvió completamente maleable. Se deslizaron bajo el agua sin pensar en el aire.

El agua los envolvió, haciendo que sus movimientos fueran más torpes, pero no por ello menos urgentes. El sensual beso de las frescas y oscuras aguas fluyó a su alrededor y los abandonó en torrentes cuando salieron a la superficie, aún abrazados.

La sumisión de Jackie había desaparecido. En aquellos momentos, estaba tan desesperada como Nathan. Se aferró a él y echó la cabeza hacia atrás cuando él la levantó para poder chuparle los húmedos senos. Con cada tirón, el estómago de Jackie se contraía y el pulso se le aceleraba para adaptarse al sensual ritmo. Le clavó los dedos en los hombros, dejándole unas finas marcas. A continuación, volvió a cubrir la boca de Nathan con la suya.

Él bajó las manos y encontró lo que estaba buscando. Cuando la tocó, su nombre se escapó con fuerza de los labios de Jackie. El ronco sonido incrementó su necesidad. Ella se aferró a su cuerpo y lo acarició por todas partes, tratando a la vez de sujetarse. Cuando Nathan volvió a besarla, ella tenía los labios húmedos y abiertos.

De repente, Jackie se encontró de espaldas contra el borde de la piscina. Temblando de anticipación, se abrió para él y lanzó un gemido de placer cuando él la llenó. Dejó que las manos flotaran inertes encima del agua y permitió que Nathan la abrazara con fuerza y se moviera dentro de ella.

Jackie tenía la luna reflejada en el rostro, lo que le daba un aspecto exótico y hermoso a la vez. A pesar de todo, Nathan solo pudo apoyarse contra su hombro y hacer que ambos escalaran juntos la cima del placer.

CAPÍTULO 11

Algunas personas nacen sabiendo cómo entretener a las demás. Jackie era una de ellas. El hecho de que estuviera utilizando la fiesta como el modo de olvidarse de que solo le quedaban unos días hasta que Nathan se marchara, no significaba que estuviera menos decidida a que la fiesta fuera un rotundo éxito.

Cuando no estaba trabajando en su novela, algo que a veces hacía hasta durante diez horas al día, estaba comprando, planeando menús o comprobando las listas de invitados o de suministros.

Insistió en preparar ella sola la comida, pero decidió contar con la señora Grange para que la ayudara a servir y con su hijo, el futuro profesor, para que se ocupara del bar.

La tarde de la fiesta, cuando Nathan se reunió con ella en la cocina, se quedó encantada al ver que él se remangaba y se disponía a ayudarla a preparar los entremeses. Por muy torpe que pudiera resultar, a Jackie le pareció un gesto encantador. Con mucho tacto, rechazó su ofrecimiento.

Como era optimista sobre el tiempo, Jackie había pensado que la fiesta se celebrara en el jardín para que los invitados pudieran pasear entre los farolillos de colores que había colgado. Su fe se vio recompensada cuando el día permaneció despejado y prometió una noche cálida y cuajada de estrellas.

Casi nunca se preocupaba por el éxito o el fracaso de una fiesta, pero en aquella ocasión era completamente diferente. Quería que todo fuera perfecto para así demostrarle a Nathan que ella pertenecía a su mundo igual que a sus brazos.

Solo le quedaban unos pocos días antes de que él se alejara miles de kilómetros de ella. Resultaba difícil no pensar en ello ni en el hecho de que nunca le hubiera dicho lo que deseaba de ella. Lo que esperaba para ambos. Se negaba a creer que él seguía creyendo imposible que siguieran juntos.

Nunca le había dicho que la amaba. Aquel era un pensamiento que la atormentaba en algunas ocasiones, pero se lo había demostrado de tantas maneras diferentes... A menudo la llamaba desde el trabajo solo para escuchar su voz. Le llevaba flores del jardín cuando las que ella había colocado en un jarrón habían comenzado a ajarse. La abrazaba con fuerza cuando terminaban de hacer el amor. Una mujer no necesitaba palabras cuando tenía todo lo demás.

Dejó a un lado sus dudas y se dijo que, por una vez, tendría que contentarse con lo que tenía y no con lo que deseaba.

Una hora antes de la fiesta, empezó a arreglarse. Utilizó su dormitorio después de decirle a Nathan que él solo sería un estorbo para ella. Había algo de verdad en aquella afirmación, pero lo que de verdad deseaba Jackie era añadir un cierto toque de misterio a la velada. No quería que viera el paso a paso, sino el efecto completo.

Lo primero en su lista fue un baño de burbujas. A continuación, se tomó su tiempo con el peinado y el maquillaje hasta que, después de observar su rostro desde todos los ángulos posibles, estuvo satisfecha con los resultados. Se dejó llevar por el femenino placer de untarse crema perfumada antes de sacar del armario el vestido que se había comprado el día anterior.

Nathan ya estaba abajo cuando salió del dormitorio. Estaba hablando con la señora Grange. Jackie, a la que siempre le había gustado bastante el drama, colocó la mano sobre la barandilla y empezó a bajar muy lentamente.

No se desilusionó. Cuando Nathan levantó la mirada y la vio, interrumpió en seco la frase que estaba pronunciando en aquellos instantes. Como solo estaba pendiente de él, Jackie no se percató de la presencia de un hombre alto y de cabello rubio que había al lado de la señora Grange, como tampoco vio que él se quedaba boquiabierto.

Los ojos dominaban el rostro. Se había aplicado en los párpados varios tonos de bronce. El cabello, una combinación de arte femenino y naturalidad, estaba apartado del rostro y a la vez artísticamente revuelto. Unas enormes estrellas de plata le adornaban las orejas.

Cuando Nathan consiguió apartar los ojos del rostro para fijarse en el resto, se llevó otra sorpresa.

El vestido que Jackie había elegido era maravilloso. Completamente blanco, le caía como una estrecha columna desde los senos hasta los tobillos, dejando así los hombros al descubierto. No llevaba adorno alguno en los brazos a excepción de una docena de pulseras de plata que le llegaban casi hasta el codo. Con una sonrisa, ella llegó por fin al pie de las escaleras y se dio la vuelta, para mostrar la abertura que llevaba en la parte trasera del vestido y que le llegaba casi al muslo.

—¿Qué te parece?

—Estás muy hermosa.

Jackie lo estudió a él. Nadie era capaz de llevar un traje negro con tanto estilo como Nathan. Seguramente eran los anchos hombros o el musculoso cuerpo lo que le daba una apariencia peligrosa. Se acercó a él para besarlo. A continuación, se volvió para mirar a la señora Grange.

—Te agradezco mucho que nos ayudes esta noche. ¿Es este tu hijo? Tú debes de ser Charlie, ¿verdad?

—Sí, señora —respondió el muchacho, con un hilo de voz. Rápidamente, estrechó la mano que ella le extendía. Evidentemente, su madre no le había dicho que Jack era tan hermosa.

—Me alegro mucho de conocerte, Charlie. Tu madre nos ha hablado mucho de ti. ¿Quieres que te muestre dónde hemos colocado el bar?

La señora Grange le dio un codazo en las costillas para que reaccionara.

—Yo se lo mostraré —dijo la mujer—. Vamos, Charlie. Acompáñame.

Charlie se marchó con su madre, aunque no sin antes lanzar una última mirada a Jackie.

—La mandíbula de ese chico se le cayó hasta los zapatos cuando te vio —comentó Nathan.

Con una carcajada, Jackie se agarró del brazo de él.

—¡Qué dulce! —exclamó.

—La mía se golpeó contra el suelo.

—Eso es aún más dulce —susurró. Casi estaba a la misma altura que él con sus sandalias de tacón.

—Siempre consigues sorprenderme, Jack.

—Eso espero.

—Esta es la primera vez que deseo que una fiesta termine antes de que haya empezado —musitó él. Con la mano que le quedaba libre, le tocó suavemente el hombro desnudo y el brazo—. ¿Qué te has hecho ahí arriba?

—Fuegos de artificio. Sigo siendo yo, Nathan —dijo. Solo tuvo que moverse ligeramente para rozar los labios de él con los suyos.

—Lo sé. Precisamente por eso estoy deseando que termine esta fiesta.

—¿Qué te parece si, cuando termine, celebramos una para nosotros solos?

—Cuento con ello —respondió Nathan. Volvió a besarla justo cuando el timbre sonó.

Al cabo de una hora, la casa estaba llena de gente. La mayoría estaba tan interesada en descubrir todo sobre la mujer que había en la vida de Nathan como en relacionarse con el resto de los invitados. A Jackie no le importó. Ella sentía la misma curiosidad por ellos.

Descubrió que Nathan conocía a una amplia variedad de gente. Conectó muy rápidamente con Cody Johnson, un arquitecto que llevaba dos años trabajando para la empresa de Nathan. Evidentemente, prefería las botas y los vaqueros, pero había hecho una concesión a la formalidad poniéndose una americana. Dado que su hermano tenía el mismo estilo, Jackie se dio cuenta de que las prendas que llevaba eran muy caras.

Cody le estrechó la mano y la observó con unos ojos tan oscuros como los de Jackie.

—Tenía muchas ganas de conocerte.

—¿Querías ver cuáles eran los intereses del jefe fuera del trabajo?

—Algo por el estilo. Lo que nunca se le puede reprochar a Nathan es su buen gusto. Siempre me imaginé que si miraba más de dos veces a una mujer, esta tenía que ser muy especial.

—Me parece que eso, aparte de ser un cumplido, indica cierta aprobación.

—Podríamos decir que sí. Me alegro mucho, porque Nathan es un buen amigo. El mejor. ¿Vas a seguir por aquí?

Jackie levantó una ceja. Aunque prefería las preguntas directas, no se sintió obligada a responder igual de directamente.

—Vas al grano, ¿verdad?

—No me gusta perder el tiempo.

Jackie decidió que sentía una profunda simpatía por Cody Johnson.

—Sí, pienso seguir por aquí.

Cody sonrió con una de esas sonrisas que las mujeres encuentran devastadoras.

—En ese caso, ¿qué te parece si vamos a tomar algo?

Jackie entrelazó el brazo con el de él y lo acompañó hasta el bar.

—Por cierto, Cody, ¿conoces a Justine Chesterfield?

La risa de Cody era rica y profunda. A Jackie le gustó casi tanto como el cabello rubio que le caía por la frente.

—¿Te ha dicho alguien alguna vez que eres tan transparente como el cristal?

—No me gusta perder el tiempo.

—Y yo te lo agradezco —dijo él, cuando se detuvieron ante la barra del bar—. Es muy agradable, pero demasiado refinada para mi gusto.

—¿Hay alguien especial en tu vida?

—Depende. ¿Tienes una hermana?

Jackie soltó una carcajada antes de pedir champán. Ninguno de los dos se percató de que Nathan los estaba observando desde la distancia, con un ceño de preocupación en el rostro.

No era un hombre celoso. Siempre había considerado que los celos eran una de las emociones más estúpidas e improductivas. Hacían que la persona a la que afectaban pareciera y se comportara como un idiota. Él no era celoso ni idiota, pero ver a Jackie con Cody lo hizo sentirse precisamente así. Descubrió también que no era una sensación que pudiera disfrutarse o ignorarse.

Ciertamente, Cody era más el tipo de Jackie. Cody hubiera podido hacerse pasar sin dificultad por un pistolero, con su corpulento aspecto y su cabello rubio, que siempre parecía llevar demasiado largo. Además, estaba su modo de hablar, que a Nathan siempre le había resultado muy relajante, pero que una mujer podría encontrar muy excitante. Al menos algunas mujeres. Además, Cody contaba con una actitud muy relajada, una total falta de interés por las convenciones y un buen ojo para la calidad.

Cuando Nathan vio que los dos sonreían, sintió que la furia se apoderaba de él.

Era ridículo. Tomó un sorbo de su bebida y sacó un cigarrillo. Cody era su amigo, probablemente el mejor amigo que Nathan tenía en aquellos momentos. En cuanto a Jackie... ¿Qué era Jackie?

Amante, amiga y compañera. Una roca en la que apoyarse. Resultaba extraño comparar a alguien que se comportaba y parecía una mariposa con algo tan sólido y seguro. Jackie podía ser leal cuando debía serlo y fuerte cuando era fuerza lo que se necesitaba. Sin embargo, él no le había dado razón alguna para reclamar su fidelidad. Por el propio bien de la joven. No quería meterla en una jaula ni estrechar sus horizontes.

Sin poder evitarlo, empezó a avanzar hacia ella. Jackie estaba riéndose, como antes, con los ojos relucientes por encima del borde de la copa de champán.

—Nathan, no me habías dicho que tu amigo era la clase de hombre sobre el que las madres previenen a sus hijas —comentó ella. Mientras hablaba, entrelazó la mano con la de Nathan, con la clase de gesto que evidencia cierta intimidad.

—Me lo tomaré como un cumplido —comentó Cody—. Bonita fiesta, jefe. Ya te he alabado por tu buen gusto en otras ocasiones.

—Gracias. ¿Sabes que hay mesas con comida en el exterior? Conociendo el apetito que tienes, me sorprende que no las hayas encontrado ya.

—Iba ahora mismo —dijo Cody. Le guiñó un ojo a Jackie a modo de despedida y se marchó.

—Bueno, esa ha sido una forma muy sutil de decirle que se marchara —comentó Jackie.

—Me pareció que te estaba robando mucho tiempo.

—Eso está bien. Eso está pero que muy bien —susurró, rozándole suavemente los labios con los suyos—. A algunas mujeres no les gustan los hombres posesivos. A mí me encantan. Hasta cierto punto.

—Yo simplemente quería decir...

—No lo estropees —dijo Jackie. Volvió a besarlo antes de entrelazar el brazo con el de él—. ¿Seguimos asegurándonos de que todo el mundo lo pasa bien o nos concentramos en la comida antes de que yo me muera de hambre?

Nathan se llevó la mano de Jackie a los labios. El ataque de celos, si eso era lo que había sido, no lo había hecho comportarse como un idiota. Aquello era una cosa más en la que tendría que pensar.

—Vamos a comer —decidió él—. Resulta difícil ejercer de anfitrión con el estómago vacío.

La velada fue un éxito total. Durante los días siguientes, recibieron muchas llamadas y tarjetas dándoles la enhorabuena y comentando lo bien que lo habían pasado. Para Jackie debía de haber sido un momento de triunfo. Había conocido y se había ganado por completo a los amigos de Nathan. Sin embargo, no eran estos los que le importaban. Lo principal seguía siendo Nathan y él se iba a marchar a Denver.

Ya no era algo que podía dejar para más tarde, sobre todo porque él ya tenía el billete de avión en el maletín. Se marchaba en cuestión de horas y no habían acordado nada. En un par de ocasiones, él había tratado de hablar con ella, pero Jackie se lo había impedido. Sabía que era una cobardía, pero si él iba a borrarla del resto de su vida, quería cada momento del que pudiera disfrutar antes de que eso ocurriera.

Ya no le quedaba tiempo, pero se había hecho una promesa. Al menos haría que Nathan le dijera por qué. Si ya no deseaba tenerla a su lado, quería escuchar las razones.

Se armó de valor delante de la puerta del dormitorio, se cuadró de hombros y entró.

—Te he traído una taza de café.

—Gracias —dijo él. Hasta entonces había estado paseando

de arriba abajo por la habitación. Había creído que había sufrido algunas veces en su vida. Se había equivocado.

—¿Necesitas que te eche una mano? —le preguntó, tras tomar un sorbo de su propia taza de café.

—No, casi he terminado.

Jackie asintió y se sentó al borde de la cama.

—No me has dicho cuánto tiempo vas a estar fuera.

—Eso se debe a que no lo sé —respondió Nathan. Nunca lo había molestado tener que hacer las maletas. En aquellos momentos le parecía una tarea odiosa—. Podrían ser tres semanas, probablemente cuatro, para este primer viaje. Si no nos encontramos ninguna complicación de importancia, podré comprobarlo todo más o menos sobre la marcha.

—¿Debería yo estar aquí cuando regreses? —le preguntó, ya sin rodeos.

Nathan escuchó las palabras. Quería responder que sí, suplicarle para que así fuera...

—Depende de ti —dijo, al contrario de lo que pensaba.

—No, no depende de mí. Los dos sabemos lo que yo siento y lo que deseo. No lo he ocultado. Ahora todo depende de lo que tú sientas y lo que tú desees.

—Tú significas mucho para mí, Jackie —contestó. Tenía la palabra «amor» en el pensamiento, pero no podía decirla—. Más que ninguna otra persona.

—¿Y? —repuso. La sorprendió ver que se sentía tan desesperada que casi hubiera podido conformarse con aquellas migajas. Sin embargo, sabía que no debía ser así.

—No te puedo pedir que te quedes, que me esperes y que luego vivas tu vida día a día. Eso no es lo que deseo para ti, Jack.

Tanta sinceridad le produjo a Jackie mucho dolor.

—Me gustaría que dieras un paso atrás y me dijeras lo que deseas para ti mismo, Nathan. ¿Lo que tenías antes? ¿Paz y tranquilidad sin complicación alguna?

¿Acaso no era eso? Sin embargo, tras la descripción que había hecho Jackie, esa vida ya no le parecía tan cómoda y agradable.

—No puedo darte lo que quieres —insistió él—. No puedo darte matrimonio, una familia y el compromiso para toda una vida porque no creo en esas cosas, Jack. Prefiero hacerte daño ahora que hacértelo una y otra vez durante el resto de nuestras vidas.

—¿Tan malo fue? —preguntó ella, de repente—. ¿Tan infeliz fuiste durante tu infancia?

—Eso no tiene relevancia alguna —respondió Nathan, con voz seca.

—Claro que la tiene y los dos lo sabemos —replicó ella. Se puso de pie. Tenía que moverse. Si no, la tensión la haría estallar en mil pedazos—. Nathan, no voy a decir que no me debes una explicación. Eso es algo que siempre dice la gente. A mí siempre me ha parecido que cuando se hace algo por alguien, o se regala algo, se debería hacer libremente o no hacerse. Por eso, no hay deuda alguna entre nosotros —añadió. Como se sentía algo más tranquila, volvió a sentarse—. A pesar de todo, creo que debes decirme por qué.

Nathan sacó un cigarrillo y se sentó en el lado opuesto de la cama.

—Sí, tienes razón. Tienes derecho a que te dé una explicación. Mi madre procede de una familia muy rica y establecida —comenzó, después de tomarse un momento para ordenar sus pensamientos—. Se esperaba de ella que se casara bien. Se la había educado con eso en mente.

—Eso no era tan poco frecuente hace una generación —comentó Jackie.

—No y en su familia era una regla fundamental. Mi padre tenía más ambición que riqueza, pero se había ganado una cierta reputación como alguien que llegaría muy lejos. Según me han dicho, era dinámico y carismático. Cuando mi madre se enamoró de él, su familia no se puso muy contenta, pero no se opusieron. A mi padre, ese matrimonio le proporcionó exactamente lo que quería. Un buen apellido, una buena familia y una esposa bien educada que podría ejercer brillantemente de anfitriona en sus fiestas y darle un heredero.

—Entiendo...

—No la amaba. El matrimonio no significó más que una decisión empresarial para él. No dudo que sintiera algo de afecto por ella. No podía, nunca ha podido, entregar demasiado de sí mismo. Su negocio lo alejaba de la casa familiar con frecuencia. Estaba obsesionado con ganar una fortuna, con el éxito personal y profesional. Cuando yo nací, le regaló a mi madre un collar de esmeraldas como recompensa por darle un hijo. Mi madre lo adoraba. Casi sentía fanatismo hacia él. De niño, yo tuve una niñera, una enfermera y un guardaespaldas para mí solo. A ella la aterrorizaba lo que mi padre podría hacer si algo me ocurría a mí. No era que se preocupara por mí como hijo, sino como el hijo de mi padre. Como su símbolo.

—Oh, Nathan...

—Ella me lo dijo casi con estas mismas palabras cuando yo tenía cinco años. Me dijo eso y mucho más cuando los sentimientos que tenía hacia mi padre cambiaron. Yo casi nunca los veía. Mi madre estaba completamente decidida a ser la perfecta esposa de sociedad y él siempre estaba viajando de acá para allá para cerrar un trato. Su idea de ser padre consistía en comprobar periódicamente mis progresos en el colegio y en darme charlas sobre la responsabilidad y el honor familiares. El problema era que él carecía de ambas cosas —susurró él. Con un gesto de amargura, apagó el cigarrillo—. Hubo otras mujeres. Mi madre lo sabía y no le prestó ninguna atención. Él me dijo que esas relaciones no significaban nada serio. Un hombre que pasaba tanto tiempo lejos de casa requería a menudo ciertas comodidades.

—¿Te dijo eso? —preguntó ella, atónita.

—Cuando tenía dieciséis años. Creo que lo consideró una charla de hombre a hombre. Para entonces, mi madre ya no sentía nada por él y vivíamos como tres desconocidos en la misma casa.

—¿No podías haberte ido con tus abuelos?

—Mi abuela había muerto. Tal vez lo hubiera comprendido, no lo sé. A mi abuelo el matrimonio de mis padres le parecía un éxito. Mi madre nunca se quejaba y mi padre había cumplido las expectativas que tenía de él como suegro. Se habría sentido horrorizado si yo me hubiera presentado en su casa y le hubiera dicho que no podía vivir con mis padres. Además, estaba solo la mayor parte del tiempo.

Jackie dedujo que de ahí venía su necesidad de intimidad. Sin embargo, ¿qué habría sentido un adolescente al tener tanta intimidad de un modo tan poco saludable?

—Debió de ser terrible para ti —dijo Jackie. Sin poder evitarlo, pensó en su propia familia, rica, prestigiosa, pero completamente unida—. ¿Les dijiste alguna vez cómo te sentías?

—En una ocasión. Se quedaron atónitos por mi falta de gratitud y mi falta de... elegancia por haber planteado el tema. Uno aprende a no golpearse la cabeza contra un muro que no se va a mover y encuentra otros modos de escapar.

—¿Qué otros modos?

—Los estudios, las ambiciones personales... No puedo decir que dejaron de existir para mí como padres, pero cambié de prioridades. Mi padre no estaba presente cuando me gradué en el instituto. Aquel verano me marché a Europa, por lo que no lo volví a ver hasta que estuve en la universidad. Descubrió que yo estaba estudiando arquitectura y creyó que si iba a visitarme podría hacerme cambiar de opinión. Quería que yo siguiera sus pasos. Lo esperaba. Lo exigía. Yo había vivido bajo su autoridad durante dieciocho años, pero algo había cambiado en mí. Cuando decidí que quería ser arquitecto, la idea, el sueño se hizo mucho más poderoso que yo. Aparentemente, había crecido lo suficiente como para enfrentarme a él. Me amenazó con interrumpir mis estudios. Yo tenía una responsabilidad hacia él y hacia el negocio familiar. Eso era todo lo que la familia era para él, ¿sabes? Un negocio. Mi madre estaba completamente de acuerdo con él. El hecho era que, cuando dejó de amarlo, dejó de importarle todo. Además, para ella, yo era el hijo de mi padre.

—Seguro que eres demasiado duro con ella, Nathan. Estoy segura de que tu madre...

—Me dijo que no había querido tenerme. Me dijo que creía que si yo no hubiera nacido podría haber salvado su matrimonio. Sin la responsabilidad de un hijo, podría haber acompañado a mi padre en sus viajes.

Jackie se había quedado completamente pálida. No quería creer lo que Nathan decía. No quería pensar que alguien pudiera ser tan cruel con su propio hijo.

—No te merecían —susurró. Tras tragarse las lágrimas, se levantó para acercarse a él.

—No se trata de eso —dijo. Le impidió que lo abrazara. Sabía que si permitía que lo hiciera, se desmoronaría. Nunca había hablado de aquel tema con nadie—. El día en el que me enfrenté a mi padre, tomé una decisión. Yo no tenía familia, nunca la había tenido y no la necesitaba. Mi abuela me había dejado lo suficiente como para poder terminar mis estudios en la universidad. Utilicé ese dinero y no acepté nada de mi padre. Lo que hice a partir de entonces lo hice solo. Eso no ha cambiado.

—Con esa actitud sigues permitiéndoles que dirijan tu vida —le dijo Jackie, con voz airada. Había dejado caer los brazos a los lados. Nathan no quería que lo consolara. Por mucho que su corazón deseaba hacerlo, su mente le decía que tal vez no era consuelo lo que él necesitaba—. Como su matrimonio fue muy desagradable, has deducido que todos los matrimonios lo son, ¿no? Eso es una estupidez.

—El matrimonio en sí mismo no, pero sí el matrimonio para mí. ¿Crees que las personas solo heredan de sus padres el color de los ojos o los hoyuelos en las barbillas? No seas estúpida, Jack. Nos dan mucho más que eso. Mi padre era un hombre muy egoísta. Yo lo soy también, pero al menos tengo el sentido común de saber que no puedo hacerme pasar, ni hacerte pasar a ti ni a los hijos que pudiéramos haber tenido, por algo tan horrible.

—¿Sentido común? —le espetó ella—. ¿Llamas sentido común a esas tonterías? No tienes suficiente sentido común ni para llenar una cucharilla de café. Por el amor de Dios, Nathan. Si tu padre hubiera sido un asesino, ¿habría significado eso que tú también te dedicarías a matar a la gente? A mi padre le encantan las ostras y yo no puedo ni mirarlas. ¿Significa eso que me adoptaron?

—Tu comportamiento es absurdo.

—¿Mi comportamiento? ¿Mi comportamiento, dices? —rugió Jackie. Con un gruñido de rabia, agarró lo más cercano que tenía, que resultó ser un bol veneciano del siglo XIX y lo estrelló contra el suelo—. Tú no sabrías lo que es absurdo ni aunque lo tuvieras delante de la cara. Yo te diré lo que es absurdo. Absurdo es amar a alguien y hacer que esa persona te ame para luego negarte a construir algo sólido sobre ese amor solo porque tal vez, solo tal vez, las cosas no saldrían perfectamente.

—Yo no estoy hablando de perfección. Por el amor de Dios, Jack. Ese jarrón no...

Casi antes de que terminara la frase, ya había un montón de trozos de porcelana francesa hechos añicos sobre el suelo.

—Claro que estás hablando de perfección. Tu segundo nombre es Perfecto. Nathan Perfecto Powell, que planea su vida con años de antelación y se asegura de que no hay cabos sueltos ni bordes asimétricos.

—Muy bien —dijo él, obligándola a que se diera la vuelta

antes de que pudiera agarrar algo más—. Eso debería ser más que suficiente para demostrarte que tengo razón en esto, en lo nuestro. Me gusta hacer las cosas de una cierta manera, efectivamente lo planeo todo por anticipado e insisto en completarlo todo con mucho cuidado. Tú, según has admitido, nunca terminas nada.

Al escuchar aquellas palabras, Jackie levantó el rostro. Tenía los ojos secos. Las lágrimas vendrían más tarde.

—Me preguntaba cuánto tiempo tardarías en echármelo en cara. Tienes razón en una cosa, Nathan. El mundo está compuesto de dos clases de personas, las cuidadosas y las descuidadas. Yo soy una persona descuidada y me alegra serlo, pero no te tengo en menos consideración porque tú seas cuidadoso.

—No quería insultarte...

—¿No? Está bien, tal vez no, pero he tomado muy buena nota de lo que has dicho. No nos parecemos y, aunque creo que podríamos alcanzar un cierto equilibrio, nunca nos pareceremos. Eso no cambia el hecho de que te amo y quiero pasar el resto de mi vida contigo. Tú no eres tu padre y te aseguro que yo no soy tu madre. No permitas que te hagan esto. Que nos hagan esto.

—Tal vez si tú no fueras tan importante para mí sería más fácil arriesgarme. No me importaría correr el riesgo. Sin embargo, eres demasiado especial como para meterme en esto con tanto en mi contra.

—Maldito seas por eso, Nathan —le espetó ella. Las lágrimas estaban a punto de derramársele, por lo que dio un paso atrás—. Maldito seas por no tener las agallas de decirme que me amas, ni siquiera ahora.

Con eso, Jackie se dio la vuelta y echó a correr. Nathan oyó que la puerta principal se cerraba de un portazo.

CAPÍTULO 12

—Los albañiles han perdido dos días por la lluvia. Voy a doblar los turnos.

Nathan estaba en la obra, con los ojos entrecerrados por un sol que por fin había hecho acto de presencia. A pesar de todo, hacía mucho frío en Denver.

—Considerando el mal tiempo que ha hecho, se ha progresado mucho en menos de tres semanas —afirmó Cody, que se cubría los ojos con un sombrero vaquero—. Tiene muy buen aspecto. De ti, por el contrario, no puedo decir lo mismo.

—Siempre resulta agradable tenerte cerca, Cody —replicó Nathan. Mientras estudiaba el plan de trabajo, inició un detallado análisis del trabajo que se había completado hasta entonces y lo que faltaba. Tendría que ajustar los plazos para poder cumplir las fechas.

—Como siempre, parece que lo tienes todo bajo control.

—Sí —dijo Nathan. Sacó un cigarrillo y lo encendió.

Cody se había percatado de las ojeras que le ensombrecían el rostro a su amigo. Para él, solo había una cosa que podía abatir tanto a un hombre fuerte como Nathan: una mujer.

—El inspector debería venir hoy para ver la obra —añadió Nathan.

—Que Dios lo bendiga. Creía que estabas dejando de fumar.

—Al final lo conseguiré. ¿Algún problema en Florida?

—¿En el negocio? No, pero yo estaba a punto de preguntarte lo mismo.

—No he estado allí, ¿es que no te acuerdas? ¿Tienes una actualización del proyecto de Sidney?

—Estamos listos para empezar a excavar dentro de seis semanas. ¿Habéis tenido Jack y tú algún desacuerdo? —le preguntó, al ver que cortaba el filtro del cigarrillo y le daba una profunda calada.

—¿Por qué?

—Porque, por el aspecto que tienes, parece que no has dormido una noche entera desde que llegaste aquí. ¿Quieres hablar sobre ello?

—No hay nada de qué hablar.

—Lo que tú digas, jefe —dijo Cody.

Nathan lanzó una maldición y se pellizcó entre las cejas para tratar de aliviar la tensión.

—Lo siento.

—Está bien. Mira, Nathan, me vendría muy bien una taza de café y un plato de huevos. Dado que me pagan dietas, te invito.

—Eres un buen tipo, Cody.

Diez minutos más tarde, estaban sentados en un pequeño y grasiento restaurante, en el que las camareras iban vestidas con un llamativo uniforme rosa. En la barra, un hombre dormitaba encima de su café. El olor a cebolla flotaba testarudamente en el aire.

—Podrías haber elegido un tugurio con más clase —comentó Nathan, mientras se sentaban a la mesa. Sin embargo, no podía dejar de pensar en lo mucho que Jackie habría disfrutado en aquel lugar.

—No hay ninguno por aquí, amigo —replicó Cody. Se reclinó sobre el respaldo del asiento y sonrió a una de las camareras.

Les dejaron una cafetera encima de la mesa sin haberla pedido. Cody se sirvió una taza y observó el humeante líquido.

—Te puedes quedar con tus elegantes restaurantes franceses, Nathan, pero te aseguro que nadie prepara el café como el cocinero de un restaurante como este.

«Jackie», pensó Nathan. Encontró que ya no le apetecía tomar café.

Cody sonrió a la desaliñada camarera que se acercó a su mesa para tomarles nota.

—El especial de la casa. Quiero que me traigas dos.

—Dos especiales de la casa —musitó la rubia, mientras tomaba nota.

—En un único plato —añadió Cody.

La camarera levantó los ojos del cuaderno y lo observó atentamente.

—Supongo que tienes que llenar un enorme agujero.

—De eso se trata. A mi amigo tráele lo mismo.

La camarera se giró para estudiar a Nathan y decidió que era su día de suerte. Dos hombres muy guapos en su sección. Le dedicó una sonrisa, en la que le mostró unos incisivos algo torcidos.

—¿Cómo quieres los huevos, tesoro?

—Poco hechos —dijo Cody, haciendo así que la mujer volviera a mirarlo—. Y no sacudas toda la grasa de las patatas fritas.

La camarera se echó a reír y dijo a voz en grito el pedido para que pudiera escucharlo el cocinero. Por primera vez desde hacía semanas, Nathan sintió la tentación de sonreír.

—¿Qué es eso del plato especial de la casa?

—Dos huevos, una loncha de beicon, patatas fritas, galletas y todo el café que puedas beber —explicó Cody. Sacó uno de sus cigarrillos y estiró las piernas—. Dime, ¿la has llamado?

—No, no la he llamado —contestó Nathan. No había motivo para fingir sobre lo que le ocurría. Su amigo lo conocía muy bien.

—¿Os peleasteis?

—No creo que se pueda considerar una pelea. Bueno, en realidad, sí.

—Los enamorados se pelean constantemente.

Nathan volvió a sonreír.

—Esa frase podría haberla dicho ella.

—Jack es una mujer sensata —comentó Cody. Se sirvió otra taza de café y notó que Nathan no había tocado la suya—. Por el aspecto que tú tienes, yo diría que ella ganó.

—No. No ganamos ninguno de los dos.

—Mi viejo solía enviarle flores a mi madre cuando se peleaban. Funcionaba siempre —sugirió.

—No es tan sencillo como eso.

Cody esperó hasta que la camarera colocó dos platos llenos a rebosar encima de la mesa. Le guiñó un ojo a la rubia antes de empezar a comer.

—Nathan, sé que eres un hombre muy reservado y lo respeto. He aprendido mucho en los dos años que llevo trabajando contigo sobre organización y profesionalidad, pero creo que puedo decir sin equivocarme que somos más que socios. Cuando un hombre tiene problemas con una mujer, ayuda contárselos a un amigo. No es que ese amigo entienda mejor a las mujeres, pero así pueden quedarse perplejos los dos juntos.

—Jack quería un compromiso. Y yo no se lo podía dar —confesó Nathan, tras una pequeña pausa.

—¿No podías? ¿No será más bien que no querías?

—En este caso no. Por razones en las que no quiero entrar, yo no puedo darle el matrimonio ni la familia que ella quiere. Jack necesitaba promesas y yo nunca prometo nada.

—Bueno, eso eres tú el que tiene que decidirlo —dijo Cody,

mientras se tomaba los huevos—, pero a mí me parece que no estás demasiado contento por lo que has hecho. Si no la amas...
—Yo no he dicho que no la amara.
—¿No? En ese caso te he entendido mal.
—Mira, Cody, el matrimonio ya es bastante difícil cuando dos personas piensan de igual modo, cuando tienen las mismas costumbres y actitudes. Cuando son tan diferentes como lo somos Jack y yo, es peor que imposible. Ella desea un hogar, hijos y toda la confusión que los acompaña. Yo estoy de viaje durante semanas. Cuando regreso a casa quiero...
No pudo terminar la frase. Ya no sabía lo que quería.
—Sí, tienes razón. Ese es el problema. Supongo que llevarte a una mujer contigo, tener que compartir innumerables habitaciones de hotel y solitarias comidas resultaría muy inconveniente. Tener a una mujer que te ama esperándote en casa sería muy molesto.
—No. Sería injusto para ella.
—Probablemente tienes razón. Es mejor seguir con una triste existencia sin ella que arriesgarse a ser feliz a su lado. Se te está enfriando el especial de la casa, jefe.
—Los matrimonios se rompen con tanta frecuencia como tienen éxito.
—Sí, las estadísticas no son muy halagüeñas. Eso le hace a uno preguntarse por qué la gente sigue casándose.
—Tú tampoco te has casado.
—No. Aún no he encontrado a una mujer lo suficientemente malvada —bromeó—. Tal vez vaya a visitar a Jack la semana que viene —añadió, mientras se terminaba los huevos. No le pasó inadvertida la ira que se reflejaba en el rostro de su amigo—. Imagínate esto, Nathan. Cuando una mujer pone luz en la vida de un hombre y este echa la persiana, está pidiendo a gritos que otro vaya a disfrutar de lo que él no ha querido. ¿Es eso lo que deseas tú?
—No te pases, Cody.

—No, creo que el que te has pasado eres tú —replicó Cody, con la voz y el rostro muy serios—. Permíteme que te diga una cosa, Nathan. Eres un buen hombre y un estupendo arquitecto. Luchas por tus hombres y por tus principios, pero no eres tan testarudo que no puedas alcanzar un acuerdo cuando llega el momento. Seguirás siendo todo eso al lado de Jack y mucho más. Ella te ha cambiado.

—Eso ya lo sé. Lo que me preocupa es lo que podría hacerle yo a ella. Si dependiera de mí...

—Si dependiera de ti, ¿qué?

—He visto que no me va mejor sin ella, pero a ella sí podría irle mejor sin mí.

—Supongo que Jack es la única que te puede responder a eso —afirmó Cody. Se sacó la cartera y contó el dinero—. Creo que sé tanto de este proyecto como tú.

—¿De verdad?

—Sí. Tengo un billete de avión en mi habitación. Es para pasado mañana. Te lo cambio por la habitación de tu hotel.

Nathan empezó a presentar excusas, a dar todas las razones del mundo por las que aquel proyecto era responsabilidad suya. Comprendió que eran eso precisamente, excusas.

—Quédatelo —anunció de repente—. Me marcho hoy mismo.

—Muy bien hecho —dijo Cody. Entonces, añadió una generosa propina a la cuenta.

Nathan llegó a casa a las dos de la mañana, después de un agotador día de viaje. Estaba seguro de que ella estaría allí. Era cierto que nadie había contestado cuando llamó a la casa, pero podría ser que hubiera salido de compras, que estuviera en la piscina o dando un paseo. No creía que se hubiera marchado. De algún modo, su corazón parecía estar seguro de que, a pesar de lo que le había dicho o de cómo habían dejado las cosas antes de que él se marchara, Jackie seguiría allí a su regreso. Era demasiado testaruda y demasiado segura de sí misma para olvidarse de él solo porque se hubiera comportado como un idiota.

Jackie lo amaba y cuando una mujer como ella amaba a un hombre, lo seguía haciendo, para bien o para mal. En el caso de Nathan había sido para mal, pero, si ella se lo permitía, estaba dispuesto a esforzarse para que todo fuera para bien.

Sin embargo, Jackie no estaba allí. Lo comprendió casi en el momento en el que entró por la puerta principal. La casa tenía el mismo ambiente tranquilo, casi respetuoso, que había tenido antes de que ella fuera a vivir allí. Un ambiente solitario. Lanzó una maldición y subió los escalones de dos en dos, llamándola.

La cama estaba vacía. No había ropa o zapatos tirados por todas partes. El dormitorio estaba completamente ordenado. Detestó verlo así. Sin poder aceptarlo, abrió el armario. Este solo contenía sus ordenadas ropas.

Furioso con ella tanto como consigo mismo, se dirigió a la habitación de invitados. Entonces, tuvo que aceptar que Jackie no estaba allí. Sus libros y sus papeles habían desaparecido, al igual que su ordenador.

Permaneció mirando el cuarto durante un largo tiempo, preguntándose cómo era posible que le hubiera parecido preferible regresar a casa para encontrar solo orden y paz. Completamente agotado, se sentó en el borde de la cama. El aroma de Jackie aún seguía presente, pero era muy tenue. Eso fue lo peor. Tener un rastro sin la verdadera Jackie.

Se tumbó en la cama. No quería dormir en la cama que había compartido con ella noche tras noche. Decidió que Jackie no se iba a salir con la suya. Inmediatamente, se quedó dormido.

—Es mucho peor que patético que un hombre hecho y derecho haga trampas al Scrabble.

—Yo no tengo por qué hacer trampas —replicó J. D. MacNamara, mirando fijamente a su hija—. La palabra «galanosa» significa grácil o elegante, como en la frase «la bailarina de ballet ejecutó una galanosa pirueta».

—Eso es una tontería, papá —protestó Jackie, muy enojada—. Te he dejado pasar lo de «quoho» porque me has dicho que formaba parte de no sé qué expresión en latín, pero esto es demasiado.

—Solo porque ahora seas escritora no significa que conozcas todas las palabras del diccionario. Venga, búscala, pero si la encuentras pierdes cincuenta puntos.

Jackie hojeó el diccionario. Sabía que su padre podía mentir muy bien, pero también sabía cómo quedar por encima de los demás. Con un suspiro de resignación, dejó el diccionario.

—Está bien, la admito. Sé cómo ser una galanosa competidora.

—Esa es mi chica —dijo J. D. Muy contento consigo mismo, anotó los puntos en su casillero.

J. D. MacNamara era un hombre a tener en cuenta, algo que Jackie siempre había sabido. Suponía que la descripción que Nathan había hecho de su padre y de su vida familiar le había hecho apreciar más lo que ella había disfrutado de niña. Había visto la misma expresión que veía en aquellos momentos en el rostro de su padre por haberle ganado al Scrabble después de que él hubiera conseguido un contrato multimillonario. Era un hombre que adoraba la vida. Tal vez Nathan tenía razón en lo de que los hijos heredan mucho más que los rasgos físicos de sus padres. Si ella había heredado de su padre su pasión por la vida, le estaba muy agradecida.

—Te quiero mucho, papá, aunque seas un tramposo redomado.

—Yo también te quiero a ti, Jackie —dijo, con una radiante sonrisa después de sumar todos los puntos—. Te toca a ti, ¿sabes?

Jackie se apoyó sobre la mesa y miró desesperada las letras

que tenía. La sala tenía una iluminación muy agradable. Aún tenían que correr las cortinas dado que el sol todavía no se había hundido en el horizonte. El «saloncito», como su madre había insistido en llamarlo, era para la familia o para reuniones informales, a pesar de que era un estudio de elegancia y buen gusto, gracias a los esfuerzos de su progenitora. Jackie se había pasado muchas horas en aquella sala, horas felices, horas tristes, horas airadas, pero acababa de entender que representaba su hogar. No lo había comprendido ni lo había apreciado en toda su extensión hasta aquel instante.

—¿Qué te pasa, hija? Se supone que los escritores tienen mucha facilidad con las palabras.

—Déjame en paz, J. D. —replicó.

—Pues vaya manera de referirse a tu padre. Debería atarte con una correa...

Aquellas palabras hicieron que Jackie esbozara una sonrisa. Su padre también sonrió. Tenía un rostro abierto y generoso, con una piel rosada muy irlandesa, y los ojos azules, cubiertos por unas gafas que se apoyaba en el puente de la nariz. Iba vestido con un traje, porque se esperaba que fuera bien vestido a cenar, pero tenía el chaleco desabrochado y la corbata torcida. Entre los dientes tenía apresado un puro, algo que Patricia, la madre, toleraba con digno silencio.

—¿Sabes una cosa, papá? Ahora que lo pienso, mamá y tú sois muy diferentes.

—¿Tú crees? —preguntó, distraído. Estaba tratando de inventar una nueva palabra.

—Lo que quiero decir es que mamá es tan elegante, tan bien educada...

—¿Y yo qué soy? ¿Un animal?

—No exactamente —respondió ella. Rápidamente colocó sus letras sobre el tablero—. Ahí está. Callido.

—¿Qué diablos es eso? —protestó J. D.—. Esa palabra no existe.

—Se deriva directamente de una palabra latina que significa astuto o listo, como en la frase «mi padre es famoso por sus callidos tratos financieros». Búscala si quieres —le desafió Jackie—, es decir, si quieres perder cincuenta puntos, papá. ¿Cómo habéis podido ser tan felices mamá y tú?

—Yo dejo que ella haga lo que sabe hacer mejor y ella me deja que haga lo que sé hacer mejor. Además, yo estoy loco por ella.

—Lo sé... —susurró ella. Sintió que los ojos se le llenaban de las lágrimas que no parecía poder contener en aquellos días—. Últimamente, he estado pensando mucho en lo que los dos hicisteis por mis hermanos y por mí. Amaros el uno al otro debió de ser lo más importante de todo.

—Jack, ¿por qué no me dices lo que te preocupa?

—En las últimas semanas he madurado mucho. Pensé que te gustaría saberlo.

—¿Tiene eso algo que ver con el hombre del que estás enamorada?

—Casi todo... Te caería muy bien, papá. Es fuerte, a veces demasiado, amable, divertido... Le gusto tal y como soy. Hace listas para todo y se asegura siempre de que la A vaya delante de la B. Es... Es la clase de hombre que abre las puertas a las mujeres, no porque piense que es lo que debe hacer, sino porque es un verdadero caballero. A mamá también le caería bien —susurró. Sonrió a duras penas. Las lágrimas amenazaban de nuevo con derramársele por las mejillas.

—Entonces, ¿cuál es el problema, Jackie?

—No está preparado para mí ni para lo que sentimos el uno por el otro y no estoy segura de cuánto tiempo podré esperar a que lo esté.

—¿Quieres que le dé una buena patada en el trasero?

Aquello la hizo reír. Se levantó rápidamente y se sentó en el regazo de su padre para abrazarlo con fuerza.

—Ya te lo diré.

En aquel momento, Patricia entró en la sala, muy esbelta y elegantemente ataviada con un vestido de seda del mismo color azul que sus ojos.

—John, si el cocinero sigue teniendo esas rabietas, vas a tener que hablar con él. Yo ya no sé qué decirle —dijo. Se dirigió al bar y se sirvió una copita de jerez antes de tomar asiento en una butaca—. Jackie, he conocido a un peluquero maravilloso. Estoy convencida de que podría hacer maravillas con tu cabello.

—Te quiero mucho, mamá —dijo ella, con una sonrisa.

—Yo también te quiero, tesoro. Quería decirte que ese bronceado que tienes te sienta muy bien, especialmente con el color de cabello y de ojos que tienes, pero, después de lo que he estado leyendo últimamente, me preocupa los efectos que pueda tener a largo plazo. De todos modos, resulta muy agradable tenerte en casa, aunque sea solo por una temporada. La casa está demasiado silenciosa sin tus hermanos y sin ti.

—A partir de ahora no la vamos a ver mucho —comentó J. D.—. Ahora es una autora de prestigio.

—Sí —afirmó su madre—. Me ha dado mucha satisfacción mencionarle a la tía Honoria, muy casualmente por supuesto, que le has vendido tu novela a Harlequin.

—¿Casualmente? —repitió J. D., riéndose a carcajadas—. Seguro que no ha tardado mucho en tomar el teléfono y empezar a presumir. ¡Eh! ¿Qué estás haciendo?

—Nada —contestó Jackie, cuando terminó de mirar las letras que tenía su padre—. Te aseguro que jamás vas a poder utilizar esa colección tan ridícula.

—Eso ya lo veremos —replicó J. D. Rápidamente la hizo levantarse de su regazo—. Ahora, siéntate y cállate.

En aquel momento, sonó el timbre de la puerta. Jackie se dispuso a levantarse, pero su madre le indicó que no lo hiciera.

—Phillip irá a abrir la puerta, Jacqueline. Arréglate un poco el pelo.

Jackie obedeció y se arregló un poco sus rizos con los dedos justo antes de que el mayordomo entrara en la sala.

—Perdóneme, señora MacNamara, pero ha venido un tal Nathan Powell para ver a la señorita Jacqueline.

Jackie lanzó un grito y se puso inmediatamente de pie. La voz firme de su madre no tardó en impedirle que fuera más allá.

—Jacqueline, siéntate y finge ser una dama. Phillip hará pasar a ese caballero.

—Pero...

—Siéntate —le ordenó J. D.—. Y cállate.

—Eso es —murmuró Patricia. Entonces, hizo una ligera inclinación de cabeza al mayordomo. Jackie se sentó de golpe.

—Y quítate ese gesto hosco de la cara —le sugirió su padre—, a menos que quieras que ese hombre se dé la vuelta y salga corriendo.

Jackie apretó los dientes. Tal vez sus padres tenían razón. Solo en aquella ocasión, se pensaría muy bien las cosas antes de precipitarse.

—Hola, Nathan —dijo, cuando lo vio entrar por la puerta. Se puso de pie muy lentamente y le dio la mano—. No te esperaba.

—No, yo... —susurró él. De repente, se sintió muy ridículo con aquella caja de cintas brillantes en las manos—. Debería haber llamado.

—No era necesario. Te presentaré a mis padres. J. D. y Patricia MacNamara. Nathan Powell.

J. D. se puso de pie. Ya había analizado la actitud del recién llegado y había llegado a la conclusión de que no había visto un hombre más enamorado y frustrado en toda su vida. Con mucha simpatía, le ofreció la mano.

—Encantado de conocerte. Admiro mucho tu trabajo —dijo, mientras le estrechaba con fuerza la mano—. Jack nos ha hablado mucho sobre ti. Te prepararé una copa.

A continuación, Nathan se volvió para saludar a la madre de Jackie. Aquel sería el aspecto que ella tendría dentro de veinte o veinticinco años. Seguiría tan encantadora como en aquellos momentos.

—Señora MacNamara, discúlpeme por haberme presentado de esta manera.

—No hay por qué —dijo ella, encantada de ver los buenos modales que tenía el recién llegado—. ¿Por qué no se sienta, señor Powell?

—Bueno, yo...

—Aquí tienes. Un buen trago de whisky —lo informó J. D. tras darle una fuerte palmada en la espalda—. Entonces, ¿diseñas edificios? ¿Haces reformas?

—Sí, cuando...

—Bien, bien. Me gustaría hablarte sobre un edificio al que he echado el ojo. Está hecho un asco, pero tiene potencial. Si te...

—Perdóneme —lo interrumpió Nathan. Se olvidó de sus buenos modales y, tras colocar el vaso de nuevo en la mano de J. D., agarró a Jackie por el brazo. Sin decir palabra, la sacó por las puertas que iban a dar a la terraza.

—Vaya —susurró Patricia. Levantó las cejas como si estuviera escandalizada, pero ocultó una sonrisa con su copa. J. D. lanzó una exclamación y se tomó el whisky de un trago.

—¿Estás planeando ya la boda, Patty?

El aire era cálido y estaba perfumado por el aroma de las flores. Las estrellas parecían estar tan cerca que casi se podían tocar y competían con la luna para ver cuál era la más brillante. La noche era perfecta, pero Nathan no se percató de ello. Dejó el paquete sobre una mesa y tomó a Jackie entre sus brazos.

—Lo siento. He sido muy grosero con tus padres.

—No importa. Yo también lo soy. Pareces muy cansado —dijo ella, después de examinarlo durante unos instantes.

—No, estoy bien. Tampoco estaba seguro de que estarías aquí.

—¿Tampoco?

—Cuando llegué a casa ya no estabas. Entonces, te busqué en tu apartamento, pero tampoco estabas allí, así que vine a buscarte aquí.

—¿Has estado buscándome? —preguntó Jackie, completamente asombrada.

—Durante un par de días.

—Lo siento. No esperaba que regresaras de Denver hasta la próxima semana. Eso fue lo que me dijeron en tu despacho.

—He regresado antes de... ¿Has llamado a mi despacho?

—Sí. ¿Dices que has regresado antes de qué, Nathan?

—Antes de lo que esperaba. Dejé a Cody al mando y regresé a casa. Tú te habías marchado. Me habías dejado.

—¿Acaso habías esperado que me quedara?

—Sí. No. Sí, maldita sea... Sé que no tenía ningún derecho a esperar que así fuera, pero así es. Cuando llegué a casa, la encontré vacía. No me gustó estar allí sin ti. Ya no puedo pensar sin ti. Es culpa tuya. Le has hecho algo a mi cerebro... —dijo. La soltó y empezó a caminar de arriba abajo—. Cada vez que veo algo, me pregunto lo que tú pensarías al respecto. Ni siquiera pude comerme un plato especial en un restaurante sin pensar en ti.

—¿Quieres que vuelva a tu lado, Nathan? —preguntó Jackie. No pudo evitar contener el aliento, pero tenía que hacer la pregunta.

Cuando él se dio la vuelta, vio que la furia se había reflejado en sus ojos.

—¿Quieres que me arrodille ante ti?

—Déjame que lo piense —contestó ella. Tocó el lazo que había sobre el paquete, sin poder evitar preguntarse qué habría en su interior—. En realidad, te mereces arrodillarte un poco, pero no tengo corazón para obligarte a hacerlo. En realidad,

Nathan, no me había ido a ninguna parte —confesó, con una sonrisa.

—Te habías llevado todas tus cosas. La habitación estaba completamente recogida.

—¿Se te ocurrió mirar en el armario?

—¿Qué quieres decir?

—Que no me había marchado. Mi ropa sigue en el armario de la habitación de invitados. Como no podía dormir en tu cama sin ti, me mudé, pero no me marché. No tengo intención de permitir que arruines tu vida —susurró, mientras le acariciaba suavemente el rostro.

—Entonces, ¿por qué estás aquí?

—Quería ver a mis padres, en parte por todo lo que tú me contaste. Me hizo darme cuenta de que necesitaba verlos, darles las gracias por ser tan maravillosos como son y, también, porque quería decirles que por fin había terminado algo que había empezado. He vendido mi libro.

—¿De verdad? Me alegro mucho por ti. Me siento muy orgulloso. Ojalá hubiera estado contigo cuando te enteraste...

—No importa, pero me gustaría que estuvieras la próxima vez.

Nathan le rodeó la cintura con los dedos. De repente, se le oscurecieron los ojos.

—¿Tan fácil me lo pones? ¿Lo único que tenía que hacer era venir aquí y pedírtelo?

—Sí, eso es lo único que tenías que hacer.

—No me lo merezco.

—Lo sé —afirmó ella, con una sonrisa.

Nathan se echó a reír y empezó a dar vueltas con ella. Entonces, fundió sus labios con los de Jackie en un largo y apasionado beso.

—Y yo que venía dispuesto a hacer toda clase de promesas y de ofrecimientos...Y tú no me vas a pedir nada.

—Yo no he dicho que no me gustaría escucharlas —afirmó ella—. ¿Por qué no me dices lo que tienes en mente?

—Te deseo, pero quiero que todo vaya bien entre nosotros. No habrá largas separaciones ni promesas rotas. Voy a hacer algo que debería haber hecho hace un año. Voy a convertir a Cody en mi socio.

—Me parece una excelente decisión.

—Es personal y profesional. Estoy aprendiendo, Jack.

—Eso ya lo veo.

—Entre los dos, la presión se aligerará lo suficiente como para que sea posible empezar una familia, una familia de verdad. No sé qué clase de esposo o de padre seré, pero...

Jackie le colocó los dedos sobre la boca para impedir que siguiera hablando.

—Lo descubriremos los dos juntos.

—Sí. A pesar de todo, tendré que viajar de vez en cuando, pero espero que tú quieras acompañarme siempre que puedas.

—Trata de impedírmelo.

—Quiero que estés siempre a mi lado para que te encargues de que no me olvido de que el matrimonio y la familia son lo primero.

—Puedes estar seguro de ello.

—Estoy haciendo esto al revés. Desde que te conocí, parece que es lo que hago siempre. Quería decirte que, desde que te vi por primera vez, todo cambió para mí. Perderte sería peor que perder los ojos o los brazos, porque sin ti no puedo ver ni tocar nada. Te necesito en mi vida y quiero que la compartas conmigo. Podemos aprender el uno del otro, cometer equivocaciones juntos... yo te amaré más de lo que puedo expresar con palabras.

—Creo que lo has dicho muy bien —susurró ella, sorbiendo un poco por la nariz—. No quiero llorar porque tengo un aspecto terrible cuando lloro y esta noche quiero estar muy hermosa. Ahora, dame mi regalo antes de que yo empiece a balbucear, ¿quieres?

—Me encanta cuando balbuceas —afirmó Nathan. Le dio un suave beso en la frente, en la sien y en la comisura de los labios—. Oh, Dios, le debo tanto a tu primo Fred...

Jackie rompió a reír.

—Pues está tratando de encontrar un comprador para diez hectáreas de terreno pantanoso.

—Vendido —dijo él. Enmarcó el rostro de Jackie entre las manos para poder mirarla mejor, para poder tocar lo que era más real para él que su propio corazón—. Te amo, Jack...

—Lo sé, pero puedes repetirlo todo lo que desees.

—Tengo la intención de hacerlo, pero primero creo que deberías tener esto —observó. Tomó la caja de encima de la mesa y se la entregó—. Quería que tuvieras algo que demostrara, por si yo no podía expresarme bien, lo que siento por ti y cómo me has dado esperanza para un futuro en el que nunca creí.

—Veamos —susurró ella, tras secarse los ojos con los dedos—. Los diamantes son para siempre, pero a mí siempre me han gustado las gemas de colores.

Rasgó el papel sin contemplaciones y sacó su regalo.

Durante un instante, se quedó sin palabras. Las lágrimas volvieron a humedecerle las mejillas. En las manos, tenía el pelícano cubierto de caracolas. Cuando volvió a mirar a Nathan, tenía los ojos completamente empapados.

—Nadie me comprende tan bien como tú.

—No cambies —murmuró Nathan mientras la estrechaba entre sus brazos con la chabacana ave entre ambos—. Vayámonos a casa, Jack.

CONSTRUYENDO UN AMOR

CAPÍTULO 1

Decididamente, aquella mujer se merecía que la mirara por segunda vez. Había más razones, mucho más básicas, que el hecho de que ella fuera una de las pocas mujeres que había en la obra. Era natural que los ojos de un hombre se vieran atraídos por las formas femeninas, especialmente cuando estas se encontraban en lo que aún era un dominio predominantemente masculino. Era cierto que había muchas mujeres que se ponían un casco para trabajar en la construcción y, mientras supieran cómo clavar un clavo o colocar un ladrillo, a Cody no le importaba cómo se abotonaran las camisas. Sin embargo, había algo en aquella mujer que le atrapaba la mirada.

Estilo. Aunque iba vestida con ropa de trabajo y estaba de pie sobre un montón de escombros, se podía afirmar que tenía estilo. Mientras ella se balanceaba sobre los gastados tacones de sus botas, Cody llegó a la conclusión de que también tenía seguridad en sí misma, lo que lo atraía tanto, bueno, casi tanto, como el encaje negro o la seda blanca.

A pesar de todo, no tenía tiempo de permanecer sentado, especulando sobre el tema. Había realizado el viaje desde Florida a Arizona con un retraso de una semana para hacerse cargo de aquel proyecto y tenía que ponerse al día con muchos asuntos. La mañana había sido muy ajetreada, con muchas distracciones. El ruido de los hombres y de las máquinas, órdenes que se gritaban y se cumplían, grúas levantando pesadas vigas de metal para formar el esqueleto de un edificio donde antes solo había piedras y tierra, el vivo color de aquellas rocas y tierra bajo los poderosos rayos del sol, incluso la creciente sed de Cody. No obstante, no le importaban las distracciones.

Se había pasado tiempo más que suficiente en las obras como para poder mirar más allá de los escombros, para vislumbrar lo que para los no iniciados podría parecer solo confusión o incluso destrucción. En vez del sudor y del esfuerzo, él veía las posibilidades.

Sin embargo, en aquellos instantes, solo podía observar a la mujer. Allí también había posibilidades.

Se dio cuenta de que era alta, aproximadamente de un metro sesenta y cinco de estatura con sus botas de trabajo, y delgada más que esbelta. Parecía tener unos hombros fuertes, que llevaba enfundados en una camiseta amarilla que estaba empapada de sudor por la espalda. Como arquitecto, Cody apreciaba las líneas limpias y frugales. Como hombre, le gustaba el modo en el que aquellos vaqueros raídos se le ceñían a las caderas. Bajo un casco tan llamativo como la camiseta, se adivinaba una trenza corta y gruesa del color de la madera de caoba pulida, la que, por cierto, era una de sus favoritas para trabajar por su belleza y rico color.

Se colocó las gafas de sol sobre el puente de la nariz sin dejar de observarla de la cabeza a los pies. Decididamente, se merecía que la mirara por segunda vez. Admiró el modo en el que se movía, sin desperdiciar gestos, mientras se inclinaba para mirar a través del taquímetro de un topógrafo. Tenía el bolsillo trasero del vaquero rozado en una delgada línea. Cody dedujo que aquello significaba que se metía la cartera en aquel bolsillo. Decidió que era una mujer práctica. Un bolso no haría más que estorbar en la obra.

No tenía la piel frágil y pálida de una pelirroja, sino un cálido y dorado bronceado que probablemente le habría provocado el tórrido sol de Arizona. Fuera de donde fuera, le gustaba, igual que le gustaban los rasgos angulosos de su rostro. La barbilla, de aspecto algo duro, se contrarrestaba con unos elegantes pómulos. Ambos se veían equilibrados por una boca suave y sin pintar.

Cody no podía verle los ojos a causa de la distancia y de la sombra que le proyectaba el casco sobre el rostro, pero su voz era firme y clara. Parecía mucho más apropiada para noches tranquilas y nebulosas que para calurosas tardes como aquella.

Enganchó los dedos en los bolsillos de los vaqueros y sonrió. Sí, efectivamente las posibilidades eran ilimitadas.

Sin darse cuenta de que Cody la estaba observando, Abra frunció el ceño y se pasó un brazo por la húmeda frente. Aquel día, el sol era implacable. A las ocho de la mañana ya era abrasador. El sudor le caía por la espalda, se evaporaba y volvía a empaparla en un ciclo constante con el que ella ya había aprendido a vivir.

Una solo se podía mover a una cierta velocidad con aquel calor. Solo se podía levantar una cantidad limitada de metal y se podía picar un número reducido de piedras cuando la temperatura superaba con creces los treinta grados. A pesar de los barriles de agua y de las tabletas de sal, cada día representaba una dura batalla. Hasta el momento, estaban saliendo adelante, pero... No. Se recordó que no podía haber «peros». La construcción de aquel complejo turístico era el proyecto más importante que había realizado en su carrera y no iba a estropearlo. Era su trampolín.

A pesar de todo, podría haber asesinado a Tim Thornway por comprometer a Construcciones Thornway, y a ella misma, a unos plazos tan ajustados. Las cláusulas de penalización eran atroces y, como Tim solía hacer siempre, había delegado la responsabilidad para evitar dichas cláusulas directamente sobre los hombros de Abra.

Se irguió como si en realidad pudiera sentir el peso. Haría

falta un milagro para finalizar el proyecto a tiempo y dentro del presupuesto pactado. Dado que ella no creía en milagros, aceptaba las largas horas de trabajo y las interminables jornadas que aún le quedaban. Se construiría aquel complejo turístico y se construiría a tiempo, aunque ella misma tuviera que ponerse a trabajar con martillos y sierras. Sin embargo, mientras observaba cómo una viga de metal se erguía majestuosamente en el aire, se prometió que aquella sería la última vez. Cuando finalizara aquel proyecto, cortaría todos sus vínculos con Thornway y comenzaría una andadura en solitario.

Estaba en deuda con ellos por haberle dado una oportunidad, por haber tenido suficiente fe en ella como para permitirle llegar de ingeniero adjunto a ingeniero estructural. No lo olvidaría nunca, pero su lealtad había sido para Thomas Thornway. Dado que él ya no estaba, haría todo lo que estuviera en su mano para evitar que Tim arruinara el negocio, aunque no pensaba pasarse el resto de su carrera haciendo de niñera para él.

Tras pensar en una de las bebidas que había almacenadas en la nevera, se acercó para supervisar la colocación de las vigas.

Charlie Gray, el entusiasta ayudante que prácticamente le habían encasquetado a Cody, estuvo a punto de tirarle de la camisa.

—¿Quiere que le diga a la señorita Wilson que está aquí? —le preguntó.

—En este momento está ocupada —respondió Cody. Se sacó su paquete de cigarrillos y rebuscó en un par de bolsillos hasta que encontró las cerillas.

—El señor Thornway quería que se conocieran.

—Ya tendremos tiempo de ello —repuso Cody. Encendió una cerilla y, automáticamente, curvó los dedos a su alrededor, a pesar de que no había ni una pizca de viento.

—No asistió a la reunión de ayer, por lo que...
—Sí...
El hecho de que no hubiera asistido a la reunión no haría que Cody perdiera el sueño. El diseño del complejo turístico era suyo, pero, cuando surgieron sus problemas familiares, su socio se había ocupado de gran parte de las tareas preliminares. Al mirar de nuevo a Abra, pensó que había sido una pena.

A pocos metros de allí estaba aparcado un tráiler. Cody se dirigió hacia él, con Charlie pisándole los talones. Sacó una cerveza de una nevera y, mientras entraba en el interior del tráiler, en el que los ventiladores portátiles luchaban contra el calor, tiró de la anilla. Afortunadamente, allí dentro parecía que la temperatura descendía unos grados.

—Quiero volver a ver los planos del edificio principal.

—Sí, señor. Los tengo aquí mismo —dijo Charlie mientras tomaba el tubo en el que se encontraban los planos—. En la reunión... —añadió, tras aclararse la garganta— la señorita Wilson señaló algunos cambios que quiere realizar, desde el punto de vista de un ingeniero, por supuesto.

—¿De verdad?

Sin mostrar preocupación alguna, Cody se apoyó sobre los estrechos cojines de un sofá cama. Afortunadamente, el sol había deslucido la llamativa tapicería verde anaranjada hasta darle una tonalidad más inofensiva. Miró a su alrededor para buscar un cenicero y, al final, se conformó con una taza vacía. A continuación, desenrolló los planos.

Le gustaba aquel proyecto. El edificio tendría forma de cúpula, coronado por unas vidrieras en el vértice superior. Las plantas de oficinas rodearían el atrio central, lo que daría una sensación de amplitud. Sitio para respirar. ¿De qué servía ir al oeste si uno no tenía sitio para respirar? Cada despacho contaría con un cristal tintado muy grueso para combatir la luminosidad del sol al tiempo que permitía una visión sin restricción alguna del complejo turístico y de las montañas.

En la planta baja, el vestíbulo se curvaría en un semicírculo para que resultara más accesible desde la entrada, desde el bar de dos niveles y desde la cafetería acristalada.

Los clientes podrían tomar los ascensores de cristal o la escalera para subir una planta y poder comer en uno de los tres restaurantes o podrían subir un poco más y explorar las salas.

Cody dio un largo trago a su cerveza mientras inspeccionaba el proyecto. Lo veía como una especie de matrimonio entre lo moderno y lo antiguo. No veía nada que pudiera cambiarse en el diseño básico, como tampoco nada que él permitiera que se cambiara.

Abra Wilson iba a tener que aguantarse.

Cuando oyó que la puerta del tráiler se abría, levantó la mirada. Al ver que era Abra la que entraba, Cody decidió que era mucho mejor viéndola de cerca. Estaba algo sudada, algo cubierta de polvo y, por lo que parecía, muy enfadada.

Cody estaba en lo cierto en esto último. Abra se había cansado de tener que ir a buscar a los trabajadores que se tomaban descansos no programados.

—¿Qué diablos estás haciendo aquí? —le preguntó mientras Cody volvía a llevarse la lata a los labios—. Ahí fuera necesitamos a todo el mundo —añadió. Le arrebató la cerveza antes de que él pudiera beber—. Thornway no te paga para que te pases el día sentado. Además, nadie de este proyecto bebe durante el horario de trabajo.

Dejó la cerveza sobre la mesa antes de que pudiera sentir la tentación de aliviar su reseca garganta con ella.

—Señorita Wilson...

—¿Qué? —le espetó a Charlie. Tenía la paciencia hecha trizas—. Usted es el señor Gray, ¿verdad? Un momento, por favor —añadió. Se secó la húmeda mejilla con la manga de la camiseta—. Mira, compañero —le dijo a Cody—, a menos que quieras que te demos los papeles de la liquidación, es mejor que te levantes y te presentes a tu capataz.

Él le sonrió con insolencia. Abra sintió que unas palabras muy poco profesionales le acudían a los labios. Las reprimió con el poco control que aún le quedaba, igual que hacía con la necesidad de golpearle aquella arrogante mejilla con el puño.

Tenía que admitir que era un tipo muy atractivo. Los hombres con esa clase de aspecto siempre pensaban que podían quitarse los problemas de encima con una sonrisa... y normalmente era así. No con Abra. Sin embargo, ella era consciente de que no le serviría de nada amenazar a un empleado.

—Tú no debes estar aquí —añadió. Con un gesto de frustración, le arrebató los planos—, como tampoco tienes derecho alguno a mirar estos planos.

—Señorita Wilson... —volvió a decir Charlie, aquella vez con cierta desesperación.

—¿Qué, maldita sea? ¿Has conseguido ya que ese ilustre arquitecto suyo salga de la bañera, Gray? A Thornway le interesa ver cómo su proyecto avanza según los plazos previstos.

—Sí, verá...

—Un momento —lo interrumpió ella. Una vez más, se volvió a Cody—. Mira, te he dicho que te muevas. Hablas mi idioma, ¿verdad?

—Sí, señorita.

—Entonces, muévete.

Él lo hizo, pero no tal y como Abra había esperado. Perezosamente, como un gato que se estira antes de saltar desde el alféizar de una ventana, desplegó su cuerpo. Tenía unas piernas muy largas. No parecía un hombre temeroso de perder su trabajo. Tomó la cerveza que Abra había dejado en la mesa y le dio un trago. Entonces se levantó, se apoyó contra la nevera y sonrió.

—Eres muy alta, ¿verdad, pelirroja?

Abra tuvo que hacer un esfuerzo para no quedarse boquiabierta. Tal vez el negocio de la construcción fuera cosa de hombres, pero ninguno de los obreros con los que Abra trabajaba había tenido hasta entonces el descaro de mostrarse condescendiente con ella, al menos no delante de sus narices. Aquel hombre estaba despedido. Con o sin retraso, fuera o no del sindicato, iba a redactarle los papeles del despido personalmente.

—Recoge tus cosas, métete en tu coche y lárgate de aquí, imbécil —le espetó. Volvió a arrebatarle la cerveza y aquella vez le vertió el contenido de la lata en la cabeza. Afortunadamente para Cody, ya no estaba muy llena—. Díselo a tu representante del sindicato.

—Señorita Wilson... —susurró Charlie. Se había quedado muy pálido y le temblaba la voz—. No lo comprende...

—Vete de aquí, Charlie —dijo Cody con voz suave mientras se pasaba los dedos por el húmedo cabello.

—Pero...

—Vete.

—Sí, señor —dijo Charlie.

Se marchó rápidamente. Por eso y porque había llamado «señor» a aquel atractivo vaquero, Abra empezó a sospechar que había cometido un error. Automáticamente, tensó los hombros.

—Creo que no nos han presentado —dijo Cody. Se quitó las gafas de sol que había llevado puestas hasta entonces. Ella vio que él tenía los ojos marrones, de un suave marrón dorado. No estaban teñidos de ira o vergüenza. Más bien, la observaban con cierta neutralidad—. Soy Cody Johnson. El arquitecto.

Podría haber tratado de balbucir algo. Podría haberse disculpado. Podría haberse echado a reír por el incidente y haberle ofrecido otra cerveza. Se le ocurrieron las tres opciones, pero, por el modo tranquilo y firme con el que él la miraba, las rechazó todas.

—Ha sido muy amable de su parte haber pasado por aquí —susurró.

Cody decidió que era una mujer muy dura, a pesar de los

ojos color avellana y de la atractiva boca. Ya se había encontrado con mujeres duras antes.

—Si hubiera sabido la cálida recepción que me encontraría, habría venido antes.

—Lo siento, tuvimos que dejar que se fuera la orquesta.

Como quería salvar su orgullo, trató de rodearlo y dejarlo atrás, pero descubrió rápidamente que, si quería llegar a la puerta, al sofá o a cualquier otro sitio, tendría que pasar justo por su lado. No cuestionó por qué aquella perspectiva no le apetecía. Él era un obstáculo y los obstáculos eran para derribarlos. Levantó la barbilla muy ligeramente, justo lo suficiente como para poder mirarlo a los ojos.

—¿Alguna pregunta?

—Sí, unas cuantas —respondió Cody—. ¿Siempre vierte cerveza por encima de la cabeza de sus hombres?

—Depende del hombre.

Una vez más, Abra trató de avanzar, pero se encontró aprisionada entre él y el frigorífico. Él solo había tenido que girarse para conseguirlo. Cody se tomó un momento para mirarla a los ojos. En ellos no vio miedo ni incomodidad, sino tan solo una furia que le hizo querer volver a esbozar una sonrisa.

—Tenemos muy poco espacio, señorita Wilson.

Tal vez ella fuera un ingeniero, una profesional que había luchado mucho para llegar a la posición en la que se encontraba y que conocía todos los resortes, pero seguía siendo una mujer y era muy consciente de la presión que el cuerpo de Cody ejercía contra el de ella. Fuera cual fuera la que podría haber sido su reacción, el gesto de diversión que vio en los ojos de él la anuló por completo.

—¿Son suyos todos esos dientes? —le preguntó, muy tranquilamente.

—Desde la última vez que lo comprobé, sí —respondió él, sin comprender.

—Si quiere que siga siendo así, apártese de mí.

A Cody le habría gustado besarla en aquel momento, tanto por la admiración que sentía por el coraje que ella había mostrado como por gusto. Aunque era un hombre impulsivo, sabía también cómo cambiar de táctica y tomar el camino más largo.

—Sí, señorita.

Cuando se apartó, Abra lo rodeó y pasó a su lado. Habría preferido dirigirse directamente hacia la puerta sin detenerse, pero se sentó en el sofá y volvió a extender los planos.

—Supongo que Gray ya lo habrá informado de la reunión que se perdió.

—Sí —dijo Cody. Tomó asiento y notó que, por segunda vez, estaban muy cerca el uno del otro. Sus muslos se tocaban, vaquero contra vaquero, músculo contra músculo—. Me ha dicho que usted quería cambiar algunas cosas.

—He tenido problemas con el diseño básico desde el principio, señor Johnson. No lo he ocultado.

—He visto la correspondencia. Usted desea un diseño arquitectónico típico del desierto.

—No recuerdo haber utilizado la palabra «típico», pero hay buenas razones para el estilo arquitectónico de esta región.

—También hay buenas razones para probar algo nuevo, ¿no le parece? —dijo él, mientras se encendía otro cigarrillo—. Barlow y Barlow desean un diseño a la última. Un complejo que contenga todo lo necesario y que sea lo suficientemente exclusivo como para atraer a la clientela más selecta. Querían algo diferente de lo que se puede encontrar en los complejos turísticos que hay por todo Phoenix. Y eso es precisamente lo que yo voy a darles.

—Con unas modificaciones...

—No habrá cambios, señorita Wilson.

Abra estuvo a punto de apretar los dientes. Aquel hombre no solo se estaba comportando de una forma arrogante, sino que, además, la enfurecía el modo en el que pronunciaba la palabra «señorita».

—Por alguna razón —replicó ella, tranquilamente—, hemos tenido la mala suerte de haber sido elegidos para trabajar juntos en este proyecto.

—Debe de haber sido el destino —murmuró él.

—Voy a ser muy sincera con usted, señor Johnson. Desde el punto de vista de un ingeniero, su proyecto apesta.

Cody le dio una calada a su cigarrillo y dejó escapar el humo muy lentamente. Notó que ella tenía unos reflejos de color ámbar en los ojos. Parecía que aquellos ojos no lograban decidir si querían ser grises o verdes. Ojos taciturnos. Sonrió.

—Ese es su problema. Si no es usted lo suficientemente buena, Thornway le podrá asignar el proyecto a otra persona.

Abra apretó los puños. La idea de hacerle tragar los planos tenía un cierto atractivo para ella, pero se recordó que estaba comprometida con aquel proyecto.

—Soy lo suficientemente buena, señor Johnson.

—En ese caso, no deberíamos tener ningún problema. ¿Por qué no me informa de los progresos que se han hecho?

Abra estuvo a punto de decirle que ese no era su trabajo, pero estaba vinculada por un contrato, un contrato que no le dejaba mucho margen de error. Pagaría la deuda que tenía con Thornway, aunque aquello significara trabajar codo con codo con aquel arquitecto arrogante de la Costa Este.

—Como probablemente ya haya visto, las explosiones controladas se produjeron tal y como estaba previsto Afortunadamente, pudimos reducirlas al mínimo para preservar la integridad del paisaje.

—Esa era la idea.

—¿Sí? —repuso ella. Miró los planos y a continuación a Cody—. En cualquier caso, habremos finalizado la estructura del edificio principal para finales de semana. Si no se realizan cambios...

—No los habrá.

—Si no se realizan cambios —repitió Abra, apretando los

dientes—, cumpliremos los plazos del primer contrato. El trabajo en las cabañas individuales no comenzará hasta que el edificio principal y el balneario estén bajo techado. El campo de golf y las pistas de tenis no son parte de mi trabajo, por lo que tendrá que hablar con Kendall sobre ellos, al igual que sobre la jardinería y la decoración de exteriores.

—Muy bien. ¿Sabe si se han encargado ya los azulejos del vestíbulo?

—Soy ingeniero, no proveedor. Marie López se encarga de ese tema.

—Lo tendré en cuenta.

En vez de asentir con la cabeza, Abra se levantó y abrió la nevera. Estaba bien surtida de refrescos, zumos y agua embotellada. Tras tomarse su tiempo para decidirse, se decantó por el agua. Se dijo que tenía sed. Aquel gesto no tuvo nada que ver con el hecho de querer poner distancia entre ellos. Solo fue un beneficio colateral. Aunque sabía que no era muy cortés por su parte, retiró el tapón de la botella y bebió sin ofrecerle a él.

—¿Qué? —le preguntó, al darse cuenta de la intensidad con la que él la observaba.

—¿Es porque soy hombre, arquitecto o vengo del este?

Abra tomó otro largo sorbo del agua. Solo hacía falta pasarse un día al sol para darse cuenta del paraíso que podía encontrarse en una botella de agua.

—Tendrá que explicarse.

—¿Desea escupirme a la cara porque soy hombre, arquitecto o vengo del este? —repitió Cody.

Abra no se habría sentido molesta por la pregunta si él no hubiera sonreído mientras se la formulaba. Hacía menos de una hora que lo conocía, pero ya lo había maldecido media docena de veces por aquella sonrisa. Se apoyó sobre la mesa y lo miró fijamente.

—No me importa su sexo.

Él siguió sonriendo, pero algo rápido y peligroso se le reflejó en los ojos.

—Veo que le gusta mostrarle trapos rojos a un toro, Wilson.

—Sí —replicó ella. Aquella vez fue su turno para sonreír—, pero, para terminar mi respuesta, los arquitectos son a menudo artistas pomposos y temperamentales que ponen sus egos sobre el papel y que esperan que los ingenieros y los constructores los mantengan para la posteridad. Eso puedo entenderlo, e incluso respetarlo, cuando el arquitecto se fija en el medio ambiente y crea para este en vez de para sí mismo. En cuanto al hecho de que usted sea del este, ese podría ser el mayor de los problemas. Usted no comprende el desierto, las montañas ni esta tierra. A mí no me gusta que usted decida lo que la gente de por aquí tiene que tener en su tierra bajo un naranjo a más de dos mil kilómetros de aquí.

Como Cody estaba más interesado en ella que en defenderse a sí mismo, no mencionó el hecho de que había viajado en tres ocasiones al lugar donde se iban a desarrollar las obras. Había realizado gran parte del diseño justo casi en el mismo lugar en el que se encontraba sentado en aquellos instantes en vez de en su despacho.

—Si no quiere usted construir, ¿por qué se dedica a ello?

—Yo no he dicho que no quiera construir —respondió ella—, pero nunca he creído que fuera necesario destruir para poder hacerlo.

—Cada vez que mete una pala en la tierra, retira un poco de tierra. Eso es vida.

—Cada vez que se mete una pala en la tierra para retirar un poco de tierra se debería pensar en lo que uno va a devolver. Es cuestión de moralidad.

—Ingeniera y filósofa... —dijo él. Observó cómo un airado rubor empezó a reflejarse en las mejillas de Abra—. Antes de que me vierta eso sobre la cabeza, digamos que estoy de acuerdo con usted hasta cierto punto, pero aquí no vamos a poner plástico y neón. Tanto si está de acuerdo con mi diseño como si no, es mi diseño. Su trabajo es hacerlo realidad.

—Sé cuál es mi trabajo.

—En ese caso —observó Cody, mientras empezaba a enrollar los planos—, ¿qué le parece si vamos a cenar?

—¿Cómo ha dicho?

—Cenar —repitió él. Cuando terminó de enrollar los planos, los metió en el cilindro y se levantó—. Me gustaría cenar con usted.

—No, gracias —repuso Abra. Aquella le parecía la invitación más ridícula que había escuchado nunca.

—¿Está casada?

—No.

—¿Tiene pareja?

—Eso no es asunto suyo.

—Salta muy rápidamente, pelirroja —comentó Cody—. Eso me gusta.

—Y usted es muy descarado, Johnson. Eso no me gusta —replicó. Se acercó a la puerta y puso una mano sobre el pomo—. Si tiene alguna pregunta que tenga que ver con la construcción, estaré por aquí.

Cody no tuvo que hacer un gran esfuerzo para colocarle la mano en el hombro.

—Yo también —le recordó—. Ya cenaremos juntos en otra ocasión. Me parece que me debe usted una cerveza.

Tras mirarlo fijamente durante unos segundos, Abra abrió la puerta y se marchó.

Cody Johnson no era lo que ella había esperado. Era muy atractivo, algo a lo que podía enfrentarse. Cuando una mujer se introducía en un territorio tan masculino, lo más probable era que se encontrara con un hombre atractivo de vez en cuando. Sin embargo, Johnson parecía uno más de la cuadrilla en vez de ser socio de uno de los estudios de arquitectura más importantes del país. Su cabello rubio oscuro, con las puntas más claras, era demasiado largo. Su fuerte constitución, con fuertes músculos y piel bronceada, sus anchas y callosas manos... Todo era más propio de uno de los obreros. Había sentido la fuerza de aquellas manos. Además, estaba la voz, lenta y cálida.

Se ajustó mejor el casco cuando se acercó a la estructura metálica del edificio. Algunas mujeres habrían encontrado muy atractiva aquella voz. Ella no tenía tiempo para dejar que la sedujera la suave cadencia de aquel acento sureño o una arrogante sonrisa. En realidad, no tenía mucho tiempo para pensar en sí misma como mujer.

Él la había hecho sentirse como tal.

Frunció los ojos para protegérselos del sol y observó cómo las vigas iban colocándose en su lugar. No la preocupaba que Cody Johnson la hubiera hecho sentirse femenina. Demasiado a menudo, «femenina» significaba «indefensa» y «dependiente». Abra no tenía intención de ser ninguna de las dos cosas. Había trabajado demasiado durante demasiado tiempo para alcanzar la autosuficiencia. Decidió que un par de palpitaciones... sí, eso habían sido, palpitaciones... no iban a afectarla en absoluto.

Deseó que la lata de cerveza hubiera estado llena.

Con una triste sonrisa observó cómo colocaban la siguiente viga. Había algo muy hermoso en ver cómo crecía un edificio. Pieza a pieza, nivel a nivel. Siempre la había fascinado ver cómo algo fuerte y útil tomaba forma... de igual modo que la había molestado ver la tierra destruida por el progreso. Nunca había sido capaz de resolver aquel conflicto de sentimientos y por eso había elegido una profesión que le permitía tener parte en el desarrollo y procurar que el progreso se realizara con integridad.

Sin embargo, aquel edificio... Sacudió la cabeza. Aquel proyecto le parecía la fantasía de un intruso. La cúpula, las curvas, las espirales... Abra se había pasado noches en vela sobre su mesa de diseño con regla y calculadora, tratando de encontrar un sistema de apoyo satisfactorio. Los arquitectos no se preocupaban por temas tan mundanos, sino tan solo de la estética. Todo era ego. Construiría aquel maldito edificio y lo haría bien, pero no por eso tenía que gustarle.

Con el sol abrasándole la espalda, se inclinó sobre el taquímetro. Habían tenido que encontrar soluciones para la montaña y para un lecho muy inestable de piedra y arena, pero las medidas y el emplazamiento estaban muy bien calculados. Sintió un gran orgullo cuando comprobó ángulos y grados. Apropiada o no, aquella estructura iba a contar con un trabajo de ingeniería impecable.

Lo importante era precisamente eso, la perfección. Durante la mayor parte de su vida había tenido que conformarse con segundos platos. Su preparación profesional, sus conocimientos y su habilidad estaban muy por encima de eso. No tenía intención de volver a conformarse con segundos platos. Ni para ella ni para su trabajo.

Notó el aroma de él y sintió un hormigueo en la nuca. Jabón y sudor. Todo el mundo en la obra olía a jabón y a sudor. Entonces, ¿por qué estaba tan segura de que Cody Johnson estaba a sus espaldas?

—¿Algún problema? —preguntó, sin apartarse del tránsito.

—No lo sabré hasta que mire. ¿Le importa?

—Por supuesto que no.

Abra se apartó del taquímetro y, cuando él se inclinó sobre el aparato, enganchó los dedos en los bolsillos traseros de los pantalones. Esperó. No encontraría discrepancia alguna, aunque supiera cómo reconocerla. Cuando oyó un grito, se dio la vuelta y vio a dos miembros de la cuadrilla discutiendo. Sabía que el calor tenía un modo muy desagradable de caldear el mal genio. Dejó que Cody siguiera inspeccionando la obra y se acercó a los hombres.

—Es un poco temprano para eso —dijo tranquilamente, cuando vio que uno de los hombres agarraba al otro por la pechera de la camisa.

—Este malnacido estuvo a punto de arrancarme los dedos con esa viga.

—Si este idiota no sabe cuándo tiene que apartarse, se merece perder unos cuantos dedos.

—Basta ya —les ordenó Abra.

—Yo no tengo por qué aguantarme con lo que este...

—Tal vez no —lo interrumpió Abra—, pero sí tendrás que aguantarte con lo que te diga yo. Ahora, tranquilízate o ve a darte un paseo. Si los dos queréis sacudiros fuera de vuestra jornada de trabajo, por mí podéis hacerlo, pero no voy a consentir que lo hagáis cuando estéis trabajando. Si lo hacéis, quedaréis despedidos. Tú —añadió, señalando al hombre que le pareció más volátil de los dos—, ¿cómo te llamas?

El hombre dudó durante un instante. A continuación contestó.

—Rodríguez.

—Bueno, Rodríguez, ve a tomarte un descanso o échate un poco de agua fría sobre la cabeza —dijo. Se dio la vuelta, como si no le quedaran dudas de que el hombre iba a obedecer inmediatamente—. ¿Y tú?

—Swaggart.

—Muy bien, Swaggart, regresa a tu trabajo. Y yo tendría un poco más de respeto por las manos de mi compañero si estuviera en tu lugar, a menos que quieras contarte tú los dedos y ver que te faltan.

Rodríguez lanzó un bufido al escuchar aquellas palabras, pero obedeció a Abra y se dirigió al lugar en el que se encontraban los barriles de agua. Satisfecha, Abra le hizo un gesto al capataz y le indicó que mantuviera a los dos hombres separados durante unos pocos días.

Cuando regresó al lado del taquímetro, casi se había olvidado de Cody. Él aún se encontraba allí, al lado del aparato, pero no estaba mirando a través de él. Tenía las piernas separadas y las manos apoyadas sobre las caderas mientras la observaba.

—¿Siempre se mete en una pelea?
—Cuando es necesario.

Se bajó las gafas para estudiarla antes de volver a colocárselas rápidamente.

—¿Nadie ha conseguido que se le olviden nunca ese tipo de costumbres?

Abra no habría sabido contestar por qué tuvo que reprimir una sonrisa, pero consiguió hacerlo.

—Todavía no.
—Bien. Tal vez yo seré el primero.
—Puede intentarlo, pero haría mucho mejor en concentrarse en este proyecto. Es más productivo.

Cody sonrió muy lentamente.

—Puedo concentrarme en más de una cosa a la vez. ¿Y usted?

En vez de responder, Abra sacó un pañuelo y se limpió la nuca.

—¿Sabe una cosa, Johnson? Su socio me pareció un hombre sensato.

—Nathan es efectivamente muy sensato —respondió Cody. Antes de que ella pudiera impedírselo, le arrebató el pañuelo de las manos y le secó las sienes—. La vio a usted como una perfeccionista.

—¿Y qué es usted? —replicó. Tuvo que resistir el impulso de quitarle el pañuelo. Había algo relajante, demasiado relajante, en aquella caricia.

—Eso tendrá que juzgarlo por sí misma —dijo. Se volvió para mirar el edificio. Los cimientos eran fuertes, los ángulos perfectos, pero aquello solo era el comienzo—. Vamos a trabajar juntos durante bastante tiempo.

—Yo puedo soportarlo si usted también puede —repuso ella. En aquel momento sí que le arrebató el pañuelo. Volvió a metérselo en el bolsillo.

—Abra... —dijo, pronunciando el nombre como si estuviera experimentando con un sabor—. Estoy deseando hacerlo —añadió. Ella se sobresaltó cuando él le rozó una mejilla con el pulgar. Cody se quedó muy satisfecho con aquella reacción y sonrió—. Hasta muy pronto.

«Imbécil», pensó Abra, mientras avanzaba por los escombros tratando de ignorar el cosquilleo que sentía en la piel.

CAPÍTULO 2

Unos cuantos días después, Abra pensó que, si había algo que no necesitaba era que la apartaran de su trabajo para asistir a una reunión. Tenía a los mecánicos trabajando en el edificio principal, a los remachadores en el balneario y debía ocuparse de las rencillas que aún existían entre Rodríguez y Swaggart. No era que ninguno de aquellos asuntos no pudiera seguir adelante sin ella, pero le parecía que podía ocuparse de ellos mejor que nadie. Sin embargo, allí estaba, en el despacho de Tim, esperando a que él apareciera.

Nadie tenía que decirle lo justos que andaban para terminar el proyecto. Sabía perfectamente lo que tenía que hacer para conseguir que el contrato se terminara a su debido tiempo. Todos los momentos de su existencia estaban dedicados a su trabajo.

Se pasaba todos los días sudando en la obra, con las cuadrillas y los supervisores, ocupándose de todos los detalles, por pequeños que estos fueran. Por las noches, se tumbaba en la cama al atardecer o se ponía a trabajar hasta las tres de la mañana, acicateada por el café y la ambición. El proyecto era suyo mucho más de lo que podía ser de Tim Thornway. Se había convertido en algo personal de un modo que no podía explicar. Para ella, era un tributo al hombre que había tenido la suficiente fe en ella como para empujarla y hacer que no se conformara con segundos platos. En cierto modo, aquel era el último trabajo que iba a realizar para Thomas Thornway y quería que fuera perfecto.

No la ayudaba mucho tener un arquitecto que pedía materiales que disparaban los costes y que provocaba retrasos inevitables. A pesar de Cody Johnson, de sus lavabos de mármol y de sus azulejos de cerámica, Abra iba a conseguir sacar adelante aquel proyecto. Es decir, si no tenía que abandonar constantemente su puesto de trabajo para acudir a reuniones interminables.

Con impaciencia, se dirigió a la ventana. Estaba desperdiciando el tiempo y había pocas cosas que la enojaran más que el desperdicio de cualquier clase. Tras mirar el reloj, decidió que no iba a permanecer allí de brazos cruzados durante mucho tiempo más.

Aquel había sido el despacho de Thomas Thornway. Tim había realizado una serie de cambios en la decoración. Había puesto plantas, cuadros y una gruesa alfombra de color salmón. El viejo Thornway había preferido utilizar las alfombras oscuras, para que no se notara el polvo y la suciedad. Sin embargo, al contrario que Thomas, Tim no visitaba con frecuencia las obras ni le pedía a su capataz que se reuniera con él allí.

Abra decidió no seguir pensando en el tema. Evidentemente, Tim dirigía la empresa de un modo diferente. Era su negocio y podía hacer lo que quisiera. El hecho de que ella hubiera admirado y apreciado tanto al padre no significaba que tuviera que criticar al hijo.

No podía evitarlo. A Tim le faltaban el empuje y la compasión que habían formado parte de su padre. Con Thomas Thornway, se construía por el amor a la construcción. Con Tim Thornway, siempre se estaba pensando en los beneficios económicos.

Si Thomas estuviera aún con vida, Abra no estaría pensando

en dejar la empresa. No sentiría remordimiento alguno cuando llegara la hora de marcharse. Más bien al contrario, solo sentía excitación y nerviosismo. Fuera lo que fuera lo que ocurriera a continuación, lo haría por sí misma.

Reconocía que la idea resultaba tan aterradora como apremiante. Todo era desconocido para ella. Como Cody Johnson.

Aquel pensamiento era ridículo. Él no era aterrador ni apremiante. Tampoco era desconocido. Solo era un hombre, algo molesto por cierto, por la frecuencia con la que aparecía por la obra. Era la clase de hombre que sabía que resultaba muy agradable mirarlo y que explotaba aquel sentimiento.

Abra había conocido antes a tipos como Cody. De hecho, podía considerarse afortunada por haber caído presa en una sola ocasión de un rostro hermoso y de unas palabras agradables. Algunas mujeres no aprendían nunca y volvían a caer una y otra vez en la trampa. Su madre era una de ellas. A Jessie Wilson le habría bastado mirar una sola vez a un hombre como Cody para lanzarse. Afortunadamente, en aquel caso, la hija no se parecía a su madre. Abra no sentía un interés personal por Cody Johnson y casi no podía tolerarlo profesionalmente. Cuando él entró en el despacho minutos más tarde, Abra se preguntó por qué sus pensamientos y sus sentimientos no parecían concordar.

A los pocos segundos, Tim entró también en el despacho.

—Abra, siento haberte tenido esperando —dijo Tim, con una sonrisa—. El almuerzo se extendió más de la cuenta.

—Me interesa mucho más saber por qué me has hecho venir de la obra —replicó ella, frunciendo el ceño. La hora a la que se suponía que iba a celebrarse aquella reunión le había impedido a ella almorzar.

—Pensé que nos hacía falta un cara a cara —comentó él, tras tomar asiento. Inmediatamente, les indicó a Abra y a Cody que hicieran lo mismo.

—Has visto los informes.

—Por supuesto —respondió Tim—. Tan completos como siempre. Esta noche voy a cenar con Barlow padre. Me gustaría darle algo más que datos y cifras.

—Pues puedes darle las objeciones que yo tengo con respecto al diseño interior del edificio —replicó Abra, tras mirar brevemente a Cody.

—Pensaba que ya habíamos solucionado ese tema.

—Tú me has preguntado —repuso Abra, encogiéndose de hombros—. Puedes decirle que se debería haber terminado el cableado de la estructura principal para finales de semana. Es un proceso complejo, dado el tamaño y la forma del edificio. Además, va a costarle a su empresa una fortuna.

—Tiene una fortuna —comentó Cody—. Creo que les interesa más el estilo que ahorrar en la factura de la electricidad.

—Por supuesto —apostilló Tim. Aquel proyecto iba a reportarle muchos beneficios—. Yo he examinado los planos y te puedo asegurar que nuestro cliente recibe solo lo mejor, tanto en materiales como en capacidad mental.

—Te sugiero que le digas que venga a verlo él mismo —dijo Abra.

—Bueno, no creo que...

Cody lo interrumpió.

—Estoy de acuerdo con la señorita Wilson. Es mejor que venga ahora y diga si hay algo que no le gusta en vez de que lo haga más tarde, cuando todo esté plasmado en hormigón.

Tim frunció el ceño.

—Ya se han aprobado los planos.

—Las cosas siempre tienen un aspecto diferente sobre el papel —observó Cody mientras miraba a Abra—. Algunas veces, la gente se sorprende mucho cuando ve el proyecto terminado.

—Naturalmente se lo sugeriré —dijo Tim—. Abra, en tu informe he visto que sugieres extender el descanso para almorzar para que sea de una hora.

—Sí. Quería hablar contigo al respecto. Después de unas

semanas en la obra, he visto que hasta que el tiempo no nos dé un respiro, los hombres van a necesitar un descanso más largo a mediodía.

—Tienes que comprender lo que supone en términos de tiempo general y de dinero una extensión de treinta minutos —replicó Tim.

—Y tú tienes que comprender que los hombres no pueden trabajar bajo ese sol sin un descanso adecuado. Las tabletas de sal no son suficientes. Tal vez estemos en marzo y tal vez se esté muy bien en el interior de un edificio cuando uno se está tomando un segundo martini, pero allí este calor es asfixiante.

—A esos hombres se les paga para que suden —le recordó Tim—. Creo que estarás de acuerdo conmigo en que será mejor para ellos que tengan los edificios bajo techado para cuando llegue el verano.

—No podrán hacerlo si se desploman por agotamiento o insolación.

—Creo que aún no se me ha informado de que haya ocurrido algo así.

—Todavía no —afirmó Abra, tratando de contenerse—. Tim, necesitan más descanso. Trabajar bajo ese calor agota a un hombre. Te debilita, te hace cometer descuidos y entonces vienen las equivocaciones... equivocaciones que pueden resultar muy peligrosas.

—Yo pago a un capataz para que se ocupe de que nadie cometa equivocaciones.

Abra se puso de pie. Estaba lista para explotar cuando la voz de Cody se lo impidió.

—¿Sabes una cosa, Tim? Los hombres suelen extender de todos modos el tiempo que tienen para comer. Si les das treinta minutos más, se sentirán bien, agradecidos. La mayoría no se tomará más. Terminarás consiguiendo que se haga la misma cantidad de trabajo y tendrás el aprecio de tus hombres.

—Tiene sentido —admitió Tim—. Lo tendré en cuenta.

—Hazlo —replicó Cody. Entonces, se puso de pie—. Yo voy a regresar a la obra con la señorita Wilson. Así podremos hablar de cómo podemos trabajar más estrechamente juntos. Gracias por el almuerzo, Tim.

—No hay de qué.

Antes de que Abra pudiera hablar, Cody la había tomado por el codo y la estaba sacando del despacho. Cuando consiguió zafarse de él, ya estaban delante de los ascensores.

—No necesito que se me muestre el camino —le espetó.

—Bueno, señorita Wilson, parece que, una vez más, no estamos de acuerdo —repuso él. Entró en el ascensor con Abra y apretó el botón del aparcamiento—. En mi opinión, le vendrían muy bien algunos consejos sobre cómo manejar a los mentecatos.

—No necesito que... —dijo Abra. Rápidamente se interrumpió y miró a Cody. El gesto divertido que vio en sus ojos le hizo esbozar una sonrisa—. Supongo que se refiere a Tim.

—¿Acaso he dicho yo eso?

—Tengo que asumir que sí, a menos que estuviera hablando sobre sí mismo.

—Elija usted.

—Me lo pone muy difícil.

En aquel momento, el ascensor llegó a la planta en la que se encontraba el aparcamiento. Abra extendió la mano para evitar que la puerta se volviera a cerrar y empezó a estudiar a Cody. En sus ojos se adivinaba una aguda inteligencia y una gran seguridad en sí mismo. Ella estuvo a punto de suspirar, pero prefirió salir del ascensor.

—¿Se ha decidido ya? —le preguntó Cody, tras salir él también.

—Digamos que ya sé cómo ocuparme de usted.

—¿Cómo es eso? —quiso saber él. Los tacones de las botas de ambos resonaban mientras avanzaban entre los coches.

—¿Ha oído hablar de los postes de tres metros?

—Vaya, no me parece que ese sea un comentario muy amistoso.

—Sí —dijo Abra. Se detuvo delante de un todoterreno. Presentaba muchos arañazos y estaba cubierto de polvo. Tenía los cristales tintados para combatir el duro sol. Sacó las llaves—. ¿Está seguro de que quiere ir a la obra? Podría dejarlo en su hotel.

—Tengo un ligero interés por este proyecto.

—Como usted quiera.

Cuando Cody se sentó en el interior del vehículo, echó hacia atrás el asiento hasta que casi pudo estirar las piernas. Abra se sentó detrás del volante y arrancó el motor. La radio y el aire acondicionado se pusieron a funcionar inmediatamente. La música sonaba muy alta, pero ella no se molestó en bajarla. Sobre el salpicadero se veían una serie de imanes decorativos, que a su vez sujetaban trozos de papel en los que había unas notas garabateadas. Por lo que Cody podía distinguir, ella tenía que comprar pan y leche y comprobar cincuenta toneladas de hormigón. ¿Llamar a «mongo»? No. Entornó los ojos y lo intentó de nuevo. A su madre. Tenía que llamar a su madre.

—Bonito coche —comentó él cuando el vehículo se detuvo a trompicones en un semáforo.

—Necesita una puesta a punto, pero no he tenido tiempo de hacerlo.

Cody estudió la mano de Abra cuando ella metió la primera marcha y volvió a arrancar. Era larga y esbelta, completamente acorde con el resto de su cuerpo. Llevaba las uñas muy cortas y sin pintar. Tampoco portaba joyas. Cody se podía imaginar aquellas manos sirviendo delicadas tazas de té... igual que cambiando las bujías del coche.

—Entonces, ¿cómo te ocuparías de Tim?

—¿Cómo dices? —preguntó Cody. Había estado perdido en su pequeña fantasía.

—Tim, ¿cómo te ocuparías de él? —reiteró Abra mientras se dirigían hacia el sur de Phoenix.

—Con sarcasmo no, pelirroja —dijo—. Personalmente, no me importa, pero creo que encontrarás que cuando tengas que tratar con Thornway, el aceite tiene más efecto que el vinagre.

—Ese hombre no reconocería el sarcasmo ni aunque lo tuviera delante de las narices.

—Tal vez en nueve de diez ocasiones no, pero es precisamente la décima vez la que podría meterte en un lío. Antes de que lo digas, ya sé que no te importa tener algunos problemas.

Muy a su pesar, Abra sonrió. No puso objeción alguna cuando él bajó el volumen de la radio.

—¿Conoces a esos caballos de desfile que llevan anteojeras para que puedan seguir el camino y no miren a su alrededor ni los asuste la gente que los rodea?

—Sí, y también he visto que Thornway lleva esas anteojeras para que pueda seguir el camino y recoger sus beneficios sin distracción alguna. Tú quieres mejores condiciones de trabajo para los hombres, mejores materiales... Lo que sea. Por eso, tienes que aprender a ser sutil.

—No puedo.

—Claro que puedes. Eres mucho más inteligente que Thornway, pelirroja, así que estoy seguro de que sabes cómo ser mucho más lista que él.

—Me pone enferma. Cuando lo pienso... Hace que me ponga furiosa y, cuando me enfado, no puedo evitar expresar lo que pienso.

—Lo único que tienes que hacer es utilizar el denominador común. Con Thornway, es el beneficio. Tú quieres que los hombres tengan media hora más para almorzar, por lo que no debes decirle que es para beneficio de los obreros. Lo que tienes que decirle es que conseguirá mayor eficiencia y, por lo tanto, mayores beneficios, pero para él.

Abra frunció el ceño durante unos instantes y entonces suspiró.

—Supongo que tengo que darte las gracias por haberlo convencido.

—Muy bien. ¿Qué te parece si cenamos juntos?

—No —replicó ella, tras mirarlo a los ojos.

—¿Por qué no?

—Porque tienes un rostro hermoso —respondió ella. Cuando Cody sonrió, ella le dedicó la más breve de las sonrisas—. Y yo no confío en los hombres que tienen un rostro hermoso.

—Tú también tienes un rostro hermoso y yo no te hago sentir culpable por ello.

—Ahí está la diferencia entre tú y yo, Johnson —replicó Abra. Su sonrisa se había hecho mucho más amplia.

—Si cenáramos juntos, podríamos encontrar muchas otras.

—¿Y por qué íbamos a querer encontrar otras?

—Ayuda a pasar el tiempo. ¿Qué te parece si...?

Cody se interrumpió cuando vio que Abra daba un volantazo. Ella lanzó una maldición y, tras controlar el coche, lo condujo al arcén de la carretera.

—Hemos pinchado —anunció, muy enojada—. Hemos pinchado y yo ya voy con retraso...

Con eso, salió del coche tras dar un portazo y se dirigió a la parte trasera del vehículo maldiciendo con una facilidad admirable. Cuando Cody se reunió con ella, ya había sacado la rueda de repuesto.

—Esa no parece estar en mejor estado —comentó él, tras mirar el neumático.

—Necesito cambiarlas todas, pero creo que esta aguantará un poco —dijo ella.

Sacó el gato y lo colocó en su sitio sin dejar de lanzar maldiciones. Cody estuvo a punto de ofrecerse para cambiarle la rueda, pero recordó lo mucho que le gustaba verla trabajar. Se enganchó los pulgares en el cinturón y se mantuvo en un segundo planto.

—En el lugar del que yo vengo, los ingenieros ganan mucho dinero. ¿Has pensado alguna vez en comprarte un coche nuevo?

—Este me sirve muy bien —replicó ella, mientras sacaba la rueda que tenía el pinchazo y colocaba la otra.

—Esta rueda no tiene dibujo alguno —comentó Cody.

—Probablemente.

—De probablemente nada. Te aseguro que yo tengo más dibujo en la suela de mis zapatillas deportivas. ¿No sabes que es una locura conducir con unas ruedas tan gastadas como estas? Y el resto no están mucho mejor —añadió, tras examinar las otras tres.

—He dicho que necesito cambiarlas todas. No he tenido tiempo de hacerlo.

—Pues hazlo.

Cody se había colocado detrás de ella. Abra, desde el suelo, lo miró por encima del hombro.

—Ya está bien.

—Cuando trabajo con alguien que es tan descuidado a nivel personal, tengo que preguntarme si será lo mismo a nivel profesional.

—Yo no cometo errores en mi trabajo —replicó ella, mientras apretaba los tornillos—. Puedes comprobarlo.

Se puso de pie. Se sintió más enojada que sorprendida cuando él le dio la vuelta para que lo mirara. No le importaba estar cerca de Cody Johnson, sino sentirse tan cerca.

—¿Cuántos errores cometes fuera del trabajo?

—No muchos.

Abra sabía que debía apartarse de él. Las señales de alarma no dejaban de iluminarse delante de ella. Estaban frente a frente. Podía ver fácilmente la fina capa de sudor que cubría el rostro de Cody igual que podía ver, tanto si quería como si no, el deseo que se reflejaba en los ojos de él.

—No me gusta discutir con una mujer que tiene en la mano una llave inglesa —dijo. Se la quitó y la colocó sobre el parachoques.

—Esta tarde va a ir un inspector a la obra.

—A las dos y media. Tienes tiempo —afirmó Cody, tras hacer girar la muñeca de Abra y comprobar la hora que era.

—No tengo tiempo propio. El tiempo es de Thornway. Si tienes algo que quieras decir, hazlo, pero tengo trabajo que hacer.

—En este momento no se me ocurre nada —dijo él, sin soltarle la mano. El pulgar acariciaba suavemente la parte interior de la muñeca de Abra—. ¿Y a ti?

—No —respondió ella. Trató de alejarse de él, pero Cody tiró con fuerza de la mano e hizo que se chocara violentamente contra su torso—. ¿Cuál es tu problema, Cody?

—No lo sé... Hay un modo de descubrirlo —susurró. Le había colocado la mano que tenía libre sobre el rostro—. ¿Te importa?

Casi sin dejar de hablar, Cody bajó los labios hasta los de ella. Abra no estuvo segura de lo que la hizo retirarse en el último momento. Levantó una mano y la apretó con firmeza contra el torso de Cody, a pesar de estar saboreando la calidez del aliento de él sobre sus propios labios.

—Sí —dijo, aunque sabía que era una mentira. No le habría importado. De hecho, había estado deseando sentir y saborear la boca de él sobre la suya.

—No tendría que haber preguntado —afirmó él, tras dar un paso atrás—. La próxima vez no lo haré.

Abra comprendió que iba a echarse a temblar en cualquier momento. La aturdió entender que, en cualquier instante, su sistema iba a traicionarla y que, una vez más, no sería por ira. Rápidamente, se inclinó sobre el neumático.

—Te sugiero que te busques otra persona con la que jugar, Cody.

—No lo creo —afirmó él. Le quitó el neumático de las manos y lo guardó en la parte trasera del coche. Antes de que Abra pudiera hacerlo, retiró el gato y lo recogió también. Tratando de tranquilizarse, ella se dirigió hacia la puerta del vehículo. Le sudaban las palmas de las manos. Cuando se acomodó tras el volante, se las secó contra las perneras de los vaqueros e hizo girar la llave del contacto.

—No me pareces la clase de hombre que sigue llamando a una puerta cuando no abre nadie.

—Tienes razón —dijo él, mientras se acomodaba también en el asiento—. Después de un rato, me limitó a abrirla yo solo —añadió. Con una sonrisa, volvió a subir el volumen de la radio.

El inspector había ido temprano. Abra se maldijo por ello, pero no se torturó demasiado dado que el cableado había pasado la inspección. Paseó por el edificio, que ya estaba cobrando forma, y subió a la segunda y tercera planta para supervisar la colocación del aislante. Todo funcionaba como el engranaje de un reloj. Debería haberse sentido más que satisfecha.

Sin embargo, en lo único en lo que podía pensar era que había estado en el arcén de una carretera con los labios de Cody a un centímetro de los suyos.

Cuando estaba sobre una plataforma a seis metros del suelo se recordó que era ingeniero, no una romántica. Desplegó un plano y se puso a estudiar el sistema de refrigeración. Aquello iba a robarle mucho tiempo y energías durante los próximos días. No tenía tiempo ni ganas de volver a pensar lo que habría sentido si hubiera besado a Cody Johnson.

Pasión. Pasión y excitación. Ninguna mujer podía observar aquella boca y no ver el daño que podría hacerle a su sistema nervioso. Ya había destrozado el suyo y sin establecer contacto alguno. Probablemente Cody lo sabía. Los hombres como él siempre sabían el efecto que eran capaces de producir en una mujer. No se los podía culpar por ello, pero se podía, y se debía, evitarlos.

Lanzó otra maldición y enrolló los planos. No pensaría en él ni en lo que habría ocurrido si ella le hubiera dicho «sí» en vez de «no», o si hubiera guardado silencio y se hubiera dejado llevar por el instinto en vez de por el razonamiento.

Además, tenía que empezar a pensar en los ascensores. No faltaba mucho para que tuvieran que instalarlos. Había trabajado muy duro y durante largo tiempo con otro ingeniero en el diseño. Lo que en aquellos momentos solo estaba en papel sería realidad muy pronto, subiendo y bajando por las paredes, cristal reluciente completamente silencioso.

Algunos hombres podían provocar precisamente eso, que el corazón de una mujer subiera y bajara, que el pulso le latiera con fuerza aunque solo ella pudiera oírlo. Por mucho que una se esforzara por fingir que no estaba ocurriendo, en el interior estaría subiendo y bajando tan rápidamente que haría que un accidente fuera casi inevitable. Y no había nada que una pudiera hacer al respecto.

Maldito fuera. Maldito fuera por ello, por haber dado aquel paso y haberla convertido en una mujer vulnerable. Abra no podía olvidar el modo en el que había sentido su mano en la de él, el modo en el que los ojos de Cody la habían observado. Ya solo podía especular, pero haría bien en recordar que la culpa de todo aquello había sido de Cody Johnson.

Bajó la mirada y lo vio en el suelo, hablando con Charlie Gray. Cody señalaba la pared posterior, en la que la falda de la montaña se convertía en parte del edificio, o mejor dicho, en la que el edificio se convertía en parte de la montaña. Allí habría enormes paneles de cristal curvado para formar el techo que amoldarían la línea de las rocas a la de la cúpula. Abra ya había decidido que aquella solución sería ostentosa y poco práctica, pero, tal y como se le había dicho, su trabajo era plasmar los planos, no darles su aprobación.

Cody sacudió la cabeza por algo que Gray le dijo y levantó un poco la voz, aunque Abra no pudo distinguir lo que decía. Evidentemente, Cody estaba molesto, algo que le agradaba a ella.

Bajó al suelo utilizando las escaleras temporales. Tenía que comprobar los progresos del balneario y los trabajos de excavación de las primeras cabañas. Justo en aquel momento, escuchó un grito procedente de un piso superior. Tuvo tiempo suficiente de ver cómo una placa de metal caía hacia ella antes de que alguien la agarrara por la cintura y la apartara a un lado.

La placa aterrizó a pocos centímetros de sus pies, levantando mucho polvo y provocando un fuerte estruendo. Si le hubiera caído encima, en aquellos momentos estaría de camino al hospital.

—¿Te encuentras bien? —le preguntó una voz masculina. Los brazos aún le rodeaban la cintura y estaba apretada contra el fuerte cuerpo de un hombre. No tuvo que levantar el rostro para saber de quién se trataba.

—Sí —susurró—. Estoy bien. Deja que me...

—¿Quién diablos es responsable de esto? —gritó Cody, sin soltar a Abra.

En aquel momento, dos hombres bajaron rápidamente por la escalera, con los rostros tan pálidos como el de él.

—Se nos escapó. Dios, señorita Wilson, ¿se encuentra usted bien? Había una caja eléctrica sobre el suelo. Hizo que me tropezara y la placa se me escapó.

—No me ha dado —dijo Abra. Trató de apartarse de Cody, pero no tuvo fuerzas para hacerlo.

—Subid ahí y aseguraos de que los suelos y las plataformas están libres de objetos. Si hay más descuidos, los responsables serán despedidos.

—Sí, señor.

El martilleo que se estaba produciendo en los pisos superiores, y que se había interrumpido en seco, se reanudó con más vigor.

—Mira, me encuentro bien —musitó Abra, a pesar de que se sentía muy temblorosa—. Yo puedo ocuparme de los hombres.

—Cállate —replicó él. Tuvo que contenerse para no tomarla en brazos—. Estás tan pálida como un cadáver. Siéntate —añadió, tras señalarle una caja.

Como las piernas de Abra parecían de goma, la joven no discutió.

—Toma —dijo Cody antes de ponerle un vaso de agua en la mano.

—Gracias, pero no tienes por qué molestarte.

—No, claro. Te dejo aquí como si no hubiera ocurrido nada —le espetó él. Aquellas palabras no le habían salido del modo en el que había deseado, pero se sentía furioso y muerto de miedo. Había estado tan cerca... Si no hubiera mirado en aquella dirección...—. Podría haberme quedado inmóvil viendo cómo te aplastaba esa placa, pero me pareció una pena que el hormigón se manchara de sangre.

—No quería decir eso —comentó ella, tras terminarse el agua. Sabía que Cody había evitado que sufriera lesiones muy graves. Le habría gustado darle las gracias y lo habría hecho si él no hubiera mostrado una actitud tan arrogante—. Creo que yo misma me habría podido apartar.

—Muy bien. La próxima vez me ocuparé solo de mis asuntos.

—Hazlo —replicó. Aplastó el vaso de plástico entre los dedos y lo tiró a un lado. Se levantó, tratando de soportar la sensación de mareo que se había apoderado de ella. A pesar de que los martillos habían reanudado su actividad, sabía que todo el mundo los estaba mirando—. No hay necesidad de montar tanto jaleo.

—No tienes ni idea del jaleo que puedo montar, Wilson. Si estuviera en tu lugar, haría que el capataz les inculcara a esos hombres algunas nociones sobre seguridad laboral.

—Lo haré. Ahora, si me perdonas, tengo que volver a mi trabajo.

Cuando Cody la agarró por el brazo, sintió la ira que atenazaba los dedos de él. Lo agradeció, dado que la hacía a ella mucho más fuerte. Lentamente, giro la cabeza para poder mirarlo. Vio que él estaba completamente furioso, mucho más de lo que podrían expresar las palabras. «Es su problema», se dijo Abra.

—No pienso decirte más que te mantengas apartado de mí, Johnson.

Cody esperó un instante hasta que estuvo seguro de que iba a hablar con tranquilidad, a pesar de que, mentalmente, aún podía escuchar el aterrador sonido de la placa de metal chocando contra el suelo.

—Eso es algo sobre lo que podemos ponernos de acuerdo, pelirroja. No me vuelvas a decir que me mantenga alejado de ti.

La soltó. Después de dudar durante un momento, Abra se marchó.

Mientras observaba cómo ella se alejaba, Cody pensó que Abra no se lo volvería a decir y que, aunque lo hiciera, no le iba a servir de nada.

CAPÍTULO 3

Tenía otras cosas en las que pensar. Cody dejó que el agua caliente de la ducha le cayera sobre la cabeza y se recordó una vez más que Abra Wilson no era problema suyo. Indudablemente, un problema era, pero no le pertenecía a él.

Lo mejor era evitar a las mujeres tan complicadas como ella, particularmente cuando tenían un aspecto muy femenino que contrastaba con un temperamento demasiado vivo. El proyecto Barlow ya le estaba dando suficientes quebraderos de cabeza. No necesitaba añadirla a ella a la lista.

No obstante, resultaba tan fácil mirarla... Cody sonrió y cerró el grifo de la ducha. Fácil de mirar no significaba fácil de manejar. Normalmente, le gustaban los desafíos, pero, en aquellos momentos, tenía demasiado entre manos. Dado que su socio se había casado y estaba esperando su primer hijo, Cody tenía que hacer todo lo posible para sacarlo adelante. Con una empresa floreciente, aquello significaba trabajar más de doce horas al día. Además de supervisar la construcción del complejo turístico, tenía que hacer y recibir innumerables llamadas telefónicas y tomar incontables decisiones.

No le importaba la responsabilidad ni las largas jornadas de trabajo. Más bien al contrario, se sentía agradecido por ellas. No hacía falta mucho para recordarle el niño que había crecido en una granja embarrada entre Georgia y Florida. Aquel niño siempre había deseado mucho más y el hombre en el que se había convertido había luchado mucho por conseguirlo.

Se enrolló una toalla a la cintura y salió de la ducha. Tenía un cuerpo esbelto y el torso bronceado. Seguía trabajando en el exterior, aunque ya solo lo hacía por decisión propia y no por necesidad. Había una casa junto a un lago de Florida que estaba a medio construir. Estaba decidido a terminarla él mismo. En vez de por falta de fondos, era más bien por cuestión de orgullo.

Tenía mucho dinero y nunca había negado que disfrutaba de los beneficios que le proporcionaba. Sin embargo, había crecido trabajando con las manos y le resultaba imposible terminar con aquel hábito. Se corrigió. No quería terminar con aquel hábito. Había veces en las que nada le gustaba más que sentir el tacto de un martillo o un trozo de madera.

Se pasó los dedos por el cabello mojado. Estaban cubiertos de callos, tal y como lo habían estado desde la infancia.

Entró en el dormitorio de su suite. Esta era casi tan grande como la casa en la que había crecido. Se había acostumbrado al espacio, a los pequeños lujos, pero no los daba por sentado. Como había crecido en medio de una pobreza extrema, había aprendido a apreciar la buena vida, la buena comida y el buen vino. Tal vez los apreciaba más que alguien que había nacido formando parte de esa buena vida, pero prefería no pensarlo.

El trabajo, el talento y la ambición eran las claves, a las que debía añadirse un poco de buena suerte. Cody recordaba que la suerte podía cambiar, así que nunca evitaba el trabajo.

Había recorrido un largo camino desde que pasó de escarbar en el barro a ganarse la vida. En aquellos momentos podía soñar, imaginar y crear, mientras no olvidara que hacer realidad los sueños suponía ensuciarse las manos. Era capaz de colocar ladrillos o mezclar cemento si era necesario. Durante los años que pasó en la universidad había estado trabajando como peón.

Aquellos años le habían dado no solo una visión muy práctica sobre la construcción de edificios, sino también un profundo respeto por los hombres que sudaban para crearlos.

Esto lo hizo pensar en Abra. Ella comprendía perfectamente a los obreros de la construcción. Cody sabía muy bien que muchas de las personas que trabajaban dibujando planos se olvidaban de los hombres que clavaban los clavos y levantaban las paredes de ladrillo. Abra no. Con aire pensativo, se puso un albornoz pensando que iba a llamar al servicio de habitaciones para comer en la suite. Abra Wilson. Habría hecho cualquier cosa para conseguir treinta minutos más para los hombres. También era capaz de interponerse entre dos obreros para evitar que se pelearan o de verter cerveza sobre la cabeza de un empleado insubordinado. Ese recuerdo lo hizo sonreír. No se bebía en el trabajo. Abra Wilson decía muy en serio todo lo que proclamaba.

Eso le gustaba a Cody. Prefería la franqueza a la sutileza, tanto en el trabajo como en su vida personal. Abra no era la clase de mujer que se dejara llevar por los juegos de seducción o por las indirectas. Decía «sí» o «no» tal y como lo sintiera.

Tal y como había hecho sobre el arcén de aquella carretera... Le había dicho «no», aunque a Cody le había parecido que le había querido decir «sí». Resultaría muy interesante descubrir las razones de aquella contradicción. Era una pena que solo pudiera encajar a Abra en su vida profesional. Se habrían podido divertir mucho los dos juntos. El problema era que ella estaba demasiado tensa como para relajarse y dejarse llevar. Tal vez sería más justo decir que ella era demasiado sincera como para tomarse la intimidad de un modo tan casual. No podía culparla por ello, lo que suponía razón de más para que ambos mantuvieran su relación exclusivamente a nivel profesional.

Había demasiada fricción. La fricción normalmente llevaba a las chispas y las chispas al fuego. En aquel momento, Cody no tenía tiempo para apagar fuegos.

Miró el reloj que tenía sobre la mesilla y calculó la hora que sería en el este. Era demasiado tarde para llamar por teléfono. Eso significaba que tendría que levantarse a las cinco para poder hacer todas las llamadas necesarias entre las seis y las siete de la mañana.

Se encogió de hombros y decidió que lo que sí podía hacer era llamar al servicio de habitaciones para que le llevaran algo de cenar y poder acostarse temprano. Acababa de tomar el teléfono cuando sonó el timbre de su puerta.

Si había alguien que nunca habría esperado que se presentara allí, esa era Abra.

Tenía una bolsa de supermercado sobre una cadera. Llevaba el cabello suelto y se le rizaba vivamente sobre los hombros. Esa fue la primera vez que Cody la vio sin trenza y sin horquillas. Aún iba vestida con unos vaqueros y una camiseta, pero había cambiado las botas de trabajo por unas zapatillas deportivas. La siguiente sorpresa era que estaba sonriendo.

—Hola —dijo ella. Era ridículo, pero nunca se había sentido tan nerviosa en toda su vida.

—Hola. ¿Pasabas por aquí? —preguntó Cody, tras apoyarse sobre el marco de la puerta.

—No exactamente. ¿Puedo entrar?

—Claro —respondió él. Se hizo a un lado para franquearle el paso.

A sus espaldas, Abra escuchó que la puerta se cerraba. El corazón se le sobresaltó.

—Es muy bonito —comentó, mientras observaba el salón de la suite. Tras unos instantes, se armó de valor y se dio la vuelta—. Quería disculparme.

—¿Por qué?

Abra apretó los dientes. Durante el camino, se había preparado para la posibilidad de que él no se lo pusiera fácil.

—Por haber sido grosera y desagradecida esta tarde.

—¿Solo esta tarde?

El veneno la inundó por dentro. Le resultó muy difícil tragarlo, pero sabía que debía disculparse.

—Sí. Estamos hablando de un ejemplo muy concreto. Tú me ayudaste esta tarde y yo me mostré desagradecida y grosera. Me equivoqué y, cuando es así, me gusta pensar que sé admitirlo —añadió. Sin decir nada más, se acercó a la barra que separaba el salón de la cocina americana—. Te he traído unas cervezas.

—¿Para que me las beba o para que me las eche por la cabeza? —preguntó él al ver que Abra sacaba un pack de seis botellas.

—Eso depende de ti —respondió ella. Sin poder evitarlo, esbozó una sonrisa. Los labios se le suavizaron como por arte de magia. Cody sintió que el corazón se le detenía—. No sabía si habías cenado, así que te he traído una hamburguesa y unas patatas fritas.

—¿Me has traído la cena?

—Solo es una hamburguesa —dijo ella, encogiéndose de hombros.

Abra sacó la hamburguesa y el platillo de plástico que contenía las patatas fritas. Por mucho que le doliera, iba a pronunciar las palabras.

—Aquí tienes —añadió—. Quería darte las gracias por haber actuado tan rápidamente esta tarde. No sé si me habría conseguido apartar a tiempo o no, pero no estamos hablando de eso. El hecho es que tú te aseguraste de que yo no resultara herida y yo no te di las gracias en su momento. Supongo que estaba más asustada de lo que quería admitir.

Cody se acercó a ella. Abra tenía en las manos la bolsa vacía y no hacía más que doblarla y desdoblarla. Aquel gesto le mostró a él más que las palabras lo mucho que le había costado a ella acercarse hasta el hotel. Le quitó la bolsa de las manos y la dejó sobre la barra.

—Podrías haber escrito todo esto en una nota y habérmela

metido por debajo de la puerta, pero supongo que ese no es tu estilo —dijo. Se resistió a la necesidad de tocarle el cabello, sabiendo que sería una equivocación para ambos. Si lo hacía solo querría tocarla más aún y Abra ya parecía lista para salir corriendo a la primera de cambio. Por eso, decidió tomar una botella de cerveza—. ¿Te apetece una?

Abra dudó durante un instante. Parecía que, después de todo, Cody iba a ponérselo fácil.

—Claro.

—¿Quieres media hamburguesa?

—Creo que podría comérmela de un bocado —comentó ella, más relajada y sonriente.

Acababan de negociar una tregua. Compartieron la hamburguesa y las cervezas en la terraza. Allí había un pequeño jacuzzi incrustado en el suelo y unas flores rojas y naranjas que subían por las paredes envolviéndolos en su suave fragancia. El sol estaba poniéndose y el aire se había vuelto más fresco.

—Todas las comodidades del hogar —comentó ella.

—No del todo —respondió él, pensando en su casa, en la que todo estaba sin terminar—, pero es lo más cercano.

—¿Viajas mucho?

—Lo suficiente. ¿Y tú?

—En realidad no. Bueno, suelo hacerlo por el estado y he ido a Utah en un par de ocasiones. Me gustan los hoteles.

—¿De verdad?

—Sí. Me gusta poder darme una ducha y salir y regresar para ver que ya han cambiado las toallas, llamar al servicio de habitaciones y cenar en la cama. Ese tipo de cosas. Seguro que a ti también te gustan. No me pareces el tipo de persona que pudiera seguir haciendo algo con lo que no disfrutara.

—No me importa viajar, pero me gusta saber que tengo un lugar al que poder regresar. Eso es todo.

Abra lo comprendía muy bien, aunque la sorprendió que él sintiera aquella necesidad.

—¿Has vivido siempre en Florida?
—Sí. No puedo decir que me guste mucho la nieve o el tiempo gélido del norte. Me gusta el sol.
—A mí también. Aquí solo llueve un par de veces al año. En realidad, la lluvia es un acontecimiento. Sin embargo, he de reconocer que me gustaría ver el océano.
—¿Cuál de ellos?
—El que sea.
—Para llegar a la Costa Oeste basta un vuelo muy corto.
—Lo sé, pero siempre me imaginé que necesitaba una razón mucho más importante para realizar el viaje.
—¿Vacaciones?
—Durante los últimos años, he estado trabajando muy duro. Tal vez esta sea la época de la liberación femenina, pero aún quedan barreras que derribar cuando eres ingeniero y mujer a la vez.
—¿Por qué decidiste hacerte ingeniero?
—Siempre me gustó saber cómo funcionan las cosas... o lo que las hace funcionar mejor. Se me daban bien los números y me gusta la lógica que tienen. Si los pones juntos y aplicas la fórmula adecuada, siempre vas a conseguir la respuesta correcta.
—La respuesta correcta no es siempre la mejor.
—Eso es lo que piensa un artista. Precisamente por eso, un arquitecto necesita un buen ingeniero para que le haga seguir el camino adecuado.

Cody tomó un trago de cerveza y le dedicó una sonrisa.
—¿Es eso lo que tú estás haciendo, pelirroja? ¿Me estás haciendo seguir el camino adecuado?
—No me resulta fácil, como por ejemplo con el diseño del balneario.
—Ya sabía yo que sacarías ese tema.

Relajada por la agradable comida, Abra ignoró el sarcasmo que había en su voz.

—La cascada de la pared este. Pasaremos por alto el hecho de que es un detalle muy poco práctico.
—¿Tienes algo en contra de las cascadas?
—Estamos en el desierto, Johnson.
—¿Has oído hablar alguna vez de los oasis?

Abra suspiró, decidida a ser paciente. La noche era muy agradable, la comida había sido muy buena y la compañía era mucho más agradable de lo que había imaginado.

—Te concederé ese pequeño capricho.
—Gracias a Dios.
—Pero, si la hubieras puesto en la pared oeste, tal y como yo te sugerí...
—En la pared oeste no aporta nada. Allí se necesitan ventanas para que dejen entrar la luz de la tarde y las puestas de sol. Además, las vistas son mejores por el oeste.
—Yo hablo de la logística. Piensa en la fontanería.
—Eso te lo dejo a ti. Eres tú la que tiene que pensar en la fontanería. Yo pensaré en la estética y nos llevaremos muy bien.
—Cody, lo que quiero decir es que este proyecto hubiera podido resultar la mitad de difícil con unos cuantos ajustes sin importancia.
—Si te asusta el trabajo duro, deberías haber elegido otra profesión —replicó él.

Abra levantó la mirada y lo observó con los ojos entornados y llenos de ira.

—No me asusta el trabajo duro y se me da muy bien lo que hago —repuso—. Son las personas como tú, las que me vienen con unos egos desorbitados y se niegan a hacer cambios, las que hacen que las cosas sean imposibles.
—No es mi ego desorbitado lo que me impide realizar cambios —dijo Cody, tratando de mantener la tranquilidad—. Si los hiciera, no estaría llevando a cabo el trabajo para el que se me contrató.
—Tú lo llamas integridad profesional. Yo lo denomino ego.

—Y te equivocas —replicó él, con engañosa tranquilidad—. Una vez más.

—¿Me estás diciendo que cambiar esa estúpida cascada del este al oeste hubiera puesto en un compromiso a tu integridad?

—Sí.

—Ese es el comentario más ridículo que he escuchado en toda mi vida, pero es típico —repuso Abra. Se levantó y empezó a pasear arriba y abajo por la terraza—. Dios sabe que es típico. Algunas veces creo que los arquitectos se preocupan más por el color de la pintura que por los puntos de apoyo.

—Tienes la mala costumbre de generalizar, pelirroja.

—No me llames pelirroja —musitó ella—. Estaré encantada cuando este proyecto haya terminado y yo esté sola. Entonces, podré escoger al arquitecto con el que quiera trabajar.

—Buena suerte. Tal vez te resulte difícil encontrar a uno que esté dispuesto a soportar tus rabietas y tus tonterías.

Abra se dio la vuelta. Tenía muy mal genio. No iba a negarlo ni a disculparse por ello, pero, en cuanto al resto...

—Yo no tengo tonterías. No creo que sea una tontería realizar una sugerencia que ahorraría un montón de metros de tuberías. Solo un arquitecto egocéntrico y testarudo como tú lo vería de ese modo.

—Tienes un grave problema, señorita Wilson —dijo, disfrutando del modo en el que ella se tensaba al escuchar el tono en el que pronunciaba la palabra «señorita»—. Tienes una mala opinión de la gente de mi profesión, pero, mientras sigas con la tuya, tendrás que aguantarte con nosotros.

—No todos los arquitectos son unos idiotas. En Arizona hay arquitectos excelentes.

—Entonces, eso significa que son solo los arquitectos del este los que no son de tu agrado.

—Para empezar, no tengo ni idea de por qué Tim creyó que tenía que contratar a un estudio de otro estado, pero, dado que lo hizo, voy a hacer todo lo posible por trabajar contigo.

—Eso debería incluir mejorar tus modales —afirmó Cody. Dejó la cerveza sobre la mesa y se puso de pie. Tenía el rostro cubierto por las sombras, pero Abra estaba segura de que estaba muy enfadado—. Si tienes más quejas, ¿por qué no me las dices ahora que estamos a solas?

—Muy bien. Lo haré. Me enfureció que no te molestaras en acudir a ninguna de las reuniones preliminares. Yo estaba en contra de contratar a un estudio del este, pero Tim no quiso escucharme. El hecho de que tú no estuvieras complicó aún más las cosas. Mientras tanto, yo tengo que ocuparme de Gray, que no hace más que morderse las uñas y siempre está buscando códigos o revolviendo papeles. Entonces, tú te presentas y te comportas como el gallo del corral y te niegas a modificar ni una sola línea de tu maravilloso proyecto.

Cody dio un paso al frente. Salió de las sombras, por lo que Abra notó inmediatamente que estaba muy enojado. Era mala suerte que el mal genio lo hiciera aún más atractivo.

—En primer lugar, tuve una muy buena razón para no asistir a las reuniones preliminares. Razones personales de peso que no me veo en la obligación de discutir contigo. El hecho de que tu jefe contratara a mi estudio a pesar de tus objeciones es problema tuyo, no mío.

—Prefiero pensar que fue la equivocación de Thornway y no la mía.

—Bien. En cuanto a Gray, tal vez sea muy joven y resulte algo pesado, pero también trabaja muy duro.

De repente, Abra se sintió muy avergonzada. Se metió las manos en los bolsillos.

—No era mi intención...

—Olvídalo —dijo Cody mientras daba un último paso que lo acercó completamente a Abra, hasta el punto de que sus cuerpos casi se rozaron—. Y yo no me contoneo como si fuera el gallo del corral.

Abra sintió unas ridículas ganas de echarse a reír, pero algo que vio en los ojos de Cody le advirtió que era lo más peligroso que podía hacer. En vez de eso, tragó saliva y levantó ambas cejas.

—¿Quieres decir que no lo haces a propósito?

—No, simplemente digo que no lo hago. Tú, por otro lado, te pones el casco y esas botas con punta de acero y te dedicas a pasearte por toda la obra tratando de demostrar lo dura que eres.

—Yo no tengo que demostrarle nada a nadie. Simplemente realizo mi trabajo —replicó ella.

—En ese caso, es mejor que tú hagas el tuyo y que yo haga el mío.

—Muy bien. Hasta mañana.

Abra empezó a darse la vuelta para dirigirse hacia la puerta, pero Cody la agarró por el brazo. Él no sabía qué lo había empujado a hacerlo, a detenerla cuando el hecho de que ella se marchara habría sido lo mejor para ambos. Sin embargo, ya era demasiado tarde. Ya la había asido por el brazo. Sus rostros estaban muy cerca y sus cuerpos el uno frente al otro.

La fricción entre ellos había hecho saltar la chispa... no, más bien docenas de chispas. A Cody le pareció que sentía cómo le abrasaban la piel. El calor que emanaba de ellas era rápido y peligroso, pero controlable. Si él las aventaba, prenderían y entonces...

«Al diablo», pensó mientras cubría la boca de Abra con la suya.

Ella estaba preparada. El deseo había sido evidente desde el primer momento. Era lo bastante sincera como para admitir que el deseo había existido desde el principio. Sin embargo, a pesar de estar lista, no le sirvió de nada.

Debería haber sabido controlar su reacción, algo que siempre había sido capaz de hacer. Se había aferrado a él, pero no podía recordar haber extendido las manos. Su cuerpo se apretaba contra el de Cody sin que ella pudiera acordarse de haberse movido. Cuando separó los labios, fue tanto para pedir como para invitarlo. La brusca respuesta de Cody fue exactamente lo que ella deseaba.

Él la estrechó contra su cuerpo, sorprendido de que la necesidad pudiera enardecerse tan rápidamente. Otra sorpresa. Lo que se encendió entre ellos provenía de ambos. Abra no había protestado ni se había resistido, sino que lo había respondido con la misma fuerza y pasión que él estaba empleando. Sin poder evitarlo, le agarró el cabello entre las manos y la tomó tan posesivamente como le pedía su propia necesidad.

Le mordisqueó los labios. El profundo y gutural gemido que ella exhaló resultó tan estimulante como el modo en el que acariciaba la lengua de Cody con la suya. Él se concedió libertad plena para recorrerle el cuerpo con las manos, para probar, atormentar y poseer. El cuerpo de ella temblaba contra el suyo y se apretaba contra él.

Abra sabía que debía detenerse y pensar, pero no le resultaba posible. El pulso le latía en las venas y sus músculos parecían estar compuestos de agua. ¿Cómo iba a poder pensar cuando el sabor de Cody se extendía por todo su cuerpo, llenándola plenamente?

Cuando se separaron, los dos estaban sin aliento. Abra estaba tan dispuesta como él cuando se unieron para un último largo y apasionado beso. Al volver a separarse, permanecieron muy cerca. Él tenía las manos apoyadas sobre los hombros de Abra. Ella sobre los brazos de Cody. La ira había desaparecido para dar paso a la pasión.

—¿Qué vamos a hacer sobre esto? —preguntó Cody.

Abra solo pudo sacudir la cabeza. Era demasiado pronto para pensar y demasiado tarde para no hacerlo.

—¿Por qué no te sientas?

—No —contestó ella, antes de que Cody pudiera conducirla a una silla—. No quiero sentarme. Tengo que marcharme.

—Todavía no. Tenemos que resolver esto, Abra.

—Nada de esto debería haber ocurrido.

—No se trata de eso.

—Yo creo que se trata precisamente de eso —afirmó ella. La frustración la llevó a revolverse el cabello con los dedos—. No debería haber ocurrido, pero lo ha hecho. Ahora todo se ha terminado. Creo que los dos somos lo suficientemente sensatos y demasiado profesionales como para dejar que esto se interponga en nuestra relación laboral.

—¿De verdad? —preguntó Cody. Tendría que haberse imaginado que ella trataría el asunto como si fuera un pedido equivocado de hormigón—. Tal vez tengas razón. Tal vez, pero serías una idiota si piensas que no volverá a ocurrir.

—Si ocurre, simplemente nos ocuparemos de ello... separadamente de nuestra relación profesional.

—En eso estamos de acuerdo. Lo que ha ocurrido ahora no tiene nada que ver con nuestra relación profesional, pero eso no va a evitar que te desee durante el horario laboral.

Abra sintió un escalofrío por la espalda.

—Mira, Cody, esto ha sido un... algo momentáneo. Tal vez nos sentíamos atraídos, pero...

—¿Tal vez?

—Está bien. Mira, tengo que pensar en mi futuro. Los dos sabemos que no hay nada más difícil ni más incómodo que relacionarse sentimentalmente con un compañero de trabajo.

—La vida es muy dura. Mira, pelirroja, me gustaría dejar algo muy claro. Te he besado y tú me has besado a mí. Y me ha gustado. Voy a querer besarte otra vez y muchas veces más. Lo que no voy a hacer es esperar a que a ti te resulte conveniente.

—¿Acaso tomas tú todas las decisiones? —le espetó ella—. ¿Realizas tú todos los gestos?

—Muy bien.

—No, no está muy bien —replicó ella, absolutamente furiosa—. Eres un canalla arrogante. Te he besado porque quería hacerlo, porque me apetecía. Si te vuelvo a besar, será por las mismas razones, no porque tú hayas decidido que ese es el momento y el lugar. Si me acuesto contigo, será por las mismas razones. ¿Me has comprendido?

Abra era maravillosa. Enojosa, pero maravillosa. Consiguió no volver a tomarla entre sus brazos. Se limitó a sonreír. Cuando una mujer era tan explícita, no se podía discutir.

—Perfectamente... Me alegro de que te haya gustado —añadió mientras le colocaba un mechón detrás de la oreja.

El sonido que a ella se le escapó entre los dientes parecía indicar cualquier cosa menos complacencia. Aquello solo provocó que la sonrisa de Cody fuera mucho más amplia. En vez de darle un puñetazo en el rostro, Abra se limitó a apartarle la mano y se dirigió a la puerta.

—Abra.

—¿Qué? —repuso ella, tras abrirla de par en par.

—Gracias por la cena.

Cerró de un portazo. Entonces fue cuando Cody se echó a reír. Diez segundos más tarde, oyó cómo se cerraba la puerta principal de la suite. Siguiendo un impulso, se despojó del albornoz y, tras poner el temporizador del jacuzzi, se introdujo en las cálidas y burbujeantes aguas. Esperaba que así pudiera deshacerse de los dolores que ella le había dejado y aclararse la mente lo suficiente como para poder pensar.

CAPÍTULO 4

Trabajo. Abra decidió que, desde aquel momento hasta que terminara el proyecto, mantendría una relación estrictamente de trabajo con Cody. De ingeniero a arquitecto. Hablarían de detalles de su trabajo. Con un poco de suerte, no hablarían de nada en absoluto.

Lo que había ocurrido en la terraza de su suite se había debido a un ataque de locura temporal. Locura heredada. Evidentemente, se parecía más a su madre de lo que nunca había querido admitir. Un hombre atractivo, un poquito de polvo de estrellas y ¡bum! Estaba lista para hacer el ridículo.

Tomó la carpeta que le entregó el capataz, examinó los papeles y los firmó. Había llegado hasta aquel momento de su vida sin permitir que las debilidades congénitas se la arruinaran. Tenía la intención de seguir así. Tal vez había heredado aquel pequeño defecto de su madre, pero, al contrario que la dulce y eternamente optimista Jessie, no tenía intención de dejarse llevar por el romanticismo para acabar de bruces contra el suelo. Aquel momento de debilidad había pasado y todo había vuelto a la normalidad.

Se pasó aquella mañana entre el balneario y el edificio principal, con una breve visita al lugar en el que se estaban llevando a cabo los trabajos de excavación de las cabañas. Los trabajos en las tres secciones del proyecto avanzaban de acuerdo con los plazos. Además, tuvo una conversación telefónica con el ingeniero mecánico de Thornway, tras la cual Abra decidió ir a las oficinas de la empresa para examinar los prototipos del ascensor y del techo mecanizado que se iba a colocar sobre la piscina. Disfrutaba tanto con aquellos aspectos de su trabajo como lo hacía con la elaboración de planos.

Nadie de las personas con las que trató aquel día hubieran podido adivinar los distraídos pensamientos que la atenazaban bajo su competente comportamiento exterior. Si estaba constantemente buscando con la mirada a Cody, se dijo que lo hacía para que él no la sorprendiera completamente desprevenida. A mediodía, decidió que él no iba a aparecer. La desilusión se enmascaró como alivio.

Pasó la hora del almuerzo en el tráiler con una botella de zumo de naranja bien frío, una bolsa de patatas fritas y los planos. Desde la conversación que había tenido con el ingeniero mecánico, había decidido que había algunos problemas para calcular la dinámica del tejado que Cody quería sobre la piscina. Si no fuera por la cascada que él había insistido en que cayera desde la pared hasta uno de los rincones de la piscina... Abra sacudió la cabeza. Era un maníaco de las cascadas. Bueno, básicamente, era un maníaco. La ayudó pensar que era un arquitecto con delirios de grandeza en vez de un hombre que podía arrebatarle el sentido común a una mujer con un beso.

Decidió que iba a darle su tejado de cristal, sus cascadas, sus espirales y sus cúpulas. Iba a utilizar aquel alocado diseño para lanzar su propia carrera.

Como casi nunca estaba satisfecha, realizó un boceto de algunos de los detalles y llevó a cabo unos nuevos cálculos. Se recordó que su trabajo no consistía en aprobar lo que realizaba, sino en plasmar lo que aparecía en los planos.

Cuando la puerta se abrió, no se molestó en levantar la mirada.

—Cierra la puerta rápidamente, ¿quieres? Vas a dejar que entre el calor.

—Sí, señora.

Aquella voz hizo que Abra levantara la cabeza inmediatamente. Vio cómo Cody entraba por la puerta del tráiler.

—No creí que te veríamos hoy por aquí.

Él simplemente sonrió y se hizo a un lado para dejar paso a Tim Thornway y William Walton Barlow. Al verlos, Abra se puso inmediatamente de pie.

—Abra... —dijo Tim—. W.W., supongo que recordarás a la señorita Wilson, nuestra ingeniero de estructuras.

—Por supuesto, por supuesto —respondió el interpelado, un hombre de baja estatura, cabello blanco y ojos astutos. Rápidamente extendió la mano—. Un Barlow nunca olvida un rostro hermoso.

—Me alegro de volver a verlo, señor Barlow —repuso Abra, sin hacer gesto alguno

—W.W. creyó que había llegado el momento de que viniera a echar un vistazo a la obra —explicó Tim—. Por supuesto, no queremos interrumpir...

—Yo no sé mucho sobre cómo se levantan mis empresas —comentó Barlow—, aunque sí sé cómo dirigirlas. Sin embargo, me gusta lo que he visto. Me gustan las curvas y los arcos. Muy elegante. Barlow y Barlow se inclina siempre por las operaciones con clase.

Abra no prestó atención alguna a la sonrisa que Cody tenía en los labios y rodeó la mesa.

—Ha escogido un día muy caluroso para venir de visita, señor Barlow. ¿Le apetece tomar algo frío? ¿Un té? ¿Un zumo?

—Tomaré una cerveza. Nada ayuda a tragar el polvo mejor que una cerveza bien fría.

Cody abrió la pequeña nevera y sacó unas botellas.

—Estábamos a punto de mostrarle a W.W. los progresos del balneario.

—¿Sí? —preguntó ella. Sacudió la cabeza cuando se le ofreció una cerveza, aunque estuvo a punto de esbozar una sonrisa cuando vio que Tim aceptaba torpemente una botella—. Vienen en buen momento. Acabo de calcular los detalles finales del tejado de la piscina. Creo que Lafferty y yo hemos solucionado la mayoría de los problemas esta mañana por teléfono.

Barlow miró los planos y los papeles cubiertos de cifras y de cálculos.

—Eso os lo dejaré a vosotros. Los únicos números que se me dan bien son los de mi chequera. Sin embargo, me alegra ver que sabe lo que tiene que hacer, señorita Wilson —dijo Barlow, tras dar un trago de la cerveza—. Thornway siempre dijo que usted tenía la cabeza sobre los hombros. Unos hombros muy bonitos, por cierto —añadió, guiñándole un ojo.

En vez de enfurecerla, aquel gesto la hizo sonreír. Aquel hombre tenía la edad suficiente para ser su abuelo y, por muy multimillonario que fuera, tenía un cierto encanto.

—Gracias. Él siempre habló también muy bien de usted.

—Lo echo de menos —comentó Barlow—. Bueno, empecemos con nuestra visita, Tim. No hay que desperdiciar el tiempo.

—Por supuesto —afirmó Tim. Dejó a un lado inmediatamente la cerveza que ni siquiera había tocado—. Esta noche voy a dar una pequeña cena en honor al señor Barlow, Abra. A las siete. Tú acompañarás al señor Johnson.

Dado que no era una pregunta, Abra abrió la boca con la intención de presentar una excusa. Antes de que pudiera hacerlo, Cody tomó la palabra.

—Yo iré a recoger a la señorita Wilson —dijo—. ¿Por qué no os dirigís al balneario? Estaremos enseguida con vosotros.

—¿Por qué no te aflojas esa maldita corbata, Tim? —le preguntó Barlow mientras salían del tráiler—. Te podría estrangular con este calor.

Cody cerró la puerta y se apoyó contra ella.

—Efectivamente, son unos hombros muy bonitos. Por lo que he podido ver.

—No es necesario que vayas a recogerme esta noche.

—No —dijo él. La estudió atentamente, sin saber si aquel rechazo lo divertía o lo enojaba. No había dormido bien y sabía que la culpa recaía precisamente sobre aquellos bonitos hombros, que, en aquellos momentos, estaban preparados para atacar—. Sin embargo, lo haré.

Abra se aseguró de que solo se lo permitía por motivos de trabajo y que se debía ocupar como tal de ello.

—Muy bien. Necesitarás mi dirección.

—Bueno, creo que podré encontrarte, pelirroja —afirmó Cody, con una sonrisa—. Igual que tú me encontraste a mí.

Dado que él había sacado el tema, Abra decidió que lo mejor sería enfrentarse a lo ocurrido la noche anterior.

—Me alegro de que tengamos un minuto a solas. Así podremos aclarar las cosas.

—¿Qué cosas? —preguntó él, alejándose de la puerta para acercarse a ella—. En la granja teníamos una mula que también era algo asustadiza.

—Yo no soy asustadiza. Simplemente creo que tienes la impresión equivocada.

—Tengo la impresión correcta —afirmó Cody. Extendió la mano para juguetear con la punta de la trenza de Abra—. Sé perfectamente lo que siente tu cuerpo cuando está contra el mío. Es una impresión muy correcta y muy agradable.

—Todo fue un error.

—¿El qué?

—Lo de anoche —respondió Abra. Decidió que iba a comportarse de un modo tranquilo y razonable—. Nunca debería haber ocurrido.

—¿De verdad crees eso?

—Supongo que nos dejamos llevar por el momento. Lo

mejor que podemos hacer es olvidarlo y seguir con nuestras vidas.

—Muy bien —afirmó él. Abra vio la sonrisa de Cody, pero no se dio cuenta de lo fría que era—. Nos olvidaremos de lo ocurrido anoche.

Contenta por la facilidad con la que se había solucionado el problema, Abra sonrió también.

—Muy bien, en ese caso, ¿por qué no...?

Interrumpió sus palabras cuando notó que él la estrechaba contra su cuerpo y le cubría la boca con la suya. Notó que el cuerpo se le tensaba. De sorpresa. De furia. Aquello era lo que deseaba creer. En aquel beso no había nada de la suave y sensual exploración de la noche anterior. Aquel beso era osado y brillante como el sol que relucía al otro lado de las ventanas. Igual de tórrido. Trató de liberarse de él, pero no pudo hacerlo. Los músculos de Cody parecían de acero. Se encontró presa de un abrazo que amenazaba casi tanto como prometía.

A Cody no le importaba. Ella podía hablar todo lo que quisiera con aquella voz tan razonable sobre los errores. Había cometido muchos errores antes. Tal vez Abra fuera el mayor de ellos, pero no iba a echarse atrás. Recordó lo que había sentido al tenerla entre sus brazos la noche anterior y comprendió que nunca antes había experimentado nada similar con ninguna otra mujer. No iba a consentir que todo aquello cayera en el olvido.

—Basta —consiguió decir ella, antes de que él volviera a besarla.

Se estaba ahogando y sabía que nada podría salvarla. Ahogándose contra los labios de Cody, ahogándose en sensaciones, en anhelos, en deseos. ¿Por qué se aferraba a él cuando sabía que todo aquello era una locura? ¿Por qué respondía a aquel beso cuando sabía que solo podía conducir al desastre?

A pesar de todo, tenía rodeado el cuerpo de Cody con los brazos, los labios separados y el corazón latía al ritmo del de él. Aquello era mucho más que una tentación, mucho más que una rendición. Lo que sentía en aquellos momentos no era la necesidad de dar, sino la de tomar.

Cuando se separaron, ella respiró profundamente y colocó una mano sobre la mesa para recuperar el equilibrio. En aquel momento comprendió que se había equivocado. En los ojos de Cody había ira, furia y determinación, junto con un deseo que parecía arraigarla al suelo. Sin embargo, cuando él habló, lo hizo con voz suave.

—Parece que vamos a tener otro punto de referencia, pelirroja —comentó. Se dirigió hacia la puerta—. Hasta las siete.

Aquella tarde, hubo al menos una docena de ocasiones en las que Abra pensó en una excusa plausible y comenzó a marcar el número del hotel de Cody. Lo que la detuvo en cada una de las ocasiones fue saber que, si realizaba aquella llamada, estaría reconociendo no solo que había algo entre ellos, sino también que era una cobarde. Aunque ella misma se obligara a aceptar el hecho de que tenía miedo, no podía consentir que él lo viera.

Mientras revolvía en el armario, se recordó que estaba obligada a hacerlo. En realidad, aquella cena no era más que una reunión de negocios en la que todos llevarían un traje de noche y tomarían canapés en el elegante jardín de Tim. Era necesario demostrar a Barlow que su arquitecto y su ingeniero eran capaces de pasar una velada juntos.

Tenía que poder soportarlo. Dejando a un lado la atracción sexual, Cody Johnson era su socio en aquel proyecto. Si no podía estar a su lado, ni controlar lo que él le hacía sentir, no podría ocuparse de su trabajo. Ningún arrogante arquitecto de la Costa Este iba a hacerle admitir que no podía enfrentarse a lo que la vida pudiera depararle.

Mientras se decidía entre dos vestidos, pensó con cierta satisfacción que, cuando estuvieran allí, habría tanta gente que no tendría que hablar con él. Seguramente Cody y ella solo intercambiarían unas pocas palabras.

Cuando él llamó a su puerta, consultó el reloj y lanzó una maldición. Había estado malgastando tanto tiempo hablando consigo misma que había llegado la hora y ni siquiera estaba vestida. Se ajustó el cinturón de la bata y salió del dormitorio para abrir la puerta.

Cody observó atentamente la bata de algodón y sonrió.

—Bonito vestido.

—Voy algo retrasada —musitó ella—. Ve tú sin mí.

—Esperaré.

Sin esperar a que ella lo invitara a pasar, entró en el salón e inspeccionó el apartamento. Abra tal vez fuera una mujer que tenía que ocuparse de datos y cifras muy precisos, pero vivía en el caos. Había cojines amontonados sobre el sofá, revistas apiladas sobre una silla... Además, había una espesa capa de polvo sobre todo, a excepción de una colección de cristales que colgaban al lado de la ventana y que capturaban los últimos rayos del sol.

—No tardaré mucho —le dijo Abra—. Si quieres algo de beber, la cocina está por ahí.

Desapareció en su dormitorio y echó el pestillo de la puerta. Estaba tan guapo... No era justo que tuviera un aspecto tan sexy, tan seguro de sí mismo, tan perfecto... Se pasó las manos por el cabello que aún tenía que peinarse. Ya era lo suficientemente malo que él tuviera tan buen aspecto con la ropa de trabajo, pero que estuviera aún mejor con una chaqueta de color crema que resaltaba su cabello rubio y su bronceada piel... No era justo. Ni siquiera vestido formalmente para una cena perdía su masculino atractivo. ¿Cómo iba ella a poder deshacerse de aquella atracción cuando, cada vez que lo veía, estaba mucho más guapo?

Se enfrentó de nuevo a su armario. Decidió que iba a luchar

contra él y la atracción que sentía. Eso significaba que no iba a ponerse el sencillo y adecuado traje azul. Si iba a jugar con fuego, tendría que vestirse en consonancia.

Cody encontró la cocina tan desordenada como el salón. Evidentemente, se trataba de una mujer que no se pasaba mucho tiempo cocinando. El hecho de que tuviera una lata de galletas y otra llena de bolsas de té sobre la placa vitrocerámica parecía demostrarlo.

Encontró una botella de vino en el frigorífico, junto con un tarro de mantequilla de cacahuete y un solitario huevo. Después de rebuscar en los armarios, localizó dos copas completamente diferentes y una novela de terror.

Se tomó un sorbo del vino y sacudió la cabeza. Esperó tener la oportunidad de mostrarle algo sobre los mejores caldos. Se llevó las dos copas al salón y escuchó atentamente los sonidos que provenían del dormitorio. Aparentemente, Abra estaba buscando algo y estaba abriendo todos los cajones para encontrarlo. Mientras tomaba un poco de vino, estudió sus fotografías.

Había algunas de ella, una muy formal en la que parecía sentirse muy incómoda con un traje de organza de color rosa. En otra estaba con una rubia muy atractiva. Dado que la rubia tenía los mismos ojos que ella, Cody se preguntó si sería una hermana mayor. Había más de la rubia, una con lo que podría haber sido un traje de novia, y otra de Abra con casco. Había fotografías de varios hombres, pero el único al que Cody reconoció fue a Thornway padre. Se preguntó si alguno de los hombres sería su padre. Entonces, se dio la vuelta. Los ruidos procedentes del dormitorio habían cesado.

—Me he servido una copa de vino —gritó—. ¿Quieres la tuya?

—No... Sí, maldita sea.

—Deduciré que es que sí —dijo Cody. Se acercó a la puerta y la abrió.

Había algo muy especial en una mujer alta y esbelta con un vestido negro. Algo que hacía que la boca de un hombre se hiciera agua. El vestido tenía un profundo escote y un adorno plateado que se repetía de nuevo sobre el bajo, justo donde la falda le rozaba las rodillas. Las piernas iban cubiertas con unas medias ahumadas y transparentes. Sin embargo, lo que estaba dándole problemas a Abra era la espalda. Le estaba costando abrocharse los corchetes que le llegaban hasta la cintura.

—Se ha atascado algo.

«Mi corazón», pensó Cody. Si ella lo atraía con un casco y una camiseta sudada, ¿cómo no iba a hacerlo en aquellos instantes?

—Permíteme —dijo. Pasó por encima de unas pesadas botas de trabajo y de unas sandalias negras que no eran más que unas pocas tiras de cuero.

—Diseñan estas cosas para que una tenga que pelearse con ellas al quitárselas y al ponérselas.

—Sí —comentó Cody. Le entregó a ella las dos copas y trató de no pensar en el hecho de que sería mucho más interesante ayudarla a quitarse aquel vestido negro que a ponérselo—. Tienes los corchetes torcidos.

—Eso ya lo sé —replicó ella, con impaciencia—. ¿Lo puedes solucionar?

Cody levantó la mirada. Las miradas de ambos se cruzaron en el espejo que había sobre la cómoda. Por primera vez desde que la conoció, vio que Abra se había aplicado lápiz de labios. Tenía la boca húmeda, madura, sugerente...

—Probablemente. ¿Qué te has puesto?

—Creo que resulta evidente —contestó Abra—. Un vestido negro con corchetes defectuosos.

—Me refería al perfume.

—No lo sé —dijo, mientras él se concentraba en los corchetes de la cintura—. Me lo compró mi madre.

—Voy a tener que conocer a tu madre.

—¿Has terminado ya?

—No —repuso Cody. Le rozó la espalda con las yemas de los dedos y tuvo el placer de ver la reacción que se producía en ella a través del espejo—. Eres muy sensible, Abra.

—Es muy tarde —replicó ella. Se dio la vuelta rápidamente.

—En ese caso, creo que un par de minutos más no tendrán importancia alguna —susurró. Deslizó las manos sobre la cintura de ella. En su defensa, Abra le colocó las dos copas contra el pecho. Él las tomó pacientemente y las colocó sobre la cómoda que ella tenía a sus espaldas—. Tienes un pésimo gusto para el vino.

—Sé la diferencia que hay entre el tinto y el blanco —afirmó. Levantó las manos hasta colocarlas encima de los hombros de Cody al notar que él volvía a rodearle la cintura con las suyas.

—Eso es como decir que tú eres una mujer y yo un hombre. Hay mucho más que eso —musitó. Inclinó la cabeza y empezó a mordisquearle suavemente los labios—. Mucho más...

—Cody, no estoy preparada para esto...

—¿Para qué?

—Para lo que está ocurriendo. Para ti y para lo que siento.

Cody le miró atentamente el rostro. Abra le había dado vía libre. Los dos lo sabían. En vez de presionarla, le dio más espacio.

—¿Cuánto tiempo necesitas?

—No sé cómo responder a esa pregunta. No haces más que arrinconarme.

—Es cierto —admitió él. Se apartó de ella y esperó a que se pusiera las sandalias—. Abra... —añadió. Cuando ella lo miró, le tomó la mano—. Esto no es el final. Me da la sensación de que esto va a llegar muy lejos.

Ella estaba completamente segura de que tenía razón. Eso era precisamente lo que la preocupaba.

—Tengo la costumbre de querer saber cómo va a terminar una cosa antes de empezarla, Cody. Contigo, no veo un final muy claro, así que no estoy segura de querer comenzar nada...

—Pelirroja —dijo él, tras llevarse la mano de Abra a los labios—. Ya lo has hecho.

Cuando llegaron a la mansión Thornway, la fiesta estaba en todo su esplendor. El bufé estaba a rebosar de comida mexicana y el vino y las margaritas fluían entre los invitados. Más allá del enorme rancho que Tim había construido para su esposa, había unos maravillosos jardines que rodeaban la piscina.

Los invitados se extendían por el césped y por la terraza de la casa. Lo mejor de la sociedad de Phoenix estaba presente en aquella fiesta. Abra había decidido encontrar inmediatamente un rincón tranquilo. Le gustaba construir edificios para los miembros de la clase dirigente, pero no sabía cómo socializar con ellos.

—Un Chablis —explicó Cody mientras le entregaba a Abra una copa—. Es de California. Buen color, aroma penetrante y mucho cuerpo.

—Es blanco —comentó ella, encogiéndose de hombros.

—Y tu vestido es negro, pero eso no hace que parezcas una monja.

—El vino es vino —afirmó, aunque su paladar le decía algo muy diferente.

—Cielo —susurró Cody, mientras le acariciaba suavemente la garganta con un dedo—, tienes mucho que aprender.

—Aquí estás —dijo una voz femenina.

Marci Thornway, la esposa de Tim, se acercó a ellos. Iba elegantemente vestida con un vestido blanco y llevaba un collar que relucía con fuerza a la luz de la luna. Saludó afectuosamente a Abra y levantó los ojos para mirar a Cody.

—Creo que ya entiendo por qué has llegado tarde —añadió.

—Marci Thornway, Cody Johnson.

—El arquitecto —dedujo Marci. Entonces, entrelazó un posesivo brazo con el de él—. Tim me ha hablado mucho de ti... aunque no mencionó que eras tan atractivo —añadió, entre risas—. Sin embargo, creo que hay que perdonar a los esposos por no hablarles a sus esposas de los hombres atractivos.

—O a los hombres sobre sus hermosas esposas.

Abra hizo un gesto de incredulidad a espaldas de Marci y comenzó a tomarse una enchilada de queso.

—Eres de Florida, ¿verdad? —dijo Marci. Con un pequeño suspiro, empezó a llevarse a Cody—. Yo crecí en Georgia, en una pequeña ciudad muy cerca de Atlanta. Algunas veces, lo echo mucho de menos.

—Una mujercita del sur —musitó Abra. Se chocó directamente con el señor Barlow—. ¡Oh! Le ruego que me perdone, señor Barlow.

—Llámame W. W. Creo que deberías ponerte más comida en el plato, muchacha. Toma, prueba estas tortillas. No te olvides del guacamole.

Abra observó atónita la cantidad de comida que el anciano le había puesto en el plato.

—Gracias.

—¿Por qué no te sientas a mi lado y haces compañía a un viejo?

Abra no estaba segura de lo que había esperado de aquella velada, pero no había sido disfrutar de la compañía de unos de los hombres más ricos del país. Tal y como se había temido, no trató de seducirla, pero flirteó con ella como si fuera un viejo amigo de la familia.

Se sentaron en un banco al lado de la piscina y hablaron sobre el amor que ambos sentían por el cine. Aquel era el único vicio que Abra se permitía, el único entretenimiento que no consideraba una pérdida de tiempo.

Si su atención flaqueaba de vez en cuando, no era porque Barlow le resultara aburrido, sino para buscar a Cody. Lo encontraba casi siempre en compañía de Marci Thornway.

—Soy un egoísta —comentó Barlow—. Debería dejar que te fueras con los más jóvenes.

—No, no —repuso Abra, sintiéndose algo culpable—. Me gusta hablar contigo. A decir verdad, W. W., no me gustan mucho las fiestas.

—Una mujer tan hermosa como tú necesita un hombre que la mime constantemente.

—No me gusta que me mimen —afirmó. Entonces, vio que Cody encendía el cigarrillo de Marci.

Barlow era muy astuto. Rápidamente, siguió la dirección de la mirada de Abra.

—Esa es una mujer muy hermosa —observó—. Como el cristal soplado, caro y fácil de mirar. El joven Tim debe de estar muy ocupado con ella.

—Está completamente entregado a ella.

—Pues esta noche se la ha pasado en compañía del arquitecto.

—Bueno, los dos son del este —comentó Abra, con una sonrisa—. Estoy segura de que tienen muchas cosas en común.

—Umm... —musitó Barlow. Entonces, se puso de pie—. Me gustaría estirar las piernas. ¿Quieres que demos un paseo por el jardín?

—Muy bien —dijo Abra. Se levantó, tomó del brazo a Barlow y comenzó a pasear con él.

¿A qué estaba jugando? Cody vio que Abra desaparecía con Barlow. Aquel hombre era lo suficientemente mayor como para ser su padre. Se había pasado toda la noche hablando con el anciano mientras él trataba de deshacerse de Marci Thornway.

Cody reconocía perfectamente cuándo una mujer iba a la caza y, decididamente, Marci le estaba enviando señales, unas señales que él no tenía interés alguno por recibir. Aunque no se hubiera fijado en Abra, no habría sentido la menor atracción por una mujer como Marci. Casada o no, representaba problemas.

Nunca hubiera creído que Abra era la clase de mujer que podría sentir interés por un anciano, sonreír y flirtear con él para ver lo que aquello podría reportarle. No había duda alguna de que Barlow estaba interesado por ella ni de que ella se había perdido entre las rosas con una de las mayores fortunas de Estados Unidos.

Encendió un cigarrillo y entornó los ojos cuando el humo se le metió en ellos. Tampoco había duda alguna de que Abra lo deseaba a él. Tal vez no había sido ella la que había iniciado el beso, pero su respuesta no había dejado lugar a ninguna duda. Nadie fingía cuando besaba de aquel modo.

No obstante, había sido ella la que lo había interrumpido. Cada una de las veces. Cody había pensado que lo había hecho por cautela, tal vez incluso por miedo al ver lo fuerte que se había hecho el vínculo que había entre ellos. Tal vez también él era un idiota y ella lo había rechazado porque deseaba pescar un pez mayor.

Arrancó aquel pensamiento de su mente casi tan pronto como se le ocurrió. Era injusto. Se estaba permitiendo pensar de aquel modo porque se sentía frustrado, porque deseaba a Abra más de lo que había deseado a nadie y, principalmente, porque no sabía qué hacer al respecto.

—Perdona —le dijo a Marci, interrumpiéndola en mitad de la frase. Le dedicó una rápida sonrisa y se dirigió hacia el jardín.

Oyó la risa de Abra. Entonces, la vio. Estaba debajo del rayo de luz de uno de los farolillos de colores que había colgados por todo el jardín. Estaba sonriendo y retorciendo una flor roja entre los dedos.

—No hay mucha carne —le decía Barlow, sonriendo también—. Lo que hay es mucha variedad.

Abra volvió a reír y le colocó a Barlow la flor en la solapa.

—Perdón.

Tanto Barlow como Abra se volvieron al escuchar el sonido de su voz. A Cody le pareció que lo hacían con cierto sentimiento de culpabilidad.

—Bien, Johnson, ¿te diviertes? —le preguntó Barlow, tras darle una fuerte palmada en el hombro—. Te aseguro que uno se divierte más cuando da un paseo a la luz de la luna con una mujer tan hermosa como Abra. Los jóvenes no se toman suficiente tiempo para el romance hoy en día. Voy a ver si puedo encontrar una cerveza.

Para ser un hombre bastante corpulento, Barlow se movía con rapidez. Muy pronto, Abra se encontró a solas con Cody.

—Probablemente debería ir a charlar con el resto de los invitados —dijo. Rápidamente, Cody le cortó el paso.

—No has sentido la necesidad de hacerlo en toda la velada.

—He estado disfrutando de la compañía de W. W. Es un hombre muy agradable.

—Ya lo he notado. Hace falta ser una mujer muy poco frecuente para poder saltar de un hombre a otro sin problemas. Mis felicitaciones.

La sonrisa que Abra tenía en el rostro se transformó en un gesto de confusión.

—Tal vez tenga más de sesenta años, pero me imagino que dos mil o tres mil millones hacen que los años desaparezcan, ¿no?

—Creo que deberías entrar y volver a salir otra vez. Puede que así comprendiera de lo que estás hablando.

—Me parece que he hablado lo suficientemente claro. Barlow es un hombre muy rico y lleva viudo más de diez años. Evidentemente, sigue apreciando la compañía de una mujer joven y atractiva.

Abra estuvo a punto de echarse a reír, pero entonces vio el desdén que se reflejaba en los ojos de Cody. Comprendió que hablaba en serio. Se sintió insultada.

—Se podría decir que, ciertamente, es un hombre que sabe cómo tratar a una mujer. Ahora, si me perdonas...

Cody la agarró por el brazo antes de que pudiera marcharse.

—No encuentro ninguna excusa para ti, pelirroja, pero eso no me impide que siga deseándote —dijo. Le hizo darse la vuelta hasta que estuvieron cara a cara—. No puedo decir que me importe, pero ahí está. Te deseo y, pase lo que pase en esa calculadora cabecita tuya, pienso tenerte.

—Vete al infierno, Johnson —le espetó. Tiró del brazo y se soltó de él—. No me importa lo que desees ni lo que pienses de mí, pero, como siento demasiado aprecio por el señor Barlow como para dejar que sigas pensando que es un estúpido senil, te voy a decir una cosa. Esta noche hemos estado charlando, del modo en el que lo hace la gente en las reuniones sociales. Descubrimos que nos llevamos muy bien. Yo no iba detrás de él ni él detrás de mí.

—¿Y qué me dices de esa frase que escuché cuando me acerqué a vosotros?

—¿Cómo dices? —preguntó ella. Tras dudar un instante, se echó a reír—. Era una frase de una película, idiota. Una vieja película de Spencer Tracy y Katharine Hepburn. El señor Barlow y yo somos admiradores de ellos. Te voy a decir otra cosa, si él hubiera andado detrás de mí, no habría sido asunto tuyo. Si quiero flirtear con él, es mi problema. Si quiero tener una aventura con él, o con cualquier otro hombre, tú no tienes nada que decir al respecto. Tal vez prefiera esa clase de atención que la que tú me proporcionas.

—Un momento...

—Eres tú el que me va a escuchar —lo interrumpió ella, con los ojos llenos de ira—. No tengo intención de tolerar esta clase de insultos ni de ti ni de nadie. Mantente alejado de mí, Johnson, si quieres que esa cara tuya siga de una sola pieza.

Abra se marchó, dejando a Cody completamente atónito.

—Te lo merecías, Johnson —suspiró mientras se frotaba la nuca. Sabía lo que era meterse en un agujero y sabía que estaba en uno muy profundo. También sabía que solo había un modo de salir de él.

CAPÍTULO 5

Pensó en mandarle flores, pero, de algún modo, no le pareció que Abra fuera el tipo de mujer que se deshiciera al ver un ramo de rosas. Consideró también una disculpa sincera, tal y como lo haría un amigo, pero no creyó que Abra lo considerara como tal. En cualquier caso, el hielo que se le escapaba a Abra de entre los labios podría congelar las palabras antes de que ella lograra escucharlas. Por lo tanto, le dio lo único que creía que ella aceptaría por el momento. Distancia.

Durante las dos semanas siguientes, trabajaron juntos, a menudo hombro con hombro. La distancia que había entre ellos era tan grande como la que había entre el sol y la luna. Por supuesto, tenían que hacerse consultas, pero Abra siempre se las arreglaba para que no estuvieran a solas. Con una habilidad que Cody tuvo que admirar, lo evitó siempre que era posible. Como él comprendía la necesidad de un periodo de distanciamiento, no hizo nada para cambiar la situación. Realizó dos breves viajes, uno a las oficinas principales del bufete en Ford Lauderdale y otra vez para resolver algunos problemas en un centro médico de San Diego. Cuando regresó en las dos ocasiones, se encontró con que las aguas entre Abra y él seguían heladas.

Con el casco colocado y los ojos ocultos por las gafas de sol, observó cómo colocaban la cúpula de cristal en su sitio. Se

relajó un poco cuando comprobó que el cristal encajaba en la abertura como un corcho en una botella.
—Un toque muy bonito. Un toque con mucha clase —dijo Barlow, con una sonrisa en los labios.
—W. W., no sabía que estabas de vuelta en la ciudad.
—He venido para ver cómo va todo —comentó Barlow mientras se secaba el rostro con un pañuelo—. Espero que pongan en funcionamiento el sistema de refrigeración.
—Está en el programa para hoy.
—Muy bien. He de decir, muchacho, que cumples muy bien tu palabra —observó el anciano mientras miraba a su alrededor con un gesto de satisfacción en el rostro—. Admito que a veces lo he pasado mal cuando solo veía el proyecto en los planos, pero mi hijo vio algo en todo esto y yo me dejé llevar por su buen juicio. Ahora, puedo decir que tenía razón. Has construido algo muy importante aquí, Cody. No todos los hombres pueden mirar hacia atrás en su vida y decir lo mismo.
—Te lo agradezco.
—Quiero que me muestres el resto —requirió, tras darle una palmada en la espalda—. Mientras tanto, ¿hay algún lugar en el que un hombre pueda tomarse una cerveza por aquí?
—Creo que podremos solucionarlo.
Cody lo condujo hacia una nevera que había en el exterior y sacó dos latas. Barlow dio un largo trago y suspiró.
—Cumpliré los sesenta y cinco en mi próximo cumpleaños y te aseguro que no hay nada como una cerveza fría en una tarde calurosa como esta —dijo Barlow. Miró hacia el balneario y vio a Abra—. Bueno, tal vez una cosa —añadió. Con una risotada, se sentó en la nevera y se aflojó el cuello de la camisa—. Me gusta considerarme como un estudioso de la naturaleza humana. Supongo que he ganado así la mayor parte de mi dinero.
—Umm... —respondió Cody, de modo ausente. Él también había visto a Abra.

—Me parece que eres un hombre que tiene en la mente más que acero y cristal. No tendrá algo que ver con una ingeniero de largas piernas, ¿verdad?

—Podría ser —comentó Cody. Sacó su cajetilla de cigarrillos. Le ofreció a Barlow uno, pero este lo rechazó.

—Tuve que dejarlo. Los malditos médicos no hacían más que ordenármelo. Me gusta mucho esa chica —añadió, volviendo a centrarse en el tema de Abra—. Por supuesto, a la mayoría de los hombres les gusta el atractivo físico, pero esa mujer tiene inteligencia y agallas también. Creo que en mis años más jóvenes me podría haber asustado. Me pareció que los dos tuvisteis una discusión en la fiesta que organizó Tim Thornway en su casa.

—Podríamos llamarlo así —admitió Cody, tras dar un sorbo a la cerveza—. Estaba celoso de ti.

—¿Celoso? —preguntó Barlow muy sorprendido. Entonces, soltó una carcajada—. Me acabas de quitar veinte años de encima, muchacho. Tengo que darte las gracias. Imagínate un tipo tan guapo como tú celoso de un viejo como yo. Un viejo muy rico —añadió—. Vaya, vaya... Supongo que la dama en cuestión no se lo tomó muy bien.

—La dama en cuestión estuvo a punto de saltarme los dientes de un puñetazo.

—Ya te he dicho que tenía agallas. En realidad, la tenía en mente para mi hijo —comentó. Al ver la mirada de Cody, se echó a reír de nuevo—. No me hagas reír otra vez, muchacho. Un viejo como yo solo puede recibir ciertas dosis de excitación diarias. Además, decidí lo contrario cuando vi el modo en el que te miraba.

—Eso lo simplifica todo.

—Al menos entre tú y yo. De otro modo, yo diría que estás hundido hasta la cintura en arenas movedizas.

—Creo que es una observación muy exacta —comentó Cody, tras tirar la lata en el cubo de la basura—. ¿Alguna sugerencia? Mi padre siempre recurría a las flores.

—No harían ningún daño —respondió Barlow mientras se ponía de pie—, como tampoco lo haría arrastrarte un poco —añadió. Al ver la expresión de Cody, se echó a reír de nuevo—. Aún eres demasiado joven para eso, pero aprenderás. Claro que aprenderás —concluyó, dándole a Cody una fuerte palmada en la espalda.

No estaba dispuesto a arrastrarse. Ni hablar. Sin embargo, le pareció que había llegado el momento de probar con las flores. Si una mujer no había olvidado un enfado en dos semanas, no lo iba a olvidar en absoluto... al menos sin un poco de ayuda.

En cualquier caso, Cody sabía que le debía una disculpa. Sonrió mientras se cambiaba los lirios tigre de mano. Desde que se conocieron, parecía que no habían hecho otra cosa que intercambiar disculpas. ¿Por qué acabar con la costumbre?

Se detuvo delante de la puerta de su casa. Si no aceptaba sus excusas en aquel momento, seguiría intentándolo y volviéndola loca hasta que lo hiciera.

Además, la había echado mucho de menos. Era tan sencillo como eso. Había echado de menos hablar con ella sobre el proyecto, escuchar su risa y el modo fuerte y desinhibido en el que lo había tomado entre sus brazos.

Miró las flores que tenía en la mano. Aquellos lirios eran una razón muy frágil, pero eran mejor que nada. Aunque se los tirara a la cara, el gesto supondría un cambio en la tensa cortesía que parecía reinar entre ellos desde la velada en casa de Tim. Llamó a la puerta y se preguntó qué iba a decirle para que ella no la cerrara de un portazo al verlo.

No fue Abra quien abrió, sino la rubia de las fotografías. Era una mujer menuda, de mejillas rosadas y de unos cuarenta años. Se parecía mucho a Abra. Cody sonrió.

—Hola —dijo la mujer, ofreciéndole la mano y una sonrisa—. Soy Jessie Peters.

—Cody Johnson. Soy... un compañero de trabajo de Abra.

—Entiendo —respondió ella. Lo miró de arriba abajo y pareció darle su aprobación—. Entra. Me gusta mucho poder conocer a los... compañeros de trabajo de Abra. ¿Te apetece tomar algo? Abra se está dando una ducha.

—Claro. Algo frío, si tiene.

—Acabo de hacer limonada. Siéntete como en tu casa —dijo, al tiempo que desaparecía en el interior de la cocina—. ¿Te estaba esperando Abra?

—No —admitió él. Miró a su alrededor y notó que el apartamento estaba mucho más ordenado que en su visita anterior.

—Entonces, se trata de una sorpresa. A mí me encantan las sorpresas —comentó, al reaparecer con dos vasos de limonada muy fría—. ¿Eres también ingeniero?

—No. Soy arquitecto.

Jessie se detuvo un instante. Entonces, esbozó una ligera sonrisa.

—El arquitecto —murmuró. Le hizo a Cody un gesto para que se sentara—. Creo que Abra ha hablado de ti.

—Estoy seguro de ello —afirmó Cody. Colocó las flores sobre la mesa.

—Sin embargo, no mencionó que fueras tan atractivo —comentó Jessie, tomando asiento también—, aunque es típico de ella reservarse esa clase de detalles. ¿Eres del este?

—Así es. De Florida.

—Yo nunca pienso en Florida como en el este. Siempre pienso en Disneyworld.

En aquel momento, Abra salió del dormitorio. Llevaba puestos unos pantalones blancos muy anchos y una enorme camiseta con un par de sandalias. Aún tenía el cabello mojado y rizado de la ducha.

—Tienes compañía —anunció Jessie mientras se ponía de pie y recogía las flores—. Te ha traído un regalo.

—Ya lo veo —dijo Abra. Se metió las manos en los amplios bolsillos de los pantalones.

Con una deslumbrante sonrisa en los labios, Jessie hundió el rostro entre los lirios.

—¿Te parece que te las ponga en agua, cielo? —preguntó—. Tendrás un jarrón, ¿verdad?

—Tiene que haber uno en alguna parte.

—Por supuesto.

Abra esperó hasta que Jessie desapareció en la cocina para buscar el jarrón. Cuando habló, lo hizo en voz muy baja.

—¿Qué es lo que quieres?

—Verte.

—En ese caso, ya lo has hecho. Ahora, si me perdonas, estoy muy ocupada esta tarde.

—Y disculparme.

Abra dudó. Entonces, respiró profundamente. Ella había ido una vez a verlo para disculparse y él la había aceptado. Si había algo que comprendía muy bien era lo difícil que era intentar tender un puente cuando este ha sido demolido.

—No importa —dijo. Consiguió esbozar lo que esperaba que fuera una sonrisa casual—. Olvidémoslo.

—¿No te gustaría que te diera una explicación?

—Creo que no. Sería mejor que...

—He encontrado uno —anunció Jessie. Regresó al salón con una botella vacía de leche en las manos—. Más o menos. En realidad, creo que quedarán preciosas aquí, ¿no os parece? —añadió. Colocó el jarrón en el centro de la mesita de café y dio un paso atrás para admirar las flores—. No te olvides de cambiarles el agua, Abra. Tampoco estaría de más que levantaras el jarrón cuando limpies el polvo.

—Mamá...

—¿Es usted su madre? —preguntó Cody, atónito. Sus palabras hicieron que Jessie esbozara una sonrisa.

—Ese es el mejor cumplido que he escuchado en todo el

día —dijo Jessie—. Si no la quisiera tanto, lo negaría —añadió. Se puso de puntillas y depositó un beso en la mejilla de Abra—. Que tengáis los dos una tarde muy agradable. No te olvides de llamarme, hija.

—Pero si acabas de llegar.

—Tengo un millón de cosas que hacer —afirmó Jessie. Entonces, ofreció la mano a Cody—. Encantada de haberte conocido.

—Espero volver a verla, señora Peters.

—Llámame Jessie —repuso ella, con una sonrisa—. Insisto en que todos los hombres guapos me llamen Jessie. Buenas noches, cielo. Por cierto, te queda muy poco detergente para el lavavajillas.

Abra dejó escapar un suspiro cuando la puerta se cerró.

—¿Estás segura de que es tu madre?

—La mayor parte del tiempo —respondió Abra, mientras se revolvía el cabello con los dedos—. Mira, Cody. Te agradezco mucho que hayas venido a disculparte.

—¿Significa eso que aceptas mis excusas?

—No quiero ser grosera. Creo que los dos hemos utilizado ya todas nuestras reservas de mala educación durante este año, pero simplificaría las cosas que redujéramos el contacto entre nosotros al horario de trabajo.

—Yo nunca dije que quisiera que las cosas fueran simples —afirmó Cody. Dio un paso al frente. Ella lo miró con cautela mientras él jugueteaba con las puntas de su cabello—. Si es eso lo que tú quieres, bien. Te miro y te deseo. No se puede simplificar más.

—Para ti... Mira, no quiero entrar en explicaciones, pero cuando te dije que no estaba preparada estaba siendo completamente sincera. A eso hay que añadir el hecho de que no nos llevamos muy bien. Apenas nos conocemos. No nos comprendemos.

—Muy bien. En ese caso, conozcámonos.

—Estás simplificando el tema.

—¿No es eso lo que acabas de decir que querías?

Abra se sintió atrapada, por lo que se dio la vuelta y fue a sentarse.

—Cody, ya te he dicho que tengo razones para no desear empezar una relación contigo ni con nadie.

—Muy bien, Wilson. ¿Por qué no miramos este asunto de un modo lógico? Los ingenieros sois personas muy lógicas, ¿no? —dijo él, sentándose enfrente de ella.

—Así es.

—Aún tenemos que trabajar juntos durante unos cuantos meses. Si hay tensión entre dos personas, no trabajan bien. Si seguimos así, tal y como hemos estado las dos últimas semanas, el proyecto va a sufrir las consecuencias.

—Tienes razón, pero te aseguro que no me voy a meter contigo en la cama solo para aliviar la tensión.

—Y yo que creía que eras una profesional dedicada... —observó él. Se reclinó sobre el asiento y la miró fijamente—. Bueno, si eso está descartado...

—Por supuesto.

—¿Qué te parece si nos tomamos una pizza y vamos a ver una película?

—¿Nada más? —preguntó ella, tras pensárselo durante unos instantes.

—Eso depende.

—En este caso no. Prefiero tratar con absolutos. Si accedemos a conocernos, a tratar de desarrollar una relación profesional y personal, tengo que saber que la relación personal permanecerá a un cierto nivel. Eso significa que tendremos que poner ciertas reglas.

—¿Crees que debo anotarlas? —preguntó él, con cierto sarcasmo.

—Si así lo quieres —replicó ella—, pero creo que podremos conseguir que todo sea muy simple—. Nos podemos ver como amigos y compañeros de trabajo. No habrá connotaciones románticas.

—Define eso de «connotaciones románticas».

—Creo que ya sabes a lo que me refiero, Johnson. Tienes razón en lo de que una mala relación personal podría afectar a nuestro trabajo. La comprensión y el respeto solo pueden conducir a una mejor comunicación.

—Deberías anotar eso para la próxima reunión del personal. Muy bien —afirmó, antes de que Abra pudiera protestar—. Probaremos como tú dices. Compañeros —añadió. Se inclinó hacia delante y le ofreció la mano. Cuando Abra se la estrechó, sonrió—. Supongo que me tendré que llevar las flores.

—Oh, no. Me las diste antes de que fijáramos las reglas —replicó ella. Se levantó. Se sentía muy orgullosa de sí misma—. Yo pagaré la pizza y tú las entradas de la película.

Iba a funcionar. A lo largo de los siguientes días, Abra se congratuló por haber transformado una situación potencialmente complicada en un arreglo de lo más conveniente. Inevitablemente, había veces en las que chocaban durante el horario de trabajo. Cuando se veían después de la jornada laboral, lo hacían como amigos para disfrutar de una cena o de un espectáculo. Si a ella le apetecía algo más después de haber dejado a Cody en su hotel o de que él la hubiera llevado a su apartamento, ahogaba aquella necesidad.

Poco a poco, fue aprendiendo mucho más sobre él, sobre la granja en la que había crecido y sobre lo que le había costado terminar sus estudios. Cody no habló de las dificultades económicas ni de las duras jornadas de trabajo que había tenido que echar, pero, a medida que se iban conociendo, Abra supo leer entre líneas.

Todo ello cambió el punto de vista que tenía sobre él. Siempre lo había considerado un socio mimado y privilegiado de un estudio de arquitectura. Nunca se había parado a pensar en el hecho de que había trabajado mucho para llegar a donde estaba, lo mismo que ella. Admiraba la ambición cuando estaba unida al empuje y al trabajo duro.

Ella no fue tan prolija al darle detalles sobre su vida privada. No le importaba hablar sobre los años que llevaba trabajando para Thornway y sobre la admiración que sentía hacia el hombre que le había dado su oportunidad. Sin embargo, nunca le contó nada sobre su familia o su infancia. Aunque Cody se percató de aquella barrera, no hizo intento alguno por derribarla. Lo que estaba creciendo entre ellos aún era muy frágil. No tenía intención de poner a prueba su suerte hasta que los cimientos fueran un poco más firmes.

Si Abra estaba encantada con aquella situación, Cody cada vez estaba más frustrado. Quería tocarla, pero sabía que, si lo hacía, el delicado hilo que se estaba tejiendo entre ellos se rompería. Una y otra vez se dijo que lo terminaría todo, que daría por acabados aquellos platónicos encuentros, pero no podía. Verla, pasar tiempo con ella, se había convertido en un hábito demasiado arraigado. No obstante, estaba empezando a pensar que quien hubiera dicho que era mejor media barra de pan que nada no sabía nada sobre el hambre real.

Con las manos en las caderas, Abra observaba cómo los mecánicos trabajaban en el mecanismo del tejado móvil sobre la piscina. La estructura estaba terminada y el cristal se instalaría a finales de la semana siguiente. El sol caía de pleno sobre el cemento.

—¡Cielo!

—¿Mamá? —preguntó Abra, muy sorprendida—. ¿Qué estás haciendo aquí?

—Hablas tanto de este lugar que pensé que ya era hora de que viniera a verlo con mis propios ojos —respondió, mientras se colocaba el casco en un ángulo más favorecedor—. He hablado con el señor Blackerman para que me dé un poco más de tiempo a la hora de almorzar —añadió, mientras entrelazaba el brazo con el de su hija—. Abra, este lugar es maravilloso. Absolutamente fabuloso. Por supuesto, no sé nada de estas cosas y esas casitas de allí me parecen más bien chabolas sobre montones de tierra.

—Son las cabañas.

—Lo que sea. Sin embargo, ese gran edificio que vi cuando entré es increíble. Parece un castillo del siglo XXIV. No había visto nada parecido antes. Es tan atractivo, tan majestuoso... Justo como yo siempre había pensado en el desierto.

—¿De verdad? —preguntó Abra, muy sorprendida.

—Sí. Te aseguro que cuando lo vi casi no podía creer que mi hija formara parte de algo tan... grandioso —comentó, mientras observaba la piscina vacía, que, en aquellos momentos, estaba siendo decorada con pequeños azulejos de mosaico—. ¡Vaya! Tiene forma de media luna. ¡Qué bonito! Todo aquí está formado por curvas y arcos, ¿verdad? Así resulta más relajante, ¿no te parece? El efecto adecuado para un complejo turístico.

—Supongo que sí —murmuró Abra. No quería admitir que hasta ella misma estaba empezando a ver el atractivo.

—¿Qué va allí arriba?

—Es una cubierta de cristal movible. Estará algo tintada para que filtre los rayos del sol. Cuando esté abierta, los dos paneles se separarán y se deslizarán en las paredes.

—Maravilloso. Me encantaría ver todo esto cuando esté terminado. ¿Tienes tiempo para mostrármelo todo o me doy una vuelta yo sola?

—En estos momentos no me puedo marchar. Si puedes...

—Oh, mira, ahí está tu arquitecto —dijo Jessie, estirándose la falda automáticamente. Ya se había fijado en el hombre más bajo y corpulento que estaba al lado de Cody—. ¿Quién es ese caballero tan distinguido que acompaña a tu enamorado?

—No es mi enamorado —replicó ella—. Ni tengo ni quiero un enamorado.

—Por eso me preocupas tanto, cielo.

—Te recuerdo que Cody Johnson es solo un compañero de trabajo para mí.

—Lo que tú digas, tesoro, pero ¿quién es ese que está con él?

—Es el señor Barlow. Todo esto es suyo.

—¿De verdad? —preguntó Jessie. Ya había empezado a sonreír a Cody. Al ver que él se acercaba, le extendió las dos manos—. Hola otra vez. Le estaba diciendo a Abra lo mucho que me gusta tu diseño. Estoy segura de que este va a ser el complejo turístico más hermoso de todo el estado.

—Gracias. Este es William Barlow. Esta es la madre de Abra, Jessie Peters.

—¿Su madre? ¡Vaya! No sabía que Abra solo tenía dieciséis años —bromeó Barlow.

Jessie lanzó una carcajada.

—Espero que no le importe que haya venido, señor Barlow. Me moría por ver el lugar en el que Abra estaba trabajando tan duramente. Ahora que lo he visto, estoy convencida de que merece la pena.

—Estamos muy contentos con el trabajo de Abra. Usted puede estar muy orgullosa de ella.

—Siempre lo he estado —comentó Jessie, sin dejar de pestañear—. Dígame, señor Barlow, ¿cómo se le ocurrió poner aquí un complejo turístico, y tan hermoso también?

—Es una larga historia.

—Oh —dijo Jessie. Entonces, miró a Abra muy apenada—. Bueno, sé que estoy interrumpiendo a todo el mundo en su trabajo. Había esperado que mi hija pudiera enseñarme todo esto, pero veo que tendrá que esperar.

—Tal vez me permita que se lo muestre yo.

—Me encantaría —repuso Jessie. Entrelazó el brazo con el de Barlow—, aunque no quiero molestar.

—Tonterías —replicó Barlow—. Dejamos todo en manos muy capaces mientras nosotros damos un paseo.

Los dos se marcharon, no sin que antes Jessie sonriera a Abra por encima del hombro.

—Ya estamos otra vez —musitó Abra.

—¿Cómo dices?

—Nada —contestó ella. Se metió las manos en los bolsillos y se volvió para mirar a los hombres. Siempre la había molestado ver a su madre en acción—. Deberíamos tener el cableado y los soportes listos para cuando termine la jornada.

—Bien. Ahora, ¿quieres decirme lo que te está molestando?

—Nada. Simplemente hemos tenido algunos problemas con el ángulo —comentó ella, para disimular.

—Ya los has solucionado.

—Con un gasto económico y temporal considerable.

Iban a discutir. Como lo sabía, Cody se frotó el puente de la nariz entre los dedos.

—¿No te cansas nunca de cantar la misma canción?

—Con un ligero cambio en los grados de...

—Habría cambiado el aspecto que tiene y las sensaciones que transmite.

—Ni siquiera una mosca pegada al cristal se habría dado cuenta de los cambios que yo quería.

—Yo lo habría notado.

—Tú eres un testarudo.

—No. Tengo razón.

—Obstinado. Igual que te mostraste muy obstinado cuando insististe en que teníamos que utilizar hojas de cristal sólido de gran tamaño en vez de las de menor tamaño.

Sin decir ni una sola palabra, Cody la agarró del brazo y la apartó de allí.

—¿Qué diablos estás haciendo?

—Cállate.

Prácticamente haciendo que Abra fuera arrastrando los talones, la hizo bajar a la piscina vacía. Los obreros los miraron y sonrieron. Entonces, Cody tomó el rostro de ella entre las manos y la hizo mirar hacia arriba.

—¿Qué es lo que ves?

—El cielo, maldita sea. Si no me sueltas tú, vas a ver las estrellas.

—Eso es. El cielo. Eso es lo que quiero que veas. Tanto si la cubierta está cerrada como si no. No quiero que veas cristal, ni ventanas ni cubierta, sino solo cielo. Mi trabajo es imaginar, Wilson, y el tuyo hacer que lo que yo imagino sea realidad.

Abra se zafó de él.

—Déjame que te diga algo, listo. No todo lo que se puede imaginar se puede hacer realidad. Tal vez no sea eso lo que le guste escuchar a la gente como tú, pero así es.

—¿Sabes cuál es tu problema, pelirroja? Te cuesta demasiado soñar. Estás demasiado encorsetada por columnas y cálculos. En tu cabeza, dos y dos siempre son cuatro, aunque la vida pudiera ser mucho mejor si, de vez en cuando, dos y dos fueran cinco.

—¿Sabes lo estúpido que suena lo que acabas de decir?

—Sí. ¿Por qué no te tomas un poco de tiempo para preguntarte por qué no en vez de asumir siempre lo negativo?

—Yo no asumo nada. Solo creo en la realidad.

—Esto es la realidad. La madera, el cristal, el acero, el sudor... Esto es realidad y, maldita sea, también esto.

Le cubrió la boca con la suya antes de que ninguno de los dos tuviera oportunidad de pensar. Los trabajadores que había a su alrededor se detuvieron durante unos segundos, pero ninguno de los dos se dio cuenta. A ninguno de los dos les importó. Abra descubrió que, aunque la piscina estaba vacía, estaba sumergida en ella por completo.

Comprendió que aquello era precisamente lo que había deseado. No podía negarlo cuando sentía los cálidos labios de Cody sobre los suyos. Le agarró con fuerza la camisa de trabajo, pero no para protestar, sino para poseer. Lo estrechó con fuerza contra sí cuando la espiral del deseo se desató dentro de ella muy rápida y genuinamente.

Cody no había pensado tocarla así, hacerse dueño de lo que acababa de poseer para convencerse de que ella se le entregaría a su tiempo. La paciencia siempre había sido una parte integral de su naturaleza.

Tal vez si la respuesta de Abra no hubiera sido tan completa, si no hubiera saboreado el deseo en sus labios, podría haberse apartado de su lado. Sin embargo, como Abra, se sentía completamente sumergido en la situación. Por primera vez en su vida deseaba llevarse a una mujer como si fuera un caballero sobre un corcel blanco. Deseaba tumbarla sobre el suelo y poseerla como un guerrero primitivo que recoge el botín de su victoria. Como un poeta, ansiaba prender las velas y dejar fluir la música. Más que nada, deseaba a Abra.

Cuando se apartó de ella, Abra se había quedado completamente sin habla. La había besado antes y había logrado despertar su pasión, pero esta vez había habido algo diferente, más profundo y desesperado. Durante un momento, ella solo pudo permanecer allí de pie, mirándolo, perdida en el conocimiento de que una mujer podía enamorarse en cualquier parte, en cualquier momento, aun cuando hubiera levantado barricadas alrededor de su corazón para protegerlo.

—¿Es eso lo suficientemente real para ti? —murmuró Cody.

Abra solo pudo sacudir la cabeza cuando el zumbido que sentía en el cerebro se aclaró y se separó en sonidos diferentes. El golpeteo de los taladros, el murmullo de los hombres... Las mejillas se le ruborizaron rápidamente debido a una mezcla de furia, vergüenza y autorecriminación.

—¿Cómo te atreves a hacer algo así aquí?

Cody se enganchó los pulgares en los bolsillos del pantalón.

—¿Tienes en mente algún otro lugar?

—Mantente alejado de mí, Johnson —le espetó ella—, o tendrás que enfrentarte a los cargos de acoso sexual.

—Los dos sabemos que lo que ha ocurrido aquí no tiene nada que ver con el acoso sexual ni de ninguna otra clase. Es algo mucho más personal, pelirroja, y el hecho de que yo mantenga las distancias no va a hacer que desaparezca.

—Muy bien —dijo ella, acercándose un poco más a él al darse cuenta de que la discusión interesaba a los hombres casi tanto como el beso—. Si es personal, que siga siendo así. Fuera del horario de trabajo, Johnson. En este momento, estoy utilizando el tiempo por el que Thornway me paga y no tengo intención alguna de desperdiciarlo discutiendo contigo.

—Bien.

—Bien —repitió ella. Entonces, empezó a subir por la escalerilla y salió de la piscina.

Cody observó cómo Abra salía del edificio. Muy pronto, los dos no estarían limitados por el reloj de la empresa.

CAPÍTULO 6

Eran casi las cinco cuando Abra se detuvo al lado del tráiler para echarse un poco de agua fría sobre el rostro. Después de la escena que había protagonizado con Cody, parecía que todo lo que podía ir mal lo había hecho. Algunos de los ascensores habían resultado defectuosos y había habido otra pelea entre Rodríguez y Swaggart. A uno de los carpinteros se le había metido una astilla en el ojo y Tim se había pasado por la obra para quejarse del presupuesto.

Mientras se secaba el rostro con la toalla, Abra pensó que todo había comenzado con la visita de su madre. No era justo echarle la culpa a Jessie, pero, sin importar dónde ni cuándo, era la clase de mujer que arrastraba complicaciones y que luego esperaba que los demás se ocuparan de ella.

Tal vez no estaba bien lamentarse de que su madre y Barlow se hubieran caído tan bien, pero la historia parecía tener la costumbre de repetirse continuamente. Lo último que Abra quería era la posibilidad de un romance entre el dueño del proyecto y su madre.

Recogió un montón de expedientes para llevarse a casa y decidió que era mejor preocuparse por su madre. Era mucho mejor pensar en la variada y colorida vida amorosa de Jessie que en la suya propia.

Se recordó que no tenía vida amorosa. Ni la quería. Sus planes, tanto profesionales como personales, estaban ya completamente organizados. No iba a dejar que un arquitecto de Florida se los estropeara.

¿En qué diablos había estado pensando él?

En el momento en el que aquel pensamiento se le pasó por la cabeza, hizo un gesto de tristeza y abrió la puerta de una patada. Sabía muy bien lo que Cody había estado pensando porque ella había estado pensando exactamente en lo mismo. Cohetes explotando, volcanes en erupción, tornados girando en el cielo... Resultaba difícil pensar en nada que no fuera poder y caos cuando estaba en brazos de Cody.

¿Le ocurriría eso también a él? ¿Perdería parte de sí mismo cuando los dos estaban juntos? ¿Se desvanecería todo y todo el mundo como si no tuvieran importancia alguna?

«Por supuesto que no». Cerró la puerta del tráiler y apoyó la frente contra un lateral. Cody solo era otro hombre guapo con una lengua y unas manos hábiles. El mundo estaba lleno de ellos. Dios sabía que su madre había convertido en ciencia la búsqueda y el descubrimiento de estos hombres.

Una vez más, Abra pensó que no era justa. La vida de su madre solo le pertenecía a ella. Mientras se dirigía al coche con los expedientes, admitió que tampoco era justo para Cody. Él había iniciado el beso, pero ella no había hecho nada para detenerlo. Eso hacía que su propio comportamiento fuera tan escandaloso y poco profesional como el de él.

Sí. Debería haberlo parado. Se había preguntado una docena de veces por qué no lo había hecho. No había sido la sorpresa ni la lujuria, aunque hubiera preferido echarle la culpa a alguna de las dos cosas. Había sido... Durante un instante había sido como si algo maravilloso y completamente inesperado hubiera ocurrido. Había habido mucho más que necesidad, mucho más que pasión, mucho más que deseo.

Había habido una explosión y, con aquella explosión, algo

parecía haberse soltado dentro de ella. Había estado a punto de creer que se había enamorado.

Por supuesto, aquello era una tontería. Se metió la mano en el bolsillo para sacar las llaves del coche. Ella era demasiado equilibrada para volver a hacerlo. Sin embargo, fuera una tontería o no, la idea le estaba haciendo vivir algunos malos momentos.

Decidió que no pensaría al respecto. Tenía muchos otros problemas que podían ocupar su mente y la mayoría estaban en los expedientes que llevaba en las manos. Con esfuerzo y concentración, podía realizar cálculos, resolver las ecuaciones y encontrar soluciones. Hacer lo mismo con Cody estaba más allá de su capacidad, por lo que se olvidaría de ello y se ahorraría el dolor de cabeza.

Al escuchar el motor de un coche giró la cabeza. Vivió otro mal momento cuando reconoció el deportivo que Cody había alquilado. Se detuvo al lado de ella justo cuando Abra abría la puerta de su propio automóvil.

Cody había estado pensando mucho aquella tarde y había tomado sus propias decisiones. Antes de que ella se metiera tras el volante de su coche, salió y la agarró del brazo.

—Vamos.

—Estaba a punto de hacerlo.

—Iremos en mi coche.

—Vete tú en el tuyo.

Cody le arrebató las llaves y los expedientes. Se metió en el bolsillo las primeras y colocó los segundos en el asiento trasero del descapotable.

—Entra.

—¿Qué es lo que crees que estás haciendo? Si crees que voy a ir a alguna parte contigo, necesitas que te operen del cerebro.

—Siempre lo hacemos del modo más difícil, ¿verdad? —dijo él. Entonces, la tomó en brazos.

—Estás loco.

Estuvo a punto de darle un codazo en las costillas antes de que él la dejara en el asiento del copiloto. Completamente furiosa, trató de abrir la puerta, pero él se lo impidió. Entonces, se inclinó sobre ella y le dijo con voz muy suave:

—Si sales de este coche, haré que te arrepientas, Wilson.

—Dame las llaves.

—Ni hablar.

—Muy bien. En ese caso, iré andando hasta la carretera y haré autostop.

—No te hace falta porque ya tienes quien te lleve.

Cuando Cody se dispuso a ir hacia su puerta, Abra abrió la suya y se dispuso a descender. Acababa de poner los pies en el suelo cuando él la obligó de nuevo a entrar en el descapotable.

—No me das miedo, Johnson.

—Debería dártelo. Ya se ha terminado la jornada laboral y tenemos asuntos propios, Abra —le dijo. Con un fluido movimiento, le colocó el cinturón de seguridad—. Yo me lo dejaría puesto. El paseo podría tener bastantes baches.

Cuando ella consiguió desabrochárselo, Cody ya se había colocado tras el volante. Sin decir ni una palabra, volvió a ajustarle el cinturón e hizo avanzar el coche a toda velocidad por la carretera.

—¿Qué estás tratando de demostrar?

—Todavía no estoy seguro —respondió él, mientras se dirigían hacia la carretera principal—, pero vamos a ir a un lugar tranquilo hasta que lo averigüe. Tal y como yo lo veo, nuestro primer plan no ha funcionado, por lo que tendremos que volver a la pizarra para diseñar otro.

El lugar tranquilo al que él se había referido resultó ser su hotel. La reacción de Abra fue salir del coche con un portazo y echar a correr por el aparcamiento. Cody la atrapó y se la echó encima del hombro. Los insultos que ella le dedicó los siguieron como una estela hasta que llegaron a la suite de Cody.

Él abrió la puerta y la cerró cuando los dos estuvieron en el interior. Antes de soltar a Abra sobre una silla, tomó la precaución de echar el pestillo.

—¿Te apetece algo de beber? —le preguntó. Ella se limitó a responderle con una mirada de desprecio—. Pues a mí sí —añadió. Se dirigió al bar y abrió una botella de vino—. Esta vez tomaremos un chardonnay. Te gustará.

—¿Sabes lo que me gustaría? —replicó ella mientras se levantaba muy lentamente de la silla—. Verte colgado de los pulgares sobre una fogata. Una fogata enorme, Johnson, y un poco de brisa para que se llevara el humo y que este no te hiciera perder el conocimiento —concluyó, al llegar al bar.

—¿Por qué no pruebas el vino en vez de todo eso? —le sugirió él. Abra agarró rápidamente una copa, pero él fue más rápido. Le cubrió los dedos con los suyos—. Pelirroja, si me lo echas por la cabeza, me voy a enfadar mucho.

Abra se zafó de él y, tras levantar la copa, la vació de un solo trago.

—Gracias por la invitación —dijo. Entonces, se dirigió hacia la puerta. Cody llegó antes de que ella pudiera abrirla.

—Así nunca aprenderás a apreciar el buen vino —afirmó él. La agarró y la volvió a sentar sobre la silla—. No te muevas más. Podemos hablar de esto o yo puedo dejarme llevar por mis instintos más primitivos. Depende de ti.

—No tenemos nada de lo que hablar.

—Muy bien.

La levantó de la silla con la misma celeridad con la que la había sentado en ella. Abra consiguió emitir un gemido de protesta antes de que él la tomara entre sus brazos. La besó como si tuviera la intención de seguir besándola durante toda la eternidad. Le enredó una mano en el cabello mientras que la otra vagaba con toda libertad. Acariciaba el cuerpo de Abra posesivamente, descubriendo así su esbeltez, su suavidad... Nunca antes la había tocado de aquella manera y el resultado los dejó atónitos a ambos.

Abra estaba tan viva... Cody sentía el pulso de la joven latiéndole en las yemas de los dedos. Una energía acicateada por la pasión atravesó todo el cuerpo de ella, dejándolo a él atónito y desesperado. No había ninguna otra mujer que pudiera provocar aquella combinación de necesidades y sensaciones dentro de él. Nadie lo había hecho sentirse nunca de aquella manera. Abra se sentía aterrorizada y encantada a la vez. Resultaba fácil, casi demasiado, olvidarse de las reglas que había creado para su relación. En aquellos momentos, su cuerpo estaba experimentando docenas de sensaciones donde él la tocaba. Con un murmullo de confuso placer, se inclinó sobre él y le ofreció más.

A sus espaldas, el teléfono empezó a sonar. No le prestaron atención alguna, sino que se limitaron a escuchar los latidos de sus corazones.

Cody se apartó brevemente de ella para hundir el rostro en el cabello de Abra y recuperar el aliento. Aquello también le ocurría por primera vez. Ninguna mujer lo había dejado nunca sin aliento. Le miró el rostro. Tenía los ojos grandes, casi verdosos. Decidió que parecía tan atónita como él se sentía. Si se dejaban llevar por los impulsos, los débiles cimientos sobre los que se asentaban terminarían por derrumbarse.

—Es mejor que hablemos.

—Muy bien —dijo ella. Tomó asiento en una silla.

Cody regresó al bar y le sirvió un poco más de vino en la copa. A continuación, se la entregó, tomó él la suya y se sentó frente a ella. Estuvieron mirándose unos segundos sin intercambiar palabra. Fue Abra quien rompió el silencio.

—Querías hablar.

—Sí. De eso se trataba —admitió él, con una sonrisa. Al menos, sirvió para aliviar parte de la tensión.

—No me gusta que me hayas traído aquí de esta manera.
—¿Habrías venido si te lo hubiera pedido?
—No, pero eso no te da derecho a convertirte en un hombre de las cavernas y traerme aquí prácticamente arrastrándome por el pelo.
—Te aseguro que no es mi estilo. ¿Quieres que me disculpe?
—Creo que ya nos hemos disculpado con bastante frecuencia. Querías hablar. Bien. Dado que ya estoy aquí, habla.
—Está bien. Creo que es justo decir que los planes que tan cuidadosamente habíamos trazado para mantener impersonal nuestra relación personal han fracasado.
—Tienes razón —admitió Abra, mirando el vino que tenía en la copa con gesto pensativo.
—Entonces, ¿qué vamos a hacer ahora?
—Parece que eres tú el que tiene todas las respuestas —replicó ella, tras levantar de nuevo la mirada.
—Abra... A ti te gustaría mantener las cosas muy sencillas —dijo Cody, tras tomar un sorbo de vino.
—Así es. No creo que ninguno de los dos tengamos tiempo para complicaciones en este momento de nuestras vidas.
Complicaciones. Cody estuvo a punto de levantarse de la silla y tomarla de nuevo entre sus brazos para demostrarle lo complicadas que estaban ya las cosas. Presentaba un aspecto tan compuesto...
—En ese caso, nos centraremos en los hechos. Número uno, te deseo. Número dos, tú me deseas a mí. Ahora, si combinamos esos dos factores y añadimos la información de que ninguno de los dos somos unos niños, sino adultos responsables que son lo suficientemente inteligentes como para abordar intelectual y emocionalmente una relación, creo que deberíamos encontrar una respuesta muy sencilla.
Abra no quería ser ninguna intelectual. Le había bastado la práctica recitación que Cody había hecho de los hechos para

darse cuenta de que solo deseaba abrir los brazos y el corazón para acogerlo dentro. Al diablo con los hechos, los planes y las respuestas sencillas.

Aquello sería lo que diría su madre. Se recordó que lo que funcionaba para Jessie nunca iba a hacerlo para ella. Tomó un sorbo de vino y miró a Cody por encima del borde de la copa. Parecía tan relajado, tan a gusto... No era capaz de ver la tensión que le hacía vibrar los músculos. Abra solo veía la ligera sonrisa que se le dibujaba en los ojos y el modo tan relajado en el que estaba tumbado en la silla.

—¿Quieres que te lo vuelva a repetir, pelirroja?

—No. Te daré una respuesta muy sencilla. Tenemos una aventura.

A Cody no le gustó el modo tan frío en el que ella lo dijo, como si no significara nada. Sin embargo, ¿no era aquello precisamente lo que quería? Estar con ella. A pesar de todo, le dolía y eso lo sorprendía.

—¿Cuándo quieres empezar?

La breve respuesta de Cody hizo que Abra se clavara las uñas en las palmas de las manos. Había abierto la puerta.

—Creo que sería mejor que primero nos comprendiéramos el uno al otro. Que no dejemos que nuestra vida personal interfiera en el trabajo. Es importante que nos metamos en esto sabiendo que no hay ataduras, ni lamentos ni peticiones a largo plazo. Dentro de unas cuantas semanas, tú regresarás a Florida y te quedarás allí. No nos servirá de nada a ninguno de los dos fingir que no va a ser así o comportarnos como si lo que estamos empezando no fuera a terminar.

—Está muy claro —dijo él. Estaba completamente atónito por su frialdad—. Evidentemente, has pasado por esto antes.

Abra no respondió. No tenía que hacerlo. Antes de que consiguiera bajar los ojos, Cody vio que se reflejaba en ellos una expresión de profunda tristeza.

—¿Qué es esto? —preguntó. Se puso de pie y fue a agacharse al lado de ella—. ¿Te rompió alguien el corazón, pelirroja?

—Me alegra ver que esto te divierte tanto...

—Te aseguro que no es así. No espero ser el primer hombre en tu vida, pero siento mucho que alguien te haya hecho daño. ¿Tan malo fue?

Lo último que Abra había esperado encontrar en Cody era sensibilidad. Esto le provocó que los ojos se le llenaran de lágrimas.

—No quiero hablar al respecto.

—Muy bien —dijo él. Había decidido que podía esperar—. A ver qué te parece esto. Vamos a cenar juntos.

Abra parpadeó para evitar las lágrimas y esbozó una sonrisa.

—No estoy vestida para ir a cenar —comentó, indicando la ropa de trabajo que aún llevaba puesta.

—¿Y quién ha dicho nada de salir? ¿No dijiste que te gustaban los hoteles porque podías llamar al servicio de habitaciones para pedir la comida y cenar en la cama? —preguntó él, antes de besarle dulcemente los labios.

—Sí...

—Te dejaré que utilices mi ducha y que tires las toallas al suelo.

Abra sonrió de nuevo. Todo iba a salir bien. Casi podía creerlo.

—Me parece un buen trato.

—Te aseguro que no encontrarás otro mejor —afirmó Cody. La agarró de la mano y la hizo ponerse de pie—. No has mencionado nada sobre las promesas.

—Supongo que se me ha pasado por alto.

—Entonces, yo te haré una.

—Cody...

Él volvió a rozarle brevemente los labios. Fue precisamente tanta dulzura lo que interrumpió las palabras de Abra.

—Solo una. Yo no te haré daño, Abra.
Ella supo que lo decía completamente en serio. El corazón que tanto se había esforzado por proteger quedó perdido irrevocablemente. Cody seguramente le haría daño, aunque se esforzara en que no fuera así. Ella nunca se lo diría.
Aquella vez, cuando el teléfono volvió a sonar, Cody extendió la mano y tomó el auricular.
—Johnson —dijo. Escuchó durante un instante mientras rozaba suavemente la sien de Abra con los labios—. Lefkowitz, ¿te ha dicho alguien alguna vez que eres un verdadero incordio? —añadió. De mala gana, soltó a Abra y dedicó toda su atención al teléfono—. Se te puso al mando porque se consideró que podrías ocuparte de complicaciones como esa. Dame el número y yo me haré cargo a partir de ahora. Si modificas esos planos, te partiré los dedos. ¿Está claro? Bien. Tomaré el primer avión que salga hacia allí.
Cuando colgó, Abra le ofreció su copa de vino.
—Eres muy diplomático, Johnson.
—El tacto y la diplomacia se los dejo a mi socio, Nathan.
—Menos mal. ¿Tienes que marcharte? —preguntó, tratando de inyectar un tono casual a su voz.
—Sí. A San Diego. No entiendo por qué creímos que un imbécil como Lefkowitz podría ocuparse de un trabajo. Ese hombre da un nuevo sentido a la palabra «ineptitud». Un ingeniero muy listo le ha dicho que tiene que hacer cambios en el diseño y ahora uno de los proveedores no hace más que ponerle pegas, pero él no tiene el empuje necesario para golpearles juntas las cabezas a los dos y seguir adelante con el proyecto.
—¿Es uno de tus diseños?
—Principalmente. ¿Por qué no me acompañas, Wilson? Así podrás indicar todas las razones por las que el ingeniero tiene razón y yo me he equivocado. Además, así podré mostrarte el océano.
Resultaba una idea muy tentadora, tanto que Abra estuvo

a punto de aceptar. Entonces, recordó que tenía un trabajo del que ocuparse.

—No puedo. No podemos abandonar los dos el proyecto. ¿Cuánto tiempo vas a estar fuera? —preguntó, tratando de mostrar que no le importaba.

—Un día o dos... a menos que asesine a Lefkowitz y tenga que ir a juicio. ¿Va contra las reglas que me eches de menos? —quiso saber, tras estrecharla suavemente contra su cuerpo.

—Trataré de ver si es posible...

La besó hasta que los dos se quedaron sin aliento. Cody se imaginó que se metía en la cama con ella, pero, como Abra, comprendía la responsabilidad demasiado bien.

—Tengo que echar unas cuantas cosas en una maleta para irme al aeropuerto. Te llevaré a tu coche.

—Claro.

Cuando Abra se apartó de él, no le quitó las manos de los hombros. Pensó lo extraño que resultaba que nunca antes en toda su vida hubiera lamentado tener que tomar un avión para marcharse a otro lugar. De algún modo, en los últimos minutos, parecía haber echado raíces.

—Te debo una ducha... y un servicio de habitaciones.

Abra se recordó que Cody no se marchaba a la guerra. Solo era un viaje de negocios. Llegaría el momento en el que tuviera que tomar otro avión para salir por completo de su vida. Aquel no era el caso.

—Ya haremos cuentas cuando regreses.

Había tardado tres días en solucionarlo todo. Estaba furioso. En aquel momento, estaba en la habitación de otro hotel, con la maleta hecha, esperando que llegara el momento de ir al aeropuerto para tomar su avión. En el bolsillo, tenía algo que había comprado para Abra. Un collar. Lo sacó y lo observó atentamente.

Había sido un capricho. Lo había visto en el escaparate de una joyería cuando se dirigía a una cita de negocios. No eran los fríos diamantes blancos, sino unos con un suave color verde azulado como el mar. En el momento en el que vio aquel collar, pensó en ella.

Cerró la tapa de la caja y se la volvió a meter en el bolsillo. Suponía que aquel no era el tipo de regalo que intercambiaban dos personas que estaban inmersas en una aventura casual. El problema para Cody, tal vez para ambos, era que lo que sentía por Abra no era nada casual.

No había estado enamorado antes, pero reconocía los síntomas. Sabía que ella no deseaba oírlo. Por eso, no se lo iba a decir. Podría ser que se le pasara. Conocía a personas que se habían enamorado y desenamorado como si nada. Sin embargo, eso no era para él. Si era un sentimiento verdadero, tenía la intención de hacerlo durar. Él no diseñaba nada sin asegurarse de que el edificio resistiría la prueba del tiempo. ¿Cómo iba a hacer menos con su propia vida?

Miró el reloj y se dio cuenta de que le faltaban más de dos horas para tomar el avión. Se tumbó en la cama, agarró el teléfono y llamó a Abra. Cuando le pareció que ella iba a contestar, abrió la boca para hablar. Una voz grabada le resonó en los oídos.

—*Este es el contestador de Abra Wilson. Siento no poder contestar esta llamada, pero si dejas un mensaje, me pondré en contacto contigo a la mayor brevedad posible. Gracias.*

Cody miró el reloj. Se estaba preguntando por qué demonios no estaba en casa cuando el pitido del contestador lo devolvió a la realidad.

—*Hola. Me gusta tu voz grabada, pelirroja, pero prefiero hablar contigo en persona. Escucha, si llegas a casa antes de las siete, llámame aquí al hotel. Yo... odio estos malditos aparatos. No te enfades ni nada por el estilo, pero te he echado de menos. Mucho. Llega pronto a casa, ¿de acuerdo?*

Colgó e inmediatamente marcó otro número. La voz que respondió era muy femenina y real.

—Hola, Jack. Soy Cody.

—¡Cody! ¿Me has conseguido la información que quería sobre Monument Valley?

—Yo también me alegro de hablar contigo, Jack.

—Lo siento —comentó ella entre risas—. ¿Cómo estás? Me alegro mucho de hablar contigo.

—Gracias. Por cierto, te he enviado unos cinco kilos de panfletos, fotografías, libros e información variada sobre Arizona.

—Te debo la vida. Estoy terminando de revisar mi novela y necesitaba algo más de información. Te lo agradezco mucho.

—No hay de qué. Me gusta mantener una relación muy estrecha con una famosa novelista.

—Todavía no soy famosa, pero dame unos meses. ¿Cómo te va por Arizona?

—Bien, pero en estos momentos estoy en San Diego.

—¿En San Diego? Ah, sí, se me había olvidado. Por cierto, Cody, me pregunto si me podrías...

—Dame un respiro, Jackie. ¿Se te nota ya la barriguita?

—Más o menos. Nathan me acompañó al médico la semana pasada para la ecografía y escuchó el latido del corazón del bebé. Desde entonces, no ha sido el mismo hombre.

—¿Está ahí?

—Acaba de marcharse. Yo quería un poco de eneldo fresco para la cena. Cree que el hecho de que yo salga a comprar podría cansar al bebé, así que por eso ha ido él.

—Nathan no sabría distinguir el eneldo del diente de león.

—Lo sé... ¿No te parece por eso más maravilloso? Por cierto, ¿cuándo vas a regresar a Florida?

—No lo sé... Estoy considerando quedarme aquí hasta que haya terminado el proyecto.

—¿De verdad? —preguntó Jackie. Entonces, hizo una pe-

queña pausa—. Cody, me parece detectar que ese deseo tiene otro motivo aparte del control creativo.
—Bueno... Hay una mujer.
—¡No! ¿Solo una?
—Sí, solo una —contestó, con una sonrisa.
—Parece algo serio.
—Podría serlo.
—¿Cuándo me la vas a presentar? Ya sabes, para someterla al tercer grado y hacerla pedazos. ¿Es también arquitecto? Espera un momento. Ya lo sé. Es una estudiante que trabaja como camarera en un bar de cócteles.
—No. Es ingeniero.
—¿Estás bromeando? —repuso Jackie, completamente atónita—. Tú odias a los ingenieros todavía más que Nathan. Dios santo. Eso debe de ser amor.
—O eso o he sufrido una insolación. Escucha, Jack. Quería que Nathan supiera que ya he solucionado las cosas aquí y que regreso a Phoenix.
—Se lo diré. Cody, ¿eres feliz?
Él se lo pensó durante un momento. Descubrió que no se podía responder tan solo «sí» o «no» a una pregunta tan compleja.
—Eso depende de la ingeniero. Seré sincero contigo. Estoy loco por ella, pero se está haciendo de rogar.
—Si te hace sufrir, voy a ir allí para romperle la regla de cálculo.
—Gracias. Creo que con eso será más que suficiente. Me mantendré en contacto.
—Hazlo. Cody... Buena suerte.

Eran casi las nueve cuando Abra llegó a su casa. Había tenido una larga charla durante la cena que había compartido con su madre. Las conversaciones con Jessie siempre la dejaban presa de dos sentimientos. El primero era de diversión pura y simple. Jessie era una mujer muy divertida. El otro era de preocupación. Su madre era un espíritu libre, una mujer que iba de hombre en hombre sin preocupaciones. Su última pareja era W. W. Barlow, o, como su madre lo llamaba, Willie. Jessie no había dejado de hablar de él en toda la cena, sobre lo dulce, lo atento y lo mono que era. Abra conocía muy bien las señales. Jessie Wilson Milton Peters estaba preparada para otra aventura.

Dejó el bolso y se quitó los zapatos a medida que iba avanzando por el salón. ¿Cómo se suponía que iba a poder mantener la profesionalidad en su trabajo si su madre estaba teniendo una aventura con el dueño? Se echó a reír. ¿Cómo se suponía que iba a poder mantenerla si ella misma estaba teniendo una aventura con el arquitecto? Su vida se había complicado mucho en muy poco tiempo.

Sabía que podría echarse atrás. Siempre se le había dado bien zafarse de situaciones complicadas. El problema era que estaba casi segura de que estaba enamorada de él. Eso convertía su relación en una crisis. Había pensado que había estado una vez enamorada, pero...

No había «peros». Solo porque aquella vez fuera más intenso que nunca, solo porque no parecía poder pasar más de cinco minutos sin pensar en él, no hacía que la situación fuera diferente de lo que le había ocurrido años antes, a excepción de que era más madura, más lista y estaba mejor preparada.

Nadie iba a volver a hacerle lo que le había hecho Jamie Frye. Nunca más iba a volver a sentirse tan pequeña o tan inútil. Si el amor era una crisis, podría enfrentarse con ella del mismo modo en el que lo hacía con una crisis en el trabajo. Tranquila y eficazmente. Sería diferente con Cody, porque había establecido unas reglas y, además, él era completamente diferente a Jamie. De eso estaba segura. No era superficial e insensible, tal y como lo había sido Jamie. Obstinado tal vez. Ciertamente desesperante, pero no había crueldad ni falta de sinceridad en él.

Abra decidió que no podía seguir pensando en él. Se pondría muy triste solo porque él no estuviera a su lado. Lo que necesitaba era una buena taza de café y una hora en su mesa de trabajo.

Se cambió de ropa y se sentó con el café caliente en la mano y la mente abierta para las ideas. Fue entonces cuando se dio cuenta de que la luz que anunciaba que tenía un mensaje en el contestador estaba parpadeando.

Apretó el botón. La primera llamada era de una compañera de la universidad con la que no había hablado desde hacía semanas. La segunda era de la secretaria de Tim para recordarle que tenían una reunión el lunes por la mañana. Estaba a punto de anotarla en su agenda cuando escuchó la voz de Cody y se le olvidó todo lo demás...

—... *si llegas antes de las siete...*

Abra miró el reloj y suspiró. Era mucho más tarde. Si llamaba al hotel no conseguiría hablar con él. Atentamente, escuchó su voz.

—... *te he echado de menos. Mucho.*

Muy contenta, rebobinó la cinta y volvió a escuchar el mensaje entero. Después, lo hizo una segunda y una tercera vez.

Durante la siguiente hora, estuvo trabajando un poco y soñando mucho. El café se le quedó frío. Realizó algunos cálculos y planeó cómo podría darle a Cody la bienvenida a casa. Tendría que salir y comprar algo maravilloso. Al día siguiente era sábado, por lo que seguramente él llegaría a Phoenix por la tarde o, a mucho tardar, el domingo por la mañana. Eso significaba horas, tal vez un día entero, sin que se viera acuciada por la presión del trabajo.

Decidió que, a primera hora de la mañana, iría a una boutique y se compraría una gloriosa creación de seda y encaje. Algo sexy, suave e irresistible. También se haría una limpieza de cutis. No solo eso. El tratamiento sería completo. Cabello, uñas, piel... Todo. Cuando Cody llegara, ella tendría un aspecto fantástico. Lo que se compraría sería de seda negra. Un minúsculo picardías. También necesitaría vino. No recordaba los que él le había recomendado, por lo que tendría que comprar lo que le dijera el dependiente. Además, adquiriría flores y velas. Y tendría que limpiar y recoger el dormitorio. Cuando alguien llamó a la puerta, metió un montón de ropa en el armario y cerró la puerta.

—Ya voy —dijo—. ¿Quién es?

—Tienes tres oportunidades para adivinarlo.

—¿Cody?

—A la primera —replicó él mientras Abra abría rápidamente la puerta. Lo miró fijamente. Cody sonrió.

Llevaba el cabello recogido con un cordón de zapato roto. El maquillaje que se había aplicado para la cena con su madre había desaparecido hacía mucho tiempo. Tenía la bata medio abierta y dejaba al descubierto una enorme sudadera que casi no le cubría los muslos.

—Hola, pelirroja. ¿Quieres que nos echemos unas canastas?

CAPÍTULO 7

Abra parpadeó al tiempo que se preguntaba si Cody sería un espejismo.

—¿Qué estás haciendo aquí?

—De pie en el descansillo. ¿Vas a dejarme entrar?

—Sí, pero... —dijo ella. Se hizo a un lado para franquearle la entrada a Cody—. Recibí tu mensaje, pero en él no decías que ya hubieras regresado.

—Así es, pero ahora ya estoy aquí —comentó Cody. Él mismo cerró la puerta y dejó su maleta en el suelo.

Abra pensó en todos los planes que había estado haciendo. Observó su desordenado apartamento y se pasó una mano por el cabello.

—Deberías haberme dicho que ibas a regresar esta noche. No estaba... no estoy lista.

—¿Y eso qué importa, Wilson? —preguntó él. Comenzó a acariciarle los hombros y a apartarle la bata—. ¿Acaso tienes otro hombre debajo de la cama? ¿O en el armario?

—No seas estúpido —replicó. Llena de frustración, se apartó de él. Debía de tener un aspecto horrible, nada que ver con la sofisticada y seductora lencería que se había imaginado—. Maldita sea, Cody. Deberías haberme dicho que ibas a venir.

Cody la miró atentamente. Tal vez se había dejado llevar

pensando que Abra se alegraría tanto de verlo como él se alegraba de verla a ella.

—Lo habría hecho si hubiera conseguido hablar contigo en vez de con tu contestador. ¿Dónde estabas?

—¿Cuándo? Oh... Había salido a cenar.

—Entiendo —dijo él, muy serio. Se metió las manos en los bolsillos. Cuando tocó la caja de la joyería, se recordó que no podía exigirle nada—. ¿Con alguien que yo conozca?

—Con mi madre —contestó. Su respuesta provocó un alivio inmediato en Cody, que expresó con una sonrisa—. ¿De qué te ríes?

—De nada.

—Mira, sé el aspecto que tengo, Johnson. Si me hubieras dicho que ibas a venir, habría podido hacer algo al respecto. Además, mi apartamento está muy desordenado.

—Siempre está muy desordenado —comentó él. Estaba empezando a entender lo que ocurría. Abra había querido preparar el escenario y él se había presentado antes de tiempo.

—Podría haber limpiado un poco... Además, solo tengo un vino muy malo.

—Bueno, en ese caso es mejor que me vaya —dijo él. Se dio la vuelta, pero se volvió de nuevo para mirarla como si se le hubiera ocurrido algo de repente—. Antes de que lo haga, tengo algo que decir sobre tu aspecto.

—Ten cuidado —le advirtió Abra, cruzándose de brazos.

—Supongo que solo hay un modo de enfrentarse a esto con sinceridad. Quieres que seamos sinceros el uno con el otro, ¿verdad, Abra?

—Tal vez... Bueno, hasta cierto punto.

—Tengo que decirte una cosa y deberías armarte de valor para escucharla.

—Mira, di ya lo que...

Todo tendría que esperar. Cody la tomó entre sus brazos y la besó. Con un rápido movimiento, le quitó la bata y deslizó las manos por debajo de la sudadera para explorar la piel desnuda y las sutiles curvas de Abra. Con la respiración entrecortada, ella se tensó bajo las caricias de Cody. Entonces, sintió que las rodillas empezaban a temblarle al notar que él la estaba empujando rápidamente hacia el abismo...

—Cody...

—Cállate —murmuró antes de apretarle los labios contra la garganta.

—Te deseo —susurró ella. Le quitó la chaqueta a medida que empezaban a avanzar por el salón. A continuación fue la camisa, que le sacó sin desabrochar por la cabeza. Con una rápida y posesiva caricia, le recorrió el torso con las manos—. Ahora...

Aquel murmullo de desesperación desató las sensaciones dentro de él. El deseo se presentó en estado puro, impaciente y primitivo. Para ambos el dormitorio quedaba demasiado lejos. Cuando se tumbaron encima del sofá, él aún estaba medio vestido, aunque ambos trataban de librarlo de sus ropas. Las manos de Abra eran salvajes, lo acariciaban sin parar mientras hacía todo lo posible por mantener la boca unida a la de él. Cody podía sentir cómo el calor irradiaba de ella, empujándolo cada vez más lejos de la cordura.

Con un repentino movimiento, él le quitó la sudadera y hundió la boca entre los senos de Abra. Con un abandono que jamás había conocido antes, ella se arqueó contra él, aceptando de buen grado las caricias de lengua y dientes. La delicada fragancia con la que ella se había rociado antes comenzó a mezclarse con el aroma a almizcle del deseo.

Abra iba a volverlo loco. Aquello era lo único que Cody era capaz de pensar mientras se deslizaba hacia abajo, sobre la tensa y suave piel del torso. Dondequiera que la tocara, dondequiera que la saboreara, ella respondía con un placer tan profundo que lo dejaba atónito.

Habían esperado demasiado tiempo, casi una vida entera. Por fin estaban juntos, sin excusas ni evasiones. Solo impaciencia.

Cuando la ropa dejó de ser un obstáculo, las largas y hermosas extremidades de Abra se enredaron alrededor de Cody. Ella ya no podía pensar ni deseaba hacerlo. Solo quería sentir, murmurarle lo que estaba ocurriendo dentro de ella. Sin embargo, no lograba encontrar las palabras. Nunca antes había experimentado un deseo o una pasión semejantes. Su cuerpo era como una fogata que solo él tenía la capacidad de avivar. Sentía un enorme dolor en su interior. Instintivamente, extendió las manos y, como si él comprendiera lo que estaba ocurriéndole, la condujo a un poderoso clímax.

Abra pronunció su nombre y se sintió cayendo en un abismo, interminablemente y sin peso alguno. Entonces, Cody la atrapó y la hizo subir de nuevo. A la luz de la lámpara, vio la piel cubierta de sudor, sus ojos abiertos de par en par, el cabello extendido sobre la alfombra donde se habían caído. Trató de pronunciar su nombre, pero el aire que tenía en los pulmones le ardía como si fuera fuego. La besó una vez más.

Vio cómo ella alcanzaba el clímax en una segunda ocasión. Sintió cómo le clavaba los dedos en la espalda. Más allá de lo que podía soportar, se hundió en ella. Abra se irguió para unirse a él con una velocidad que desgarró por completo el autocontrol de Cody. Rápido, duro y caliente... Así llegaron juntos a un lugar en el que ninguno de los dos había estado antes.

Debilitado y atónito, Cody se desmoronó sobre ella. No tenía ni la energía ni la claridad mental como para separar lo que le había ocurrido de las sensaciones y las reacciones individuales. Era como si una enorme burbuja lo hubiera rodeado para luego estallar repentinamente, dejándolo sin fuerzas.

Ella era tan suave como el agua debajo de él. Su respiración era lenta y profunda. Sintió que la mano que le había colocado sobre la espalda se deslizaba poco a poco y que caía inerte sobre la alfombra. El corazón le latía rápidamente, por lo que Cody cerró los ojos y se dejó atrapar por su sonido y su ritmo.

No hablaron. Aunque les hubiera resultado posible articular

palabras, Cody no habría sabido cuáles utilizar para decirle lo que ella le había hecho. Solo sabía que Abra le pertenecía y que él haría todo lo que fuera necesario para mantenerla a su lado.

¿Sería aquello lo que provocaba el amor? Abra se preguntó si la llenaría a una de una energía salvaje, para dejarla luego tan frágil como si pudiera disolverse con su propia respiración. Todo lo que había sentido antes palidecía comparado con lo que había experimentado con Cody. ¿Sería amor o tan solo el más abrumador de los deseos? ¿Importaba? Sintió que los dedos de Cody se le enredaban en el cabello. Importaba demasiado. Con solo una caricia había sentido la tentación de echar por la borda todo en lo que creía, todo lo que había planeado si aquello significaba que él volvía a acariciarla otra vez. No había razón para negar lo que sentía por él, aunque carecía de valor para pensar en lo que él podría sentir por ella.

—¿Estás bien? —susurró él, tras darle un beso en la garganta.

—No lo sé... Creo que sí. ¿Y tú?

—Bien, mientras no tenga que moverme durante las próximas dos semanas. ¿Sigues enfadada conmigo?

—No estaba enfadada contigo. Solo quería que todo estuviera preparado.

—¿Preparado?

—Sí. Había planeado... —dijo. No pudo continuar al sentir que él le acariciaba suavemente un pezón con las yemas de los dedos. Empezó a pronunciar el nombre de Cody, pero la palabra terminó en un suspiro cuando los labios de él le acariciaron los suyos.

—Sorprendente —murmuró Cody. Los sinuosos movimientos de Abra hicieron que se endureciera dentro de ella—. Absolutamente sorprendente.

Abra estaba tan sorprendida como él cuando la pasión saltó entre ellos de nuevo y tomó el control.

En algún momento de aquella noche, se metieron en la cama, pero no durmieron. Era como si, en las pocas semanas que hacía que se conocían, una montaña de necesidades se hubiera adueñado de ellos. Aquella noche, se habían soltado en avalancha. No hubo música, ni luz de las velas, ni seducción de seda y encaje. Se unieron sin adornos, sin ilusiones. La energía se alimentaba de la energía del otro, el deseo del deseo. Cuando por fin se quedaron dormidos, se despertaron a primera hora del alba sedientos de más. A pesar de que satisficieron su pasión una y otra vez, esta permaneció viva hasta que volvieron a quedarse dormidos en medio de un laberinto de extremidades.

Abra se despertó con los rayos del sol sobre el rostro y la cama vacía a su lado. Medio adormilada, acarició la sábana con una mano y murmuró:

—¿Cody?

Suspiró y abrió los ojos. Entonces, vio que estaba sola. Se incorporó en la cama y miró a su alrededor. No podía haberlo soñado. Nadie podía haberlo soñado. Se frotó el rostro con las manos y trató de pensar.

¿Se habría marchado ya? Podría ser que hubiera abandonado el apartamento tan fácilmente como había entrado en él. Y si lo había hecho, ¿qué? Habían acordado que no había vínculos ni ataduras entre ellos. Si le dolía, si la entristecía, solo ella era la culpable. El problema era que siempre había deseado más de lo que podía tener. Cerró los ojos y se recordó que él le había dado una noche que ninguna mujer olvidaría nunca. Si no le parecía suficiente, la culpa era solo de ella.

—Esperaba que te despertaras con una sonrisa en los labios —dijo Cody desde la puerta.

Abra miró hacia la puerta. Con un gesto nervioso, se cubrió los pechos con la sábana.

—Pensé que te habías marchado.
—¿Adónde? —preguntó él. Se acercó a la cama y le entregó una taza de café.
—Yo... Solo pensé que te habrías marchado —susurró ella. Tomó la taza de café que él le ofreció y le dio un sorbo.
—Veo que sigues teniendo una pobre opinión de mí.
—No es eso... Pensé que probablemente tendrías cosas que hacer.
—Sí... —murmuró él. Colocó una pierna sobre la cama. No recordaba haber pasado una noche con una mujer que lo hubiera dejado tan trastornado. Y tan incómodo. Tomó un sorbo de café—. Tu café está rancio, ¿lo sabías?
—Nunca tengo tiempo para hacerlo por las mañanas —dijo ella. Conversaciones sin importancia. Eso parecía lo mejor—. Yo... Te ofrecería algo para desayunar, pero...
—Lo sé. No hay nada en la cocina aparte de un plátano y una bolsa de patatas fritas.
—También hay galletas.
—Yo creía que eran piedras —afirmó él. Le colocó a Abra una mano debajo de la barbilla—. ¿Quieres mirarme?
Ella lo hizo mientras que la mano que le quedaba libre se movía constantemente sobre las sábanas.
—Habría comprado algunas cosas si hubiera sabido que ibas a venir.
—No creo que el problema aquí sea que no haya beicon o huevos. ¿Por qué no me dices cuál es, pelirroja?
—No hay ningún problema —respondió, tratando de insuflar un tono casual a su voz.
—¿Preferirías que me hubiera marchado?
—No... Escucha, no sé qué se supone que debo hacer ni lo que debo decir ahora. Tampoco sé cómo tengo que comportarme. No he tenido mucha oportunidad de verme en este tipo de situaciones.
—¿No? ¿Cuántas veces te has visto en una situación así?

—preguntó. A pesar de que sabía que la vida pasada de Abra solo le pertenecía a ella, deseaba saber si había habido alguien que hubiera compartido con ella lo que él había experimentado la noche anterior.

—No se trata de una broma.

—¿Acaso me estoy riendo? Me da la sensación de que estás juzgando lo que está ocurriendo ahora entre nosotros por algo que ocurrió antes. Y no me gusta.

—Lo siento.

—Eso no sirve de nada. Quiero que me hables de ese tipo que te hizo tanto daño.

—No creo que eso sea asunto tuyo —replicó ella.

—Te equivocas.

—Yo no te he preguntado nada sobre las mujeres con las que has estado a lo largo de tu vida.

—No, pero podrías hacerlo si creyeras que es importante. Y yo creo que esto lo es.

—Bueno, pues te equivocas. No tiene ninguna importancia.

—Si es cierto, ¿por qué pareces tan disgustada?

—No estoy disgustada.

—Pensé que habíamos dicho que seríamos sinceros.

—Tal vez. Creo que deberíamos haber mencionado también que no se podía husmear en las relaciones pasadas.

—Me parece muy justo, a menos que sigan afectando al presente. Si se me va a comparar con otro hombre, quiero saber por qué.

—¿Quieres que te hable sobre él? Bien. Era arquitecto —dijo, con una triste sonrisa.

—¿Es por eso por lo que me comparas con él?

—Tú eres el que dice que os estoy comparando. Se podría decir que tengo la costumbre de meterme en la cama con arquitectos. Acababa de salir de la universidad y estaba trabajando ya en Thornway. Se me había dado la oportunidad de trabajar como ayudante del ingeniero en un pequeño proyecto. James era el arquitecto. Acababa de mudarse de Filadelfia. Era muy listo, muy inteligente. Yo no.

—Muy bien. Ya me lo imagino —dijo Cody, al darse cuenta de que ella estaba sufriendo. Se puso de pie y se metió las manos en los pantalones que se había puesto antes.

—No. Querías escuchar la historia y yo te la voy a contar. Empezamos a salir y yo me enamoré. Con la perspectiva que da el tiempo, no puedo decir que él me prometiera nada, pero me dejó creer lo que yo quería. Siempre había querido ser la primera para alguien, ya sabes, ser la persona en la que alguien piensa antes que en nadie más o en ninguna otra cosa.

—Sí, lo sé.

—Yo era muy joven y aún creía que ocurrían cosas así, por lo que cuando él me dijo lo mucho que me deseaba, yo me mostré dispuesta a aceptarlo sin condiciones. Cuando me metí en la cama con él, prácticamente ya escuchaba campanas de boda.

—Pero él no.

—Había mucho más que eso...

—¿Qué ocurrió?

—Yo estaba haciendo la maleta para irme con él a pasar el fin de semana. Todo iba a ser muy romántico, muy íntimo. Un fin de semana esquiando en el norte. Nieve, fuego en la chimenea, largas noches... Estaba segura de que él iba a pedirme que me casara con él. Ya me imaginaba hasta dónde viviríamos. Entonces, recibí una visita. Estaba a punto de salir por la puerta. No quiero ni pensar lo que habría pasado si me hubiera dado más prisa en marcharme. La visita resultó ser su esposa, una esposa de la que no se había molestado en hablarme. Lo peor de todo fue que ella seguía enamorada de aquel canalla y que venía a verme para suplicarme que lo dejara. Estaba dispuesta a perdonarlo si yo me apiadaba de ella y me apartaba de él. Yo no soy el tipo de mujer que se conforma con ser la otra, Cody. Al principio pensé que estaba mintiendo. Estaba prácticamente segura, pero no era así. De repente, lo vi todo muy claro. Me limité a escucharla hablando de sí misma y del niño de tres años que tenían y lo mucho que deseaba salvar su matrimonio. Se habían mudado al oeste para volver a empezar porque había habido otros incidentes. Otras mujeres. Me sentí peor de lo que me he sentido nunca. No solo utilizada, sino también traicionada y sucia, muy sucia. Ella no dejaba de llorar y de suplicarme, pero yo no podía decir nada. Me había estado acostando con su esposo.

Cody volvió a sentarse sobre la cama.

—¿Te habrías... habrías empezado una relación con él si hubieras sabido que estaba casado?

—No. Nunca. No podría haberlo hecho.

—Entonces, ¿por qué te culpas por algo que desconocías? Te engañó a ti tanto como engañó a su esposa.

—No es solo que me culpe. Eso ya lo he superado, más o menos. Y también lo he superado a él. Sin embargo, nunca he podido olvidar que me abrí a él sin hacerle ninguna pregunta. Nunca me hice a mí misma preguntas. Cuando se comete un error tan grande una vez, se tiene mucho cuidado de no repetirlo. Por eso, me concentré en mi profesión y le dejé el amor a mi madre.

Cody comprendió que Abra no había estado con ningún otro hombre. No había habido nadie más en su vida. Pensó en la noche que habían pasado juntos. Había sido maravillosa, excitante, pero él no se había mostrado cariñoso ni tierno. No le había dado nada del romance que ella afirmaba que no necesitaba para vivir.

—Abra, ¿tienes miedo de estar cometiendo el mismo error conmigo?

—Tú no estás casado.

—No y tampoco hay otra mujer. Tú no eres una diversión ni algo que me convenga en estos instantes.

Abra no podría haber explicado nunca cómo la hicieron sentir aquellas palabras.

—No te estoy comparando con James... Bueno, tal vez un poco. Soy yo. Me siento una estúpida porque no sé cómo enfrentarme a este tipo de cosas. Mi madre...

—¿Qué tiene tu madre que ver en todo esto?

—Durante toda mi vida he visto cómo ella iba de un hombre a otro sin sufrir. Para ella siempre resulta tan fácil... A mí no me ocurre lo mismo.

Cody la tomó tiernamente entre sus brazos.

—No quiero que te comportes de un modo en el que no deseas hacerlo ni ser nada que no seas en realidad —dijo. Le rozó suavemente la frente con los labios, sabiendo que si la besaba todo volvería a empezar—. Veamos adónde nos lleva todo esto, pelirroja. Vivamos día a día. Yo siento algo por ti. De eso puedes estar segura.

—Lo sé. Creo que lo sé...

Cody la abrazó de un modo que la sorprendió. Fue un gesto tan dulce, tan sencillo...

—Tenemos todo el fin de semana por delante. Vístete. Te invito a desayunar.

Abra se sentía muy sorprendida al ver la facilidad con la que Cody podía pasar de ser un apasionado amante a convertirse en un amigo. También la sorprendía lo fácil que resultaba para él hacerla pasar por la misma transición.

Comieron en un restaurante que Cody había descubierto en la carretera. Ya conocía su apetito, así que no la sorprendió ver lo mucho que comía. Lo que la dejó atónita fue la visita que hicieron al supermercado. Cuando regresaron al apartamento de Abra llevaban lo que para ella hubiera supuesto los víveres para todo un año.

—¿Qué se supone que vamos a hacer con todo esto? —

preguntó, tras dejar dos bolsas sobre la encimera de la cocina y ver cómo Cody hacía lo mismo.

—Comérnoslo —contestó él, mientras empezaba a vaciar el contenido de las bolsas—. Esto solo son productos básicos.

—Tal vez para un regimiento. ¿Sabes cocinar?

—No. Por eso uno debe comprar cosas que no necesitan conocimientos culinarios o cosas que solo necesitan calentarse. Mientras tengas un abrelatas y un horno, se puede vivir como un rey.

—Creo que comprar comida para llevar es mucho más fácil —replicó ella mientras iba guardando las cosas en el frigorífico y en los armarios.

—Para comprar comida para llevar uno tiene que salir —observó él. Entonces, la tomó entre sus brazos y le llenó toda la cara de besos—. Y tú no vas a ir a ningún sitio hasta el lunes.

—Pues iba a salir para comprarme un picardías negro —comentó Abra, entre risas.

—¿Sí? ¿Para mí?

—Es demasiado tarde —repuso ella. Entonces, tomó el pan y lo metió en un cajón.

—Hablemos sobre eso —dijo Cody—. Me gusta mucho cómo te sienta el negro —añadió. La agarró por la cintura y la estrechó contra su cuerpo—. Probablemente por eso me comporté como un maníaco celoso en la fiesta de Thornway.

—¿Celoso? —repitió ella, riendo de nuevo—. ¿Estabas celoso del señor Barlow?

—No me lo recuerdes.

—Pensé que solo te estabas comportando de un modo insufrible e insultante.

Cody hizo un gesto de dolor y bajó la cabeza para darle un suave mordisco en el cuello.

—Olvídate de lo que he dicho.

—Creo que no —murmuró ella. Entonces, inclinó un poco más la cabeza para facilitarle el acceso—. Por lo que yo vi aquella noche, estabas muy entretenido con la compañía de Marci Thornway.

—No te creas. Sé distinguir perfectamente un tiburón cuando me encuentro con uno. Por muy bonitos que sean los dientes, lo hacen a uno pedazos de todos modos. Además... no me interesa el algodón dulce —añadió mientras acariciaba suavemente los senos de Abra.

—¿Qué es lo que te apetece? —preguntó ella. La había acorralado contra el frigorífico y la estaba haciendo temblar.

—Solo tú, pelirroja —susurró, antes de darle un largo y apasionado beso—. Solo tú. Dime —musitó al tiempo que le moldeaba las caderas—, ¿has hecho alguna vez algo constructivo sobre esta encimera? ¿Cortar verduras, enlatar fruta, hacer el amor?

—¿Sobre la encimera? No. No he hecho ninguna de esas cosas —preguntó ella, atónita.

Una vez más, Cody estaba moviéndose demasiado deprisa. En menos de un segundo, le resultaría imposible apartarse de ella para darle la atención y el tiempo que se merecía. Con un gran esfuerzo, dio un paso atrás y se llevó la mano de Abra a los labios.

—Tendremos que tenerlo en cuenta. Por cierto, te he comprado algo más.

—¿Algo más? —preguntó ella, mirando a su alrededor—. ¿El qué? ¿Un pavo de diez kilos?

—No. En realidad, lo compré en San Diego.

—¿En San Diego? ¿Un souvenir?

—No exactamente. ¿Hemos terminado ya aquí?

—Espero que sí.

—Entonces vamos. Te lo mostraré.

Cody la tomó de la mano y la sacó de la cocina. La llevó al dormitorio, donde había colocado su pequeña maleta sobre una silla. Metió la mano dentro y sacó una caja, que le entregó a Abra.

—¿Un regalo? —preguntó ella, muy asombrada—. Es muy amable de tu parte.

—No te emociones tanto. Podría ser un cenicero que dijera «Recuerdo de San Diego».

—Seguiría siendo un regalo. Gracias —dijo, tras darle un dulce beso en los labios.

—Es la primera vez que haces eso.

—¿El qué?

—Besarme.

Abra se echó a reír.

—Veo que tienes una memoria muy corta.

—No —replicó él. Le tomó la mano y le dio un beso sobre la palma abierta—. Es la primera vez que me besas primero, antes de que yo te haya arrinconado en una esquina. Y eso que ni siquiera sabes lo que te he comprado.

—No importa. Me gusta saber que has estado pensando en mí.

—Claro que he pensado en ti —afirmó. Volvió a besarla ligera y dulcemente—. He pensado mucho en ti. Te lo habría dado anoche, pero no me quitabas las manos de encima.

—Más vale tarde que nunca —bromeó ella. Cuando abrió la caja, se quedó completamente sin palabras.

Había esperado un detalle sin importancia, la clase de regalo que un amigo le compraría a otro en un viaje. Las gemas relucían en la caja, tan pálidas como el agua y tan suaves como el raso. No reconoció, como les hubiera pasado a otras mujeres, el brillo de los diamantes. Lo único que vio fueron unas preciosas piedras que atrapaban la luz de la tarde.

—Es precioso —dijo, completamente asombrada—. Realmente precioso. ¿Lo has comprado para mí?

—No. Lo he comprado para Charlie —bromeó él. Levantó el collar y se lo colocó alrededor del cuello—. ¿Crees que le sentará bien?

—No sé qué decir. Nadie me ha regalado nunca algo tan

precioso —susurró ella mientras acariciaba suavemente las piedras.

—En ese caso, supongo que le tendré que comprar a Charlie otra cosa.

Abra se echó a reír y fue a mirarse en el espejo.

—¡Oh! Es tan bonito... Brillan tanto —musitó. Se dio la vuelta y se lanzó a los brazos de Cody—. Gracias —le dio un beso—. Gracias —volvió a besarlo—. Gracias.

—Si hubiera sabido que solo hacía falta un puñado de piedras, lo habría comprado hace semanas.

—Ríete de mí todo lo que quieras. Estoy enamorada de este collar.

«Y yo estoy enamorado de ti», pensó él. Antes de que pasara mucho tiempo, ella iba a saberlo.

—Quiero ver cómo te relucen sobre la piel —dijo.

Se acercó a ella y le quitó la camisa que llevaba puesta. Vio el cambio que se producía en su rostro, la invitación que se reflejó en él. Aceptaría lo que ella le ofreciera, pero aquella vez lo haría con mucho cuidado.

—Eres tan hermosa, Abra... Me gusta el aspecto que tienes bajo la luz del sol. La primera vez que te vi estabas iluminada completamente por el sol...

Con un suave tirón, le aflojó el cordón que tenía en la cinturilla del pantalón para que este se le deslizara por las caderas. En aquel momento, ella se quedó vestida tan solo con el collar, que brillaba como el agua alrededor de su garganta. No la tocó, al menos no del modo apasionado y ardiente en el que ella esperaba. Le enmarcó el rostro entre las manos como si estuviera hecho de cristal y la besó muy dulcemente.

Confundida, Abra lo tomó de la mano.

—Vamos a la cama —le dijo.

—Hay tiempo —susurró, mientras se quitaba la camisa para que ella pudiera sentir la sólida fuerza de su torso contra ella.

La pasión se había debilitado, cuando antes había ardido

como si fuera puro fuego. Los músculos de Abra temblaron y se quedaron completamente laxos. Su mente, tan clara solo unos momentos antes, se nubló.

Cody la besó una y otra vez.

—Yo no... —musitó. Echó la cabeza hacia atrás cuando él profundizó el beso—. No puedo...

—No tienes que hacer nada. Déjame demostrártelo.

La tomó suavemente entre sus brazos y la depositó con dulzura sobre la cama. Tanta ternura llenó a Abra de una manera tan poderosa que le resultó imposible levantar sus extremidades. Estaban demasiado pesadas como para poder moverse. No obstante, Cody entrelazó las manos con las de ella y la acarició exclusivamente con los labios. La mente de ella empezó a flotar con un placer que iba más allá de lo físico.

Nadie la había tratado nunca como si fuera frágil, delicada o hermosa. Cody le hizo el amor de un modo que ella desconocía y que nunca olvidaría. Si la noche había sido fuego y pasión, la tarde era tranquilidad y delicia. Temblaba sin parar, como una pluma presa de la más ligera de las brisas.

Era exquisita. Había visto la pasión y la fuerza. Las había sentido, pero jamás había visto ni había tocado la fragilidad de Abra, lo abierta que estaba al amor. Lo que había sentido antes, prisionero de la pasión y el deseo, palidecía al lado de la intimidad que estaban compartiendo en aquellos momentos. El cuerpo de Abra fluía como un río bajo sus manos, caldeado por sus besos como una flor bajo el sol. Cuando ella murmuró su nombre, el sonido se apoderó de él, llegándole hasta lo más hondo. Era la única voz que deseaba escuchar.

Le murmuró al oído... Ella lo escuchó y respondió, pero no pudo comprender las palabras. Las sensaciones fueron acumulándose, envolviéndola en la crisálida del amor. Sintió las manos de Cody, la fuerza que había en ellas mientras le acariciaba la piel. Notó el sabor de su boca cuando él buscó la de ella. A pesar de que le resultaba imposible levantar los párpados, la luz del sol teñía su visión de rojo. El tiempo iba pasando, poco a poco. Podrían haber pasado años sin que Abra se diera cuenta.

Sintió el roce de su cabello, de su piel. Nada le pareció más importante. Si anochecía o salía el sol no importaba, al menos mientras Cody estuviera a su lado demostrándole lo que podía ser el amor.

Cuando se deslizó dentro de ella, Abra dejó escapar un suspiro de bienvenida. Se movía muy lentamente, haciéndola subir pausadamente hasta la cima del placer. Atrapada en el mundo que Cody había construido para ella, se irguió y empezó a marcar el mismo ritmo que él para que se fundieran por completo sus cuerpos.

Se hicieron promesas, aunque ella no lo sabía. Se formó un vínculo sólido y firme.

La respiración de Cody se hacía más superficial. Él creía que Abra ya lo había vuelto completamente loco durante la noche, y así había sido, pero, en aquellos momentos, fue mucho más que eso. Los músculos le temblaban, el pulso le latía en las venas con la fuerza de los golpes de un martillo. Deseaba saborearla de nuevo. Sintió el aliento de ella en la boca cuando sus labios se unieron.

Entonces, Abra abrió los ojos. Aunque ella no lo sabía, jamás había estado tan hermosa como en aquel momento. Aunque ella no lo sabía, desde aquel momento Cody era completa e irrevocablemente suyo.

Abra murmuró su nombre y se lanzaron juntos a la sima del placer.

CAPÍTULO 8

Mientras entraba con su coche en el aparcamiento de Thornway, Abra pensó que no resultaba tan difícil estar enamorada. No tenía que comportarse de un modo diferente, ni vivir de un modo diferente ni ser diferente. No se requería cambiar y abrir su vida. Tal vez nunca había pensado que le sería posible hacer algo así, pero Cody le había demostrado que estaba equivocada. Aunque fuera solo por eso siempre le estaría agradecida.

Si era capaz de amarlo sin cambiar quien era, ¿no significaba también que cuando llegara el momento de que él se marchara podría retomar su vida donde la había dejado y vivir como lo había hecho antes? Quería creerlo. Tenía que creerlo.

Con las llaves en la mano, cruzó el aparcamiento para llegar al edificio. Sabía que el sol no brillaba con más fuerza aquella mañana, pero, en su corazón, le parecía más dorado y más hermoso que antes.

Sabía que todo era cuestión de perspectiva. Una aventura amorosa podía diseñarse como cualquier otra cosa. Si los dos miembros de la pareja se amaban, disfrutaban el uno con el otro y se respetaban, contaban con unos cimientos sólidos. A partir de eso, solo era cuestión de ir añadiendo acero y hormigón. Después del fin de semana que habían compartido,

Abra estaba segura de que habían hecho progresos. Sin la tensión del trabajo interfiriendo entre ellos, habían descubierto los placeres de dentro y de fuera de la cama.

Cody le gustaba. Parecía algo casi elemental, pero para ella era una revelación. No solo era cuestión de necesidad, de atracción, de enamoramiento. Le gustaba quién era, cómo pensaba y cómo escuchaba. No había buscado compañía en él, como tampoco había buscado pasión, pero, en un solo fin de semana, había descubierto que podía tener las dos.

Cruzó el vestíbulo y se dirigió al ascensor. Apretó el botón de llamada y sonrió al recordar los diferentes momentos del fin de semana. Cody la había hecho tan feliz... Eso, en sí mismo, era mucho más de lo que nunca había esperado de cualquier hombre. Estaban construyendo una relación sólida y fuerte. Cuando llegara el momento de prescindir de ella, podría mirar hacia atrás y recordar que algo maravilloso había formado parte de su vida.

Cuando las puertas del ascensor se abrieron, entró y sintió que unas manos le rodeaban la cintura.

—¿Subes?

Mientras las puertas se cerraban, Cody le dio la vuelta y capturó la boca de Abra con la suya. Ella respondió al beso tal y como él había esperado. Casi no había pasado ni una hora desde que la había dejado para marcharse al hotel y cambiarse para la reunión, pero parecían días.

Cody comprendió que ella le había llegado muy dentro. De todas las formas posibles. Solo estaba empezando a planear cómo enfrentarse a los resultados.

—Sabes muy bien, pelirroja —susurró, deteniéndose en los labios de ella durante un instante—. Y me gusta tu cara.

—Gracias. Has tardado muy poco en llegar aquí.

—Solo tenía que cambiarme. Lo podría haber hecho en tu casa si me hubieras permitido que me llevara algunas cosas.

Abra no estaba preparada para eso. Si Cody viviera allí, el

apartamento quedaría demasiado vacío cuando se marchara. Sonrió y miró para ver por qué planta iban. Se dio cuenta de que estaban todavía en el vestíbulo. Sacudió la cabeza y apretó el botón que los dos habían olvidado.

—No me gustaría que tuvieras que renunciar al servicio de habitaciones y al jacuzzi.

—Sí...

Cody sabía que lo estaba evitando. Por mucha intimidad que alcanzaran, ella seguía negándose a dar el paso y a cerrar el espacio que aún los separaba. Se dio un momento para controlar su frustración y apretó el botón que detenía el ascensor entre plantas.

—¿Qué estás haciendo?

—Quiero preguntarte algo antes de que regresemos al trabajo. Es personal. Según creo recordar, una de las reglas es no mezclar el trabajo con el placer.

—Así es.

—Cena conmigo.

—Cody —dijo ella, tras lanzar un largo suspiro—, no tenías que atraparme en el ascensor para invitarme a cenar.

—¿Significa eso que aceptas?

—A menos que nos quedemos aquí encerrados.

—Cenaremos en mi hotel. Y te quedarás conmigo a pasar la noche.

—Sí, me gustaría. ¿A qué hora?

—Cuanto antes, mejor.

Abra se echó a reír y apretó el botón de la planta donde se encontraba el despacho de Tim.

—En ese caso, es mejor que nos pongamos pronto a trabajar.

Tim los estaba esperando con una bandeja de café y pasteles que Abra ignoró por completo. Solo tardó unos segundos en reconocer las señales de estrés, a pesar de que Tim se comportaba de un modo tan jovial y simpático como siempre. Se vio obligada a refrenar su propia impaciencia cuando comenzaron a discutir detalles de los planos una y otra vez. Si no estaba en la obra a las diez, se perdería otra inspección. Cuando Tim empezó a presentarles unos diagramas que mostraban la secuencia de la construcción y las fechas estimadas de finalización, se reclinó sobre el asiento y se dio por vencida. Tendría suerte de estar en el trabajo a mediodía.

—Como podéis ver —prosiguió Tim—, la roturación de los terrenos y la colocación de los cimientos se completaron en sus plazos correspondientes. Cuando empezamos a retrasarnos fue al instalar los tejados. Y ahora tenemos otro retraso con la fontanería y el balneario.

—No supondrá más de uno o dos días —dijo Abra—. Podremos compensarlo cuando empecemos con las cabañas. Si seguimos a este ritmo, el complejo estará construido y será operativo dentro de los plazos que se habían calculado.

—No llevamos más de tres meses construyendo y ya estamos retrasados en un diez por ciento del tiempo —observó Tim—. Eso afecta al presupuesto. A menos que podamos encontrar maneras de reducir costes, el presupuesto se va a disparar.

—El presupuesto no tiene nada que ver conmigo ni con Abra —comentó Cody—, pero por mis propias cifras creo que vas a estar todo lo cerca que puede ser posible.

—Cody tiene razón. No hemos tenido contratiempos de importancia. Todo ha ido mucho mejor que otros proyectos en los que he trabajado, Tim. Los gastos extraordinarios han sido mínimos. Creo que...

Se interrumpió cuando empezó a sonar el teléfono.

—Perdonadme —dijo Tim, antes de tomar el auricular—. Julie, quiero que no me pases ninguna llamada hasta que... Oh, sí, por supuesto... Sí, Marci. Todavía no. Estoy en una reunión. No, no ha habido tiempo. Ya lo sé —añadió, tras tomarse un sorbo de café—. Lo haré. Esta misma tarde. Sí, sí, te lo prometo. Tú... —comentó. Se frotó la nuca y se interrumpió—. Bien.

Está bien. Las veré cuando llegue a casa. A las seis. No, no me olvidaré. Adiós.

Colgó el teléfono. A Abra le pareció que la sonrisa de Tim era algo forzada cuando se volvió a mirarlos.

—Siento mucho la interrupción. Estamos planeando un pequeño viaje para el mes que viene y Marci está muy emocionada al respecto. ¿Qué estábamos diciendo?

—Yo iba a señalar que creo que puedes estar muy contento con el modo en el que este proyecto está progresando —comentó Abra, aunque no estaba segura de que Tim la estuviera escuchando.

—Estoy seguro de que tenéis razón —dijo Tim, después de unos instantes. Les dedicó una sonrisa a ambos—. Simplemente quiero controlar las cosas. Ahora, estoy seguro de que os estoy apartando a los dos de vuestro trabajo, así que no alargaremos más esta reunión.

Cuando Cody y Abra salieron del despacho, el primero preguntó:

—¿A qué crees que ha venido eso?

—No estoy segura —respondió ella mientras se dirigían hacia los ascensores—. Supongo que tiene derecho a estar algo nervioso. Este es el primer proyecto del que se hace cargo en solitario. Todo lo demás ya estaba más o menos encarrilado cuando su padre murió.

—Thornway tiene una buena reputación —comentó Cody después de que entraran en el ascensor—. ¿Qué opinión tienes sobre Tim?

—No quiero hablar. Yo estaba muy unida a su padre. Lo apreciaba mucho. Él conocía el negocio de la construcción desde todos los ángulos. Era... Con él se trataba de algo personal. Creo que ya sabes a lo que me refiero.

—Sí.

—Tim no es la clase de hombre que era su padre, pero él le dejó un listón muy alto que superar.

Cruzaron el vestíbulo y se dirigieron juntos al aparcamiento.

—¿Cómo de ajustado crees que es el presupuesto que ha realizado para este trabajo?

—Muy justo. Tal vez demasiado —dijo ella—, pero no creo que sea tan estúpido como para arriesgarse en un proyecto de esta envergadura. Las cláusulas de penalización son inmensas. Eso sí lo sé. Lo suficiente para meterle el miedo en el cuerpo a cualquiera. Se contrarresta por una buena recompensa si el trabajo se termina antes de lo previsto.

—En ese caso, tal vez esté pensando demasiado en la recompensa —observó Cody. Se encogió de hombros y se apoyó sobre el coche de Abra—. A mí me parece que su esposa le resulta muy cara. Es solo una observación, pero el collarcito que llevaba la otra noche le habrá costado a Tim unos cinco mil o seis mil dólares.

—¿De verdad? —preguntó ella, cuando estaba a punto de meterse en el coche.

Aquel comentario sacó a Cody de sus especulaciones. Sonrió.

—Eres tan mona, pelirroja.

—¿De verdad crees que ese collar le costó tanto dinero? —insistió ella.

—Las mujeres como esa no se conforman con joyas de cristal.

—No, supongo que no —murmuró, aunque le costaba creer que alguien pudiera gastar tanto dinero en un collar.

—¿En qué estás pensando?

—En que Tim debe de estar loco, aunque puede gastarse su dinero como le plazca.

—Tal vez lo considera como una inversión —comentó. Al ver que Abra lo observaba sin comprender, se apresuró a explicarse—. Podríamos decir que algunas mujeres necesitan muchos incentivos para permanecer al lado de un hombre.

—Bueno, creo que es su problema. En cualquier caso, no tenemos tiempo para permanecer aquí cotilleando sobre Tim y su esposa.

—Solo son especulaciones. Escucha, tengo que realizar una parada de camino al trabajo. ¿Puedes seguirme?

—Sí, pero ¿por qué...?

—Tengo que recoger una cosa. Me vendría muy bien tu ayuda —dijo. Le dio un beso y se marchó hacia su coche.

Diez minutos más tarde, Abra entró tras él en Neumáticos Jerry.

—¿Qué vas a comprar aquí?

—Un traje nuevo. ¿Tú qué crees? —replicó Cody. Descendió de su coche y la sacó a ella del suyo. Entonces, los dos juntos se dirigieron al taller. Detrás de un raído mostrador había un hombre muy calvo con gafas que se dirigió inmediatamente a atenderlos.

—Buenos días —gritó, por encima del ruido del taller—. ¿Qué puedo hacer por vosotros?

—¿Ve ese coche? —le preguntó Cody. Se había vuelto y estaba señalando el vehículo de Abra—. Quiero que le cambie todas las ruedas. Hasta la de repuesto.

—Pero yo... —dijo Abra. Antes de que ella pudiera terminar, el hombre empezó a revisar los catálogos.

—Tenemos unos neumáticos de oferta muy buenos —comentó.

—Quiero los mejores —afirmó Cody. Los ojos del hombre empezaron a brillar detrás de los cristales de las gafas.

—Cody, esto es...

—Muy bien —afirmó el dependiente. Evidentemente había empezado a calcular los beneficios, porque no perdió el tiempo a la hora de rellenar el albarán—. Tengo algo en el almacén que irá a la perfección.

Cody miró el albarán, se fijó en la marca y asintió.

—¿Lo tendrá listo para las cinco?

—Por los pelos —respondió el dependiente, tras mirar el reloj y consultar la lista de trabajos del día.

—Muy bien —replicó Cody. Le quitó a Abra las llaves de la mano y se las entregó al hombre—. Volveremos a esa hora.

Antes de que ella pudiera completar una frase, Cody la sacó del taller.

—¿Qué es lo que te crees que estás haciendo?

—Te estoy comprando un regalo de cumpleaños.

—Mi cumpleaños es en octubre.

—En ese caso, ya estoy cubierto.

—Mira, Cody, no tienes ningún derecho a tomar esta clase de decisiones en mi nombre. No puedes... meter a nadie en un taller de neumáticos y encargarlos sin consultar.

—Es mejor aquí que en el supermercado. Además, no he metido a cualquiera en este taller, sino a alguien muy importante para mí, alguien a quien no me gusta ver conduciendo el coche con cuatro neumáticos que consumieron las cubiertas hace seis meses. ¿Quieres que nos peleemos por eso?

—No, pero yo podría haberme ocupado de comprar los neumáticos. De hecho, ya estaba pensando en hacerlo.

—¿Cuándo?

—Pronto —respondió ella, vagamente.

—Pues ahora ya está hecho. Feliz cumpleaños.

Abra decidió que lo mejor era rendirse. Se inclinó sobre él y le dio un beso.

—Gracias.

Abra regresó aquella noche a su casa con mucha prisa. Había vuelto a perderse la visita del inspector, pero los cimientos para las primeras cabañas habían superado con creces la prueba. Además, había podido ver en funcionamiento la cubierta retráctil y por fin los ascensores no tenían problema alguno.

No obstante, la reunión con Tim le había dado algunos problemas y el tiempo que había perdido le había hecho prolongar su jornada laboral hasta las seis. A continuación, había tardado casi una hora más en ir a recoger su coche.

—Nunca están listos cuando dicen que lo estarán —musitó mientras subía a toda velocidad las escaleras de su edificio. Cuando llegó al descansillo de su puerta, vio algo que la iba a retrasar aún más—. Mamá, no sabía que ibas a venir a verme.

—Oh, Abra, estaba a punto de dejarte una nota. ¿Tienes prisa?

—Llevo corriendo todo el día —respondió ella. Abrió rápidamente la puerta de su apartamento.

—¿He venido en mal momento?

—No... Sí. Es decir, voy a volver a salir dentro de unos minutos.

—En ese caso, no te entretendré mucho —suspiró Jessie mientras entraban en el salón—. ¿Has salido tarde del trabajo?

—Sí —dijo Abra. Se dirigió rápidamente al dormitorio. No iba a cenar con Cody vestida con vaqueros y botas—. Después, tuve que ir a recoger mi coche.

—¿Se ha vuelto a estropear? —quiso saber Jessie, entrando también en el dormitorio.

—No. Me han cambiado los neumáticos. En realidad, Co... un amigo mío me los ha regalado.

—¿Dices que alguien te ha regalado unos neumáticos?

—Sí —contestó Abra. Sacó un vestido de color verde—. ¿Qué te parece esto?

—¿Para una cita? Precioso. ¿Tienes unos pendientes llamativos?

—Tal vez —respondió Abra. Abrió un cajón y comenzó a rebuscar.

—¿Y por qué te regaló ese amigo unos neumáticos?

—Porque los míos estaban muy desgastados y lo preocupaba que tuviera un accidente.

—¡Vaya! Eso es lo más romántico que he oído en mucho tiempo.
—¿Los neumáticos te parecen románticos? —preguntó Abra. Sacó un pendiente de plata con unas cuentas en color cobre.
—Estaba preocupado por ti y no quería que sufrieras daños. ¿Qué puede haber más romántico que eso?
Abra dejó caer el pendiente en el cajón.
—A mí no me lo pareció.
—Eso es porque tú no miras con frecuencia el lado romántico de las cosas. Ya sé que me vas a decir que yo lo miro con demasiada frecuencia, pero soy así, cielo. Tú te pareces mucho más a tu padre. Práctica, sensata y directa. Tal vez si él no hubiera muerto tan joven...
—¿Lo quisiste mucho? —preguntó Abra, mientras empezaba a buscar una bolsa de viaje—. Lo siento. No he debido preguntarte eso.
—¿Y por qué no? Lo adoraba. Éramos jóvenes, no teníamos dinero y estábamos completamente enamorados. Algunas veces, creo que nunca he sido más feliz en toda mi vida y sé que son unos años que jamás olvidaré y por los que siempre me sentiré agradecida. Tu padre me mimó mucho, Abra. Se ocupó de mí y me trató del modo en el que todas las mujeres deberían ser tratadas. Supongo que lo he buscado en todos los hombres con los que he estado. Tú solo eras una niña cuando él murió, pero, cuando te miro, lo veo en ti.
—Nunca me di cuenta de que era eso lo que sentías por él —dijo Abra, tras volverse muy lentamente.
—¿Porque siempre me ha resultado tan fácil entablar relación con otros hombres? No me gusta estar sola. Formar parte de una pareja es tan necesario para mí como tu independencia lo es para ti. Flirtear es como respirar para mí. Sigo siendo mona —comentó, tras mirarse en el espejo—. Y me gusta serlo y también que los hombres piensen que lo soy. Si tu padre no hubiera muerto, creo que las cosas hubieran sido muy diferen-

tes. El hecho de que yo pueda ser feliz con otros hombres no significa que no lo amara a él.

—Te ha debido de parecer que te estaba criticando. Lo siento.

—No. Sé que no me comprendes. La verdad es que yo no te comprendo a ti siempre, pero eso no significa que no te quiera.

—Yo también te quiero. Me gustaría que fueras feliz.

—Bueno, estoy intentándolo... Siempre estoy intentándolo. Esa es una de las razones por las que he venido. Quería que supieras que me voy a marchar un par de días.

—¿Sí? ¿Adónde?

—A Las Vegas. Willie va a enseñarme a jugar al blackjack.

—¿Te vas a marchar con el señor Barlow?

—No me mires así. Willie es uno de los hombres más dulces que he conocido nunca. De hecho, es divertido, considerado y un perfecto caballero. Ha reservado suites separadas.

—Bueno, pues que te diviertas —comentó Abra. Le resultaba difícil asimilar las noticias.

—Lo haré. ¿Sabes una cosa, cielo? Si recogieras todas estas cosas en el armario y en la cómoda, podrías encontrarlas cuando... ¡Oh, Dios mío! —exclamó, al ver el collar que Cody le había regalado a Abra—. ¿Dónde has conseguido esto?

—Es un regalo —respondió Abra. Sonrió al ver que su madre se colocaba delante del espejo con el collar alrededor del cuello—. Es muy bonito, ¿verdad?

—Es mucho más que eso. Creo que no deberías dejarlo tan a la vista.

—Tengo la caja por alguna parte. Creo que me lo pondré esta noche.

—Si fuera mío, nunca me lo quitaría. ¿Y es un regalo? ¿De quién?

—De un amigo.

—Venga ya, Abra...

—Está bien. Cody me lo compró cuando se marchó a San Diego.

—Vaya, vaya... ¿Sabes una cosa, tesoro? Este es el tipo de regalo que un hombre le da a su esposa. O a su amante.

Al escuchar aquellas palabras, Abra se sonrojó. Trató de disimular cepillándose el cabello.

—Solo es un detalle de un compañero de trabajo y de un amigo.

—Los compañeros de trabajo no regalan collares de diamantes.

—No seas tonta. No son de verdad.

—Mi hija única y tiene una carencia tan grande en su educación. No me lo puedo creer.

—Venga ya, mamá. Los diamantes son blancos y estas piedras no lo son. Además, resulta ridículo pensar que él me compraría diamantes. Es un precioso collar con hermosas piedras de colores.

—Abra, eres una ingeniero muy buena, pero a veces me preocupas —dijo Jessie. Se sacó la polvera del bolso y la abrió—. Cristal —la informó, mostrándole el espejo—. Diamantes —añadió. Frotó el collar contra el espejo y se lo mostró a Abra.

—Está rayado...

—Por supuesto que está rayado. Eso es lo que hacen los diamantes. Lo que tienes en este collar son unos cinco quilates. No todos los diamantes son blancos, ¿sabes?

—Dios mío... Son de verdad —murmuró—. Yo creía que solo era un bonito collar.

—Lo que yo creo es que es mejor que termines de arreglarte para que puedas ir a darle las gracias como se merece —le aconsejó Jessie tras darle un beso en la mejilla.

Cody estaba muy nervioso. No solía fijarse mucho en el tiempo, pero había mirado al reloj una y otra vez en los últimos minutos. Eran más de las ocho. Según sus cálculos, Abra ya debería haber llegado. ¿Dónde estaba?

Se sentó en una silla y encendió un cigarrillo. Tal vez aquel era el comportamiento normal de un hombre enamorado. Recordó lo hermosa que estaba cuando dormía. Tan suave, tan vulnerable... Hasta el caos de su apartamento le parecía encantador. Le gustaba el modo en el que caminaba, en el que se sentaba... Decidió que estaba completamente loco por ella. Por eso, cuando Abra llamó a la puerta, se levantó y la abrió en menos de tres segundos.

—Ha merecido la pena —dijo, en el momento en el que la vio.

—¿El qué?

—La espera —contestó. La tomó del brazo y la hizo entrar en la suite. Antes de que pudiera bajar la cabeza para darle un beso, vio la mirada que ella tenía en los ojos—. ¿Ocurre algo?

—No estoy segura —dijo—. ¡Qué bonito! —añadió, al ver la mesa, perfectamente decorada.

—Podemos pedir cuando quieras —dijo él. Le quitó el bolso de las manos y lo dejó a un lado—. ¿Cuál es el problema, pelirroja?

—Mira, yo no sé mucho de estas cosas y en su momento no me di cuenta de lo que era. Ahora que lo sé, desconozco cómo he de tomármelo. Se trata de esto —afirmó, mostrándole el collar que llevaba alrededor de la garganta.

—¿El collar? Pensé que te gustaba.

—Claro que sí. Es precioso, pero pensé que era bisutería. De cristal o de esas piedras artificiales. Mi madre ha venido a verme esta tarde. Se marcha a Las Vegas con el señor Barlow.

—¿Y ese es el problema? —preguntó Cody. No lograba entender de lo que Abra estaba hablando.

—No. Mi madre me dijo que este collar es de diamantes.

—Eso fue lo que me dijo el joyero. ¿Y qué?

—¿Cómo que y qué? Cody, no me puedes regalar un collar de diamantes.

—Está bien. Dame un minuto —dijo él. Tomó asiento y

recordó la alegría con la que había recibido el regalo. Lo hizo sonreír, sobre todo al darse cuenta de que ella había creído que solo era bisutería—. Eres una mujer muy interesante, Wilson. Te pusiste muy contenta cuando creíste que lo había comprado en una tienda de baratijas.

—No pensé eso, pero... Yo nunca he tenido diamantes —comentó, como si eso lo explicara todo.

—Me gusta ser el primero que te los ha regalado. ¿Tienes hambre?

—Cody, no me estás escuchando.

—No he hecho más que escucharte desde que has entrado. Preferiría mordisquearte el cuello, pero me he estado conteniendo.

—Estoy tratando de decirte que no sé si está bien que me lo quede.

—Muy bien. Lo devolveré...

—Pero yo quiero quedármelo... Sé que debería devolvértelo e iba a hacerlo, pero quiero quedármelo. No deberías haberme puesto en una situación como esta, Cody.

—Tienes razón, pelirroja. Solo un estúpido compraría un collar como ese y esperaría que una mujer se pusiera muy contenta.

—Eso no es lo que quería decir y lo sabes... Me estás haciendo parecer una estúpida.

—No te preocupes. No me ha costado ningún trabajo.

—No seas tan arrogante —comentó ella, ahogando una sonrisa—. Aún tengo el collar.

—En eso tienes razón.

—Es tan hermoso —susurró, reconociendo la derrota. Se acercó a Cody y le rodeó el cuello con los brazos.

—Lo siento —bromeó él—. La próxima vez te compraré algo barato y feo.

—Supongo que también debería darte las gracias por los neumáticos.

—Creo que deberías, sí —susurró Cody. Le colocó las manos sobre las caderas y empezó a acariciárselas.

—Mi madre me dijo que eran un regalo muy romántico.

—Me cae muy bien tu madre —musitó. Sin dejar de acariciarla, empezó a trazarle la forma de los labios con la lengua.

—Cody...

—¿Umm?

—No me compres más regalos, ¿de acuerdo? Me ponen nerviosa.

—No hay ningún problema. Dejaré que tú pagues la cena.

—¿De verdad tienes hambre? —le preguntó ella. Le había estado peinando el cabello con los dedos mientras lo observaba con los ojos entornados.

—Depende...

—En ese caso, ya comeremos más tarde —sugirió ella, antes de apretarse contra él.

CAPÍTULO 9

—Cody, ¿te importa abrir la puerta?

Abra estaba sentada en la cama, poniéndose sus botas de trabajo. Cuando llamaron a la puerta, frunció el ceño y miró el reloj. No era muy normal recibir visitas a las siete de la mañana. Decidió que haría que la visita fuera breve, ya que quería estar en la obra antes de las ocho.

Cody salió de la cocina con una taza de café en la mano. Tenía el cabello aún húmedo de la ducha y la camisa medio abotonada y así abrió la puerta. Era la madre de Abra.

—Oh, hola —dijo Jessie, algo sorprendida.

—Buenos días —repuso él. Se hizo a un lado para franquearle el paso—. Te has levantado muy temprano.

—Quería hablar con Abra antes de que se marchara al trabajo. Después, tengo un montón de cosas que hacer. ¿Está en casa?

—En el dormitorio. ¿Te apetece una taza de café?

—En realidad, yo... Ah, ahí estás, hija —observó. Dedicó una nerviosa sonrisa a Abra.

—Mamá... —repuso ella, muy sorprendida. Los tres permanecieron de pie durante un instante, sin saber qué decir—. ¿Qué estás haciendo aquí a estas horas de la mañana?

—Quería verte antes de que te marcharas al trabajo —contestó. Entonces dudó y miró a Cody—. Creo que me encantaría una taza de café.

—Por supuesto —dijo él. Inmediatamente se dirigió a la cocina.

—Abra, ¿nos podríamos sentar un momento?

Sin decir palabra, Abra le indicó el sofá. Esperaba que su madre no fuera a comentar nada por el hecho de que tuviera a un hombre en su apartamento.

—¿Ocurre algo malo?

—No, no ocurre nada malo —respondió. Respiró profundamente y aceptó la taza que Cody le ofrecía.

—¿Qué os parece si os dejo solas a las dos?

—No hace falta —le aseguró Jessie. De hecho, se alegraba de que su hija tuviera a alguien en su vida—. Por favor, siéntate, Cody. Siento haberos interrumpido, pero no os entretendré mucho tiempo. Acabo de regresar del viaje que he hecho con Willie. Me he casado.

—¿Cómo dices? —preguntó Abra, completamente atónita—. ¿En Las Vegas? ¿Con quién?

—Con Willie, por supuesto.

Abra guardó silencio durante varios segundos. Cuando habló, lo hizo muy lentamente, espaciando cada palabra.

—¿Te has casado con el señor Barlow en Las Vegas?

—Hace dos días —contestó Jessie. Entonces, extendió una mano para mostrarles un anillo de diamantes—. Cuando decidimos que esto era lo que queríamos, no encontramos razón alguna para esperar. Después de todo, ninguno de los dos somos unos niños.

—Mamá, pero... casi no lo conoces.

—He podido conocerlo muy bien durante las últimas dos semanas. Es un hombre maravilloso, cielo. Admito que no esperaba que me pidiera casarme con él, pero cuando lo hizo solo pude decir que sí. Estábamos allí y había una pequeña capilla... así que nos casamos.

—Ya tienes mucha práctica —le espetó Abra. Los ojos de Jessie reflejaron una expresión de furia, pero su voz permaneció tranquila.

—Me gustaría que te alegraras por mí. Yo estoy muy contenta, pero si no puedes, al menos me gustaría que lo aceptaras.

—En esto yo también tengo mucha práctica.

—Willie quería venir conmigo esta mañana, pero pensé que sería mejor que te lo dijera yo sola. Te aprecia mucho y tiene una gran opinión de ti, tanto como mujer como profesionalmente. Espero que no se lo pongas difícil.

—Yo también aprecio al señor Barlow —repuso Abra, con voz muy seca—. Supongo que no me debería sorprender. Os deseo buena suerte.

—Bueno, eso ya es algo —dijo Jessie, algo triste—. Bueno, tengo que marcharme para presentar mi dimisión —añadió mientras se levantaba del asiento.

—¿Vas a dejar tu trabajo?

—Sí. Me voy a mudar a Dallas. El hogar de Willie está allí.

—Entiendo. ¿Cuándo te marchas? —quiso saber Abra. Se levantó también.

—Esta misma tarde para que pueda conocer a su hijo. Volveremos dentro de unos días —explicó. Le habría gustado abrazar a su hija, pero pensó que era mejor no hacerlo—. Te llamaré cuando regresemos.

—Muy bien —dijo Abra. No había afecto en su voz—. Que tengas un buen viaje.

Cody se dirigió a la puerta para abrírsela. Entonces, antes de que Jessie se marchara, la tocó afectuosamente en el brazo.

—Te deseo lo mejor, Jessie.

—Gracias —susurró ella. Estaba muy triste—. Cuida de ella, por favor —añadió, antes de marcharse.

Cody cerró la puerta y se volvió para mirar a Abra, que seguía exactamente en el mismo sitio.

—Has sido muy dura con ella, ¿no te parece?

—No te metas en esto.

—No creo que pueda hacerlo. ¿Cuál es el problema, Abra? ¿No crees que tu madre es libre para casarse con quien quiera?

—Por supuesto. Siempre lo ha sido. Ahora, quiero terminar de arreglarme para ir a trabajar.

—No —afirmó Cody. La agarró por la manga antes de que ella pudiera desaparecer en el dormitorio—. No vas a ir a trabajar ni a ninguna otra parte hasta que hayas hablado conmigo.

—Muy bien. ¿Quieres que hable contigo? Lo haré. Mi madre no cambia nunca. Siempre es lo mismo con ella. Primero fue Jack, mi padre —dijo, tras tomar la fotografía de un hombre—. Murió antes de que cumpliera los veinticinco años. Según me ha dicho mi madre, era el amor de su vida.

—Tu padre murió hace mucho tiempo. Tu madre tiene derecho a seguir viviendo.

—Te aseguro que lo ha hecho. No ha hecho falta que nadie le dijera que lo hiciera. De hecho, ha resultado un poco difícil seguirle el rastro. Marido número dos, Bob —comentó, tomando otra fotografía—. Yo tenía unos seis años cuando decidió que era libre para casarse con él. Ese le duró dos, tal vez tres años. A continuación vino Jim. No nos olvidemos de él. Es el marido número tres. Antes de él, hubo tres o cuatro más, pero no llegó a casarse con ellos. Jim era el dueño de una tienda de esas que abre las veinticuatro horas. Se conocieron cuando mi madre fue a comprar unos refrescos y se casaron seis meses más tarde. Eso fue más o menos el tiempo que permanecieron juntos. En realidad, Jessie no lo cuenta. De hecho, ni siquiera se molestó en mantener su apellido. Después vino Bud. El bueno de Bud Peters. No tengo fotografía de él. Bud vendía zapatos y le gustaba hacer cosas en la casa. No era un hombre que fuera a revolucionar el mundo, pero yo lo apreciaba mucho. Supongo que Jessie también, porque estuvieron juntos casi siete años. Eso es un récord para mi madre. El bueno de Bud Peters tiene el récord.

—Es su vida, pelirroja.

—También era la mía —replicó ella, apasionadamente—. Maldita sea, también era mi vida. ¿Tienes idea de lo que fue para mí no saber nunca el apellido que iba a utilizar mi madre o preguntarse qué hombre iba a ser mi siguiente padrastro, dónde íbamos a vivir o a qué colegio iba yo a ir?

—No, no lo sé, pero ahora eres una mujer adulta. El matrimonio de tu madre no tiene por qué afectarte.

—Es lo mismo una y otra vez. ¿No lo ves? La he visto enamorarse y desenamorarse más rápido que una adolescente. Cada vez que se casa o se divorcia, dice lo mismo. «Esto va a ser lo mejor para todos nosotros», pero nunca lo era, al menos para mí. Ahora, viene aquí para decirme que se ha casado después de haberlo hecho. Siempre me he enterado de estas cosas después de que ella hubiera dado el gran paso.

—Tal vez no haya mostrado muy buen juicio a lo largo de su vida, pero eso no significa que no te quiera.

—Claro que me quiere, pero a su modo. Nunca ha sido del modo que yo necesitaba. No importa. Creo que tienes razón. Estoy reaccionando de un modo exagerado. Hablaré con ella, con los dos, cuando regresen. Lo siento, Cody —añadió, revolviéndose el cabello—. Lo he pagado contigo.

—No, no lo has hecho. Solo te has desahogado.

—Supongo que me estoy comportando de un modo egoísta y estúpido.

—No. Solo humano —susurró. Le acarició suavemente la mejilla—. Ven aquí —añadió, antes de tomarla entre sus brazos—. Estoy loco por ti.

—¿De verdad?

—De verdad. He estado pensando que, cuando todo esto termine, deberías venir al este... durante un tiempo —añadió, para no asustarla—. Puedes ver la casa que me estoy construyendo y hacérmelo pasar muy mal por el diseño. Ver el océano.

Si se fuera al este con él, ¿podría volver a marcharse después? No quería pensar en ello, ni en finales ni en despedidas.

—Creo que me gustaría hacerlo —dijo—. Me gustaría que me mostraras el océano. Yo aún no he tenido oportunidad de mostrarte el desierto.

—Podríamos ausentarnos hoy del trabajo.

Abra sonrió y se apartó de él. Cody la había ayudado mucho. La había ayudado a volver a levantarse.

—Creo que no. No estaría bien que yo no prestara la debida atención al proyecto del nuevo marido de mi madre.

Cuando llegaron a la obra, Abra estaba de mejor humor. Sabía que sin Cody habría permanecido deprimida y enfadada durante días. Él la había ayudado mucho. Deseó poder decirle lo bueno que era para ella sin poner demasiada presión en su relación.

Hasta el momento, no había habido promesas ni habían hablado del futuro ni habían fingido que habría finales felices. La invitación para ir al este había sido lo suficientemente casual como para que no la hubiera preocupado aceptarla.

Después de que llegaran a la obra, él se fue por su lado y ella por el suyo, como ocurría habitualmente. Más tarde, compartirían la noche.

Abra decidió dirigirse a las cabañas.

—Tunney —dijo Abra, a modo de saludo para el capataz encargado de las instalaciones eléctricas—, ¿cómo va todo?

—Bastante bien, señorita Wilson. Pensé que aún estaba ocupada en el balneario.

—Quería ver cómo iban las cosas por aquí. ¿Crees que el cableado se va a terminar a tiempo? Thornway está un poco nervioso.

—Sí, claro que sí. Tal vez quiera echarles un vistazo a esas unidades de allí —comentó, señalando a una de las secciones—. Los carpinteros están progresando mucho.

—Muy bien —dijo Abra—. Maldita sea —añadió. Acababa de engancharse la bota con un trozo de cable—. Hay que mantener esto limpio y recogido. El inspector encargado de la seguridad nos empapelaría por esto.

—Tiene que tener cuidado por dónde pisa —le aconsejó Tunney, después de apartar el trozo de cable. Lo arrojó a un cubo de basura.

—Sí. ¿Acaba de llegar este pedido? —preguntó Abra, señalando tres enormes ruedas de cable—. Mientras los proveedores no nos fallen, todo irá bien.

Se apoyó sobre una de las ruedas y observó la obra. En aquel momento, comprendió que había empezado a ver y a entender la visión de Cody. Aquel sería uno de los lugares más maravillosos del estado. Cuando el centro turístico estuviera terminado, no solo se fundiría a la perfección con el desierto, sino que lo celebraría.

—Va a ser un lugar estupendo, ¿verdad, Tunney?

—Creo que sí.

—¿Has pasado alguna vez un fin de semana en uno de estos lugares?

—No.

—Yo tampoco. Nosotros solo los construimos, ¿no es cierto?

—Supongo que sí.

—Veo que te estoy impidiendo trabajar —comentó ella, al notar la impaciencia del hombre. Tunney no era uno de los obreros más simpáticos. Trató de incorporarse de la rueda, pero el cable se le enganchó en los vaqueros—. Dios, hoy estoy muy torpe. ¿Y dices que estas ruedas han llegado hoy?

—Hace una hora.

—Maldita sea, creo que este no es cable del catorce, sino del doce —dijo ella, con el conocimiento que daba la experiencia.

—Creo que tiene razón, señorita. Nosotros pedimos del catorce, por lo que creo que alguien se ha equivocado en el pedido.

—Llama ahora mismo al proveedor y dile que nos envíen el cable del catorce que pedimos inmediatamente. No queremos sufrir ningún retraso.

—Muy bien, señorita.

De repente, desde el balneario, se oyó un fuerte ruido de cristales rotos y un grito.

—Dios mío —susurró Abra.

Se dirigió inmediatamente hacia el balneario. Se escuchaba a los hombres chillando. Cuando llegó allí, vio que Cody estaba al lado del cuerpo ensangrentado de uno de los obreros. Sintió que se le hacía un nudo en el corazón.

—¿Está grave? —preguntó. Creyó reconocer al trabajador vagamente.

—No lo sé —respondió Cody—. Ya viene una ambulancia de camino.

—¿Qué ocurrió?

—Parece ser que estaba en el andamio interior terminando parte del cableado. Perdió el equilibrio, dio un mal paso... No sé. Se cayó directamente por la ventana... Han sido más de seis metros.

—¿No podemos levantarlo de ese cristal?

—Podría tener la espalda rota, o el cuello. No podemos moverlo.

Minutos más tarde, cuando escucharon la sirena de la ambulancia, Abra volvió a tomar la palabra.

—Cody, llama a Tim. Cuéntale lo que ha ocurrido. Que se aparte todo el mundo. Dadles sitio a los de la ambulancia para que puedan trabajar. ¿Cómo se llama ese hombre?

—Dave —dijo alguien—. Dave Méndez.

—¿Tiene familia?

—Una esposa —contestó otro de los hombres, mientras fumaba un cigarrillo con gesto nervioso. Lo que le había ocurrido a Méndez podría haberle pasado a cualquiera de ellos—. Se llama Carmen.

—Yo me ocuparé de eso —anunció Cody mientras los enfermeros de la ambulancia ataban a Méndez a una camilla rígida.

—Gracias. Yo voy a seguir a la ambulancia. Alguien debería estar allí. En cuando sepa algo, te llamaré.

Después de intercambiar unas breves palabras con los de la ambulancia, Abra echó a correr hacia su coche.

Treinta minutos más tarde estaba en la sala de espera del hospital, paseando muy nerviosa de arriba abajo.

A pesar de que Méndez no era familia suya, estaba muy preocupada por la suerte que podría correr. No dejaba de rezar.

—Abra.

—Cody —dijo, al verlo—. No creía que fueras a venir aquí.

—He venido a traer a la esposa de Méndez. Está firmando unos papeles.

—Me siento tan inútil... No quieren decirme nada. ¿Cómo está su esposa?

—Aterrada y confusa. Está tratando de soportar todo lo que está pasando. Dios, no creo que tenga más de dieciocho años...

—Yo me quedaré con ella —anunció Abra—. No debería esperar sola. ¿Has llamado a Tim?

—Sí. Está muy disgustado. Ha dicho que lo mantengamos informado.

Abra se quedó atónita. En los días de su padre, si un empleado resultaba gravemente herido, Thomas Thornway se presentaba en persona en el hospital.

—Tal vez podría intentar hablar con el médico ahora —dijo ella. Estaba a punto de abandonar la sala de espera cuando una joven embarazada entró.

—¿Señor Johnson?

Cody le rodeó los hombros con un brazo. La mujer estaba temblando. Rápidamente la condujo a una silla.

—Abra, esta es Carmen Méndez.

—Señora Méndez —susurró Abra. Rápidamente tomó las dos manos de la mujer entre las suyas—. Soy Abra Wilson, la ingeniero del proyecto. Si quiere, me gustaría quedarme con usted. ¿Hay alguien que quiera que llame?

—A mi madre —musitó la joven, sin dejar de llorar—. Vive en Sedona.

—¿Me puede dar el número?

—Sí... —susurró ella, en español.

Abra se sentó a su lado y empezó a hablar con ella en español, un idioma que hablaba con fluidez. Asintió y escuchó atentamente las respuestas de Carmen. Después de un momento, se levantó y se dirigió al lado de Cody.

—Llevan casados menos de un año —dijo, mientras avanzaban por el pasillo—. Está embarazada de seis meses. Estaba demasiado disgustada para entender lo que el médico le decía, pero creo que se han llevado a Méndez al quirófano.

—¿Quieres que vaya a ver qué puedo descubrir?

—Gracias. Este es el número de teléfono de su madre —le explicó Abra, tras garabatear rápidamente el número en un papel que llevaba en el bolsillo.

Ella regresó con Carmen para reconfortarla. Cuando Cody volvió con ellas, les llevó algo de información. Se pasaron cuatro horas esperando en aquella sala de espera. De vez en cuando, Abra trataba de que Carmen se tomara un poco de té.

—Deberías comer algo —murmuró—. Por tu hijo. ¿Qué te parece si voy a por algo?

—Cuando vengan los médicos. ¿Por qué no vienen?

—Sé que resulta muy duro esperar.

Acababa de pronunciar aquellas palabras cuando vio al médico, aún ataviado con la ropa del quirófano. Carmen lo vio también y se aferró con fuerza a la mano de Abra.

—¿Señora Méndez? —preguntó el doctor. Se sentó enfrente de ella, sobre la mesa—. Su esposo acaba de salir del quirófano.

El miedo hizo que Carmen no comprendiera el inglés y lanzó un grito de desesperación en español.

—Quiere saber cómo está —tradujo Abra.

—Lo hemos estabilizado. Hemos tenido que quitarle el bazo y había otros daños internos, pero es joven y fuerte. Sigue en estado crítico y ha perdido una cantidad considerable de sangre por las heridas internas y las laceraciones. Tiene la espalda rota.

Carmen cerró los ojos. No comprendía casi nada de lo que el médico había dicho. Solo le interesaba saber si su esposo se iba a poner bien.

—¿Va a morir? —preguntó.

—Estamos haciendo todo lo que podemos por él, pero sus heridas son muy graves. Va a estar en Cuidados Intensivos durante un tiempo.

—¿Puedo verlo? —preguntó Carmen.

—Muy pronto. Regresaremos a buscarla en cuanto haya salido de Reanimación.

—Gracias —susurró Carmen, secándose los ojos—. Muchas gracias. Esperaré.

Abra fue a hablar con el doctor antes de que volviera a marcharse.

—¿Qué posibilidades tiene?

—Para ser sincero, yo habría dicho que muy pocas cuando lo trajeron. Tenía mis dudas de que sobreviviera a la operación, pero lo ha hecho y, como he dicho, es joven y fuerte.

—¿Podrá andar?

—Aún es pronto para decirlo, pero tengo bastantes esperanzas, aunque necesitará una rehabilitación muy larga.

—Queremos que le proporcionen todo lo que necesite. No creo que la señora Méndez comprenda lo del seguro, pero Thornway tiene una excelente póliza para gastos médicos.

—Le seré muy franco si le digo que habrá muchos gastos, pero, con tiempo y cuidados, se recuperará.

—Eso es lo que queremos. Gracias, doctor.

Abra se apoyó contra la puerta, completamente agotada.

—¿Te encuentras bien? —le preguntó Cody.

—Ahora bastante bien. Tenía tanto miedo. Es tan joven...

—Te estás portando muy bien con su esposa.

—Si yo estuviera en su lugar, no querría esperar sola. Son solo unos niños... Me ha estado contando lo contentos que estaban por lo del bebé, que habían estado ahorrando para comprar muebles y lo bueno que era que él tuviera un trabajo fijo...

—No llores —susurró Cody. Le secó una lágrima de la mejilla—. Todo va a salir bien.

—Me siento tan inútil...

—Vamos a casa.

—No quiero dejarla sola.

—En ese caso, esperaremos hasta que su madre llegue aquí.

—Gracias. Cody... Me alegro mucho de que tú también estés aquí.

Él la estrechó entre sus brazos.

—Pelirroja, tarde o temprano vas a comprender que ya no te puedes librar de mí.

Más tarde, cuando estaba anocheciendo, Cody estaba sentado en una silla del apartamento de Abra, observándola. Ella estaba dormida en el sofá, completamente exhausta.

La conversación de la que había sido testigo aquella mañana entre Abra y Jessie le había revelado muchas cosas. No había sido un único incidente, una traición, lo que la hacía mostrarse tan cautelosa con respecto a las relaciones sentimentales. Había sido toda su vida.

Debía de resultar muy difícil confiar en un hombre después de haber vivido con tantos... Sin embargo, estaba con él. Tal vez seguiría levantando barreras, pero estaba a su lado. Eso significaba algo. Sabía que iba a llevar tiempo, tal vez más de lo que había planeado, pero iba a encargarse de que Abra se quedara con él.

Se levantó, se acercó a ella y la tomó entre sus brazos.

—¿Qué pasa? —preguntó Abra. Se despertó muy sobresaltada, con los ojos abiertos de par en par.

—Estás agotada, pelirroja. Deja que te lleve a la cama.

—Estoy bien. Solo necesitaba echar un sueñecito.

—Puedes terminarlo en la cama —dijo Cody mientras ella se acurrucaba contra él. La llevó a la cama y, a continuación, se sentó a los pies para poder desabrocharle los zapatos.

—Estaba soñando...

—¿Sobre qué? —quiso saber Cody. Tras quitarle los zapatos, comenzó a desabrocharle el pantalón.

—No lo sé exactamente, pero era muy agradable... ¿Estás seduciéndome?

—En estos momentos no —contestó él. Le miró las largas piernas y las estrechas caderas, que estaban completamente desnudas a excepción de un práctico triángulo de algodón.

—¿Y eso?

—Principalmente porque me gusta seducirte cuando estás despierta —susurró Cody. La cubrió suavemente con la sábana y se inclinó sobre ella para besarla en la frente. Antes de que pudiera retirarse, Abra lo agarró de la mano.

—Estoy despierta —musitó. Tenía los ojos cerrados, pero estaba sonriendo—. Casi.

Cody volvió a sentarse en la cama y comenzó a acariciarle el cabello.

—¿Se trata de una petición?

—Umm... No quiero que te vayas.

Cody se quitó las botas y se metió con ella en la cama.

—No voy a marcharme a ninguna parte.

Abra lo rodeó entre sus brazos y acopló el cuerpo contra el de él. Entonces, comenzó a besarlo.

—¿Vas a hacerme el amor?

—Ya lo estoy haciendo...

La luz fue haciéndose cada vez más tenue. Abra se movía con él, con la misma facilidad con la que lo haría una esposa tras muchos años de matrimonio. Sin embargo, sus caricias lo excitaban como si fuera una amante reciente. No hablaron. No era necesario.

Abra quería tocarlo, sentir su fuerza en las manos. Resultaba extraño que se sintiera a salvo entre sus brazos, cuando nunca antes había notado que necesitara seguridad. Se sentía protegida, cuidada, deseada. Cody se lo daría todo sin que ella tuviera que pedírselo. Aquello era precisamente lo que había estado soñando. No solo con el placer, sino también con la seguridad de estar con el hombre que amaba. Le enmarcó el rostro entre las manos y trató de mostrarle lo que tenía miedo de decirle.

Abra era maravillosa. Aunque hicieron el amor muy lentamente, casi con pereza, ella le arrebató el aliento. No parecía haber límites a su generosidad.

No había prisas. No había más sonidos que los suspiros de ambos y el suave murmullo de los cuerpos entre las sábanas. Cody la miró con las últimas luces del día. Sus ojos ya no mostraban sueño, sino excitación.

Muy lentamente, como si una parte de él supiera que tendría que recordar aquel día en algún momento de soledad del futuro, le acarició el cabello hasta que le dejó el rostro completamente al descubierto. No podía dejar de mirarla. Se inclinó sobre ella y la besó.

Abra lo tomó entre sus brazos, casi temerosa de lo que la ternura de Cody estaba produciendo en ella. Los ojos se le llenaron de lágrimas por la belleza de aquel momento. Susurró suavemente su nombre, dando así rienda suelta a sus emociones.

Muy pronto estuvieron aferrados, como lo habrían hecho los supervivientes de una tormenta. Era como si no se pudieran tocar lo suficiente, como si no les bastara con lo que tenían. Abrazados, besándose, rodaron por la cama. Las sábanas se enredaron a su alrededor. La ternura se vio reemplazada por una avaricia que era igual de devastadora.

Con los dedos entrelazados, Abra se irguió sobre él y se deslizó suavemente para acogerlo dentro de ella. Cuando Cody la llenó por completo, se arqueó y gimió de placer. Atrapados en las últimas luces del atardecer, se empujaron mutuamente hacia el crepúsculo y hacia la acogedora noche.

CAPÍTULO 10

—Te agradezco mucho que hayas venido conmigo.

Cody miró a Abra cuando detuvo el coche frente al hotel en el que se alojaban W. W. Barlow y su esposa.

—No seas tonta.

—No, lo digo en serio —dijo ella, jugueteando nerviosamente con el collar mientras un mozo iba a abrirle la puerta del coche—. Este es mi problema. Un problema familiar —añadió, después de descender del vehículo. Esperó a que Cody se reuniera con ella—, pero no me hubiera gustado acudir sola a esta cena.

—No estás sola. Sin embargo, no tienes razón alguna para creer que esto va a ser una especie de juicio. No te va a entrevistar el Departamento de Estado —comentó Cody, mientras cruzaban el vestíbulo del hotel—. Solo vas a cenar con tu madre y su nuevo marido.

—Y eso es algo en lo que tengo mucha experiencia —replicó ella, riendo.

Se detuvieron a la entrada del comedor hasta que el maître acudió a recibirlos.

—Buenas noches, señores —dijo el hombre, con una sonrisa—. ¿Una mesa para dos?

—No. Vamos a cenar con los Barlow —respondió Cody mientras agarraba de la mano a Abra.

—Por supuesto —replicó el maître—. Los señores Barlow acaban de sentarse. Si son tan amables de seguirme...

Atravesaron el comedor detrás del maître. Tal y como este había dicho, los recién casados ya estaban sentados. Estaban agarrándose las manos. Barlow los vio primero y se puso de pie inmediatamente.

—Justo a tiempo —dijo. Agarró a Cody de la mano y se la estrechó con fuerza—. Me alegro de que hayas podido venir —añadió. Antes de volverse a Abra, dudó durante un momento—. Bueno, ¿se me permite besar a mi hijastra?

—Por supuesto —respondió ella. Le ofreció una mejilla, pero se encontró con un fuerte abrazo. Con más sentimiento de lo que había esperado, se lo devolvió.

—Siempre he querido tener una hija —musitó Barlow—, pero nunca esperé tenerla a mi edad.

Sin saber qué hacer a continuación, Abra se inclinó para besar a su madre.

—Estás maravillosa. ¿Has disfrutado de tu viaje?

—Sí —respondió Jessie. Estaba retorciendo la servilleta en el regazo—. Me va a gustar Dallas tanto como le gusta a Willie. Espero, esperamos, que encuentres tiempo para ir a visitarnos.

—Siempre tendrás una habitación disponible en nuestra casa —afirmó Barlow—. Será tu hogar cuando vengas a visitarnos.

—Es muy amable de vuestra parte.

—No se trata de amabilidad —replicó Barlow—. Somos familia.

—¿Les gustaría tomar una copa antes de cenar? —les preguntó el maître. Evidentemente, estaba encantado de tener a uno de los hombres más ricos del país en una de sus mesas.

—Tomaremos champán. Un Dom Perignon del 71 —dijo Barlow. Entonces, colocó la mano sobre la de su esposa—. Estamos de celebración.

—Muy bien, señor.

Un incómodo silencio se apoderó de los cuatro comensales cuando se marchó el maître. Cuando Cody sintió que Abra le agarraba la mano por debajo de la mesa, decidió que había llegado el momento de proporcionar algo de ayuda.

—Espero que puedas venir a comprobar cómo va el proyecto antes de que os marchéis a Dallas.

—Sí, sí. Había pensado hacerlo —dijo Barlow, agradecido por el comentario.

Cody empezó a llevar la conversación hacia un terreno neutral. Abra comprendió que los tres solos habrían tenido muchos problemas para encontrar las palabras adecuadas. Solo Cody estaba relajado. El hecho de ver a su madre y a Barlow tan nerviosos hizo que Abra se sintiera egoísta y mala. Resultaba evidente que los dos se amaban. No mostrar su aprobación hacia su matrimonio no ayudaba a nadie y hería a todo el mundo. Incluso a ella.

Pareció producirse un suspiro de alivio común cuando se sirvió el champán.

—Muy bien —dijo Barlow, con una sonrisa nerviosa.

—Me gustaría proponer un brindis —comentó Cody.

—No —lo interrumpió Abra—. Me gustaría hacerlo a mí. Por vuestra felicidad —añadió, simplemente—. Espero que ames a mi madre tanto como la quiero yo. Me alegro mucho de que os hayáis encontrado el uno al otro.

—Gracias —murmuró Jessie. Trató de recuperar la compostura, pero no consiguió hacerlo—. Debo ir a empolvarme la nariz. Perdonadme un momento.

Se marchó rápidamente, dejando a Barlow con una sonrisa en los labios.

—Ha sido muy bonito, Abra. Un detalle muy bonito —susurró, tomándola de la mano—. Te aseguro que voy a cuidar muy bien de ella. Un hombre de mi edad no encuentra muy a menudo la oportunidad de volver a empezar. Me aseguraré de hacerlo bien.

Abra se levantó y le dio un beso en la mejilla.

—Estoy convencida de ello. Regresaré dentro de un minuto.

Barlow observó cómo tomaba la misma dirección que Jessie.

—Si estuviera más orgulloso, creo que estallaría por los costados —dijo Barlow. Entonces, levantó su copa y dio un buen trago—. Menuda pareja, ¿verdad?

—Ni que lo digas.

—Bueno, ahora que tenemos un minuto... Jessie me ha dicho que Abra y tú estáis... juntos.

—¿Vas a ejercer de papá conmigo, W. W.?

—Como he dicho, nunca había tenido una hija —contestó Barlow, algo avergonzado—. Hace que un hombre se sienta muy protector. Sé que a Jessie le gustaría ver a su hija feliz. Cree que los sentimientos de Abra podrían ir en serio. Si los tuyos no lo son...

—La amo.

Lo había dicho. En voz alta. Se sentía maravilloso. Encontró aquellas palabras tan ricas y excitantes como el champán. Nunca había esperado que aquellas palabras le salieran tan fácilmente. Como si estuviera experimentando, las volvió a decir.

—La amo. Quiero casarme con ella —afirmó. La segunda parte sí lo sorprendió. No era que no hubiera pensado en un futuro con Abra a su lado, pero la idea del matrimonio lo sorprendió. Muy agradablemente.

—Vaya, vaya... —susurró Barlow, encantado. Volvió a levantar su copa—. ¿Se lo has pedido?

—No, yo... Lo haré cuando sea el momento adecuado.

Al escuchar aquellas palabras, Barlow se echó a reír y le dio una palmada en la espalda.

—No hay nada más necio que un joven enamorado... a menos que sea un viejo. Déjame que te diga una cosa, muchacho. Uno intenta planear estas cosas para encontrar el momento adecuado, el lugar adecuado, el ambiente adecuado. Nunca lo encuentra. Tal vez no tengas los años suficientes como para darte cuenta de lo valioso que es el tiempo, pero déjame que te dé un consejo. No hay nada peor que mirar atrás y ver todo el tiempo que se ha desperdiciado. Esa chica... mi hija —añadió, muy orgulloso— es un regalo. Es mejor que te la quedes antes de que se te escape. Tómate otra copa. Las propuestas de matrimonio salen más fácilmente si estás relajado. Yo tuve que emborracharme en las dos ocasiones.

Cody asintió y levantó su copa, preguntándose si Barlow estaría en lo cierto.

Abra encontró a Jessie en el tocador de señoras, sentada sobre una butaca blanca y sollozando encima de un pañuelo de papel.

—¿He dicho algo malo? —le preguntó Abra, tras tomar asiento a su lado.

—No —musitó Jessie—. Todo lo que has dicho estaba bien y me has hecho muy feliz —añadió. Entre sollozos, se abrazó al cuello de Abra—. Estaba muy nerviosa por la cena de esta noche. Temía que te sentaras a la mesa odiándome.

—Yo nunca te he odiado. No podría hacerlo. Siento haberte puesto las cosas tan difíciles.

—Nunca lo has hecho. Siempre has sido lo único en mi vida con lo que podía contar. Siempre te he pedido demasiado. Sé que te he defraudado una y otra vez y lamento haberlo hecho, pero ya no puedo cambiar el pasado. Para serte sincera, no sé si lo habría hecho aunque hubiera tenido la oportunidad. He cometido errores y tú has tenido que pagar por ellos. Nunca pensé primero en ti y tienes todo el derecho a estar molesta conmigo por ello.

—¿Recuerdas cuando yo tenía diez u once años y ese chico, Bob Hardy, me tiró de la bicicleta? Llegué a casa con las rodillas cubiertas de sangre y la camisa rasgada.

—Ese niño era muy malo. Quise darle un buen bofetón.

—Tú me limpiaste, me besaste todas las heridas y me prometiste una nueva camisa. Entonces, te marchaste directamente a casa de la señora Hardy.

—Así es. Cuando yo... ¿Cómo lo sabes? Se suponía que estabas en tu habitación.

—Te seguí. Me escondí entre los arbustos que había en el exterior de la casa y escuché.

—¿Oíste lo que le dije a esa mujer? —preguntó Jessie. Se había ruborizado vivamente—. ¿Todo?

—Me quedé muy sorprendida. Ni siquiera sabía que hubieras escuchado alguna vez esas palabras y mucho menos que pudieras utilizarlas tan... eficazmente.

—Esa mujer era una vieja bruja —afirmó Jessie—. No iba a consentir que no supiera lo que yo pensaba del modo en el que había criado a su desagradable hijo, que había tirado a mi hijita de su bicicleta.

—Cuando terminaste con ella, te estaba comiendo de la mano. Aquella noche, trajo a su hijo a nuestra casa y lo hizo disculparse. Me sentí muy especial.

—En estos momentos te quiero lo mismo. En realidad, mucho más —afirmó Jessie, acariciándole el cabello a su hija—. Nunca supe cómo ocuparme de un niño. Me resulta mucho más fácil hablar con una mujer.

—Se te está corriendo el rímel.

—Oh, no —suspiró Jessie. Se miró en el espejo y se echó a temblar—. ¡Qué desastre! Willie me mirará y echará a correr.

—Lo dudo, pero es mejor que te arregles antes de que nos quedemos sin champán.

—No ha ido tan mal —comentó Cody. Se quitó la corbata en el momento en el que entraron en el apartamento de Abra.

—Es cierto —replicó ella. Se quitó los zapatos de una patada. Se sentía muy bien—. De hecho, todo resultó muy agradable. Champán, caviar, más champán... Podría acostumbrarme a esa vida —añadió. Cuando vio que él se dirigía a la ventana parar mirar al exterior, frunció el ceño—. Pareces algo distraído, Cody.

—¿Cómo dices? —preguntó él, tras volverse para mirarla.

—Has estado bastante callado toda la noche. ¿Qué es lo que te ocurre?

—¿Ocurrirme? Nada. Tengo muchas cosas en la cabeza. Eso es todo.

—¿Se trata del proyecto? ¿Es que hay algún problema?

—No, no se trata del proyecto —respondió Cody. Se metió las manos en los bolsillos y se acercó a ella—. Y no sé si es un problema.

Abra sintió que las manos se le quedaban heladas. Cody tenía una mirada muy intensa y muy seria en los ojos. Estaba segura de que iba a terminar su relación. Iba a terminar lo que había entre ellos para regresar al este. Se humedeció los labios y se preparó para lo que él tuviera que decir. Sería fuerte a pesar de que se sentiría morir.

—¿Quieres hablar al respecto?

—Sí, creo que deberíamos...

El teléfono se lo impidió. Como si estuviera presa de un trance, ella se acercó para contestar.

—¿Sí? Hola, yo... Oh. Sí, sí, está aquí —dijo. Tenía el rostro muy pálido. Entonces, ofreció a Cody el teléfono—. Es tu madre.

—¿Mi madre? —preguntó él, muy sorprendido—. ¿Mamá? —dijo, tras tomar el auricular—. ¿Ocurre algo?

Abra se dio la vuelta. Oyó retazos de la conversación, pero prefirió no prestar atención a las palabras de Cody. Si iba a romper con ella, tenía que ser fuerte y aceptarlo. Como Cody había hecho solo unos instantes antes, se dirigió a la ventana y miró al exterior. No. Estaba equivocada. Ella lo amaba. ¿Por qué tenía que aceptar que lo que había entre ellos iba a terminar? ¿Por qué estaba dando por sentado que él se iba a marchar? No podía mostrarse tan insegura sobre la única persona que le importaba verdaderamente.

—¿Abra?

—¿Sí? —respondió ella. Se dio la vuelta rápidamente—. ¿Va todo bien?

—Sí, todo va bien. Le di a mi familia este número con el del hotel.

—No importa.

—Mi padre tuvo algunos problemas de corazón hace dos meses. Durante un tiempo estuvo muy delicado.

—Oh, lo siento. ¿Se encuentra bien ahora?

—Eso parece. Hoy ha ido a que le hagan más pruebas y le han dicho que está perfectamente. Mi madre solo quería que lo supiera.

—Me alegro mucho. ¿Has dicho hace un par de meses? Eso fue cuando tuvimos las primeras reuniones del proyecto.

—Eso es.

Abra cerró los ojos y recordó el momento en el que se conocieron, en el tráiler de la obra, cuando ella empezó a chillarle y le vertió la cerveza por la cabeza.

—Deberías haber sido tú el que me vertiera esa cerveza por la cabeza.

—Lo pensé —admitió él, con una sonrisa.

—Deberías habérmelo dicho.

—No era asunto tuyo... en ese momento —dijo, acercándose a ella. Entonces, le tomó la mano y se la llevó a los labios—. Los tiempos cambian. Abra...

Cuando volvió a sonar el teléfono, Cody lanzó una maldición.

—¿Quieres hacer el favor de arrancar ese maldito aparato de la pared?

Abra se echó a reír y se dispuso a contestar.

—¿Sí? Sí, soy Abra Wilson. ¿Señora Méndez? Sí, ¿cómo está su esposo? Me alegro mucho. No, no fue ninguna molestia. El señor Johnson y yo estuvimos encantados de poder ayudar... ¿Esta noche? En realidad, yo... No, no, claro que no. No es nada de importancia. Podemos estar dentro de veinte minutos. Muy bien. Adiós —concluyó. Atónita, Abra colgó el teléfono—. Era Carmen Méndez.

—Ya me había dado cuenta. ¿Dónde podemos estar dentro de veinte minutos?

—En el hospital. Parecía estar muy rara, muy nerviosa a pesar de que me ha dicho que su marido había salido de Cuidados Intensivos y que estaba muy bien. Dijo que necesitaba hablar con nosotros inmediatamente.

—Pongo una condición —dijo Cody, mientras Abra empezaba a ponerse los zapatos.

—¿Cuál?

—Cuando regresemos, no vamos a contestar el teléfono.

Encontraron a Méndez tumbado de espaldas en una habitación del hospital, con su esposa al lado, agarrada a su mano.

—Me alegro de que hayan venido —dijo Méndez, al verlos.

—Y yo de que tú estés mejor —repuso Abra—. ¿Hay algo que necesites? ¿Algo que podamos hacer por ti? —añadió. Se sorprendió mucho al ver que los ojos del muchacho se llenaban de lágrimas.

—No, gracias. Carmen me dijo lo bien que se portaron los dos con ella, ocupándose de los papeles y de todo lo demás.

Carmen se inclinó sobre él y murmuró algo en español, aunque lo hizo demasiado bajo como para que Abra pudiera escucharlo.

—Sí —dijo Méndez—. Pensé que iba a morir y no podía hacerlo con pecados en el alma. Se lo conté todo a Carmen.

Hemos estado hablando y hemos decidido contárselo a ustedes —añadió. Tragó saliva y cerró los ojos durante un momento—. Al principio no me pareció tan mal. Además, con la llegada del bebé necesitábamos el dinero. Cuando el señor Tunney me lo pidió, sabía que estaba mal, pero quería cosas buenas para Carmen y para el bebé. Y para mí.

Abra se acercó un poco más a la cama. Por encima del cuerpo tumbado de Méndez, Cody y ella intercambiaron una mirada.

—¿Qué fue lo que Tunney te pidió? —le preguntó Cody.

—Solo que mirara para otro lado, que fingiera no darme cuenta. Gran parte del cable que se está utilizando en la obra no es el adecuado

—¿Estás diciendo que Tunney te ofreció dinero por instalar un cable que no era el que aparecía en los planos? —quiso saber Abra. La sangre se le había quedado helada.

—Sí. No se trata de todo el cableado ni tampoco de toda la obra. No se podía confiar en todos los hombres. Cuando llegaba un pedido, él solo asignaba a unos pocos hombres para que trabajaran con los cables del doce. Nos pagaba en efectivo todas las semanas. Sé que puedo ir a la cárcel... Lo sabemos, pero hemos decidido hacer lo correcto.

—David, esta es una acusación muy seria —dijo Abra. En aquel momento, recordó las ruedas de cable que ella misma había visto que eran de un calibre inferior—. Esos cables fueron sometidos a una inspección.

—Sí. Se organizó todo para que el inspector fuera el mismo. Está pagado. Cada vez que viene, el señor Johnson y usted están ocupados en alguna parte por si acaso se dan cuenta de algo.

—¿Cómo ha podido Tunney organizar...? —se preguntó ella. De repente, lo comprendió—. David, Tunney seguía órdenes, ¿verdad?

Méndez apretó la mano de su esposa. Aquello era lo que más temía.

—Sí, sigue órdenes. Del señor Thornway. Hay más que el cableado. Yo he oído comentarios. Parte del cemento, parte del acero, parte de los remaches. No todo, ¿lo comprende? El señor Thornway es un constructor muy poderoso. Este debe de ser el modo de conseguirlo. Cuando se lo dije a Carmen, ella se sintió muy avergonzada de mí y me dijo que sus modos no son los nuestros.

—Devolveremos el dinero —dijo Carmen, tomando la palabra por primera vez.

—No quiero que os preocupéis de eso ahora —afirmó Abra—. Ni de nada. Habéis hecho lo correcto. El señor Johnson y yo nos ocuparemos de todo a partir de ahora. Tal vez necesitemos volver a hablar contigo y tendrás que ir a la policía.

Carmen se puso una mano sobre el abultado vientre.

—Haremos lo que usted diga. Por favor, señorita Wilson, mi David no es un hombre malo.

—Lo sé. No te preocupes.

Abra salió de la habitación, sintiéndose como si hubiera sufrido una larga y desagradable caída.

—¿Qué vamos a hacer?

—Vamos a ir a ver a Tim —respondió él—. Voy a llamar a Nathan. Él también tiene que saberlo.

Abra asintió y se alejó de él mientras Cody buscaba un teléfono.

Durante el trayecto en coche a casa de Thornway no hablaron. Abra solo podía pensar en la reputación que el padre de Tim había creado para su empresa. En un abrir y cerrar de ojos, el hijo lo había destruido todo.

—Tendría que habérmelo imaginado —dijo ella.

—¿Cómo?

—El día en el que Méndez sufrió el accidente, yo estaba con Tunney. Acababan de llevar un pedido y me fijé. Era cable del doce. Me dijo que seguramente alguien había cometido un error. Estábamos hablando sobre ello cuando ocurrió el accidente y no volví a preocuparme de ello. Maldita sea, Cody. Ni siquiera volví a pensar en ello.

—No tenías razón alguna para sospechar de él. Ni de Thornway. ¿Qué te parece si me ocupo yo de este asunto? Tú puedes esperar aquí —dijo Cody. Estaban llegando en aquellos momentos a la mansión de Thornway.

—No. Tengo que estar presente.

Momentos más tarde, estaban esperando en el espacioso vestíbulo de la mansión. Elegantemente vestido, Tim bajó la escalera.

—Abra, Cody. ¡Qué sorpresa! Me temo que nos habéis encontrado aquí por los pelos. Marci y yo íbamos a salir. Ella aún se está vistiendo.

—Creo que tendrás que llegar tarde —dijo Cody, muy secamente—. Esto no puede esperar.

—Parece algo muy serio —repuso Tim. Comprobó el reloj antes de hacerlos pasar a su biblioteca—. Me puedo permitir unos minutos. De todos modos, Marci siempre se retrasa. ¿Qué os apetece? —añadió, tras dirigirse al bar.

—Una explicación —contestó Abra—. Sobre por qué has estado utilizando materiales inadecuados para el proyecto Barlow.

La mano de Tim empezó a temblar. El whisky que se estaba sirviendo se derramó encima de la barra. Eso fue todo lo que Abra necesitó para darse cuenta de que lo que les había dicho Méndez era verdad.

—¿De qué estás hablando?

—Estoy hablando de materiales que no corresponden con las necesidades. Estoy hablando de sobornos —le espetó ella. Se acercó a él y lo agarró del brazo para impedirle que se llevara la copa de whisky a los labios—. Estoy hablando de arruinar la reputación que tu padre tardó toda una vida en construir.

—No tengo ni idea de qué estás hablando, pero no me

gusta que se me acuse de algo ilegal —replicó. Se tomó el whisky y se sirvió otro inmediatamente—. Sé que mi padre te tenía mucho afecto y que tú sientes un cierto interés personal por la empresa, pero eso no justifica tu comportamiento.

—Ten cuidado con lo que dices —repuso Cody—. Sobre todo, ten mucho cuidado con lo que le dices a ella o tal vez yo decida dejarme llevar por mis instintos y partirte los brazos.

—No voy a consentir que se me insulte en mi propia casa —replicó Thornway. Tenía la frente cubierta de sudor.

Al ver que Tim se disponía a salir de la biblioteca, Cody se colocó delante de la puerta para impedírselo.

—Vas a consentir mucho más que se te amenace. El juego ha terminado. Sabemos lo de los materiales, los inspectores que has sobornado y sobre el dinero que se les pagó a algunos obreros para que mantuvieran la boca cerrada. La pena para ti, Tim, es que ha resultado que algunos de ellos tienen conciencia.

—Esto es ridículo. Si alguien ha estado escatimando material de la obra, pienso descubrir de quién se trata. Puedes estar seguro de que iniciaré una investigación.

—Muy bien —le espetó Abra—. Llama al comisionado que se ocupa de los temas de construcción.

—Lo haré.

—Hazlo ahora mismo —insistió ella—. Estoy segura de que tienes su número. Podríamos tener una reunión aquí esta misma noche.

—No tengo intención de molestar al comisionado en su casa un sábado por la noche.

—Creo que estaría muy interesado —repuso Abra. Había notado el miedo que había en los ojos de Thornway, por lo que decidió darle el último empujón—. Mientras estás en ello, ¿por qué no llamas también a Tunney? Estoy segura de que el comisionado va a querer hablar con él. De algún modo, me da la impresión de que Tunney no es la clase de hombre dispuesto a caer solo.

Sin decir nada, Tim fue a sentarse en una butaca. Volvió a tomar el vaso de whisky y se lo tomó a pequeños sorbos hasta que estuvo completamente vacío.

—Estoy seguro de que podemos solucionar este asunto —dijo—. Es un negocio, ¿comprendéis? Y yo tomé algunos atajos. Nada de importancia.

—¿Por qué? ¿Por qué tuviste que arriesgarlo todo por un puñado de dólares? —quiso saber Abra.

—¿Un puñado? —replicó Tim. Soltó una sonora carcajada. Entonces, agarró la botella y se sirvió un poco más de whisky—. Estamos hablando de miles y miles de dólares. Se ahorra un poco por aquí, otro poco de allá... Casi sin darte cuenta se reúnen millones. Lo necesitaba. No sabéis lo que es ser el hijo, que se espere de mí que haga las cosas tan bien como mi padre. Además, está Marci. Es hermosa, inquieta y le gusta tener muchas cosas. Cuanto más le doy, más quiere. No me puedo permitir perderla —susurró. Se ocultó el rostro entre las manos—. Tengo deudas con las personas equivocadas. Desde que yo me hice cargo, todo ha ido mal. Perdí mucho dinero en el proyecto Lieterman. No era la primera vez. Durante los últimos nueve meses, el negocio ha ido cayendo en números rojos. Tenía que arreglarlo. Esta era la mejor manera. Recortar un poco los gastos. Si conseguía que este proyecto acabara dentro del tiempo y del presupuesto establecidos, mis deudas habrían desaparecido.

—¿Y cuando hubiera un fallo eléctrico o cuando cedieran los cimientos? —le espetó Cody—. ¿Entonces, qué?

—No tenía por qué ser así. Tenía que arriesgarme. Tenía que hacerlo. Marci espera vivir de un cierto modo. ¿Acaso tenía que decirle que no podemos ir a Europa porque la empresa está pasando una mala racha?

—Sí —contestó Abra, sintiendo una extraña pena por él—. Ahora le vas a tener que decir mucho más que eso.

—El trabajo no se reanudará hasta el lunes, Tim —le recordó Cody—. De hecho, no va a reanudarse hasta que se haya realizado una investigación exhaustiva. Tú mismo te has metido en esto y ahora vas a tener que enfrentarte a ello. Puedes llamar al comisionado tú mismo o dejar que lo hagamos nosotros.

Tim no dejaba de beber. Se estaba emborrachando. En cierto modo lo ayudaba.

—¿No se lo habéis dicho a nadie?

—Todavía no —respondió Abra—. Tenías razón en lo de que siento una gran lealtad hacia tu padre y que siento una responsabilidad hacia esta empresa. Quería que tuvieras la oportunidad de enmendar todo esto tú solo.

«¿Enmendarlo?», pensó Tim desesperadamente. ¿Cómo iba a hacerlo? Una inspección oficial terminaría con todo.

—Primero me gustaría hablar con Marci —dijo—. Prepararla. Dadme veinticuatro horas.

Cody abrió la boca para oponerse, pero Abra se lo impidió. Los engranajes se habían puesto en movimiento. Un día más no iba a poder detener lo que ya había comenzado. Le daría un día por lo mucho que había apreciado a su padre.

—¿Convocarás una reunión en tu despacho para todo el mundo?

—¿Qué elección me queda? —replicó Tim, arrastrando las palabras por el alcohol—. Voy a perderlo todo, ¿no?

—Tal vez consigas recuperar el respeto por ti mismo —le espetó Cody—. Quiero tener noticias tuyas mañana antes de las nueve de la mañana o seremos nosotros los que llamen al comisionado.

Con eso, agarró a Abra de la mano y la llevó al exterior de la casa. Allí, ella se tapó el rostro con las manos.

—Dios mío, es horrible.

—No va a mejorar.

—No —afirmó ella. Se volvió a mirar a la casa y vio que la biblioteca aún tenía la luz encendida—. Este iba a ser mi último trabajo para Thornway. No esperaba que mi relación con esta empresa terminara así.
—Vamos.

Tim oyó cómo arrancaba el motor del coche de Cody. Permaneció escuchando hasta que el sonido se perdió en el silencio de la noche. Su esposa, su hermosa y egoísta esposa, se estaba arreglando en el dormitorio. Presa de la ira, lanzó el vaso al otro lado de la sala. La odiaba. La adoraba. Todo lo que había hecho había sido para que ella fuera feliz. Para mantenerla a su lado. Si ella lo abandonaba...

No. No podía ni pensarlo. No podía pensar en el escándalo y en las acusaciones. Lo crucificarían. Perdería su negocio, su hogar, su estatus... Su esposa.

Tal vez aún quedara una posibilidad. Siempre había una posibilidad. A duras penas, se acercó al teléfono y marcó un número.

CAPÍTULO 11

Tal vez fue la tensión de la tarde o la incomodidad por haber visto la desesperación y la humillación de otros, pero Abra y Cody se necesitaban mutuamente. Se metieron en la cama presas de una potente furia, sin decir nada, buscando lo que el otro podía darles para conseguir olvidarse de la ira y la desilusión.

Juntos habían construido algo muy fuerte... o al menos eso creían. Acababan de saber que había sido construido sobre mentiras y engaños. Si se poseyeron con tanto frenesí fue tal vez para asegurarse a sí mismos que lo que habían construido en la intimidad no era ninguna mentira.

Aquello era algo sincero y sólido. Abra lo comprendió cuando sintió la boca de Cody posesivamente sobre la suya, cuando sus lenguas se unieron, cuando sus cuerpos se acoplaron. Si él necesitaba olvidar lo que existía en el exterior de aquel dormitorio, solo por una noche, Abra lo comprendía perfectamente. Ella también lo necesitaba, por lo que se entregó a él en cuerpo y alma.

Cody quería reconfortarla. Había parecido tan desilusionada al escuchar la confesión de Tim... Con Abra todo era personal y él sabía que estaba aceptando parte de aquel fracaso como propio. No lo consentiría. Ya hablarían por la mañana, cuando los sentimientos no estuvieran tan en carne viva. Por el momento, le daría alivio con su pasión.

En aquellos momentos, ella lo tenía atrapado bajo la maraña de su cabello y su ágil cuerpo, recorriéndole el cuerpo con los labios, dándole placer y buscando el propio. Sentía cierta excitación al tomarse la libertad de explorar a placer al hombre que amaba. Tocarlo y hacerlo temblar. Saborearlo y oírlo suspirar.

La luz del pasillo estaba aún encendida, por lo que lo veía perfectamente, su silueta, sus firmes músculos, sus ojos... Estaban tan oscuros, tan pendientes de ella...

Sentía algo diferente en él, pero era incapaz de comprenderlo. En un momento Cody se mostraba impaciente, casi brutal, en sus artes amatorias. En otro, la abrazaba y la besaba como si ella fuera muy frágil. No obstante, las pasiones se solapaban tan estrechamente con las emociones que Abra no podía separar el deseo del amor. No había necesidad de hacerlo.

Cuando la penetró, encontró ambas.

Tarde, mucho más tarde, cuando se despertó turbada por algún ruido o por un mal sueño, Abra extendió la mano y notó que Cody no estaba a su lado.

—¿Cody?

—Estoy aquí.

Lo vio de pie al lado de la ventana. La punta del cigarrillo relucía en la oscuridad.

—¿Qué ocurre?

—Nada. No puedo dormir.

Abra se incorporó en la cama y se apartó el cabello del rostro. La sábana se le deslizó por el cuerpo hasta la cintura.

—Puedes regresar a la cama. No tenemos por qué dormir.

Cody se echó a reír y apagó el cigarrillo.

—Nunca había creído que encontraría a una mujer que me agotaría.

—¿Se supone que eso es un cumplido? —preguntó ella, tras arrojarle una almohada.

—Solo una observación —dijo. Se acercó y se sentó en el borde de la cama—. Eres la mejor, pelirroja —añadió. No estaba hablando sobre sexo, algo que Abra comprendió perfectamente.

—Me alegro de que pienses así. Estás vestido —observó, cuando los ojos se le hubieron acostumbrado a la oscuridad.

—Iba a salir a dar una vuelta en el coche. No sabía si despertarte o no.

—¿Adónde vas?

—Tengo que verlo, Abra. Tal vez pueda sacármelo de la cabeza durante unas horas si lo hago.

—Iré contigo.

—No tienes que hacerlo. Es muy tarde... supongo.

—Quiero hacerlo. ¿Te importa esperarme?

—Claro que no —respondió él. Le tomó la mano y se la llevó a los labios—. Gracias.

El aire era fresco y claro. El cielo era como un plácido mar cuajado de estrellas. No había tráfico, tan solo una larga carretera rodeada primero de casas y tiendas y luego de nada más que kilómetros y kilómetros de desierto. Abra escuchó en la distancia el aullido de un coyote.

—Nunca había conducido por aquí a estas horas de la noche —dijo Abra, tras apartar el rostro de la ventanilla bajada—. Está todo tan tranquilo... Le hace a una preguntarse...

—¿Preguntarse qué?

—Que si ha estado tan tranquilo durante siglos, no sería mejor que siguiera estándolo durante muchos más.

—Se supone que los que trabajamos en este mundo debemos transformar la tierra que no se utiliza para nada y darle un uso. No obstante, hay lugares a ambos lados del canal que recorre la costa de Florida en los que la vegetación es tan densa que no se ve más allá de medio metro. Están llenos de vida. El canal los divide, esa es la contribución del hombre, pero en algunas ocasiones, se deben dejar las cosas tal y como están.

—Me gustas mucho, Johnson —dijo ella, con una sonrisa.

—Gracias, Wilson. Tú también me gustas a mí. Cambiando de tema, recuerdo que antes dijiste algo sobre el hecho de que el proyecto Barlow iba a ser el último que realizaras para Thornway.

—Sí. Llevaba pensándolo mucho tiempo. Después de que Tim se hiciera cargo de la empresa, decidí que había llegado el momento de pasar a la acción.

—¿Tienes otra oferta?

—No. En realidad, no he anunciado oficialmente mi dimisión, pero no estoy buscando otra oferta. Voy a trabajar por libre, tal vez incluso a empezar mi propia empresa. Una pequeña. Llevo ahorrando durante bastante tiempo como para que pueda superar los malos momentos.

—¿Quieres establecerte sola o simplemente cambiar de ambiente?

—Creo que las dos cosas —admitió ella, tras pensárselo durante un momento—. Le debo mucho a Thornway, a Thornway padre en realidad. Él me dio la oportunidad de demostrar mi valía. Durante el último año, las cosas han cambiado mucho. No sabía... Nunca me imaginé que Tim estaría metido en algo como esto, pero nunca me gustó el modo en el que él realizaba sus negocios. Siempre miraba primero las hojas del libro de cuentas antes de hacerlo con el proyecto en general, a la nómina en vez de a los hombres que estaban ganándose ese dinero. Nadie se mete en un negocio sin pensar en ganar dinero, por supuesto, pero cuando es lo único...

—Cuando es lo único se acaba en una situación como en la que estamos ahora.

—Aún no puedo creérmelo. Pensaba que lo conocía, pero... ¿Cómo puede un hombre arriesgarlo todo por agradar a una mujer?

—Yo diría que la ama, aunque, evidentemente, más de lo que debería.

—Tal vez ella lo ama a él. Tal vez todas las joyas, los coches y los cruceros no le importaban.

—Claro que le importaban —afirmó Cody—. Con una mujer como esa, siempre importan. Estoy seguro de que, cuando Marci Thornway se entere de todo esto, se marchará.

—Eso es una crueldad. Sigue siendo su esposa.

—¿Te acuerdas de la noche de la fiesta? Entonces también era su esposa, pero me invitó a... Digamos que me invitó a pasar la tarde con ella.

—Oh —susurró. Toda la simpatía que pudo haber sentido por Marci Thornway se desvaneció—. ¿La rechazaste?

—No me resultó muy difícil. Además, tenía otras cosas en mente. En cualquier caso, no creo que debamos culpar de todo a Marci. Tim quería conseguir demasiado en muy poco tiempo. Tal vez se le había dado demasiado desde el principio. Aparentemente, ha estado persiguiendo el éxito de la manera equivocada.

—Mencionó que debía dinero a las personas equivocadas.

—No sería el primer hombre de negocios que tiene vínculos con el crimen organizado. No sería el primero que lo pierde todo por esa relación... ¿Qué es eso?

Cuando se acercaron al desvío que llevaba a la obra, Cody vio otro coche. Este dudó un momento en el cruce, pero finalmente se echó a la derecha y siguió hacia delante.

—No lo sé —contestó Abra, mirando las luces del otro vehículo—. Probablemente sean unos muchachos. Muchas veces, las obras terminan convirtiéndose en lugares de encuentro para los enamorados.

—Tal vez, pero es algo tarde para que los adolescentes anden por aquí —dijo, al ver que se vislumbraban en el horizonte las primeras luces del alba.

Aparcó el coche al lado del tráiler. En silencio, los dos descendieron y observaron el edificio principal, con su cúpula y sus espirales, entre las sombras del amanecer. Permanecieron allí unos minutos, con las manos entrelazadas observando lo que habían creado entre ambos.

—Van a tener que demolerlo —murmuró Cody—. Todo o gran parte de ello.

—Eso no significa que no pueda volver a construirse. Podemos volver a levantarlo.

—Tal vez —dijo él. Le rodeó los hombros con un brazo—, pero no va a ser fácil. Ni rápido.

—No tiene por qué serlo —afirmó ella. Comprendió en aquel momento, como no lo había comprendido hasta entonces, lo mucho que Cody había puesto de sí mismo en aquel proyecto. No solo se trataba de paredes, y vigas, sino de su imaginación, de su corazón. Se volvió hacia él y lo abrazó—. Supongo que ya va siendo hora de que te diga la verdad.

—¿Sobre qué?

—Sobre este lugar. Yo me equivoqué y tú tenías razón.

Cody la besó, tomándose su tiempo para hacerlo.

—Eso no es nada nuevo, pelirroja.

—Sigue así y no te diré lo que pienso de verdad.

—Ni hablar. Tú siempre me dices lo que piensas, tanto si quiero escucharlo como si no.

—Esta vez lo harás. Tal vez incluso tengas derecho a sentirte orgulloso.

—No puedo esperar.

—Creo que este edificio es maravilloso.

—¿Cómo dices? —preguntó él, muy sorprendido—. Debe de ser la falta de sueño, Wilson. Estás algo mareada.

—No estoy bromeando ni tampoco te digo esto para que te sientas mejor... ni peor. Te lo digo porque ya iba siendo hora de que lo hiciera. Durante las últimas semanas he podido comprender lo que habías imaginado para este lugar, lo que querías decir y cómo querías decirlo. Es muy hermoso, Cody.

Cuando esté acabado, y lo estará algún día, va a ser una obra de arte.

Cody la miró asombrado. En aquel momento, el sol empezó a asomarse por encima de las rocas.

—Sé que se supone que debo sentirme muy halagado, pero no puedo conseguirlo.

—Puedes sentirte muy orgulloso —afirmó ella—. Yo me siento muy orgullosa de todo esto y de ti.

—Abra... Me dejas sin palabras —susurró Cody. Suavemente, le acarició la mejilla con los nudillos.

—Me gustaría que supieras que, cuando llegue el momento de reconstruirlo, quiero formar parte de ello —declaró—, aunque eso implica que creo que debería haber algunos ajustes.

Cody se echó a reír y la estrechó entre sus brazos.

—Cómo no.

—Serían pequeños —añadió ella—. Y razonables.

—Por supuesto.

—Ya hablaremos de ellos —prometió, tras morder la oreja de él—. Profesionalmente.

—Estoy seguro de ello, pero te aseguro que no voy a cambiar nada.

—Cody...

—No te he dicho que tú eres una de los mejores... En lo que se refiere a los ingenieros, claro está.

—Muchas gracias. Ahora ya me siento mucho mejor. ¿Y tú?

—Sí, yo también me siento mejor. Gracias.

—En ese caso, vamos a dar una vuelta. Para eso hemos venido aquí.

Agarrados del brazo, los dos se dirigieron hacia el edificio principal.

—La investigación va a ser muy dura —comentó Cody—. Podría entorpecer tus planes de empezar tu propia empresa, al menos durante un tiempo.

—Lo sé. Supongo que he estado intentando no pensar en ello. Todavía no.

—Tendrás a Barlow apoyándote. Al igual que a Powell y a Johnson.

Abra sonrió cuando él le abrió la puerta del edificio.

—Lo agradezco mucho. Por cierto, no me has dicho lo que te ha comentado Nathan.

—Me dijo que vendría en el primer avión.

Cuando atravesaron el umbral, miraron a su alrededor. Había cubos vacíos por todas partes, algunos de ellos con maderos encima que los convertían en asientos improvisados. Los ascensores que tantos problemas le habían dado a Abra estaban ya instalados. Se adivinaban ya las formas curvadas de las escaleras y los marcos de las ventanas ya estaban colocados. En vez del sonido estridente de las máquinas, solo había silencio a su alrededor.

—Duele, ¿verdad?

—Sí —admitió Cody—, pero pasará. Sin embargo, he de decir que no quiero estar presente cuando empiecen a desmantelarlo.

—Yo tampoco —dijo Abra. Avanzó unos pasos y colocó el bolso sobre un caballete—. ¿Sabes una cosa, Johnson? Siempre he querido venir a un lugar como este como cliente. Te propongo un trato, Johnson. Cuando esté terminado y tus malditas cataratas estén funcionando, te invitaré a pasar un fin de semana aquí.

—Hay uno en Tampa que ya está funcionando.

—¿Tiene cataratas?

—No. Una laguna en el centro del vestíbulo.

—Tendría que habérmelo imaginado. Bueno, creo que es mejor que nos vayamos. Aquí no se ve nada.

—Espera un momento. Tengo una linterna en el coche. Me gustaría asegurarme de que quien estuvo aquí antes no husmeó donde no debería.

—Muy bien —dijo ella. Bostezó una vez, pero muy ampliamente—. Ya dormiré mañana.

—Volveré enseguida.

Cuando Cody se marchó, Abra decidió que era una pena que tuvieran que demolerlo. Sin aquel proyecto, tal vez nunca hubiera conocido a Cody. Aquel edificio los había unido y volvería a hacerlo cuando empezara la reconstrucción. Tal vez iba siendo hora de que dejara de sentarse ante la mesa de diseño y se ocupara un poco de su propia vida. Podría ser que nunca pudiera admitir sus propios sentimientos con Cody.

Sabía que él sentía algo por ella. Cabía la posibilidad de que se alegrara si ella le decía que se trasladaría a Florida para empezar su carrera en solitario. Podrían ver adónde los llevaba su relación hasta que... No pudo pensar más allá.

No importaba. Ya se ocuparía del «hasta» cuando llegara el momento. De lo único de lo que estaba segura era de que no iba a dejar que él se marchara tan fácilmente.

Miró a su alrededor y se imaginó que regresarían allí algún día, cuando aquel vestíbulo estuviera lleno de gente. Recordarían entonces cómo había empezado todo...

Sin dejar de soñar despierta, recorrió todo el vestíbulo. De repente, algo le llamó la atención. Al principio, se preguntó cómo podían haber sido tan descuidados los obreros como para desperdiciar una carretilla entera de compuesto y, además, no recogerlo. De todos modos, se agachó para inspeccionarlo. De repente, un rayo de luz cayó sobre el montón. Abra decidió examinarlo más detenidamente y extendió la mano. En el momento en el que lo hizo, sintió que se le detenía el corazón. Se puso de pie rápidamente y echó a correr hacia la puerta, llamando a gritos a Cody.

Encontró la linterna en la guantera y apretó el botón para comprobar que funcionaba. Seguramente era una tontería mirar en el edificio. ¿Qué importaba que el edificio hubiera resultado dañado por unos gamberros? No resultaría difícil, aunque sí costoso, cambiar el cableado, pero si era cierto que se habían cometido irregularidades también en el acero y en el hormigón, toda la estructura tendría que demolerse. La ira se apoderó de él, tanto que estuvo a punto de volver a dejar la linterna en el coche. Entonces, se recordó que Abra lo había acompañado hasta allí y que lo estaba esperando dentro. Mirarían y se marcharían. Lo que ocurriera a partir del día siguiente no dependería en absoluto de ellos.

Más o menos empezó a pensar lo mismo que Abra. Mientras se dirigía hacia la puerta, llegó a la conclusión de que, sin aquel edificio, jamás la habría conocido. Por eso, en el momento en el que las autoridades se hicieran cargo del caso, iba a decirle a ella exactamente lo que quería y lo que necesitaba.

No. Iba a decírselo en aquel mismo instante, en el lugar en el que había empezado todo. Resultaba de lo más adecuado que le pidiera matrimonio dentro del edificio que los había unido. ¿Qué momento ni qué lugar podían ser mejores?

Cuando oyó el grito, sintió que se le helaba la sangre. Echó a correr y oyó que ella volvía a gritar. Estaba ya muy cerca cuando la explosión rasgó el silencio. Una pared de aire caliente lo golpeó como si se tratara de un puño y lo mandó volando entre una lluvia de cristal, rocas y esquirlas de metal.

La caída lo dejó atontado durante algunos segundos. Entonces, volvió a levantarse y echó a correr. No notó el corte que tenía en la sien, donde algo agudo se le había acercado lo suficiente como para rasgarle la piel. No se dio cuenta de que la caída y aquellos pocos segundos de aturdimiento le habían salvado la vida.

Lo único que vio en aquellos momentos fue cómo las llamas lamían ávidamente las ventanas que la explosión había desgajado. Cuando llegó a lo que había sido la puerta, se produjeron otras explosiones, hasta que el alba empezó a resonar como un campo de batalla.

La llamó a gritos, a pesar de que el miedo lo estrangulaba de tal manera que casi no podía escuchar su voz. Algo más salió volando. Un enorme trozo de algún material pasó volando a su lado como una bala. No lo golpeó por centímetros. El calor lo hizo echarse hacia atrás en una ocasión, abrasándole la piel. Tosió repetidamente y, medio asfixiado, se puso de rodillas y entró arrastrándose al interior del edificio.

A través de la espesa cortina de humo, vio dónde se habían desmoronado las paredes, dónde habían caído al suelo enormes trozos de techo. Mientras avanzaba hacia el interior, pudo escuchar el angustioso sonido del acero liberándose y cayendo sobre el suelo.

A ciegas, fue apartando los escombros. Se cortó la palma de una mano en diagonal. La sangre que le goteaba de la herida que tenía en la sien empezó a metérsele en los ojos, que ya le escocían por el humo y el miedo.

Entonces, vio la mano de Abra. Solo la mano, casi cubierta por un montón de escombros. Con una fuerza que nacía exclusivamente de la desesperación empezó a tirar de ella. El fuego rugía a su alrededor, abrasándolo y consumiéndolo todo.

Cuando la vio, notó que estaba sangrando. Estaba tan confuso que ni siquiera pudo rezar para que estuviera viva. Cuando la tomó entre sus brazos, ella permaneció completamente inmóvil. Durante un instante, Cody perdió el control y se sentó con ella en el regazo, acunándola. Entonces, el terror se apoderó de él y lo hizo reaccionar. Poco a poco, comenzó a sacarla hacia el exterior.

A sus espaldas, ardía un infierno de calor insoportable e indescriptible avaricia. Faltaban pocos minutos, tal vez incluso segundos, para que todo se desmoronara y los enterrara a los dos. Fue entonces cuando Cody rezó desesperada e incoherentemente.

No se dio cuenta de que estaba fuera del edificio hasta que no hubo avanzado unos tres metros en el exterior. El terreno que los rodeaba estaba cubierto de trozos de acero, cristal y madera humeante. Cada vez que respiraba, sentía como si se le abrasaran los pulmones, pero luchó por ponerse de pie. Con Abra en brazos, consiguió avanzar otros pocos metros antes de desplomarse de nuevo.

Muy suavemente, como si fuera a través de un largo y estrecho túnel, oyó las primeras sirenas.

Había tanta sangre... Abra tenía un brazo y el cabello completamente teñidos de rojo. Cody no hacía más que llamarla mientras le limpiaba el rostro de suciedad, de hollín y de sangre. Cuando extendió la mano para tomarle el pulso, esta le temblaba incontrolablemente. No oyó el estruendo que provocaba el último derrumbe. Sin embargo, sí notó el leve latido del corazón de su amada.

CAPÍTULO 12

—Necesita que lo examinemos, señor Johnson.

—Eso puede esperar —replicó él. Sentía un miedo mortal en el centro del estómago—. Dígame cómo está Abra. ¿Adónde la han llevado?

—La señorita Wilson está en las mejores manos —le contestó el médico—. Si pierde más sangre, se va a desmayar y nos ahorrará muchos problemas.

Cody lo agarró por las solapas de la bata y lo golpeó contra la pared.

—Dígame dónde está.

—Señor Johnson...

—Dígame dónde está o será usted el que empiece a sangrar.

—La están preparando para llevarla al quirófano. No sé mucho sobre su estado, pero el doctor Bost es el jefe del equipo que la va a operar y es el mejor.

Lentamente, Cody dejó que el médico se retirara de la pared, aunque no le soltó las solapas.

—Quiero verla.

—Puede golpearme otra vez contra la pared si quiere —replicó el médico—, pero no va a poder verla. Necesita que la operen. Los dos tienen mucha suerte de estar vivos, señor Johnson. Solo estamos tratando de que estén bien.

—Está viva... —susurró Cody. El miedo le abrasaba la garganta con más fuerza que la inhalación de humo.

—Sí, está viva. Ahora, deje que me ocupe de usted —dijo el médico. Con mucha cautela, levantó las manos y apartó de sí las de Cody—. En cuanto ella salga del quirófano, vendré a por usted.

Cody se miró las manos. La sangre teñía ya la venda que le habían colocado en la ambulancia.

—Lo siento —musitó.

—No se preocupe. Por lo que me han dicho los de la ambulancia, lo ha pasado usted muy mal. Tiene una herida en la cabeza, señor Johnson. Déjeme que se la cosa.

En aquel momento, un hombre se acercó a ellos y les mostró una placa.

—Perdonen. Soy el teniente Asaro. Me gustaría hablar con el señor Johnson.

—¿Quiere hablar con él mientras se está desangrando? —le espetó el médico. Entonces, abrió una cortina e hizo un gesto hacia la sala de curas—. ¿O prefiere esperar hasta que lo haya curado?

—¿Le importa a usted? —le preguntó Asaro a Cody.

—No —respondió él. Se sentó en una mesa y se quitó lo que le quedaba de camisa. Tenía tantas heridas y quemaduras en el torso y en la espalda que Asaro no pudo evitar un gesto de dolor.

—Yo diría que ha estado muy cerca. ¿Le importaría decirme lo que la señorita Wilson y usted estaban haciendo en la obra al amanecer?

—Estábamos mirando —contestó Cody. Contuvo el aliento al notar el picor del antiséptico—. Ella es la ingeniero del proyecto y yo el arquitecto.

—Eso ya lo sé. ¿Es que no ven ustedes ese lugar lo suficiente a lo largo de la semana?

—Teníamos nuestras razones para acudir allí anoche.

—Voy a ponerle una inyección para que no le duela tanto —lo informó el médico. Cody simplemente asintió.

—A primera hora de la tarde de ayer nos informaron de que había habido ciertas discrepancias en el trabajo. Se han utilizado materiales de calidad inferior.

—Entiendo. ¿Los informaron, dice?

—Así es —respondió Cody. Trató de separar cuerpo de mente mientras el doctor le cosía muy competentemente la herida—. No voy a nombrar a la persona que nos informó por el momento, pero le diré lo que sé.

—Se lo agradecería mucho —dijo Asaro.

Cody se lo explicó todo, el descubrimiento, el enfrentamiento con Thornway y la confesión de este. Ya no sentía dolor alguno. Lo único que ocupaba su mente en aquellos momentos era Abra. Explicó también que habían visto un coche abandonando el lugar, pero que en el momento habían pensado que eran solo adolescentes aprovechándose de un lugar solitario.

—¿Sigue usted pensando eso?

—No. Creo que alguien colocó explosivos en todos los edificios de la obra y los hizo saltar en pedazos. Va a resultar muy difícil identificar los materiales que no se corresponden con la memoria de calidades cuando no queda mucho.

—¿Está usted realizando una acusación, señor Johnson?

—Estoy afirmando un hecho, teniente. El pánico se apoderó de Thornway e hizo que alguien lo destruyera todo. Sabía que Abra y yo íbamos a acudir hoy al comisionado de obras si él no lo hacía. Ahora, podemos olvidarnos de eso.

—¿Cómo es eso?

—Porque, tan pronto como Abra salga del quirófano, voy a ir a por él para matarlo. ¿Ha terminado ya, doctor?

—Casi —dijo el médico—. Tiene cristal en la espalda y unas bonitas quemaduras de tercer grado.

—Es una historia muy interesante, señor Johnson —comentó el detective—. Voy a hacer que la comprueben. ¿Quiere que le dé un consejo? Debería tener mucho cuidado sobre lo de realizar amenazas delante de un policía.

—No es una amenaza. En un quirófano hay una mujer que significa para mí más que nada en el mundo. Usted no vio el aspecto que tenía cuando llegamos aquí. ¿Sabe usted su único delito, teniente? Que se apiadó de ese canalla lo suficiente como para darle unas horas para que pudiera explicárselo todo a su esposa. Él, por su parte, podría haberla matado.

—Una pregunta más. ¿Sabía Thornway que iban ustedes a visitar la obra?

—¿Y qué importa eso?

—Conteste.

—No. No lo habíamos planeado. Yo no podía dormir. Quería verlo, tratar de resignarme. Abra me acompañó.

—Debería usted descansar, señor Johnson —le recomendó el teniente. Se despidió del médico con una inclinación de cabeza—. Me mantendré en contacto.

—Vamos a ingresarlo durante un día o así, señor Johnson —lo informó el médico. Vendó la última quemadura antes de examinarle los ojos con una pequeña luz—. Haré que la enfermera le dé algo para el dolor.

—No, no necesito que me ingrese, doctor. Necesito saber en qué planta está Abra.

—Usted váyase con la enfermera y yo me ocuparé de ver cómo está la señorita Wilson —dijo el médico. Al notar cómo lo miraba Cody, el médico levantó una mano con resignación—. Como quiera. Tal vez no lo haya notado, pero hay personas por aquí a las que les gusta que les dedique mi tiempo y mi atención. Sala de espera de la quinta planta. Hágase un favor. Vaya primero a la farmacia —añadió. Rápidamente, extendió una receta y se la entregó—. Que le den esto. El hecho de que usted tenga dolor no la va a ayudar en nada a ella.

—Gracias. En serio.

—Diría que aquí estoy para cuando me necesite, pero estaría mintiendo.

Cody no fue a por la receta, no porque no sintiera dolor, sino porque tenía miedo de que la medicina lo hiciera dormir.

La sala de espera era la misma en la que había pasado horas con Abra y la señora Méndez el día en el que David Méndez sufrió el accidente. En aquel momento estaba allí por Abra. Recordó lo amable y lo preocupada que ella se había mostrado con la esposa del accidentado.

Llenó un vaso de plástico de café negro, se quemó la ya abrasada garganta al beberlo y empezó a pasear de arriba abajo. Si se hubiera podido marchar un momento, habría ido a buscar a Thornway. Lo habría sacado de su perfecta casa y le habría dado una buena paliza sobre su bien cuidado césped.

Abra estaba en la mesa de operaciones, luchando por su vida, solo por dinero. Aplastó el vaso y lo lanzó al otro lado de la sala. El dolor le desgarró el hombro y lo llenó de frustración. No podía dejar de culparse por el hecho de que Abra hubiera estado en el interior del edificio, esperándolo, cuando había afirmado que quería marcharse. Abra estaba muy grave y él...

En aquel momento, Jessie entró corriendo en la sala de espera.

—Cody —dijo—. Dios santo, Cody, ¿qué ha ocurrido? ¿Qué le ha pasado a Abra? Nos han dicho que hubo un accidente en la obra, pero es domingo por la mañana. ¿Por qué estaba allí el domingo por la mañana?

—Jessie —susurró Barlow mientras la acompañaba a una butaca—. Dale una oportunidad de explicarse. Ya ves que él también está herido.

Jessie estaba temblando. Vio las vendas y las heridas de Cody y sobre todo el gesto que él tenía en el rostro, que hablaba con más claridad que las palabras del horror que habían pasado.

—Dios santo, Cody, ¿qué ha pasado? Me han dicho que está en el quirófano.

—Siéntate tú también, Cody —le ordenó Barlow—. Voy a por tres tazas de café para que nos lo puedas contar todo.

—No sé cómo está. No me han dejado verla... —musitó—. Lo que sí sé es que está viva. Cuando la saqué, estaba viva.

—¿Cuando la sacaste? ¿Cuando la sacaste de dónde? —preguntó Jessie horrorizada mientras tomaba el vaso que Barlow le ofrecía.

—Yo estaba fuera. Regresaba al interior del edificio. Ella estaba dentro cuando explotó.

Barlow colocó una mano encima del brazo de su esposa para tratar de tranquilizarla.

—Muy bien, Cody —dijo—. Quiero que te lo tomes con calma y nos lo cuentes todo desde el principio.

Todo parecía un sueño. Empezó hablándoles de la llamada de Carmen Méndez y les contó todo lo acaecido la noche anterior hasta el momento en el que los de la ambulancia se llevaron a Abra en camilla.

—Tendría que haberlo presionado —murmuró—. Debería haber tomado el teléfono y haber llamado a las autoridades yo mismo, pero Thornway estaba bebido y nos apiadamos de él. Queríamos darle la oportunidad de salvar su matrimonio. Además, si yo no hubiera querido ir a la obra, ella no estaría herida.

—Entraste en un edificio en llamas para sacarla —susurró Jessie—. Arriesgaste tu vida para salvar la de ella.

—Yo no tengo vida sin ella.

—¿Sabes una cosa, Cody? —le preguntó Jessie, tomándolo de la mano—. La mayoría de la gente jamás encuentra a alguien que la ame tanto. Ella siempre necesitó alguien que le diera amor y yo le fallé. No vas a perderla.

—Bueno —anunció Barlow—. Yo tengo que hacer unas cuantas llamadas telefónicas. No tardaré.

Jessie y Cody esperaron juntos. El tiempo pasaba muy lentamente. Cuando Nathan y Jackie entraron en la sala de espera una hora después, Cody ya no tenía fuerzas ni para sorprenderse.

—Cielo —dijo Jackie. Se dirigió directamente hacia él—. Nos hemos enterado casi en cuanto el avión tomó tierra. ¿Qué podemos hacer?

—Nada por el momento. Ella está en el quirófano.

—Lo sé. Nos hemos encontrado con el señor Barlow en el pasillo y nos lo ha explicado todo. No vamos a hablar de nada. Solo vamos a esperar.

Nathan le dio una palmada en el hombro.

—Ojalá hubiéramos podido llegar aquí antes. Si te sirve de algo, Thornway ya está detenido.

—¿Cómo lo sabes? —preguntó Cody.

—Barlow ha realizado algunas indagaciones. La policía fue a interrogar a Thornway. En el momento en el que le dijeron que Abra y tú habíais resultado heridos en la explosión, se desmoronó.

—No importa —susurró él—. Ya no importa...

Se levantó de la silla en la que estaba sentado y se dirigió a la ventana. Mientras Abra estuviera en el quirófano, no le importaba nada. Cada segundo era una eternidad.

Nathan hizo un gesto de ir a hablar con su amigo, pero su esposa se lo impidió.

—Déjame a mí —dijo. Se acercó silenciosamente a Cody y esperó a que él recuperara el control para hablar—. Es la ingeniero, ¿verdad?

—Sí.

—No tengo que preguntarte si la amas.

—Ni siquiera se lo he dicho... Nunca encontraba ni el momento ni el lugar adecuados, Jack. Cuando la saqué... cuando la saqué de allí pensé que estaba muerta.

—Ni lo estaba entonces ni lo está ahora. Estoy segura de

que no vas a perderla, Cody. Cuando esté mejor, ¿os vais a casar?

—Sí. Bueno, ella tampoco lo sabe todavía. Tengo que convencerla.

—Se te da muy bien convencer a la gente, Cody. Tienes un aspecto terrible, ¿lo sabías? ¿Cuántos puntos te han dado?

—No los he contado.

—¿Te han dado algo para el dolor?

—Tengo una receta...

—Y tú, por supuesto, no has ido a comprar la medicación. Dámela —le ordenó Jackie—. Voy ahora mismo a por la medicina y, cuando vuelva, te vas a tomar lo que te hayan recetado.

—No quiero...

—No me vengas con esas, Cody —le dijo. Le dio un beso en la mejilla antes de salir de la sala de espera.

Cuando regresó, Cody se tomó las pastillas solo para que Jackie lo dejara en paz. Pasó otra hora. El dolor disminuyó, pero su miedo se hizo más agudo.

Reconoció al médico. Era el mismo que había operado a Méndez. Bost entró en la sala y miró al grupo. Se dirigió directamente a Jessie.

—¿Es usted la madre de la señorita Wilson?

—Sí —respondió ella. No pudo levantarse. Colocó una mano sobre la de su marido y otra sobre la de Cody—. Por favor, dígame cómo está.

—Ha salido del quirófano. Todavía no ha recuperado la consciencia y ha perdido mucha sangre. Hemos conseguido detener la hemorragia. Tiene algunas costillas rotas, pero, afortunadamente, los pulmones no resultaron dañados. Tiene el brazo roto por dos sitios y una fisura en la rodilla derecha.

—¿Se recuperará?

—Sí, señora. Vamos a hacerle ahora unas radiografías y un TAC.

—¿Significa eso que tiene daños cerebrales?

—Sufrió un golpe muy fuerte en la cabeza. Estas pruebas son rutinarias.

—¿Cuándo tendrá los resultados?

—A primera hora de la tarde. Tardaremos un par de horas.

—Quiero verla —afirmó Cody. Rápidamente se puso de pie—. Tengo que verla —añadió, mirando a Jessie con la disculpa dibujada en la mirada.

—Lo sé.

—No está despierta —explicó el médico—. Además, tendrá que ser muy brevemente.

—Solo quiero que me deje verla.

Cody no sabía lo que era peor, si todas las horas de espera o verla allí, tumbada en la cama, tan pálida, con los hematomas resaltándole tan cruelmente en las mejillas y enganchada a un montón de máquinas.

Le tomó la mano. La tenía muy fría, pero notó el pulso latiéndole en la muñeca, del que se hacían eco los monitores que tenía a su lado.

Estaba tan pálida... La observó atentamente y se preguntó dónde estaría. No quería que ella se fuera demasiado lejos. No sabía qué hacer para hacerla regresar.

—No dejan que me quede contigo, pelirroja, pero estaré en la sala de espera hasta que te despiertes —dijo mientras le tomaba la mano a través de las barras de la cama—. No tardes mucho. Todo ha salido bien. Te tienen que hacer algunas pruebas, pero no será nada. Tienes un golpe en la cabeza, eso es todo.

«Por favor, Dios, que eso sea todo», rezó.

Guardó silencio de nuevo. Se contentó con contar los monótonos latidos de los monitores.

—Estaba pensando que podríamos ir al este cuando salgas

de aquí. Así podrás trabajar para conseguir un buen bronceado mientras me regañas sobre los puntos de apoyo —susurró. Asió con fuerza los dedos, casi incontrolablemente—. Por el amor de Dios, Abra, no me dejes...

Le pareció, aunque tal vez fuera solo un deseo, que ella le apretaba la mano tan solo durante un instante.

—Tienes que descansar, Cody.

—¿Qué haces aquí otra vez? —preguntó, al ver que Nathan estaba de pie a su lado.

—Poniéndome testarudo contigo —replicó su amigo. Se sentó al lado de Cody en el sofá—. He dejado a Jack en el hotel. Si no puedo volver y decirle que te he convencido para que te vayas a descansar, va a insistir en venir ella misma.

—Estoy mejor de lo que parece.

—Tendrías que estarlo para seguir consciente.

—Por favor, Nathan. No me presiones...

—Recuerdo haberte dicho casi lo mismo en una ocasión cuando yo estaba confuso y disgustado —repuso Nathan—. Tú tampoco me escuchaste.

—No querías admitir tus propios sentimientos —dijo Cody—. Yo sé perfectamente lo que siento.

—Déjame comprarte algo de comer.

—No quiero estar ausente si viene Bost.

—¿Qué te parece si te digo lo que está pasando con Thornway?

—Bueno.

—Ha realizado una confesión completa —le contó Nathan mientras Cody encendía otro cigarrillo. Ya tenía el cenicero lleno de colillas—. Ha admitido todo. La sustitución de materiales, los sobornos, el dinero extra para los obreros. Afirma que estaba borracho y en estado de pánico después del enfrentamiento que tuvo con Abra y contigo. Realizó la llamada para organizar el incendio con la alocada idea de que nadie pudiera demostrar nada contra él si se destruía el proyecto entero.

—¿No pensó que habría una investigación de todos modos? ¿Creía acaso que todos guardaríamos silencio?

—Evidentemente, no pensó en nada de eso.

—No, y precisamente por eso, Abra ha estado a punto de morir. Incluso ahora podría estar... —susurró. No podía decirlo. Ni siquiera podía pensarlo.

—Se va a pasar muchos años en la cárcel.

—No me importa cuántos. Por muchos que sean, jamás será suficiente.

—¿Aún sigue aquí, señor Johnson?

El joven médico que lo había atendido al llegar al hospital entró en la sala de espera.

—Soy el doctor Mitchell —le explicó a Nathan—. Yo curé a su amigo hace... Dios mío, casi ocho horas —añadió, tras mirar el reloj—. ¿Todavía no lo ha encadenado nadie a una cama?

—No.

Mitchell se sentó y estiró las piernas.

—Yo he hecho un turno doble, pero no me siento tan mal como usted parece estar.

—Gracias.

—Esa opinión médica ha sido completamente gratuita. Por cierto, he venido a decirle que me encontré en el laboratorio con el doctor Bost. Estaba terminando de sacar los resultados de las pruebas de la señorita Wilson. Todo parece estar bien, señor Johnson.

—¿Me está diciendo que se encuentra bien? —preguntó él, atónito.

—Su estado ha pasado de ser crítico a convertirse en grave. Ni el escáner ni las radiografías indican que se haya producido daño cerebral. Tiene una buena conmoción cerebral, si me perdonan una manera tan poco profesional de decirlo. Bost bajará dentro de unos minutos para darles los detalles, pero pensé que le vendría bien escuchar buenas noticias. Además, recuperó brevemente la consciencia. Dijo su nombre, su dirección, recordó el nombre del presidente y preguntó por usted.

—¿Dónde está?

—Va a pasar algún tiempo antes de que pueda verla. Está sedada.

—Esa es su madre —dijo Cody, señalando el lugar en el que estaba sentada Jessie—. ¿Le importaría decírselo también a ella? Yo tengo que ir a dar un paseo.

—Tengo una cama con su nombre —le recordó Mitchell, poniéndose de pie a la vez que Cody—. La mejor manera de permanecer cerca de su dama es registrarse en nuestro pequeño hotel. Le recomiendo el pollo.

—Lo tendré en cuenta.

Con eso, Cody salió de la sala de espera y se marchó a tomar un poco de aire fresco.

Abra quería abrir los ojos. Oía ruidos, pero no parecía identificar ninguno de ellos. No sentía dolor alguno, sino más bien como si estuviera flotando a varios centímetros por encima del suelo.

De repente, lo recordó todo. Primero el sol entrando a raudales por la cúpula. El sentimiento de felicidad, de alegría. Luego el miedo.

Le parecía que había gritado llamando a Cody, pero eso había sido antes del terrible ruido. Había salido volando...Algo parecido a una mano invisible la había levantado y la había arrojado por el aire. A continuación, nada.

¿Dónde estaba él? Estaba prácticamente segura de que había estado a su lado. ¿Había hablado con él o habría sido eso también un sueño? Le parecía que había abierto los ojos y lo había

visto sentado a su lado. Tenía una venda en la cabeza y su rostro estaba cansado y pálido. Habían estado hablando... ¿O no?
Los medicamentos le impedían acordarse.
Su madre también había estado allí. Había estado llorando. Además, había visto rostros de muchos extraños que la examinaban constantemente y le preguntaban cosas sin sentido.
Tal vez estaba muerta.

Había perdido completamente el sentido del tiempo, igual que Cody. Él se había pasado todos los minutos que se lo permitieron a su lado. Habían pasado dos días. Ella había recuperado la consciencia de vez en cuando, pero la medicación la había mantenido adormilada la mayor parte del tiempo. Al tercer día, Cody vio que a ella le costaba centrarse.

—No puedo permanecer despierta —dijo—. ¿Qué me están dando?

—Algo para ayudarte a descansar.

—No quiero que me den más... Diles que no me den más...

—Necesitas descansar.

—Necesito pensar —dijo. Trató de moverse. Vio la escayola que tenía en el brazo y se esforzó por recordar. Le habían dicho que estaba roto. También tenía una escayola en la pierna. Al principio, había creído que se había visto implicada en un accidente de tráfico. Poco a poco, le estaba resultando más fácil recordar.

—Los edificios... Ya no están.

—No importa —repuso Cody. Le besó dulcemente los dedos—. Me has dado un buen susto, pelirroja.

—Lo sé. Tú también estás herido... —susurró. Estaba empezando a sentir. Cuando estaba despierta durante algún tiempo empezaba a sentir. El dolor la tranquilizaba.

—Solo son un par de arañazos. Te duele. Voy a por la enfermera.

—No quiero que me den más medicinas.

Pacientemente, Cody se inclinó sobre ella y la besó en la mejilla.

—Cielo, no puedo soportar verte sufrir...

—Bésame otra vez —musitó ella—. Me siento mejor cuando lo haces.

—Perdón —dijo la enfermera, tras entrar en la habitación—. Es hora de que el médico la examine, señorita Wilson. Usted tendrá que esperar fuera.

—Por supuesto.

—No piensen que voy a tomar más medicación —oyó que decía Abra—. Si tiene más agujas por ahí, es mejor que las pierda.

Por primera vez en muchos días, Cody se echó a reír. Abra estaba mejorando.

Al cabo de una semana, Abra estaba deseando marcharse del hospital. Se sentía atrapada. Había pasado por fases de autocompasión y de ira. En aquellos momentos estaba simplemente aburrida.

Cuando se despertó de una de las muchas siestas que tomaba, vio a una mujer en su habitación. Era muy menuda y estaba embarazada. Estaba arreglando las plantas y las flores.

—Hola.

—Hola —dijo Jackie, con una radiante sonrisa—. Por fin te veo despierta. Ahora Cody va a regañarme porque lo he mandado a la cafetería. Ha pasado de estar esbelto a escuchimizado en una semana. Bueno, ¿cómo te sientes?

—Bastante bien. ¿Quién eres tú?

—Oh, lo siento. Soy Jack, la esposa de Nathan. Aun con las flores, los hospitales resultan deprimentes, ¿verdad? ¿Estás muy aburrida?

—No sabes cuánto. Gracias por venir a verme.

—Cody es como si fuera de la familia para mí. Eso también te convierte a ti en familia.
—¿Cómo está él?
—Mejora a medida que tú mejoras. Estuvimos muy preocupados por los dos durante un tiempo.
—¿Te importaría decirme una cosa con sinceridad?
—Lo intentaré —prometió Jackie.
—¿Quieres decirme lo que ocurrió? Cada vez que trato de hablar con Cody al respecto, cambia de tema o se enfada conmigo. Me acuerdo de casi todo, pero a trozos.

Jackie trató también de cambiar de tema, pero, cuando miró a Abra a los ojos, decidió que ella se merecía saber la verdad.
—¿Por qué no me dices de lo que te acuerdas?
—Habíamos ido a la obra y entramos en el edificio principal. Todo estaba muy oscuro, por lo que Cody fue a por una linterna. Yo estaba mirando el vestíbulo. ¿Sabes lo que hizo Thornway con los materiales de construcción?
—Sí.
—Cuando estaba sola, vi lo que al principio pensé que era un montón de compuesto. Era explosivo plástico. Eché a correr hacia la puerta. No llegué.
—Cody estaba en el exterior del edificio cuando ocurrió la explosión —dijo Jackie—. Consiguió entrar y encontrarte. No sé muy bien los detalles, porque él no ha querido hablar al respecto, pero debió de ser aterrador. Consiguió sacarte. Me dijo que había creído que estabas muerta.
—Debió de ser horrible —murmuró Abra—. Horrible para él.
—Se culpa por lo que te ocurrió, Abra.
—¿Cómo dices? ¿Por qué?
—Cree que si hubiera dejado que la espada cayera sobre Thornway inmediatamente... que si no hubiera querido ir a la obra aquella noche... que si no te hubiera dejado sola en el edificio... Si, si, si...

—Eso es estúpido.
—¿El qué?
Jackie levantó la mirada y vio que Cody acababa de entrar. Se levantó y le golpeó suavemente la mejilla.
—Creo que tú, cielo —le dijo—. Os dejo a solas. ¿Dónde está Nathan?
—Ha ido a ver el nido de los bebés.
Jackie se acarició el vientre y se echó a reír.
—Creo que me reuniré con él —comentó, antes de marcharse.
—Me cae muy bien —dijo Abra, cuando estuvieron a solas.
—Resulta difícil no sentir simpatía por Jack —observó él. Le entregó una rosa con mucho cuidado de no tocarla—. Tienes la habitación llena de flores, pero pensé que te gustaría tener una en la mano.
—Gracias.
—¿Ocurre algo?
—Sí.
—Voy a por la enfermera.
—Siéntate —le ordenó ella—. Me gustaría que dejaras de tratarme como si fuera una inválida.
—Muy bien —respondió él. Sin embargo, no se sentó. Recorrió la habitación examinando las flores—. Tienes algunas nuevas.
—Son de Swaggart y Rodríguez. Decidieron convocar una tregua para poder traerme unos claveles, pero cuando se marcharon ya se iban discutiendo.
—Algunas cosas no cambian nunca.
—Y algunas sí. Antes me hablabas mucho y me mirabas cuando lo hacías.
Cody se dio la vuelta.
—Te estoy hablando y te estoy mirando.
—¿Estás enfadado conmigo?
—No seas ridícula.

—No lo soy. Entras en esta habitación todos los días, todas las noches —dijo ella, tratando de incorporarse en la cama. Rápidamente, Cody se acercó para ayudarla—. Quieto. Puedo hacerlo yo sola. Un brazo roto no es una enfermedad terminal.

—Lo siento...

—¿Ves? Ya ni siquiera te enfadas conmigo. Lo único que haces es mostrarte compasivo y estar siempre pendiente por si necesito algo. Vamos a hablar de lo que está ocurriendo y lo vamos a hacer ahora mismo. Llevas unos días tratándome como si fuera una niña y ya estoy harta. Ni siquiera quieres hablar conmigo de lo que ocurrió.

—¿Qué es lo que quieres? —le espetó Cody, sin poder contenerse—. ¿Que te diga lo que sentí al ver que el edificio explotaba sabiendo que tú estabas dentro? ¿Que te describa cómo fue entrar en él para buscarte, encontrarte medio enterrada, herida y sangrando? ¿Que te explique lo que ha sido estar esperando en este maldito lugar sin saber si ibas a vivir o a morir?

—¿Cómo vamos a poder superarlo si no lo hablamos? —le preguntó ella. Trató de agarrarle la mano, pero él la retiró—. Tú también resultaste herido. ¿No sabes lo que siento al verte la mano, el rostro, y saber que todo esto te ocurrió porque regresaste a por mí? Quiero hablar sobre ello, maldita sea. No puedo estar aquí tumbada, tratando de reconstruirlo.

—Entonces, no lo hagas. Todo esto forma ya parte del pasado. Cuando salgas de aquí, no vamos a mirar atrás. No me vas a hacer pasar por algo como esto jamás. ¿Me comprendes? No puedo soportarlo. Quiero que salgas de aquí. Quiero que estés conmigo. Te amo y estoy cansado de estar tumbado solo en la cama, pensando en lo que podría haber ocurrido...

—Pero no ocurrió. Estoy aquí. Estoy viva porque tú me salvaste. Tú no has tenido culpa en lo ocurrido, tonto. Me salvaste la vida. Te amo demasiado como para seguir aquí sentada viendo cómo te reconcomen los recuerdos. Esto va a terminar, Johnson. Lo digo en serio. Si no puedes tratarme con normalidad, no vengas a verme.

—Está bien. Si quieres que me marche, lo haré, pero no antes de decirte lo que tengo que decirte. Tal vez me culpo por lo ocurrido, pero eso es asunto mío. No voy a consentir que tú me digas lo que debo o no debo sentir. Ya he seguido el modo que tú tienes de hacer las cosas durante demasiado tiempo.

—No sé de qué estás hablando.

—Sin ataduras, sin compromiso, sin planes a largo plazo. ¿No es ese el modo en el que planeaste nuestra relación?

—Acordamos...

—Estoy harto de acordar nada y de esperar a que llegue el momento adecuado, a que el lugar sea adecuado y a que el ambiente sea el adecuado. ¿Has oído lo que te dije hace unos minutos? He dicho que te amo.

—No lo has dicho. Me lo has gritado.

—Muy bien. Lo he gritado —admitió él, sentándose sobre la cama—. Ahora te lo voy a decir y también te digo que te vas a casar conmigo. No hay más que decir.

—Pero...

—Calla. No me contradigas.

—Cody, yo...

—Cállate, ¿quieres? No quería que fuera así, entre gritos y enfados, contigo postrada en una cama. Parece que las cosas nunca salen como las planeamos, así que aquí está. Pelirroja... Sin planes ni acuerdos. Te necesito. Quiero que te cases conmigo y que te vengas al este para vivir tu vida a mi lado.

Abra lo miró y respiró profundamente.

—Está bien.

—¿Que está bien? —preguntó Cody, completamente incrédulo—. ¿Ya está?

—No exactamente. Ven aquí —dijo. Extendió el brazo y lo

rodeó con él. Por primera vez en muchos días, Cody la correspondió como si realmente deseara tener contacto físico con ella—. Probablemente has oído lo que te dije antes de que estaba enamorada de ti.

—No lo dijiste. Lo gritaste.

—Cierto. Lo siento.

—¿Por qué?

—Por haberte hecho pasar por todo esto.

—No ha sido culpa tuya —afirmó Cody.

—Tienes razón, pero tampoco lo fue tuya. No me gustaría volver a comentar esto, pero sí que te empujó a pedirme que me casara contigo.

—Creo que lo habría hecho de todos modos... Tal vez —añadió, con una sonrisa.

Abra frunció el ceño. Habían aplastado la rosa entre los dos. Con mucho cuidado, Abra trató de alisarle los pétalos.

—Tengo una confesión que hacerte. Iba a irme al este tanto si tú querías que lo hiciera como si no.

—¿De verdad?

—Pensé que si me veías lo suficiente, te acostumbrarías a mí. Mi cabeza me decía que te dejara marchar, pero mi corazón... No iba a darte ninguna oportunidad.

Cody se inclinó sobre ella para besarla.

—Ni yo iba a irme a ninguna parte.

EPÍLOGO

Cody rellenó el formulario de registro. Al otro lado del mostrador, las rocas se hallaban cubiertas de cactus que estaban empezando a florecer. La luz entraba a raudales por el arco de cristal.

El encargado de recepción le dedicó una radiante sonrisa.

—Espero que disfruten de su estancia en nuestro hotel, señor Johnson.

—Tenemos la intención de hacerlo —repuso él, tras meterse la llave en el bolsillo.

La gente entraba y salía del vestíbulo. Algunos bajaban o subían por la amplia escalera en curva y otros hacían lo mismo en los silenciosos ascensores. Sobre sus cabezas, la cúpula dejaba que entrara el sol formando una fantasía de color. La cascada se vertía musicalmente sobre el pequeño estanque de piedras. Con una sonrisa, se acercó a él y a la mujer que estaba a su lado, observando el agua.

—¿Alguna queja?

Abra se dio la vuelta e inclinó la cabeza.

—Aún recuerdo los metros de tubería que necesitamos para dar forma a tu pequeño capricho. En cualquier caso, gracias a mí, es funcional —bromeó. Apoyó la cabeza sobre el hombro de Cody y se volvió de nuevo para observar el agua.

—¿Qué te ocurre?

—Vas a pensar que soy una estúpida, pero echo de menos a los niños.

—Eso no es ninguna estupidez, pero estoy seguro de que te los quitaré de la cabeza durante un rato cuando lleguemos a la cabaña.

—Tal vez... si te esfuerzas de verdad —dijo ella, a modo de desafío.

—Supongo que una segunda luna de miel debería ser incluso mejor que la primera.

—En ese caso —susurró ella—, vamos a empezar.

—Dentro de un momento —repuso Cody—. Hace cinco años, estuvimos aquí al amanecer. Todo estaba vacío y ninguno de los dos podíamos estar seguros de verlo finalizado en el futuro.

—Cody, no sirve de nada recordar todo esto.

—Yo nunca lo olvidaré —musitó él. Entonces, se llevó las manos de su esposa a los labios—. Hay algo que jamás te he dicho. Aquella mañana, iba a pedirte que te casaras conmigo aquí mismo.

Abra se quedó muy sorprendida, incluso después de cinco años de matrimonio y compañerismo.

—Supongo que ya es demasiado tarde. Ya no te puedes librar de mí.

—Sí, es demasiado tarde para eso —musitó él. Sin prestar atención a las personas que los rodeaban, la tomó entre sus brazos. Para ellos, estaban a solas, tal y como lo habían estado aquella mañana, cinco años antes—. Sin embargo, no es demasiado tarde para que yo te diga que eres lo mejor que me ha pasado en la vida y que te amo ahora mucho más de lo que te amaba hace cinco años.

—Cody —murmuró ella. Lo besó. El sentimiento que experimentó fue tan fuerte como siempre—. Soy tan feliz de tenerte a mi lado, de tener una familia. Regresar aquí me hace darme cuenta de lo afortunada que soy —añadió. Le acarició suavemente la cicatriz que le recorría la sien—. Lo podríamos haber perdido todo. Sin embargo, ganamos todo lo que deseábamos —concluyó. Lo abrazó con fuerza durante un instante. Entonces, esbozó una sonrisa—. Y me gusta mucho tu catarata.

—Toma —le dijo él. Se sacó una moneda del bolsillo—. Pide un deseo.

—No necesito deseos —replicó ella. Arrojó la moneda por encima del hombro—. Tan solo a ti.

La moneda se hundió lentamente en el estanque mientras los dos se alejaban juntos.

SIN LEY

CAPÍTULO 1

Deseaba beber whisky barato y cálido. Después de seis semanas de camino, quería también la misma clase de mujer. Algunos hombres se las arreglaban para conseguir lo que querían. Él era uno de ellos. Sin embargo, Jake decidió que la mujer podía esperar. El whisky, no.

Todavía tenía un camino largo y polvoriento antes de llegar a casa. Si es que podía considerar así la pensión de Lone Bluff en la que se hospedaba.

Para él, su casa solía ser el espacio que ocupaba su sombra. Pero, en los últimos meses, Lone Bluff había sido un lugar tan bueno como otro cualquiera. Allí podía conseguir una habitación, un baño y una mujer por un precio razonable. Era un pueblo en el que un hombre podía evitar problemas o buscarlos, dependiendo de su estado de ánimo.

Por el momento, con el polvo del camino en la garganta y el estómago vacío, con excepción del trago de whisky que acababa de tomar, estaba demasiado cansado para buscar problemas. Tomaría una copa más, una comida decente y proseguiría la marcha.

El sol de la tarde entraba por la parte superior de las puertas del salón. Alguien había colocado en la pared una foto de una mujer ataviada con plumas rojas, pero aquella era toda la compañía femenina que había. Los lugares como aquel no solían proporcionar mujeres a sus clientes; solo alcohol y cartas.

Pero aun en pueblos tan pequeños solía haber un salón o dos. Un hombre podía contar siempre con ello. Todavía no era mediodía y ya estaban ocupadas la mitad de las mesas. El aire estaba cargado con el humo de los puros que vendía el barman.

El lugar apestaba a whisky, sudor y humo. Pero Jake suponía que él tampoco debía de oler demasiado bien. Había cabalgado directamente desde Nuevo México y hubiera podido llegar hasta Lone Bluff sin parar, pero deseaba dar un descanso a su caballo y darle a su estómago algo distinto a la carne seca que llevaba con él.

Los salones siempre tenían mejor aspecto por la noche y aquel no era una excepción. La barra estaba grasienta y el suelo no era más que tierra apisonada, acostumbrada a absorber el whisky y la sangre que se derramaba sobre él. Jake pensó que había estado en sitios peores y se preguntó si podía permitirse el lujo de liar un cigarrillo o debía esperar a después de comer.

Si así lo deseaba, siempre podía comprar más tabaco. En el bolsillo llevaba un mes de paga. Y que le condenaran si pensaba volver a conducir ganado. Aquella era una vida para los jóvenes y estúpidos; o quizá solo para los estúpidos.

Cuando se quedara sin dinero, podía buscar empleo acompañando diligencias a través del territorio indio. La línea de transporte siempre estaba buscando hombres que fueran rápidos con el revólver y era mejor que conducir ganado. Estaban a mediados de 1875 y seguía llegando gente del Este en busca de oro o tierra para cultivar. Algunos de ellos se detenían en el territorio de Arizona de camino a California porque se les terminaba el dinero o la energía.

Jake los compadecía. Aunque había nacido allí, sabía que no era el lugar más hospitalario del mapa. El clima era caliente, pegajoso y duro; pero a él le gustaba.

—¿Redman?

Levantó la vista y observó al hombre que le había hablado. Joven y de aspecto nervioso, llevaba el sombrero caído sobre los ojos y el cuello le brillaba de sudor. Jake estuvo a punto de suspirar. Conocía bien aquel tipo de personas. Eran de las que buscaban problemas a toda costa.

—¿Sí? —preguntó.

—¿Jake Redman?

—¿Y bien?

—Soy Barlow, Tom Barlow —se secó las manos en los muslos—. Me llamo Slim.

Por el modo en que lo dijo, Jake estaba seguro de que el muchacho esperaba ser reconocido. Decidió que el whisky no era lo bastante bueno como para tomar un tercer vaso y depositó unas monedas sobre el mostrador.

—¿Hay algún lugar en este pueblo donde se pueda encontrar un bistec? —preguntó al barman.

—En Grody's —el aludido se apartó con cautela—. Aquí no queremos problemas.

Jake lo miró con frialdad.

—Yo no estoy causando ninguno —repuso.

—Estoy hablando contigo, Redman.

Barlow separó las piernas y bajó la mano hasta la culata de su revólver. Una cicatriz le cruzaba el dorso de la mano. Llevaba la funda alta; una funda sola, con la piel desgastada en la hebilla.

Tranquilo, sin moverse más de lo necesario, Jake lo miró a los ojos.

—¿Hay algo que quieras decirme?

—Tú tienes fama de ser rápido. He oído que acabaste con Freemont en Tombstone.

Jake se volvió por completo hacia él. El muchacho llevaba un Colt del 44, con la culata negra bien limpia. Jake no dudaba de que debía de haber muescas en ella. Barlow parecía el tipo de persona que se enorgullecía de matar.

—Te han informado bien.

Barlow abrió y cerró los dedos. Dos hombres que jugaban al póquer en la esquina dejaron las cartas para mirarlos y apostar por ellos.

—Soy rápido. Más rápido que Freemont y más rápido que tú. En este pueblo no tengo competencia.

Jake miró a su alrededor.

—Enhorabuena —dijo.

Hizo ademán de marcharse, pero el otro se colocó frente a él. Jake lo miró con fijeza.

—¿Por qué no te entrenas con otra persona? Yo solo quiero un bistec y una cama.

—En mi pueblo no.

Jake no estaba dispuesto a perder el tiempo con un pistolero que solo buscaba aumentar su fama.

—¿Quieres morir por un bistec? —preguntó.

Barlow sonrió. Sin duda, no pensaba que fuera a morir él. Los tipos como él no lo pensaban nunca.

—¿Por qué no vienes a buscarme dentro de cinco años? —preguntó Jake—. Estaré encantado de meterte un balazo.

—Ya te he encontrado ahora. Cuando te haya matado, no habrá nadie al oeste del Misisipi que no conozca a Slim Barlow.

—Pues facilítanos las cosas a los dos —dijo Jake, echando a andar hacia la puerta—. Diles que me has matado.

—Me han dicho que tu madre era una india —gritó Barlow—. Supongo que por eso eres tan cobarde.

Jake se detuvo y se volvió hacia él. Sentía rabia, pero hizo lo posible por controlarla. Si tenía que pelear, prefería hacerlo con la mente clara.

—Mi abuela era apache —repuso.

Barlow sonrió y se limpió la boca con el revés de su mano izquierda.

—Entonces tú eres un apestoso mestizo, ¿verdad? No queremos indios por aquí. Supongo que tendré que limpiar el pueblo.

Fue a sacar el arma. Jake percibió el movimiento, no en su mano, sino en sus ojos, y sacó a su vez la suya. Se vio una luz y se oyó el rugir de una bala. Él no se movió apenas. Disparó desde donde estaba, desde la cadera, confiando en su instinto y experiencia. Volvió a enfundar con un movimiento sencillo. Tom Barlow yacía en el suelo del bar.

Jake salió por la puerta y se dirigió hacia su caballo. No sabía si había matado o no a aquel hombre y no le importaba. Aquel maldito episodio le había quitado el apetito.

Sarah tenía mucho miedo de perder la pobre comida que se había arreglado para juntar en la última parada. No sabía cómo podía sobrevivir nadie en aquellas condiciones extremas. Por lo que podía ver, el Oeste era un lugar apto solo para serpientes y forajidos.

Cerró los ojos, se secó el sudor del cuello con el pañuelo y pidió poder sobrevivir a las horas siguientes. Al menos podía dar gracias a Dios por no tener que pasar otra noche en esas horribles posadas de las diligencias. Había temido que la asesinaran mientras dormía y no había nunca ninguna intimidad.

Se dijo que aquello ya no tenía importancia. Estaba casi al final del viaje. Después de doce años, volvería a ver a su padre y cuidaría de él en la hermosa casa que había construido en las afueras de Lone Bluff.

Cuando tenía seis años, su padre la dejó al cuidado de unas monjas y se marchó a buscar fortuna. Sarah había llorado muchas noches pensando en él. Luego, a medida que pasaban los años, se había visto obligada a mirar el daguerrotipo desgastado para poder recordar su cara. Pero él siempre le había escrito y sus cartas, aunque escritas con caligrafía infantil, expresaban mucho amor y esperanza.

Sarah recibía noticias suyas una vez al mes desde cualquier punto en el que se detuviera. Después de dieciocho meses y otras tantas cartas, le escribió desde Arizona, donde se instaló y se dispuso a construir su fortuna.

La convenció de que había sido buena idea dejarla en el convento de Filadelfia, donde podía ser educada como una dama hasta que fuera lo bastante mayor para vivir con él. La joven estaba a punto de cumplir los dieciocho años e iba a reunirse por fin con él. Indudablemente, la casa que había construido necesitaría un toque de mujer.

Puesto que no había vuelto a casarse nunca, Sarah imaginaba a su padre como un solterón despistado, que no sabría dónde estaban sus camisas limpias ni qué serviría la cocinera para la cena. Ella se encargaría de todo eso.

Un hombre de su posición tenía que recibir gente y para eso necesitaba una anfitriona. Sarah Conway sabía exactamente cómo preparar una cena elegante y un baile formal.

Cierto que lo que había leído sobre el territorio de Arizona era bastante perturbador. Historias de pistoleros sin ley e indios salvajes. Pero, después de todo, estaban en 1875. Sarah no tenía dudas de que, incluso un territorio tan lejano como Arizona, debía de estar ya bajo el control de la ley. Era evidente que los periódicos exageraban las historias en su afán por vender más.

Pero no habían exagerado respecto al clima.

Se removió en su asiento, buscando una posición mejor. El bulto de la mujer sentada a su lado y su propio corsé le dejaban poco espacio para respirar. Y el olor era terrible. Por mucho que echara agua de lavanda en su pañuelo, no conseguía escapar a él. Había siete pasajeros en el interior de la diligencia. Faltaba aire y eso acentuaba el hedor del sudor, el mal aliento y el alcohol que bebía sin parar el hombre que se hallaba sentado frente a ella. Cerró los ojos, apretó los dientes e ignoró a sus compañeros de viaje.

Por lo que ella veía, el paisaje de Arizona no consistía más que en millas y millas de desierto. Los primeros cactus que vio la fascinaron hasta tal punto que pensó en dibujar algunos de ellos. Los había tan grandes como un hombre con los brazos extendidos hacia el cielo. Otros eran pequeños y cuadrados y estaban cubiertos por cientos de agujas. Sin embargo, después de ver docenas de ellos y poco más, habían perdido su novedad.

Suponía que las rocas debían de ser interesantes. Aquellas mesetas planas que crecían de la arena poseían cierto encanto salvaje, en particular cuando se elevaban contra el azul del cielo. Pero prefería las limpias calles de Filadelfia, con sus tiendas y salones de té.

Sería distinto cuando estuviera con su padre. Él estaría orgulloso de ella y ella necesitaba que lo estuviera. Había trabajado todos aquellos años, aprendiendo y practicando para poder convertirse en la dama bien educada que él deseaba que fuera su hija.

Se preguntó si la reconocería. Le había enviado un pequeño autorretrato enmarcado la Navidad anterior, pero no estaba segura de que hubiera un gran parecido. Siempre había pensado que era una lástima que no fuera hermosa, al modo suave y redondeado de su amiga Lucilla. Sin embargo, se consolaba pensando que su piel era suave. A diferencia de Lucilla, ella no necesitaba utilizar coloretes. De hecho, había veces en las que pensaba que su aspecto era quizá demasiado sano. Su boca era llena y ancha y sus ojos de color marrón en lugar del color azul que tan bien hubiera encajado con su cabello rubio. Aun así, estaba limpia y arreglada, o lo había estado antes de empezar aquel terrible viaje.

Pronto sentiría que todo aquello había valido la pena. Cuando se reuniera con su padre y se instalara en la adorable casa que él había construido, una casa de cuatro dormitorios y un salón con las ventanas mirando al oeste. Sin duda tendría que cambiar la decoración de algunas partes. Los hombres no solían pensar mucho en cosas como cortinas y alfombras a juego. Disfrutaría con ello. En cuanto viera los cristales brillantes y flores frescas en los jarrones, él se daría cuenta de lo mucho que la necesitaba. Y entonces los dos serían compensados por todos los años que habían pasado separados.

Sintió un chorro de sudor en la espalda. Lo primero que deseaba hacer era darse un baño, un agradable baño fresco animado con las fragantes sales de lila que le diera Lucilla como regalo de despedida. Suspiró.

Entonces se detuvo el carruaje y Sarah se vio arrojada contra la mujer gorda de su izquierda. Antes de que pudiera enderezarse, un chorro de whisky le cayó en la falda.

—¡Señor!

Pero antes de que pudiera sermonearlo, oyó un disparo y unos gritos.

—¡Indios! —la mujer gorda se apretó contra ella—. Nos van a matar a todos.

—No sea absurda.

Sarah luchó por liberarse. Se inclinó hacia la ventana para llamar al cochero. Al hacerlo, vio la cara del acompañante del cochero. Colgó boca abajo solo unos segundos, pero fue suficiente para que la joven viera la sangre que salía de su boca y la flecha clavada en su corazón.

—¡Indios! —gritó de nuevo la mujer gorda, a su lado—. ¡Que Dios tenga piedad! Nos cortarán la cabellera a todos.

—Apaches —musitó el hombre del whisky, terminando la botella—. Deben de haber matado también al cochero. Los caballos corren solos.

Y así diciendo, sacó su revólver, se acercó a la ventana opuesta y empezó a disparar de modo metódico.

Sarah siguió mirando por la ventana. Oía gritos y el ruido de los cascos de caballos, pero le costaba entender lo que percibía. Aquello era imposible, ridículo. Los Estados Unidos tenían ya casi un siglo de existencia. Ulysses S. Grant era presidente. Los vapores cruzaban el Atlántico en menos de dos semanas. En aquella época no podían existir todavía diablos sanguinarios.

Entonces vio a uno, con el pecho desnudo, el cabello ondeante, montando un caballo de aspecto resistente. Sarah lo miró a los ojos y vio una extraña fiebre en ellos, tan claramente como veía la pintura de su rostro y la capa de polvo que cubría sus pies. Levantó su arco y luego, de repente, cayó del caballo.

Otro jinete apareció ante sus ojos; montaba agachado y llevaba pistolas en las dos manos. No era un indio, aunque Sarah, en su confusión, pensó que era igual de salvaje. Llevaba un sombrero gris sobre su cabello negro y su piel era casi tan morena como la del apache. En sus ojos, cuando se encontraron con los de ella, no leyó fiebre, sino una frialdad absoluta.

No disparó contra ella, sino sobre su hombro; disparó una y otra vez, incluso cuando una flecha le pasó sobre la cabeza.

La joven pensó que era admirable. Estaba magnífico, con la cara cubierta de sudor, los ojos fríos como el hielo y el cuerpo pegado al caballo. Entonces la mujer gorda se aferró a ella y empezó a gemir.

Jake disparó a sus espaldas, agarrándose al caballo con las rodillas con tanta facilidad como cualquier guerrero apache. Había visto a los pasajeros, en particular a una joven pálida de ojos oscuros. Pensó con frialdad que a sus primos apaches les hubiera gustado aquella mujer.

Podía ver al cochero que, con una flecha clavada en el hombro, luchaba por recuperar el control de los caballos. Hacía lo que podía, a pesar del dolor, pero no era lo bastante fuerte para tirar del freno. Jake lanzó un juramento y acercó su caballo al vehículo.

Por un segundo se quedó colgando solo por los dedos. Sarah lo vio colgar y subir luego al pescante. La mujer volvió a gritar a su lado y luego se desmayó cuando el vehículo se detuvo. Demasiado aterrorizada para quedarse sentada, Sarah abrió la puerta de un empujón y salió al exterior.

El hombre del sombrero gris bajaba ya del pescante.

—Señora —dijo, al pasar por su lado.

La joven se llevó una mano al corazón. Ningún héroe había hecho nunca algo tan heroico.

—Nos ha salvado la vida —murmuró. Pero él ni siquiera la miró.

—Redman —dijo el pasajero del whisky, saliendo del coche—. Me alegro de que estuvieras aquí.

—Lucius —musitó Jake, agarrando las riendas de su caballo para tranquilizarlo—. Solo eran seis.

—Se escapan —intervino Sarah—. ¿Va a permitir que escapen?

Jake miró la nube de polvo que producían los caballos al alejarse y luego a Sarah. Era pequeña y su aspecto indicaba claramente que era una mujer del Este. Parecía como si acabara de salir de una escuela, pero olía como un salón barato. Sonrió.

—Sí.

—Pero no puede hacerlo —su idea del héroe empezaba a derrumbarse—. Han matado a un hombre.

—Él conocía el riesgo que corría. La diligencia paga bien por ese trabajo.

—Ellos lo han asesinado —repitió ella—. Está ahí muerto, con una flecha en el corazón. Al menos podía usted volver a recoger su cuerpo. No podemos dejarlo allí.

—Los muertos están muertos.

—Eso es terrible —Sarah pensó que se iba a desmayar y se abanicó con su sombrero—. Ese hombre se merece un entierro decente. ¿Qué está haciendo?

Jake la miró. Decidió que era bonita; aún más bonita ahora que el sombrero no le tapaba el pelo.

—Atando mi caballo.

La joven dejó caer los brazos a lo largo del cuerpo. Ya no se sentía mareada. Y, desde luego, ya no estaba impresionada, sino furiosa.

—Señor, al parecer, se preocupa usted más por ese caballo que por el hombre.

Jake se detuvo y la miró un momento.

—Así es. Ese hombre está muerto y mi caballo no. Yo en su lugar volvería dentro, señora. Sería una lástima que siguiera ahí de pie cuando vuelvan los apaches.

Aquello la hizo mirar nerviosa a su alrededor. El desierto estaba en silencio, con excepción del grito de un ave que ella no identificó; era un buitre.

—Como quiera —Jake se dirigió al pescante del vehículo—. Mete dentro a esa estúpida mujer —le dijo a Lucius—. Y no le des más de beber.

Sarah lo miró con la boca abierta. Antes de que pudiera decir nada, Lucius la agarró por el brazo.

—No le haga caso. Él dice lo que le apetece; pero tiene razón. Los apaches podrían volver y no debemos quedarnos aquí.

Sarah subió al coche con toda la dignidad de que fue capaz. La mujer gorda seguía sollozando. La joven se colocó en la esquina y el vehículo volvió a ponerse en marcha. Sarah se ató el sombrero y miró a Lucius.

—¿Quién es ese hombre terrible? —preguntó.

—¿Jake? Es Jake Redman, señorita. Y permita que le diga que hemos tenido suerte de que pasara por aquí. Donde pone el ojo, pone la bala.

—¿De verdad? Supongo que le debemos gratitud, pero parecía bastante frío.

—Hay quien dice que tiene hielo en las venas. Además de sangre de apache.

—¿Quiere decir que él es indio?

—Por el lado de su abuela. Yo no me enfadaría con él, señora. Es un consuelo tenerlo de parte de uno cuando las cosas se ponen mal.

¿Qué hombre podía matar a los de su pueblo? Sarah se estremeció y guardó silencio. No quería pensar en aquello.

En el pescante, Jake controlaba los caballos con mano firme. El cochero se llevó una mano al hombro herido y rehusó la dudosa comodidad del interior del vehículo.

—Nos serías muy útil en este trabajo —le dijo a Jake.

—Estoy pensando en ello —pero en realidad pensaba en la joven de ojos marrones y cabello color miel—. ¿Quién es esa chica? ¿La del vestido azul?

—Conway. De Filadelfia. Dice que es hija de Matt Conway.

—¿De verdad?

La señorita Conway de Filadelfia, desde luego, no se parecía a su padre. Pero Jake recordó que Matt solía hablar a menudo de la hija que tenía en el Este.

—¿Viene a visitar a su padre?

—Dice que viene a quedarse.

Jake soltó una carcajada.

—No durará ni una semana. Las mujeres como ella no se quedan.

—Piensa hacerlo —señaló los baúles del techo con un movimiento del pulgar—. La mayor parte del equipaje es suyo.

Jake hizo una mueca y se ajustó el sombrero.

—Lo imagino.

Sarah vio por primera vez Lone Bluff desde la ventana de la diligencia. Se extendía como un montón de rocas en la base de las montañas. Montañas duras, de aspecto frío.

Se había recuperado lo suficiente como para sacar la cabeza por la ventanilla, pero no podía ver a Jake Redman a menos que sacara medio cuerpo por la abertura. De todas formas, se dijo que no estaba interesada y solo la movía la curiosidad. Cuando escribiera a Lucilla y las hermanas, quería ser capaz de describirles todas las rarezas del lugar.

No había duda de que aquel hombre era raro. Tan pronto

montaba como un guerrero, arriesgando su vida por unos desconocidos, como olvidaba su deber cristiano y abandonaba un cadáver en el desierto. Y la había llamado estúpida.

Nunca en su vida la habían acusado de ser estúpida. A decir verdad, casi todo el mundo admiraba su inteligencia y sabiduría. Estaba bien educada, hablaba buen francés y sabía tocar el piano de un modo pasable.

Se recordó que no necesitaba la aprobación de un hombre como Jake Redman. Cuando se reuniera con su padre y ocupara su lugar en la sociedad local, era poco probable que volviera a verlo.

Por supuesto, le daría las gracias de modo apropiado. Se sacó un pañuelo limpio del bolso de mano y se secó las sienes. El hecho de que él no tuviera modales no era excusa para que ella olvidara los suyos. Supuso que podría pedirle a su padre que lo recompensara económicamente.

Encantada con la idea, volvió a mirar por la ventana y parpadeó sorprendida. Aquello no podía ser Lone Bluff. Su padre no se habría asentado nunca en un lugar tan patético. No había más que un grupo de edificios y un camino amplio y polvoriento que hacía las veces de carretera. Pasaron dos salones, situados juntos, una tienda de comida y lo que parecía ser una posada. Se veían caballos atados a postes y un puñado de niños con la cara sucia empezaron a correr al lado de la diligencia, gritando y disparando pistolas de madera. Sarah vio dos mujeres paseando agarradas del brazo sobre las planchas de madera que hacían las veces de acera.

Cuando se detuvo la diligencia, oyó a Jake pedir un médico. Los pasajeros estaban saliendo ya del vehículo. Resignada, la joven salió y se sacudió la falda.

—Señor Redman. ¿Por qué nos hemos detenido aquí?

—Fin del trayecto, señora.

Un par de hombres ayudaban ya a bajar al cochero, así que Jake se dispuso a bajar el equipaje del techo del carruaje.

—¿Fin del trayecto? ¿Dónde estamos?

El hombre hizo una pausa para mirarla.

—Bienvenida a Lone Bluff, señorita.

La joven respiró hondo y se volvió. La luz del sol resaltaba toda la suciedad y deterioro de aquel pueblo.

Así que aquel era el final de su viaje. Se dijo que no importaba. Ella no tendría que vivir en el pueblo. Y, sin duda, el oro de la mina de su padre atraería más gente y progreso antes de mucho tiempo. No, no importaba. Se encogió de hombros. Lo único que importaba era volver a ver a su padre.

Se volvió justo a tiempo de ver a Jake arrojar uno de sus baúles a Lucius.

—Señor Redman, por favor, cuide de mis pertenencias.

Jake levantó el siguiente paquete y se lo echó a Lucius.

—Sí, señora.

La joven esperó a que él bajara a su lado.

—A pesar de lo que le haya dicho antes, le estoy muy agradecida por haber venido en nuestra ayuda, señor Redman. Ha demostrado ser usted muy valiente. Estoy segura de que mi padre querrá compensarlo por haberme permitido llegar a salvo.

Jake no había oído a nadie hablar de modo tan fino desde que pasara una semana en St. Louis algunos años atrás. Se quitó el sombrero y la miró durante un rato, hasta que ella se ruborizó.

—Olvídelo —dijo

Sarah lo vio darse la vuelta. ¿Olvidarlo? Si ese era el modo en que aceptaba él su gratitud, desde luego que lo haría. Se sujetó las faldas y avanzó hacia un lado de la calle para esperar a su padre.

Jake entró en la posada con su silla de montar al hombro. Era un lugar que nunca solía estar muy limpio y siempre olía a cebollas y café fuerte. Como la puerta estaba abierta, el vestíbulo estaba plagado de moscas.

—Maggie —saludó a la mujer que había al pie de las escaleras—. ¿Tienes un cuarto?

Maggie O'Rourke era tan dura como sus bistecs de ternera. Llevaba el pelo gris recogido en un moño y tenía la cara llena de arrugas. Dirigía su negocio con mano de hierro, un Winchester de repetición y esforzándose por ahorrar todo lo que podía.

Echó un vistazo a Jake y ocultó el placer que le producía volver a verlo.

—Vaya, mira quién llega. ¿Te persigue la ley, Jake, o una mujer?

—Ninguna de las dos cosas —cerró la puerta con la bota, preguntándose por qué siempre volvía allí. La vieja no le daba un momento de paz y su comida era terrible—. ¿Tienes un cuarto, Maggie, y un poco de agua caliente?

—¿Tienes tú un dólar?

Tendió la mano y, cuando él depositó una moneda en ella, la probó con los pocos dientes que le quedaban.

—Puedes utilizar la de la última vez. Está vacía.

—Estupendo —dijo él, empezando a subir las escaleras.

—No ha habido nada interesante desde que te fuiste. Un par de borrachos se dispararon cerca de Bird Cage. Unos inútiles los dos, pero solo murió uno. El sheriff dejó libre al otro cuando lo curó el médico. La joven Mary Sue Brody se ha metido en problemas con ese tal Mitchell. Siempre he dicho que esa chica era muy rápida. Pero se casaron como es debido el mes pasado.

Jake siguió andando, pero aquello no detuvo a Maggie. Desde su punto de vista, uno de los privilegios de tener una posada consistía en dar y recibir información.

—Y lo del viejo Matt Conway es una lástima.

Aquello sí lo hizo detenerse. Se volvió hacia ella.

—¿Qué pasa con Matt Conway? —preguntó.

—Se mató en esa vieja mina suya. Un derrumbamiento. Lo enterramos hace dos días.

CAPÍTULO 2

El calor era terrible. Cada vez que pasaba un jinete, levantaba una nube de polvo amarillo que parecía colgar del aire durante un rato. Sarah ansiaba poder beber algo frío y sentarse a la sombra, pero, a juzgar por el aspecto de la calle, no parecía haber ni un lugar por allí donde una dama pudiera encontrar aquello. Y aunque lo hubiera, tenía miedo de dejar los baúles en la acera y arriesgarse a perder a su padre.

Había estado segura de que él la estaría esperando. Pero, por otra parte, podía haber un millón de cosas que distrajeran a un hombre de su posición. Se recordó a sí misma que había esperado doce años y bien podía esperar un poco más.

Pasó un carruaje, que levantó todavía más polvo, de modo que se vio obligada a llevarse el pañuelo a la boca. Su falda azul de viaje y su chaqueta a juego estaban cubiertas de polvo. Con un suspiro, se miró la blusa, que parecía más amarilla que blanca. No era vanidad; la preocupaba que su padre la viera por primera vez sucia del viaje y casi agotada. Hubiera deseado estar guapa en aquel primer encuentro.

Sabía que tenía mal aspecto, pero ya lo compensaría por ello más adelante. Aquella noche se pondría para cenar su vestido blanco de muselina, con la falda bordada de capullos de rosa. Su padre estaría orgulloso de ella.

Jake cruzó la calle después de perder la batalla que había entablado consigo mismo. No era asunto suyo comunicárselo a la joven. Pero llevaba diez minutos observándola allí de pie, esperando, y había podido ver claramente la mirada de esperanza de ella cada vez que pasaba un caballo o se aproximaba un carro. Alguien tenía que informarla de que su padre no iba a ir a buscarla.

Sarah lo vio acercarse. El hombre andaba con facilidad a pesar de las pistolas que le colgaban a los costados. Era como si hubiera nacido con ellas puestas. Y la miraba de un modo que estaba segura no debía de ser muy correcto. Sintió que le palpitaba el corazón y se enderezó.

Era Lucilla la que hablaba siempre de corazones palpitantes y pintaba escenas románticas de hombres sin ley y lugares salvajes. Sarah prefería algo más de realismo en sus sueños.

—Señora.

—Señor Redman —sonrió ella, decidida a mostrarse educada.

El hombre se metió las manos en los bolsillos.

—Tengo noticias de su padre.

Sarah sonrió abiertamente. Sus ojos se volvieron dorados a la luz del sol y Jake sintió una opresión en el pecho.

—¿Ha dejado un recado para mí? Gracias por decírmelo. Podía haber esperado horas aquí.

—Señora...

—¿Hay alguna nota?

—No —Jake deseaba terminar con aquello cuanto antes—. Matt ha muerto. Ha habido un accidente en su mina.

Estaba preparado para verla llorar o gemir, pero los ojos de ella lo miraron con furia, no con lágrimas.

—¿Cómo se atreve a mentirme sobre algo así?

Intentó pasar a su lado, pero Jake la agarró por el brazo. La joven lo miró y no dijo nada.

—Lo enterraron hace dos días —notó que ella se quedaba muy quieta y la vio palidecer—. No se desmaye ahora.

Era cierto. La joven podía leer la verdad en su cara con tanta claridad como leía su disgusto por tener que ser él el que se lo dijera.

—¿Un accidente? —consiguió preguntar.

—Un derrumbamiento —se sintió aliviado al ver que no iba a desmayarse, pero no le gustaba la mirada vidriosa de sus ojos—. Tendrá que hablar con el sheriff.

—¿El sheriff? —repitió ella, sin comprender.

—Su oficina está al otro lado de la calle.

La joven sacudió la cabeza y lo miró. Se mordió el labio inferior en un esfuerzo por controlar sus emociones.

Si se hubiera desmayado, Jake la habría dejado tranquilamente en la calle al cuidado de cualquier mujer que pasara por allí, pero lo conmovió ver que se esforzaba por aguantar con firmeza.

El hombre lanzó un juramento, la agarró con suavidad del brazo y la guió a través de la calle.

El sheriff Barker estaba en su escritorio, inclinado sobre unos papeles, con una taza de café en la mano. Empezaba a quedarse calvo y tenía cierta barriga, culpa, sin duda, de los pasteles de su esposa. Mantenía la ley en Lone Bluff, pero no se preocupaba demasiado por el orden. No era un hombre corrupto, sino simplemente perezoso.

Levantó la vista al oír entrar a Jake. Suspiró y escupió un trozo de tabaco de mascar en la escupidera del rincón. La presencia de Jake Redman allí solía significar trabajo extra para él.

—Así que has vuelto. Creí que te había gustado Nuevo México —enarcó las cejas al ver entrar a Sarah y se puso en pie—. Señora...

—Esta es la hija de Matt Conway.

—Vaya, ¡que me condenen! Disculpe, señora. Precisamente estaba a punto de enviarle una carta.

—Sheriff...

—Barker, señora.
Salió de detrás de su mesa y le ofreció una silla.
—Sheriff Barker —la joven se sentó—. El señor Redman acaba de decirme que mi padre...
No pudo seguir. No podía pronunciar aquellas palabras.
—Sí, señora. Lo siento mucho. Un par de chicos pasaron jugando cerca de la mina y lo encontraron. Al parecer, estaba trabajando en la mina cuando cedieron algunos postes.
Al ver que ella no decía nada, carraspeó y abrió el cajón superior de su escritorio.
—Llevaba este reloj y algo de tabaco. Supusimos que quería ser enterrado con su anillo de boda.
—Gracias.
La joven aceptó el reloj y la bolsa de tabaco como si estuviera en trance. Recordaba aquel reloj.
—Quiero ver dónde está enterrado. Y tendré que llevar mis baúles a su casa.
—Señorita Conway, si me permite que le dé un consejo, no creo que quiera usted quedarse allí. No es lugar para una dama joven y sola como usted. Mi esposa estará encantada de tenerla unos días con nosotros hasta que la diligencia vuelva al Este.
—Es muy amable de su parte —se aferró a la silla y consiguió volver a ponerse en pie—. Pero preferiría pasar la noche en casa de mi padre —tragó saliva y descubrió que tenía la garganta muy seca—. ¿Le debo algo por el entierro?
—No, señora. Aquí cuidamos de nuestros ciudadanos.
—Gracias.
Necesitaba aire. Apretó el reloj en su mano y abrió la puerta. Se apoyó contra un poste y luchó por recuperar el aliento.
—Debería aceptar la oferta del sheriff.
Volvió la cabeza para mirar a Jake.
—Me quedaré en casa de mi padre. ¿Quiere llevarme usted?

El hombre se frotó la barbilla. Hacía una semana que no se afeitaba.

—Tengo cosas que hacer.

—Le pagaré —dijo ella con rapidez, al ver que se disponía a alejarse.

El hombre se detuvo y la miró. No había duda de que era una mujer decidida, pero quería ver hasta qué punto.

—¿Cuánto? —preguntó.

—Dos dólares —al ver que la miraba sin decir nada, prosiguió—: cinco.

—¿Tiene cinco dólares?

Sarah, disgustada, metió la mano en su bolso.

—Tome.

Jake miró el billete que ella tenía en la mano.

—¿Qué es eso?

—Son cinco dólares.

—Aquí no. Aquí eso es solo un pedazo de papel.

Sarah devolvió el billete a su bolso y sacó una moneda.

—¿Le parece esto mejor?

Jake tomó la moneda, la observó y se la guardó en el bolsillo.

—Eso está bien. Voy a buscar un carro.

La joven lo miró alejarse con rabia. Era un hombre miserable y lo odiaba. Y odiaba todavía más la idea de que lo necesitaba.

No dijo nada durante el largo viaje en carro. Ya no le importaba la desolación del paisaje, el calor ni la frialdad del hombre que iba sentado a su lado. Sus emociones parecían haberse congelado en su interior.

Jake Redman no parecía necesitar conversación. Conducía en silencio; además de las pistolas, llevaba un rifle cruzado sobre las rodillas. Hacía tiempo que no había problemas por allí, pero el ataque indio lo había prevenido de que aquello podía cambiar.

Reconoció a Lobo Fuerte en el grupo que atacó la diligencia. Si el guerrero apache había decidido pelear por la zona, antes o después, atacaría la casa de Conway.

No se cruzaron con nadie ni vieron más que arena, rocas y un halcón cazando.

Cuando detuvo el carro, Sarah no vio más que una pequeña casa de adobe y unos cuantos cobertizos polvorientos en un pedazo de tierra seca.

—¿Por qué nos detenemos aquí? —preguntó.

Jake saltó del carro.

—Esta es la casa de Matt Conway.

—No sea ridículo —dijo ella, bajando a su vez—. Señor Redman, le he pagado para que me llevara a casa de mi padre y espero que cumpla su promesa.

El hombre bajó uno de los baúles antes de que ella pudiera impedírselo.

—¿Qué se cree que está haciendo?

—Descargando su equipaje.

—No se atreva a sacar nada más de ese carro —Sarah lo agarró por la camisa y lo obligó a volverse hacia ella—. Insisto en que me lleve inmediatamente a casa de mi padre.

Jake pensó que no solo era tonta, sino también irritante.

—Estupendo —dijo.

Le pasó los brazos en torno a la cintura y se la echó al hombro.

Al principio, Sarah se quedó demasiado sorprendida para moverse. Nunca la había tocado ningún hombre y ese rufián se atrevía a llevarla en brazos. Y además estaban solos; completamente solos. Empezó a debatirse, pero antes de que pudiera gritar, él la depositó de nuevo en el suelo.

—¿Le parece bien así?

La joven lo miró sin dejar de pensar en todas las calamidades que podían ocurrirle a una mujer sola e indefensa. Dio un paso atrás y rezó por poder razonar con él.

—Señor Redman, llevo poco dinero encima; nada que merezca la pena robarse.

El hombre la miró con una luz peligrosa en los ojos.

—Yo no soy un ladrón —dijo.

Sarah se lamió los labios.

—¿Va a matarme? —preguntó.

Jake estuvo a punto de echarse a reír. En lugar de eso, se recostó contra la pared de la cabaña. Había algo en ella que no lo dejaba indiferente. No sabía lo que era ni por qué se producía, pero no le gustaba nada.

—Probablemente no. ¿Quiere echar un vistazo alrededor? —la joven negó con la cabeza—. Me han dicho que fue enterrado en la parte de atrás, cerca de la entrada de la mina. Voy a ver los caballos de Matt y a dar de beber a los nuestros.

Cuando se marchó, la joven siguió mirando el umbral vacío. Aquello era una locura. ¿Acaso aquel hombre esperaba que creyera que su padre había vivido allí? Ella tenía docenas de cartas en las que le hablaba de la casa que estaba construyendo, la casa que había terminado, la casa que estaría lista para recibirla cuando fuera lo bastante mayor como para reunirse con él.

La mina. Si la mina estaba cerca, quizá encontraría allí a alguien con quien pudiera hablar. Miró con cautela al exterior y luego salió corriendo y rodeó la casa.

Cruzó lo que debía de haber sido el comienzo de un huerto, seco en aquel momento por el sol. Había un cobertizo que hacía las veces de establo y un corral vacío, construido con unas piezas de madera. Cruzó hasta el punto en el que el suelo empezaba a elevarse con la ladera de la montaña.

Encontró fácilmente la entrada de la mina, aunque apenas si era algo más que un agujero en la pared de roca. En la parte superior vio una plancha de madera con unas palabras grabadas:

El orgullo de Sarah.

Entonces se echó a llorar con fuerza. Allí no había obreros

ni carros llenos de roca ni picos que extrajeran el oro. Vio lo que era en realidad: el sueño de un hombre que no había tenido otra cosa. Su padre no había sido un hombre importante ni un buscador de éxito, sino un hombre que cavaba la roca con la esperanza de encontrar algo.

Entonces vio la tumba. Lo habían enterrado a pocos metros de la entrada. Alguien había tenido la amabilidad de construir una especie de cruz de madera y grabar su nombre en ella. Se arrodilló y pasó la palma de la mano sobre la madera.

Le había mentido. Le había mentido durante doce años, contándole historias de vetas ricas, una casa grande con salón y jardines con flores. ¿No sería porque él había sentido la necesidad de creérselo? Cuando la dejó, le prometió que algún día tendría todo lo que pudiera desear su corazón y había cumplido su promesa, con una excepción. No le había dado a él mismo y, durante todos esos años, ella solo había deseado estar con su padre.

Pensó que él había vivido en una casa de barro en mitad del desierto para que ella pudiera tener vestidos bonitos y medias nuevas. Para que pudiera aprender a servir el té y a bailar el vals. Debía de haberse gastado todo lo que ganaba en mantenerla en aquella escuela del Este.

Y ya estaba muerto. Ella apenas si podía recordar su rostro y estaba muerto. Lo había perdido.

—Oh, papá, ¿no sabías que eso no me importaría nada?

Se tumbó sobre la tumba y dejó que las lágrimas fluyeran de sus ojos.

Jake la esperaba en la casa. Estaba a punto de ir a buscarla, cuando la vio acercarse desde la dirección de la mina. La joven se detuvo a contemplar la casa en la que viviera su padre durante más de una década. Se había quitado el sombrero y lo llevaba suspendido por las cintas. Se quedó un momento inmóvil, como una estatua, con la cara pálida, el cuerpo esbelto y elegante. Llevaba el pelo recogido, pero unos mechones le caían sobre el rostro. El sol brillaba sobre él, recordándole a Jake la piel de un cierto joven.

El hombre expulsó la última bocanada de humo del cigarrillo que había liado. De pie allí, contra la roca, aquella joven presentaba una imagen increíble.

—Señor Redman —dijo ella con voz fuerte—. Le pido disculpas por la escena de antes.

Aquello lo dejó un momento sin habla.

—Olvídelo. ¿Está lista para regresar?

—¿Cómo dice?

Jake señaló el carro con la mano. Sarah vio que todos sus baúles volvían a estar allí.

—Le he preguntado si está lista para regresar.

La joven se miró las manos y respiró con fuerza.

—Creí que me había entendido antes. Voy a quedarme en la casa de mi padre.

—No sea estúpida. Una mujer como usted no tiene nada que hacer aquí.

—¿De verdad? —lo miró con dureza—. Pues no pienso marcharme. Le agradecería que metiera mis baúles en la casa —dijo, pasando a su lado.

—No durará usted ni un día.

Sarah se detuvo y lo miró por encima del hombro. Jake tuvo que admitir que era una mujer decidida.

—¿Es esa su opinión, señor Redman?

—Es un hecho.

—¿Le importaría apostar algo?

—Mire, duquesa, este es un país duro aun para la gente que ha nacido aquí. Calor, serpientes, alimañas... y eso sin mencionar a los apaches.

—Le agradezco que me recuerde todo eso, señor Redman. Ahora traiga mi equipaje.

—Maldita estúpida —musitó él, acercándose al carro—. Si quiere quedarse aquí, no es asunto mío.

Llevó uno de los baúles a la casa mientras ella lo miraba con las manos cruzadas.

—Su lenguaje, señor Redman, es completamente innecesario.

Jake lanzó un juramento y levantó el segundo baúl.

—Cuando se haga de noche y cambie de idea, no habrá nadie aquí.

—No voy a cambiar de idea, pero gracias por su preocupación.

—No me preocupa nada —musitó él, ignorando el sarcasmo de ella.—: Espero que traiga provisiones ahí además de vestidos bonitos.

—Le aseguro que estaré perfectamente —se acercó a la puerta y se volvió hacia él—. Quizá pueda decirme dónde puedo encontrar agua.

—Hay un arroyo a media milla al este de aquí.

La joven intentó ocultar su desilusión.

—Comprendo.

Miró hacia fuera, haciéndose visera con las manos. Jake lanzó otro juramento, la agarró por los hombros y señaló la dirección correcta.

—El este está por ahí, duquesa.

—Por supuesto que sí —dio un paso atrás—. Gracias de nuevo, señor Redman. Y adiós —añadió, antes de cerrarle la puerta en las narices.

Lo oyó maldecir mientras desataba los caballos. Si no hubiera estado tan cansada, podría haber sido divertido. Desde luego, estaba demasiado agotada para escandalizarse por su vocabulario. Si iba a quedarse allí, tendría que acostumbrarse a los malos modales. Y tenía intención de quedarse.

Si aquello era lo único que tenía, intentaría sacar el máximo partido de ello.

Se acercó a la abertura redonda que hacía las veces de ventana. Desde allí observó alejarse a Jake. Le había dejado el carro y había guardado los caballos alquilados con los dos de su padre. Sarah suspiró. No creía que aquello le sirviera de mucho. No tenía la menor idea de cómo uncir los caballos al carro, aunque sí sabía montar.

Siguió mirándolo hasta que no fue más que una nube de polvo en la distancia. Estaba sola; completamente sola. No tenía a nadie y casi no tenía nada.

Pero se tenía a sí misma. Y, aunque no tuviera más que una cabaña de barro, encontraría el modo de sobrevivir. Nadie iba a echarla de allí. Se volvió, se quitó la chaqueta y se remangó la camisa. Las monjas siempre habían insistido en que el trabajo duro y simple ayudaba a la mente y limpiaba el alma. Estaba a punto de poner a prueba aquella máxima.

Una hora después encontró las cartas. Cuando las vio en el pajar que hacía las veces de dormitorio, se limpió las manos lo mejor que pudo en el delantal bordado que había sacado de uno de sus baúles.

Su padre las había guardado todas. Desde la primera a la última. Sintió deseos de llorar de nuevo, pero se contuvo. Las lágrimas no servirían de nada en aquel momento. Pero sí la ayudaba pensar que él había guardado sus cartas. Saber que había pensado en ella tanto como ella en él.

La última, en la que lo informaba de que iba a reunirse con él, debió de recibirla poco antes de su muerte. Sarah no la había echado al correo hasta que estuvo a punto de subir al tren. Se dijo a sí misma que era porque deseaba darle una sorpresa, pero también había querido asegurarse de que él no tenía tiempo de impedir su marcha.

Se preguntó si su padre habría querido impedirla o si por fin habría estado dispuesto a compartir la verdad con ella. ¿Acaso la había creído demasiado débil y frágil para compartir la vida que él había elegido? ¿Lo sería en realidad?

Miró a su alrededor con un suspiro. La casa era poco más grande que el cuarto que ella compartía con Lucilla en la escuela. Desde luego, era demasiado pequeña para todas esas cosas que había llevado con ella, pero se las había arreglado para apilar los baúles en un rincón. Había sacado algunas de sus cosas favoritas; uno de sus dibujos de flores, una botella de cristal de delicado perfume, un cojín de encaje y la muñeca de cara de porcelana que le enviara su padre cuando cumplió doce años. Aunque aquellas cosas, por sí solas, no conseguían que la cabaña pareciera un hogar, ayudaban a ello.

Dejó las cartas en la caja metálica situada al lado de la cama y se puso en pie. Tenía cosas prácticas en las que pensar. La primera era dinero. Después de pagar los cinco dólares, solo le quedaban veinte más. No tenía ni idea de cuánto tiempo podría sobrevivir con aquella cantidad, pero dudaba que fuera mucho. Luego estaba la comida. Aquello era algo de lo que tenía que encargarse de inmediato. Había encontrado harina, unas cuantas latas de alubias, manteca y una botella de whisky. Se llevó una mano al estómago y decidió que tendría que conformarse con las alubias. Lo único que tenía que hacer ya era averiguar cómo podía encender fuego en aquella vieja cocina.

Encontró unas cuantas astillas en el cajón de la madera y una caja de cerillas. Le llevó media hora y mucha frustración admitir que era un fracaso.

Jake Redman. Disgustada, tiró a un lado el puñado de astillas chamuscadas. Lo menos que podía haber hecho aquel hombre era ofrecerse a encender el fuego y recoger algo de agua. Ella ya había ido una vez hasta el arroyo, de donde consiguió volver con medio cubo de agua que no se derramó por el camino.

Se comería las alubias frías. Le demostraría a Jake Redman que podía arreglárselas muy bien sola.

Agarró la navaja de su padre, se estremeció al ver la hoja afilada y luego la metió en la lata hasta conseguir abrirla un poco. Se sentó al lado del hogar de piedra y devoró las alubias.

Se dijo que se tomaría aquello como una aventura. Algo

sobre lo que podría escribir a sus amigas de Filadelfia. Cuando terminó de comer, se limpió los labios con el dorso de la mano y se apoyó sobre el hogar; pero la piedra cedió, perdió el equilibrio y se golpeó en el codo. Se puso en pie y estaba pensando que tendría que cambiar la piedra, cuando algo atrajo su atención. Volvió a agacharse, metió la mano en la pequeña hendidura que quedaba a la vista y sacó una bolsa.

Apretó los dientes y vació las monedas de oro sobre su falda. Doscientos treinta dólares. Sarah se llevó ambas manos a la boca, tragó saliva y volvió a contar. No había error. Hasta aquel momento, no había sabido lo que podía significar el dinero. Podría comprar comida decente, combustible, todo lo que necesitara para sobrevivir.

Devolvió las monedas a la bolsa y metió de nuevo la mano en el agujero. Aquella vez encontró la escritura de la mina. Su padre debía de haber sido un hombre muy extraño para ocultar sus posesiones detrás de una piedra.

Lo último que encontró fue el diario de su padre. Aquello le encantó. El pequeño libro marrón, lleno con la escritura de su padre, significaba más para ella que todas las monedas de Arizona. Lo estrechó contra su pecho y, antes de levantarse con él, volvió a guardar el oro y la escritura debajo de la piedra.

Leería cada tarde uno de los días de su padre. Sería como un regalo, algo que la acercaría día a día al hombre que no había conocido nunca. Por el momento volvería al arroyo, se lavaría lo mejor que pudiera y recogería agua para la mañana siguiente.

Jake la observó salir de la cabaña con un cubo en una mano y una linterna en la otra. Se había puesto cómodo entre las rocas; en la silla llevaba suficiente carne seca para una cena pasable, no exactamente lo que había planeado, pero pasable.

No tenía ni idea de por qué había decidido vigilarla. Aquella mujer no era asunto suyo. Pero, aunque salió de allí maldiciendo y dispuesto a irse al pueblo, sabía que no podía marcharse y dejarla sola.

Quizá era porque sabía lo que era perderlo todo. O porque él también había estado solo más años de los que quería recordar. O puede que tuviera algo que ver con el modo en que ella lo había mirado al bajar la ladera, con el sombrero sujeto por las cintas y las lágrimas secándose todavía en su rostro.

No había pensado nunca que tenía un punto débil. Desde luego, no en lo referente a las mujeres. Se puso en pie y se dijo que estaba allí porque no tenía nada mejor que hacer.

La siguió a distancia. Sabía moverse en silencio sobre las rocas, a la luz del día o en la oscuridad. Era tanto cuestión de costumbre como algo innato en él. En su juventud pasó algunos años con el pueblo de su abuela y aprendió a seguir rastros sin dejar huella y a cazar sin hacer ruido.

En cuanto a la mujer, llevaba todavía la falda elegante con polisón y los zapatos más apropiados para las aceras de la ciudad que para el suelo del campo. Jake tuvo que detenerse varias veces o la hubiera alcanzado sin remisión.

Pensó que probablemente se caería y se rompería un tobillo antes de volver a la casa. Era posible que aquello fuera lo mejor que podía ocurrirle; así podría llevársela de vuelta al pueblo. Sonrió al oírla gritar y aterrizar sobre su polisón cuando un conejo se cruzó con ella.

No, aquella duquesa de Filadelfia no duraría ni un día.

Sarah se llevó una mano al corazón y luchó por incorporarse. Nunca en su vida había visto un conejo tan grande. Percibió con rabia que se había roto el dobladillo de la falda. Echó a andar sin dejar de preguntarse cómo se las arreglaban las mujeres de por allí. Con aquel calor, el corsé parecía de hierro y una falda elegante impedía andar de otro modo que no fuera a pasitos delicados.

Cuando llegó al arroyo, se dejó caer sobre una roca y empezó a desabrocharse los lazos de los zapatos. Era un verdadero placer quedarse descalza. Tenía una herida en el talón, pero ya se preocuparía de ello más tarde. En aquel momento, lo único en lo que podía pensar era en mojarse la piel con agua fría.

Miró a su alrededor con cautela. No podía haber nadie allí. Supuso que era natural que una mujer sola en el campo se sintiera observada. Se quitó el camafeo que llevaba al cuello y lo guardó con cuidado en el bolsillo de la falda. Era lo único que tenía que había pertenecido a su madre.

Empezó a tararear para hacerse compañía, se quitó la blusa y la dobló sobre una roca. Se quitó luego el corsé con gran alivio y lo colocó sobre la blusa. Era la primera vez en todo el día que podía respirar con libertad. Se quedó en camisa y luego se quitó las medias.

Era fantástico. Cerró los ojos y emitió un sonido de placer al entrar en el arroyo, que le llegaba hasta el tobillo. El agua, que bajaba de las montañas, estaba límpida y fría como el hielo.

¿Qué diablos se creía que estaba haciendo? Jake lanzó un juramento y apartó la vista. ¿Quién iba a pensar que aquella mujer se desnudaría y empezaría a jugar en el agua justo cuando estaba a punto de anochecer? La miró echarse agua por la cara. Entre ellos no había nada excepto las sombras y la luz del crepúsculo.

El agua empapó la camisa de algodón que llevaba ella, ciñéndola a su cuerpo. Acuclillado detrás de una roca, Jake empezó a maldecirse a sí mismo en lugar de a ella.

Él tenía la culpa de todo. ¿Acaso no sabía que el mejor modo de sobrevivir era ocuparse solo de sus asuntos? Debería estar emborrachándose en casa de Carlotta y pasando la noche con una mujer en una cama adornada con plumas. Con la clase de mujer que sabía lo que necesitaba un hombre y no hacía preguntas estúpidas. La clase de mujer que no esperaba que uno fuera a tomar el té el domingo.

Volvió a mirar y vio que uno de los tirantes de la camisa de Sarah se había caído y que sus piernas estaban húmedas y brillantes. Sus hombros eran pálidos, suaves, y estaban desnudos.

Jake pensó que llevaba demasiado tiempo sin compañía. Solo aquello podía explicar que un hombre empezara a soñar con mujeres de la ciudad que no sabían distinguir el este del oeste.

Sarah llenó el cubo lo mejor que pudo y luego salió del arroyo. Oscurecía más deprisa de lo que había esperado. Pero volvía a sentirse casi humana. La simple idea de ponerse el corsé le causaba dolor, así que lo ignoró. Se puso la blusa y dudó si volver a vestirse con las medias y los zapatos. Allí no había nadie, así que se colocó la falda e hizo un paquete con el resto de las prendas. Con el agua saliéndole del cubo, inició cuidadosamente el camino de regreso.

Tuvo que reprimirse para no echar a correr. Al caer la tarde, el aire se enfriaba con rapidez. Y había más ruidos. Ruidos que no reconocía y no le gustaban. Las piedras se clavaban en sus pies descalzos y la linterna conseguía dar más sombra que luz. La media milla le pareció mucho más larga que antes.

Volvió a tener la sensación de que alguien la observaba. ¿Apaches? ¿Alimañas? ¡Maldito Jake Redman! La pequeña casa de adobe le pareció un refugio paradisíaco. Entró medio corriendo por la puerta y la cerró a sus espaldas.

El primer coyote lanzó un grito a la luna.

Sarah cerró los ojos. Si sobrevivía a aquella noche, se tragaría su orgullo y volvería al pueblo.

En las rocas, no lejos de allí, Jake se dispuso a dormir.

CAPÍTULO 3

Sarah se despertó poco después del amanecer, rígida, dolorida y hambrienta. Se dio la vuelta, deseando volver a dormirse hasta que entrara la doncella de Lucilla con el chocolate de la mañana. Había tenido un sueño horrible sobre un hombre de ojos grises que la llevaba por un lugar caliente y desolado. Él era atractivo, pero de un modo duro y poco civilizado. Su piel era como el bronce. Tenía unos pómulos altos, casi exóticos, y una sombra de barba. Su cabello era tan negro como el carbón, pero espeso, muy espeso.

Había habido algo familiar en torno a él, casi como si lo conociera. De hecho, cuando en el sueño la obligó a besarlo, un nombre cruzó por su mente. Luego ya no fue necesario que la obligara.

Sarah sonrió. Tendría que hablarle a Lucilla de su sueño y se reirían las dos juntas antes de vestirse. Abrió los ojos perezosamente.

Aquella no era la habitación rosa y blanca que ocupaba cuando visitaba a Lucilla y su familia. Ni tampoco el cuarto familiar que usara en la escuela.

Entonces lo recordó todo. Aquella era la casa de su padre, pero su padre había muerto y ella estaba sola. Resistió el impulso de hundir la cabeza en la almohada y echarse a llorar.

Tenía que decidir qué iba a hacer y, para ello, era necesario que pudiera pensar con claridad.

La noche anterior hubo un momento en que estaba segura de que lo mejor que podía hacer era volver al pueblo y usar el dinero que había encontrado para pagarse un pasaje al Este. En el mejor de los casos, la familia de Lucilla le daría la bienvenida; en el peor, podría regresar con las monjas. Pero eso fue antes de empezar a leer el diario de su padre. Solo necesitó leer dos páginas para comenzar a dudar.

Su padre empezó el diario el día en que la dejó para marcharse al Oeste. El amor y la esperanza que sentía se notaban en cada palabra. Y la tristeza. Seguía sufriendo por la pérdida de la madre de Sarah.

La joven comprendió por primera vez lo duro que debía de haberle resultado perder a la mujer a la que ambos compartieron durante un tiempo tan breve. Y lo torpe que se sintió al encontrarse a sí mismo responsable de una niña pequeña. Le prometió a su esposa en su lecho de muerte que se encargaría de que su hija estuviera bien cuidada.

Recordaba las palabras exactas que escribió su padre en el papel amarillento:

Ella se iba. Y no había nada que yo pudiera hacer por evitarlo. Hacia el final, sufría tanto que yo le pedí a Dios que se la llevara deprisa. Mi Ellen, mi pequeña y delicada Ellen. Ella solo pensaba en mí y en nuestra dulce Sarah. Yo se lo prometí. Mi promesa era el único consuelo que podía ofrecerle. Le prometí que nuestra hija tendría todo lo que Ellen quería para ella. Iría a una buena escuela y asistiría los domingos a la iglesia. Sería educada del modo en que a mi Ellen le hubiera gustado educarla: como una dama. Un día tendría una buena casa y un padre del que podría estar orgullosa.

Y su padre había ido a Arizona para intentarlo y había hecho lo que había podido. Ahora le tocaba a ella decidir qué sería lo mejor para ella. Y, si tenía que pensar, necesitaba comer.

Cuando se hubo vestido con su falda y blusa más viejas, volvió a examinar el contenido del armario. No podía soportar otra comida de alubias frías. Quizá hubiera una alacena en alguna parte, una habitación con carne ahumada o algo así. Abrió la puerta y el brillo del sol la hizo parpadear.

Al principio pensó que era un espejismo. Pero los espejismos no tienen olor y aquel olía a carne asada y café recién hecho. Vio a Jake Redman sentado con las piernas cruzadas delante de una hoguera. Se recogió la falda y olvidó su hambre el tiempo suficiente para acercarse a él con furia.

—¿Qué hace usted aquí?

El hombre levantó la vista e hizo una inclinación de cabeza. Se sirvió una taza de café.

—Desayunando.

—¿Ha venido a caballo hasta aquí solo para desayunar?

La joven no sabía qué clase de carne era la que daba vueltas en el hierro, pero su estómago estaba dispuesto a aceptar casi cualquier cosa.

—No —probó la carne y consideró que estaba en su punto—. No me marché —señaló unas rocas cercanas con la cabeza—. He dormido ahí.

—¿Ahí? —Sarah miró las rocas sorprendida—. ¿Para qué?

Jake la miró.

—Digamos que había mucho camino hasta el pueblo.

—Yo no esperaba que se quedara a vigilarme, señor Redman. Ya le expliqué que podía... ¿qué es eso?

Jake comía con los dedos, con evidente placer.

—Conejo.

—¿Conejo? Y supongo que lo ha atrapado en mi propiedad.

—Es posible.

—En ese caso, lo menos que puede hacer es ofrecerme mi parte.

Jake, obediente, le tendió un trozo de carne.
—Sírvase usted misma.
—¿Es que no tiene...? No importa.
Sarah aceptó la carne y el café que le ofrecía y se sentó sobre una roca.
—¿Comió usted algo anoche? —preguntó él.
—Sí, gracias —pensó que nunca había probado nada tan bueno como aquel conejo asado.
Jake le tendió otro trozo.
—Gracias —se sorprendió hablando con la boca llena y no le importó—. Está delicioso —dijo chupándose los dedos.
—En cualquier caso, es mejor que una lata de alubias frías.
La joven levantó la vista, pero él no la miraba a ella.
—Supongo que sí.
Era la primera vez que desayunaba con un hombre y decidió que lo apropiado sería entablar conversación con él.
—Dígame, señor Redman, ¿cuál es su profesión?
—Nunca he pensado mucho en eso.
—Pero debe usted de trabajar en algo.
—No.
Se recostó contra una roca y, sacando su bolsa de tabaco, se dispuso a liar un cigarrillo. Pensó que la joven parecía tan fresca y limpia como una flor. Cualquiera hubiera pensado que había pasado la noche en un hotel de lujo en lugar de en una cabaña de barro.
—¿Ha vivido usted mucho tiempo en Arizona? —preguntó ella.
—¿Por qué?
—Simple curiosidad.
—No sé en Filadelfia —Jake sacó un fósforo, lo frotó contra la roca y encendió su cigarrillo—, pero a la gente de por aquí no le gustan las preguntas.
—Comprendo —repuso ella, poniéndose tensa. Nunca había conocido a nadie tan rudo—. En una sociedad civilizada,

las preguntas no son más que un modo de iniciar una conversación.

—Por aquí son un modo de iniciar una pelea —chupó de su cigarrillo—. ¿Quiere pelear conmigo, duquesa?

—Le agradecería que dejara de llamarme por ese nombre. Jake sonrió.

—Parece usted una, especialmente cuando se enfada.

La joven levantó la barbilla, pero respondió con tono tranquilo.

—Le aseguro que no estoy enfadada, aunque, a decir verdad, usted se ha mostrado bastante descortés en varias ocasiones. En el lugar de donde yo vengo, señor Redman, una mujer tiene derecho a esperar más galantería de parte de un hombre.

—¿De verdad? —sacó su revólver con lentitud—. No se mueva.

¿Moverse? Ella ni siquiera podía suspirar. Lo único que había hecho era llamarlo descortés y él iba a pegarle un tiro.

—Señor Redman, yo no...

La bala explotó contra la roca, a unos centímetros de distancia de ella. La joven dio un grito y se dejó caer al suelo. Cuando reunió suficiente valor para levantar la vista, Jake estaba de pie y sacaba algo muerto de la roca.

—Una serpiente de cascabel —dijo. Al ver que la joven gemía y se tapaba los ojos, la agarró y la puso en pie—. Eche un vistazo —sugirió, poniéndole la serpiente ante los ojos—. Si se queda aquí, verá muchas más.

—¿Quiere hacer el favor de apartarla? —musitó ella.

El hombre murmuró un juramento, arrojó a un lado el animal muerto y empezó a avivar el fuego. Sarah respiró hondo.

—Parece que me ha salvado la vida —dijo.

—Sí, bueno, no vaya contándolo por ahí.

—No lo haré, se lo aseguro —se puso en pie, ocultando sus manos temblorosas en los pliegues de la falda—. Le agradezco la comida, señor Redman. Y ahora, si me disculpa, tengo muchas cosas que hacer.

—Puede empezar subiéndose al carro. La llevaré al pueblo.

—Le agradezco la oferta. A decir verdad, se lo agradezco mucho. Necesito provisiones.

—Mire, supongo que tiene el suficiente sentido común para ver que este sitio no está hecho para usted. Hay dos horas de camino hasta el pueblo y de aquí allí no hay más que serpientes y coyotes.

Sarah sabía que él tenía razón. La noche que había pasado en la cabaña había sido la más solitaria y desgraciada de su vida. Pero en algún momento de aquella mañana había tomado ya su decisión. La hija de Matt Conway no iba a permitir que los esfuerzos y sueños de su padre se convirtieran en polvo. Se quedaría y que Dios la ayudara.

—Mi padre vivió aquí. Este lugar era importante para él y voy a quedarme —dudaba mucho que Jake Redman pudiera comprender sus motivos—. Y ahora, si quiere enganchar el carro, voy a cambiarme.

—¿Cambiarse el qué?

—De vestido, por supuesto. No puedo ir al pueblo así.

Jake la miró detenidamente. Con su blusa blanca almidonada y la falda de algodón parecía ya bastante arreglada para cualquier función social importante del pueblo.

—Lone Bluff no es Filadelfia. Si quiere que enganche el carro, lo haré, pero será mejor que vea cómo lo hago, porque la próxima vez no tendrá a nadie que lo haga por usted.

Y con eso, se echó la silla de montar al hombro y se alejó.

La joven lo siguió con la cabeza alta. Lo observó sacar los caballos; parecía muy fácil. Solo tenía que atar algunas cosas y todo estaba hecho. Sin duda, los hombres exageraban siempre las tareas más sencillas.

—Gracias, señor Redman. Si espera un momento, no tardaré en estar lista.

Jake se echó el sombrero sobre la cara. ¿Acaso aquella mujer no sabía nada de nada? Él había salido con ella del pueblo el día anterior; si volvía a entrar con él aquella mañana, su reputación estaría arruinada, incluso en un lugar como Lone Bluff. Puesto que había decidido quedarse, al menos temporalmente, necesitaría toda la ayuda que pudiera conseguir de las mujeres del pueblo.

—Yo tengo asuntos propios, señora.

—Pero...

Jake empezó a ensillar su caballo y Sarah entró en la casa con furia. Añadió veinte dólares más al dinero que llevaba en su bolsa y luego tomó el rifle que colgaba de una de las paredes de la casa. No tenía ni la menor idea de cómo se usaba, pero se sentía mejor llevándolo consigo.

Jake estaba ya montado cuando ella salió.

—El camino la llevará hasta el pueblo —le dijo—. Si le da un dólar a Lucius, él volverá con usted y luego se llevará el carro y los caballos para devolverlos al establo. Matt tiene dos caballos en los establos. Alguien del pueblo ha estado cuidándolos.

—¿Un dólar? —colocó el rifle en el carro—. Usted me pidió cinco.

El hombre sonrió.

—Yo no soy Lucius —dijo. Se llevó una mano al sombrero y se alejó.

Sarah no tardó mucho en subirse al carro. Pero tuvo que hacer acopio de valor antes de tocar las riendas. Aunque se consideraba una amazona excelente, nunca había llevado un carro. Cuando al fin sujetó las riendas, los caballos dieron tres vueltas en círculo antes de enfilar el camino.

Jake la miraba desde lo alto de una roca. Hacía meses que no se divertía tanto.

Cuando llegó a Lone Bluff, Sarah sudaba con profusión; tenía las manos doloridas y las posaderas le ardían. Se detuvo delante de la tienda del pueblo y bajó con piernas temblorosas. Se alisó la falda y vio a un muchacho afilando una estaca.

—Perdona, ¿conoces a un hombre llamado Lucius?

—Todo el mundo conoce a Lucius.

Satisfecha, Sarah sacó una moneda de su bolsillo.

—Si puedes encontrar a Lucius y decirle que la señorita Sarah Conway quiere verlo, te daré este penique.

El chico lo miró un momento.

—Sí, señora —dijo, y salió corriendo.

Sarah entró en la tienda. Había varias clientas por allí, mirando la mercancía y cotilleando. Todas se volvieron a mirarla antes de continuar con sus asuntos. La joven que había detrás del mostrador salió a su encuentro.

—Buenos días. ¿Puedo ayudarla en algo?

—Sí. Soy Sarah Conway.

—Lo sé —la chica sonrió—. Llegó usted ayer en la diligencia. Siento mucho lo de su padre. Todos apreciábamos mucho a Matt.

—Gracias —Sarah sonrió a su vez—. Necesito algunas cosas.

—¿De verdad va a quedarse en casa de Matt usted sola?

—Sí. Al menos por el momento.

—Yo me moriría de miedo —la chica de pelo castaño la miró con deferencia y le tendió una mano—. Soy Liza Cody. Bienvenida a Lone Bluff.

—Gracias.

Liza la ayudó a elegir provisiones y le presentó a las demás personas. En menos de veinte minutos, Sarah había saludado ya a la mitad de las mujeres del pueblo, había recibido recetas para hacer bizcochos y le habían preguntado su opinión sobre una nueva tela de percal recién llegada de St. Louis.

Aquello le levantó mucho el ánimo. Quizá las mujeres vistieran menos a la moda que sus compañeras del Este, pero la hacían sentirse bienvenida.

—Señora.

Sarah se dio la vuelta y vio a Lucius, con el sombrero en la mano. A su lado, el chico esperaba el penique con impaciencia. En cuanto lo tuvo en sus manos, corrió a los frascos de caramelos y empezó a negociar.

—Señor...

—Solo Lucius, señora.

—Lucius, me han dicho que podría usted llevarme a casa y devolver luego el carro y los caballos al establo.

El hombre se llevó la mano a la mejilla pensativo.

—Bueno, quizá sí pueda —dijo.

—Estoy dispuesta a darle un dólar por la molestia.

El hombre sonrió, mostrando unos cuantos dientes amarillentos y varios huecos.

—Encantado de ayudarla, señorita Conway.

—Quizá pueda empezar cargando las provisiones.

Lo dejó con ello y se volvió hacia Liza.

—Señorita Cody.

—Liza, por favor.

—Liza. Me gustaría comprar algo de té y huevos frescos.

—El té no se vende muy bien, pero tengo algo en la parte de atrás —abrió la puerta del almacén y salieron tres perritos corriendo—. John Cody, pequeño monstruo; te dije que guardaras los perros fuera.

Sarah se agachó para acariciarlos.

—Son adorables —dijo.

—Puede que uno sea adorable —musitó Liza—. Tres son demasiados. Anoche estropearon un saco de harina. Si se entera papá, le dará una paliza a Johnny.

Un cachorro marrón con un círculo negro en el ojo izquierdo saltó sobre las rodillas de Sarah.

—Eres precioso, ¿verdad? —se rio la joven.

—Es una molestia.

—¿Me venderías uno?

—¿Venderte? —Liza se estiró para bajar el té de uno de los estantes—. Mi padre te pagaría para que te llevaras uno.

—¿De verdad? —Sarah se puso en pie con el perro en los brazos—. Me encantaría tener uno. Me haría compañía.

Liza añadió el té y los huevos a la suma de Sarah.

—Si quieres ese, llévatelo —sonrió al ver al animal lamerle la cara—. Desde luego, parece que le has caído bien.

—Lo cuidaré bien —sujetó al perro con una mano y sacó dinero para pagar la cuenta—. Gracias por todo.

Liza contó las monedas antes de meterlas en la caja y sacar el cambio. Su padre estaría contento. No solo por lo del perro, sino porque la señorita Conway era una clienta que pagaba en metálico. Liza estaba encantada porque Sarah era joven y bonita y seguramente sabría un montón de cosas sobre la última moda.

—Ha sido un placer conocerte —dijo, acompañándola a la puerta—. Es posible que vaya a verte a tu casa si no te importa.

—Me encantaría. Cuando tú quieras.

Liza levantó una mano para atusarse el pelo.

—Buenos días, señor Carlson —dijo.

—Liza, estás tan bonita como siempre —repuso el hombre, aunque sus ojos miraban a Sarah.

—Samuel Carlson; esta es Sarah Conway.

—Encantado.

La sonrisa del joven hacía que su cara pálida resultara aún más atractiva. Resaltaba también el azul brillante de sus ojos. Se llevó la mano de Sarah a los labios en un gesto caballeroso y la joven se alegró doblemente de haber ido al pueblo.

Al parecer, en Lone Bluff había algunos caballeros después de todo. Samuel Carlson era esbelto y vestía una preciosa chaqueta de montar y una camisa blanca inmaculada. Su bigote recortado era de la misma tonalidad castaña que su bien cuidado pelo. Cuando Liza los presentó, se quitó el sombrero, como habría hecho un caballero.

—Mis condolencias por su pérdida, señorita Conway. Su padre era un buen hombre y un gran amigo.

—Gracias. Me resulta muy consolador saber que lo tenían en buena estima.

—Se dice por el pueblo que se quedará usted una temporada —musitó él, acariciando al perro, que respondió con un gruñido.

—Calla —lo amonestó Sarah—. Sí, he decidido quedarme. Al menos por el momento.

—Espero que me comunique si puedo hacer algo por usted —sonrió—. Indudablemente, la vida aquí no es como a la que está usted acostumbrada.

Por el modo en que lo dijo, estaba claro que era un cumplido. El señor Carlson era obviamente un hombre de mundo.

—Gracias —tendió el perro a Lucius y se alegró al ver que Carlson la ayudaba a subir al carro—. Ha sido un placer conocerlo, señor Carlson.

—El placer es todo mío, señorita Conway.

—Adiós, Liza. Espero que vengas pronto a visitarme.

Dejó el perrito sobre sus rodillas y miró un momento hacia atrás. Allí estaba Jake, observándola apoyado contra un poste y con las manos en los bolsillos. La joven le hizo una inclinación de cabeza y luego miró hacia delante. Lucius puso en marcha el carro.

Cuando se alejó el carro, los hombres se observaron mutuamente. Entre ellos no hubo ningún saludo. Se limitaron a observarse con frialdad y cautela.

Sarah se sentía triunfante. Mientras guardaba sus provisiones, el perrito no dejaba de andar en torno a sus piernas, al parecer tan contento como ella por su decisión. Con el perro para hacerle compañía, sus noches no serían tan solitarias. Conocería gente y quizá hiciera amigos. Su armario estaba lleno y Lucius había tenido la amabilidad de enseñarle cómo encender la vieja cocina.

Aquella noche, después de cenar, escribiría a Lucilla y a la madre superiora. Leería una página o dos más del diario de su padre y se dormiría.

A pesar de lo que pensara Jake Redman, saldría adelante.

Con un vaso de whisky en la mano, Jake observaba a Carlotta trabajar en el salón. No había duda de que era algo especial. Su cabello era de color dorado y sus labios tan rojos como las cortinas de terciopelo que colgaban de su cuarto.

Aquella noche llevaba un vestido rojo ceñido que brillaba y se ajustaba a su cuerpo como una segunda piel, dejándole los hombros desnudos. Jake pensó en Sarah, de pie en el arroyo, con el agua brillando en su piel y tomó otro sorbo de whisky.

Las chicas de Carlotta vestían también de maravilla. Los hombres de La Estrella de Plata estaban de suerte aquella noche. El piano no dejaba de tocar y el whisky y las risas fluían con generosidad.

En su opinión, Carlotta dirigía una de las mejores casas de Arizona. Quizá una de las mejores al oeste del Misisipi. El whisky no estaba demasiado aguado y las chicas no eran malas. Un hombre podía llegar casi a pensar que disfrutaban con su trabajo. En cuanto a Carlotta, Jake estaba seguro de ello.

Para ella, lo más importante era el dinero. Lo sabía porque la mujer había bebido una vez con él lo bastante como para confesarle que se quedaba con una buena comisión de la paga de sus chicas.

Soñaba con trasladar su negocio a San Francisco y comprar un lugar con candelabros de cristal, espejos dorados y alfombras rojas. Pero, por el momento, al igual que el resto de ellos, estaba atrapada en Lone Bluff.

Jake dio otro trago y la observó. Se movía como una reina, sus labios siempre sonrientes, sus ojos siempre vigilantes. Se aseguraba de que sus chicas convencieran a los hombres de que las invitaran a copas. Lo que servía el barman a las chicas era poco más que agua coloreada, pero los hombres pagaban contentos antes de subir a uno de los estrechos cuartos de arriba.

Jake encendió uno de los puros que Carlotta proporcionaba a sus clientes. Se los hacía enviar desde Cuba y tenían un sabor especial. Jake no dudaba de que aumentaba el precio del whisky y de sus chicas para pagar por ellos. El negocio era el negocio.

Una de las chicas se acercó a encenderle el puro. Él rechazó la invitación con un movimiento de cabeza. Era una mujer encantadora y olía como un ramo de rosas. Jake no consiguió imaginar por qué diablos no se sentía interesado.

—Vas a herir sus sentimientos —musitó Carlotta, uniéndose a él en la mesa—. ¿No ves nada que te guste?

El hombre apoyó su silla contra la pared.

—Veo muchas cosas que me gustan.

La mujer se echó a reír y levantó la mano para hacer una seña con sutileza.

—¿Me vas a invitar a una copa, Jake?

Antes de que él pudiera responder, apareció una chica con una botella nueva y un vaso. Nada de licor aguado para Carlotta.

—Hacía tiempo que no te veía.

—He estado fuera.

La mujer dio un trago de su vaso.

—¿Vas a quedarte?

—Es posible.

—He oído que hubo algún problema con la diligencia. No

es propio de ti hacer buenas acciones, Jake —volvió a beber y le puso una mano sobre el muslo—. Eso es lo que me gusta de ti.

—Pasaba por casualidad.

—También me han dicho que la hija de Matt Conway ha llegado al pueblo —le quitó el puro sonriendo y dio una calada—. ¿Trabajas para ella?

—¿Por qué?

—Se rumorea que tú la llevaste a su casa. No te imagino cavando la roca para buscar oro, Jake. Es más fácil hacerse con él.

—Hasta donde yo recuerdo, en esa roca no ha habido nunca ningún oro que sacar —recuperó su puro y lo apretó entre los dientes—. ¿Sabes tú otra cosa?

—Solo sé lo que oigo, y no oigo mucho sobre Conway.

Se sirvió un segundo vaso y lo tomó de un trago. No quería hablar de la mina de Matt Conway ni de lo que sabía. Aquella noche parecía haber algo en el ambiente que la ponía nerviosa. Quizá necesitara más whisky.

—Me alegro de que hayas vuelto, Jake. Esto ha estado muy tranquilo sin ti.

Dos hombres empezaron a pelearse por la misma chica. El alto sirviente negro de Carlotta los echó a los dos de allí. La mujer sonrió y se sirvió una tercera copa.

—Si no te interesa ninguna de mis chicas, podríamos hacer otros arreglos —levantó el pequeño vaso en un gesto de saludo antes de beberlo—. Por los viejos tiempos.

Jake la miró. Sus ojos brillaban contra su piel blanca. Sus labios estaban abiertos. Sus pechos subían y bajaban de un modo muy invitador. Sabía lo que ella podía hacer con un hombre cuando se sentía inspirada y la enojaba pensar que no conseguía excitarlo lo más mínimo.

—Quizá en otra ocasión —dijo.

Se puso en pie, dejó unas monedas sobre la mesa y salió del local.

Los ojos de Carlotta se endurecieron. Ella solo se ofrecía a unos pocos clientes privilegiados y no le gustaba ser rechazada.

Con el perro durmiendo a sus pies, Sarah cerró el diario de su padre. Había escrito sobre el ataque de unos indios al vagón de tren en el que viajaba y su milagrosa escapada. Describía con palabras sencillas el terror, la carnicería y el sentimiento de tragedia. Sin embargo, después de aquello había seguido adelante porque quería llegar a ser alguien por su hija.

Se estremeció y se incorporó para colocar el libro debajo de la piedra. Si hubiera leído aquello cuando estaba todavía en Filadelfia, lo hubiera considerado una exageración, pero ya sabía que no era así.

Suspiró y se miró las manos. Eran suaves y bien cuidadas y probablemente muy poco apropiadas para la tarea de intentar vivir de aquella tierra.

Pensó que solo se sentía de aquel modo por la noche. Por el día había hecho todo lo que había podido. Fue sola al pueblo, llenó su despensa y empezó a plantar de nuevo el huerto. Le dolía la espalda y sabía que había trabajado duro. Al día siguiente volvería a empezar.

El aullido de un coyote le aceleró el pulso. Estrechó al cachorro contra su pecho y se metió en la cama.

Estaba ya acostada, cuando el perro empezó a ladrar y gruñir. Exasperada, lo acunó en sus brazos.

—Está bien, está bien. Si tienes que salir fuera, te sacaré. Pero podías habérmelo dicho antes de que me metiera en la cama.

Se levantó y bajó por la escalera de mano. Vio el fuego a través de la ventana y corrió hacia la puerta.

—¡Oh, Dios mío!

En cuanto la abrió, el perro salió corriendo, ladrando furiosamente. Sarah observó el fuego tragarse la madera vieja y seca del establo. Un grito sonó en la noche.

Recordó los caballos de su padre y echó a correr.

Los caballos estaban ya como locos, pateando y gritando en el establo. Sarah sacó al primero y lo golpeó en el flanco. El fuego avanzaba deprisa, subiendo por las paredes y el techo. El heno había prendido ya y ardía con furia.

Con los ojos cegados por el humo, se abrió paso hasta el segundo caballo. Tosiendo y sudando, luchó con el aterrorizado animal que se debatía contra ella. Luego gritó a su vez cuando una madera encendida cayó a su lado. El fuego se acercaba más y más al borde de su camisón.

Se quitó el chal de los hombros, lo echó sobre los ojos del caballo y salió con él del cobertizo.

Cegada por el humo, se arrastró hasta ponerse a salvo. Oyó las paredes derrumbarse a sus espaldas y el rugido de las llamas quemando la madera. Sentía deseos de golpear el suelo con los puños y llorar.

El fuego podía extenderse. El terror que le produjo aquella idea la hizo ponerse a cuatro patas. Tenía que impedir que las llamas se extendieran. Oyó el ruido de un caballo que corría con fuerza y estaba a punto de ponerse en pie cuando algo la golpeó.

CAPÍTULO 4

La noche estaba clara, con media luna y estrellas brillantes. Jake cabalgaba despacio, discutiendo consigo mismo.

Era una estupidez estar allí cuando podía estar en aquel momento acurrucado al lado de Carlotta. Excepto que Carlotta no se acurrucaba; lo que hacía era más bien devorar. El sexo, con ella, era caliente, apasionado y directo. Después de todo, los negocios eran los negocios.

Al menos sabía lo que era ella y lo que podía esperar. Utilizaba a los hombres, pero eso no le parecía mal a Jake. Carlotta no esperaría cajas de bombones ni lo invitaría a tomar el té los domingos.

Sarah Conway era muy diferente. Una mujer así querría que un hombre fuera a cortejarla ataviado con un traje. Y probablemente una corbata. Dio un respingo y puso su caballo al trote. Uno tendría que asegurarse de que sus botas estaban brillantes antes de poder sentarse a charlar de cosas sin importancia. Con ella el sexo sería... lanzó un juramento. Uno no se acostaba con una mujer así. Ni siquiera pensaba en ello. Y si lo hacía...

A él, personalmente, no le interesaba.

Entonces, ¿qué diablos hacía cabalgando hasta su casa en mitad de la noche?

—Estúpido —musitó en voz baja.

Sobre su cabeza, un halcón nocturno bajó y mató a su presa sin apenas hacer ruido. La vida era supervivencia y la supervivencia implicaba rudeza. Jake comprendía eso y lo aceptaba. Pero Sarah... Movió la cabeza. Para ella, la supervivencia consistía en asegurarse de que sus cintas hacían juego con su vestido.

Lo mejor que podía hacer sería dar la vuelta y volver al pueblo. Pero no lo hizo.

Por lo que él sabía, los errores más grandes que podía cometer un hombre siempre estaban relacionados con tres cosas: dinero, whisky y mujeres. Ninguna de las tres significaba lo bastante para él para que hubiera tenido que pelear por ellas y no tenía intención de cambiar aquello.

Aunque no había duda de que aquella mujer era distinta. Eso era lo que más lo preocupaba. Siempre había tenido buen ojo para conocer a la gente y esa cualidad lo había ayudado a seguir con vida. A Sarah Conway no la conocía, no sabía qué era lo que le hacía sentir el deseo de protegerla. Quizá se estaba volviendo blando con los años, pero él no lo creía así.

No podía evitar sentir algo por ella, que había viajado desde tan lejos solo para descubrir que su padre había muerto. Y tenía que admirar su testarudez al decidir quedarse en la vieja mina. Era una estupidez, pero había que admirarla por ello.

Se encogió de hombros y siguió cabalgando. De todas formas, ya estaba cerca de su casa, así que podía echar un vistazo y asegurarse de que no se había pegado un tiro en el pie con el rifle de su padre.

Olió el fuego antes de verlo. Levantó la cabeza, como un lobo que huele al enemigo. Su mustang se debatió y mostró el blanco de los ojos. Cuando Jake vio la primera llama, puso el caballo al galope. ¿Qué había hecho ahora esa estúpida mujer?

En su vida, había habido unas cuantas ocasiones en las que conoció lo que es el verdadero miedo y no le había gustado su sabor. Lo sintió entonces, mientras su mente conjuraba la imagen de Sarah atrapada en el interior de la casa en llamas.

Otra imagen volvió hasta él; una imagen vieja, de fuego, llantos y disparos. Entonces también conoció el miedo. El miedo, el odio y una angustia que se había jurado no volver a sentir nunca.

Suspiró aliviado al ver que era el establo lo que ardía y no la casa. Vio dos jinetes que se dirigían hacia las rocas y frenó su caballo. Sacó el revólver y siguió avanzando. Entonces vio a Sarah tendida en el suelo. Saltó de la silla de montar y corrió hacia ella.

Tenía la cara pálida como la luna y olía a humo. Al arrodillarse a su lado, un perrito marrón empezó a gruñirle. Jake lo apartó a un lado.

—Si pensabas guardar la propiedad, llegas demasiado tarde.

Acercó una mano al corazón de la joven y sonrió al percibir sus latidos. Le levantó la cabeza con gentileza. Y entonces sintió la sangre caliente en sus dedos. Miró de nuevo hacia las rocas con ojos amenazadores. La levantó con cuidado y la llevó al interior de la casa.

El único lugar en el que podía tumbarla con comodidad era el colchón. El cachorro empezó a gemir y saltar al pie de la escalera cuando Jake la subió arriba. El hombre lo hizo callar y se preparó a vendarle la herida.

Sarah, dolorida y mareada, sintió algo frío en la cabeza. Por un momento creyó que era la hermana Angelina, la monja que la cuidaba en el colegio cuando tenía fiebre. Aunque le dolía todo, era un alivio estar allí, a salvo en su cama, sabiendo que había alguien que podía cuidar de ella. La hermana cantaba a veces para ella y le apretaba la mano siempre que se lo pedía.

Sarah lanzó un gemido y buscó la mano de la hermana Angelina. La mano que se cerró sobre la suya era tan dura como el hierro. Confusa, pensó por un momento que su padre había ido a buscarla y abrió los ojos.

Al principio, todo le pareció bastante vago, como si mirara la escena a través del agua. Lentamente enfocó la vista sobre un rostro. Recordaba aquella cara, con sus líneas duras y su piel bronceada. Un rostro sin ley. Había soñado con él. Levantó una mano para tocarlo. Era duro y cálido. Unos ojos grises la miraron. Sí, había soñado con él.

—No. No me bese —susurró.

El rostro sonrió.

—Supongo que podré controlarme. Beba esto.

Le llevó una taza a los labios y la joven bebió con ansia. El whisky la calentó por dentro.

—Es horrible. No lo quiero.

—Le devolverá el color a sus mejillas —dijo él, pero dejó la taza a un lado.

—Yo solo quiero...

Pero el whisky le había aclarado el cerebro. Jake tuvo que sujetarla para evitar que saliera de un salto de la cama.

—Un momento. Si se pone en pie ahora, se caerá de cara.

—Fuego —tosió ella. Se agarró a él y luego dejó caer la cabeza sobre su pecho—. Hay fuego.

—Lo sé —lo invadió una oleada de alivio y placer y le acarició el cabello. Ella tenía la mejilla apoyada contra su corazón—. Ya está casi acabado.

—Podría extenderse. Tengo que detenerlo.

—No se extenderá —le acarició la espalda con gentileza—. No hay nada que pueda alimentarlo y no hay viento. Ha perdido el cobertizo; eso es todo.

—Conseguí sacar a los caballos —murmuró ella.

La cabeza le daba vueltas, pero la voz de él y las caricias de sus manos la tranquilizaban. Cerró los ojos.

—No sabía si podría hacerlo.

—Lo ha hecho muy bien —quería decir algo más, pero no sabía cómo; le pasó el trapo húmedo por la cara—. Ahora será mejor que descanse.

—No se vaya —la joven le asió la mano y se la llevó a la mejilla—. Por favor, no se vaya.

—No me iré a ninguna parte —le apartó el cabello del rostro—. Duérmase.

Necesitaba que así fuera. Si volvía a abrir los ojos y la miraba, si volvía a tocarlo, estaría perdido.

—El perro estaba ladrando. Yo creí que necesitaba salir fuera... —volvió en sí abruptamente—. ¡Señor Redman! ¿Qué hace usted aquí? —preguntó escandalizada, mirando alrededor del pajar—. No estoy vestida.

El hombre dejó caer el trapo en el cazo con agua.

—Ha sido difícil no darse cuenta —acercó la manta y la cubrió con ella—. ¿Mejor así? —preguntó.

—Señor Redman —dijo ella, avergonzada—. Yo no entretengo a caballeros en mi dormitorio.

Jake agarró la taza de whisky y dio un trago. Ahora que ella había vuelto a la normalidad, comprendió hasta qué punto había estado asustado.

—No hay mucho de entretenimiento en vendar una herida.

Sarah se apoyó sobre los codos y el cuarto le dio vueltas. Lanzó un gemido y se llevó los dedos a la parte posterior del cuello.

—Debo de haberme golpeado la cabeza.

—Eso creo —pensó en los jinetes, pero no dijo nada—. Puesto que la recogí del suelo y la traje hasta aquí, ¿cree que tengo derecho a saber qué es lo que ha pasado esta noche?

—Yo misma no lo sé —suspiró y se recostó contra la almohada que había comprado aquella misma mañana—. Me había retirado ya a pasar la noche cuando el cachorro empezó a ladrar. Parecía decidido a salir fuera, así que bajé y vi el fuego. No sé cómo puede haberse prendido. Todavía era de día cuando di de comer a los caballos, así que no he llevado una lámpara allí ni nada que pudiera provocarlo.

Jake tenía sus propias ideas al respecto, pero no dijo nada. Sarah se llevó una mano a la cabeza y cerró los ojos.

—Corrí hacia allí para sacar los caballos. El cobertizo ardía muy deprisa. Nunca había visto nada igual. El techo empezaba a ceder y los caballos estaban aterrorizados. No querían salir. He leído en alguna parte que los caballos se asustan tanto con el fuego, que se ponen histéricos y arden vivos. No podía consentirlo.

—Por eso entró a buscarlos.

—Estaban gritando —frunció el ceño al recordarlo—. Parecían mujeres gritando. Era horrible.

—Sí, lo sé —recordó otro establo, otro fuego en el que los caballos no tuvieron tanta suerte.

—Recuerdo vagamente cuando salí la última vez. Creo que el humo me ahogaba. Empecé a levantarme. No sé lo que iba a hacer. Entonces algo me golpeó. Quizá uno de los caballos o quizá volví a caerme —abrió los ojos y lo observó. Estaba sentado en la cama, con el cabello despeinado y los ojos oscuros e intensos—. Y luego usted estaba aquí. ¿Por qué está aquí?

—Pasaba por este camino y vi el fuego —miró la taza de whisky—. También vi a dos jinetes alejándose.

—¿Alejándose? —la joven se sentó indignada—. ¿Quiere decir que alguien pasó por aquí y no intentó ayudar?

Jake la miró largo rato. Parecía muy frágil; como algo que uno guarda en una vitrina en el salón. Pero, frágil o no, tenía que saber a lo que se enfrentaba.

—Supongo que no vinieron a ayudar.

La observó hasta que vio que comprendía el significado de sus palabras. En sus ojos había una chispa de miedo. Aquello era lo que él esperaba. Lo que no esperaba y no pudo por menos de admirar fue la pasión que acompañaba al miedo.

—¿Vinieron a mi propiedad a quemar mi cobertizo? ¿Por qué?

Había olvidado que no llevaba más que un camisón, que

era más de medianoche y estaba a solas con un hombre. Se quedó sentada, con la manta en torno a la cintura. Sus pechos, pequeños y redondos, subían y bajaban con su respiración. La rabia había devuelto el color a sus mejillas y el brillo a sus ojos.

Jake se terminó el whisky, haciendo un esfuerzo por apartar la imagen de ella de su mente.

—Parece lógico suponer que querían causarle problemas; quizá conseguir que se marche de aquí.

—Eso no tiene sentido. ¿Qué puede importarle a nadie una casa de adobe y unos cobertizos viejos?

Jake dejó la taza en el suelo.

—Olvida usted la mina. Algunas personas están dispuestas a hacer algo mucho peor que prender fuego por oro.

Sarah emitió un sonido de disgusto.

—¿Oro? ¿Cree que mi padre habría vivido así si ahí hubiera una cantidad importante de oro?

—Si cree usted eso, ¿por qué se queda?

La joven lo miró.

—No espero que lo comprenda. Esto es lo único que tengo. Lo único que me queda de mi padre es este lugar y un reloj de oro —tomó el reloj de la mesita colocada al lado de la cama y lo apretó en su mano—. Y tengo intención de conservar lo que es mío. Si alguien me ha gastado una broma pesada...

Jake la interrumpió.

—No creo que fuera una broma. Es más probable que alguien piense que este lugar vale más de lo que usted dice. Intentar quemar caballos vivos y golpear a mujeres no es lo que se dice una broma. Ni siquiera aquí.

Sarah se llevó una mano a la herida de la cabeza. Le estaba diciendo que alguien la había golpeado y probablemente tenía razón.

—Nadie va a echarme de aquí. Mañana denunciaré el incidente ante el sheriff y encontraré un modo de proteger mi propiedad.

—¿Y qué modo es ese?
—No lo sé —apretó el reloj con fuerza—. Pero lo encontraré.
Jake pensó que quizá fuera así. Y quizá, puesto que no le gustaba la gente que prendía fuego, él la ayudara.
—Es posible que alguien le ofrezca comprarle la propiedad —murmuró.
—No voy a vender. Y no voy a salir corriendo. Si vuelvo a Filadelfia, será porque he decidido que eso es lo que quiero hacer, no porque me hayan echado.
Aquella era una actitud que él podía respetar.
—Me parece bien. Puesto que parece que mañana tendrá mucho trabajo, será mejor que intente dormir.
¿Dormir? ¿Cómo podría cerrar los ojos? ¿Y si volvían?
—Si no le importa. Yo dormiré ahí fuera.
Sarah lo miró a los ojos. Él cuidaría de ella; solo tenía que pedírselo. Pero no podía hacerlo.
—Por supuesto, si quiere quedarse, es usted bienvenido, señor Redman —se subió la manta hasta los hombros—. Vuelvo a estar en deuda con usted. Parece que no deja de ayudarme.
—No ha sido nada importante —empezó a incorporarse, pero cambió de idea—. Tengo que hacerle una pregunta.
La joven sonrió.
—¿Sí?
—¿Por qué me ha pedido que no la besara?
La joven apretó la manta con fuerza.
—¿Cómo dice?
—Cuando ha recuperado el sentido, me ha mirado y me ha dicho que no la besara.
La joven sintió que se ruborizaba, pero luchó por mantener su dignidad.
—Al parecer, no estaba en mi sano juicio.
Jake pensó en aquello un momento y luego sonrió y tendió la mano para tocarle el cabello.

—Un hombre podría tomarse eso de varias maneras.

La joven dio un respingo. La luz de la lámpara iluminaba el rostro de él, dándole un aspecto misterioso y excitante.

—Señor Redman, le aseguro...

—Me ha hecho pensar —se acercó más a ella; tanto que la joven sintió su aliento sobre sus labios—. Quizá ha estado soñando con mis besos.

—Por supuesto que no.

Pero su negativa carecía de firmeza y los dos lo sabían.

—Tendré que pensar en ello yo también.

El problema era que había pensado ya demasiado en ello. El aspecto de ella, con el cabello suelto sobre los hombros y los ojos oscuros, algo asustados, le quitaba las ganas de pensar. Sabía que, si la tocaba, se metería en la cama y se haría con todo lo que deseaba.

Sarah pensó que iba a besarla. Solo tenía que acercarse un poco y sus labios cubrirían los de ella. Podía tomarla en sus brazos en ese mismo momento y no habría nada que pudiera hacer al respecto. Quizá no había nada que quisiera hacer al respecto.

Pero él se puso en pie. Por primera vez, la joven se dio cuenta de que tenía que agacharse para que su cabeza no rozara el techo. Su cuerpo tapaba la luz. El corazón le latía con tanta fuerza que estaba segura de que él debía de oírlo. Pero no hubiera podido decir si la causa era el miedo o la excitación. Él se inclinó con lentitud y apagó la lámpara.

En la oscuridad, bajó por la escalera y se perdió en la noche.

Sarah se acurrucó bajo la manta. No sabía lo que sentía, solo sabía que no podría dormir. Pero se quedó dormida en el acto.

Cuando se despertó, le dolía la cabeza. Lanzó un gemido, se sentó en el borde de la cama y apoyó la cabeza en las manos.

Le hubiera gustado poder creer que todo había sido una pesadilla, pero el dolor que sentía en la base del cráneo le indicaba que no era así.

Empezó a vestirse cuidadosamente. Lo mejor que podía hacer en aquel momento era evaluar el daño sufrido y rezar para que volvieran los caballos. Con el dinero que tenía, no podría comprar otros dos.

La fuerza del sol la hizo parpadear. Se apoyó contra la puerta para reunir fuerzas antes de salir al exterior.

El cobertizo había desaparecido. En su lugar había un montón de madera negra y chamuscada. Decidida, Sarah se acercó allí. Todavía podía oler el humo. Si cerraba los ojos, podía oír el ruido del fuego prendiendo en la madera seca. Y el calor. Nunca olvidaría aquel calor tan intenso.

Aunque el cobertizo no valiera gran cosa, era suyo. En una sociedad civilizada, un vándalo tenía que pagar por destruir propiedad ajena y tenía intención de asegurarse de que se hiciera justicia. Pero, por el momento, estaba sola.

Sola. Se quedó de pie y escuchó. Nunca había oído tanto silencio. El único ruido que percibió fue la respiración rápida del cachorro, que estaba sentado a sus pies.

Los caballos habían huido. Y, por lo visto, Jake Redman también. Decidió que era mejor así, ya que recordaba con claridad lo que había sentido cuando él le tocó el cabello, sentado en su cama. Era una estupidez. Era terrible tener que admitirlo, pero se había sentido estúpida y débil y, lo peor de todo, dispuesta a entregarse.

No tenía sentido avergonzarse de ello, pero se consideraba demasiado lista para permitir que volviera a ocurrir. Un hombre como Jake Redman no era alguien con quien una mujer pudiera flirtear sin riesgo. Puede que ella no tuviera demasiada experiencia con los hombres, pero reconocía a un hombre peligroso cuando lo veía.

No dudaba de que habría mujeres que se sentirían atraídas

por él. Un hombre que mataba sin remordimientos, que iba y venía a su antojo. Pero ella no. Cuando decidiera entregar su corazón a un hombre, sería a alguien a quien comprendiera y respetara.

Suspiró y se agachó para acariciar al perro. Pensó que, cuando se casara, sería con un hombre digno y educado, un hombre que la quisiera y la protegiera, no con armas y los puños, sino con el honor. Se amarían mutuamente y crearían juntos una familia. Él sería educado y fuerte y respetado en la comunidad.

Esas eran las cualidades que le habían enseñado a buscar en un marido. Sarah acarició la cabeza del perro y pensó por primera vez en su vida que quizá lo que le habían enseñado no tenía por qué ser necesariamente la verdad.

¿Y qué más daba? En aquel momento tenía demasiadas cosas que hacer para pensar en romances. Tenía que encontrar un modo de reconstruir el cobertizo; luego tendría que buscar un carro y caballos. Removió parte de la madera chamuscada con el borde del zapato. Estaba a punto de ceder a la tentación de darle una patada, cuando oyó el ruido de caballos que se acercaban.

Sintió pánico y estuvo a punto de gritar pidiendo ayuda. Luego recordó que Dios ayuda a los que se ayudan a sí mismos y corrió al interior de la casa con el perro tras ella.

Cuando volvió a salir, le temblaban las rodillas, pero sujetaba el rifle de su padre con las dos manos.

Jake la miró, de pie en el umbral de la puerta, con una expresión de rabia y miedo en los ojos, y comprendió con dolor que era la clase de mujer por la que un hombre estaría dispuesto a morir. Desmontó del caballo.

—Le agradecería que apuntara usted eso en otra dirección, señora.

La joven suspiró aliviada.

—Señor Redman. Creí que se había marchado.

Bajó el rifle. Se sentía estúpida, pero no por el arma, sino porque cuando lo vio, todas sus ideas sobre lo que quería y no quería la abandonaron por completo y tuvo que reprimir la tentación de echarse en sus brazos.

—Ha encontrado los caballos.

Jake se entretuvo un rato atando los animales a un poste antes de acercarse a ella.

—No estaban muy lejos.

Le quitó el rifle y lo apoyó contra la casa.

—Se lo agradezco mucho.

Como estaba nerviosa, se agachó para sostener al cachorro en sus brazos. Jake no se había afeitado aún y recordaba bien la sensación de su rostro contra la palma de su mano.

—Me temo que no sé qué hacer con ellos hasta que construya otro establo —lo miró a los ojos—. ¿Ha desayunado ya, señor Redman?

El hombre se echó el sombrero hacia atrás.

—No.

—Si consigue usted preparar un refugio temporal para los caballos, estaré encantada de prepararle el desayuno.

Jake había pensado hacerlo de todos modos, pero si ella quería hacer tratos, estaba dispuesto a regatear.

—¿Sabe usted cocinar?

—Naturalmente. La cocina ha sido una parte muy importante de mi educación.

—Trato hecho, pues.

Echó a andar y Sarah se lo quedó mirando.

—¿Señor Redman? ¿Cómo prefiere los huevos?

—Calientes —repuso él, sin volverse.

Sarah entró en la casa y empezó a preparar cacharros. Le daría el mejor desayuno que había comido en su vida. Respiró hondo y se esforzó por concentrarse. Pensó en la receta de bizcochos que le habían dado el día anterior y se puso manos a la obra.

Treinta minutos más tarde, Jake estaba de pie en el umbral. El olor era estupendo. Había esperado encontrarse la sartén llena de huevos quemados y, en lugar de eso, vio un plato de bizcochos recién hechos cubiertos con un paño limpio. Sarah se afanaba en la cocina, tarareando una canción. El cachorro olfateaba por los rincones.

Jake no había pensado nunca en tener una casa propia, pero si lo hubiera hecho habría sido algo parecido a aquello. Una mujer bien vestida que cantaba en la cocina y un olor apetitoso en el aire. Un hombre podía hacer casi cualquier cosa si sabía que la mujer adecuada lo estaba esperando.

Entonces ella se volvió y una mirada a su rostro, a su elegancia, bastó para recordarle que un hombre como él no podría tener nunca a una mujer como ella esperándolo.

—Justo a tiempo —musitó ella, contenta consigo misma—. Hay agua fresca en el cubo para que pueda lavarse. Me temo que no tengo mucho que ofrecerle. Estoy pensando en comprar algunas gallinas. En la escuela teníamos y creo que podría cuidarlas. Los huevos frescos son una maravilla, ¿no cree?

Jake levantó la vista del cubo de agua y la miró. Las mejillas de ella estaban rojas por el esfuerzo y se había subido las mangas, mostrando unos brazos blancos como la leche. Sin decir nada, tomó asiento.

Sarah no sabía bien cuándo la ponía más nerviosa; si cuando le hablaba o cuando se quedaba callado mirándola. Volvió a intentar entablar conversación.

—La señora Cobb me dio ayer la receta de estos bizcochos. Espero que sean tan buenos como ella afirmaba.

Jake probó uno.

—Están bien —dijo.

—Por favor, señor Redman, sus cumplidos se me van a subir a la cabeza —sacó una paletada de huevos de la sartén—. Ayer me presentaron a unas cuantas damas. Parecen muy amables.

—No conozco mucho a las damas del pueblo —comentó él.

—Comprendo —tomó un bizcocho y comprobó con placer que estaba delicioso—. Liza Cody es muy simpática. Y tuvo la amabilidad de darme uno de sus cachorros.

Jake miró al perro.

—¿Así fue como lo consiguió?

—Sí. Quería tener compañía.

Jake partió un trozo de bizcocho y se lo echó al animal.

—Es pequeño ahora, pero crecerá mucho.

—¿De verdad? —la joven se inclinó a mirar al perro—. ¿Cómo lo sabe?

—Por sus patas. Ahora se muestra torpe porque son demasiado grandes para él.

—Supongo que será estupendo tener un perro grande.

—Anoche no le sirvió de mucho —señaló él, inclinándose para acariciarlo—. ¿Le ha puesto ya un nombre?

—Lafitte.

Jake hizo una pausa con el tenedor a medio camino de su boca.

—¿Qué clase de nombre es ese para un perro?

—Es el de un pirata que tenía esa misma marca negra alrededor del ojo. Como un parche.

—Un nombre demasiado pomposo. Bandido sería mejor.

Sarah enarcó las cejas.

—Yo nunca le pondría un nombre así.

—Un pirata es un bandido, ¿verdad?

—Puede que sí, pero se queda con Lafitte.

Jake miró al cachorro sin dejar de masticar.

—Apuesto a que te parece un nombre tonto, ¿verdad, amigo?

—¿Quiere usted más café, señor Redman?

Sarah se pudo en pie, frustrada, y levantó la cafetera de la cocina. Sin esperar respuesta, se situó al lado de Jake y le llenó la taza.

El hombre pensó que ella olía muy bien. De un modo

suave y sutil, como un campo de flores silvestres en primavera.
—La han enseñado bien —murmuró.
—¿Cómo dice? —preguntó ella, mirándolo.
—Cocina muy bien.
Colocó una mano sobre la de ella para evitar que el café se derramara de la taza. Y luego la dejó allí, sintiendo la suave textura de la piel de ella y la rapidez de su pulso. La joven no se ruborizó ni apartó la mano. Simplemente, le devolvió la mirada.
—Gracias —dijo—. Me alegro de que le guste.
—Se arriesga usted demasiado —comentó él.
Cuando estuvo seguro de que entendía lo que quería decir, apartó su mano con lentitud.
La joven levantó la barbilla y devolvió la cafetera a la cocina. ¿Cómo se atrevía a hacerle sentir algo así y luego echárselo en cara?
—Usted no me asusta, señor Redman. Si pensara hacerme daño, lo habría hecho ya.
—Tal vez sí o tal vez no. Las mujeres como usted acaban agotando a los hombres.
—¿Las mujeres como yo? —preguntó ella, retadora—. ¿Y cómo son las mujeres como yo?
—Suaves. Suaves y testarudas, y siempre a punto de echarse en los brazos de un hombre.
—Se equivoca usted por completo —repuso ella con frialdad—. Yo no tengo ningún interés en echarme en sus brazos ni en los de ningún hombre. Mi único interés en estos momentos es proteger mi propiedad.
—Puede que me equivoque. Los dos lo averiguaremos antes o después. Mientras tanto, ¿qué piensa hacer para proteger este lugar?
La joven empezó a recoger los platos.
—Voy a informar al sheriff, por supuesto.

—Eso no la perjudicará, pero tampoco la ayudará mucho si vuelve a tener problemas. El sheriff está a diez millas de aquí.

—¿Y qué sugiere usted?

Jake había pensado en ello y tenía lista su respuesta.

—Si yo fuera usted, contrataría a alguien que me ayudara aquí. Alguien que pueda echarle una mano con el trabajo y que sepa usar un revólver.

La joven sintió un escalofrío de interés, pero se las arregló para contestar con calma.

—Usted mismo, supongo.

Jake sonrió.

—No, duquesa, yo no busco un trabajo así. Estaba pensando en Lucius.

Sarah frunció el ceño y empezó a fregar la sartén.

—Bebe.

—¿Y quién no? Dele un par de comidas y un lugar donde dormir y será un buen trabajador. Una mujer que viva aquí sola está pidiendo problemas. Esos hombres que le quemaron anoche el cobertizo podían haberle hecho algo más grave que darle un dolor de cabeza.

—Quizá tenga razón.

—La tengo. Alguien tan verde como usted no tiene suficiente sentido común para hacer otra cosa que morir aquí fuera.

—No creo que sea necesario que me insulte.

—La verdad es la verdad, duquesa.

La joven apretó los labios.

—Le dije que no...

—Tengo que hacerle una pregunta —la interrumpió él—. ¿Qué habría hecho esta mañana si no hubiera sido yo el que le traía los caballos?

—Me habría defendido.

—¿Ha disparado antes un rifle?

—No. No he disparado ninguno, pero no creo que sea tan complicado. Además, no tengo intención de disparar con él.

—¿Y qué es lo que piensa hacer con él? ¿Bailar?

Sarah levantó un plato.

—Señor Redman, estoy harta de que se divierta a mi costa. Comprendo que a usted no le importe matar a un hombre, pero a mí me han enseñado que matar es pecado.

—Se equivoca —musitó él—. Sobrevivir no es pecado. Es lo único que importa.

—Si piensa así, siento lástima de usted.

Jake no quería su compasión. Pero quería que siguiera viva. Se acercó a ella y le quitó los platos de las manos.

—Si ve usted una serpiente, ¿la matará o se quedará quieta y dejará que le pique?

—Eso es completamente distinto.

—Si se queda aquí algún tiempo, puede que no le parezca distinto. ¿Dónde están los cartuchos del rifle?

Sarah miró al estante colocado a sus espaldas. Jake agarró los cartuchos, los examinó y luego la asió por el brazo.

—Vamos. Le daré una clase.

—No he terminado de limpiar los platos.

—Pueden esperar.

—Yo no he dicho que quisiera clases —dijo ella, siguiéndolo al exterior.

—Si va a empuñar un arma, tiene que saber utilizarla —agarró el rifle y sonrió—. A menos que tenga miedo de no poder aprender.

Sarah se desató el delantal y lo dejó sobre la puerta.

—Yo no tengo miedo de nada.

CAPÍTULO 5

Jake supuso que el mejor modo de conseguir su cooperación sería desafiándola a ello. Sarah avanzaba a su lado, con la barbilla alta y mirando al frente.

El hombre recogió unos trozos de madera chamuscada de los restos del cobertizo quemado y colocó tres de ellos contra un montón de rocas.

—Lo primero que tiene que hacer es aprender a cargarlo sin pegarse un tiro en el pie —vació la recámara del rifle y volvió a cargarlo despacio—. Tiene que respetar las armas y no sostenerlas como si fuera a barrer el porche con ellas.

Montó el rifle, apuntó y disparó tres veces. Los tres trozos de madera saltaron casi al unísono.

—Las balas pueden hacerle mucho daño a un hombre —le dijo, bajando el arma.

Sarah tragó saliva. El ruido de los disparos permanecía todavía en el aire.

—Lo sé muy bien, señor Redman. No tengo intención de disparar contra nadie.

—La mayoría de las personas no se levantan por la mañana pensando que lo van a hacer —se acercó a las rocas y colocó el trozo más largo de madera—. A menos que piense volver a Filadelfia ahora mismo, será mejor que aprenda a usar el rifle.

—No pienso ir a ninguna parte.
Jake asintió, vació el arma y le tendió la munición.
—Cárguelo.
A Sarah no le gustó la sensación de las balas en sus manos. Eran frías y suaves. Las apretó y se preguntó cómo era posible que la gente pudiera usarlas para matar a sus semejantes. Le parecía inconcebible.
—¿Va a jugar con ellas o a meterlas en el arma?
La joven no dijo nada y cargó el arma. Jake apartó el cañón de su cuerpo.
—Aprende usted muy deprisa.
—Eso me han dicho otras veces —musitó ella.
Incapaz de resistirse, el hombre le apartó el cabello de los ojos.
—No se enfade —se puso detrás de ella y le colocó el arma en las manos—. Sujételo bien.
—Ya lo hago —musitó ella.
Deseaba que él no estuviera tan cerca. Olía a cuero y a sudor, una combinación que, por razones que no podía explicar, le resultaba muy excitante. Una de las manos de él le sujetaba el brazo con firmeza y la otra se apoyaba en su hombro. No se podía decir que fuera una caricia de amante y, sin embargo, su cuerpo respondía a aquel contacto de un modo que no había respondido nunca a los coqueteos y juegos que había practicado en Filadelfia. Solo tenía que echarse ligeramente hacia atrás para apoyarse contra el cuerpo de él.
Hizo un esfuerzo por apartar aquellos pensamientos de su mente y se concentró en lo que hacía.
—¿Ve el punto de mira? —preguntó él.
—¿Esa cosa que sobresale ahí arriba?
Jake cerró los ojos un momento.
—Sí, esa cosa. Utilícelo para apuntar al blanco —Sarah apretó los labios—. Tranquila. Ponga el dedo en el gatillo. No lo empuje, tire de él lentamente.

La joven cerró los ojos y obedeció. El rifle explotó en sus manos y la hubiera tumbado al suelo, si él no hubiera estado allí para sujetarla. Sarah dio un grito, temerosa de haberse disparado a sí misma.

—Ha fallado.

La joven se volvió y Jake le quitó el arma de las manos.

—Podía habérmelo advertido —se llevó una mano al hombro dolorido—. Ha sido como si me hubiera golpeado con una piedra.

—Siempre es mejor averiguar las cosas por uno mismo. Vuelva a intentarlo.

La joven apretó los dientes, levantó el rifle y se las arregló para colocarlo en posición.

—Esta vez procure equilibrarlo con el brazo en lugar de con el hombro. Inclínelo un poco.

—Me zumban los oídos.

—Se acostumbrará a ello —le puso una mano en la cintura—. Será más fácil si mantiene los ojos abiertos. Despacio. Apriete el gatillo.

Aquella vez estaba preparada para el retroceso y solo se tambaleó ligeramente. Jake mantuvo la mano en su cintura y miró sobre su cabeza.

—Le ha dado en la esquina.

—¿De verdad? —miró a su vez—. ¿Es cierto? —se echó a reír y lo miró por encima del hombro—. Quiero volver a hacerlo.

Levantó el rifle y no protestó cuando Jake empujó el cañón ligeramente hacia la derecha. Aquella vez mantuvo los ojos bien abiertos al apretar el gatillo. La madera salió volando y Sarah dio un grito de triunfo.

—¡Le he dado!

—Eso parece.

—Le he dado, figúrese —movió la cabeza y se echó a reír—. Me duele el brazo.

—Se le pasará.

Le sorprendió ser capaz de hablar. La imagen de ella riéndose le producía un nudo en la garganta. No era un hombre de muchas palabras, pero en aquel momento pensó que ella parecía un ángel, con el cabello del color del trigo húmedo y los ojos de la tonalidad del polvo brillante.

La deseaba como había deseado pocas cosas en su vida. Despacio, para darse tiempo a recuperar el control, se acercó a las rocas para recoger el blanco. Le había dado, sí. El agujero estaba casi en la parte superior y a la derecha, pero le había dado. Regresó para ponerle la madera en la mano y la observó sonreír.

—El problema es que la mayoría de las cosas contra las que uno dispara no se quedan quietas como un trozo de madera.

Sarah pensó que estaba decidido a estropearle aquel triunfo. Aquel hombre era absolutamente incomprensible. Tan pronto se tomaba la molestia de enseñarle a manejar un rifle, como le negaba los cumplidos más sencillos.

—Señor Redman, es evidente que no puedo hacer nada de su agrado —arrojó al suelo el trozo de madera—. ¿No es una suerte para ambos que eso no me importe nada?

Y sin más, se recogió la falda con las manos y echó a andar de regreso a la casa. Jake la alcanzó enseguida y la obligó a volverse hacia él.

Sarah lo miró y creyó reconocer la mirada de él. Era la misma que viera en su cara cuando pasó al lado de la diligencia disparando su pistola sobre su hombro. No tenía ni idea de cómo debía tratarlo en aquel momento, así que dijo lo primero que se le vino a la mente.

—Quíteme las manos de encima.

—Ya le advertí que se arriesgaba demasiado —vio que ella intentaba debatirse y la apretó con más fuerza—. No es inteligente darle la espalda a un hombre que tiene en la mano un arma cargada.

—¿Pensaba usted dispararme por la espalda, señor Redman?

Era un comentario injusto y lo sabía. Pero deseaba alejarse de él hasta que desapareciera aquella mirada de sus ojos.

—No me extrañaría demasiado en usted. Es el hombre más grosero y poco caballeroso que he conocido nunca. Le agradecería que montara en su caballo y abandonara mi propiedad.

Jake se había resistido otras veces a desafíos, pero no estaba dispuesto a perderse aquel. Aquella mujer no había dejado de pincharlo desde que la viera por primera vez y había llegado la hora de vengarse.

—Me parece que necesita usted otra lección, duquesa.

—Yo no necesito ni quiero nada de usted. Y no me llame con ese ridículo nombre .

Jake la apretó contra él y la joven respiró jadeante. Sus ojos se abrieron con sorpresa.

—Entonces no la llamaré de ningún modo —seguía sujetando el rifle. Sin dejar de mirarla, le puso una mano en la espalda para atraparle el cabello—. De todas formas, no me gusta mucho hablar.

La joven se debatió. Al menos, necesitaba creer que lo hizo. A pesar de sus esfuerzos, la boca de él se cerró sobre la suya y sintió que alguien se había llevado el sol, metiéndola de golpe en la noche más oscura y profunda.

El cuerpo de Jake era como el hierro. Sus brazos la apretaban contra él, de tal modo, que ella no tenía otra opción que concentrarse en su contacto. Le recordaba el rifle: delgado, duro y letal. A pesar de la sorpresa, el miedo y la excitación, sintió los latidos del corazón de él contra el suyo.

Su sangre se había convertido en un líquido caliente y extraño que le aceleraba los latidos del corazón. La barba le rascó la cara y lanzó un gemido. Las manos de ella subieron hasta sus hombros, pero, más que apartarlo, parecían sujetarlo a su vez.

Jake se preguntó si ella sería consciente del efecto que le

producía. Nunca había sabido que algo tan dulce pudiera ser tan potente. Que algo tan delicado pudiera ser tan fuerte. Lo tenía atrapado y ni siquiera lo sabía. Y él quería más. Le echó la cabeza atrás con un movimiento demasiado desesperado para ser tierno.

Sarah dio un respingo en cuanto pudo respirar; tomó aire y, antes de que se diera cuenta, la boca de él volvía a cubrir la suya; su lengua la invadió, excitándola de un modo que no habría creído posible, debilitándola más de lo que nunca hubiera imaginado.

Volvió a gemir, pero aquella vez de placer. Indecisa al principio y luego abiertamente, respondió a su beso. Le pasó las manos por el rostro y el pelo, sin dejar de saborear el gusto salado y cálido de sus labios. Era fantástico. Nadie le había advertido que un beso podía hacer que su cuerpo ardiera y temblara de deseo. Gimió de placer.

Aquel sonido encendió en él fuegos que sabía no podía permitir que ardieran libremente. Ella era inocente. Cualquier estúpido podía verlo. Y él... él no había conocido nunca la inocencia. Había límites que cruzaba y leyes que violaba, pero tenía que respetar aquel límite. Luchó por recuperar el control, pero le resultaba difícil. Las manos de ella le sujetaban el cuello, acercándolo hacia sí. Y su boca... El corazón le latía con fuerza; le hubiera gustado poder ahogarse en ella.

Temeroso, la empujó hacia atrás. Los ojos de la joven parecían oscuros y confusos, tal y como los viera la noche anterior cuando empezó a recuperar el conocimiento. Le produjo cierta satisfacción verlo, porque él también se sentía como si le hubieran dado un golpe en la cabeza.

—Como ya he dicho, aprendes rápido, Sarah —dijo.

Notó que le temblaba la mano y la apretó con furia. Tuvo una visión repentina de lo que sería tirarla al suelo y tomar todo lo que quería de ella. Pero antes de que pudiera actuar en una u otra dirección, oyó el ruido de un carro acercándose.

—Tienes compañía —le tendió el rifle y se alejó.

¿Qué le había hecho? Sarah se llevó una mano a la cabeza. Había abusado de ella... había abusado hasta que ella lo deseó como nunca había deseado nada; hasta que aquel deseo había sido lo único que existía en el mundo.

Igual que un sueño. Pero aquello no era un sueño. Era real y ahora se alejaba de ella como si aquello no le hubiera importado en absoluto. El orgullo era una emoción tan peligrosa como la rabia.

—Señor Redman.

Cuando se volvió, la vio de pie, con el rifle en la mano. A juzgar por la mirada de sus ojos, le hubiera encantado poder usarlo.

—Al parecer, usted también se arriesga —movió la cabeza con aire retador—. Este rifle todavía está cargado.

—Así es —se llevó la mano al sombrero en señal de saludo—. Es mucho más difícil apretar el gatillo cuando se apunta a un blanco de carne y hueso, pero adelante. A esta distancia, será difícil que falle.

A ella le hubiera gustado ser capaz de hacerlo. Le hubiera gustado tener la habilidad de meterle una bala entre los pies y verlo saltar. Levantó la barbilla y echó a andar en dirección a la casa.

—La diferencia entre usted y yo, señor Redman, es que yo todavía tengo moral.

—Hay algo de verdad en eso —repuso él, avanzando a su lado—. Y ya que me ha invitado a desayunar y todo eso, ¿por qué no me llama Jake de una vez?

Saltó sobre su silla en el momento en que llegaba un carruaje a la explanada.

—¿Sarah?

Con las manos sobre las riendas, Liza miró a su nueva amiga y luego al jinete. Sabía que no debía admirar a hombres como el señor Redman, pero le resultaba difícil no hacerlo cuando él le parecía tan atractivo y excitante.

—Espero que no te importe que hayamos venido.
Un muchacho saltó del carruaje y empezó a perseguir al perro, que estaba corriendo en círculos.
—En absoluto. Estoy encantada —Sarah se puso la mano sobre los ojos a modo de visera para poder ver a Jake con claridad—. El señor Redman ya se iba.
—Lleva usted unas pistolas muy bonitas, señor.
El joven John Cody acarició el cuello del mustang gris de Jake y miró la culata de madera de uno de los Colts. Sabía quién era Jake Redman, pero nunca había conseguido estar tan cerca de él.
—¿De verdad?
Ignorando a las dos mujeres, Jake se movió en su silla para mirar mejor al chico, que no tendría más de diez años y lo miraba a su vez con admiración.
—Sí, señor. Creo que es usted el más rápido del mundo a la hora de sacar un arma.
—John Cody —intervino Liza, que seguía en el pescante de la calesa—. No deberías molestar al señor Redman.
Jake la miró divertido. ¿Acaso creía que iba a disparar al chico porque le hablara?
—No es molestia, señora —volvió a mirar a Johnny—. No creas todo lo que oigas.
—Mi madre dice que, puesto que salvó usted la diligencia, eso significa que debe de tener algo de bueno.
Aquella vez, Liza pronunció el nombre de su hermano con desesperación. Jake sonrió. Volvió su atención a Sarah y vio que ella estaba tiesa como un palo, con las cejas enarcadas.
—Es muy amable de su parte. Le contaré al sheriff sus problemas, señorita Conway. Supongo que vendrá a verla.
—Gracias, señor Redman. Buenos días.
Jake la saludó con su sombrero y luego hizo lo mismo con Liza.
—Hasta la vista, Johnny.

Volvió el caballo y se alejó.

—Sí, señor —gritó el chico a sus espaldas—. Sí, señor.

—John Cody —Liza salió de la calesa, pero el chico la ignoró y volvió a correr con el perro—. Este es mi hermano.

—Sí, ya lo suponía.

Liza miró a Johnny con disgusto y luego se volvió hacia Sarah.

—Mi madre se ocupa hoy de la tienda y quería que te trajera esto. Es una hogaza de pan de canela.

—Oh, es muy amable de su parte. ¿Puedes quedarte un rato?

Liza sonrió.

—Esperaba que me invitaras a hacerlo.

—Entra, por favor. Prepararé una taza de té.

Mientras Sarah estaba ocupada en la cocina, Liza miró a su alrededor. La cabaña estaba limpia como una patena.

—No está tan mal como yo creía —se llevó una mano a la boca—. Perdona. Mamá siempre dice que hablo demasiado.

—No importa —Sarah colocó dos tazas sobre la mesa—. A mí me ocurre lo mismo.

Liza se sentó en una de las sillas.

—No esperaba encontrarme a Jake Redman aquí.

Sarah cortó la hogaza de pan con la navaja.

—Yo tampoco.

—Ha dicho que tenías problemas.

Su anfitriona se tocó los labios en un gesto inconsciente. Sin duda tenía problemas.

—Alguien le prendió fuego al establo anoche.

—¡Oh, Sarah, no! ¿Quién? ¿Por qué?

—No lo sé. Afortunadamente, el señor Redman pasaba por aquí.

—¿Crees que puede haber sido él?

Sarah frunció el ceño y consideró la pregunta. Recordó el modo en que le había lavado la cara y curado la herida.

—No, estoy segura de que no fue él. Creo que el señor Redman es más directo en sus acciones.

—Supongo que tienes razón. No puedo decir que haya iniciado ningún lío aquí en Lone Bluff, pero sí ha estado en algunos.

—¿Qué sabes tú de él?

—No creo que nadie sepa mucho. Llegó al pueblo hace unos seis meses. Por supuesto, todo el mundo había oído hablar de Jake Redman. Hay quien dice que ha matado a más de veinte hombres en tiroteos.

—¿Matado? —Sarah la miró atónita—. ¿Pero por qué?

—No sé si siempre hay un porqué. Me han contado que lo contrató un ranchero del norte. Había tenido algunos problemas con el rebaño y fuegos.

—¿Lo contrató? —murmuró Sarah—. ¿Para matar?

—Supongo que sí. Sé que algunos se pusieron nerviosos cuando llegó y tomó una habitación en casa de Maggie O'Rourke, pero no parecía estar buscando líos. Aunque dos semanas después se los encontró sin buscarlos.

¡Un asesino a sueldo! A Sarah se le revolvió el estómago. ¡Y ella lo había besado! Besado de un modo en el que una mujer no besaba a un hombre a menos que fuera su esposo.

—¿Qué ocurrió? —preguntó.

—Jim Carlson estaba en la Jaula Dorada. Es uno de los salones del pueblo.

—¿Carlson?

—Sí. Es hermano de Samuel Carlson —prosiguió Liza, apretando los labios—. Pero nadie lo diría. No se parece en nada a él. Le gusta alardear y hacerse el matón. Hace trampas con las cartas, pero nadie había tenido el valor de decírselo hasta que llegó Jake.

Bebió un sorbo de té y escuchó unos segundos los gritos de su hermano en el exterior.

—Por lo que me contaron, se cruzaron algunas palabras jugando a las cartas. Jim estaba borracho y se descuidó con las trampas. Jake se lo hizo notar y algunos de los demás hombres lo apoyaron. Se dice que Jim sacó el revólver y todo el mundo pensó que Jake le metería un tiro allí mismo, pero se limitó a darle un puñetazo.

—¿No le disparó? —preguntó Sarah, aliviada.

—No. Al menos, lo que me contaron fue que le pegó un puñetazo y le dio el revólver de Jim al barman. Alguien había ido ya a buscar al sheriff. Cuando este llegó, Jake estaba en la barra tomando un whisky y Jim se levantaba del suelo. Creo que Barker pensaba meter a Jim en el calabozo durante la noche hasta que se le pasara la borrachera, pero cuando se acercó, él le quitó el revólver al sheriff de la funda, pero Jake fue más rápido y disparó primero.

—¿Lo mató?

—No, aunque en el pueblo muchos deseaban que lo hubiera hecho. Los Carlson son muy poderosos por aquí, pero había bastantes testigos, incluido el sheriff, para considerarlo legítima defensa.

—Comprendo —pero no comprendía una justicia que tenía que hacerse con armas y balas—. Me sorprende que el señor Redman no se haya ido de aquí.

—Debe de gustarle esto. ¿Y qué me dices de ti? ¿No te asusta vivir aquí sola?

Sarah pensó en su primera noche.

—Un poco.

—Después de haber vivido en el Este, no me extraña —a sus ojos, Filadelfia era un lugar tan cosmopolita como París o Londres—. Habrás visto muchas cosas y llevado mucha ropa elegante.

Sarah sintió una repentina añoranza.

—¿Has estado en el Este? —preguntó.

—No, pero he visto fotos —miró los baúles de la otra joven—. Las mujeres visten muy bien.

—¿Te gustaría ver mis vestidos?

A Liza se le iluminó la cara.

—Me encantaría.

En los veinte minutos siguientes, Liza admiró sin reservas la ropa de Sarah. Sentadas en el suelo, hablaron de cosas importantes como cintas, lazos y el modo apropiado de atar un sombrero mientras Johnny seguía jugando con el perro.

—Mira este —Liza, encantada, se puso en pie con un vestido delante de ella—. Ojalá tuvieras un espejo.

Era el vestido de muselina blanca con la falda bordada de capullos de rosas. El vestido que pensaba ponerse para la primera cena con su padre. Él ya no lo vería nunca.

—¿Qué te pasa? —preguntó Liza—. Pareces muy triste.

—Estaba pensando en mi padre, en lo mucho que trabajó por mí.

Liza se olvidó de inmediato de la ropa.

—Te quería mucho. Cuando venía a la tienda, hablaba a menudo de ti, de lo que le escribías en las cartas. Recuerdo que una vez trajo un retrato tuyo. Quería que todo el mundo viera lo guapa que eras. Estaba muy orgulloso de ti.

—Lo echo de menos —movió la cabeza y se esforzó por controlar las lágrimas—. Es extraño. Estuvimos muchos años separados y a veces apenas si podía recordarlo. Pero desde que estoy aquí, parezco conocerlo mejor y lo echo más de menos.

Liza le tocó el hombro con gentileza.

—Mi padre me pone histérica a veces, pero supongo que me moriría si le pasara algo.

—Bueno, al menos tengo esto —miró a su alrededor—. Aquí me siento más cerca de él. Me gusta imaginármelo sentado a esa mesa escribiéndome —hizo un esfuerzo por sonreír—. Me alegro de haber venido.

Liza le apretó una mano.

—Y yo también me alegro.

Sarah se puso en pie y tocó las mangas del vestido que seguía sujetando la otra chica.

—Déjame ser tu espejo. Eres más alta que yo y tienes más curvas —apretó los labios y dio una vuelta alrededor de Liza—. El cuello te sentaría bien, pero creo que tendrías que prescindir de algunos de los adornos del talle. Y el rosa sería tu color. Resaltaría tu pelo y tus ojos.

—¿Me imaginas a mí llevando un vestido así? —la chica cerró los ojos y empezó a dar vueltas con lentitud—. Tendría que ser en un baile. Me rizaría el cabello sobre los hombros y llevaría una cinta de terciopelo alrededor del cuello. Will Metcalf se quedaría sin aliento.

—¿Quién es Will Metcalf?

Liza abrió los ojos y se echó a reír.

—Un hombre. Uno de los ayudantes del sheriff. Le gustaría cortejarme —sonrió con picardía—. Y es posible que se lo permita.

—Liza ama a Will —canturreó Johnny desde la ventana.

—Cállate, John Cody. Si no lo haces, le diré a mamá quién rompió el plato de porcelana china.

—Liza ama a Will —repitió el chico antes de alejarse corriendo.

—No hay nada más molesto que los hermanos pequeños —musitó la joven.

Volvió a dejar el vestido en el baúl con un suspiro.

Sarah se quedó un rato pensativa y luego tomó una decisión.

—Liza, ¿te gustaría un vestido como este, en rosa, en esa muselina rosa que vi ayer en tu tienda?

—Creo que pensaría que estaba en el cielo.

—¿Qué te parece si yo te hago uno?

—¿Tú? —Liza la miró con los ojos muy abiertos—. ¿Puedes hacerlo?

—Se me da bien coser —se acercó a los baúles y sacó una cinta de medir—. Si tú me das la tela, yo te haré el vestido. Si te gusta, se lo contarás a las mujeres que van a tu tienda.

—Por supuesto —Liza, obediente, levantó los brazos para que pudiera tomarle medidas—. Se lo diré a todo el mundo.

—Y entonces puede que las demás mujeres quieran llevar vestidos bonitos.

—Apuesto a que sí.

—Tú consígueme la tela y yo te haré un vestido que hará caerse de espaldas a Will Metcalf.

Dos horas después, Sarah estaba regando su huerto. En el calor de la tarde, con la espalda dolorida por el esfuerzo y el sol apretando con fuerza, se preguntó si serviría de algo. Para conseguir un huerto allí, haría falta un milagro. Y ella hubiera preferido plantar flores.

Mientras terminaba de regar, se recordó a sí misma que las flores no se podían comer. Lo que tenía que hacer era volver al arroyo para llenar el cubo y poder tener agua para cocinar y lavarse.

Oyó ruido de caballos y le agradó darse cuenta de que se estaba habituando a los sonidos de su nuevo hogar. Se puso la mano sobre los ojos a modo de visera y observó a dos jinetes acercarse a la casa. Reconoció a Lucius y suspiró aliviada.

—¡Lafitte! —gritó. Pero el perro siguió ladrando.

—Señorita Conway —el sheriff Barker se quitó el sombrero en señal de saludo y sonrió al ver al cachorro—. Veo que tiene un guardián muy fiero.

—Al menos hace ruido —dijo Lucius, bajando de su caballo. Lafitte corrió hacia él y le mordió el borde de los pantalones. Lucius lo levantó por la piel del cuello—. Ten cuidado con tus modales, jovencito.

En cuanto estuvo en el suelo, el animal corrió a esconderse tras las faldas de Sarah.

—Me han dicho que había tenido algunos problemas —Barker señaló los restos del establo—. ¿Esto ocurrió anoche?

—Así es. Si quieren pasar, precisamente iba a buscar agua. Estoy segura de que les apetecerá un café después del viaje.

—Yo traeré el agua, señorita —dijo Lucius quitándole el cubo—. Eh, chico —sonrió al perro—. ¿Por qué no vienes conmigo? Yo te cuidaré.

Lafitte vaciló un momento y luego echó a andar detrás de él.

—¿Está pensando en contratarlo?

Sarah observó alejarse a Lucius.

—Lo estaba pensando, sí.

—Sería una buena idea —Barker sacó un pañuelo y se secó el cuello—. Lucius siente mucho cariño por la botella, pero eso no parece alterarlo. Es honrado y, borracho o sereno, siempre resulta muy amable.

Sarah sonrió.

—Tomaré eso como una recomendación, sheriff.

El hombre miró hacia el establo.

—Y ahora, ¿por qué no me dice lo que pasó aquí?

Sarah le contó todo lo que sabía. El sheriff la escuchó sin decir palabra. Lo que oía encajaba con lo que le había dicho Jake. Pero ella no dijo, porque no lo sabía, que Redman había seguido el rastro de los dos jinetes hasta unas rocas en las que descubrió los restos de una hoguera.

—¿Puede pensar en alguna razón por la que alguien pudiera querer hacer algo así?

—En absoluto. Aquí no hay nada que pueda tener interés para nadie aparte de mí misma. ¿Tenía enemigos mi padre?

Barker escupió tabaco de mascar en el suelo.

—No lo creo. Tengo que advertirle que no hay mucho que yo pueda hacer. Haré algunas preguntas e investigaré por ahí. Podría haber sido alguien que estuviera de paso y quisiera montar líos.

—Yo he pensado lo mismo.

—Se sentirá más segura con Lucius aquí.

La joven observó a Lucius acercarse a ellos con el cubo de agua y el perro.

—Supongo que tiene razón —dijo. Pero aquel hombre no respondía a su idea de un protector—. Estoy segura de que nos irá bien —prosiguió, con más confianza de la que sentía.

—Ahora me iré y veré lo que puedo hacer —Barker subió a su caballo—. ¿Sabe, señorita Conway? Matt siempre estaba intentando cultivar un huerto ahí, pero nunca lo consiguió.

—Quizá yo tenga más suerte. Buenas tardes, sheriff.

—Hasta la vista, señora.

Le tendió una mano a Lucius y se alejó a caballo.

CAPÍTULO 6

En menos de una semana, a Sarah le habían encargado ya seis vestidos. Tuvo que hacer gala de toda su creatividad y habilidad para coserlos, utilizando su vestuario y su imaginación en lugar de patrones. Destinaba tres horas cada mañana y tres cada tarde a coser. Por la noche, cuando se metía en la cama, le dolían los ojos y los dedos. Una o dos veces, el cansancio pudo con ella y lloró hasta quedarse dormida. La pena por su padre estaba todavía demasiado reciente y el mundo que la rodeaba era demasiado duro.

Pero había otros momentos, cada vez más frecuentes, en los que se dormía con una sensación de satisfacción. Además de los vestidos, había hecho unas bonitas cortinas amarillas para las ventanas y un mantel a juego para la mesa. Soñaba con comprar madera para el suelo en cuanto hubiera ahorrado suficiente dinero. Mientras tanto, se arreglaba con lo que tenía y estaba muy satisfecha con Lucius.

El hombre había terminado de construir un establo nuevo y estaba ocupado reparando los demás cobertizos. Aunque gruñendo, accedió a hacerle a Sarah el gallinero que quería. Por la noche se conformaba con dormir con los caballos.

Algunas veces la observaba durante su práctica diaria con el rifle.

No había visto a Jake Redman desde el día en que le diera la clase de tiro. Se decía a sí misma que era mejor así. Después de todo, no debería tener nada que ver con él.

Era un pistolero a sueldo. Un hombre sin lealtad ni moral. Un vagabundo que iba de pueblo en pueblo, siempre dispuesto a sacar su arma para matar. ¡Y pensar que había llegado a pensar que había algo bueno y admirable en él! La había ayudado, eso no podía negarlo. Pero probablemente lo había hecho por puro aburrimiento. Recordó su beso y pensó que quizá lo hubiera hecho porque quería algo de ella. Y ella tenía que admitir que había estado muy dispuesta a dárselo.

Levantó el espejo de mano y examinó su cara, no por vanidad, sino como si buscara allí algunas respuestas. ¿Cómo era posible que aquel hombre la hubiera hecho sentir de aquel modo en solo unos días, con un solo abrazo? Por las noches, se despertaba soñando con él, reviviendo una vez más aquel momento en el que su boca cubrió la de ella y no tuvo ninguna duda de que así era como debía ser.

Dejó el espejo sobre la mesa y se dijo que todo había sido un momento de locura. Nunca más se sentiría atraída por un hombre que vivía como Jake Redman.

Era hora de olvidarlo. Quizá él se hubiera marchado ya y no volvería a verlo, pero no importaba. Ella tenía su propia vida y, con la ayuda de Liza, también una profesión. Recogió los tres paquetes envueltos en papel marrón y salió al exterior.

—¿Está segura de que no quiere que la lleve al pueblo, señorita Conway?

Sarah dejó los vestidos envueltos en la parte de atrás del carro y miró a Lucius.

—No, gracias.

Era consciente de que su habilidad como conductora de carros dejaba bastante que desear, pero había hecho un trato por aquel carro. El dueño del establo tenía dos hijas para las que había diseñado unos vestidos de percal y le había dado el carro como pago. La joven deseaba llevárselos personalmente. Sonrió a Lucius.

—Esperaba que empezaras hoy con el gallinero. Voy a ver si la señora Miller me vende una docena de gallinas jóvenes.

—Sí —Lucius movió los pies y se aclaró la garganta—. Va a ser un día caliente y muy seco.

—Sí. Como todos. Llevo una cantimplora; no te preocupes.

El hombre esperó hasta que estuvo sentada en el pescante.

—Hay una cosa, señorita Conway.

Sarah agarró las riendas, impaciente por ponerse en camino.

—¿Sí, Lucius? ¿De qué se trata?

—Se me ha terminado el whisky.

La joven enarcó las cejas.

—¿Y?

—Bueno, puesto que va usted al pueblo, he pensado que podía traerme una botella.

—¿Yo? No puedes esperar que yo vaya a comprar whisky.

Lucius se había imaginado que diría algo así.

—Quizá pueda pedirle a alguien que le compre una botella —sonrió—. Se lo agradecería mucho.

Sarah abrió la boca, dispuesta a echarle un sermón sobre los males de la bebida, pero volvió a cerrarla de nuevo. Aquel hombre trabajaba duro a cambio de muy poco y ella no era quién para negarle un consuelo, fuera cual fuera.

—Veré lo que puedo hacer —dijo.

La cara de Lucius se iluminó de inmediato.

—Es usted muy amable, señorita. Ahora mismo empezaré ese gallinero. Está usted muy guapa hoy, señorita. Parece un cuadro.

Sarah sonrió. Si alguien le hubiera dicho la semana anterior que llegaría a apreciar tanto a un ser borracho y maloliente como Lucius, lo hubiera tomado por loco.

—Gracias. Hay pollo y pan reciente en el estante —dijo, poniéndose en marcha.

Se había vestido cuidadosamente para ir al pueblo. Si quería que las mujeres le encargaran vestidos bonitos, lo mejor era hacer publicidad. Llevaba un vestido verde de escote alto adornado con su camafeo. El borde de lazo rosa y la hilera de adornos de la falda le daban un aspecto más ligero. Lo complementó con un sombrero a juego y se sintió encantada con su elección cuando sus dos jóvenes clientes salieron corriendo del establo y la admiraron.

Sarah dejó que fueran corriendo a su casa a probarse su ropa nueva mientras terminaba sus recados.

—Sarah —Liza salió de detrás del mostrador y le apretó las manos entre las suyas—. ¡Qué vestido tan maravilloso! Todas las mujeres del pueblo querrán uno igual.

—Me lo he puesto para tentarlas —se rio ella—. Es uno de mis favoritos.

—No me extraña. ¿Te va todo bien? Hace días que no consigo escaparme de aquí.

—Todo va bien. No he tenido más problemas —se acercó a mirar los rollos de telas—. Estoy segura de que se trató de un incidente aislado. Como dijo el sheriff, podrían haber sido vagabundos.

Miró por encima de su hombro y sonrió.

—Hola, señora Cody —saludó a la madre de Liza, que salía del almacén.

—Sarah, me alegro de verte. Estás muy guapa.

—Gracias. Le he traído su vestido.

—Vaya, te has dado mucha prisa.

Anne Cody agarró el paquete y se acercó inmediatamente a la caja.

—No quiero que me lo pague hasta que lo vea y esté segura de que le gusta.

Anne sonrió.

—Un buen modo de hacer negocios. Mi Ed diría que tienes la cabeza bien puesta sobre los hombros. Voy a verlo, pues.

Abrió el paquete y dos de sus clientes se acercaron a mirar.

—Es precioso, Sarah —exclamó Anne.

Sujetó el vestido ante ella para verlo bien. Era de color gris, lo bastante sencillo como para llevarlo detrás del mostrador, pero muy femenino, con toques de encaje en el cuello y las mangas.

—¡Dios mío, querida! Tienes muy buenas manos con la aguja —salió de detrás del mostrador para que pudieran verlo las demás clientas—. Mire este trabajo, señora Miller. Le juro que no verá nada mejor.

Liza se inclinó sonriente hacia Sarah.

—Antes de un minuto te habrá conseguido una docena de pedidos —le susurró al oído—. Papá siempre dice que mamá podría venderle botas nuevas a un hombre sin piernas.

—Aquí tienes, Sarah —Anne le pasó el dinero—. Vale su precio, sin duda.

—Señorita —la señora Miller examinó las costuras del vestido nuevo—. El próximo mes iré a visitar a mi hermana a Kansas City. Creo que un vestido de viaje de este mismo tejido me favorecería mucho.

—Oh, sí, señora —asintió Sarah, callándose el hecho de que no podía haber muchas cosas que favorecieran a la voluminosa señora Miller—. Tiene usted buen ojo para el color. Ese tejido bordeado de púrpura le sentaría de maravilla a usted.

Cuando hubo terminado, Sarah tenía tres pedidos más y un montón de tela. Liza la acompañó a la puerta.

—No sé cómo puedes haber convencido a la señora Miller para que te encargara dos vestidos.

—Quiere deslumbrar a su hermana. Tendré que asegurarme de que lo consiga.

—No será fácil, teniendo en cuenta lo poco con lo que cuentas para hacerlo. Y te ha pedido demasiado por esas gallinas.

—Eso no importa —sonrió la otra joven—. Yo le pediré

demasiado por los vestidos. ¿Tienes tiempo de dar un paseo conmigo? Voy a ver si a la señora O'Rourke le gusta esta tela de rayas blancas y azules.

Echaron a andar. Unos pasos más allá, Liza se detuvo y recogió su vestido para echarse a un lado. Sarah observó a la mujer escultural que se acercaba. Nunca en su vida había visto un cabello de aquel color. Brillaba como los picaportes de bronce de su colegio. El vestido azul de seda que llevaba era demasiado ceñido en el talle y con el escote demasiado bajo para un traje de día. Unos senos blancos y suaves asomaban por él, el izquierdo adornado con un lunar que hacía juego con otro colocado en el borde de sus labios rojos. Llevaba una sombrilla y caminaba moviendo desvergonzadamente las caderas al andar.

Al llegar a la altura de Sarah, se detuvo y la miró de arriba abajo antes de seguir su marcha.

—¡Dios mío!

—Era Carlotta. La dueña de La Estrella de Plata.

—Parece... extraordinaria.

—Bueno, es una... ya sabes.

—¿Una qué?

—Una mujer de mala reputación —susurró Liza.

—¡Oh! —Sarah abrió mucho los ojos. Por supuesto, había oído hablar de mujeres así, pero nunca se había cruzado con ninguna—. Oh, vaya. Me pregunto por qué me habrá mirado de ese modo.

—Probablemente porque Jake Redman ha estado en tu casa un par de veces. Es uno de sus hombres favoritos.

Cerró la boca. Si su madre la oía hablar de aquel modo, la despellejaría viva.

—Debería haberlo adivinado —Sarah echó a andar de nuevo sin saber por qué sentía tantas ganas de llorar.

La señora O'Rourke la recibió con placer. No solo hacía un año que no se hacía un vestido nuevo, sino que estaba decidida a saber todo lo que hubiera que saber sobre la mujer que había alterado de aquel modo a Jake.

—He pensado que podía gustarle esta tela de rayas, señora O'Rourke.

—No está mal —Maggie tocó el algodón con una mano enrojecida—. No dudo de que pueda quedar bien. A mi primer marido, Michael Bailey, le gustaban los vestidos bonitos. Murió muy joven. Bebió demasiado y se equivocó de caballo. Antes de que se le pasara la borrachera lo habían colgado por cuatrero.

Sarah, que no supo qué contestar, musitó algo inaudible.

—Estoy segura de que los colores le favorecerán.

Maggie soltó una carcajada.

—Muchacha, yo ya no tengo edad para que me adulen. He enterrado a dos maridos. El señor O'Rourke, a quien Dios tenga en su gloria, fue alcanzado por un rayo en el 63. El buen Dios no siempre protege a los tontos y a los borrachos, ¿sabe? Ahórrese el esfuerzo; no pienso encargarle otro. La única razón por la que una mujer se vista bien es para atraer la atención de un hombre o para conservar al suyo —miró atentamente a Sarah—. Pero usted está muy guapa hoy.

La joven sonrió, dispuesta a aceptar el comentario como un cumplido.

—Gracias. Si prefiere otra cosa, puedo...

—No he dicho que no me guste ese.

—Sarah puede hacerle un vestido práctico, señora O'Rourke —intervino Liza—. Mi madre está encantada con el suyo. La señora Miller le ha encargado dos para su viaje a Kansas City.

—¿De verdad? —Maggie sabía lo roñosa que era la señora Miller—. Supongo que no me vendrá mal un vestido nuevo. Pero nada demasiado elegante, ¿eh? No quiero que mis huéspedes empiecen a tener malas ideas —sonrió.

—Si un hombre tuviera ideas contigo, Maggie, las perdería después de probar un plato de tu estofado.

Sarah se estremeció al oír la voz de Jake. Se volvió hacia él con lentitud. El hombre estaba a mitad de las escaleras.

—Algunos hombres buscan algo más que un plato de estofado en una mujer —replicó Maggie, sonriente—. Vosotras, señoritas, debéis tener cuidado con un hombre que sonría de ese modo —añadió señalando a Jake—. Yo lo sé; yo me casé con dos.

Mientras hablaba, observó el modo en que se miraban Jake y Sarah. Decidió que allí había ya rastro de fuego y no le importaría nada atizarlo un poco.

—Liza, toda esta conversación sobre comida me recuerda que necesito diez libras más de harina. Corre a traérmela. Dile a tu madre que lo ponga en mi cuenta.

—Sí, señora.

Sarah, que estaba ansiosa por salir, recogió el rollo de tela.

—Yo también me marcho ya, señora O'Rourke.

—Espera un momento. Arriba tengo un vestido que puedes utilizar para tomar las medidas. También necesita algunos remiendos. A mí no se me da muy bien la aguja. Liza, también necesito dos libras de café. Vete ya.

—Solo tardo un segundo —prometió Liza, disponiéndose a salir.

Maggie, encantada con sus maniobras, empezó a subir las escaleras.

—Eres tan sutil como un tiro en el culo —le susurró Jake.

Con la tela todavía en la mano, Sarah observó a Jake acercarse a ella. Él la miraba de un modo que le hacía temblar las rodillas. Se prometió a sí misma que, si la tocaba, le daría una bofetada que le tiraría el sombrero al suelo.

Jake había soñado con tocarla, tumbarla en el suelo y llenarse de ella. Al verla en aquel momento, tan bella como una flor, se recordó a sí mismo que aquello solo podía ser un sueño. Pero supuso que no había motivos para no encizañarla un poco.

—Buenos días, duquesa. ¿Has venido a verme a mí?

—Por supuesto que no.

A él le gustó el brillo de sus ojos. Rozó con el dedo la tela que ella sujetaba en la mano y notó que se ponía tensa.

—Es muy bonita, pero me gusta más el vestido que llevas tú.

—No es para mí. La señora O'Rourke me dijo que quería un vestido.

—Así que también coses —la miró a los ojos—. Estás llena de sorpresas.

—Es un modo honrado de ganarse la vida —la joven miró deliberadamente sus armas—. Es una lástima que no todos puedan decir lo mismo.

El hombre la miró con una mezcla de dolor y frialdad que hizo que la joven sintiera impulsos de consolarlo.

—Veo que te han hablado de mí —dijo—. Soy un hombre peligroso, Sarah —le levantó la barbilla para poder mirarla a los ojos—. Saco el revólver y dejo viudas y huérfanos. El olor de la pólvora y la muerte me sigue a todas partes. Tengo sangre apache en las venas, así que no me gusta matar como lo hace un hombre blanco. Yo le meto una bala a un hombre del mismo modo que un lobo nos corta la garganta. Porque he nacido para eso. Una mujer como tú hará bien en mantener las distancias.

La joven percibió rabia en su voz; y también frustración. Antes de que él llegara a la puerta, lo detuvo.

—Señor Redman. Señor Redman, por favor —se recogió la falda y corrió tras él—. Jake.

El aludido se detuvo y se volvió cuando ella cruzaba el umbral.

—Será mejor que te quedes dentro hasta que baje Maggie.

—Espera, por favor —le puso una mano sobre el brazo—. No comprendo lo que haces o quién eres, pero sé que a mí me has ayudado mucho. No me digas que lo olvide, porque no lo haré.

—Tienes un talento especial para confundir a los hombres.
—Yo no pretendo...
—No, supongo que no. ¿Algo más que quieras decir?
—A decir verdad, yo...
Se interrumpió al oír una carcajada en el edificio de al lado. Miró en aquella dirección y vio a un hombre salir disparado por la puerta y aterrizar en un montón de tierra. Sarah echó a andar hacia él y Jake se interpuso en su camino.
—¿Qué crees que estás haciendo?
—Ese hombre puede estar herido.
—Está demasiado borracho para estar herido.
Sarah miró al hombre con los ojos muy abiertos.
—Pero si es mediodía.
—Es tan fácil emborracharse por el día como por la noche.
La joven apretó los labios.
—E igual de terrible —comentó. Recordó el whisky que le prometiera a Lucius—. Me pregunto si puedo pedirte otro favor.
—Puedes pedirlo.
—Necesito una botella de whisky.
Jake se quitó el sombrero, se atusó el cabello y volvió a ponerse el sombrero.
—Yo pensaba que no te gustaba.
—No es para mí, es para Lucius —metió la mano en su bolsa—. Me temo que no sé el precio.
—A Lucius le fían, no te preocupes. Vuelve a entrar en la casa —le dijo, desapareciendo a su vez en el salón.
—Eso sí que es un hombre, ¿eh?
Sarah se llevó una mano al pecho.
—Señora O'Rourke, me ha asustado.
Maggie salió fuera sonriente.
—Estabas pensando en otra cosa —le tendió un paquete—. Jake es atractivo; tiene una espalda fuerte, buenas manos. Una mujer difícilmente puede pedir más. Tú no tienes novio en el Este, ¿verdad?

—¿Qué? —Sarah, distraída, se acercó más al salón. Odiaba tener que admitirlo, pero se moría de ganas de ver su interior—. Oh, no. Al menos nadie a quien quiera lo suficiente como para casarme.

—Una mujer lista sabe cómo hacer que un hombre se case y piense que la idea se le ha ocurrido a él. Mira a Jake, por ejemplo...

Se interrumpió. Dos hombres salieron por la puerta batiente del salón y rodaron a la calle sin dejar de darse puñetazos.

—¡Dios mío! —Sarah los observó pelearse.

—Creí que te había dicho que entraras en la casa —dijo Jake, saliendo a su vez con una botella de whisky en la mano.

—Yo solo ... ¡oh! —vio a uno de los hombres sangrar—. Esto es horrible. Tienes que detenerlos.

—Nada de eso. ¿Dónde está tu carro?

—Pero tienes que hacerlo —insistió ella—. No puedes quedarte ahí parado viendo cómo dos hombres se pegan de ese modo.

—Duquesa, si intento intervenir, los dos empezarán a pegarme a mí —le pasó la botella—. Hoy no me apetece mucho matar a nadie.

Sarah le colocó en las manos la botella y el paquete de Maggie.

—En ese caso, los detendré yo misma.

—Sería una lástima que perdieras algunos de esos hermosos dientes.

Sarah lo miró con desdén, se inclinó y agarró la escupidera que tenía Maggie al lado de la puerta. Recogiéndose la falda con una mano y con su arma en la otra, avanzó hacia el centro de la pelea.

—Es una mujer especial —sonrió Maggie—. Tiene garra.

—Vete a aguar tu estofado.

La mujer se echó a reír.

—Y también te tiene a ti. Espero estar por aquí cuando se dé cuenta.

Sarah bordeó los cuerpos de los dos hombres. Ambos gruñían y maldecían mientras intentaban seguir lanzando puñetazos. Los dos olían a whisky y sudor. La joven tuvo que apartarse un poco para hacer puntería y luego dejó caer la escupidera primero sobre la cabeza de uno y después sobre la del otro. Una oleada de carcajadas surgió del salón. Sarah las ignoró y miró a los dos hombres, que la miraban rascándose la cabeza.

—Deberían avergonzarse de sí mismos —les dijo—. Peleándose en la calle como un par de golfillos. Lo único que consiguen es llenarse la cara de sangre y dar el espectáculo. Pónganse en pie —los dos hombres recogieron sus sombreros y obedecieron—. Estoy segura de que pueden resolver sus diferencias de otro modo.

Satisfecha, inclinó la cabeza con cortesía y luego volvió al lado de Jake y Maggie.

—Tenga —tendió la escupidera a su dueña y miró a Jake con una sonrisa de satisfacción—. Solo era cuestión de llamar su atención y hacerles entrar en razón.

Jake miró por encima de ella; los dos hombres volvían a pelearse en el suelo.

—Sí, señora —la agarró del brazo y echó a andar calle arriba antes de que decidiera intervenir de nuevo—. ¿Aprendiste a golpear así en tu elegante escuela?

—Tuve ocasión de observar la técnica de las monjas para terminar con las peleas.

—¿Alguna vez te dieron en la cabeza con una escupidera?

La joven movió la cabeza, sonriente.

—No, pero sí sé lo que es un golpe con una regla de madera.

Al llegar a su carro, miró al interior de la tienda y pudo ver a Liza flirteando con un hombre alto de cabello pajizo y brillantes botas marrones.

—¿Ese es Will Metcalf?
Jake depositó el resto de sus cosas en el interior del carro.
—Sí.
—Creo que a Liza le gusta.
Reprimió un suspiro. En aquel momento, el amor estaba tan lejos de su vida como la hermosa casa que su padre le había construido en su imaginación. Se volvió y tropezó con el pecho de Jake. El hombre levantó las manos para evitar que cayera y luego las dejó sobre sus brazos.
—Tienes que mirar dónde pisas.
—Suelo hacerlo —repuso ella.
Pensó que él iba a volver a besarla allí mismo, en mitad del pueblo. Estaba segura; podía sentirlo.
Jake deseaba hacerlo. Quería estar cinco minutos a solas con ella, aun sabiendo que sería inútil; que aquello no tenía sentido.
—Sarah...
—Buenos días, Jake.
Carlotta se acercó al carro haciendo girar su sombrilla con una mano. Ignoró la mirada de advertencia que le dirigió el hombre y volvió su atención a Sarah. La miró de arriba abajo sonriente y decidió que era bastante aburrida. Jake se cansaría de ella en una semana. Pero, mientras tanto, le causaría cierto placer meterse con ella.
—¿No vas a presentarme a tu amiga?
Jake ignoró su pregunta y agarró el brazo de Sarah para ayudarla a subir al carro.
La joven decidió que no iba a permitir que aquella mujer se riera de ella a sus espaldas.
—Soy Sarah Conway —dijo.
No le ofreció la mano; se limitó a asentir con la cabeza con una actitud que resultó igual de insultante que el escrutinio desdeñoso de Carlotta.
—Sé bien quién eres —sonrió la otra mujer—. Conocí a tu padre. Lo conocí muy bien.

Sonrió encantada al ver que el golpe producía el efecto previsto. Pero, cuando sus ojos buscaron los de Jake, la mayor parte del placer que sentía desapareció en el acto. Lo había visto mirar así a hombres a los que estaba a punto de matar. Movió la cabeza y se alejó, diciéndose que ya volvería a ella. Los hombres siempre lo hacían.

Jake volvió a agarrar el brazo de Sarah para ayudarla a subir al carro, pero ella se apartó con brusquedad.

—No me toques.

Se volvió y se agarró al borde del carro hasta que sintió que recuperaba el aliento. Todas sus ilusiones se habían hecho pedazos. La idea de que su padre, su propio padre, pudiera haber estado con una mujer así era más de lo que podía soportar.

Jake hubiera preferido marcharse; dar la vuelta y largarse. Enojado, se metió las manos en los bolsillos.

—Déjame ayudarte a subir al maldito carro, Sarah.

—No quiero tu ayuda —se volvió hacia él—. No quiero nada de ti. ¿Comprendes?

—No, pero supongo que no tengo por qué comprenderlo.

—¿La besas a ella del mismo modo en que me besaste a mí? ¿Piensas en mí del modo en que piensas en ella y en las mujeres de su clase?

El hombre tendió una mano para detenerla antes de que subiera al carro.

—Cuando te besé, no pensé en nada. Y ese fue mi error.

—Señorita Conway —Samuel Carlson detuvo su caballo al lado del carro—. ¿Tiene algún problema?

—No.

Sarah se colocó instintivamente entre los dos hombres. El revólver de Carlson tenía una culata de marfil y parecía letal y hermoso bajo su chaleco de brocado plateado. Ya no le escandalizaba pensar que un hombre tan educado como él no dudaría en usar un arma.

—El señor Redman me ha ayudado mucho desde que llegué.

—He oído que había tenido problemas.

Sarah se dio cuenta de que los dos hombres se miraban con aire de desafío.

—Sí. Afortunadamente, no hubo grandes daños.

—Me alegro de oírlo —Carlson volvió la vista a ella—. ¿Ha venido sola al pueblo, señorita Conway?

—Sí. Y a decir verdad, creo que ya es hora de que me marche.

—Le agradecería mucho que me permitiera acompañarla. Es un camino muy largo para una mujer sola.

—Es usted muy amable, señor Carlson. No quisiera molestarlo.

—No es ninguna molestia —la agarró del brazo y la ayudó a subir—. Pensaba acercarme a su casa a presentarle mis respetos. Consideraría un favor que me permitiera acompañarla.

La joven estaba a punto de rehusar cuando miró a Jake. Sus ojos denotaban una absoluta frialdad. No pudo evitar pensar que a Carlotta la miraría de un modo diferente.

—Me encantaría —dijo. Y esperó hasta que Carlson ató su caballo en la parte trasera del carro—. Buenos días, señor Redman.

La mayor parte del camino, no hablaron de nada importante; el clima, la música, el teatro. Sarah se dijo que era un placer pasar una o dos horas en compañía de un hombre que entendía de arte y apreciaba la belleza.

—Espero que no se ofenda si le doy un consejo, señorita Conway.

—Los consejos siempre son bienvenidos —sonrió ella—. Aunque no siempre se sigan.

—Espero que siga el mío. Jake Redman es un hombre peligroso; la clase de hombre que siempre crea problemas a los que lo rodean. Aléjese de él por su propio bien, señorita.

La joven no dijo nada por un momento, sorprendida por la fuerza de la rabia que aquellas palabras suscitaron en su interior. Después de todo, Carlson no había dicho más que la verdad y nada que no se hubiera dicho ya ella a sí misma.

—Le agradezco su preocupación.

—Pero no seguirá mi consejo —musitó él.

—No creo que sea necesario. Es improbable que vuelva a ver al señor Redman ahora que ya estoy instalada.

Carlson movió la cabeza y sonrió.

—La he ofendido.

—En absoluto. Comprendo lo que siente por el señor Redman. Estoy segura de que la pelea entre su hermano y él fue terrible para usted.

Carlson apretó los labios.

—Me duele decir que Jim se lo buscó. Es joven y algo indómito. Redman es otra cuestión. Vive de su revólver y su reputación.

—Eso parece una vida muy triste.

—Ahora le he hecho compadecerlo; no era esa mi intención —le tocó la mano—. Es usted una mujer hermosa y sensible. No quisiera verla sufrir.

—Gracias, pero le aseguro que estoy aprendiendo muy deprisa a cuidarme sola.

Cuando entraron en la propiedad, el cachorro se acercó corriendo y ladrando.

—Ha crecido —comentó el hombre, cuando el perro se acercó a mordisquearle los tobillos.

—Cállate, vamos.

Lafitte gruñó al ver a Carlson bajar a Sarah del carro.

—Creo que será un perro guardián excelente. Y, gracias a Dios, se lleva muy bien con Lucius. ¿Puedo ofrecerle un café?

—Me gustaría —una vez dentro, el hombre miró a su alrededor—. Me costaba trabajo imaginármela aquí. Encajaría mejor en un cuarto con papel pintado y cortinas de terciopelo azul.

La joven se echó a reír y puso la cafetera al fuego.

—Creo que pasará algo de tiempo hasta que ponga el papel pintado y las cortinas. Antes quisiera un suelo de verdad. Siéntese, por favor.

Bajó de un estante unos bizcochos que había preparado unos días atrás. Y le gustó poder ofrecerle una servilleta que había cosido con unos retales.

—Debe de ser una vida muy solitaria para usted.

—No he tenido tiempo de sentirme sola, aunque admito que no es lo que esperaba.

—Es una lástima que su padre nunca encontrara oro de verdad en esa mina.

—Le daba esperanza —pensó en el diario que estaba leyendo—. Era un hombre que necesitaba esperanzas más que comida.

—En eso tiene razón —bebió un sorbo del café que le había servido—. ¿Sabe? Yo le ofrecí comprarle este lugar.

—¿De verdad? —Sarah se sentó enfrente de él—. ¿Por qué?

—Razones sentimentales —sonrió avergonzado—. Es una tontería. Mi abuelo era el dueño de esto. Lo perdió en una partida de póquer y siempre lo recordaba con disgusto —volvió a sonreír y probó uno de los bizcochos—. Por supuesto, tenía el rancho. Mil doscientos acres, con la mejor agua que se pueda encontrar por aquí, pero echó de menos la mina hasta el día de su muerte.

—Debe de haber algo aquí que atrae a la gente. Mi padre sentía lo mismo.

—Matt se la compró al jugador y empezó a cavar. Siempre creía que encontraría una veta buena, aunque no creo que exista. Cuando murió el viejo y yo me hice cargo de todo, pensé que sería apropiado que devolviera la propiedad a la familia. Una especie de tributo. Pero Matt no quiso venderla.

—Tenía un sueño —murmuró Sarah—. Y al final, ese sueño lo mató.

—Lo siento. La he disgustado. No era mi intención.

—No es nada. Todavía lo echo de menos. Supongo que siempre será así.

—Quizá no sea buena idea que se quede aquí, tan cerca de donde él murió.

—Es lo único que tengo.

Carlson le dio una palmadita en la mano.

—Como ya he dicho, es usted una mujer sensible. Yo estaba dispuesto a comprarle este lugar a su padre y estoy dispuesto a comprárselo a usted si quiere venderlo.

—¿Venderlo? —preguntó ella sorprendida—. Es muy generoso por su parte, señor Carlson.

—Me halagaría que me llamara Samuel.

—Eres muy generoso y muy amable, Samuel —se acercó a la ventana y miró al exterior—. Pero creo que no estoy lista para abandonar esto.

—No es necesario que lo decidas ahora —se levantó a su vez y le puso una mano en el hombro con gentileza.

—Ha sido difícil adaptarse aquí. Sin embargo, siento que no puedo marcharme, que si lo hiciera, estaría abandonando a mi padre.

—Yo sé bien lo que es perder a alguien de la familia. Hace falta tiempo para recuperarse —la volvió hacia él—. Puedo decir que creo que conocía a Matt lo suficiente como para estar seguro de que él querría lo mejor para ti. Si decides que quieres irte, lo único que tienes que hacer es decírmelo. Dejaré la oferta abierta.

—Gracias.

Lo miró. Carlson le aferró ambas manos y se las llevó a los labios.

—Quiero ayudarte, Sarah. Espero que me permitas hacerlo.

—Señorita Conway.

La joven se sobresaltó y luego suspiró al ver a Lucius en el umbral.

—¿Sí?

El hombre miró a Carlson y luego volvió la cabeza para escupir.

—¿Quiere que guarde los caballos?

—Por favor.

Lucius se quedó donde estaba.

—¿Qué hago con el otro caballo?

—Ya me marcho. Gracias por la compañía, Sarah.

—Ha sido un placer.

Cuando salió al exterior, Carlson se puso el sombrero.

—Confío en que me permitas volver.

—Por supuesto. Adiós, Samuel.

Esperó a que se marchara y luego se acercó a Lucius.

—Has estado bastante grosero con él.

—Si usted lo dice, señorita.

—Lo digo yo, sí. El señor Carlson ha tenido la amabilidad de acompañarme desde el pueblo. Y tú lo has mirado como si quisieras pegarle un tiro en la cabeza.

—Es posible.

—Por el amor de Dios, ¿por qué?

—Algunas serpientes no llevan cascabel.

La joven levantó los ojos al cielo y decidió no indagar más. En lugar de eso, sacó la botella de whisky del carro y vio cómo se iluminaban los ojos de Lucius.

—Si quieres esto, quítate la camisa.

El hombre la miró con la boca abierta.

—¿Cómo dice, señorita?

—Y los pantalones también. Quiero que te desnudes ahora mismo.

Lucius se tocó el pañuelo que llevaba al cuello.

—¿Puedo preguntar para qué quiere que haga eso?

—Voy a lavar tu ropa. He tolerado su olor bastante tiempo. Mientras la lavo, tú puedes buscar el jabón que he comprado y hacer lo mismo con tu cuerpo.

—Vamos, señorita, yo...

—Cuando estés limpio, y solo cuando estés limpio, te daré esta botella. Recoge un cubo de agua y el jabón y entra en ese cobertizo. Échame la ropa fuera.

Lucius la miró con aire inseguro.

—¿Y si no lo hago?

—Tiraré todo el contenido de la botella en el barro.

El hombre se llevó una mano al pecho y la miró alejarse. Tenía un miedo mortal de que cumpliera su promesa.

CAPÍTULO 7

Sarah se subió las mangas de su camisa más vieja y se puso manos a la obra.

Cuando metía la ropa de Lucius en el arroyo pensó que lo mejor sería quemarla. El agua no tardó en volverse marrón. Empezó a golpearla con un sonido de disgusto. Llevaría tiempo dejarla presentable, pero estaba dispuesta a hacerlo.

Dejó los pantalones en el agua y agarró la camisa azul del hombre con la punta de los dedos. Aquello era deplorable. Dudaba mucho que las prendas hubieran visto agua limpia en un año. Lo que significaba que la piel de Lucius llevaba el mismo tiempo sin lavarse. Ella cambiaría aquello.

Empezó a sonreír mientras trabajaba. La expresión de su cara cuando lo amenazó con tirar el whisky fue algo digno de verse. ¡Pobre Lucius! Podía parecer duro y peligroso, pero en el fondo era un hombre dulce y confuso que necesitaba una mujer que le indicara el camino.

A la mayoría de los hombres les pasaba lo mismo. Al menos, eso era lo que Lucilla decía siempre. Mientras golpeaba la camisa contra las rocas se preguntó lo que pensaría su amiga de Jake Redman. Desde luego, en él no había nada de dulce. Debería haberlo abofeteado cuando la besó y haber sido ella la que se alejara.

La próxima vez... Pero no habría próxima vez. Si Jake Redman volvía a tocarla... tuvo que admitir que no sabía lo que haría. En aquel momento lo odiaba por hacerle desear que volviera a tocarla.

Aquello era absurdo. Él era un hombre que vivía de su revólver, que tomaba lo que quería sin sentir remordimientos. A ella le habían enseñado durante toda su vida que la línea entre el bien y el mal era algo muy definido y que no debía cruzarse nunca.

Matar era el pecado más grave, el más imperdonable. Sin embargo, él había matado y volvería a matar de nuevo. Sabiéndolo, no podía consentir que le importara; pero le importaba, lo deseaba y lo necesitaba.

Deseó que él se hubiera ofrecido a llevarla a casa.

Luego pensó que aquello era una tontería; ella quería una vida ordenada. Puede que no fuera tan esplendorosa como había imaginado en otro tiempo, pero sería ordenada. Se sentó sobre los talones y miró a su alrededor. El sol avanzaba lentamente hacia el oeste como una enorme bola dorada en un cielo azul. Vio pasar un águila con las alas extendidas. Debajo, el arroyo avanzaba despacio entre las rocas.

De pronto, todo aquello le pareció muy hermoso. Se llevó la mano a la garganta, sorprendida al descubrir que le dolía. Hasta entonces no había visto o no había querido ver la belleza de todo aquello. Por primera vez desde su llegada, se sintió a gusto con lo que la rodeaba. En paz consigo misma. Había hecho bien al quedarse porque aquel era su hogar.

Cuando se incorporó para tender la camisa sobre una roca, sonreía. Luego vio una sombra y levantó la cabeza.

Había cinco. Llevaban el pelo suelto sobre los hombros desnudos e iban todos a caballo menos uno. Fue el que se acercó a ella, sin hacer ruido. Una cicatriz le bajaba desde la sien a la mejilla. Vio la cicatriz y el cuchillo que llevaba en la mano. Entonces empezó a gritar.

Lucius oyó acercarse al jinete y se colocó la pistolera sobre los calzoncillos largos. Salió del cobertizo con el jabón cayéndole por la cara. Jake detuvo su caballo y lo miró con curiosidad.

—No me digas que ya ha llegado la primavera.
—Malditas mujeres —escupió Lucius.
—¿Verdad que sí? —desmontó y ató su caballo a una estaca—. ¿Vas a un baile?
—No, no voy a ninguna parte —el hombre miró la casa de mal humor—. Ella me ha amenazado. Me ha dicho que si no me daba un baño y le dejaba que lavara mi ropa, tiraría la botella entera de whisky.

Jake se lió un cigarrillo sonriendo.
—Puede que no sea tan estúpida como parece —dijo.
—No lo parece —musitó Lucius—. Pero es algo testaruda. ¿Qué haces tú aquí?
—He venido a hablar contigo.
—Y unas narices. Tengo ojos en la cara. Ella no está.
—He dicho que he venido a hablar contigo —encendió su cigarrillo—. ¿Has hecho algún trabajo en la mina?
—He echado un vistazo. Ella no me deja mucho tiempo libre —agarró una piedra y la tiró para que la buscara el perro—. Siempre quiere arreglar esto o lo otro. Pero cocina bien. De eso no me puedo quejar.
—¿Has visto algo?
—He visto el lugar en el que trabajaba Matt. Y el derrumbamiento —escupió—. No puedo decir que fuera agradable pasar por allí. Quizá puedas decirme qué es lo que debo buscar exactamente.
—Lo sabrás cuando lo encuentres —miró a la casa y vio

que Sarah había puesto cortinas en las ventanas—. ¿Va ella allí alguna vez?

—Va allí, pero no entra. A veces se sienta al lado de la tumba. Se me rompe el corazón.

—Parece que te está ablandando, viejo.

—Yo en tu lugar no hablaría así —se echó a reír al ver la mirada de Jake—. No te enfades conmigo, muchacho. Hace demasiado tiempo que te conozco. Puede que te interese saber que Samuel Carlson ha estado de visita.

Jake echó una bocanada de humo.

—Ya lo sé. ¿Se ha quedado mucho rato?

—Lo bastante para besarle las manos. Las dos.

—¿De verdad? —preguntó el otro hombre, furioso—. ¿Dónde está ella?

—Supongo que en el arroyo.

Reprimió una carcajada y se agachó para atrapar a Lafitte antes de que saliera corriendo detrás de Jake.

—Yo en tu lugar no lo haría, amiguito. Puede que haya jaleo.

Jake no estaba seguro de lo que iba a hacer, pero no creía que fuera a gustarle a Sarah. En realidad, esperaba que no le gustara. Decidió que necesitaba que la atara corto y él se encargaría de hacerlo. La idea de Carlson besándola le producía unos celos horrorosos.

Cuando la oyó gritar, sacó con rapidez los dos revólveres. Atravesó el último cuarto de milla a la carrera con los gritos de ella resonando en su cabeza.

Cuando llegó al arroyo solo vio el polvo que levantaban los caballos al alejarse. Incluso a aquella distancia, reconoció el perfil de Pequeño Oso. Se guardó las armas en el momento en que llegaba Lafitte corriendo por el camino.

—Vuelves a llegar tarde —le dijo al perro.

Se volvió hacia Lucius, que se acercaba a su vez.

—¿Qué ha pasado?

Jake no dijo nada. El viejo se acercó a examinar el suelo.

—Apaches —vio su camisa tendida al sol—. Malditos sean —corrió hacia Jake—. Espera a que me ponga mi otra camisa y mis botas. No pueden llevar mucha ventaja.

—Iré yo solo.

—Eran cuatro por lo menos.

—Cinco —corrigió Jake, volviendo al claro—. Iré solo.

—Escucha, muchacho; aunque fuera Pequeño Oso, eso no te garantiza nada. La última vez no erais más que unos niños y los dos elegisteis caminos diferentes.

—Era Pequeño Oso y no necesito ninguna garantía —saltó sobre la silla—. Voy a traerla de vuelta.

Lucius puso una mano sobre la silla de montar.

—Hazlo, por favor.

—Si no he vuelto mañana a la caída del sol, ve a buscar a Barker. Dejaré un rastro que hasta él podrá seguir.

Puso su caballo al galope y se encaminó hacia el norte.

Sarah no se había desmayado, pero no estaba segura de que aquello fuera una ventaja. La habían colocado rudamente sobre el lomo de un caballo y se veía obligada a agarrarse a su crin para evitar caerse. El indio de la cicatriz montaba detrás de ella. La agarró por el cabello para subirla al caballo y todavía parecía fascinado por su pelo. Sintió que acercaba la nariz a su melena, cerró los ojos, se estremeció y empezó a rezar.

Avanzaban deprisa. Los caballos parecían descansados y era obvio que conocían el terreno. El sol era inmisericorde. Sarah hizo esfuerzos por no llorar. No quería morir llorando. Estaba segura de que la matarían. Pero, más que la muerte, lo que la asustaba era pensar lo que podían hacerle antes.

Había oído historias terribles sobre lo que hacían los indios a las cautivas blancas.

Siguieron subiendo hasta que el aire se enfrió y las montañas se llenaron de vida, con pinos y arroyos de corriente rápida. Cuando los caballos frenaron el paso, la joven cayó hacia delante, con los muslos doloridos por el esfuerzo de la marcha. Hablaron entre ellos en una lengua que no entendió. El tiempo había perdido también su significado. Solo sabía que habían pasado horas porque el sol estaba bajo y el cielo empezaba a teñirse de rojo por el oeste.

Se detuvieron y, por un momento, pensó en golpear al caballo y salir corriendo. Luego la bajaron al suelo.

Tres de los hombres llenaban pellejos de agua en el arroyo. Uno parecía poco más que un muchacho, pero Sarah dudó que la edad importara mucho. Dieron de beber a sus monturas y no le prestaron ninguna atención.

Se incorporó sobre los codos y vio al indio de la cicatriz discutiendo con el que supuso sería el jefe. Tenía un rostro muy hermoso, sereno y frío. Llevaba una pluma de águila en el sombrero y alrededor del cuello una cinta de algo que parecían huesos pequeños blanqueados. La examinó con frialdad y luego hizo una señal al otro hombre.

La joven empezó a rezar de nuevo al ver al de la cicatriz avanzar hacia ella. La obligó a ponerse en pie y empezó a jugar con su pelo. El jefe gruñó una orden, pero el guerrero se limitó a hacer una mueca. Le apretó la garganta y Sarah contuvo el aliento cuando le arrancó el camafeo. Satisfecho, al parecer, por el momento, la empujó hacia el arroyo y la dejó beber.

Bebió con avidez. Quizá la muerte no estuviera tan cercana como había temido. Quizá pudiera escapar de algún modo. Se dijo a sí misma que no perdería la esperanza. Refrescó su piel con el agua helada. Estaba segura de que alguien iría a buscarla.

Su captor le tiró del pelo y la obligó a ponerse en pie. El camafeo colgaba de su cintura. Sarah se lanzó sobre él para arrebatárselo. El indio la golpeó, tirándola al suelo y ella empezó a luchar instintivamente, usando los dientes y las uñas.

Oyó un grito de dolor y luego las risas de los otros. Aunque no dejó de debatirse y dar patadas, el otro no tardó en atarle las manos con una tira de cuero. Entonces empezó a sollozar, pero de rabia. Volvieron a echarla sobre el caballo y le ataron los tobillos debajo del vientre del animal.

Siguieron subiendo.

Debió de quedarse dormida. Cuando el dolor de los brazos y las piernas se hizo insoportable, pareció la mejor vía de escape. La altura la mareaba. Bordearon un cañón estrecho que parecía tener una caída ilimitada.

Fuera donde fuera donde la llevaban, era un mundo distinto. Un mundo de bosques, ríos y acantilados escarpados. Pero no importaba. Moriría o escaparía. No había más opciones.

«Supervivencia. Es lo único que importa».

Cuando Jake le dijo aquello, no lo entendió. En aquel momento, sí. Había ocasiones en las que lo único que existía eran la vida y la muerte. Si podía escapar y para hacerlo tenía que matar, mataría. Si no podía escapar y ellos pensaban hacerle lo que ella se temía, encontraría un modo de matarse.

Siguieron subiendo interminablemente. A su alrededor, podía oír los gritos de las aves nocturnas. El aire era frío y ella se estremecía en silencio.

Luego se detuvieron los caballos. Le cortaron las ligaduras de los tobillos y la bajaron al suelo. No le quedaban fuerzas para llorar, así que se quedó inmóvil. Debió de quedarse dormida porque, cuando volvió en sí, oyó el crepitar de las llamas y el silencioso murmullo de los hombres comiendo.

Reprimió un gemido e intentó incorporarse. Antes de que pudiera hacerlo, una mano se posó en su hombro, empujándola hacia atrás.

Su captor se inclinó sobre ella y le dijo algo que no entendió. Le tocó el pelo, levantando mechones y dejándolos caer. Debió de agradarle lo que vio porque le sonrió y sacó su cuchillo.

La joven deseó que le cortara la garganta y terminara de una vez. En lugar de eso, empezó a cortarle la falda. Sarah lo golpeó con las piernas todo lo fuerte que pudo, pero él se las sujetó con las suyas. Ella lo golpeó con la mano y, cuando él levantaba la suya para golpearla a su vez, alguien gritó desde el campo. Sus secuestradores se pusieron en pie con los arcos y los rifles preparados.

Sarah vio al jinete aproximarse a la luz.

—¡Jake!

Quiso correr hacia él, pero la empujaron con fuerza hacia atrás. Él no le hizo ninguna señal; avanzó imperturbable hacia el grupo de apaches. Cuando habló, lo hizo en una lengua que ella no entendía.

—Ha pasado mucho tiempo, Pequeño Oso.

—No pensaba volver a verte, Ojos Grises.

Jake desmontó con lentitud.

—Nuestros caminos se separaron. Ahora vuelven a cruzarse —miró aquellos ojos que conocía tan bien como los suyos propios. Entre ellos había un amor que pocos hombres hubieran comprendido—. Recuerdo una promesa que se hicieron dos muchachos. Juramos con sangre que ninguno levantaría una mano contra el otro.

—La promesa jurada con sangre no ha sido olvidada —Pequeño Oso le tendió la mano y los dos se la estrecharon con fuerza, desde la mano al codo—. ¿Quieres comer?

Jake asintió y se sentó al lado del fuego para compartir el venado. Por el rabillo del ojo vio a Sarah, que lo miraba. Su rostro estaba pálido de miedo y cansancio. Tenía la ropa rasgada y sabía que debía de estar pasando frío mientras él comía y bebía. Pero, si quería salvarle la vida, tenía que observar la tradición.

—¿Dónde está el resto de nuestra tribu?

—Muertos. Perdidos. Huyendo —Pequeño Oso miró el fuego con tristeza—. Los espadas largas nos han cazado como a ciervos. Quedan pocos y se esconden en las montañas.

—¿Brazo Torcido? ¿Cesta de Paja?

—Viven en el norte, donde los inviernos son largos y la caza escasa —lo miró a los ojos—. Los niños no ríen, Ojos Grises, ni las mujeres cantan.

Hablaron de recuerdos compartidos, de personas a las que los dos habían amado. Su vínculo seguía siendo tan fuerte como lo era cuando Jake vivía y sentía como un apache. Pero los dos sabían que había pasado el tiempo.

Cuando se terminó la comida, Jake se puso en pie.

—Te has llevado a mi mujer, Pequeño Oso. He venido a recuperarla.

Pequeño Oso levantó una mano.

—No es mi prisionera, sino la de Halcón Negro. Yo no puedo devolvértela.

—Entonces, has de guardar la promesa que hay entre los dos —se volvió hacia el indio de la cicatriz—. Tú me has quitado a mi mujer.

—No he terminado con ella —se llevó una mano al cuchillo—. Me la quedaré.

Podía haber negociado con él. Un rifle era más valioso que una mujer. Pero habría perdido el honor. Había dicho que Sarah era suya y solo había un modo de recuperarla.

—El que viva se quedará con ella —se quitó los revólveres y se los tendió a Pequeño Oso—. Hablaré con ella.

Avanzó hacia Sarah mientras Halcón Negro empezaba a canturrear preparándose para la lucha.

—Espero que hayas disfrutado de la comida —dijo ella—. Y yo que pensé que habías venido a rescatarme.

—Estoy trabajando en ello.

—Ya lo veo. Sentado al lado del fuego, comiendo, contando historias. ¡Mi héroe!

El hombre sonrió y la estrechó contra él.

—Eres una gran mujer, Sarah. Quédate quieta y déjame actuar a mi modo.

—Llévame a casa —el orgullo la abandonó y se aferró a su camisa—. Por favor, llévame a casa.

—Lo haré.

Le asió las manos y se las apretó entre las suyas. Luego se puso en pie e inició a su vez un cántico. Si existía la magia, quería que estuviera de su lado.

Halcón Negro y Jake se colocaron el uno al lado del otro y el guerrero más joven les ató las muñecas juntas. El brillo de los cuchillos hizo incorporarse a Sarah. Pequeño Oso le puso una mano en el brazo.

—Tú no puedes detenerlo —le dijo en un inglés claro y preciso.

—¡No! —se debatió al ver las hojas de los cuchillos—. ¡Oh, Dios, no!

—Derramaré tu sangre blanca, Ojos Grises —musitó Halcón Negro mientras sus hojas se cruzaban.

Atados por la muñeca, atacaban, avanzaban, se debatían. Jake luchaba en silencio. Si perdía, Halcón Negro celebraría su victoria violando a Sarah. Aquella idea rompió su concentración y el indio atravesó su guardia y le hizo un corte en el hombro. La sangre empezó a correrle por el brazo. Se concentró en su olor, procuró olvidar a Sarah y luchó por sobrevivir.

En el aire frío de la noche, sus rostros brillaban sudorosos. El ruido de las navajas y el olor de la sangre había alejado a los pájaros. Solo se oía la respiración de los dos hombres esforzándose por matar. Los demás indios habían formado un círculo a su alrededor y los observaban.

Sarah estaba de pie, con las manos atadas en la boca, reprimiendo las ganas de gritar y gritar hasta que no le quedara aire. A la primera visión de la sangre de Jake había cerrado los ojos. Pero el miedo la hizo volver a abrirlos al instante.

Pequeño Oso seguía sujetándole el brazo. Ella había comprendido ya que sería una especie de trofeo para el vencedor.

Vio a Jake eludir con un esfuerzo la navaja del indio y se volvió hacia el hombre que había a su lado.

—Por favor, si detienes eso, si lo dejas vivir, iré con vosotros. No lucharé ni intentaré escapar.

Pequeño Oso apartó un momento su mirada del combate. Ojos Grises había elegido bien a su mujer.

—Solo la muerte puede pararlo ya.

Sarah vio a los dos hombres caer al suelo. Vio el cuchillo de Halcón Negro clavarse en el suelo, a una pulgada del rostro de Jake. Antes de que pudiera sacarlo, su contrincante le clavó el suyo en el cuerpo y los dos rodaron hacia el fuego.

Jake no sentía el calor, solo una rabia fría. El fuego le quemó la piel del brazo antes de que pudiera liberarse. La empuñadura de su cuchillo estaba resbaladiza por el sudor, pero la hoja estaba teñida de rojo con la sangre de su oponente.

Agotado y manchado de sangre, avanzó hacia Sarah. Sin decir nada, le cortó las ligaduras con su cuchillo, se lo guardó en la bota y recogió sus revólveres de manos de Pequeño Oso.

—Era un buen guerrero —dijo su amigo indio.

Jake se ató las pistoleras.

—Ha muerto como un guerrero —le tendió la mano—. Que los espíritus te acompañen, hermano.

—Lo mismo digo, Ojos Grises.

Jake le tendió la mano a Sarah. Al ver que se tambaleaba sobre sus piernas, la levantó en brazos y la llevó hasta su caballo.

—Agárrate —le dijo, montando detrás de ella.

Salió del campamento sin volver la vista atrás, seguro de que nunca volvería a ver a Pequeño Oso.

La joven no quería llorar, pero no pudo evitarlo. Su único consuelo era que sus lágrimas eran silenciosas y él no podía oírlas. O, al menos, eso pensaba. Llevaban más de diez minutos cabalgando a paso lento, cuando él la volvió en la silla para estrecharla en sus brazos.

—Lo has pasado muy mal, duquesa. Llora todo lo que quieras.

Así que Sarah lloró libremente, con las mejillas apoyadas contra el pecho de él.

—He pasado tanto miedo... Creí que iba a...
—Lo sé. Ya no debes pensar en ello. Ya ha terminado.
—¿Nos perseguirán?
—No.
—¿Cómo puedes estar seguro?
—No sería honorable.
—¿Honorable? —levantó la cabeza para mirarlo—. Pero son indios.
—Así es. No traicionarán su honor tan fácilmente como el hombre blanco.
—Pero... —la joven había olvidado por un momento que él tenía sangre apache—. Tú parecías conocerlos.
—Viví cinco años con ellos. Pequeño Oso, el de la pluma de águila, es primo mío —se detuvo y desmontó—. Tienes frío. Haré un fuego y podrás descansar un rato.

Sacó una manta de sus alforjas y se la echó sobre los hombros. Demasiado cansada para discutir, Sarah se envolvió en ella y se sentó en el suelo.

Jake no tardó en encender fuego y empezó a hacer café. Sarah mordió sin vacilar el trozo de carne seca que le tendió y acercó sus manos al fuego.

—¿Conocías también al que ha luchado contigo?
—Sí.

La joven pensó que había matado por ella y tuvo que reprimirse para no echarse a llorar de nuevo.

—Lo siento —murmuró.
—¿Por qué?

Sirvió café en una taza y se la tendió.

—Por todo. Aparecieron de repente y no pude hacer nada —bebió un sorbo de café caliente—. Cuando estaba en la escuela, leía los periódicos, oía historias. Nunca las creí del todo. Estaba segura de que el ejército lo tenía ya todo controlado.

—Leías sobre masacres —dijo él con furia—. Sobre colonos asesinados y asaltos a los trenes. Leías que los salvajes les cortaban la cabellera a los niños. Es cierto. ¿Pero leías también que los soldados entraban en los campamentos y mataban y secuestraban a las mujeres y a los niños mucho después de que hubieran firmado los tratados? ¿Leías algo sobre la comida envenenada y las mantas contaminadas que enviaban a las reservas?

—Pero eso no puede ser cierto.

—El hombre blanco quiere la tierra y la tierra no es suya. O no lo era —sacó su cuchillo y lo limpió en el suelo—. Pero se apodera de ella a cualquier precio.

La joven no quería creerlo, pero leía en sus ojos que decía la verdad.

—No lo sabía.

—Esto no seguirá por mucho tiempo. Pequeño Oso y los hombres como él están ya casi acabados.

—¿Cómo elegiste entre una vida y la otra?

Jake se encogió de hombros.

—No había elección. No tengo suficiente sangre apache para ser aceptado como un guerrero. Y me educaron como a los blancos. Hombre Rojo. Así llamaban a mi padre.

Se detuvo enfadado. Nunca le gustaba hablar de sí mismo.

—¿Puedes montar?

La joven deseaba que continuara, que le contara todo lo que hubiera que contar sobre su vida, pero el instinto la contuvo. Si lo presionaba, quizá no se enterara nunca.

—Puedo intentarlo —sonrió y le tocó el brazo—. Quiero intentarlo. Oh, estás sangrando.

El hombre se miró el brazo.

—Por varios sitios.

—Déjame ver. Debería haberte curado ya.

Se puso de rodillas y le rasgó la manga de la camisa.

—No hay nada que le guste tanto a un hombre como que una mujer hermosa le arranque la ropa.

—Te agradecería que te portaras bien —dijo ella, sonriente.

—He oído que obligaste a desnudarse a Lucius. Él dice que lo amenazaste.

La joven se echó a reír.

—No tuve más remedio. Me gustaría que hubieras visto su cara cuando le dije que se quitara los pantalones.

—Supongo que no querrás hacer lo mismo conmigo.

—Solo la camisa. Hay que vendar ese brazo.

Se puso en pie y se dio la vuelta para levantarse la falda y romper su enagua.

—Te lo agradezco mucho —se quitó la camisa—. Me he preguntado varias veces cuántas enaguas llevabas.

—Eso no es un tema apropiado de conversación. Pero es una suerte que...

Se volvió hacia él y se quedó sin habla. Nunca había visto el pecho de un hombre y nunca había pensado que pudiera ser tan hermoso. El de Jake era firme y delgado, con la piel oscura brillante a la luz de las llamas. Sintió un repentino calor en su interior.

—Necesito agua —carraspeó—. Hay que lavar esas heridas.

El hombre levantó la cantimplora sin dejar de mirarla. Sarah no dijo nada; se arrodilló a su lado y empezó a curarle el corte que tenía desde el hombro hasta el codo.

—Es profundo. Tendrás que ver a un médico.

—Sí, señora.

—Te quedará una cicatriz.

—Tengo más.

Sí, así era. El suyo era el cuerpo de un héroe: disciplinado, magnífico y lleno de cicatrices.

—Te he causado muchos problemas —murmuró.

—Más de los que imaginaba —susurró él.

La joven le ató la venda y volvió su atención al corte que tenía en el costado.

—Ese no parece tan grave, pero debe de dolerte.

Su voz era ronca. Jake sentía su aliento sobre su piel. Cuando ella le limpió la herida, se estremeció, pero lo que le dolía no era la herida, sino la luz del fuego reflejándose en el cabello de ella. Sarah se inclinó para asegurar la venda y él contuvo el aliento.

—Tienes algunos arañazos —le tocó el pecho fascinada—. Necesitarás de ungüento.

Él sabía lo que necesitaba. Su mano se cerró en torno a la muñeca de ella. La joven lo miró, como embrujada por el contraste de su piel contra la de él. Movió su mano y acarició la línea del pecho del hombre.

El fuego la había calentado. Lentamente levantó la cabeza y lo miró. Los ojos de él eran oscuros, más oscuros de lo que los había visto nunca.

Jake le acarició la mejilla. Nunca había visto nada tan hermoso y tan suave. Leyó pasión en los ojos de ella. Se inclinó con los ojos abiertos y ella se inclinó hacia él, esperando.

El hombre la besó con suavidad y la oyó suspirar. La acercó hacia sí con gentileza y sintió el abandono de ella.

Sarah le acarició el pecho y respondió a su beso, maravillada. Se apretó contra él, deseando algo más.

Jake sintió que el deseo invadía su cuerpo. Pronunció el nombre de ella sin dejar de besarla y llevó la mano al cuello roto de la blusa de ella.

Sarah lanzó un respingo al sentir la mano de él sobre su seno. Su palma era dura y callosa y el contacto le provocó un extraño dolor Luego él volvió a besarla y ella se apretó con fuerza contra su cuerpo. Había experimentado la cercanía de la muerte y en aquel momento experimentaba la vida y el amor.

Los labios de él recorrieron su cuerpo hasta que ella no sintió más que deseo. Empezó a temblar.

Jake tenía la cara hundida en la garganta de ella. Su sabor lo había invadido por completo y ya no deseaba otra cosa. Ella se estremecía bajo él; su cuerpo temblaba bajo el suyo. Clavó los dedos en el suelo y se esforzó por apartarse. Había olvidado quién era él y quién era ella. ¿Acaso no había estado a punto de hacerla suya en el suelo? Al apartarse, la oyó gemir.

Sarah estaba mareada, confusa, desesperada. Con los ojos semicerrados, tendió las manos hacia él. En cuanto lo tocó, él se puso en pie.

—Jake.

El hombre sintió un dolor terrible, como si le hubieran pegado un tiro en el vientre y no fuera a dejar de sangrar nunca. En silencio, apagó el fuego y empezó a levantar el campamento.

Sarah percibió al fin su frialdad y se estremeció.

—¿Qué ocurre?

—Tenemos que seguir.

—Pero... yo pensaba, es decir, parecía...

—Maldición, mujer. Tenemos que irnos —le tiró la manta—. Ponte eso.

La joven la sujetó contra su cuerpo y lo observó ensillar el caballo. No quería llorar. Se mordió los labios y se juró no llorar nunca por él. Era indudable que prefería otra clase de mujeres. Se echó la manta sobre los hombros y se acercó al caballo.

—Puedo montar sola —dijo con frialdad, cuando él la agarró por el brazo.

Jake asintió con la cabeza, se apartó y montó detrás de ella.

CAPÍTULO 8

Sarah se mordió los labios y apretó el gatillo del rifle. La botella vacía de whisky explotó en el aire. Mientras se secaba la frente y volvía a cargarlo, pensó que su puntería estaba mejorando.

Lucius se acercó a ella con Lafitte en los talones.

—Tiene buen ojo, señorita Sarah.

—Gracias. Eso creo yo también.

No quería volver a necesitar a nadie para defenderse de las serpientes, los apaches o de quien fuera. En las dos semanas transcurridas desde que Jake la había dejado en su casa y se había marchado sin decir una palabra, había practicado diariamente con el arma. Su puntería había mejorado mucho desde que empezó a imaginar el rostro de él en las botellas vacías y las latas con las que practicaba.

—Ya te he dicho, Lucius, que no es necesario que vigiles todos mis movimientos. Lo que ocurrió no fue culpa tuya.

—No puedo evitar pensar que sí lo fue. Usted me contrató para que estuviera vigilante y no lo hice.

—Eso ya pasó. Estoy aquí y no me hicieron nada.

—Y yo me alegro mucho. Si no hubiera llegado Jake, hubiera intentado rescatarla yo mismo, señorita, pero él era el hombre indicado para hacerlo.

La joven estuvo a punto de decir algo cortante, pero se contuvo. Él la había salvado aun a riesgo de su propia vida. Lo que hubiera ocurrido después no era motivo para que olvidara aquel hecho.

—Le estoy muy agradecida al señor Redman, Lucius.

—Jake solo hizo lo que tenía que hacer.

Sarah recordó el cuchillo y se estremeció.

—Espero que no se vea obligado a volver a hacer algo así.

—Por eso quiero vigilarla. Y le aseguro que preocuparse por una mujer no es una molestia. Yo no había tenido que hacerlo desde que murió mi esposa.

—Vaya, Lucius, no sabía que hubieras estado casado.

—Hace algunos años. Se llamaba Agua Tranquila y la quería mucho.

—¿Tu esposa era india? —Sarah se sentó en una roca, deseando oír más.

El hombre no hablaba con frecuencia o, al menos, no lo hacía cuando estaba sobrio. Pero se sentía cómodo con ella, así que siguió hablando.

—Sí, señorita. Era apache, de la tribu de Pequeño Oso. En realidad, era tía suya. La conocí cuando llegué aquí de soldado. Luchábamos sobre todo contra los cheyennes. No me importaba luchar, pero me cansé de tener que hacer marchas. Me dirigí al sur para buscar oro y me encontré con John Redman. Era el padre de Jake.

—¿Conociste al padre de Jake?

—Lo conocí muy bien. Fuimos socios durante un tiempo. Su esposa y él pasaron momentos muy difíciles. A mucha gente no le gustaba que él fuera medio apache —se encogió de hombros—. Y a su tribu tampoco le gustaba que fuera medio blanco.

—¿Y qué clase de hombre era?

—Testarudo, pero muy silencioso. No decía gran cosa, pero podía ser divertido. A veces no entendía sus bromas hasta pasado un rato. Supongo que fue el mejor amigo que he tenido nunca —sacó la botella y se sintió aliviado al ver que ella no decía nada—. A John se le metió en la cabeza criar ganado, así que yo lo ayudaba de vez en cuando. Así fue como conocí a Agua Tranquila.

Sarah se estiró la falda con aire casual.

—Supongo que conociste a Jake de niño.

—Desde luego —Lucius sonrió—. Era muy duro y lo sigue siendo. Estaba pasando una temporada con la tribu de su abuela. Hubiera podido confundírsele con uno de ellos, si no hubiera sido por los ojos. Por supuesto, no lo era. Ellos lo sabían y él también. Como decía John, es duro no ser una cosa ni otra. Yo solía preguntarme qué habría pasado si Agua Tranquila y yo hubiéramos tenido hijos.

—¿Qué le ocurrió a ella, Lucius?

—Yo había ido a buscar oro —cerró los ojos—. Al parecer, una semana apareció un regimiento. Algún colono dijo que los apaches le habían robado el ganado, así que los soldados llegaron para castigar a los indios. Mataron a casi todos, excepto a los que pudieron esconderse entre las rocas.

—Oh, Lucius, lo siento mucho —exclamó la joven, horrorizada.

—Cuando regresé, todo había terminado. Creo que me volví loco. Anduve por ahí durante días, sin ir a ninguna parte en concreto. Supongo que esperaba que llegara alguien y me pegara un tiro. Luego me dirigí a casa de Redman. La habían quemado.

—¡Oh, Dios mío!

—No quedaban más que cenizas.

—¡Qué horrible! ¿Fueron los soldados?

—No. O al menos, no llevaban uniforme. Al parecer, algunos hombres del pueblo se emborracharon y decidieron que no querían ningún mestizo en los alrededores. John y su esposa ya habían tenido problemas otras veces. Le prendieron fuego al establo y luego uno de ellos empezó a disparar. Quizá lo ha-

bían planeado con antelación o quizá no. Cuando se marcharon, habían quemado la casa y dejado a la familia por muerta.
Sarah lo miró horrorizada.
—Jake debía de ser solo un niño.
—Trece o catorce años, creo. Pero no era un niño. Lo encontré donde había enterrado a su familia. Estaba allí sentado, entre las dos tumbas. Sostenía en la mano el cuchillo de caza de su padre. Todavía lo lleva.
La joven conocía el cuchillo. Lo había visto lleno de sangre, pero en aquel momento solo podía pensar en el niño.
—Pobrecito. Debía de estar muy asustado.
—No, señorita. No creo que «asustado» sea la palabra exacta. Canturreaba como en trance, como hacen los indios a veces. Era un canto de guerra. Pensaba ir a la ciudad y buscar a los hombres que habían matado a los suyos.
—Pero has dicho que solo tenía trece años.
—He dicho que ya no era un niño. Conseguí convencerlo para que olvidara su venganza por un tiempo, hasta que supiera manejar mejor un arma. Aprendió muy deprisa. No he visto a nadie que haga con un revólver lo que puede hacer Jake.
La joven se estremeció.
—¿Y fue a buscarlos? —preguntó.
—No lo sé, no se lo pregunté nunca. Pensé que lo mejor sería que nos fuéramos una temporada, hasta que creciera un poco más, así que nos dirigimos al sur. No sabía qué hacer con él. Le compré un caballo y viajamos una temporada juntos. Siempre pensé que acabaría uniéndose a algunos indeseables, pero nunca fue un hombre al que le gustara demasiado la compañía. Debía de tener unos dieciséis años cuando nos separamos. Desde entonces oí hablar de él de vez en cuando y lo encontré de nuevo cuando apareció en Lone Bluff hace unos meses.
—Perderlo todo de ese modo —por la mejilla de la joven rodó una lágrima—. Es sorprendente que no esté lleno de odio.

—Lo lleva en su interior, pero es frío. Yo, por ejemplo, utilizo la botella para olvidar. Jake utiliza algo de aquí —se señaló la sien con la mano—. Ese chico ha aguantado más cosas de las que un hombre debería soportar. Si estalla alguna vez, la gente hará bien en apartarse de él.

—Tú lo quieres.

—Es lo más cercano a una familia que tengo. Sí, le tengo cariño —la miró a los ojos—. Supongo que usted también.

—No sé lo que siento por él.

Aquello era mentira. Sabía muy bien lo que sentía. Incluso empezaba a entender por qué lo sentía. Él no era el hombre que ella había soñado con amar, pero era el único al que podía querer.

—No importa lo que sienta yo, si él no siente lo mismo —añadió.

—Quizá sí lo sienta. Puede que le resulte muy difícil decirlo con franqueza, pero yo siempre he creído que una mujer puede adivinar esas cosas.

—No siempre —se levantó con un suspiro—. Tenemos trabajo, Lucius.

—Sí, señorita.

—Una pregunta más. ¿Qué has estado haciendo en la mina?

—¿La mina, señorita Sarah?

—Tú mismo has dicho que tengo buen ojo. Sé que has estado allí. Me gustaría saber por qué.

—Bueno, yo... —la mentira no era el punto fuerte de Lucius. Tosió, movió los pies y miró al vacío—. Solo echando un vistazo.

—¿Para buscar oro?

—Podría ser.

—¿Crees que lo encontrarás?

—Matt siempre creía que había una veta rica en esa roca y cuando Jake... —se interrumpió.

—¿Cuando Jake qué? ¿Te pidió que miraras?

—Es posible que lo sugiriera, sí.
—Comprendo.
Miró hacia la roca. Siempre se había preguntado qué era lo que quería Jake. Quizá acabara de descubrirlo. El oro parecía atraer siempre a los hombres a los que amaba.
—No tengo inconveniente en que trabajes en la mina, Lucius. A decir verdad, es una excelente idea. Si necesitas alguna herramienta, dímelo —lo miró con frialdad—. Y la próxima vez que vayas al pueblo, puedes decirle a Jake que la mina es mía.
—Sí, señorita. Como usted diga.
—Insisto —miró en dirección al camino—. Llega una calesa.
Lucius escupió y deseó que no fuera Carlson. En su opinión, aquel hombre había ido demasiado a menudo por allí en las dos últimas semanas.
No era Carlson. Cuando la calesa estuvo más cerca, Sarah vio a una mujer sujetando las riendas. Una mujer morena y delicada a la que no conocía.
—Buenos días —dijo, apoyando el rifle contra la pared de la casa.
—Buenos días, señora —la joven sonrió con nerviosismo—. Vive usted muy lejos.
—Sí —como su visitante no parecía dispuesta a bajar, se acercó a la calesa—. Soy Sarah Conway.
—Sí, señora. Ya lo sé. Yo soy Alice. Alice Johnson —sonrió al perro y luego volvió a mirar a Sarah—. Encantada de conocerla.
—Es un placer conocerla, señorita Johnson. ¿Quiere pasar a tomar una taza de té?
—Oh, no, señora. No podría.
Sarah la miró, sorprendida por la reacción horrorizada de la otra joven.
—¿Se ha perdido?

—No. He venido a hablar con usted, pero no puedo entrar. No sería apropiado.

—¿Por qué no?

—Bueno, comprenda, señorita Conway. Soy una de las chicas de Carlotta.

Sarah la miró con los ojos muy abiertos. Alice era poco más que una niña, un año o dos más joven que Sarah. Su rostro estaba muy limpio y vestía de modo muy modesto. Se ruborizó ante su mirada.

—¿Quiere decir que trabaja usted en La Estrella de Plata?

—Sí, señora. Ya hace casi tres meses.

—Pero... —vio que Alice se mordía los labios y se tragó las palabras—. Señorita Johnson, si ha venido a verme, sugiero que hablemos dentro. Hace demasiado calor para estar al sol.

—No podría. De verdad que no sería apropiado, señorita Conway.

—Apropiado o no, no quiero que ninguna de las dos pillemos una insolación. Pase, por favor.

Entró en la casa. Alice vaciló un momento. Aquello no le parecía bien, pero si regresaba y le decía a Carlotta que no había cumplido su encargo, se pondría furiosa.

Sarah oyó los tímidos pasos de la otra chica en el umbral en el momento en que ponía agua a hervir.

—¡Oh, vaya! Es muy bonita. Tiene usted una casa preciosa, señorita Conway. Con cortinas y todo.

—Gracias —sonrió con franqueza. Era la primera vez que tenía una visita que pensaba de aquel modo—. Siéntese, por favor, señorita Johnson. Estoy haciendo té.

—Es usted muy amable, pero no me parece apropiado que usted me invite a té.

—Esta es mi casa y es usted mi invitada. Por supuesto que es apropiado. Espero que le gusten estos bizcochos. Los hice ayer.

Alice se sentó con aire nervioso.

—Gracias, señora. Y no se preocupe. No le diré a nadie que me he sentado a su mesa.

Sarah sirvió el té intrigada.

—¿Por qué no me dice para qué ha venido a verme?

—Carlotta ha visto los vestidos que ha hecho usted a las mujeres del pueblo. Son muy bonitos, señorita Conway.

—Gracias.

—Precisamente el otro día, cuando se marchó Jake...

—¿Jake?

—Sí, señora —Alice tomó un sorbo de té—. Viene a menudo a La Estrella de Plata. A Carlotta le gusta de verdad. Ella no trabaja mucho personalmente, ¿sabe? A menos que se trate de alguien como Jake.

—Sí, comprendo. Supongo que encontrará interesante a un hombre como él.

—Desde luego que sí. A todas las chicas les gusta Jake.

—Estoy segura de ello —murmuró Sarah.

—Bueno, como le decía, un día, cuando él se marchó, a Carlotta se le metió en la cabeza que deberíamos hacernos ropa nueva. Algo elegante, como lo que llevarían las damas. Me dijo que Jake le había dicho que usted podría cosernos algo.

—¿De verdad?

—Sí, señora. Dijo que creía que Jake había tenido una buena idea y me ha enviado para que se lo pregunte. Traigo las medidas de todas.

—Lo siento, señorita Johnson. No podría. Pero dígale a Carlotta que le agradezco la oferta.

—Somos ocho, señorita, y Carlotta ha dicho que le pagaría por adelantado. Tengo aquí el dinero.

—Eso es muy generoso, pero no puedo hacerlo. ¿Le apetece otra taza de té?

—Yo no... —confusa, Alice miró su taza. No conocía a

nadie que le hubiera negado nada a Carlotta—. Si no es molestia.

—Señorita Johnson.

—Puede llamarme Alice, señorita Conway. Todo el mundo lo hace.

—Alice, pues. ¿Te importaría decirme cómo llegaste a trabajar para Carlotta? Eres muy joven para ser... ya sabes.

—Mi padre me vendió.

—¿Te vendió?

—En casa éramos diez y venía otro en camino. Siempre que se emborrachaba, nos pegaba a uno de nosotros o fabricaba otro. Y bebía a menudo. Hace unos meses pasó un hombre por allí y papá me vendió por veinte dólares. Me escapé en cuanto pude. Cuando llegué a Lone Bluff, entré a trabajar para Carlotta. Sé que no está bien, pero es mejor que lo que tenía. Como bien y tengo una cama para mí sola cuando termino de trabajar —se encogió de hombros—. La mayoría de los hombres no son malos.

—Tu padre no tenía derecho a venderte, Alice.

—A veces la gente hace cosas a las que no tiene derecho.

—Si quisieras dejar a Carlotta, estoy segura de que podrías encontrar otro trabajo en el pueblo. Un trabajo decente.

—Perdone, señorita Conway, pero eso no es cierto. Ninguna de las damas del pueblo me contrataría para nada. Y es justo. ¿Cómo iban a saber si había estado con uno de sus maridos?

Era una buena pregunta, pero Sarah movió la cabeza.

—Si decides marcharte, yo te encontraré trabajo.

Alice la miró con los ojos muy abiertos.

—Es usted muy amable. Sabía que era una verdadera dama, señorita Conway, y se lo agradezco mucho. Será mejor que me vaya ya.

—Si quieres volver a visitarme, estaré encantada de verte —le dijo Sarah, acompañándola fuera.

—No. No sería apropiado. Gracias por el té, señorita Conway.

Sarah pensó mucho en la visita de Alice. Aquella noche, mientras leía el diario de su padre a la luz de la lámpara, pensó en lo que sería que el propio padre de una te vendiera como si fueras un caballo y se estremeció. Era cierto que ella también había pasado muchos años sin una familia de verdad, pero siempre había sabido que su padre la amaba. Lo que había hecho, lo había hecho pensando en ella. En otro tiempo, hubiera condenado de inmediato la elección de Alice. Pero en aquel momento creía comprenderla. La chica no conocía otra cosa mejor.

¿Habría pasado lo mismo con Jake? ¿La crueldad que había vivido de niño lo impulsó luego a una vida de violencia? Sus cicatrices debían de ser muy profundas. Las cicatrices y el odio.

Tenía un lugar para Sarah en su corazón. Ella lo sabía. Bajo el rudo exterior había un hombre que creía en la justicia, que era capaz de proporcionar ternura. Le había mostrado aquella parte de él, una parte que Sarah sabía que había compartido con pocas otras.

Entonces, ¿por qué, justo en el momento en el que ella había empezado a suavizar su actitud con respecto a él, a aceptarlo por lo que era, él se había vuelto hacia otra mujer, una mujer cuyo amor se podía comprar por un puñado de monedas?

Cerró el diario de su padre con un suspiro y se preparó para acostarse. Había sido una estúpida al pensar que él podía quererla. Él era demasiado impulsivo para asentarse y ella quería un hombre a su lado y niños a sus pies. Y mientras amara a Jake, no tendría nunca nada de aquello.

Así pues, tenía que dejar de amarlo.

Jake se odiaba a sí mismo por ello, pero cabalgaba en dirección a la casa de Sarah inventando una docena de excusas en su cabeza. Se decía que quería hablar con Lucius y ver si había hecho algún progreso en la mina, que quería asegurarse de que no había mordido ninguna serpiente a Sarah, que quería dar un paseo y aquella dirección le venía bien.

Pero era todo mentira.

La verdad era que deseaba verla. Quería contemplarla, oírla, hablar, oler su cabello. Llevaba dos semanas alejado de ella, así que tenía derecho, ¿no? Cuando entraba en la propiedad se recordó a sí mismo que no tenía derecho a pensar en ella, a desearla del modo en que la deseaba.

Sarah se merecía un hombre que pudiera hacerle promesas y cumplirlas, que pudiera darle la clase de vida que había nacido para llevar.

No volvería a tocarla. Aquello era algo que se había prometido la última vez que la vio. Si la tocaba, no sería capaz de contenerse y eso solo serviría para hacerlos desgraciados a los dos.

Todo estaba en silencio. Bajó de su caballo y echó un vistazo a su alrededor. No había nadie a la vista. Abrió la puerta de la casa y escuchó. En el interior, tampoco se oía ningún ruido. Se relajó. Aquel lugar había cambiado. Aquello era un motivo más para admirarla. Había hecho un hogar con casi nada. Había cuadros en las paredes. Uno de ellos era una acuarela de flores silvestres.

Se acercó al siguiente. Era un dibujo a lápiz, un boceto. Reconoció la escena, la roca bañada por el sol y el arroyo al oeste. No era un lugar vacío. Los apaches conocían a los espíritus que vivían allí. Al estudiar el dibujo, pensó que Sarah debía de conocerlos también. Nunca había imaginado que pasara tiempo dibujando algo tan fuerte y árido, ni mucho menos que lo colgara en la pared, donde lo vería todos los días.

Se volvió con la idea de que ella entendía algo de magia. ¿Acaso la cabaña no olía a ella?

Estaba a punto de salir cuando vio el libro. Lo abrió sin

pensar en lo que hacía. Al parecer, ella había empezado un diario. Incapaz de resistir la tentación, empezó a leer.

Había descrito su llegada a Lone Bluff. Sonrió al leer su descripción del ataque apache y su oportuna llegada.

Había un largo pasaje sobre su padre y lo que sentía por él. Pasó de largo. El dolor era algo que había que respetar. Se rio al leer su descripción de la primera noche allí, la lata fría de alubias y los ruidos que la mantuvieron despierta y temblando hasta la mañana. Luego volvió a ver su nombre;

Jake Redman es un enigma. No sé si se le puede llamar un diamante en bruto, aunque, desde luego, sí es bruto. La sinceridad me obliga a admitir que me ha ayudado mucho y me ha mostrado cierta amabilidad. No puedo comprender mis verdaderos sentimientos hacia él y me pregunto por qué me parece necesario intentarlo. Es un hombre que carece por completo de modales y cortesía. Su reputación es terrible. Es lo que se llama un pistolero y lleva sus armas con tanta naturalidad como un caballero llevaría su reloj de bolsillo. Sin embargo, creo que si se profundizara lo bastante en él, sería posible encontrar mucho de bueno. Afortunadamente, yo no tengo ni tiempo ni ganas de profundizar.

A pesar de sus modales y de su estilo de vida, hay cierto atractivo en él. Tiene unos ojos preciosos de color gris claro y una boca que algunas mujeres considerarían poética, particularmente cuando sonríe. Y unas manos muy hermosas.

Jake se miró las manos. Las habían calificado de muchos modos, pero nunca de hermosas. No estaba seguro de que le importara mucho, pero tenía que admitir que ella sabía manejar muy bien las palabras.

Volvió la página y hubiera seguido leyendo, pero oyó un sonido a sus espaldas y se volvió con el revólver en la mano.

Lucius lanzó un juramento y bajó su arma.

—No he vivido tanto tiempo para que tú me metas ahora un balazo.

Jake guardó el revólver en su sitio.

—Deberías tener más cuidado cuando te acercas a un hombre —dijo—. ¿No has visto mi caballo?

—Sí, lo he visto. Solo quería asegurarme. No esperaba encontrarte cotilleando por aquí —miró el libro y Jake lo cerró sin decir palabra.

—Yo no esperaba encontrar la casa desierta.

Lucius sacó una pequeña botella de whisky del bolsillo.

—He estado en la mina —anunció.

—¿Y?

—Es interesante —dio un gran trago y se limpió la boca con el dorso de la mano—. No sé cómo pudo Matt dejarse atrapar por el derrumbamiento. Era muy listo y recuerdo que las vigas eran bastante seguras. A mí me parece que alguien tuvo que esforzarse mucho para tirarlas.

Jake asintió y miró la acuarela de la pared.

—¿Le has dicho algo a ella?

—No. Hay algo más que no le he dicho —sonrió—. Ahí hay oro, muchacho. Matt encontró la veta —bebió otro trago de la botella—. Tú lo suponías, ¿no?

—Solo era un presentimiento.

—¿Quieres que guarde el secreto?

—Por el momento, sí.

—No me apetece mucho engañar a la señorita Sarah, pero supongo que tienes tus razones.

—Las tengo.

—No te preguntaré cuáles son. Ni cuáles son tus razones para no venir por aquí últimamente. La señorita Sarah está algo extraña desde que la trajiste de las montañas.

—¿Está enferma?

Lucius se llevó una mano a la boca para ocultar una sonrisa.

—Creo que tiene fiebre, sí. Fiebre del corazón.

—Lo superará —murmuró Jake, saliendo al exterior.

—Tú también estás algo raro. Es una mujer especial. Parece débil, pero es testaruda y no se rinde nunca. ¿Ves eso? —señaló el huerto—. Ha conseguido cultivar algo. Nunca creí que vería ni un tallo verde, pero ahí lo tienes. Lo riega todos los días. Es testaruda y una mujer testaruda puede conseguir muchas cosas.
—¿Dónde está?
Lucius esperaba aquella pregunta.
—Ha salido a montar con Carlson. Viene por aquí casi todos los días. Bebe té —escupió—. Le besa los dedos y la tutea. Ha mencionado que quería llevarla a ver su rancho. Hace más de una hora que se fueron.

—Hacía mucho tiempo que no pasaba un día tan agradable —Sarah se levantó de la mesa de caoba del comedor de Carlson—. Y ha sido una comida deliciosa.
—El placer ha sido mío —Samuel le asió la mano—. Todo mío.
La joven se rio y apartó su mano con gentileza.
—Tienes una casa muy hermosa. No esperaba ver algo así en esta zona.
—A mi abuelo le gustaban las cosas bellas —la agarró por el codo—. Yo heredé ese amor de él. La mayor parte de los muebles fueron enviados de Europa. Tuvimos que hacer algunas concesiones al clima —dijo, golpeando la pared de adobe—, pero no hay razones para sacrificar todas las comodidades.
La condujo hasta el retrato de una mujer pálida y elegante, vestida de seda azul.
—Mi madre. Era el orgullo y la alegría de mi abuelo. Su esposa murió antes de que pudieran terminar la casa. A partir de aquel día, todo lo que hizo lo hizo pensando en su hija.
—Es muy guapa.
—Lo era. Ni siquiera el amor y la devoción de mi abuelo consiguieron mantenerla viva. Las mujeres de mi familia siem-

pre han sido delicadas. Esta tierra es dura, demasiado dura para los frágiles. Acabó con ella. Supongo que por eso me preocupo tanto por ti.

—Yo no soy tan delicada como puedas pensar.

—Tienes mucha fuerza de voluntad. Encuentro eso muy atractivo.

Volvió a agarrarle la mano. Antes de que ella pudiera decidir qué hacer, entró un hombre en la casa. Era más bajo y delgado que Carlson, pero había cierta semejanza entre ellos. Su sombrero, echado hacia atrás, colgaba de su cuello por una cinta. Llevaba los pulgares en los bolsillos de los pantalones y la miró de un modo que le heló la sangre.

—Vaya, vaya, ¿qué tenemos aquí?

—Señorita Conway —replicó Carlson, en tono de advertencia—, le presento a mi hermano, Jim. Tendrás que disculparlo; ha estado trabajando con el ganado.

—Sam se ocupa del dinero y yo de lo demás. No me has dicho que teníamos compañía —se acercó más. Olía a cuero y tabaco, pero Sarah no encontró nada de atractivo en aquello—. Y una compañía tan hermosa.

—He invitado a comer a la señorita Conway.

—Y ha sido encantador, pero ahora tengo que marcharme —intervino ella.

—No puede salir corriendo cuando llego yo. Aquí no tenemos a menudo compañía como la suya. Es usted tan bonita como un cuadro —miró a su hermano de un modo que Sarah no entendió—. Tan bonita como un cuadro.

—Será mejor que vayas a lavarte —dijo Carlson—. Tenemos que discutir unas cosas cuando vuelvas.

—Sam solo piensa en los negocios —sonrió Jim—. Yo prefiero otras cosas.

Sarah dio un suspiro de alivio cuando Samuel la agarró por el brazo.

—Buenos días, señor Carlson.

Jim la observó alejarse.

—Buenos días a usted también.

—Tendrás que disculparlo —Samuel la ayudó a subir a la calesa—. Jim es un poco maleducado. Espero que no te haya molestado.

—No, en absoluto —dijo ella, esforzándose por sonreír con cortesía.

—Pareces haberte adaptado bien a tu nueva vida —comentó Carlson.

—A decir verdad, me gusta.

—Me alegro de oírlo, por razones egoístas. Temía que te descorazonaras y te marcharas —puso los caballos al paso y se volvió para sonreírle—. Me alegro mucho de que te quedes.

Al llegar a la cima de la colina, detuvo el carruaje para poder echar un último vistazo al rancho. La casa brillaba bajo el sol. Los establos y graneros se levantaban aquí y allá, en una extensión de tierra atravesada por un arroyo azul.

—Es preciosa, Samuel. Debes de estar muy orgulloso del rancho.

—El orgullo no siempre es suficiente. Un lugar como este hay que compartirlo. Lamento no tener una familia propia para llenarlo. Hasta ahora, casi había renunciado a la esperanza de encontrar a una mujer que lo compartiera conmigo —le asió una mano y se la llevó a los labios—. Sarah, me harías muy feliz si quisieras ser esa mujer.

La joven se quedó sin habla, aunque difícilmente hubiera podido decir que estaba sorprendida. Él no había ocultado que quería cortejarla. Examinó en silencio su rostro. Era todo lo que ella podía soñar: atractivo, elegante, un hombre de éxito. Y le estaba ofreciendo todo aquello con lo que había soñado: un hogar, una familia, una vida plena y feliz.

Deseaba poder decir que sí, acariciarle la mejilla y sonreír. Pero no era posible. Apartó la vista, luchando por encontrar las palabras adecuadas.

Entonces lo vio. Apenas era algo más que una silueta en el horizonte. Un hombre anónimo a caballo. Pero supo sin lugar a dudas que se trataba de Jake.

Se dio la vuelta deliberadamente.

—Samuel, no te imaginas lo mucho que me halaga tu oferta.

El hombre percibió que iba a rehusar y, aunque se sintió embargado por la rabia, sonrió.

—Por favor, no me contestes ahora. Quiero que pienses en ello. Créeme, Sarah, comprendo que hace poco tiempo que nos conocemos y que es posible que tus sentimientos no sean tan fuertes como los míos. Dame la oportunidad de cambiar eso.

—Gracias —no protestó cuando él volvió a besarle la mano—. Pensaré en ello. Te agradezco que seas tan paciente. En estos momentos tengo muchas cosas en las que pensar. Casi vuelvo a tener mi vida bajo control y ahora que voy a abrir la mina...

—¿La mina? —la mano de él se tensó sobre la suya—. ¿Vas a abrir la mina?

—Sí —lo miró sorprendida—. ¿Te ocurre algo?

—No, no. Es solo que me parece peligroso —hizo un esfuerzo por controlarse—. Y me temo que abrirla puede afectarte más de lo que sospechas. Después de todo, la mina mató a tu padre.

—Lo sé. Pero también le dio vida. Siento que él hubiera querido que yo siguiera adelante.

—¿Quieres hacer algo por mí?

—Lo intentaré.

—Piensa bien en ello. Me importa mucho y no quiero ver que te dejas llevar por un sueño vacío —sonrió y arreó a los caballos—. Y si te casas conmigo, me ocuparé de que alguien trabaje en la mina y no tengas que sufrir.

—Pensaré en ello.

Pero su mente estaba llena de otros pensamientos; se volvió y miró al jinete solitario por encima del hombro.

CAPÍTULO 9

Sarah no se había sentido nunca tan excitada por un baile; y nunca había trabajado tanto. En el momento en que se anunció un baile en el pueblo para celebrar el día de la Independencia, empezó a recibir un montón de pedidos para vestidos. Dejó todo el resto del trabajo a Lucius y cosió noche y día.

Los dedos le dolían y los ojos le escocían, pero había ganado dinero suficiente para encargar el suelo de madera que tanto deseaba.

Después del suelo, pensaba comprar cristales para las ventanas y una vajilla decente. Luego, cuando el tiempo y el dinero se lo permitieran, le pediría a Lucius que le construyera un dormitorio de verdad. Soltó una carcajada, cerró los ojos y se puso a soñar. Si lo de la mina salía bien, tendría una casa con cuatro dormitorios y un salón, pero, por el momento, tendría que conformarse con un suelo de verdad.

Pero antes de todo eso, estaba el baile.

Aunque se había esmerado todo lo posible en los vestidos que había hecho, no estaba dispuesta a dejarse aventajar por nadie. El día del baile por la tarde, sacó su mejor vestido de seda. Era de color azul pálido, el color de los rayos de luna en un bosque. Una tira de encaje blanco decoraba el escote cuadrado, que realzaba la línea de su garganta e insinuaba la línea de sus hombros. El borde de las mangas estaba decorado con una cinta de un azul más intenso.

Se recogió el pelo en un moño alto. Deseaba estar muy guapa. Si Jake estaba allí, quería que viera lo que se había perdido. Se colocó un chal de encaje blanco sobre el vestido, revisó el contenido de su bolsa y salió al exterior.

—¡Santo cielo!

Lucius estaba de pie al lado del carro con el sombrero en la mano. Se había lavado sin que ella tuviera que recordárselo y hasta se había molestado en afeitarse.

—Lucius, estás muy guapo.

—Diablos, señorita Sarah. Usted sí que está preciosa.

Sarah sonrió y le tendió una mano. Lucius la ayudó a subir al carro.

—Va a dejarlos boquiabiertos.

—Eso espero. Me reservarás un baile, ¿verdad?

—Me encantará. Aunque no está bien que lo diga yo, la verdad es que, borracho o sereno, bailo muy bien.

—Quizá esta noche deberías procurar hacerlo sereno.

Jake los vio llegar al pueblo. Estaba sentado en su ventana, fumando y observando a los vaqueros correr por las calles agitando los sombreros, disparando sus armas y gritando.

El pueblo estaba lleno de gente y de ruido. La mayoría de los vaqueros se emborracharían y podrían acabar disparándose a ellos mismos en lugar de a los blancos que Cody había preparado para la competición. A él no le importaba nada. Se limitaba a mirar desde su ventana.

Entonces la vio. Y verla le dolió. Inconscientemente, se llevó una mano al pecho, donde se centraba su dolor. La oyó reír y una oleada de deseo le atravesó el cuerpo.

Sarah bajó del carro y se rio de nuevo al ver a Liza salir de la tienda de su padre. Dio una vuelta delante de su amiga y

Jake vio la piel blanca de su garganta, la insinuación de sus senos, la cintura estrecha y el brillo de sus ojos. El cigarrillo le quemó los dedos y lanzó un juramento. Pero no dejó de mirar.

—¿Vas a quedarte todo el día sentado en la ventana o vas a acompañarme como me prometiste? —preguntó Maggie, entrando en su cuarto con las manos sobre las caderas.

—Yo no te prometí nada.

—Me lo prometiste la noche en que tuve que meterte en la cama porque estabas tan borracho que no podías tenerte en pie.

Jake recordaba muy bien aquella noche. Fue una semana después de que bajara a Sarah de las montañas, después de llevar siete días acudiendo a La Estrella de Plata para ver si conseguía excitarse ante la posibilidad de acostarse con Carlotta o cualquier otra mujer. Beber había sido más sencillo, pero fue la primera vez que se emborrachó hasta tal punto y no tenía intención de repetirlo.

—Podía haberme acostado yo solo.

—Ni siquiera podías subir las escaleras. ¿Vas a acompañarme sí o no?

Jake lanzó un gruñido, pero se apartó de la ventana.

—No hay nada peor que una mujer pesada.

Maggie sonrió y le tendió su sombrero.

Acababan de salir fuera cuando John Cody se acercó corriendo a ellos.

—Señor Redman. Señor Redman. Lo estaba esperando.

—¿Sí? ¿Para qué?

—Para el concurso —sonrió el chico—. Mi padre ha organizado un concurso. El que mejor dispare ganará una manta de montar nueva. Una roja. Ganará usted, ¿verdad?

—No pensaba hacerlo.

—¿Por qué no? Nadie dispara mejor que usted. Y la manta es muy bonita.

—Vamos, Jake —Maggie le dio un golpe en el brazo—. El chico cuenta contigo.

—Yo no disparo por diversión —quiso seguir andando, pero vio la cara de decepción del muchacho—. ¿Una manta roja? —preguntó.

Los ojos del chico se iluminaron.

—Sí, señor. La más bonita que he visto nunca.

—Supongo que puedo echarle un vistazo.

Antes de que terminara de hablar, Johnny lo había agarrado de la mano y tiraba de él en dirección al otro lado de la calle.

En la parte de atrás de la tienda, Cody había preparado una fila de botellas vacías y latas de varios tamaños. Los concursantes se colocaban detrás de una línea dibujada en la tierra y disparaban seis veces. El suelo estaba ya cubierto de cristales rotos.

—Cuesta dos centavos participar —le dijo Johnny—. Yo tengo uno si lo necesita.

Jake miró la moneda que le ofrecía el chico. Aquel gesto lo conmovió como solo puede conmoverse alguien a quien la vida ha ofrecido muy poco.

—Gracias, pero creo que tengo dos centavos.

—Usted dispara mejor que Jim Carlson. Es el que va en cabeza ahora.

Jake le dio el dinero al chico.

—¿Por qué no vas a inscribirme?

—Sí, señor. Sí, señor —gritó el muchacho y salió corriendo.

—¿Vas a competir por la manta? —preguntó Lucius a sus espaldas.

—Estoy pensando en ello.

Pero miraba a Jim Carlson. Recordó que Jim montaba un caballo grande y blanco. Jake había visto un caballo blanco la noche en que quemaron el establo de Sarah.

Lucius se quitó el sombrero ante Maggie.

—Señora.

—¿Eres tú, Lucius? Creo que es la primera vez que te veo sin barba.

El viejo se ruborizó y se apartó unos pasos.

—Supongo que un hombre puede afeitarse de vez en cuando sin que todo el mundo se meta con él.

—Había olvidado que tenías un rostro debajo de la barba —comentó Jake, mirando a Will Metcalf tirar contra cuatro de las seis botellas—. ¿Tú también buscas una manta nueva?

—No. Solo he venido para decirte que Burt Donley está en el pueblo.

Jake no mostró ninguna emoción.

—¿De verdad? Yo creía que estaba en Laramie.

—Ya no. Llegó por aquí cuando tú estabas en Nuevo México. Ha empezado a trabajar para Carlson.

Jake se volvió y observó la zona situada a sus espaldas.

—Donley no sabe cuidar vacas.

—Lo mismo creo yo. Puede que Carlson lo contratara para alguna otra cosa.

—Podría ser —murmuró Jake, observando a Donley acercarse a la multitud.

Era un hombre grande, de hombros anchos y cintura estrecha. Llevaba el pelo gris largo, tan largo que se mezclaba con su barba. Y era rápido. Jake tenía buenas razones para saber cómo de rápido. Si la ley no se hubiera interpuesto entre ellos dos años atrás, uno de los dos habría muerto.

—He oído que tuviste problemas con él hace algún tiempo.

—Es cierto.

Sus ojos se encontraron con los de Donley a través de la multitud. No era necesario que ninguno de los dos dijera nada. Ambos sabían que había una cuenta pendiente entre ellos.

Sarah, de pie al lado de Liza, observaba a Jake. Percibió algo extraño en sus ojos y se estremeció. Luego oyó gritar a la multitud cuando el siguiente concursante rompió las seis botellas.

—Oh, mira —Liza dio un empujón a Sarah—. Jake va a disparar. Sé que no es correcto, pero siempre he deseado ver cómo lo hace. Se cuentan tantas historias. Había una...
Abrió mucho la boca cuando él disparó el primer tiro.
—Ni siquiera le he visto desenfundar —murmuró.
—Les ha dado a todas —Sarah se apretó el chal con fuerza. Jake apenas se había movido. Su revólver seguía humeando cuando lo enfundó.
Donley se acercó, soltó dos centavos y esperó a que montaran más blancos. Sarah vio su mano apretar la culata de su rifle, desenfundar y disparar.
—¡Dios santo! Él también ha tirado todas. Ya solo quedan Dave Jeffrey, Jim Carlson, Jake y Burt Donley.
—¿Quién es él? —preguntó Sarah, preguntándose por qué Jake lo había mirado con mirada asesina—. Ese grande del chaleco de cuero.
—¿Donley? Trabaja para Samuel Carlson. También he oído hablar mucho de él. La misma clase de historias que sobre Jake, pero...
—¿Pero?
—Bueno, ¿recuerdas que te he dicho que Johnny ha estado persiguiendo a Jake y dándole la lata? No puedo decir que me preocupe, pero si se acercara a Burt Donley, lo despellejaría vivo.
La multitud se apartó y Cody alejó la línea de disparo un poco más de los blancos. El primero que disparó falló dos botellas. Sarah vio a Johnny agarrar a Jake del brazo y murmurarle algo al oído. Para su sorpresa, el hombre sonrió y le revolvió el pelo al chico. Una vez más, acababa de ver aquella amabilidad suya tan particular. Y, sin embargo, recordó la mirada que sorprendiera unos momentos antes en sus ojos.
Jake volvió la cabeza. Sus ojos se encontraron con los de ella y ambos mantuvieron la mirada.
—Sigue mirándola así —musitó Maggie—. Y tendrás que casarte con ella o salir corriendo en dirección opuesta.

—Cállate.

La mujer sonrió con dulzura.

—Creo que te gustaría saber que Sam Carlson no parece muy contento con vuestras miradas.

Jake apartó la vista y sus ojos se encontraron con los de Carlson. El hombre estaba detrás de Sarah y tenía una mano sobre el hombro de la joven. Jake consideró si debería pegarle un tiro por ello.

—No tiene ningún derecho sobre ella.

—No será por falta de ganas. Será mejor que actúes deprisa, muchacho.

Los espectadores aplaudieron a Jim Carlson, que tiró cinco de las seis botellas.

Jake cargó su pistola y avanzó hacia la línea. Los seis tiros sonaron casi al unísono. Cuando bajó su Colt, las seis botellas estaban rotas.

Donley ocupó su lugar. Seis tiros, seis aciertos.

La línea retrocedió todavía más.

—No pueden hacerlo desde ahí —le susurró Liza a Sarah—. Nadie podría.

La joven movió la cabeza. Aquello ya no era un juego. Había algo entre aquellos dos hombres, algo mucho más profundo y oscuro que un simple concurso de destreza. Otros lo percibieron también. Oyó el murmullo de la multitud y vio las miradas nerviosas de algunos.

Jake se colocó detrás de la línea. Miró los blancos, calculando la distancia, apuntando mentalmente. Luego hizo lo que mejor se le daba. Desenfundó y disparó por instinto. Las botellas explotaron una a una.

Se hizo un silencio y Donley avanzó hacia la línea. Desenfundó y disparó seis veces. Cuando terminó, solo quedaba una botella sin romper.

—Enhorabuena, Redman.

Cody se acercó con la manta, con la esperanza de terminar

con la tensión. Suspiró aliviado al ver acercarse al sheriff Barker.

—Ha sido una buena demostración, muchachos. Espero que ahora vayáis a divertiros. Si alguno de los dos recibe un balazo esta noche, no tendré que dudar mucho de dónde ha salido.

Sonrió amistosamente, a pesar de su advertencia. Carlson movió la cabeza detrás de Sarah. Sin decir nada, Donley echó a andar a través de la multitud, que se abrió para dejarle paso.

—No había visto a nadie disparar así —dijo Johnny, maravillado.

Jake le lanzó la manta.

—Aquí tienes.

El niño abrió mucho los ojos.

—¿Es para mí?

—Tú tienes caballo, ¿no?

—Sí, señor. Tengo un poni bayo.

—Pues la manta roja le sentará muy bien. ¿Por qué no vas a comprobarlo?

—Gracias, señor Redman. Muchas gracias —dijo el niño. Y salió corriendo.

—Le has dado una alegría —comentó Barker.

—Yo no necesito ninguna manta.

El sheriff movió la cabeza.

—Eres un enigma, Jake. No puedo evitar que me caigas bien.

—Eso sí que es un enigma para mí, sheriff. La mayoría de los agentes de la ley piensan de otro modo.

—Puede que sí. Sea como sea, te agradecería que esta noche no sacaras los revólveres de sus fundas. No querrás contarme lo que hay entre Donley y tú, ¿verdad?

Jake lo miró a los ojos.

—No.

—Ya lo suponía. Bueno, voy a buscar algo de pollo y a bailar con mi mujer.

Había media docena de mesas alineadas a lo largo de una de las enormes carpas. La mitad de la comida desapareció aun antes de que empezara la música. Las mujeres, jóvenes o viejas, coqueteaban, encantadas de ser vistas con sus mejores vestidos. Cuando empezó la música, el centro de la carpa se llenó de parejas. Liza, ataviada con su vestido de muselina rosa, agarró a Will de la mano y tiró de él. Carlson, muy elegante con su traje marrón claro y una corbata de rayas, se inclinó ante Sarah.

—Me sentiría muy honrado si quisieras bailar conmigo.

La joven sonrió y le hizo una reverencia formal.

—Será un placer.

La música era rápida y animada. A pesar del calor, mucha gente bailaba. Era distinto a los bailes a los que había asistido Sarah en Filadelfia. Cuando terminó de bailar con Carlson, lo hizo con Lucius.

—Tenías razón —dijo al acabar la pieza.

—¿En qué?

—En que eres un buen bailarín. Y esta es la mejor fiesta a la que he asistido jamás —se inclinó hacia él impulsivamente y lo besó en la mejilla.

—¿Quiere un vaso de ponche? —preguntó el hombre, ruborizándose de vergüenza y placer.

—Será un placer.

—¡Sarah! —llamó Liza, acercándose a ella y agarrándola del brazo.

—¿Qué te pasa?

—Nada. No me pasa nada —tiró de ella hacia un rincón—. Pero si no se lo digo pronto a alguien, voy a explotar.

—Pues dímelo.

—He salido fuera a tomar el aire y Will me ha seguido y me ha besado.

—¿De verdad?

—Dos veces. Creo que mi corazón se ha parado por completo.

Sarah enarcó las cejas y reprimió una sonrisa.

—Supongo que eso significa que vas a dejar que sea tu novio.

—Nos vamos a casar —dijo la otra joven.

—¿De verdad? Es maravilloso —Sarah la abrazó—. Me alegro mucho por ti. ¿Cuándo?

—Bueno, antes tiene que hablar con papá —la joven se mordió los labios—, pero estoy segura de que no habrá ningún problema. A papá le gusta Will.

—Claro que sí, Liza. Y no te imaginas lo mucho que me alegro por ti.

—Lo sé —hizo una mueca—. ¡Oh, Dios! Ahora tengo ganas de llorar.

—No, no lo hagas, o me contagiarás también a mí.

Liza la abrazó sonriente.

—No puedo esperar. No puedo esperar. La próxima serás tú. Samuel Carlson no te quita los ojos de encima. Tengo que admitir que yo estuve un poco encandilada con él —sonrió con picardía—, aunque a decir verdad lo utilizaba para poner celoso a Will.

—No voy a casarme con Samuel. No creo que me case nunca.

—Oh, tonterías. Si no es Samuel, tiene que haber otro hombre que sí te interese.

La orquesta había empezado a tocar un vals. Sarah escuchó sonriente.

—El problema es que sí me interesa uno, pero no es la clase de hombre que piense en el matrimonio.

—¿Quién...? —se interrumpió al ver acercarse a Jake—. ¡Oh, Dios mío! —musitó.

Sarah lo vio también y de pronto fue como si el resto de la gente hubiera desaparecido y solo existieran ellos dos. No vio a Carlson avanzar hacia ella con intención de invitarla a bailar ni lo vio apretar las mandíbulas cuando se dio cuenta de dónde miraba ella. Solo vio a Jake avanzando hacia ella.

Él no dijo nada. Se detuvo delante de ella y le tendió la mano. Sarah se echó en sus brazos.

Pensó que debía de ser un sueño. Jake la había recibido en sus brazos y bailaba con ella al son de la música sin dejar de mirarla a los ojos. Sin pensar lo que hacía, Sarah levantó una mano para tocarle el rostro. Y vio sus ojos oscurecerse como nubes tormentosas.

Avergonzada por su comportamiento, dejó caer de nuevo la mano.

—No imaginaba que supieras bailar.
—A mi madre le gustaba.
—No has venido a verme últimamente.
—No.
—¿Por qué?
—Ya sabes por qué.
—¿Tienes miedo de verme?
—No —era mentira y él no solía mentir a menudo—. Pero deberías tenerlo tú.
—No me asustas, Jake.
—Eso es porque no tienes sentido común —cuando se detuvo la música, tardó un momento en soltarla—. Si lo tuvieras, saldrías corriendo siempre que me acerco a ti.
—Eres tú el que sale corriendo —musitó ella.

Se separó de sus brazos y se alejó.

Le resultaba difícil mantener la compostura y no salir corriendo y gritando. Apretó los dientes y bailó la siguiente pieza con el primer hombre que se lo pidió. Cuando volvió a mirar, Jake había desaparecido.

—Sarah —Carlson apareció a su lado con un vaso de limonada.

—Gracias. Es una fiesta magnífica, ¿verdad?

—Sí; y lo que la hace más importante para mí es el hecho de que tú estés aquí...

La joven bebió un sorbo de su bebida, usando aquello como excusa para no responder.

—No quiero estropearte la fiesta, Sarah, pero creo que debo decirte lo que pienso.

—Por supuesto. ¿De qué se trata?

—Es muy peligroso tratar con Jake Redman.

—Oh. ¿Y por qué, Samuel?

—Tienes que verlo como lo que es, querida. Un asesino, un pistolero a sueldo. Un hombre así te tratará con el mismo respeto que trataría a una mujer que no fuera una dama.

—A pesar de lo que tú pienses de él, Samuel, ha venido en mi ayuda varias veces. Y lo considero un amigo.

—Él no es amigo de nadie. Aléjate de él, Sarah, por tu propio bien.

La joven se puso tensa.

—Eso ya no parece un consejo, sino una orden.

El hombre comprendió que estaba enfadada y dio marcha atrás.

—Considéralo una súplica —le agarró la mano—. Me gusta pensar que hay cierto entendimiento entre nosotros.

—Lo siento —apartó su mano con gentileza—. No es cierto. No he accedido a casarme contigo, Samuel. Hasta que no lo haga, no me considero obligada a acceder a tus súplicas. Y ahora discúlpame, pero necesito tomar el aire. Sola.

Sabedora de que había sido innecesariamente dura con él, salió apresuradamente de la tienda.

La luna estaba alta y casi llena. Respiró hondo y la contempló un rato. Decidió andar un poco para calmarse, pero no había dado más de seis pasos cuando la sombra de un hombre la hizo detenerse. Observó a Jake encender un cigarrillo.

—Esta noche hace mucho calor para pasear.

—Gracias, no me había dado cuenta —repuso ella tensa; siguió su camino.

—Esta noche hay muchos borrachos. Muchos hombres del pueblo que no tienen oportunidad de ver mujeres bonitas a menudo. No es inteligente andar sola.

—Gracias por el consejo.

Siguió andando y él la detuvo por el brazo.

—¿Es necesario que seas tan cáustica?

—Sí —liberó su brazo—. Si has dicho ya todo lo que querías decir, me gustaría estar sola.

—Tengo más cosas que decir —sacó algo de su bolsillo—. Esto es tuyo.

—Oh —asió el camafeo—. Creí que lo había perdido. Que se lo había quedado el indio de la cicatriz.

—Lo recuperé luego. Quería dártelo, pero se me olvidó.

Aquello era otra mentira. Lo había guardado porque quería tener algo suyo, aunque fuera durante un corto tiempo.

—Gracias —abrió su bolsa y dejó caer el camafeo en su interior—. Significa mucho para mí.

Oyó unas risas femeninas y apretó los labios. Al parecer, aquella noche también había fiesta en La Estrella de Plata.

—Me sorprende que sigas aquí —dijo—. Hubiera pensado que te gustaban las fiestas. No quiero entretenerte.

—Maldición, ya te he dicho que no quiero que pasees sola.

Sarah miró la mano que él había vuelto a ponerle en el brazo.

—No creo que esté obligada a aceptar órdenes tuyas. Suéltame.

—Vuelve dentro.

—Iré donde quiera y cuando quiera —se liberó de nuevo—. Y con quien quiera.

—Si te refieres a Carlson, te advierto que será mejor que no te acerques a él.

—¿De verdad? Puedes decir lo que quieras, pero no pienso escucharte. Veré a Samuel siempre que me apetezca.

—¿Para que pueda besarte la mano? ¿Para que todo el pueblo pueda comentar que has pasado el día en su casa?

—¿Cómo te atreves? —susurró ella, furiosa—. Precisamente tú, que pasas la noche con esa mujer y le pagas por sus atenciones. ¿Cómo te atreves a insinuar que pueda haber algo impropio en mi comportamiento? Si le dejo a Samuel que me bese la mano, eso es asunto mío. Me ha pedido que me case con él.

Lo último que esperaba en el mundo era que él la atrapara y la levantara en el aire.

—¿Qué has dicho? —preguntó.

—He dicho que me ha pedido que me case con él. Bájame.

El hombre la sacudió en el aire.

—Te lo advierto, duquesa. Será mejor que te lo pienses dos veces antes de casarte con él, porque el mismo día en que te conviertas en su esposa, serás su viuda. Te lo prometo.

La joven sintió que el corazón se le subía a la garganta.

—¿Tu respuesta para todo es el revólver?

Jake la depositó en el suelo con lentitud, sin dejar de mirarla.

—Quédate ahí.

—Yo no...

—Por Dios que te quedarás donde estás o te ataré a una estaca como a un caballo rebelde.

La joven se quedó quieta un momento observándolo alejarse. Luego abrió mucho los ojos y echó a correr hacia él.

—¿Es que nunca escuchas?

—Pensaba... tenía miedo...

—¿De que le metiera una bala a Carlson? —apretó los dientes—. Todavía hay tiempo para eso.

La agarró con firmeza del brazo y tiró de ella.

—¿Qué haces?

—Voy a llevarte a casa.

—Nada de eso. No voy a ir contigo y no quiero irme a casa todavía.

—Es una lástima —la levantó en brazos.

—Bájame ahora mismo o empiezo a gritar.

—Adelante.

La depositó sobre el carro. Ella hizo ademán de hacerse con las riendas, pero él fue más rápido.

—Lucius se quedará en el pueblo —aflojó las riendas—. ¿Por qué no te relajas y disfrutas del viaje? Y no hagas ruido o te juro que te amordazo.

CAPÍTULO 10

Sarah pensó que debía esforzarse por mantener cierta dignidad. Puede que fuera difícil teniendo en cuenta la velocidad a la que conducía Jake y su propio estado de ánimo, pero no olvidaría que era una dama.

Hubiera deseado ser un hombre para tumbarlo de un puñetazo. Jake miraba las cabezas de los caballos y pensaba que le gustaría poder controlarse. No era fácil, pero en su vida había utilizado siempre su autocontrol con tanta efectividad como sus revólveres y no estaba dispuesto a perderlo en aquel momento y hacer algo que lamentaría después.

El perro ladró con fuerza cuando llegaron a la casa. Olió a Sarah y a su acompañante y empezó a saltar de alegría.

En cuanto Jake detuvo los caballos, la joven saltó al suelo. La prisa y su mal humor la hicieron descuidarse y se enganchó el dobladillo. Tiró para soltarse y oyó el ruido de la seda al romperse.

—Mira lo que has hecho —dijo rabiosa.

Jake saltó del carro por el lado opuesto.

—Si hubieras esperado un momento, te habría ayudado a bajar —dijo, igual de enfadado.

—¿De verdad? —levantó la barbilla y avanzó hacia la parte frontal del carro—. Tú no has hecho nada educado en tu vida.

Comes con el sombrero puesto, maldices y entras y sales de aquí sin dar los buenos días ni las buenas noches.

—Esos son unos defectos terribles.

—¿Defectos? Todavía no he empezado a mencionar tus defectos. Si empezara, no terminaría en un año. ¿Cómo te atreves a echarme en el carro como un saco de harina y traerme aquí contra mi voluntad?

Estaba muy hermosa a la luz de la luna, con las mejillas rojas de rabia y los ojos brillantes de furia.

—Tengo mis razones.

—¿De verdad? Me encantaría oírlas.

Jake pensó que a él le ocurría lo mismo. La verdad era que no sabía a qué achacar aquello, como no fuera a un ataque de celos.

—Vete a la cama, duquesa.

—No tengo intención de ir a ninguna parte —lo agarró por el brazo antes de que pudiera guardar los caballos—. Ni tú tampoco hasta que te hayas explicado. Me has molestado y has amenazado con matar a Samuel Carlson.

—No era una amenaza —la asió por la muñeca—. La próxima vez que te toque, lo mataré.

Sarah se dio cuenta de que hablaba en serio. Se quedó un momento paralizada en el sitio y luego salió tras él.

—¿Estás loco?

—Es posible.

—¿Qué te importa a ti mi relación con Samuel Carlson? Te aseguro que si no deseara que un hombre me tocara, no me tocaría nunca.

—¿Quieres decir que te gusta? —se volvió hacia ella—. Te gusta que te abrace, que te bese.

Sarah hubiera preferido sufrir las torturas del infierno antes que admitir que Samuel no había hecho otra cosa que besarle la punta de los dedos. Y que el único hombre que había hecho algo más estaba allí delante de ella. Dio un paso adelante y se quedó pegada a él.

—Aun a riesgo de repetirme, te diré que eso no es asunto tuyo.

—Yo creo que sí —repuso él.

Se llevó los caballos dentro del establo.

—Pues crees mal —Sarah lo siguió al interior—. Lo que yo haga es asunto mío y solo mío. No he hecho nada de lo que tenga que avergonzarme y, desde luego, nada que tenga que justificar ante ti. Si permito que Samuel me corteje, tú no tienes nada que decir al respecto.

—¿Es así como tú lo llamas? ¿Cortejarte?

—¿Tienes tú otro nombre mejor?

—Quizá me haya equivocado contigo. Yo creía que eras algo más selecta. Aunque, por otra parte, a mí tampoco me rechazaste cuando te besé.

La joven hizo ademán de darle una bofetada y él le paró la mano.

—¿Cómo te atreves a hablarme así? No, no protesté cuando me tocaste. ¡Ojalá lo hubiera hecho! Me hiciste sentir... —se detuvo un momento, buscando las palabras exactas—. Me hiciste sentir cosas que todavía no comprendo. Me hiciste desearte cuando tú no me deseabas a mí. Y, después de hacer eso, diste media vuelta como si aquello no significara nada para ti.

Jake sintió un dolor agudo en la boca del estómago. Lo que ella decía era verdad; el dolor que expresaban sus ojos era real.

—Estás mejor así —dijo, volviendo su atención al caballo.

—Estoy de acuerdo —sentía deseos de llorar—, pero si crees que eso te da derecho a entrometerte en mi vida, te equivocas. Te equivocas por completo.

—Tú saltaste muy deprisa de mis brazos a los suyos —repuso él con amargura.

—¿Yo? —furiosa, lo agarró con ambas manos por la camisa—. No fui yo la que salté; fuiste tú. Me dejaste aquí sin decir una palabra y fuiste directamente a La Estrella de Plata.

Me besaste y luego te limpiaste mi sabor de tu boca para correr a besarla a ella.

—¿A quién? —la agarró por los hombros, antes de que pudiera apartarse—. ¿A quién?

—No tengo nada más que decirte.

—Tú has empezado esto; ahora termínalo. ¿En qué cama me metí yo, Sarah?

—En la de Carlotta. Me dejaste para irte con ella. Y, por si eso no fuera bastante humillación, le dijiste que me contratara.

—¿Contratarte? ¿De qué diablos hablas?

—Sabes muy bien que le dijiste que debía contratarme para coserles vestidos a sus chicas y a ella.

—¿Coser? —no supo si reír o maldecir. La soltó con lentitud—. Sea lo que sea lo que piensas de mí, deberías saber que no soy estúpido.

—No sé lo que pienso de ti —dijo ella, reprimiendo las lágrimas.

—Yo nunca le dije a Carlotta que te contratara para nada. Y no he estado con...

Se interrumpió con un juramento. Ella volvió a agarrarlo del brazo, antes de que pudiera alejarse.

—¿Me estás diciendo que no has estado en La Estrella de Plata?

—No, yo no digo eso.

—Comprendo —se frotó las sienes—. Has encontrado otra mujer que te gusta más. Pobre Carlotta. Debe de estar destrozada.

—Se necesitaría algo más que eso para destrozarla. Y desde que volví al pueblo, lo único que he comprado en La Estrella de Plata ha sido el whisky.

—¿Por qué? —susurró ella.

—Eso es asunto mío.

—Te he hecho una pregunta.

—Ya te he dado la respuesta —se dispuso a salir—. Ahora vete a la cama.

—Ni tú ni yo iremos a ninguna parte hasta que me digas por qué no has estado con ella ni con nadie.

—Porque no puedo dejar de pensar en ti.

Rabioso, la empujó contra la pared con tanta fuerza que se le saltaron las horquillas del moño y su pelo quedó cayendo suelto hasta la cintura. Quería asustarla, asustarla tanto como ella lo asustaba a él.

—Conmigo no estás a salvo, duquesa —se inclinó hacia ella—. No lo olvides.

Sarah apretó sus manos húmedas contra la pared, no era miedo lo que sentía. Era una emoción fuerte y cálida, pero no era miedo.

—Tú no me deseas.

—Te deseo tanto que me duele —le acarició el cuello—. Preferiría que me pegaran un tiro a sentir lo que tú me haces sentir.

—¿Cómo te hago sentir? —murmuró ella.

—Imprudente —era verdad, pero no era toda la verdad—. Y eso no es bueno para ninguno de los dos. Te haré daño y no me importará. Así que será mejor que salgas huyendo mientras todavía te lo permito.

—No pienso huir —no hubiera podido hacerlo aunque hubiera querido; le temblaban las piernas y estaba sin aliento—. Pero tú sí estás huyendo. Se te da bien amenazar. Si fueras la clase de hombre que dices que eres y me desearas, me tomarías. Aquí y ahora.

Los ojos de él se ensombrecieron. Se acercó a ella y la agarró del pelo. La joven no parpadeó; mantuvo la barbilla alta con aire retador.

—¡Maldita seas!

La besó con dureza. Se dijo a sí mismo que era para asustarla, para que comprendiera de una vez por todas lo que él era. La acarició sin delicadeza, como hubiera tocado a una prostituta. Quería hacerla llorar, temblar y suplicarle que la dejara en paz.

Quizá entonces pudiera hacerlo.

Oyó el grito apagado de ella contra su boca e intentó apartarse. Los brazos de ella lo rodearon, estrechándolo con fuerza.

Sarah se entregó sin reservas al abrazo. Sabía que él quería hacerle daño. Pero no podría. Tenía que hacerle comprender que en sus brazos nada podría causarle dolor. Sintió la lengua de él en su garganta y dio un respingo, apretándose más contra el hombre. El contacto de sus dientes contra su piel la hizo gemir. Demasiado excitada para avergonzarse por su comportamiento, tiró de la camisa de él. Quería volver a tocar su piel, sentir su calidez.

Jake empezaba a perderse en ella. No, ya estaba perdido. Su olor enturbiaba sus sentidos. Su boca hacía que le resultara difícil mantener el control. Entonces la oyó susurrar su nombre y perdió el último resto de control.

La tumbó sobre el heno, ansioso por poseerla. La sujetó por los hombros y empezó a tirar de la seda para poder llegar hasta ella.

El terror se apoderó de Sarah; pero no tenía miedo de él, sino de la necesidad de él que se había apoderado de ella. Era más fuerte que ella; la hacía olvidar por completo lo que podía hacer y lo que no. Tiró de la camisa de Jake con tanta rudeza como él de su vestido.

El hombre tiraba de los lazos, maldiciéndolos y maldiciéndose a sí mismo. Impaciente, se quitó la camisa y luego contuvo el aliento al ver que ella se apretaba contra él.

Le besó el rostro repetidamente. Sarah no conseguía respirar libremente, ni siquiera cuando él le desató el corsé. Rodaron sobre el heno mientras luchaban por liberarse mutuamente de la barrera de la ropa. La joven se arqueó cuando él le atrapó los senos entre las manos.

Era suave como la seda que acababa de romper, delicada como el cristal. Pero, a pesar de su fragilidad, sintió también toda su fuerza. Podía oler el heno, los caballos, la noche. Podía verle los ojos, el cabello, la piel. Una vez más intentó recuperar la cordura. Por ella. Por sí mismo.

Luego ella levantó los brazos y lo abrazó.

Era delgado, firme y fuerte. Dejó a un lado su sentido común y se entregó a la necesidad que sentía. Los ojos de él estaban muy oscuros y su piel brillaba como el cobre a la luz de la luna. Vio la cicatriz de su brazo y la acarició con delicadeza.

Ninguno de los dos podía ya volverse atrás. Los caballos pateaban nerviosos en el establo. En las colinas, un coyote lanzó un solitario aullido. Ellos no lo oyeron. Ella oyó que él susurraba su nombre, pero eso fue todo.

El hombre le cubrió el cuerpo con el suyo y el heno se clavó en su piel desnuda. Sarah solo suspiró. Jake percibió su entrega y le acarició uno de sus senos con la boca. Un gemido escapó de la garganta de ella.

El placer, doloroso y bello, se extendió por su interior. Era insoportable. Era glorioso. Deseaba decírselo, deseaba poder explicárselo, pero solo consiguió repetir su nombre una y otra vez.

Jake le acarició el muslo y vio que temblaba. Luego la oyó dar un gritito de sorpresa cuando tocó lo que ningún hombre se había atrevido a tocar.

La tomó con tanta gentileza como fue capaz. Ella era suya. La joven dio un grito y se apretó contra él. La besó en la boca y aceleró el ritmo de sus movimientos.

Sarah se acopló a ellos con desesperación. Así que aquello era el amor. Aquello era lo que se daban un hombre y una mujer en la intimidad de la noche. Era más, mucho más, de lo que nunca se había atrevido a soñar. Unas lágrimas le cayeron por las mejillas, mezclándose con el sudor que cubría los cuerpos de ambos.

—Por favor —susurró contra él, sin saber muy bien lo que pedía—. Por favor.

Jake continuó sus movimientos hasta que sintió que el cuerpo de la joven se tensaba bajo el suyo.

Sarah se encontró corriendo hacia algo desconocido, pero deseado con fuerza. Como la vida, como el respirar, como el amor. El instinto le hizo mover las caderas y la alegría la impulsó a aferrarse a aquel hombre.

Perdió su inocencia en medio de una explosión de placer que pareció interminable.

La luz de la luna iluminaba su rostro dormido. Jake la observaba. Aunque su cuerpo estaba fatigado, su mente no podía descansar. Echada sobre el heno, con el pelo extendido y la piel brillante, parecía demasiado hermosa para ser real.

Desde el principio supo que era una mujer apasionada. Se había acercado a él honesta e inocentemente. Y de todos los pecados que él había cometido, robarle aquella inocencia había sido el mayor.

No tenía derecho a ello. Se apretó los ojos con los dedos. No había tenido elección. La necesidad que sentía de ella no le había dejado otra opción.

Estaba enamorado. Estuvo a punto de soltar una carcajada. Aquel modo de pensar era peligroso; sobre todo para Sarah. Las cosas que amaba siempre parecían acabar por destruirse.

Se movió y empezó a levantarse, pero ella buscó su mano.

—Jake.

—¿Sí?

La joven abrió los ojos sonriente. No había estado soñando; él estaba allí, a su lado. Podía oler y sentir el heno y veía el brillo de los ojos de él en la oscuridad. Su sonrisa murió en su boca.

—¿Qué te ocurre? —preguntó.

—No me ocurre nada —buscó sus pantalones.

—¿Por qué estás enfadado?

—No estoy enfadado —se puso en pie, enfundándose en los pantalones—. ¿Por qué diantres iba a estar enfadado?

—No lo sé.

Estaba decidida a mantener la calma. No quería estropear con riñas algo tan hermoso como lo que había ocurrido entre ellos. Buscó su camisa y, cuando se la ponía, se dio cuenta de que una de las hombreras estaba rota.

—¿Vas a alguna parte?

El hombre recogió su pistolera.

—No creo que me guste ir andando hasta el pueblo y Lucius tiene mi caballo.

—Comprendo. ¿Es esa la única razón por la que te quedas?

Se volvió hacia ella, dispuesto a soltar un juramento. La joven estaba de pie, muy recta, con el cabello en torno a la cara y los hombros. Sintió la boca seca y se limitó a negar con la cabeza.

Sarah sonrió y le tendió una mano.

—Ven a la casa conmigo. Quédate conmigo.

Parecía que no tenía elección, así que aceptó la mano que ella le tendía.

Sarah se despertó al sentir que Lafitte le lamía la cara.

—Vete —murmuró, volviéndose.

—Tú me pediste que me quedara.

Jake le pasó un brazo en torno a la cintura y la vio abrir los ojos sorprendida.

—Se lo decía al perro —se acercó más a él—. Ha aprendido a subir, pero no sabe bajar.

Jake se inclinó para acariciar la cabeza de Lafitte.

—Salta —dijo.

Luego colocó a Sarah sobre su cuerpo.

—¿Ya es por la mañana?

—No.

Bajó una mano para acariciarle un seno y la besó.

—Pero el sol ya ha... —se interrumpió.

¿Qué más daba si era de día, o de noche? Él estaba allí, con ella, llevándola de nuevo a todos esos lugares maravillosos que le había mostrado. Ella se había dejado llevar allí al amanecer, sobre el colchón, como lo hiciera antes sobre el montón de heno.

Él le enseñó todo lo que podía saber una mujer sobre los placeres del amor. Le mostró lo que era amar con pasión tormentosa. Y le enseñó lo que era amar con suavidad. Aprendió que el deseo podía doler y que podía ser un gozo.

Pero, aunque ella no era consciente de ello, él había aprendido mucho a su vez; había aprendido que podía existir la belleza, el consuelo y la esperanza.

Los dos alcanzaron el clímax al unísono, con el sol cada vez más alto y el calor del día alcanzando su cima.

Más tarde, ya sola en la cabaña, Sarah se refrescó y bañó su piel. Pensó soñadora que la vida podría ser así; ella prepararía café todas las mañanas mientras él alimentaba a los animales y recogía agua fresca del arroyo. Ella cocinaría para él y cuidaría de la casa. Juntos harían algo con la tierra y con sus vidas. Algo bueno y noble.

Formarían una familia. Apretó ligeramente una mano contra su vientre y se preguntó si habrían creado ya una. Aquel le parecía un modo muy hermoso de crear un niño.

Se ruborizó y se secó la piel. No era correcto pensar de ese modo; después de todo, no estaban casados. A decir verdad, él ni siquiera se lo había pedido. ¿Lo haría? Se puso la blusa y se la abrochó con rapidez. ¿No había dicho ella misma que él no era la clase de hombre que pensaba en el matrimonio?

Y sin embargo... ¿Podía amarla como la había amado y no desear pasar su vida con ella?

¿Qué era lo que le había dicho el otro día la señora O'Rourke? Algo sobre que una mujer inteligente sabe cómo convencer a un hombre para que se case y que él piense que ha sido idea suya. Se echó a reír y se volvió hacia la cocina. Ella se consideraba a sí misma bastante inteligente.

—¿Algo gracioso?

Miró a Jake entrar en la casa.

—No. Supongo que estoy contenta; eso es todo.

El hombre dejó una cesta de huevos sobre la mesa.

—No había recogido huevos desde que mi madre... desde hace tiempo.

La joven agarró los huevos y empezó a preparar el desayuno.

—¿Tu madre tenía gallinas cuando eras pequeño? —preguntó con aire casual.

—Sí. ¿Ese café está caliente?

—Siéntate. Te serviré una taza.

Se dio cuenta de que él no quería hablar de su pasado y pensó que quizá no hubiera llegado todavía el momento oportuno.

—El señor Cobb me dio un trozo de beicon —dijo, cortando unas rodajas—. He pensado en comprar unos cuantos cerdos. Lucius empezará a gruñir cuando le diga que construya una pocilga, pero no creo que le disguste comer jamón. Supongo que tú no entenderás nada de cerdos, ¿verdad?

Jake la miró sonriente. Le hacía gracia oír a aquella duquesa de Filadelfia hablar de criar cerdos.

—Te mereces algo mejor —dijo.

—¿Mejor que qué? —preguntó ella, sirviéndole una taza de café.

—Que este lugar. ¿Por qué no vuelves al Este y vives como te educaron para vivir?

La joven le tendió la taza.

—¿Es eso lo que quieres, Jake? ¿Que me vaya?

—No se trata de lo que yo quiera.

Sarah se colocó a su lado.

—Me gustaría que me dijeras lo que tú quieres.

Se miraron a los ojos. Jake había tenido algo de tiempo para pensar con claridad; pero, al mirarla, olvidó todo lo que había pensado.

—Café —dijo, acercando la taza.

—Tus deseos son muy sencillos. En mi mesa, quítate el sombrero —se lo quitó de la cabeza y lo dejó a un lado.

Jake sonrió y se pasó una mano por el pelo.

—Sí, señora. Buen café, duquesa.

—Es agradable saber que puedo hacer algo que te gusta.

El hombre la atrapó por detrás y le dio la vuelta.

—Tú haces muchas cosas que me gustan —la besó largamente—. Muchas.

—¿De verdad? —le echó los brazos al cuello—. Es una lástima que yo no pueda decir lo mismo.

—Supongo que era otra mujer la que no dejaba de acariciarme anoche —sonrió—. Te he traído algunas cosas del establo. El vestido está algo estropeado. Y cuatro enaguas —le mordió el lóbulo de la oreja—. Espero que no te pongas tantas todos los días.

—No tengo intención de hablar de...

—Y esa cosa horrible en la que te enfundas. Tienes suerte de no desmayarte. No sé para qué la necesitas. Tu cintura es más pequeña que mis dos manos juntas. ¿Para qué quieres meterte en ese horror?

—No tengo intención de hablar de mi ropa interior contigo.

—Yo te la quité. No sé por qué no puedo hablar de ella.

La joven se ruborizó hasta la raíz del cabello; se apartó.

—El beicon se va a quemar.

El hombre volvió a sentarse y agarró su taza de café.

—¿Cuántas enaguas llevas puestas ahora?

Sarah sacó el beicon de la sartén y le lanzó una mirada de coquetería por encima del hombro.

—Tendrás que descubrirlo tú mismo —dijo.

Jake enarcó las cejas. Ya no estaba seguro de cómo tratarla. Cuando tuvo el desayuno en la mesa y a Sarah sentada enfrente de él, buscó desesperadamente algo que decir.

—He visto tus cuadros en la pared. Dibujas muy bien.

—Gracias. Siempre me ha gustado. Si hubiera sabido cómo vivía mi padre, le hubiera enviado algunos cuadros. Sí que le envié una acuarela pequeña —frunció el ceño—. Era un autorretrato. Creí que le gustaría saber cómo era yo ahora. Es extraño. Guardaba todas las cartas que le había escrito en esa caja de metal, pero el dibujo no lo he encontrado por ninguna parte. He pensado preguntarle al sheriff si se le había olvidado dármelo.

—Si lo tuviera Barker, te lo habría devuelto —no le gustaron los pensamientos que cruzaron por su mente—. ¿Estás segura de que lo recibió? A veces el correo se pierde.

—Oh, sí. Me escribió después de recibirlo. Liza también mencionó que mi padre había estado encantado y lo había llevado a la tienda para enseñárselo a la gente.

—Puede que aparezca.

—Supongo que sí —se encogió de hombros—. He limpiado bien este lugar, pero no lo he visto. Volveré a mirar cuando Lucius ponga el suelo.

—¿Qué suelo?

—El suelo de madera que he encargado —mordió una galleta—. A decir verdad, he encargado bastante madera. Quiero hacer un dormitorio de verdad en la pared oeste. El dinero que gano cosiendo me está ayudando mucho.

—Sarah, anoche dijiste que Carlotta te había pedido que cosieras para ella. ¿Cuándo hablaste con ella?

La joven se puso tensa.

—No hablé. No tengo intención de hablar con esa mujer.

—¿Y cómo te enteraste de eso?

—Por Alice Johnson. Trabaja en esa casa. Al parecer, Carlotta le pidió que viniera aquí para contratar mis servicios.

—¿Alice? —rebuscó en su memoria—. ¿Es esa chica pequeña, morena, de ojos grandes?

Sarah resopló indignada.

—Es una descripción bastante buena. Pareces conocer muy bien a las empleadas de ese lugar.

—No sé si se las puede llamar empleadas, pero sí, las conozco.

La joven se levantó y le retiró el plato vacío.

—Y estoy segura de que ellas también te conocen bastante bien —lo vio sonreír y sintió deseos de golpearle con algo—. Te agradecería que dejes de burlarte de mí.

—Sí, señora. Pero estás muy guapa cuando te enfadas.

—Si eso es un cumplido, estás perdiendo el tiempo —musitó ella, ablandada.

—No suelo hacer muchos cumplidos. Pero tú eres guapa; y eso es un hecho. Creo que eres lo más hermoso que he visto nunca. En especial, cuando te enfadas.

—¿Por eso te esfuerzas tanto por enojarme?

—Supongo que sí. Ven aquí.

La joven se alisó la falda.

—No quiero.

Jake se puso en pie lentamente y la estrechó contra sí. Sarah se debatió un momento y luego se dejó caer contra él, sonriendo.

El hombre no dijo nada. La abrazó con fuerza y ella, contenta, acercó sus labios a los de él. Jake la besó a su vez y luego se apartó y apretó las manos de ella entre las suyas.

—¿Cuál te besó él? —preguntó.

—No sé a qué te refieres.

—A Carlson. ¿Qué mano te besó?

Sarah lo miró a los ojos.

—Las dos —musitó.

Vio que sus ojos se llenaban de rabia y admiró lo poco que tardó él en ocultarla. Pero seguía estando allí. Podía sentirla atravesándolo.

—Jake...

El hombre movió la cabeza. Luego se llevó las manos de ella a los labios y las dejó caer. Incómodo, se metió los dedos en los bolsillos.

—No quiero que le dejes volver a hacerlo.

—No lo haré.

Su respuesta debería haberlo tranquilizado, pero solo sirvió para incrementar su tensión.

—¿Así sin más?

—Sí. Así sin más.

Jake dio media vuelta y empezó a pasear. Enarcó las cejas.

—No tengo derecho —dijo con furia.

—Tienes todos los derechos —replicó ella con suavidad—. Estoy enamorada de ti.

El hombre se quedó quieto; paralizado como alguien que hubiera oído el ruido de un arma a sus espaldas.

—No sabes lo que dices —consiguió decir al fin.

—Por supuesto que lo sé; y tú también —se acercó a él sin dejar de mirarlo a los ojos—. ¿Crees que podría estar contigo como estuve anoche y esta mañana si no te amara?

Jake se apartó antes de que ella pudiera tocarlo. Hacía tanto tiempo que no lo amaba nadie, que había olvidado aquella sensación; era una sensación que lo llenaba como un río que llevara una corriente fuerte.

—No tengo nada que ofrecerte, Sarah. Nada.

—A ti mismo —le tocó una mejilla—. No pido nada más.

—Estás confundiendo lo que pasó anoche con...

—¿Con qué? —lo retó ella—. ¿Crees que, porque tú has sido el primero, no conozco la diferencia entre el amor y la lujuria? ¿Puedes decirme que tú has sentido esto mismo otras veces? ¿Puedes hacerlo?

No, no podía. Como tampoco decirle que nunca volvería a sentir aquello con otra mujer que no fuera ella.

—Lucius no tardará en volver —dijo—. Voy a traerte agua antes de irme.

Sarah se quedó confusa. Se marcharía y volvería a dejarla sin decir una palabra. Primero pensó que él no la creía, pero luego se dio cuenta de que, si se alejaba, era precisamente porque la creía. Su amor lo confundía y asustaba tanto como la había asustado a ella aquella tierra. Era algo que no entendía y le costaba trabajo aceptarlo y comprenderlo.

Pero ella podía cambiar eso. Suspiró hondo y se acercó a fregar los platos. Lo cambiaría del mismo modo que se había cambiado a sí misma. Ella ya era capaz de abrazar la tierra y considerarla suya. Algún día, él haría lo mismo con ella.

Oyó abrirse la puerta y se volvió sonriente.

—Jake...

Pero era Burt Donley el que estaba de pie en el umbral.

CAPÍTULO 11

—¿Dónde está Redman?

La joven lo miró con los ojos muy abiertos por el pánico. La mano del hombre se cerraba en torno a la culata del revólver y Sarah vio en sus ojos algo que no había visto nunca en los de Jake ni en los de los apaches que la secuestraran: un deseo irresistible de matar.

Donley entró en la casa.

—Le he preguntado que dónde está Redman.

—No está aquí —la sorprendió que su voz sonara tranquila cuando su corazón latía con tanta fuerza—. No creo haberlo invitado a entrar.

El hombre sonrió.

—¿No irás a decirme que se molestó en traerte anoche hasta aquí y luego dejó sola a una mujer tan guapa como tú?

A Sarah le aterrorizaba la idea de que Jake pudiera volver. No tenía más remedio que aguantar firme.

—No pienso decirle nada. Pero, como puede ver, estoy sola.

—Ya lo veo. Es curioso, porque su caballo está en el pueblo, pero él no —se sirvió una galleta de la mesa—. Se dice que suele venir por aquí.

—El señor Redman viene a veces de visita. Cuando lo vea, le diré que lo está usted buscando.

—Hágalo —mordió la galleta sin dejar de mirarla.
—Buenos días, pues.
Pero él no se marchó, sino que se acercó más a ella.
—Eres más guapa de lo que recordaba.
La joven se humedeció los labios temblorosos.
—No creo que nos conozcamos.
—No, pero yo sí te he visto —tendió una mano para tocarle el pelo y ella se apartó—. No te pareces nada a tu padre.
—Tendrá que disculparme.
Intentó salir, pero él le cerró el paso.
—Desde luego, hablaba mucho de ti. Y ahora comprendo por qué —se metió el resto de la galleta en la boca y se acercó más a ella—. Es una lástima que tuviera que morir en esa mina y dejarte huérfana. Un hombre listo habría seguido con vida.
Sarah intentó salir de nuevo y el hombre volvió a impedírselo.
—Un accidente puede ocurrirle a cualquiera —dijo la joven.
—Quizá hablaremos de eso más tarde —acercó la mano a su cuello y le desató el lazo que llevaba en la garganta—. Tú pareces más lista que tu padre.
Lafitte entró entonces ladrando. Donley se llevó la mano al revólver, pero Sarah le sujetó el brazo.
—No, por favor. No es más que un cachorro —protegió con rapidez al perro en sus brazos—. No es necesario que le haga nada. Es inofensivo.
—A Donley le gusta matar a seres inofensivos —dijo la voz de Jake desde el umbral—. Había un muchacho en Laramie, Daniel Little, que también era inofensivo, ¿verdad, Donley?
—Era un mestizo —repuso el otro—. Para mí, matar a un mestizo es como matar a un caballo enfermo.
—Y es más fácil si lo matas por la espalda.
—Yo no te estoy disparando por la espalda, Redman.
—Échate a un lado, Sarah.
—Jake, por favor...

—Échate a un lado.

Había olvidado ya el miedo que había sentido al ver el caballo de Donley fuera de la casa. Estaba tranquilo e impasible. Su pistolera colgaba de sus caderas y sus manos estaban listas.

Donley se movió un poco.

—He esperado mucho tiempo este momento —dijo.

—Algunos tienen suerte y esperan mucho tiempo la muerte —repuso Jake.

—Cuando te haya matado, me quedaré con la mujer y el oro.

Su mano se acercó a la culata del revólver, que apuntó directamente al corazón. No había duda de que era rápido.

Se oyó un disparo y Sarah vio, horrorizada, caer a Donley al suelo. Una mancha roja se extendía por su camisa.

Jake seguía de pie en el umbral, con el rostro inexpresivo y la mente en calma. Nunca había sentido la excitación que decían sentir algunos hombres cuando mataban. Para él, aquello no era una maldición ni un poder; solo cuestión de supervivencia.

—¡Oh, Dios mío!

Sarah miraba la escena apoyada contra la pared. Lafitte saltó de sus brazos y se acercó a Donley. La joven sintió que iba a marearse y luego notó que Jake le sujetaba los brazos.

—¿Te ha hecho algo?

—No, yo...

—Sal fuera.

Sabía que estaba al borde de la histeria. Un hombre yacía muerto en el suelo de su casa y el que la sujetaba le parecía un extraño.

—Jake...

—Sal fuera —repitió él, haciendo lo posible por ocultarle el cadáver—. Vete a uno de los cobertizos o al arroyo —tiró de ella hacia la puerta y la empujó al exterior—. Haz lo que te digo.

—¿Qué vas a hacer?
—Voy a llevarlo al pueblo.
La joven respiró hondo.
—¿Qué te van a hacer? Lo has matado.
—Barker tendrá que aceptar mi palabra o colgarme.
—No, pero —sintió náuseas—. Él quería matarte. Ha venido a buscarte.
—Así es —la agarró por los brazos y la obligó a mirarlo—. Y mañana, la semana que viene o el mes que viene habrá otra persona que vendrá a buscarme. Tengo unas manos rápidas, Sarah, y siempre habrá alguien que querrá probar que es más rápido. Un día, uno de ellos lo será.
—Puedes cambiar. Eso puede cambiar. Tiene que cambiar —se soltó de sus manos y lo abrazó—. No puede ser que quieras vivir así.
—Lo que yo quiero y lo que tengo son dos cosas distintas —la apartó—. Me importas mucho. Por eso te digo que te alejes de mí.

Acababa de matar a un hombre delante de sus ojos. Y lo había matado con frialdad. Sarah, a pesar de su horror, lo había visto. Pero también vio algo más: la frustración y la rabia de un hombre atrapado en una trampa. Necesitaba a alguien que le ofreciera una salida, o el menos la esperanza de una. Si no podía hacer otra cosa, al menos podía darle esperanza.

—No —le aferró el rostro entre las manos—. No puedo. No lo haré.

A Jake le temblaban las manos.
—Eres una tonta.
—Sí. Estoy segura de que tienes razón. Pero te quiero.
Jake no podría decirle nunca lo que sintió en su interior al oírle pronunciar aquellas palabras. La estrechó contra él y la besó con furia.
—Vete de la casa. No quiero que estés aquí cuando lo saque.

Sarah asintió, respiró hondo y se alejó. La náusea había pasado, aunque seguía sintiéndose mal.

—Antes estaba segura de que solo existía el bien y el mal. Y que matar a otra persona era el peor mal. Pero no es así, Jake. Lo que has hecho, lo que te has visto obligado a hacer, ha sido para salvar la vida. Para mí no hay nada más importante que eso —hizo una pausa y le tocó la mano—. Vuelve.

El hombre la observó andar en dirección a la tumba de su padre. Cuando la perdió de vista, volvió a entrar en la casa.

Pasaron dos días y Sarah intentó seguir con su rutina habitual y no preguntarse por qué Jake no habría ido a verla. Tenía la impresión de que lo había hecho todo el mundo menos él. Barker fue a interrogarla sobre lo sucedido con Burt Donley y pareció satisfecho con lo que oyó.

La historia se extendió con rapidez. Poco después de Barker, llegaron Liza y Johnny para enterarse de los detalles y comer galletas de avena. Antes de marcharse, Liza echó a su hermano de la casa para poder hablar con su amiga de Will y su próxima boda. Pensaba hacerse un vestido y había encargado ya un patrón y seda rosa a Santa Fe.

A la mañana siguiente, el sonido de un jinete hizo salir a Sarah corriendo del gallinero. Al ver a Samuel Carlson, tuvo que esforzarse por ocultar su decepción.

—Sarah —desmontó con rapidez y se acercó a ella—. Estaba preocupado por ti.

—No es necesario —sonrió ella.

—Me asusté al saber que Donley y Redman se habían peleado en tu misma casa. Es un milagro que no resultaras herida.

—Estoy segura de que me habría pasado algo si Jake no hubiera llegado cuando lo hizo. Donley se mostró muy amenazador.

—Me siento responsable.

—¿Tú? —la joven se detuvo delante de la casa—. ¿Por qué?

—Donley trabajaba para mí. Yo sabía la clase de hombre que era. Aunque es cierto que no tuve ningún problema con él hasta que volvió Redman al pueblo.

—Fue Donley el que buscó a Jake, Samuel —repuso ella, con voz firme—. Fue él el que provocó la pelea. Yo estaba presente.

—Claro que sí.

Le colocó una mano en el brazo. La educación le impedía entrar en la casa sin ser invitado. Era lo bastante listo como para darse cuenta de que algo había cambiado y no iban a invitarlo.

—No me gusta pensar que te vieras obligada a presenciar una muerte en tu propia casa. Es terrible que tengas que seguir aquí.

—No. No soy tan frágil —repuso ella.

—Eres una mujer fuerte, Sarah, pero sensible. Estoy preocupado por ti.

—Eres muy amable. Tu amistad me reconforta mucho.

—Sarah —le tocó la mejilla con gentileza—. Tienes que comprender que deseo ser mucho más que un amigo.

—Lo sé —musitó ella, con pena—. Pero no es posible, Samuel. Lo siento.

Se sorprendió al ver en sus ojos una expresión de rabia, que se esforzó por dominar.

—Es por Redman, ¿verdad?

Sarah sintió que no sería honorable mentirle.

—Sí —admitió.

—Yo creía que eras más sensata. Eres una mujer inteligente y bien educada. Tienes que comprender que Redman es un hombre peligroso, un hombre sin escrúpulos. Vive rodeado de violencia; forma parte de él.

La joven sonrió.

—Él también se describe así. Creo que os equivocáis los dos.

—Solo te hará sufrir.

—Es posible, pero no puedo cambiar mis sentimientos, ni deseo hacerlo —le tocó un brazo con lástima—. Lo siento, Samuel.

—Confío en que con el tiempo superarás ese capricho.

—No lo hagas.

—No te alteres —le dio un golpecito en la mano—. Tengo confianza en ti. Tú estás hecha para mí, Sarah.

Se acercó a desatar su caballo. En su interior hervía de rabia. Deseaba a aquella mujer y lo que ella tenía y estaba dispuesto a conseguirlo fuera como fuera.

Cuando se volvió, ya montado y con las riendas en la mano, su rostro solo expresaba afecto y preocupación.

—Eso no cambia el hecho de que me preocupe que vivas aquí sola.

—No estoy sola. Tengo a Lucius.

Carlson echó un expresivo vistazo a su alrededor.

—Está en la mina —explicó ella—. Si hay algún problema, bajará rápidamente.

—La mina —repitió Carlson, mirando hacia las rocas—. Al menos prométeme que tú no entrarás ahí. Es un lugar peligroso.

—El oro no me atrae —volvió a sonreír, aliviada de que pudieran seguir siendo amigos.

—El oro atrae a todo el mundo —repuso él.

La joven lo miró alejarse. Quizá tenía razón. El oro tenía algo especial. Aunque en lo profundo de su corazón no creía que la mina fuera a darle nunca nada, era excitante saber que siempre había una posibilidad. Lucius se pasaba horas allí y su padre había muerto por ella.

Ni siquiera Jake era inmune. Fue él el que le pidió a Lucius que siguiera trabajando donde lo había dejado su padre. Todavía tenía que descubrir por qué. Recordó las últimas palabras de Donley y una sospecha cruzó por su mente.

¿Por qué iba a hablar de oro un hombre como Donley antes de sacar el revólver? ¿Por qué iba a acordarse en un momento así de una mina sin valor? ¿O acaso sí tenía valor?

Olvidó la promesa que le hiciera a Samuel y echó a andar en dirección a la roca.

Un movimiento atrajo su atención y, dándose la vuelta, miró hacia el camino. Alguien se acercaba a pie. Se quedó mirando y vio que la persona se tambaleaba y caía. Se sujetó la falda con las manos y echó a correr.

—¡Alice!

Sarah apretó el paso. La chica estaba herida, pero hasta que no llegó hasta ella, no pudo ver hasta qué punto.

—¡Oh, Dios mío! —levantó a la chica por la cintura y la ayudó a seguir hacia la casa—. ¿Qué ha pasado? ¿Quién te ha hecho esto?

—Señorita Conway...

Alice apenas podía hablar debido a la hinchazón de sus labios. Su ojo izquierdo estaba morado e inflamado. Dos arañazos le cruzaban las mejillas y al respirar emitía un gemido de dolor.

—Está bien, no te preocupes. Apóyate en mí. Ya casi hemos llegado.

—No sabía adónde ir —musitó la otra chica—. No debería estar aquí.

—No intentes hablar todavía. Déjame que te meta dentro. Lucius —suspiró aliviada al verlo bajar las rocas—. Ayúdame a meterla en la cama. Está malherida.

—¿Qué diablos...? —levantó a Alice en sus brazos—. ¿Sabe usted quién es esta chica, señorita Sarah?

—Sí. Súbela a mi cama, Lucius. Voy a traer agua.

Alice se desmayó cuando el hombre la subía por la escalera.

—Se ha desmayado.

—Puede que eso sea lo mejor por el momento —Sarah se apresuró a buscar agua fresca y unos trapos limpios—. Debe de tener muchos dolores. No comprendo cómo ha podido llegar hasta aquí a pie.

—Le han dado una buena paliza.

Se apartó para dejar sitio a Sarah al lado de la cama. La joven empezó a lavar con gentileza el rostro de Alice. Cuando vio que empezaba a desabrocharle el vestido, se aclaró la garganta y se volvió de espaldas.

—¡Oh, Dios mío! —Sarah terminó de desabrochar el resto de los botones—. Ayúdame a quitarle el vestido, Lucius. Parece que la han azotado.

El hombre observó las marcas de Alice.

—Sí, ha sido azotada. Azotada peor que un perro. Me gustaría ponerle las manos encima al bastardo que ha hecho esto.

Sarah cerró los puños con furia.

—Hay ungüento en un estante encima de la cocina, Lucius. Tráelo.

Le lavó las heridas lo mejor posible. Alice abrió los ojos y gimió y Sarah le habló con voz tranquilizadora.

—Procura no moverte. Vamos a curarte. Ahora ya estás a salvo. Te prometo que estás a salvo.

—Me duele.

—Lo sé. Ya lo sé.

Tomó el ungüento que Lucius le tendía y empezó a aplicárselo sobre las marcas de los latigazos. Fue un proceso lento y doloroso. Aunque sus dedos eran ligeros y gentiles, Alice gemía cada vez que la tocaba. Su espalda estaba cubierta de líneas rojas, algunas de las cuales se habían abierto y sangraban. Sarah, a la que el sudor le caía por la cara, la curó y vendó sin dejar de hablar.

—¿Quieres otro trago de agua?

—Por favor —Sarah le sujetó la cabeza mientras bebía—.

Lo siento, señorita Conway. Sé que no debería haber venido aquí. No está bien, pero no podía pensar con sensatez.

—Has hecho bien en venir.

—Usted fue muy amable conmigo la otra vez. Y temía que si no me escapaba...

—No debes preocuparte. Dentro de unos días te sentirás mucho mejor. Entonces podremos pensar en lo que hay que hacer. Por el momento, te quedarás aquí.

—No puedo.

—Puedes hacerlo y lo harás —le untó ungüento en los arañazos del rostro—. ¿Te sientes lo bastante fuerte como para contarnos lo que ha ocurrido? ¿Ha sido uno de tus clientes el que te ha pegado?

—No, señora —Alice se humedeció los labios resecos—. Ha sido Carlotta.

—¿Carlotta? ¿Me estás diciendo que Carlotta te ha pegado de este modo?

—Nunca la había visto tan furiosa. A veces se enfada si algo no sale como ella quiere, o si bebe demasiado. Pero esta vez se puso como loca. Creo que me hubiera matado si las otras chicas no hubieran forzado la puerta y empezado a gritar.

—¿Por qué? ¿Por qué te ha pegado de este modo?

—No lo sé seguro. Hice algo mal —cerró los ojos—. Cuando Jake se marchó, estaba ya como loca. Habían discutido. Nancy estaba escuchando fuera del despacho de Carlotta y dijo que él debió de decirle algo que le molestó y Carlotta se puso a gritar y dijo algo sobre usted. No sé muy bien qué. Cuando él se marchó, empezó a romper cosas y yo subí a mi cuarto. Me siguió y me pegó mucho más de lo que nunca me pegó mi padre. Eli me sacó de allí.

—Eli es el negro grande que trabaja para Carlotta —explicó Lucius.

—Me sacó tan deprisa como pudo. Si ella se entera, lo castigará. A mí me pegó con un cinturón. Me pegaba sin parar, diciendo que era culpa mía que Jake ya no fuera por allí.

—¡Perra! —murmuró Lucius—. Disculpe, señorita Sarah.

—No es necesario. Estoy de acuerdo contigo.

Sentía una rabia intensa. Miró a la chica que se había quedado dormida en su cama y contempló un rato su rostro herido e hinchado.

—Engancha el carro, Lucius.

—Sí, señora. ¿Quiere que vaya a alguna parte?

—No, iré yo. Quiero que te quedes con Alice.

—Lo engancharé, señorita Sarah, pero si está pensando en ir a hablar con el sheriff, no servirá de mucho. Alice no hablará con él como con usted. Tendrá miedo.

—No voy a ir a ver al sheriff, Lucius. Engancha el carro.

Apretó a los caballos, contenta de que la furia no hubiera remitido al acercarse al pueblo. Quería estar furiosa. Desde que llegara al Oeste, había aprendido a aceptar muchas cosas: el dolor, la violencia, el trabajo. Quizá aquel fuera un lugar sin ley, pero incluso allí tenía que haber un momento en que se hiciera justicia.

Johnny salió de la tienda en el momento en que pasaba Sarah y luego volvió a entrar para quejarse a Liza de que la joven no lo había saludado. Ella ni siquiera lo vio. En su mente solo había un rostro. Se detuvo delante de La Estrella de Plata.

Tres mujeres, cubiertas con enaguas y chales de plumas, dormitaban en lo que podía considerarse un salón. El cuarto era oscuro y casi sin aire. Cortinas de terciopelo rojo colgaban de las ventanas. Los marcos de los espejos aparecían decorados con hojas doradas de brillo apagado.

Al entrar Sarah, una pelirroja de ojos grandes se volvió a observarla y se echó a reír.

—Mirad, chicas. Tenemos compañía. Sacad el juego de té.

Las otras miraron a su vez. Una de ellas se arregló el chal sobre los hombros. Sarah se quedó en el umbral con las manos cruzadas, observándolo todo.

Así que aquello era un burdel. La verdad era que no veía nada que resultara ni remotamente excitante; más bien parecía un salón mal amueblado que necesitaba una buena limpieza. El olor a perfume se mezclaba con el del sudor. La joven se quitó los guantes con lentitud, dedo a dedo.

—Quiero hablar con Carlotta, por favor. ¿Quiere alguien hacer el favor de decirle que estoy aquí?

Nadie se movió. Las mujeres se limitaron a mirarse. La pelirroja se puso luego a examinarse las uñas. Después de un momento, Sarah probó otra táctica.

—He venido para hablar sobre Alice.

Aquello atrajo su atención. Todas las mujeres la miraron.

—Se quedará conmigo hasta que se encuentre bien —prosiguió.

La pelirroja se puso en pie.

—¿Usted ha recogido a Alice?

—Sí. Necesita que la cuiden, señorita...

—Soy Nancy —echó una mirada furtiva a sus espaldas—. ¿Cómo es que alguien como usted va a cuidar de Alice?

—Porque lo necesita. Le agradecería que le dijera a Carlotta que quiero hablar con ella.

—De acuerdo, lo haré. Usted dele recuerdos nuestros a Alice.

—Será un placer.

Nancy desapareció escaleras arriba y Sarah intentó ignorar las miradas de las otras dos mujeres. Se había puesto uno de sus mejores trajes de día; uno gris claro muy distinguido. El sombrero, a juego, lo había comprado justo antes de su viaje al Oeste y era la última moda en París. Al ver a Carlotta bajar las escaleras, no pudo evitar pensar que, después de todo, no iba vestida de acuerdo con el lugar.

La dueña de La Estrella de Plata iba ataviada con un traje rojo resplandeciente, que dejaba al descubierto parte de sus senos. La seda se pegaba a su cuerpo escultural y en la mano llevaba un abanico a juego. Cuando se detuvo delante de ella, un pesado olor a rosas impregnó la atmósfera.

A pesar de sus sentimientos, Sarah no podía negar que la mujer era espectacular. En otro lugar y otra época, podía haber sido una reina.

—Vaya, vaya, este es un honor muy raro, señorita Conway.

Había estado bebiendo. Sarah captó el aroma del whisky junto con el del perfume.

—Esta no es una visita de cortesía.

—Me decepciona usted —torció la boca—. Siempre puedo usar más chicas aquí. ¿No es verdad, señoritas?

Las otras mujeres se removieron nerviosas en sus asientos, pero guardaron silencio.

—He pensado que quizá venía usted a buscar trabajo —dio la vuelta alrededor de Sarah, examinándola—. Un poco delgada, pero a los hombres les gusta eso. No le vendría mal un poco de maquillaje, ¿verdad, chicas? Pero podría ganarse la vida.

—No creo que me gustara trabajar para usted, Carlotta.

—¿De verdad? —la miró con frialdad—. Demasiado señora para cobrar por ello, pero no demasiado señora para regalarlo.

Sarah apretó los puños, y luego se esforzó por tranquilizarse.

—No. No me gustaría trabajar para alguien que golpea a sus empleados. Alice está en mi casa, Carlotta, y se quedará conmigo. Si vuelve a ponerle las manos encima, me encargaré de que la metan en la cárcel.

—¿De verdad? —la otra mujer la miró enfadada—. Le pondré las manos encima a quien yo quiera —le puso el abanico en el pecho—. Ninguna perra puritana del Este va a venir a decirme cómo tengo que llevar mi local.

Sarah le quitó el abanico y lo partió en dos.

—Yo acabo de hacerlo —dijo.

Carlotta le lanzó una bofetada y la joven se tambaleó. En un esfuerzo por recobrar el equilibrio, se agarró a una mesa y una estatuilla cayó al suelo y se hizo pedazos.

—Las de su clase me ponen enferma —dijo Carlotta con voz chillona, inclinándose hacia ella—. Parece que no dejarían que un hombre las tocara, pero se abren de piernas tan fácilmente como cualquiera. ¿Te crees especial porque fuiste a la escuela y viviste en una casa grande? Aquí no eres nada, nada.

—Que yo fuera a la escuela y viviera en una casa grande no es lo único que nos separa —replicó Sarah, muy tranquila—. Usted no me pone enferma, Carlotta. Solo me da lástima.

—Yo no necesito tu lástima. Yo he construido este lugar. Tengo algo y no me lo ha regalado nadie. Nadie me ha dado dinero nunca para comprar vestidos bonitos y sombreros elegantes. Me lo he ganado yo —se acercó más a ella—. Si crees que puedes hacer con Jake lo que quieras, te equivocas, preciosa. En cuanto se haya cansado de ti, volverá. Entonces hará conmigo lo que hace ahora contigo.

—No —sorprendentemente, la voz de Sarah seguía siendo tranquila—. Aunque vuelva y le pague lo que le pida, usted no tendrá nunca lo que tengo yo con él. Y lo sabe. Y por eso me odia.

Empezó a ponerse los guantes sin dejar de mirar a la otra mujer. Sabía que empezarían a temblarle las manos en cualquier momento y quería retirarse antes.

—Pero he venido a hablar de Alice, no de Jake. Ella ya no trabaja para usted.

—Yo decidiré cuándo esa puta deja de trabajar para mí y cuándo no.

Todo ocurrió tan rápido que Sarah apenas si fue consciente de ello. Mientras Carlotta la insultaba a ella, se las arregló para contener su mal humor. Pero el oír que insultaba a Alice, sabiendo que la chica estaba malherida por su culpa, fue demasiado. Extendió la mano que no estaba enguantada y golpeó con fuerza el rostro de la otra.

Las mujeres presentes dieron un respingo de sorpresa. Sarah no había tenido tiempo de alegrarse de su acción cuando Carlotta la agarró por el pelo. Las dos cayeron al suelo entre un revuelo de faldas.

La joven gritó al sentir que Carlotta intentaba arrancarle el pelo de raíz. Lanzó un golpe y tocó carne. Oyó gemir a la otra mujer y las dos rodaron sobre la alfombra, chocaron contra una mesa sin dejar de golpearse mutuamente. Sarah recibió un puñetazo en el estómago, pero se las arregló para eludir un ataque de las uñas de la otra.

Carlotta la miraba con odio. Sarah la agarró por la muñeca y se la retorció, sabedora de que si la otra conseguía ponerle las manos en el cuello, apretaría hasta dejarla sin respiración.

No tenía intención de dejar que la estrangularan ni la golpearan. Su propia rabia la hizo sentarse encima de su oponente y tirar de su pelo teñido. Cuando sintió los dientes de la otra mujer clavarse en su brazo, gritó y golpeó con todas sus fuerzas, arrancando un grito de dolor a Carlotta. Oyó otros gritos, pero estaba inmersa en la batalla. Luchó con uñas y dientes, golpeando con tanto ahínco como su oponente. En ese momento eran las dos iguales, sin barreras de clase o educación. Chocaron contra otra mesa y una lámpara de cristal se hizo añicos en el suelo.

—¿Qué diablos pasa aquí? —gritó Barker, entrando en el salón. Vio la escena del suelo y cerró los ojos. Prefería enfrentarse a cinco vaqueros armados y borrachos antes que a dos mujeres que arañaban como gatas—. Alguien va a resultar herido —suspiró—. Probablemente yo.

Se dispuso a intervenir en el momento en que Jake cruzaba la puerta.

—Vamos a separarlas —dijo el sheriff—. Elige tú.

Pero Jake ya levantaba a Sarah del suelo. La joven le dio una patada e intentó soltarse.

—Guarda tus uñas, duquesa —la sujetó por la cintura mientras Barker contenía a Carlotta.

—Sácala de aquí —Carlotta se apartó de Barker y se quedó de pie, con el vestido roto y el cabello despeinado—. Quiero a esa perra en la cárcel. Ha entrado aquí y ha empezado a destrozar mi local.

—Eso no parece muy lógico —musitó Barker—. Señorita Sarah, ¿quiere decirme qué hace usted en un lugar como este?

—Asuntos personales —musitó la joven, apartándose el cabello de los ojos.

—Bueno, me parece que ya ha terminado con esos asuntos. ¿Por qué no se va a su casa?

Sarah adoptó una postura todo lo digna que pudo.

—Gracias, sheriff —echó una última mirada a Carlotta—. Ya he terminado aquí.

Avanzó hacia la puerta.

Jake la sujetó del brazo en cuanto pisó el exterior.

—Espera un momento.

—Si me disculpas —dijo ella con sequedad—, tengo que ir a casa —se atusó el pelo—. Mi sombrero.

—Creo que he visto dentro lo que quedaba de él.

Jake se pasó la lengua por los labios sin dejar de observarla. Tenía un golpe en un ojo que no tardaría en ponerse morado. Su elegante vestido gris estaba roto en varios sitios y el estado de su pelo era el que hubiera tenido si acabara de pasar por un huracán. Se metió las manos en los bolsillos, pensativo. Carlotta había salido mucho peor parada.

—Duquesa, no es fácil adivinarlo solo con mirarte, pero tienes mucha fuerza.

La joven se alisó la falda.

—Ya veo que eso te divierte.

—Desde luego que sí —sonrió—. Supongo que me

siento halagado, pero no era necesario que te pelearas por mí.

La joven abrió la boca. ¡Jake estaba encantado! Ella estaba herida y humillada y él no dejaba de sonreír. Se esforzó por devolverle la sonrisa.

—¿Así que crees que me he peleado con Carlotta por ti, porque estaba celosa?

—No se me ocurre ninguna otra razón.

—Oh, yo te daré una razón.

Levantó el puño y lo golpeó en la mandíbula. Cuando salió Barker, Jake se tocaba la barbilla con una mano sin dejar de mirar a la joven.

—Tiene un buen gancho derecho —comentó el sheriff. En la calle, la gente se reía. Sarah había subido al carro y se alejaba—. Hijo, tú eres muy rápido con esos revólveres, juegas bien al póquer y aguantas el whisky tan bien como el que más. Pero tienes mucho que aprender sobre las mujeres.

—Al parecer, sí —musitó Jake, acercándose a desatar a su caballo.

Sarah seguía furiosa en el camino a su casa. Había dado un espectáculo. Se había metido en una pelea con una mujer que no tenía moral y había conseguido que la mitad del pueblo saliera a mirarla y a reírse de ella. Y, para colmo, había tenido que soportar la cara sonriente y satisfecha de Jake.

Le había dado una lección. Apretó los dientes y arreó los caballos. Era posible que se hubiera roto la mano, pero le había dado una lección. Aquel hombre era un engreído al pensar que podía rebajarse hasta aquel punto solo por celos.

Oyó aproximarse a un jinete y miró sobre su hombro. Dio un respingo y arreó más a los caballos. No podía hablar con él en aquel momento. Por lo que a ella se refería, Jake Redman podía irse al diablo.

Pero sus caballos de labor no podían competir con el mustang de él. El hombre no tardó en ponerse a su lado; su aspecto era amenazador.

—Para ese maldito carro —gritó.

La joven volvió a arrear a los caballos.

Jake calculó la distancia y la velocidad y saltó dentro del carro. En cuanto se sintió firme sobre sus pies, se sentó en el asiento y, a pesar de que ella se resistió con fiereza, detuvo a los caballos.

—¿Qué diablos te pasa, mujer? —dijo, atrapándola por el brazo para evitar que saltara del carro.

—Quítame las manos de encima.

—¿Es que no has tenido bastante pelea por un día? Siéntate antes de que te hagas daño.

—Si quieres el maldito carro, quédatelo. Yo no pienso ir contigo.

—Vendrás conmigo.

Impaciente, la colocó sobre sus rodillas sujetándola con fuerza. La joven se debatió un rato, rígida como el hierro. Luego se relajó; Jake sintió que cedía y cedió a su vez. La besó en los labios.

—Tienes un buen gancho, duquesa —la apartó para tocarse la barbilla—. ¿Quieres decirme por qué me has pegado?

La joven se apartó, furiosa consigo misma.

—Por asumir que estaba celosa y me pelearía por un hombre inútil.

—Así que ahora soy un inútil. Bueno, puede ser, pero parece que a ti te gusta tenerme cerca.

Sarah se esforzó por arreglar lo que quedaba de su vestido.

—Es posible que sí.

Jake necesitaba saberlo más de lo que había imaginado. Le agarró la barbilla y volvió su rostro hacia él.

—¿Has cambiado de idea? —preguntó.

La joven volvió a suavizarse; en aquella ocasión, porque vio la duda en sus ojos.

—No, no he cambiado de idea —suspiró hondamente—. Aunque no has vuelto por mi casa y sí has ido a La Estrella de Plata a ver a Carlotta.

—Al parecer, te enteras de muchas cosas. No sé lo que pasaría si vivieras más cerca del pueblo. Quédate en el carro hasta que haya atado mi caballo. Si te escapas, volveré a atraparte.

—No me escaparé.

Se quedó en silencio hasta que volvió él.

—Me gustaría saber por qué te has enfadado conmigo. ¿Por qué no me dices cómo te has enterado de que fui a ver a Carlotta?

—Me lo ha dicho Alice.

—¿Alice Johnson?

—Sí. Tu amiga Carlotta por poco la mata a golpes.

El hombre frenó de golpe los caballos.

—¿Cómo?

La joven volvió a sentirse furiosa.

—Ya me has oído. La golpeó con crueldad. Eli la ayudó a salir del pueblo y luego fue andando hasta mi casa.

—¿Se pondrá bien?

—Con el tiempo y cuidados, sí.

—¿Y tú la vas a cuidar?

—Sí —lo retó con la mirada—. ¿Tienes alguna objeción?

—No.

Le tocó la cara con gentileza, de un modo nuevo en él. Luego apartó la mano con brusquedad y volvió a hacerse con las riendas.

—Y fuiste a La Estrella de Plata para regañar a Carlotta por lo de Alice.

—Nunca había estado tan furiosa —se llevó la mano al lugar que él había tocado—. Alice es poco más que una niña. No se merece esa clase de tratamiento.

—¿Te ha dicho por qué le había pegado Carlotta?

—No lo sabe; solo sabe que debió de cometer algún error.

Alice dice que Carlotta se puso como loca después de que te marcharas.

Jake se quedó un momento pensativo.

—Y lo pagó con ella —dijo.

—¿Por qué fuiste? ¿Por qué fuiste a verla? Si hay algo que... —se detuvo buscando las palabras exactas—. Si yo no comprendo bien tus necesidades... ya sé que no tengo experiencia en estos asuntos, pero...

Jake la besó para hacerla callar.

—No existe nadie que sepa tan bien lo que yo necesito —la vio sonreír—. Fui a ver a Carlotta para decirle que no me gusta que utilice mi nombre como referencia.

—Y lo pagó con Alice porque ella fue la que vino a verme —Sarah movió la cabeza—. Ella solo me dijo lo que Carlotta quería que me dijera. No salió como planeaba y lo pagó con ella.

—Creo que eso es más o menos lo que ha pasado.

Sarah se cruzó de brazos.

—¿Es esa la única razón por la que fuiste a verla?

—No. Fui por eso y para decirle que no se acercara a ti. Por supuesto, entonces no sabía que tú ibas a partirle el labio.

—¿Lo he hecho? —intentó ocultar su alegría, pero no lo consiguió—. ¿De verdad que se lo he partido?

—Y sangraba también por la nariz. Supongo que estabas demasiado ocupada para notarlo.

—Nunca en mi vida había pegado a nadie —intentó hacerse la modesta, pero cambió de idea—. Me ha gustado —admitió.

Jake se echó a reír y la estrechó contra él.

—Eres una gata salvaje, duquesa.

CAPÍTULO 12

Jake descubrió algo nuevo al ver a Sarah con Alice. Siempre había asumido que una mujer educada de un modo tan privilegiado condenaría automáticamente a una chica como Alice. Muchas de las mujeres que se consideraban decentes la hubieran echado de su casa como si fuera un perro rabioso.

Pero Sarah no. Ella demostró una compasión, interés y comprensión que él no había esperado encontrar en ella.

En cuanto a Alice, era obvio que adoraba a su benefactora. No la había visto, ya que Sarah insistía en que no podía recibir visitas, pero oía el respeto y la timidez con que respondía a sus preguntas.

Se puso en pie y salió al exterior, donde Lucius intentaba enseñar a Lafitte, sin éxito, a dar la pata.

—No es un perro listo —gruñó—, pero sí va a ser grande —miró a Jake—. ¿Qué haces tú aquí?

—Alguien tenía que traerla de vuelta.

—Supongo que sí. ¿Quieres explicarme por qué ha vuelto con aspecto de acabar de salir de una pelea a puñetazos?

—Porque eso es precisamente lo que ha hecho.

Lucius hizo una mueca.

—No me digas.

—Con Carlotta.

El viejo abrió mucho los ojos y luego soltó una carcajada.

—¿De verdad? ¿Me estás diciendo que la señorita Sarah fue allí y empezó a pegarle a Carlotta?

—Le dejó la nariz sangrando —Jake sonrió—. Y le arrancó bastante pelo.

—¡Santo cielo! Hubiera dado dos botellas de whisky por poder verlo. ¿Lo viste tú?

Jake le acarició las orejas al perro.

—Solo el final. Cuando entré, las dos rodaban por el suelo. Creo que Carlotta pesa más, pero Sarah estaba sentada encima de ella con las faldas levantadas y ojos sanguinarios. Fue algo increíble.

—Tiene mucha energía —sacó su botella de whisky y brindó por Sarah—. Sabía que se proponía algo, pero nunca se me ocurrió que pensara pegarle a Carlotta, aunque no hay nadie que se lo merezca más. ¿Has visto a Alice?

—No. Sarah dice que no debo hablar con la chica hasta que esté más presentable.

—Yo la llevé a la casa y puedo decirte que no había visto nunca un rostro tan destrozado. Al parecer, también le pegó con un cinturón. Tiene la espalda y los hombros llenos de costurones. Esa mujer debe de estar loca.

—La locura y la crueldad son dos cosas distintas. Carlotta solo es cruel.

—Supongo que tú la conocerás bien.

Jake lo observó tomar otro trago de la botella.

—Hace tiempo pagué algunas veces por sus servicios. Eso no significa que la conozca.

Lucius le tendió la botella y empezó a toser.

—Señorita Sarah, no la había oído salir.

—Ya lo supongo —repuso la joven con frialdad—. Quizá, si habéis terminado de beber whisky, queráis hacer el favor de lavaros para comer. Si no, podéis comer aquí fuera en el suelo.

Entró en la casa y cerró la puerta de un portazo.

Lucius agarró la botella y bebió otro trago.

—Esa mujer tiene bastante genio, muchacho. Si piensas liarte con ella, tendrás que tener cuidado.

Jake seguía mirando la puerta.

—No pienso liarme con nadie.

—Puede que sí y puede que no —Lucius se puso en pie y se sacudió los pantalones—. Pero ella sí tiene planes. Y es muy difícil decirle que no a una mujer así.

Sarah habló con cortesía en la comida, con el mismo aire con que se hubiera dirigido a sus invitados en una cena formal. Llevaba el pelo arreglado y recogido y se había cambiado de vestido. Sirvió el estofado en tazones de aluminio, pero lo hizo con tanta elegancia como si se hubiera tratado de porcelana fina.

Jake pensó en su madre y en cómo le gustaba servir la comida de los domingos.

La joven no mencionó lo ocurrido en el pueblo y resultaba claro que no tenía interés en oír hablar del tema. A Jake le resultaba difícil creer que fuera la misma mujer a la que había arrancado del suelo de La Estrella de Plata. Pero se dio cuenta de que de vez en cuando hacía una mueca. Era evidente que tenía dolores. Jake reprimió una sonrisa y se entretuvo en imaginar cómo podía ayudarla a calmarlos cuando se pusiera el sol.

—¿Te apetece más estofado, Lucius?

—No, señorita. Estoy lleno. Creo que iré a dar un paseo antes de dar de comer a los animales. Va a ser una noche muy hermosa —miró un momento a ambos—. Después de una comida así, dormiré como un lirón. No creo que me mueva hasta la mañana. Ha sido una cena estupenda, señorita Sarah.

—Gracias, Lucius.

Jake apartó también su silla.

—A mí tampoco me importaría dar un paseo.

—Adelante.

El hombre le agarró la mano.

—Preferiría que tú vinieras conmigo.

Sarah sonrió. Era la primera vez que él la invitaba a algo tan corriente y romántico como dar un paseo.

—Es muy amable de tu parte, pero tengo que lavar los platos. Y Alice puede despertarse en cualquier momento. Creo que ahora ya podría comer un poco.

—Supongo que puedo entretenerme solo una o dos horas. Cuando termines, iremos a dar un paseo.

La joven lo miró con los ojos entornados.

—Quizá —él la sentó sobre sus rodillas y ella se echó a reír—. Vaya, señor Redman. Es usted bastante bruto.

Jake le acarició con gentileza el cardenal del ojo.

—Entonces, será mejor que vayas con cuidado. Bésame, Sarah.

—¿Y si no lo hago? —sonrió ella.

—Pero lo harás —le lamió el labio inferior—. Lo harás.

Y Sarah lo hizo. Lo besó con fuerza y le pasó los brazos en torno al cuello.

—No tardes mucho —musitó él.

Volvió a besarla y luego la dejó de pie. La joven suspiró y lo miró cerrar la puerta a sus espaldas.

Cuando terminó de atender a Alice, salió a la luz del crepúsculo. Todavía hacía demasiado calor para molestarse en ponerse un chal, pero se bajó las mangas del vestido y se abrochó los puños. Tenía marcas en los brazos que no le gustaba enseñar.

Desde donde estaba, podía oír a Lucius en el cobertizo, hablando con Lafitte. Cerró los ojos y dejó que la ligera brisa acariciara su rostro. Si se concentraba, podía percibir el suave aroma de la salvia. Y, si se esforzaba, podía verse a sí misma en su imaginación sentada en el porche que pensaba tener, contemplando la puesta de sol mientras Jake liaba un cigarrillo y oía a su lado la música de la noche.

Volvió a la realidad y miró a su alrededor. Dio unos pasos y entonces oyó el ruido de un martillo contra la madera. Lo vio cerca del gallinero, tirando un viejo poste. Se había quitado la camisa y el sudor cubría su torso.

Se estremeció y lo contempló un momento. Recordó lo que la había hecho sentir unas noches atrás y deseó poder repetir aquello.

Jake levantó la cabeza y la vio. El viento movía un poco sus faldas y su pelo. Sus ojos, al acercarse a él, parecían muy grandes y oscuros.

—Tienes un modo de moverte que me hace la boca agua, duquesa.

—No creo que fuera esa la intención de las monjas cuando me enseñaban a andar, pero me alegro —se echó en sus brazos con naturalidad—. Me alegro mucho.

Por primera vez en su vida se sintió nervioso con una mujer y la apartó.

—Estoy sudando.

—Lo sé —sacó un pañuelo de su bolsillo y se limpió la cara—. ¿Qué haces?

—Tú dijiste que querías cerdos. Necesitas una pocilga —recogió su camisa y se la puso—. ¿Qué haces tú?

—Mirándote —llevó una mano a su pecho, donde la camisa seguía abierta—. Recordando. Preguntándome si tú me deseas tanto como antes.

El hombre le apartó la mano.

—No, ya no te deseo —levantó su pistolera, pero en lugar de colocársela a la cadera, se la echó al hombro—. ¿Por qué no vamos a dar ese paseo?

La joven le puso la mano en la suya, contenta.

—Cuando llegué a este sitio, me preguntaba qué era lo que había atado aquí a mi padre. Al principio, creí que lo hacía solo por mí, porque quería darme lo que creía que necesitaba. Eso me dolía mucho. Luego empecé a comprender que, aunque eso también contaba, y mucho, él era feliz aquí. Me resulta más fácil aceptar su pérdida si sé que era feliz.

Echaron a andar en dirección al arroyo que ella había llegado a conocer tan bien.

—Yo no creía que fueras a quedarte. Cuando te traje aquí la primera vez, parecía que acabaran de darte un golpe en la cabeza.

—Yo también me sentía así. Perderlo fue... Bueno, la verdad es que lo había perdido muchos años antes. Para mí, seguirá siendo siempre como el día en que se marchó. Nunca te he contado que se inventó una historia. Me dijo que había construido una hermosa casa con la veta de oro que encontró en la mina. Me la describió incluso; tenía cuatro dormitorios, un salón con las ventanas mirando al este, un amplio porche con grandes columnas redondas —sonrió—. Quizá creía que yo necesitaba todo eso, verme como la dueña de una casa grande y elegante con escalinatas y paredes altas y frías.

—Has nacido para eso —comentó él, mirándola.

—He nacido para ti —se puso en pie y le tendió las manos.

—Te deseo, Sarah. Pero no puedo ofrecerte más que una manta que tender en el suelo.

La joven contempló las cosas que él había llevado ya hasta el arroyo. Se acercó y agarró la manta.

Había llegado ya el crepúsculo. El aire era más suave y el cielo había adquirido un color azul oscuro. Bajo la manta, el suelo era duro. Sarah tendió los brazos hacia él.

Fue como la primera vez y, sin embargo, distinto. El deseo y la pasión seguían allí, pero iban acompañados de un conocimiento de la magia que podía haber entre ellos.

La joven percibió deseo en su beso, pero también una ternura con la que había soñado a menudo. Seducida por ella, susurró su nombre. La piel de él era suave bajo sus dedos. Su cuerpo, un contraste que la atraía, obligándola a conocerlo mejor.

Una suave languidez se apoderó de ella cuando empezó a desnudarla. Los dedos de él se movían despacio. Al quedarse desnuda, sintió el aire contra su piel y luego la boca de él, moviéndose sobre ella. Suspiró.

Jake deseaba darle algo que no había dado nunca a otra mujer. La clase de amor que ella se merecía. La ternura era algo nuevo para él, pero parecía surgir de un modo natural.

Sarah le desnudaba también de sus vestiduras; las suyas no eran de algodón o seda, sino de cinismo y miedo; la armadura que había utilizado para sobrevivir del mismo modo que utilizaba sus pistolas. Con ella estaba indefenso, más vulnerable de lo que había estado nunca desde su infancia. Con ella se sentía más hombre de lo que había esperado sentirse nunca.

La joven percibió el cambio, la explosión de sentimientos, necesidades y deseos que lo invadían, y se quedó sin aliento, sintiendo al mismo tiempo una fuerza increíble. Sin entender, sin que fuera necesario, respondió con toda la fuerza de su corazón.

Luego llegó la tormenta, salvaje, interminable. Sarah gritó al sentirse arrastrada a una nueva pasión. Una oleada de sensaciones la embargó y, perdida en él, apretó contra sí la cabeza de Jake.

Sarah era como una fuerza salvaje que alguien acabara de desencadenar. El hombre sintió sus estremecimientos de placer y pensó que la respuesta de ella era como un milagro, aunque hacía tiempo que había dejado de creer en ellos. Había poco que pudiera darle además del placer de su cuerpo, pero al menos eso se lo daría.

Levantó la cabeza, la besó en los labios y se entregó a ella.

Mucho después de que su respiración se hubiera calmado al fin, Jake seguía tumbado sobre ella, con el rostro hundido en su pelo. Sarah le había dado paz y, aunque sabía que no podía durar, por el momento se regodeaba en ella.

No había querido enamorarse; no se había atrevido a arriesgarse. Y seguía sin poder decírselo a ella, aun entonces, cuando ya no podía seguir ocultándoselo a sí mismo.

—Lucius tenía razón —susurró ella.
—¿Qué?
—Hace una noche hermosa —le acarició la espalda—. Una noche muy hermosa.
—¿Te hago daño?
—No —le pasó los brazos en torno al cuerpo para estrecharlo más contra ella—. No te muevas aún.
—Peso bastante y tú tienes algunas marcas.
—Las había olvidado —sonrió ella.
El hombre le acarició la mejilla fascinado.
—Eres tan hermosa como un sueño.
Sarah le besó la mano.
—Nunca me habías dicho que era hermosa.
—Claro que sí —se movió, frustrado por su falta de palabras—. O debería haberlo hecho.
La joven se acurrucó contra él.
—En este momento me siento hermosa.
Jake la contempló un momento en silencio.
—Tienes frío —dijo.
—Un poco.
El hombre se sentó y buscó la camisa de ella entre el montón de ropa. Sarah sonrió y levantó los brazos sobre su cabeza. Cuando él le hubo puesto la prenda, le pasó los brazos en torno al cuello.
—Yo esperaba que me calentaras de otro modo —musitó.
Jake soltó una carcajada y le acarició la cadera.
—Me parece que ya te he dicho otras veces que aprendes muy deprisa —le bajó la hombrera de la camisa—. ¿Quieres hacer algo por mí?
—Sí.
—Ponte de pie en el arroyo.

La joven lo miró sorprendida.

—¿Cómo dices?

—Me gustaría verte en el arroyo cubierta solo con la camisa. Como aquella primera noche.

—¿Qué primera noche? —lo miró sorprendida—. ¡Tú me estabas mirando mientras yo...!

—Solo quería asegurarme de que no te ocurría nada.

—¡Eres terrible! —intentó apartarse, pero él se lo impidió.

—Fue entonces cuando empecé a pensar lo mucho que me gustaría tocarte. Aquella noche me costó trabajo quedarme dormido —le mordisqueó la garganta—. La verdad es que no he dormido bien desde que te conozco.

—Basta.

—¿Vas a ponerte de pie en el arroyo?

—No —Jake volvió a echarla sobre la manta y ella soltó una carcajada—. Voy a vestirme y a bajar a la casa para ver cómo sigue Alice.

—No es necesario. Lucius estará pendiente de ella.

—Oh, comprendo. Ya lo has arreglado todo.

—Supongo que sí. No te irás de aquí, a menos que sea para entrar en el arroyo, si puedo convencerte de que lo hagas.

—No me convencerás. Y no tengo intención de dormir al aire libre.

—Yo no había pensado en dormir mucho —la apretó contra él—. ¿Nunca has dormido al aire libre, contemplando el cielo y contando las estrellas?

—No —pero lo haría aquella noche. No deseaba otra cosa—. ¿Tú has contado estrellas alguna vez, Jake?

—Cuando era niño. Mi madre solía decir que eran cuadros. A veces me decía los nombres, pero nunca podía volver a encontrarlas.

—Yo te enseñaré una —le levantó la mano y empezó a dibujar en el aire—. Es un caballo, un caballo con alas. Se llama Pegasus —contuvo el aliento—. Mira, una estrella fugaz.

Cerró los ojos y pidió un deseo.

—¿Quieres hablarme de tu madre? —preguntó.

Jake no dijo nada durante un rato; se limitó a contemplar el cielo.

—Era maestra. Había venido desde St. Louis.

—¿Y conoció a tu padre?

—No sé mucho de la historia. Mi padre quería aprender a leer y escribir y ella le enseñó.

—Y mientras le enseñaba, se enamoraron.

Jake sonrió. Tal y como ella lo contaba, sonaba muy bien.

—Supongo que sí. Ella se casó con él y no debió de ser fácil, teniendo en cuenta que él era medio apache. Querían construir algo. Recuerdo que mi padre solía hablar de la tierra con orgullo. Quería dejar algún rastro detrás de él.

Sarah comprendía bien aquella sensación. Ella sentía lo mismo.

—¿Eran felices? —preguntó.

—Se reían a menudo. Mi madre solía cantar. Papá siempre hablaba de comprarle un piano algún día, para que pudiera tocarlo como en St. Louis. Mamá se reía y decía que antes quería cortinas de encaje. Lo había olvidado —murmuró—. Ella quería cortinas de encaje.

Sarah apoyó la cabeza sobre el hombro de él.

—Lucius me contó lo que ocurrió. Lo siento mucho.

Jake no se había dado cuenta hasta entonces de que necesitaba hablar de ello, contárselo a ella.

—Llegaron del pueblo; eran unos ocho o diez hombres; nunca he estado seguro. Primero prendieron fuego al granero. Quizá si mi padre se hubiera quedado en casa, les hubiera dejado disparar, gritar y desahogarse, no habrían hecho nada más. Pero hubieran vuelto. Él lo sabía. Agarró su rifle y salió a proteger lo que era suyo. Le pegaron un tiro allí mismo, en la puerta.

Sarah lo apretó con fuerza, reviviendo aquello con él.

—Salimos corriendo. Habían probado la sangre, como los lobos, y no se detendrían allí. Mi madre lloraba; abrazaba a mi padre y lloraba. En el interior del establo, los caballos gritaban. El cielo estaba tan iluminado que pude ver sus caras mientras prendían fuego al resto.

Y también había olido el fuego y oído los lamentos de su madre.

—Agarré el rifle. Era la primera vez que deseaba matar. Es como una fiebre en la sangre. Como si una mano se apoderara de ti, apretando fuerte. Mi madre empezó a gritar. Vi a uno de los hombres apuntándome. Yo tenía el rifle en las manos, pero era lento. En aquella época, era mejor con un arco o con el cuchillo. Mi madre se colocó delante de mí, así que, cuando el hombre apretó el gatillo, la bala la atravesó a ella.

Sarah lo estrechó con fuerza; estaba llorando en silencio.

—Uno de ellos me golpeó con un rifle al pasar. Cuando recuperé el conocimiento, ya era de día. Lo habían quemado todo. La casa seguía echando humo. La tierra estaba dura y yo mareado, así que tardé casi todo el día en enterrarlos. Pasé la noche allí, entre las dos tumbas. Me dije a mí mismo que, si vivía hasta la mañana siguiente, buscaría a los hombres que habían hecho aquello y los mataría. Por la mañana, seguía vivo.

La joven no dijo nada. No podía. No era necesario preguntarle qué había hecho. Ya lo sabía. Había aprendido a usar un revólver y había encontrado a los hombres; o al menos, a algunos de ellos.

—Cuando llegó Lucius, le conté lo ocurrido. Esa fue la primera vez que se lo conté a alguien.

—No pienses en ello.

Jake sentía las lágrimas de ella en su pecho. Hasta donde él sabía, nadie había llorado nunca por él. Le agarró la mano y se la besó.

—Enséñame ese cuadro en el cielo, Sarah.

La joven empezó a hacer dibujos en el aire.

—En el Este, las estrellas no son tan grandes ni brillantes —yacieron un momento quietos, abrazados, escuchando los sonidos de la noche—. Yo solía dar un brinco cada vez que oía un coyote. Ahora me gusta oírlos. Todas las noches, cuando leo el diario de mi padre...

—¿Matt llevaba un diario? —Jake se incorporó, arrastrándola con él.

—Sí —había tal intensidad en los ojos de él que se asustó—. ¿Qué pasa?

—¿Lo has leído?

—No del todo. He leído unas cuantas páginas cada noche.

—¿Me dejarás leerlo?

Sarah se tranquilizó, pero algo frío le recorrió la piel.

—Sí. Si me dices por qué quieres hacerlo.

Jake se volvió a buscar tabaco en sus alforjas.

—Solo quiero leerlo.

La joven lo observó liar un cigarrillo.

—Muy bien. Confío en ti. ¿Cuándo vas a confiar tú en mí, Jake?

—¿Qué quieres decir? —preguntó él, encendiendo un fósforo en la roca.

—¿Por qué le dijiste a Lucius que trabajara en la mina?

El hombre apagó el fósforo y lo arrojó a un lado.

—Puede que pensara que a Matt le habría gustado.

La joven le tocó la cara y se la volvió hacia ella.

—¿Por qué? —repitió.

—Una intuición, eso es todo —se apartó y soltó una bocanada de humo—. La gente suele tener una razón para prender fuegos. Cuando te ocurrió a ti, solo se me ocurrió una: que alguien quería alejarte de aquí.

—Eso es ridículo. Yo no conocía a nadie entonces. El sheriff dijo que podían ser vagabundos —examinó el rostro de él—. Pero tú no crees que lo fueran.

—No. Y no creo que Barker lo crea tampoco. En esta

tierra solo hay una cosa que la gente pueda querer y es el oro.

Sarah se sentó sobre los talones impaciente.

—Pero aquí no hay ningún oro.

—Sí que lo hay —Jake respiró hondo y observó su rostro.

—¿De qué estás hablando?

—Lucius encontró una veta, la misma que había encontrado Matt —miró el ascua de su cigarrillo—. Vas a ser rica, duquesa.

—Espera —se llevó una mano a la sien—. ¿Me estás diciendo que la mina tiene algún valor?

—Según Lucius, sí.

—No puedo creerlo —soltó una carcajada y movió la cabeza—. Nunca he pensado que fuera más que un sueño. Esta mañana había empezado a preguntarme si... Espera. ¿Cuánto tiempo hace que lo sabes?

—Un poco.

—¿Un poco? ¿Y no te pareció lo bastante importante para decírmelo?

—Creí que era lo bastante importante para no decírtelo —apagó el cigarrillo en el suelo—. Nunca he conocido a una mujer que supiera mantener la boca cerrada.

—¿De verdad?

—Sí, señora.

—Yo soy perfectamente capaz de mantener la boca cerrada. ¿Pero por qué debería hacerlo?

No había más remedio que ser sincero con ella.

—Matt encontró el oro y entonces murió.

—Fue un accidente... —se interrumpió y se quedó helada—. ¿Intentas decirme que mi padre fue asesinado? No puede ser.

Empezó a levantarse, pero él tendió el brazo y la retuvo.

—Durante diez años trabajó en la mina sin sacar más que algunas pepitas de vez en cuando. Luego encuentra la veta y se produce un derrumbamiento y muere.

—No quiero pensar en ello.

—Tendrás que hacerlo. La mina es tuya ahora y en ella hay oro. No voy a permitir que te ocurra lo que le ocurrió a Matt.

Sarah cerró los ojos. Le costaba trabajo aceptar todo aquello. Sintió una mezcla de miedo, histeria y un dolor nuevo. Levantó las manos para estrechar las de él y luchó por calmarse. Jake tenía razón. Tenía que pensar en ello. Luego actuaría. Cuando abrió los ojos, su mirada era firme y clara.

—Dime lo que quieres que haga.

—Confía en mí.

La besó en los labios y la tumbó con suavidad sobre la manta. Sarah le había dado paz al principio de la noche; ahora había llegado el momento de que hiciera lo mismo por ella.

CAPÍTULO 13

—Me siento mucho mejor, señorita Conway —dijo Alice, bebiendo de la taza.

No quería quejarse de su espalda ni del dolor que recorría sus heridas a pesar del ungüento. La luz de la mañana iluminaba sus arañazos y parecía aumentarlos, dándole un aspecto más joven y vulnerable.

—Tienes mejor aspecto —dijo Sarah.

No era del todo cierto, así que se juró mantener a su paciente alejada del espejo unos días más. Aunque la hinchazón había bajado bastante, todavía la preocupaba la herida del ojo y decidió ir al pueblo con ella para ver al médico.

—Intenta comer este huevo pasado por agua. Necesitas recuperar fuerzas.

—Sí, señora —asintió—. ¿Señorita Conway?

—¿Sí?

—Anoche me dejó usted su cama. No puedo consentirlo. No está bien.

Sarah apartó el plato a un lado, sonriendo.

—Alice, te aseguro que esta noche he estado bastante cómoda.

—Pero, señorita...

—Si sigues así, voy a pensar que eres una desagradecida.

—¡Oh! —Alice la miró horrorizada—. No, señora.

—Bueno, entonces, olvídalo —se puso en pie—. Puedes demostrar tu gratitud siendo una buena paciente y procurando descansar. Si más tarde te apetece, le diré a Lucius que te baje y podemos sentarnos a charlar un rato.

—Me gustaría. Señorita Conway, de no haber sido por Eli y por usted, creo que habría muerto. Tengo algo de dinero ahorrado. No es mucho, pero quisiera que lo aceptara por sus molestias.

—No quiero tu dinero, Alice.

La muchacha se ruborizó y apartó la vista.

—Ya sé que probablemente piensa que es dinero sucio, pero...

—No —le apretó la mano con firmeza—. Eso no tiene nada que ver con ello. ¿Te pidió Eli dinero por sacarte del pueblo?

—No, pero él es un amigo.

—A mí me gustaría ser tu amiga, si tú me lo permites. Ahora descansa y ya hablaremos de esto más adelante.

Le apretó la mano, recogió los platos y empezó a bajar la escalera. Sintió unos dedos cerrarse en torno a su cintura y reprimió un grito.

—Te dije que no necesitabas ese corsé.

Sarah lo miró por encima del hombro.

—¿Por eso no podía encontrarlo esta mañana?

—Te estaba haciendo un favor.

La levantó en los brazos y la besó.

—Jake, Alice está...

—No creo que se desmaye si averigua lo que estoy haciendo —la soltó para mirarla mejor—. Eres un placer para la vista, duquesa.

La joven se ruborizó.

—¿Por qué no te sientas y me miras mientras te preparo el desayuno? —preguntó.

—Me gustaría, pero tengo algunas cosas que hacer —le acarició el cabello—. Sarah, ¿me dejas el diario de Matt?

La aludida bajó los ojos. Durante la noche, después de hacer el amor y antes de dormirse, no había dejado de pensar en lo que Jake le había contado. Una parte de ella se preguntaba si no sería mejor dejar las cosas así, no averiguar lo que había ocurrido en realidad. Pero otra parte había aceptado ya la necesidad de actuar.

—Sí —se acercó al hogar y removió la piedra—. Lo encontré la primera noche. Su diario, sus ahorros y la escritura de la mina.

Le tendió el libro y Jake reprimió el deseo de abrirlo en el acto. Si encontraba lo que pensaba, tendría cosas que hacer antes de comunicárselo a ella.

—Si no te importa, me lo llevaré conmigo.

Sarah abrió la boca para protestar, pero recordó que él le había pedido que confiara en él. Quizá aquel fuera el mejor modo de demostrarle que lo hacía.

—De acuerdo —dijo.

—¿Y la escritura? ¿Me dejas que te la guarde hasta que descubra lo que busco?

La joven se la tendió sin vacilar ni hacer preguntas.

—¿Así sin más? —murmuró él.

—Sí —sonrió—. Así sin más.

Jake se quedó sin habla ante aquella muestra de confianza.

—Sarah, quiero...

Se interrumpió. ¿Qué era lo que quería? ¿Cuidarla y protegerla, amarla y poseerla? No tenía derecho a ello.

—Me ocuparé de esto —le prometió.

La joven enarcó las cejas.

—Yo creía que nos íbamos a ocupar los dos —comentó.

—No —le acarició la barbilla—. Déjalo en mis manos. No quiero que te ocurra nada.

—¿Por qué? —sonrió ella.

601

—Porque no. Quiero que... —se interrumpió y se acercó a la ventana—. Tienes compañía. Parecen la señora Cody y su hija.

—¡Oh! —Sarah se atusó el cabello—. Debo de tener un aspecto horrible.

—Estás muy bien —le aseguró él, abriendo la puerta.

Sarah se quitó el delantal y lo siguió al exterior.

—Supongo que se habrán enterado del incidente de ayer —musitó.

—Supongo que sí —Jake metió la escritura y el diario en sus alforjas.

—No es necesario que asumas ese aire tan divertido —le reprochó la joven—. Buenos días, señora Cody. Liza.

—Buenos días, Sarah —Anne Cody detuvo los caballos—. Espero que no te importe una visita a horas tan tempranas.

—En absoluto. Siempre es un placer verlas a las dos.

Anne miró al perro, que se había acercado a ladrar a los caballos.

—Vaya, ha crecido mucho —tendió una mano—. ¿Señor Redman?

Jake se acercó a ayudarlas a bajar del carruaje y luego se echó la silla al hombro.

—Tengo que irme —se llevó la mano al sombrero—. Señoras.

—Señor Redman —Anne lanzó una mano para detenerlo—. ¿Puedo hablar un momento con usted?

El hombre dejó la silla en el suelo.

—Sí, señora.

—Mi hijo John lleva semanas detrás de usted. Me sorprende que tenga tanta paciencia con él.

Jake suponía que no le gustaba que su hijo pasara tanto tiempo con él.

—No me molesta —comentó.

Anne lo observó con curiosidad.

—Es usted muy amable, señor Redman, pero no sé si creerlo.

—Johnny puede ser muy pesado —intervino Liza.

Su madre la miró con indulgencia.

—Parece que mis hijos tienen algo en común —se volvió hacia Jake—. Está pasando una fase que supongo que pasan todos los chicos de su edad. Le fascinan las armas, las peleas. Tengo que admitir que a veces me preocupa.

—Procuraré mantenerlo a distancia —dijo Jake, volviéndose para marcharse.

—Señor Redman, espere. No he terminado.

—Mamá —Liza palideció al ver la mirada fría de los ojos de Jake—. Quizá deberías dejar en paz al señor Redman.

—Tu madre tiene algo que decir —intervino él—. Y supongo que debería decirlo.

—Gracias —Anne se quitó sus guantes, satisfecha—. Johnny estaba muy excitado por lo que ocurrió aquí entre Burt Donley y usted. Durante días no habló de otra cosa. Incluso le pidió a su padre que le comprara un revólver. El señor Cody y yo habíamos empezado a perder la paciencia con él.

Hizo una pausa, midiendo sus palabras.

—Pero ayer vino diciendo otra cosa. Dijo que matar no convertía a un hombre en alguien importante. Dijo que un hombre listo es el que no busca líos, sino que los evita cuando puede y los afronta cuando no tiene más remedio.

Anne sonrió por primera vez.

—Más o menos yo le he estado diciendo lo mismo, pero, si se lo oía a su padre o a mí, no nos creía. Me pregunto quién le habrá hecho pensar así —volvió a tenderle la mano—. Quería decirle que se lo agradezco mucho.

Jake miró la mano que le tendían. Estaba tan poco acostumbrado a aquella clase de gestos que nunca sabía bien cómo debía reaccionar.

—Es un chico listo, señora Cody. Lo hubiera averiguado antes o después.

Anne avanzó hacia la puerta de la casa y luego se volvió.

—Maggie O'Rourke tiene una gran opinión de usted. Creo que ahora sé por qué. No lo entretengo más, señor Redman.

No muy seguro de cómo debía responder, Jake se llevó la mano al sombrero y avanzó hacia su caballo.

—Es un gran hombre, Sarah —comentó Anne—. Si yo fuera tú, lo despediría como se merece.

—Sí, yo... —miró a la mujer y luego a Jake, sin saber qué hacer.

—No te importa que prepare yo el té, ¿verdad? —preguntó Anne, desapareciendo en el interior.

—No, por favor, está usted en su casa —miró de nuevo a Jake—. Solo tardaré un minuto —corrió hacia él—. ¡Jake! Espera. ¿Cuándo vas a volver?

El hombre colocó la silla sobre el mustang.

—Todavía no me he ido.

—Esperaba que vinieras a cenar.

—¿Eso es una invitación?

—A menos que prefieras hacer otra cosa.

Jake la tomó por el brazo.

—No recibo a menudo invitaciones a cenar de parte de mujeres hermosas.

Se quedó mirando la casa. No había duda de que algo había cambiado en él cuando empezaba a pensar en la idea de tener un hogar. Todavía no sabía qué diantres iba a hacer al respecto.

—Si llego a saber que ibas a tomarte tanto tiempo para pensarlo, no me hubiera molestado —comentó Sarah, enfadada.

Jake la apretó en sus brazos.

—Te enfadas muy fácilmente —la besó en los labios—. Esa es una de las cosas que me gustan de ti.

—Suéltame —musitó, pero le rodeó el cuello con los brazos—. La señora Cody puede vernos. Bueno, ¿vas a venir a cenar, sí o no?

Jake montó de un salto.

—Sí, vendré a cenar.

—La cena estará lista a las siete —dijo ella.

Lo vio alejarse al galope y se quedó contemplándolo hasta que desapareció en la distancia. Luego se recogió la falda y corrió a la casa. Al acercarse, oyó el llanto de Alice.

Liza estaba de pie al lado de la cocina, ocupándose del agua hirviendo.

—Sarah, mamá...

Pero la joven subía ya corriendo la escalera dispuesta a defender a su protegida.

Anne Cody tenía a Alice en sus brazos, acunándola con gentileza.

—Vamos, querida; llora todo lo que quieras —musitó—. Así lo olvidarás todo más fácilmente.

Lanzó una mirada de advertencia a Sarah y la joven vio que tenía los ojos húmedos. Bajó lentamente la escalera.

—Alice te ha llamado —explicó Liza—. Y mamá ha subido a ver si necesitaba algo —dejó a un lado el cazo de agua—. Sarah, ¿qué pasa aquí?

—No estoy muy segura de saberlo.

Liza miró en dirección al pajar y preguntó en voz baja:

—¿Le pegaron mucho?

—Sí. Fue horrible, Liza. Nunca había conocido a una persona que pudiera hacerle tanto daño a otra.

Empezó a cortar un trozo de pastel de miel.

—¿Trabajaba de verdad para Carlotta?

—Sí. Liza, no es más que una niña, más joven que tú y que yo.

—¿De verdad? —Liza se acercó a Sarah—. Pero en La Estrella de Plata debía...

—No podía hacer otra cosa. Su padre la vendió a un hombre por veinte dólares.

—Pero eso... —la curiosidad dio paso a la furia—. Es a él a quien tenían que haber pegado. ¡Su propio padre! Alguien debería...

—Calla, Liza —Anne bajó las escaleras en silencio—. Nadie se merece una paliza.

—Mamá, Sarah dice que su padre la vendió; la vendió por dinero, como a un caballo.

Anne miró a la dueña de la casa.

—¿Es eso cierto?

—Sí. Se escapó y acabó en La Estrella de Plata.

La mujer apretó los labios.

—Ahora necesito esa taza de té.

—Muy bien —Sarah se acercó a la cocina—. Siéntese, por favor —sacó las servilletas que había hecho con retales—. Espero que les guste este pastel. Es una receta que me dio la cocinera de una amiga de Filadelfia.

—Gracias, querida —Anne esperó a que se sentara—. Alice está durmiendo. No estaba segura de que hubieras obrado bien al acogerla aquí. La verdad es que he venido esta mañana porque estaba preocupada.

—Tenía que acogerla.

—No, no es cierto. Pero hiciste lo correcto y estoy orgullosa de ti. Esa muchacha necesita ayuda.

Suspiró y miró a Liza. Sus hijos habían tenido siempre un plato de comida y un techo sólido sobre sus cabezas; y un padre que los amaba. Decidió que tendría que darle las gracias a su esposo.

—Alice Johnson lo ha pasado muy mal.

Anne bebió un sorbo de té. Había tomado una decisión. Solo tendría que convencer a su esposo. Sonrió. Nunca era difícil convencer a un hombre de corazón tierno. Las otras damas del pueblo se mostrarían más duras, pero lo conseguiría.

—Lo que esa chica necesita es un trabajo honrado y una

casa de verdad. Cuando esté bien, creo que debería venir a trabajar en la tienda.

—¡Oh, señora Cody!

Anne levantó una mano para interrumpir a Sarah.

—Cuando Liza se case con Will, necesitaré ayuda. Puede quedarse con el cuarto de Liza.

Sarah se inclinó para abrazar a la mujer.

—Es usted muy amable. He hablado con Alice de algo así, pero me dijo que las mujeres del pueblo no la aceptarían nunca después de haber trabajado con Carlotta.

—Tú no conoces a mamá —dijo Liza, con orgullo—. Las convencerá a todas, una por una, ¿verdad, mamá?

Anne le acarició la cabeza.

—Puedes apostar lo que quieras —satisfecha, mordió un trozo de pastel—. Sarah, ahora que hemos solucionado eso, creo que tengo que hablar contigo sobre tu visita de ayer a La Estrella de Plata.

—¿Visita?

—Ya sabes, cuando te peleaste con Carlotta —intervino Liza—. Todo el pueblo habla del modo en que os comportasteis. Dicen que hasta le diste un puñetazo a Jake Redman. Me gustaría haberlo visto —captó la mirada de reprobación de su madre—. Es cierto.

—¡Oh, Dios mío! —Sarah se cubrió el rostro con las manos—. ¿Todo el pueblo?

—La señora Miller estaba en la puerta cuando entró el sheriff —Liza se sirvió un trozo de pastel—. Ya sabes cómo le gusta hablar.

Sarah lanzó un gemido y Anne movió la cabeza.

—Querida, deja ya de hablar tanto —se volvió hacia la joven y le quitó las manos de la cara—. He de admitir que me sorprendió que hubieras entrado en esa casa a tirarte del pelo con esa mujer. La verdad es que una joven decente como tú ni siquiera debería saber que esos sitios existen.

—No se puede vivir en Lone Bluff y no saberlo —la interrumpió Liza—. Hasta Johnny...
—Cállate —intervino su madre—. Como sé que no tienes familia, he decidido venir yo a hablarte de ello —dio otro sorbo de té—. Bueno, maldición. Ahora que he visto a esa chica, me gustaría haberle pegado también a Carlotta.
—¡Mamá! —exclamó su hija, encantada—. Tú no harías eso.
—No —Anne se removió en su silla—. Pero me gustaría. Y eso no quiere decir que desee volver a verte por allí, Sarah.
—No —sonrió la joven—. Creo que ya no tengo nada que hacer allí.
—También te dio un buen golpe, ¿eh? —dijo la mujer, observando su ojo.
—Sí —Sarah se echó a reír—. Pero yo le partí un labio y probablemente también la nariz.
—¿De verdad? Me gustaría haberlo visto —comentó Liza; su madre la miró amenazadora—. Bueno, no es como si hubiera sido yo la que entrara.
Anne volvió a beber de su taza y luego dejó a un lado su aire reprobador.
—Bueno, maldición, ¿vas a contarnos qué aspecto tiene ese sitio, sí o no?
Sarah soltó una carcajada, apoyó los codos sobre la mesa y se lo contó.

Carlotta yacía en su cama de plumas, repasando mentalmente lo ocurrido. La luz era tenue. Aunque apenas eran las nueve, se sirvió un vaso de whisky de la botella colocada sobre la mesilla. Echó un vistazo a su alrededor.
Las paredes estaban empapeladas a rayas rojas y plateadas. Unas gruesas cortinas de terciopelo rojo colgaban de las ventanas. La hacían pensar en reinas y palacios. La alfombra era

del mismo color y necesitaba una limpieza, pero Carlotta casi nunca notaba la suciedad.

En la cómoda, decorada con querubines pintados, había un conjunto de tocador de plata decorado con una C elaborada. Aquel era el único monograma que usaba. No tenía apellido, o al menos, ninguno del que quisiera acordarse.

Su madre siempre había tenido un hombre en su cama. Carlotta solía dormir en un colchón de paja en una esquina. Odiaba el modo en que los hombres se echaban sobre su madre, pero eso no era nada comparado con el disgusto que le producían las lágrimas de su madre cuando los hombres se iban.

Recordó que la mujer solía decir que hacía de prostituta para alimentar a su hija. Si eso fuera cierto, ¿por qué su hija había tenido que pasar hambre tantas noches? Examinó el líquido ámbar del vaso y encontró la respuesta. A su madre le gustaba el whisky tanto como a ella.

Recordó la noche en que salió de aquel cuarto por última vez. Tenía quince años y había ahorrado casi treinta dólares del dinero que ganara vendiéndose a los tramperos. No tardó en darse cuenta de que los hombres pagaban más por las jóvenes. Su madre no supo nunca que su hija era su peor competencia.

Pero ella despreciaba a todos los hombres. Aceptaba su dinero, se entregaba a ellos, pero no dejaba de odiarlos. El odio era un buen simulacro de la pasión. Sus clientes se marchaban satisfechos y ella ahorraba hasta la última moneda.

Una noche empaquetó sus escasas pertenencias, robó veinte dólares de la lata donde su madre guardaba el dinero y se dirigió al Oeste.

Al principio trabajó en salones, disfrutando con la ropa elegante y los cosméticos. Ahorró dinero, manteniendo siempre en secreto las propinas que le daban los hombres.

Cuando cumplió los dieciocho, tenía dinero suficiente para

abrir su propio local . Su primer burdel era poco más que un cobertizo en un pueblo apestoso del este de Texas. Pero se aseguró de que sus chicas fueran tan jóvenes y guapas como era posible.

Había tenido una aventura esporádica con un jugador que vestía chalecos de brocado y corbatas a rayas. Le llenó la cabeza de candelabros de cristal y alfombras rojas. Cuando lo dejó, se llevó su alfiler de perlas, doscientos dólares en metálico y sus propios beneficios.

Entonces abrió La Estrella de Plata.

Un día volvería a mudarse, aquella vez a California. Pero tenía intención de hacerlo con estilo. Se juró que conseguiría aquellos candelabros de cristal y una bañera de porcelana con asas de oro.

Oro. Eso era precisamente lo que necesitaba para hacer realidad su sueño. Y eso era lo que pensaba tener.

El hombre que estaba a su lado sería la herramienta que usaría para conseguirlo. Miró el rostro de Jim Carlson. Aun así, era más atractivo que muchos de los hombres con los que se había acostado. Su cuerpo era duro y fuerte, pero ella prefería otros cuerpos más delgados. Como el de Jake.

Hizo una mueca y se llevó el vaso a los labios. Con Jake Redman había violado su norma más importante. Se había permitido desearlo como no había deseado a ningún otro hombre. Su cuerpo respondió al de él de tal modo que, por primera vez en su vida, no tuvo que fingir el éxtasis que los hombres querían ver en una prostituta. Lo sintió de verdad. Y en aquel momento deseaba volver a sentirlo, como deseaba el oro y el poder. Y aquella perra se lo había quitado.

Desde luego, tenía muchas cosas que agradecerle a Sarah Conway. Se llevó una mano a la mejilla, pensativa. Muchas. Se vengaría de ella y, al hacerlo, se quedaría con Jake y el oro.

Jim Carlson, sin saberlo, la iba a ayudar a las tres cosas.

Dejó el vaso sobre la mesilla, se volvió y despertó al hombre.

—Quiero hablar contigo.

—¿Hablar? —el hombre le tocó los senos—. Querida, se me ocurre un modo mejor de gastar mi dinero que hablando.

La mujer le dejó acariciarla.

—Tu dinero se terminó al amanecer, encanto.

—Tengo más —la mordió con fuerza.

—Norma de la casa, Jim. Primero el dinero.

El hombre lanzó un juramento y consideró la posibilidad de forzarla. Pero si lo hacía y conseguía evitar que Eli lo echara, no podría volver nunca. Hizo ademán de levantarse y Carlotta le acarició el brazo con un dedo.

—Hablemos, Jim, y yo te daré el resto gratis.

El aludido la miró sorprendido.

—Tú no haces nada gratis.

—Habla conmigo. Antes tenemos que hablar de oro —lo vio ponerse tenso y sonrió—. No te preocupes, Jim, no se lo he dicho a nadie. No le he dicho a nadie que Donley y tú matasteis a Matt Conway.

—Estaba borracho cuando te lo conté —se pasó una mano por los labios, debatiéndose entre el miedo y el deseo—. Un hombre dice muchas cosas cuando está borracho.

La mujer soltó una carcajada.

—Nadie sabe eso mejor que una prostituta o una esposa, querido. Cálmate. ¿Quién fue la persona que te dijo que Matt había encontrado oro por fin? ¿Quién te dijo que iba a venir su hija y tenías que actuar con rapidez? No intentes engañarme, precioso. Recuerda, esto es algo de los dos.

Jim tendió la mano para agarrar la botella.

—Ya te dije que, cuando Sam consiguiera la mina, recibirías tu parte.

—¿Y qué hace Sam para conseguir la mina?

—Ya hemos hablado de eso —murmuró él, echando un trago.

—Si la idea de Sam es llevar al altar a esa perra para quedarse con la mina, ha tenido ya tiempo de sobra. Todo el mundo sabe que a ella no le gusta tu hermano, sino Jake Redman.

—¿Y qué hay de ti? —le tocó el moratón de la mejilla—. ¿Quién te gusta a ti?

—El que más pueda darme, encanto.

Se pasó la lengua por los labios, satisfecha por el modo en que los ojos de él seguían sus movimientos. Se levantó y se acarició el cuerpo, entreteniéndose un momento en los senos.

—¿Sabes, Jim? —empezó a ponerse un camisón rojo, tan transparente como el cristal—. Siempre me han gustado los hombres que corren riesgos, que saben lo que quieren y lo toman. La noche en que me contaste cómo Donley y tú habíais arrastrado a Matt a la mina y lo habíais matado, ¿recuerdas lo bien que lo pasamos aquella noche cuando subimos aquí?

El hombre se humedeció los labios.

—Lo recuerdo.

—Era excitante saber que venías de matar a un hombre. De matar para conseguir lo que querías. Yo sabía que estaba con un hombre de verdad. El problema es que desde entonces no ha ocurrido nada. Yo sigo esperando.

—Ya te lo he dicho, Sam...

—¡Al diablo con Sam! —se esforzó por reprimir su malhumor y sonrió—. Es demasiado lento, demasiado precavido. Un hombre de verdad actuaría sin más. Si quiere a esa chica, ¿por qué no la toma? O podías tomarla tú en su lugar —se acercó más a él—. Ella es lo único que se interpone en nuestro camino, Jim. Encárgate de ella, y esta vez no me refiero a que le quemes uno de sus establos.

Lo miró con dureza.

—Hazle daño, Jim, y estará encantada de entregar la escritura. Luego mátala. Cuando esté muerta, ven a verme y haremos todo lo que tú quieras. Todo. Y no te costará un centavo.

Jim la agarró por la cintura.

—¿Te encargarás de ella?
—Sí, maldición. Ven aquí.

Carlotta sonrió mirando al techo mientras Jim se dejaba caer encima de ella.

Una hora después, la mujer vio entrar a Jake en el pueblo desde su ventana. Apretó los puños con rabia, pero también con deseo. Tenía que conseguir que volviera a ella.

Se volvió sonriente hacia Jim, que se estaba vistiendo.

—Creo que este es un buen momento para que le hagas una visita a Sarah Conway.

CAPÍTULO 14

Cuando Jake entró en casa de Maggie, la mujer lo miró con las manos sobre las caderas.

—Vaya unas horas de llegar. No me imagino por qué quiere un hombre pagar dinero por una cama si nunca duerme en ella.

—También te pago por el pollo y los estofados y no soy lo bastante tonto como para comérmelos.

Echó a andar escaleras arriba con aire resignado, seguro de que ella lo seguiría.

—Pues no parece que te falte comida. Deben de estar alimentándote en otra parte.

—Será eso.

—¿Sarah es buena cocinera?

Jake no respondió, y abrió la puerta de su cuarto.

—No te hagas el misterioso conmigo, muchacho. Es demasiado tarde. Todo el pueblo vio cómo la mirabas en el baile y luego saliste del pueblo corriendo después de que te diera un puñetazo en la mandíbula.

Lo vio sonreír y se echó a reír.

—Eso está mejor. Siempre dije que podías matar a un hombre con la mirada con tanta efectividad como con tus armas. Pero no es necesario que me mires a mí así. Supongo que Sarah Conway es justo lo que necesitas.

—¿De verdad? Y supongo que antes de dejarme solo me vas a decir por qué.

—Escúchame —repuso la mujer, poniéndose seria de repente—. Algunas personas nacen para ser hermosas. Desde que nacen están rodeadas de seda y raso. Y hay otras que tienen que pelear duro por cualquier cosa. Tú y yo lo sabemos.

Jake la miró sin decir nada.

—Algunos tienen hambre y algunos la tripa llena —prosiguió ella—. Solo Dios sabe por qué ha dispuesto así las cosas. Pero no hizo a un hombre mejor que otro. Son los hombres los que deciden ser fuertes o débiles, buenos o malos. A veces hay una mujer que puede empujarlos a un lado o al otro. Acepta a Sarah Conway, Jake. Ella te guiará bien.

—Podría ocurrir lo contrario —musitó él—. Es más fácil cambiar a una mujer que a un hombre.

Maggie lo miró con aire divertido.

—Jake, tienes mucho que aprender sobre las mujeres.

Cuando se quedó a solas, Jake pensó que era la segunda vez en dos días que le decían eso. Pero no era en una mujer en lo que tenía que pensar en aquel momento, sino en el oro y en un asesinato.

Abrió el diario de Matt Conway y empezó a leer.

A diferencia de Sarah, no se molestó con las primeras páginas. Leyó algunas del medio, donde Matt había escrito sobre su trabajo en la mina y sus esperanzas de encontrar algo importante. Mencionaba a Sarah de vez en cuando y su remordimiento por haberla dejado en la escuela, así como el orgullo que le producían sus cartas. Y siempre manifestaba su deseo de enviar a buscarla. Pero antes quería construirle una casa de verdad, como la que le había descrito. Estaba convencido de que la mina se lo permitiría. No había perdido nunca la confianza en eso.

Cada vez que entro ahí, lo siento. No es solo esperanza, es una certeza. Siempre estoy seguro de que será hoy. Ahí hay oro, oro suficiente para darle a mi Sarah la vida de una princesa, la vida que tanto deseé dar a su madre. ¡Cómo se parecen las dos! La miniatura que me envió Sarah por Navidad podría ser el retrato de mi querida Ellen. Al mirarla todas las noches, antes de quedarme dormido, sufro por la niña que dejé a mis espaldas y por la mujer en que se ha convertido mi hija.

Era evidente que sí había recibido el retrato. Jake pasó directamente a las últimas páginas.

En todos mis años como minero, he aprendido que el éxito es tan escurridizo como cualquier sueño. Un hombre puede tener un mapa y herramientas, puede ser trabajador o vago, pero hay un factor que no puedo comprar ni aprender: la suerte. Sin ella, puede cavar durante años sin encontrar nunca la veta que busca. Y eso es lo que me ha pasado a mí.

¿Fue el destino lo que hizo que me golpeara la mano con el martillo? Y cuando me levanté tambaleante, con lágrimas de frustración y dolor en los ojos, ¿fue el destino lo que me hizo cavar más y más en el interior del túnel, moviendo el pico como un loco?

Y allí estaba, bajo mis dedos aún sangrantes. Brillando contra la roca oscura. Corría como un río estrecho que se perdiera en la boca oscura de la mina, ensanchándose luego. Sé que no puede ser, y sin embargo, a mí me pareció que brillaba y palpitaba como un ser vivo. ¡Dios mío! ¡Al fin!

No me avergüenzo de decir que me senté sobre el suelo polvoriento de la mina con la lámpara entre las rodillas y me eché a llorar.

Jake se quedó pensativo. Matt lo había encontrado. Ya no era un sueño ni un presentimiento, sino un hecho. Había encontrado su oro y había muerto. Quizá en las siguientes páginas pudiera hallar una respuesta al porqué y al cómo.

¿Los hombres se vuelven estúpidos con la edad? Es posible. Pero, por otra parte, el whisky atonta tanto a los viejos como a los jóvenes.

No es necesario buscar excusas. Un hombre encuentra lo que busca después de años de sudor. ¿Y qué hace? Busca una mujer y una botella. Encontré ambas cosas en La Estrella de Plata.

Tenía intención de mantener mi descubrimiento en secreto durante una temporada, pero la carta de Sarah lo cambió todo. Ella viene aquí. Mi hija está ya en camino para reunirse conmigo. No hay modo de prepararla para lo que se va a encontrar. Gracias a Dios, pronto podré darle todo lo que le he prometido.

No era mi intención hablarle a Carlotta del oro ni de la llegada de Sarah. El whisky y la debilidad fueron la causa. Sin duda, a la mañana siguiente, pagué mi indiscreción con un terrible dolor de cabeza. Y la visita de Samuel Carlson.

¿Podría ser coincidencia que ahora, después de tantos años, quiera la mina? Su oferta fue generosa. Demasiado generosa para que yo crea que sus motivos eran puramente sentimentales. Quizá mis sospechas sean infundadas. Aceptó bien mi negativa y dejó la oferta abierta. Sin embargo, hubo algo raro en el modo en que hizo callar a su hermano y a ese tal Donley. Mañana iré al pueblo y le contaré mi descubrimiento a Barker. Quizá sea buena idea contratar a unos cuantos hombres para que me ayuden en la mina. Cuanto antes empiece, antes podré construirle a Sarah la casa que ella cree que ya la está esperando.

Aquello era lo último que había escrito. Jake cerró el libro y se puso en pie. Ya tenía lo que buscaba.

—Señorita Sarah, ya que parece que va a ir al pueblo...
La joven suspiró y se ajustó el sombrero.
—¿Otra vez, Lucius?
El hombre se acarició la barbilla.
—Un hombre pasa mucha sed con este trabajo.
—Muy bien.
Había logrado curarlo de su odio al agua, pero sabía que sacarlo de su pasión por el whisky llevaría más tiempo.

—Se lo agradezco, señorita —sonrió—. Y mire a ver si ya tienen la madera que encargó. Estaré encantado de ponerle ese suelo cuando la traiga.

—Puedes terminar de construir la pocilga que empezó Jake. Tengo intención de comprar algunos cerdos.

—Sí, señora —escupió en el suelo. Construiría la maldita pocilga, pero que lo condenaran si pensaba cuidar de los cerdos—. Señorita Sarah, me queda muy poco tabaco.

La joven levantó los ojos al cielo.

—Veré lo que puedo hacer. No te alejes demasiado de Alice. Encárgate de que tome algo de caldo y descanse.

Lo oyó murmurar algo sobre hacer de enfermera y reprimió una sonrisa.

—Volveré sobre las tres. Esta noche quiero preparar una cena muy especial —le echó una última mirada—. Será mejor que te cambies de camisa.

Tiró de las riendas y se puso en marcha antes de permitirse soltar una carcajada.

La vida era maravillosa. Quizá era rica, como había dicho Jake, pero el oro ya no le importaba. Muchas cosas que antes le habían parecido importantes habían perdido ya su significado.

Estaba enamorada y todo el oro del mundo no podía comprar lo que sentía.

Lo haría feliz. Le llevaría tiempo, cuidados y algo de paciencia, pero haría comprender a Jake que juntos podían tener todo lo que pudieran desear. Un hogar, niños, raíces, una vida maravillosa.

Vio acercarse al jinete y, por un instante, el corazón le palpitó con fuerza. Pero no era Jake. Observó a Jim Carlson poner su caballo al trote y acercarse a ella. Sarah intentó pasar de largo, limitándose a saludarlo con la cabeza, pero el hombre le cerró el paso.

—Buenos días, señora —se inclinó hacia ella; olía a whisky—. ¿Está sola?

—Buenos días, señor Carlson. Voy al pueblo y me temo que tengo prisa.

—¿De verdad? —aquello sería más fácil de lo que había anticipado—. Es una lástima, ya que yo me dirigía precisamente a su casa.

—¿Oh? —no le gustó la mirada de sus ojos y, en su caso, el olor a whisky no parecía inofensivo—. ¿Hay algo que pueda hacer por usted, señor Carlson?

—Claro que sí —desenfundó su revólver—. Baje del carro.

—Debe de estar loco —dijo ella, haciendo ademán de agarrar el rifle.

—No toque el arma, señora. Sería una lástima que tuviera que agujerearle esa mano tan bonita. Le he dicho que baje del carro.

—Jake lo matará si me toca.

Jim ya había pensado en eso. Por eso había decidido alterar los planes de Carlotta. No mataría a Sarah todavía a menos que ella hiciera alguna estupidez.

—Oh, también tengo planes para Redman, preciosa. No se preocupe. Salga del carro antes de que mate a los caballos.

Sarah no dudó de que cumpliría su amenaza. Bajó del carro y se quedó de pie a un lado.

—¡Cielo santo! Es usted muy hermosa. Por eso le gustó tanto a Sam —desmontó de su silla sin soltar el revólver—. Tiene usted aspecto de dama, como nuestra madre. Ya vio su retrato en la casa. A Sam le gustan mucho los retratos.

Acercó una mano para tocar el rostro de la joven y esta apartó la cara.

—Pero usted también tiene temperamento. Mamá solo estaba loca —se acercó y la empujó contra un lado del carro—. Sam le dijo que era delicada, ¿no? Esa es la palabra que utiliza él, pero estaba loca, tanto que el viejo tenía que encerrarla durante días enteros. Un día, cuando abrió la puerta, vio que se había ahorcado con una bonita bufanda de seda rosa.

Sarah lo miró horrorizada.

—Suélteme. Si Samuel se entera de lo que ha hecho...

—¿Cree que tengo miedo de Sam? Quizá usted piensa que es más educado que yo, más listo, pero somos hermanos —le clavó los dedos en el brazo—. ¿Alguna vez lo ha dejado acercarse tanto? ¿O se reserva para ese mestizo?

Sarah lo abofeteó con toda la fuerza de que fue capaz. Luego le clavó las uñas con fiereza, con la vana esperanza de poder llegar hasta su caballo. Sintió el cañón del revólver bajo la barbilla y oyó el ruido del gatillo.

—Repite eso y, con oro o sin él, te dejaré aquí tirada para que te coman los buitres. Tu padre también intentó escapar.

La mirada sorprendida de ella le gustó, le dio el argumento que necesitaba.

—Piensa en lo que le ocurrió a él y ten cuidado.

Jadeó, con el dedo temblándole en el gatillo. Había mentido al decir que no temía a su hermano. Si no hubiera sido porque no quería suscitar la rabia de Samuel, le hubiera metido un balazo allí mismo.

—Ahora vas a hacer lo que yo te diga y así vivirás un poco más.

—Una lectura interesante —Barker terminó el diario de Matt y se abanicó con su sombrero—. Matt escribía muy bien.

—Bien o no, está muy claro.

Jake se acercó a la ventana, enojado consigo mismo por haber acudido a la ley en lugar de ocuparse él mismo de aquello. Pensó una vez más que la influencia de Sarah lo estaba cambiando.

—Es evidente que Matt creyó que había encontrado oro.

—Lo encontró. Lucius cavó hasta donde llegó él. Está allí, tal y como él escribió.

Barker cerró el libro y se echó atrás en su silla.

—¡Pobre Matt! Cuando por fin descubre la veta, se produce un derrumbamiento.

—Estaba muerto antes de que cedieran esas vigas.

Barker se metió un trozo de tabaco de mascar en la boca.

—Bueno, quizá sea cierto, pero no hay pruebas de ello. No será fácil ir al rancho de Carlson y hablarle a Sam de asesinato sin más pruebas que ese diario. Espera un momento —añadió al ver a Jake recoger el libro de la mesa—. No he dicho que no vaya a hacerlo, solo he dicho que no sería fácil.

Siguió abanicándose con el sombrero. Quería pensar bien en todo aquello. La familia Carlson era muy poderosa y eso lo preocupaba.

—Tengo una pregunta para ti, Jake. ¿Por qué me has traído el diario en lugar de ir allí y meterles un balazo a los hermanos Carlson?

El joven miró al sheriff a los ojos.

—Debido a mi profundo respeto por la ley —repuso.

Barker soltó una carcajada y escupió en la escupidera.

—Una vez, antes de la señora Barker, conocí a una mujer que mentía así de bien —se colocó el sombrero con un suspiro—. No podía evitar admirarla. Sea cual sea tu razón, lo has traído, así que tengo el deber de hacer algo al respecto. Aunque tengo que admitir que no hay nada más agotador que un deber.

Alargó la mano para tomar su pistolera en el momento en que se abría la puerta.

—Sheriff —musitó Nancy desde el umbral—, tengo que hablar con usted.

—Tendrá que esperar hasta que vuelva. Si uno de los vaqueros está armando jaleo en La Estrella de Plata, no pienso salir corriendo hacia allí.

—Será mejor que me escuche. Si hago esto es por Alice —miró a Jake—. Carlotta me arrancaría la piel si supiera que he venido, pero creo que la señorita Conway se ha portado bien con Alice y yo debería hacer algo por ella.

—Deja de parlotear y di lo que tengas que decir.

—Se trata de Carlotta —Nancy bajó la voz—. Está muy cruel desde ayer.

—Nació ya cruel —musitó Barker—. De acuerdo, continúa.

—Anoche se llevó a Jim Carlson a su cuarto. Normalmente no deja que los hombres se queden toda la noche con ella, pero él seguía allí esta mañana. Mi cuarto está al lado del suyo y los he oído hablar.

Jake la atrapó del brazo y la metió en la estancia.

—¿Por qué no me cuentas lo que has oído?

—Decía que Jim y Donley habían matado a Matt Conway y que quería que él se ocupara de la hija de Matt —dio un grito al sentir que Jake le clavaba los dedos en el brazo—. Yo no tengo nada que ver. Solo se lo cuento porque ella cuidó de Alice cuando Carlotta por poco la mata.

—Parece que tendré que ir a charlar con Carlotta —musitó Barker.

—No, no puede hacer eso —gritó Nancy, aterrorizada—. Me matará. Además, ya es demasiado tarde para eso.

—¿Por qué? —preguntó Jake.

La joven se llevó las manos a la boca.

—Carlotta dijo que Jim tenía que darle un buen susto a Sarah y luego, cuando tuviera la escritura de la mina, tenía que matarla. Él se ha marchado hace una hora y yo no he podido escaparme hasta ahora.

Jake salió corriendo; cuando Barker lo alcanzó, estaba ya a punto de montar.

—Will y yo te seguimos ahora mismo.

Jake puso el caballo al galope. Oyó ruidos de caballos a sus espaldas, pero no se volvió. Cuando vio el carro, la rabia que lo dominaba se convirtió en miedo. Saltó de la silla y examinó los caballos.

Barker saltó a su lado con sorprendente agilidad.

—Tranquilo. Si se la ha llevado a alguna parte, los encontraremos.

Levantó una mano antes de que nadie pudiera hablar. Además de Will, lo acompañaban otros tres hombres del pueblo, incluido John Cody, que seguía llevando su delantal de tendero.

—Aquí cuidamos de los nuestros, Jake. La rescataremos.

Jake se inclinó en silencio y recogió el camafeo tirado en el suelo. El alfiler estaba roto. Vio unos hilos color azul pálido enganchados en él, se imaginó a Sarah defendiéndose con uñas y dientes y supo de pronto adónde la habían llevado. Saltó sobre la silla y tomó la dirección del rancho de Carlson.

Tenía las manos atadas a la silla. Si le hubiera sido posible, habría saltado al suelo. Aunque no hubiera ningún sitio al que escapar, al menos hubiera tenido la satisfacción de hacerlo sudar.

Todo lo que había dicho Jake sobre el oro y la muerte de su padre era cierto. Sarah no tenía ninguna duda de que el responsable de todo aquello estaba sentado a su lado.

Al principio, pensó que la llevaría a las colinas o al desierto, donde podría matarla y ocultar su cuerpo. Se sorprendió al ver el rancho de Carlson.

Cuando se acercaban, oyó ladrar a un perro y Samuel salió de la casa y miró a su hermano con la cara pálida.

—¿Qué has hecho?

Tim aflojó la soga de la silla y bajó a la joven al suelo.

—Te traigo un regalo.

—Sarah, querida —Samuel le desató las ligaduras—. No sé qué decir. Yo no sabía...

Se interrumpió y empezó a masajearle la piel de las muñecas.

—Debe de estar borracho. Lleva ese caballo al establo, idiota

—le gritó a Jim—. Y luego ven dentro. Quiero que me expliques esto.

Sarah se quedó atónita al ver que Jim se limitaba a encogerse de hombros y llevarse a su caballo.

—Samuel...

—Querida, no sé qué decir —le pasó un brazo en torno a la cintura—. No sé cómo disculparme por el comportamiento de mi hermano. ¿Estás herida? ¡Dios santo! Tu vestido está roto —la agarró por los hombros y la mirada de sus ojos le heló la sangre—. ¿Te ha tocado o abusado de ti?

La joven negó con la cabeza.

—Samuel, él mató a mi padre. Lo hizo por el oro. Hay oro en la mina. Él se enteró y mató a mi padre.

El hombre la miró sin decir nada; se limitó a mirarla hasta que Sarah sintió deseos de gritar.

—Samuel, tienes que creerme.

—Estás muy nerviosa —dijo él con sequedad—. Y no es de extrañar. Ven adentro.

—Pero él...

—No tienes que preocuparte por Jim —la condujo al interior—. No volverá a molestarte, tienes mi palabra. Quiero que esperes en mi despacho —dijo, haciéndola entrar en un cuarto—. Procura relajarte. Yo me ocuparé de todo.

—Samuel, por favor, ten cuidado. Podría hacerte algo.

—No te preocupes. Hará todo lo que yo le diga.

Cuando se cerró la puerta, Sarah se cubrió la cara con las manos. No entendía nada. Estaba segura de que Jim había querido matarla. ¿Por qué, entonces, la había llevado allí, donde Samuel podía protegerla?

Aquello era una locura. Jim Carlson estaba tan loco como su madre, pero en vez de matarse a sí mismo, había matado a su padre. Deseaba llorar, pero no podía. No podía llorar y no podía quedarse sentada.

Empezó a andar por el cuarto. La estancia era pequeña, pero

bien amueblada. Había delicadas figuritas de porcelana y un cuadro de acuarelas. Reflejaba el gusto de Samuel por las cosas elegantes y hermosas. Pensó en lo distintos que eran los dos hermanos.

Caín y Abel.

Se llevó la mano al pecho y corrió hacia la puerta. Si uno de los hermanos mataba al otro por su causa, no podría perdonárselo nunca.

Pero la puerta estaba cerrada. Por un momento pensó que sus nervios no le dejaban abrirla. Luego respiró hondo y probó de nuevo. La puerta siguió resistiéndose.

Se dio la vuelta y miró a su alrededor. ¿Por qué la habían encerrado? ¿Para protegerla? Quizá Samuel pensaba que estaría más segura encerrada hasta que él volviera a buscarla.

¿Y si era Jim el que volvía con la llave? Sintió el corazón en la garganta y buscó desesperadamente un arma.

Abrió los cajones del escritorio, empujando los papeles. Si no encontraba una pistola, al menos hallaría un cuchillo o un abridor de cartas. No quería que volviera a pillarla desprevenida. Abrió el cajón del centro y se quedó paralizada al ver la miniatura. Su miniatura.

La tomó sin saber bien lo que hacía.

Era el autorretrato que le enviara a su padre el año anterior y que no pudo hallar entre sus cosas, sin duda, porque se lo habían llevado sus asesinos.

Cuando oyó la llave girar en la cerradura, no se molestó en cerrar el cajón ni en ocultar lo que tenía en la mano. Se puso en pie y se enfrentó a él.

—Fuiste tú —murmuró cuando Samuel entró en la estancia y cerró la puerta tras él—. Tú mataste a mi padre.

CAPÍTULO 15

Carlson se acercó hasta que solo quedaron separados por el escritorio.

—Sarah —musitó con voz paciente, tendiéndole una taza de té fragante—. Comprendo que debes de estar alterada después del inexcusable comportamiento de Jim. ¿Por qué no te sientas y te calmas?

—Tú mataste a mi padre —repitió ella.

—Eso es ridículo —su voz era gentil—. Yo no he matado a nadie. Toma, querida. Te he traído una taza de té. Te ayudará a calmarte.

La sinceridad que expresaban sus ojos la hizo vacilar. Samuel debió de notarlo, porque sonrió y dio un paso adelante. Sarah retrocedió de inmediato.

—¿Qué hace esto en tu escritorio?

Carlson miró la miniatura que tenía en la mano.

—Una mujer no debería registrar nunca las pertenencias personales de un hombre —dijo con aire indulgente, dejando la taza sobre la mesa—. Pero, puesto que lo has hecho, confesaré. Supongo que podemos decir que soy demasiado romántico. En cuanto lo vi, me enamoré de ti. Te deseé desde el mismo momento en que vi tu rostro. Vamos, Sarah, no puedes condenarme por eso.

La joven movió la cabeza confusa.

—Dime cómo ha llegado esto a tu escritorio.

Samuel la miró impaciente.

—¿Acaso no te basta con que te desnude mi alma? Tú sabías desde el principio lo que yo sentía por ti. Tú me engañaste.

La miró de un modo que la hizo temblar.

—No sé de qué me hablas —dijo despacio, sin dejar de mirarlo—. Pero tienes razón. Estoy alterada y no soy yo misma. Preferiría irme a casa y dejar esta conversación para más tarde.

Salió de detrás del escritorio con el retrato apretado en la mano y avanzó hacia la puerta. El hombre la detuvo con violencia y la echó contra la pared.

—Es demasiado tarde. La interferencia de Jim lo ha cambiado todo. Su interferencia y tu curiosidad. Yo quería ser paciente contigo, Sarah. Ahora es demasiado tarde.

Su rostro estaba cerca de ella, lo bastante cerca como para que la joven leyera claramente en sus ojos. Se preguntó atemorizada cómo era posible que no hubiera visto aquello antes. La locura era patente en su mirada. Intentó hablar, pero tuvo que tragar saliva antes de hacerlo.

—Samuel, me haces daño.

—Yo te hubiera convertido en una reina —tendió una mano y le acarició el rostro. La joven se estremeció, pero no se movió—. Te hubiera dado todo lo que una mujer puede desear; seda, diamantes, oro. ¡Dios mío, Sarah! El oro me pertenecía. Mi abuelo no tenía derecho a jugarse esa parte de mi herencia. Y tu padre no tenía derecho a negarme lo que era mío.

Sarah pensó que, si mantenía la calma, quizá consiguiera calmarlo a él.

—Lo hizo por mí —dijo—. Solo quería asegurarse de que no me faltara de nada.

—Claro que sí. Lo mismo que yo. Hubiera sido tan tuyo como mío. Como esposa mía, hubieras tenido todos los lujos.

Hubiéramos vuelto al Este juntos. Ese era mi plan. Yo te seguiría al Este y te cortejaría allí. Pero tú te quedaste. No deberías haberte quedado, Sarah. Este no es lugar para ti. Lo supe desde el momento en que vi tu retrato. Estaba allí, en esa cabaña miserable, al lado del colchón. Lo encontré cuando buscaba la escritura de la mina.

Su expresión cambió de nuevo; se hizo petulante, como la de un niño al que acaban de negarle un trozo de tarta.

—Me enfadé mucho cuando Donley y mi hermano mataron a Matt. Fue una torpeza. Solo tenían que convencerlo para que entregara la escritura. Luego, por supuesto, se me ocurrió a mí fingir el derrumbamiento para ocultar lo que habían hecho. No encontré la escritura, pero sí tu retrato.

Sarah no creía que él fuera consciente de lo mucho que le apretaba el brazo. Estaba segura de que tampoco era consciente de lo mucho que le decía. Permaneció quieta y en silencio, sabedora de que su mejor esperanza era ganar tiempo.

—Delicada —murmuró él—. Un rostro tan delicado. La inocencia brillando en los ojos, en la suave curva de la boca. Era una mentira, ¿verdad? No había delicadeza ni inocencia. Jugaste conmigo, ofreciéndome sonrisas, solo sonrisas, mientras te entregabas a Redman como una prostituta. Debería estar muerto por tocar lo que era mío. Deberíais estar muertos los dos.

—¡Sam! —Jim apareció en la puerta.

—¿Qué haces aquí? Te he dicho que fueras a librarte del carro y los caballos.

—Ya he ido. He visto jinetes. Vienen hacia aquí. Son Redman, el sheriff y algunos hombres del pueblo —miró a Sarah—. La estarán buscando a ella.

La joven intentó apartarse, pero Samuel la atrapó por la garganta.

—Lo has estropeado todo trayéndola aquí.

—Solo lo he hecho porque tú la deseabas. Podía haberla

matado en el camino. Demonios, podía haber terminado con ella la noche que prendimos fuego a su establo, pero tú dijiste que no querías que sufriera ningún daño.

Carlson apretó la mano y Sarah notó que empezaba a faltarle la respiración. Oía muy lejos las voces de los otros hombres.

—¿Cuánto tiempo?

—Diez minutos, no más. Mátala ahora.

—Aquí no, idiota. Intenta contenerlos en las colinas.

El último pensamiento de Sarah antes de perder el conocimiento fue que Jake se acercaba, pero era demasiado tarde.

—Escúchame —Barker alzó la mano para detener a sus hombres—. Sé que te gustaría entrar ahí como un demonio, pero párate un momento a pensar. Si la tienen, tenemos que ir despacio.

—La tienen —en su mente, los hermanos Carlson ya estaban muertos.

—Entonces, tenemos que asegurarnos de rescatarla con vida. Will, quiero que te acerques desde el granero. John, tú ve por la parte de atrás. No quiero que nadie dispare hasta que sea necesario.

Jim los observó acercarse y se secó el sudor de la frente. Se humedeció los labios y equilibró el rifle.

Sam le había dicho que esperara hasta que se acercaran. Luego mataría a tantos como pudiera; empezando por Redman.

Jake sintió la bala pasarle rozando la mejilla. Rápido como un rayo, se dejó caer de lado en la silla. Con el revólver desenfundado, avanzó hacia la casa mientras Barker gritaba órdenes. Oyó cubrirse a los hombres y devolver el fuego, pero él solo pensaba en una cosa: entrar en la casa y rescatar a Sarah.

Al llegar a la puerta, saltó del caballo. Cuando la abrió de una patada, tenía los dos revólveres en la mano. El vestíbulo estaba vacío. Oía los gritos de los hombres y el ruido de los disparos. Empezó a subir las escaleras.

Cuando abrió la puerta, Jim Carlson estaba de espaldas a él.

—¿Dónde está ella?

Jim se volvió lentamente.

—La tiene Sam —sonrió y levantó el rifle. Llevaba meses esperando una oportunidad de matar a Redman y no estaba dispuesto a desaprovechar aquella.

Cuando cayó hacia delante, seguía sonriendo. Jake enfundó las armas y empezó a registrar la casa.

Barker se reunió con él en las escaleras.

—No está aquí —le tendió la miniatura de Sarah—. He encontrado esto en el suelo.

Jake lo miró un momento y salió corriendo al exterior, con Barker siguiéndolo de cerca. Se cruzaron con dos hombres que transportaban a Will Metcalf.

—No está muerto —John Cody lo depositó en el suelo y le sujetó la cabeza—, pero hay que llevarlo al médico.

Barker se inclinó sobre él y lo vio abrir los ojos.

—Te pondrás bien, hijo.

—Me ha pillado por sorpresa —repuso Will con un esfuerzo—. Era Sam Carlson, sheriff. La ha montado en un caballo. Creo que se dirigían hacia el oeste.

—Buen trabajo, Will —Barker le limpió el sudor de la frente con su pañuelo—. Uno de vosotros enganchad un carro y buscad mantas. Tú llévate a este chico al médico, John. Redman y yo seguiremos a Carlson.

Pero, cuando se puso en pie, el único rastro que vio de Jake fue la nube de polvo que levantaba su mustang al galope.

Sarah recuperó el conocimiento con una sensación de náusea. Intentó llevarse una mano a la cabeza, pero tenía ambas muñecas atadas a la silla.

Por un momento pensó que seguía estando con Jim. Luego lo recordó todo.

El caballo subía, abriéndose paso entre las rocas polvorientas. El hombre que iba sentado a sus espaldas jadeaba. Luchó por mantener la calma e intentó retener en la memoria el camino que recorrían. Cuando escapara, y estaba segura de hacerlo, no quería perderse.

Carlson detuvo el caballo cerca del borde de un cañón. A lo lejos, debajo, se veía la línea de un río. Un águila cruzó el espacio abierto regresando luego a un nido construido en la alta pared de roca.

—Samuel, por favor —gritó cuando él tiró de la cuerda que sujetaba sus muñecas y la depositó en el suelo.

El hombre la miró con ojos vidriosos. Su rostro estaba pálido y cubierto de sudor. Lo vio mirar a su alrededor con cautela, como si esperara que algo saliera de entre las rocas.

El hombre que se quitaba el sombrero ante ella y le besaba los dedos no estaba allí en aquel momento. Si alguna vez formó parte de Samuel Carlson, se había desvanecido. El hombre que la miraba ahora estaba loco y resultaba tan salvaje como cualquier bestia que viviera en las colinas.

—¿Qué vas a hacer?

—Se acerca —se llevó una mano a la boca—. Lo he visto detrás de nosotros. Cuando venga a buscarte, estaré preparado.

Tiró de ella para ponerla en pie.

—Voy a matarlo, Sarah. Lo mataré como a un perro —sacó el revólver y le pasó el cañón por la mejilla con gentileza, como una caricia—. Y tú lo verás todo. Quiero que me veas matarlo. Así lo comprenderás todo. Es importante que lo comprendas. Un hombre así se merece morir de un tiro. Él no es nadie; un pistolero con sangre india. Y te ha tocado. Lo mataré por ti, Sarah. Y luego nos iremos juntos tú y yo.

—¡No!
Con un esfuerzo, consiguió soltarse. El cañón estaba a sus espaldas. Si daba un paso atrás, caería hacia la nada. Tenía miedo, pero no era por ella misma. Sabía que Jake iría a buscarla y alguien moriría.

—No iré a ninguna parte contigo. Se acabó, Samuel. Tienes que entenderlo. Saben lo que has hecho y te perseguirán.

—¿El sheriff? —se echó a reír y la agarró del brazo, antes de que ella pudiera evitarlo—. No es probable. Este es un país grande, Sarah. No nos encontrarán.

—Yo no iré contigo. Me escaparé.

—Si es necesario, te encerraré como encerraban a mi madre. Por tu propio bien.

La joven oyó el caballo al mismo tiempo que él y gritó una advertencia:

—¡No, Jake! ¡Te matará!

Volvió a gritar, aquella vez de dolor, cuando Carlson le torció el brazo a la espalda. Apoyó con calma el revólver en la sien de ella.

—La mataré a ella, Redman. Sal despacio y pon las manos donde pueda verlas o la primera bala entrará en su cabeza —le torció el brazo con fuerza porque quería que Jake la oyera gritar de nuevo—. Vamos, Redman, o la mataré y tiraré su cuerpo por el cañón.

—¡No, oh, no! —con lágrimas en los ojos, vio a Jake salir a campo abierto—. Por favor, no. No ganarás nada con matarlo. Me iré contigo —intentó volverse para mirar a Carlson a los ojos. Iré a donde tú quieras.

—¿No ganaré nada? —se rio Samuel—. Satisfacción, querida. Será un placer.

—¿Estás herida? —preguntó Jake con calma.

—No —movió la cabeza—. No, no me ha hecho nada. Y tampoco lo hará si te vuelves.

—Estás equivocada, querida, muy equivocada. Tendré que

hacerlo porque tú no lo comprendes. A menos que lo mate por ti, no comprenderás nada. Dame tu pistolera, Redman. Quítatela lentamente y échala a un lado.

—¡No! —la joven intentó debatirse y solo consiguió que le torciera el brazo con más fuerza—. Te mataré yo misma —gritó con rabia—. Lo juro.

—Cuando haya terminado con esto, querida, harás exactamente lo que te diga y cuando lo diga. Con el tiempo, comprenderás que esto ha sido para bien. Tira las armas, Redman —lo miró sonriendo y movió la cabeza para indicarle que las alejara de una patada—. Eso es —separó el revólver de la sien de Sarah y apuntó al corazón de Jake—. ¿Sabes? Nunca he matado a un hombre. Siempre me ha parecido más civilizado contratar a alguien, pero creo que voy a disfrutar mucho con ello.

—Puede que sí —Jake lo miró a los ojos. Esperaba que Sarah fuera lo bastante sensata como para salir corriendo cuando todo hubiera acabado—. Quizá lo disfrutes más si te digo que he matado a tu hermano.

A Carlson se le contrajeron los músculos de la mejilla.

—Eres un bastardo —dijo.

Sarah gritó y arrojó todo su peso contra la mano que sujetaba el arma. Sintió la explosión como si la bala la hubiera atravesado a ella. Cayó de rodillas y palideció al ver a Jake tirado en el suelo, ensangrentado.

—¡No! ¡Oh, Dios mío! ¡No!

Carlson echó la cabeza hacia atrás y empezó a reír.

—Yo tenía razón. Me ha gustado. Pero todavía no está muerto —dijo, levantando el arma de nuevo.

Sarah no pensó nada. Extendió una mano y levantó uno de los revólveres de Jake. Arrodillándose en el suelo, tomó puntería.

—Samuel —murmuró; y esperó a que él volviera la cabeza. Cuando disparó, el revólver saltó en su mano. El ruido del tiro pareció permanecer durante mucho rato en el aire. Carlson la miró sin decir nada. Temerosa de haber fallado, Sarah se preparó a disparar de nuevo.

Entonces él se tambaleó. La miró y cayó hacia atrás sin emitir ningún sonido. Vaciló en el aire y luego se precipitó por el borde del cañón.

La joven se quedó un momento inmóvil. Luego empezó a temblar y, temblando todavía, se arrastró hacia Jake. Él se había incorporado sobre un codo y sostenía el cuchillo en la mano. Sarah se rasgó las enaguas llorando y empezó a taparle la herida del costado.

—Creí que te había matado. Hay mucha sangre. Necesitas un médico. Te sacaré de aquí en cuanto detenga la hemorragia.

Hizo una pausa; empezó a temblarle la voz.

—Ha sido una locura que salieras de ese modo. Yo creía que tenías más sentido común.

—Yo también —sentía un dolor agudo en el cuerpo y solo deseaba tocarla una última vez antes de morir—. Sarah...

—No hables —las lágrimas la ahogaban—. Quédate quieto. Yo te cuidaré. No te dejaré morir.

Jake no podía verle la cara. Cansado del esfuerzo, cerró los ojos. Creyó oír caballos, pero no estaba seguro.

—Eres una mujer formidable —musitó; y se desmayó.

Cuando se despertó, todo estaba oscuro. Sentía un sabor amargo en la boca y una palpitación extraña en la base del cráneo. El dolor del costado seguía allí, pero más apagado y constante. Se quedó inmóvil, preguntándose cuánto tiempo llevaría en el infierno.

Cerró los ojos de nuevo pensando que no importaba cuánto tiempo llevara allí puesto que no iba a marcharse. Luego la olió; olió el suave perfume de Sarah. Aunque le costó un gran esfuerzo, logró abrir los ojos de nuevo e intentó incorporarse.

—No, no lo hagas.

La joven lo empujó con gentileza contra la almohada y le acercó un trapo de agua fría a la cara.

—¿Cuánto tiempo...? —fue todo lo que pudo susurrar antes de que las fuerzas lo abandonaran.

—No te preocupes —le aupó la cabeza con un brazo y le acercó una taza a los labios—. Bebe un poco. Luego volverás a dormirte. Estoy aquí contigo.

—No puedo... —intentó enfocar su rostro, pero solo vio una silueta—. No puedo estar en el infierno —musitó, antes de hundirse de nuevo en la oscuridad.

Cuando volvió a despertarse, era de día. Y ella estaba allí, inclinada sobre él, sonriente, murmurando algo que él no pudo entender. Pero había lágrimas en sus mejillas. Se sentó a su lado, le asió la mano y se la llevó a los labios. Mientras se esforzaba por hablar, volvió a perder el conocimiento.

Sarah creyó volverse loca la primera semana. Jake recuperaba el conocimiento solo por breves momentos; ardía de fiebre y el doctor no le daba esperanzas. Se sentó a su lado hora tras hora, día tras día, lavándole la piel caliente, calmándolo cuando se estremecía, rezando cuando perdía el conocimiento.

Había perdido mucha sangre. Cuando Barker se acercó a ellos, ella casi había conseguido contener la hemorragia, pero en el regreso al pueblo perdió más sangre. Y más todavía cuando el doctor le hizo un corte en el costado para extraer la bala.

Luego empezó la fiebre, sin merced. En una semana solo se había despertado unas cuantas veces, casi siempre delirando, a veces hablando en una lengua que Lucius identificó como la de los apaches. Si no remitía pronto la fiebre, sabía que moriría.

Se sentó a su lado en la cama y lo observó a la pálida luz del amanecer. El tiempo se arrastraba con lentitud. Había perdido la cuenta de los minutos, las horas, los días. Cuando llegaba la mañana, aferraba la mano de él entre las suyas y pensaba en los momentos que habían vivido juntos.

Con él había encontrado algo maravilloso y poderoso. Un amanecer; un río de corriente rápida; una tormenta. Sabía que el amor, el deseo, la pasión y el cariño podían unirse en una misma cosa. Desde aquella noche en el heno, le había dado más de lo que muchas mujeres reciben en toda una vida.

—Pero soy avariciosa —le susurró—. Quiero más. No me dejes, Jake. No me prives de lo que podríamos tener.

Oyó abrirse la puerta e intentó reprimir las lágrimas.

—¿Cómo está?

—Igual.

Se puso en pie y esperó a que Maggie colocara una bandeja sobre la cómoda. Hacía tiempo que había dejado de protestar por la comida. Solo tardó unos días en darse cuenta de que, si quería tener fuerzas para cuidar de Jake, necesitaba comer.

—No te preocupes por este desayuno. Lo ha preparado Anne Cody.

Sarah luchó por contener las lágrimas.

—Es muy amable.

—Ha preguntado por Jake y quería que te dijera que Alice está bien.

—Me alegro —apartó sin interés el trapo que cubría los bizcochos.

—Al parecer, Carlotta se ha ido del pueblo.

—No importa. El daño ya está hecho.

—Muchacha, necesitas dormir en una cama de verdad. Vete a mi cuarto. Yo me quedaré con él.

—No puedo —ignoró los bizcochos y tomó la taza de café—. A veces me llama y tengo miedo de que pueda morirse si me voy. Supongo que es una tontería, pero no puedo dejarlo, Maggie.

—Lo sé —oyó un ruido en la puerta y se volvió a mirar—. ¿Qué haces tú aquí, John Cody?

Johnny entró en la estancia y se quedó de pie con el sombrero entre las manos.

—Solo quería verlo; eso es todo.

—El cuarto de un enfermo no es lugar para un muchacho.

—No pasa nada —Sarah le indicó que entrara y sonrió—. A Jake le gustaría saber que has venido a visitarlo.

—No se va a morir, ¿verdad, Sarah?

—No —recuperó la confianza que perdiera durante la noche—. No, no se morirá, Johnny.

—Mamá dice que tú lo estás cuidando muy bien —tendió una mano y le tocó la frente—. Está muy caliente.

—Sí, pero la fiebre pasará pronto —Sarah puso una mano en el hombro del muchacho—. Muy pronto.

—Will está mejor —dijo él, sonriendo—. Tiene el brazo en cabestrillo, pero anda muy bien. Ya ni siquiera deja que Liza lo mime.

—Antes de mucho tiempo, Jake tampoco me dejará a mí.

Horas después se quedó adormilada con el sol de la tarde. Su sueño era ligero; tenía la cabeza apoyada contra el borde del sillón y las manos en las rodillas encima de su diario. Había escrito todo lo que sentía en aquellas páginas. Alguien pronunció su nombre y levantó una mano como si quisiera apartar la voz. Solo deseaba dormir.

—Sarah.

Abrió los ojos de golpe y saltó de la butaca. Jake estaba medio sentado en la cama, con aire confuso, pero sus ojos la miraban directamente a ella, y ya no estaban vidriosos.

—¿Qué diablos pasa aquí? —preguntó.

Entonces miró, atónito, a la joven caer sobre el lecho y echarse a llorar.

Pasaron tres semanas antes de que tuviera fuerzas para levantarse y andar. Tenía tiempo para pensar, quizá demasiado, pero cuando intentaba hacer algo, se encontraba débil como un bebé.

Aquello lo ponía furioso. Una mañana maldijo a Maggie dos veces en poco tiempo y la mujer le comunicó a Sarah que ya estaba casi recuperado.

—Jake es duro —dijo Maggie, mientras ambas subían las escaleras—. Ha dicho que estaba harto de mujeres que intentan cuidarlo, darle de comer y bañarlo.

—No se puede decir que sea muy agradecido —contestó Sarah, con una carcajada.

Sintió un mareo y tuvo que agarrarse a la barandilla para no caerse. Maggie la sujetó del brazo.

—Querida, ¿estás bien?

—Sí, claro —se encogió de hombros y esperó a que pasara el mareo—. Creo que estoy cansada.

Vio que Maggie la miraba con astucia y dejó de fingir para sentarse en un escalón.

—¿De cuánto tiempo estás?

Sarah se sorprendió de que aquella pregunta tan directa no la hiciera ruborizarse. En lugar de ello, sonrió.

—Alrededor de un mes —sabía el momento exacto en que había concebido al hijo de Jake; en el arroyo—. Hace unos días que no consigo mantener nada en el estómago.

—Lo sé —Maggie sonrió encantada—. ¿No crees que Jake se va a caer de espaldas cuando se entere?

—No se lo he dicho —dijo la joven—. No quiero que lo sepa hasta que nosotros... —se interrumpió—. Todavía no, Maggie.

—Eso eres tú la que debe decidirlo.

—Sí, ¿no le dirás tú nada a nadie?

—Ni una palabra.

Satisfecha, Sarah se puso en pie y siguió subiendo los escalones.

—El doctor ha dicho que pronto empezará a andar. No hemos podido hablar de nada importante todavía.

Llamó a la puerta del cuarto de Jake y la empujó. La cama estaba vacía.

—¿Maggie? —gritó.

—Estaba aquí hace una hora. No sé dónde...

La joven no la escuchaba ya. Bajó corriendo los escalones.

—¡Sarah! ¡Sarah! —exclamó Johnny, corriendo hacia ella—. Acabo de ver a Jake salir del pueblo. Parece estar mucho mejor.

—¿Por dónde? —agarró por los hombros al sorprendido chico—. ¿Por dónde se ha ido?

—Por allí —señaló un camino—. Lo he llamado, pero supongo que no me ha oído.

—¡Maldito testarudo! —murmuró Maggie desde el umbral.

—¿Y se cree que puede irse así sin más? —dijo Sarah entre dientes—. Pues lo espera una buena sorpresa. Necesito un caballo, Maggie. Y un rifle.

Jake lo había pensado bien. Suponía que Sarah se enfurecería, pero con el tiempo lo superaría. Con el tiempo encontraría a alguien que le conviniera más.

Hablar con ella no hubiera servido de nada. Nunca había conocido a una mujer tan testaruda. Por eso ensilló el caballo y salió de Lone Bluff como había salido antes de otros muchos pueblos. Solo que, aquella vez, sentía un dolor profundo y agudo.

Se dijo que él también lo superaría. Era una tontería seguir fingiendo que ella podía ser para él.

No olvidaría nunca el aspecto de Sarah arrodillada en el suelo con su revólver en la mano y una expresión de horror en los ojos. Él le había enseñado a matar y no estaba seguro de poder perdonárselo nunca.

La joven le había salvado la vida. Lo mejor que podía hacer por ella era devolverle el favor saliendo de la suya.

Además, ahora ella era rica. Podría volver al Este o quedarse y construir la gran casa con salón de la que le hablara.

Oyó acercarse a un jinete, volvió el caballo y llevó instintivamente la mano a la culata del arma. Lanzó una maldición al reconocer a Sarah, que no tardó en acercarse a él.

—¡Eres un bastardo! —gritó.

Jake la saludó con una inclinación de cabeza.

—No sabía que montabas a caballo, duquesa. ¿Has venido hasta aquí para despedirme?

—Tengo algo que decirte —agarró las riendas con fuerza, intentando controlar su furia—. ¿Crees que puedes marcharte así sin decirle nada a nadie?

—Así es. Cuando llega el momento de irse, uno se va y punto.

—¿Quieres decir que no tienes razones para quedarte?

—Así es —sabía que la verdad podía doler, pero no había imaginado que una mentira pudiera hacer tanto daño—. Eres una mujer muy guapa, duquesa. Será difícil encontrar algo mejor.

La joven lo miró con una expresión de dolor en los ojos y luego levantó la barbilla.

—¿Eso es un cumplido? Pues tienes razón. Será difícil que encuentres algo mejor. Nunca amarás a otra mujer como me amas a mí.

—Vuelve al pueblo, Sarah —empezó a girar su caballo, pero se detuvo al verla sacar el rifle y apuntarle al corazón—. ¿Te importaría apuntar en otra dirección?

Por toda respuesta, la joven bajó el cañón unas pulgadas y sonrió al verlo fruncir el ceño.

—¿Prefieres que te apunte ahí? —preguntó.

Jake se movió ligeramente.

—Duquesa, si te da lo mismo, preferiría que apuntaras de nuevo al pecho.

—Baja del caballo.

—¡Maldición, Sarah!

—He dicho que bajes. Vamos.

El hombre se inclinó en la silla.

—¿Cómo sé que está cargado? —preguntó.

Sarah sonrió, apuntó con el rifle y disparó. El sombrero de Jake voló por los aires.

—¿Estás loca? —atónito, se pasó una mano por el pelo—. Por poco me matas.

—He acertado donde quería. ¿No es eso lo que dijiste que debía aprender a hacer? —volvió a apuntarle—. Ahora bájate del caballo antes de que te vuele otra cosa más vital.

Jake lanzó un juramento y obedeció.

—¿Qué diablos intentas probar con esto?

—No te muevas de ahí.

Bajó a su vez. Sintió un mareo y tuvo que sujetarse a la silla de montar con una mano.

—Sarah...

—He dicho que no te muevas de ahí —sacudió la cabeza.

—¿Estás enferma?

—No —sonrió—. Nunca en mi vida me he sentido mejor.

—Entonces solo estás loca —se relajó un poco, pero la palidez de ella lo preocupaba—. Bueno, si has decidido matarme después de pasar un mes manteniéndome con vida, adelante.

—Tienes razón al decir que yo te he mantenido con vida, y si crees que lo he hecho para que pudieras dejarme en cuanto estuvieras bien, te equivocas. Lo he hecho porque te quiero, porque tú eres lo único que quiero. Ahora dime tú por qué te vas.

—Ya te lo he dicho. Ha llegado el momento.

—Eres un embustero. Peor aún, eres un cobarde.

Sus palabras tuvieron el efecto deseado. Jake la miró con rabia.

—No me presiones, Sarah.

—Todavía no he empezado a presionarte. Empezaré por

decirte por qué te has ido. Te has ido porque tenías miedo de mí. No, ni siquiera de mí, de ti mismo y de lo que sientes por mí. Me amabas lo suficiente para ponerte desarmado delante de un loco, pero no lo bastante para afrontar lo que sientes.

—Tú no sabes lo que siento.

—¿No? Si lo crees así, es que eres tonto además de embustero. ¿No crees que lo sabía cada vez que me tocabas, cada vez que me besabas? —respiró hondo—. Muy bien, puedes subir a ese caballo y alejarte. Puedes seguir huyendo hasta que estés a mil millas de aquí. Quizá puedas conseguir alejarte de mí, pero antes de irte, tienes que decírmelo.

—¿Decirte qué?

—Quiero que me digas que me amas.

Jake la observó detenidamente. Sus ojos brillaban con determinación y sus mejillas estaban rojas de furia. Debería haber sabido que no tendría nunca ningún sitio al que huir.

—Un hombre estaría dispuesto a decir cualquier cosa cuando le están apuntando el vientre con un rifle.

—Pues dilo.

Se agachó para recoger su sombrero y metió un dedo en el agujero.

—Te amo, Sarah —se puso el sombrero en la cabeza—. Y ahora, ¿quieres dejar de apuntarme con eso?

La joven lo miró a los ojos. La furia los había abandonado, pero también la esperanza. Sin decir palabra, se volvió y colocó el rifle en la silla.

—Bien, he tenido que amenazarte para que lo dijeras, pero al menos me lo has dicho una vez. Adelante, márchate. No te detendré. Nadie te está apuntando ya con un rifle.

Se juró a sí misma que no lloraría. No lo retendría con lágrimas. Haciendo esfuerzos por controlarlas, intentó volver a montar. Jake le tocó el brazo con suavidad.

—Te quiero, Sarah —repitió—. Más de lo que debería quererte. Mucho más de lo que puedo soportar.

La joven cerró los ojos, rezando para que todo fuera ya bien entre ellos. Se volvió hacia él con lentitud.

—Si te vas ahora, te seguiré. No importa adónde vayas, yo estaré allí. Te prometo que haré de tu vida un infierno.

Jake sonrió.

—¿Y si no me voy?

—Solo haré de tu vida un infierno algunas veces.

—Supongo que esa es una propuesta mejor —bajó la cabeza y la besó con gentileza. Luego la estrechó con fuerza contra su pecho—. No creo que hubiera ido muy lejos aunque no me hubieras disparado.

—No quería correr riesgos. Afortunadamente para ti, apunté por encima de tu cabeza.

El hombre suspiró y la apartó un poco.

—Me debes un sombrero. Supongo que tendré que casarme con una mujer que dispara así.

—¿Eso es una proposición?

Jake se encogió de hombros.

—Eso parece.

Sarah enarcó las cejas.

—¿Y no piensas hacerlo mejor?

—No se me dan muy bien las palabras. Hay un predicador que viene al pueblo una vez cada pocas semanas. Puede casarnos con toda la pompa que tú quieras. Yo te construiré una casa, entre la mina y el pueblo, con un salón, si eso es lo que quieres, un suelo de madera y un dormitorio de verdad.

A Sarah le pareció que aquella era la más elocuente de las proposiciones.

—Necesitaremos dos.

—¿Dos qué?

—Dos dormitorios.

—Escucha, duquesa, he oído que en el Este tienen unas costumbres muy raras, pero que me condenen si pienso dejar que mi mujer duerma en otro cuarto.

—¡Oh, no! —sonrió con beatitud—. Dormiré en la misma cama que tú durante el resto de mi vida. Pero necesitamos dos dormitorios. Al menos, los vamos a necesitar por primavera.

—No comprendo por qué...

Entonces lo entendió por fin. Se quedó mirándola sin decir nada, atónito.

—¿Estás segura? —preguntó al fin.

—Sí —Sarah contuvo el aliento—. Vamos a tener un hijo.

Jake no estaba seguro de poder moverse y menos de poder hablar. Le apretó el rostro entre sus manos y la besó con ternura. Luego, emocionado, apoyó la frente contra la de ella.

—Dos dormitorios —murmuró—. Para empezar.

Sarah lo abrazó contenta.

—Sí. Para empezar.

Títulos publicados en Top Novel

Sombras del pasado – Linda Lael Miller
Tras la máscara – Anne Stuart
En el punto de mira – Diana Palmer
Secretos del corazón – Kasey Michaels
La isla de las flores/Sueños hechos realidad – Nora Roberts
Juegos de seducción – Anne Stuart
Cambio de estación – Debbie Macomber
La protegida del marqués – Kasey Michaels
Un lugar en el valle – Robyn Carr
Los O'Hurley – Nora Roberts
La mejor elección – Debbie Macomber
En nombre de la venganza – Anne Stuart
Tras la colina – Robyn Carr
Espíritu salvaje – Heather Graham
A la orilla del río – Robyn Carr
Secretos de una dama – Candace Camp
Desafiando las normas – Suzanne Brockmann
La promesa – Brenda Joyce
Vuelta a casa – Linda Lael Miller
Noelle – Diana Palmer
A este lado del paraíso – Robyn Carr
Tras la puerta del deseo – Anne Stuart
Emociones secuestradas – Lori Foster
Secretos de un caballero – Candace Camp
Nubes de otoño – Debbie Macomber
La dama errante – Kasey Michaels